序（孙光萱）

一

新诗发轫于“五四”前夕，从1917年2月《新青年》第二卷第六期发表胡适的《白话诗八首》开始，我国的新诗创作已经走过了九十年难忘的历史行程。

在新诗问世之初，不少封建文人仍津津乐道于旧诗词的“声调格律”，并以此作为反对新诗运动的重要根据。新文学运动的积极分子则不断尝试写作新诗，进行“反击”。

在“诗体解放”的论争中，胡适大声疾呼：“若想有一种新内容和新精神，不能不先打破那些束缚精神的枷锁镣铐”（《谈新诗》），还主张用“活字”入诗、“不作无病之呻吟”、“务去烂调套语”（《文学改良刍议》）等，甚至干脆主张“有什么话，说什么话，话怎么说，就怎么说”（《〈尝试集〉初版自序》）。在胡适的推动和倡导下，很快形成了以胡适、刘半农、沈尹默、刘大白、周作人、俞平伯等为代表的早期白话诗派，还有以朱自清、郑振铎、刘延陵、叶绍钧等为代表的“文学研究会”诗人群，创作了一批直面现实、关心劳苦大众、向往民主和自由的诗篇。

郭沫若1921年出版诗集《女神》，以豪迈不拘的气概和淋漓酣畅的诗行，展现了迥异于胡适等人的浪漫主义诗风。

受到上述“先行者”的启发和影响，我国诗歌界相继产生了众多的艺术流派和一大批各具风姿的代表作者，约略算来，就有：1. 冰心、宗白华等人倡导的小诗运动。2. 以写爱情诗著称的冯至和“湖畔诗派”诸诗人。3. 以徐志摩、闻一多为核心的新月诗派。4. 以李金髮为代表的早期象征诗派。5. 以戴望舒为代表的现代诗派。6. 蒲风、王亚平、任钧等人组成的“中国诗歌会”诗人群。7. 在抗战前后起过重大影响的艾青、臧克家、田间等人的现实主义诗歌创作。8. 绿原、鲁藜、阿垅等人的“七月诗派”。9. 以魏巍、陈辉等为代表的晋察冀诗人群。10. 辛笛、穆旦、陈敬容等人的“九叶派”。11. 以李季、阮章竞、张志民为代表的解放区民歌体长篇叙事诗创作潮流。

在我国新文学发展史上，像新诗运动前三十年这样拥有众多的艺术潮流和派别，是一个十分突出的现象，也是一个值得大家研究的重要课题。新诗流派的产生、发展不仅受到外在环境的影响，更主要的是离不开诗歌艺术内部规律的矛盾运动和诗人的创作个性；新诗不同流派之间的互相渗透、交叉和转变，也是屡见不鲜的。总之，对不同的诗作要具体分析，不能简单地以“流派”分高下。

二

随着第一面五星红旗在天安门前冉冉升起，我国历史翻开了崭新的一页。诗人是一个充满激情、最富于想象力的特殊群体，自然会迫不及待地加入对新中国的“大合唱”的队伍之中，从郭沫若、艾青、臧克家、何其芳等老诗人到20世纪50年代前期登上诗坛的青年诗人，都相继有诗作问世。其中表现突出的有奔赴边疆的军旅诗人如闻捷、公刘、白桦、梁上泉、顾工、柯原等。

大概从50年代中期开始，政治运动接连不断，阶级斗争决定一切，人们渐渐习惯于向“共识”靠拢，以“求同”为目标，而不敢“存异”，更不敢以“标新立异”自诩，免得被别人当作“异端”受到压制。下面，我们大致以时间先后为序，针对建国后新诗发展中某些带有普遍性的现象作些探讨。

一、篇幅短小、格调明快的“生活抒情诗”得到了广泛的普及和发展。

仍以上面提到的那些诗人来说，他们创作的优秀的“生活抒情诗”，无不体现了扎实的艺术功力。如公刘的《运杨柳的骆驼》描写绿化，不写拿着铁铲、树苗的绿化大军，偏偏牵出了一队惯于在沙漠奔走的骆驼，不能不说在“炼意”即构思上独具慧眼。

二、建国以来政治抒情诗取得了长足的进展。

郭小川、贺敬之是其中的两位代表人物。他们创作的政治抒情诗热烈奔放，形象鲜明，虽然篇幅较长，但因句式错落有致，又注意脚韵，适宜于朗诵，具有强烈的鼓动性。

三、隔海相望，台湾新诗色彩纷呈。

台湾不少新诗诗人来自大陆，浓郁的“乡愁”成了他们不断吟唱的主题。余光中的《乡愁》由童年而中年而老年，一唱三叹，缠绵往复，不能自已。舒兰的《瓶竹》视角独特，以瓶竹根无所系的意象寄托游子对故土魂牵梦绕的依恋。所有这些“乡愁诗”都不止于个人一己一时之感叹，而是艺术地揭示了“血浓于水”——同一个文化母体、同一个民族风俗习惯的永恒价值。

四、“归来的歌”和“朦胧诗”具有独特的艺术价值。

“文革”中的新诗界陷于令人窒息的“失声”的境地。粉碎“四人帮”以后，许多像艾青那样被迫缄口失声的诗人纷纷唱起了“归来的歌”。和以前轻快活泼的生活抒情诗不同，它们多半显得深沉、冷峻，达到了感性和知性的交融，有的还具有一定的哲理性。

80年代初出现了一批“朦胧诗人”，他们的诗篇带有感伤、迷惘的情调（如舒婷），或是充满否定、反叛、冷峻的色彩（如北岛），更多地融入了西方现代派表现技巧，具有独特的认识和艺术价值。

五、新诗体式得到了重视和发展。

新中国成立以来新诗体式有了长足的进展，除了不拘长短、韵脚的自由体诗以外，主要有以下四种：1. 简洁明快的两行体诗，贺敬之《回延安》、罗洛《我和时间》、沙鸥《新月》等诗即属此体。2. 适宜于朗诵的楼梯诗，如郭小川的《向困难进军》等。3. 淋漓酣畅的新赋体，郭小川的《甘蔗林——青纱帐》是这类诗的代表作。4. 灵活从容的半格律体，一般每节四行，第二、四行押脚韵。运用这类体式的诗人最多、最普遍。

三

抒情诗篇幅短小，不能像散文那样多方铺陈，把客观对象的方方面面尽收眼底。清人吴乔在《围炉诗话》中指出：“诗意大抵出侧面。”这就是说，诗歌不能像散文那样直说，不宜从“正面”发起强攻，最好是从“侧面”出击，通过有限的意象，在读者头脑中营造广阔的联想空间。举例来说，要展示旧社会贫苦农民的生活，写上百万字的长篇小说也不为过，臧克家的《三代》却独辟蹊径，他以短短六行，扣住农民和土地的关系，道出了无限辛酸！“侧面描写”的奥秘由此可见。

再谈谈新诗的分行。它是新诗艺术样式的一种明显的外在标志，其作用是显示诗人感情的发展变化，强化诗作的音乐性和节奏感，请看舒婷的《致橡树》中下列几行：

你有你的铜枝铁杆
像刀，像剑，
也像戟；
我有我红硕的花朵，
像沉重的叹息，
又像英勇的火炬。

诗中的“我”是女诗人自称，“你”则指女诗人的意中人，某位男性青年。为了突出“你”的阳刚之美，诗人写“你”时多用短句，并特意把“像刀像剑也像戟”分拆两行，连用几个逗号和分号点开，读来铿锵有力，激动人心。写“我”时则改用长句，显得婉曲摇曳，一往情深。试想，如果不分行表述，“我”和“你”的对比怎能如此强烈？其中感情发展的脉络怎能如此清晰？再看戴望舒《雨巷》第

文　学
经　典　鉴　赏

XINSHI
SANBAISHOU

新诗三百首

上海辞书出版社文学鉴赏辞典编纂中心 编

上海辞书出版社

编者小识

“三百首鉴赏辞典系列”是我社古典文学鉴赏方面的一套小丛书，至今已陆续出版了近二十个品种，历时近二十年。它依托于我们一套编纂历史更长、规模更大的“中国文学鉴赏辞典系列”，延续其风格，具体而微。因其选目精当，篇幅适中，深受读者欢迎，为了更好地满足读者的需求，我们感到有必要对“三百首鉴赏辞典系列”从内容到形式做一些升级。此次推出的《文学经典鉴赏·新诗三百首》立足更广阔的学术视野，对原版的篇目作了调整，增补替换了一些诗人及其代表作。

新诗是指1917年文学革命以来，用与现代口语相近的白话创作的诗歌。在其百余年的历史行程中，新诗在形式和格律上作了多方面的探索和创造，先后产生过众多的艺术流派与一大批各具风姿的代表诗人，涌现了许多脍炙人口的佳作。本书从诗作的文学价值与文学史价值出发，在其中精选了200余位诗人的300余首代表作，并延请国内著名诗人、诗评家撰写赏析文章，解释背景，讲解特色，评论成就。我们希望，本书的出版能有助于广大读者了解新诗的历史发展及其艺术成就，提高自身的文学修养与审美能力。

本书初版时曾经华东师范大学孙光萱教授审订书稿，并由孙先生为之撰写序言。在那篇简短的文字里，孙先生为我们勾勒了新诗近百年发展演变的图景，展现了许多对新诗艺术的真知灼见。如今孙先生已离开我们，在此对他表示深切的怀念和敬意。

上海辞书出版社

2021年4月

序（孙光萱）

一

新诗发轫于“五四”前夕，从 1917 年 2 月《新青年》第二卷第六期发表胡适的《白话诗八首》开始，我国的新诗创作已经走过了九十年难忘的历史行程。

在新诗问世之初，不少封建文人仍津津乐道于旧诗词的“声调格律”，并以此作为反对新诗运动的重要根据。新文学运动的积极分子则不断尝试写作新诗，进行“反击”。

在“诗体解放”的论争中，胡适大声疾呼：“若想有一种新内容和新精神，不能不先打破那些束缚精神的枷锁镣铐”（《谈新诗》），还主张用“活字”入诗、“不作无病之呻吟”、“务去烂调套语”（《文学改良刍议》）等，甚至干脆主张“有什么话，说什么话，话怎么说，就怎么说”（《〈尝试集〉初版自序》）。在胡适的推动和倡导下，很快形成了以胡适、刘半农、沈尹默、刘大白、周作人、俞平伯等为代表的早期白话诗派，还有以朱自清、郑振铎、刘延陵、叶绍钧等为代表的“文学研究会”诗人群，创作了一批直面现实、关心劳苦大众、向往民主和自由的诗篇。

郭沫若 1921 年出版诗集《女神》，以豪迈不拘的气概和淋漓酣畅的诗行，展现了迥异于胡适等人的浪漫主义诗风。

受到上述“先行者”的启发和影响，我国诗歌界相继产生了众多的艺术流派和一大批各具风姿的代表作者，约略算来，就有：1. 冰心、宗白华等人倡导的小诗运动。2. 以写爱情诗著称的冯至和“湖畔诗派”诸诗人。3. 以徐志摩、闻一多为核心的新月诗派。4. 以李金髮为代表的早期象征诗派。5. 以戴望舒为代表的现代诗派。6. 蒲风、王亚平、任钧等人组成的“中国诗歌会”诗人群。7. 在抗战前后起过重大影响的艾青、臧克家、田间等人的现实主义诗歌创作。8. 绿原、鲁藜、阿垅等人的“七月诗派”。9. 以魏巍、陈辉等为代表的晋察冀诗人群。10. 辛笛、穆旦、陈敬容等人的“九叶派”。11. 以李季、阮章竞、张志民为代表的解放区民歌体长篇叙事诗创作潮流。

在我国新文学发展史上，像新诗运动前三十年这样拥有众多的艺术潮流和派别，是一个十分突出的现象，也是一个值得大家研究的重要课题。新诗流派的产生、发展不仅受到外在环境的影响，更主要的是离不开诗歌艺术内部规律的矛盾运动和诗人的创作个性；新诗不同流派之间的互相渗透、交叉和转变，也是屡见不鲜的。总之，对不同的诗作要具体分析，不能简单地以“流派”分高下。

二

随着第一面五星红旗在天安门前冉冉升起，我国历史翻开了崭新的一页。诗人是一个充满激情、最富于想象力的特殊群体，自然会迫不及待地加入对新中国的“大合唱”的队伍之中，从郭沫若、艾青、臧克家、何其芳等老诗人到 20 世纪 50 年代前期登上诗坛的青年诗人，都相继有诗作问世。其中表现突出的有奔赴边疆的军旅诗人如闻捷、公刘、白桦、梁上泉、顾工、柯原等。

大概从 50 年代中期开始，政治运动接连不断，阶级斗争决定一切，人们渐渐习惯于向“共识”靠拢，以“求同”为目标，而不敢“存异”，更不敢以“标新立异”自诩，免得被别人当作“异端”受到压制。下面，我们大致以时间先后为序，针对建国后新诗发展中某些带有普遍性的现象作些探讨。

一、篇幅短小、格调明快的“生活抒情诗”得到了广泛的普及和发展。

仍以上面提到的那些诗人来说，他们创作的优秀的“生活抒情诗”，无不体现了扎实的艺术功力。如公刘的《运杨柳的骆驼》描写绿化，不写拿着铁铲、树苗的绿化大军，偏偏牵出了一队惯于在沙漠奔走的骆驼，不能不说在“炼意”即构思上独具慧眼。

二、建国以来政治抒情诗取得了长足的进展。

郭小川、贺敬之是其中的两位代表人物。他们创作的政治抒情诗热烈奔放，形象鲜明，虽然篇幅较长，但因句式错落有致，又注意脚韵，适宜于朗诵，具有强烈的鼓动性。

三、隔海相望，台湾新诗色彩纷呈。

台湾不少新诗诗人来自大陆，浓郁的“乡愁”成了他们不断吟唱的主题。余光中的《乡愁》由童年而中年而老年，一唱三叹，缠绵往复，不能自已。舒兰的《瓶竹》视角独特，以瓶竹根无所系的意象寄托游子对故土魂牵梦绕的依恋。所有这些“乡愁诗”都不止于个人一己一时之感叹，而是艺术地揭示了“血浓于水”——同一个文化母体、同一个民族风俗习惯的永恒价值。

四、“归来的歌”和“朦胧诗”具有独特的艺术价值。

“文革”中的新诗界陷于令人窒息的“失声”的境地。粉碎“四人帮”以后，许多像艾青那样被迫缄口失声的诗人纷纷唱起了“归来的歌”。和以前轻快活泼的生活抒情诗不同，它们多半显得深沉、冷峻，达到了感性和知性的交融，有的还具有一定的哲理性。

80年代初出现了一批“朦胧诗人”，他们的诗篇带有感伤、迷惘的情调(如舒婷)，或是充满否定、反叛、冷峻的色彩(如北岛)，更多地融入了西方现代派表现技巧，具有独特的认识和艺术价值。

五、新诗体式得到了重视和发展。

新中国成立以来新诗体式有了长足的进展，除了不拘长短、韵脚的自由体诗以外，主要有以下四种：1. 简洁明快的两行体诗，贺敬之《回延安》、罗洛《我和时间》、沙鸥《新月》等诗即属此体。2. 适宜于朗诵的楼梯诗，如郭小川的《向困难进军》等。3. 淋漓酣畅的新赋体，郭小川的《甘蔗林——青纱帐》是这类诗的代表作。4. 灵活从容的半格律体，一般每节四行，第二、四行押脚韵。运用这类体式的诗人最多、最普遍。

三

抒情诗篇幅短小，不能像散文那样多方铺陈，把客观对象的方方面面尽收眼底。清人吴乔在《围炉诗话》中指出：“诗意大抵出侧面。”这就是说，诗歌不能像散文那样直说，不宜从“正面”发起强攻，最好是从“侧面”出击，通过有限的意象，在读者头脑中营造广阔的联想空间。举例来说，要展示旧社会贫苦农民的生活，写上百万字的长篇小说也不为过，臧克家的《三代》却独辟蹊径，他以短短六行，扣住农民和土地的关系，道出了无限辛酸！“侧面描写”的奥秘由此可见。

再谈谈新诗的分行。它是新诗艺术样式的一种明显的外在标志，其作用是显示诗人感情的发展变化，强化诗作的音乐性和节奏感，请看舒婷的《致橡树》中下列几行：

> 你有你的铜枝铁杆
> 像刀，像剑，
> 也像戟；
> 我有我红硕的花朵，
> 像沉重的叹息，
> 又像英勇的火炬。

诗中的“我”是女诗人自称，“你”则指女诗人的意中人，某位男性青年。为了突出“你”的阳刚之美，诗人写“你”时多用短句，并特意把“像刀像剑也像戟”分拆两行，连用几个逗号和分号点开，读来铿锵有力，激动人心。写“我”时则改用长句，显得婉曲摇曳，一往情深。试想，如果不分行表述，“我”和“你”的对比怎能如此强烈？其中感情发展的脉络怎能如此清晰？再看戴望舒《雨巷》第一节：

撑着油纸伞，独自
彷徨在悠长，悠长
又寂寥的雨巷，
我希望逢着
一个丁香一样地
结着愁怨的姑娘。

耐人寻味的是此节中为何要连用两个“悠长”？“寂寥”和“悠长”同是形容词，为何要另起一行？全节为何用了六行，而不是精简为通常的四行：

撑着油纸伞，
独自彷徨在悠长又寂寥的雨巷，
我希望逢着
一个丁香一样地结着愁怨的姑娘。

骨架虽存，神气全无，孰优孰劣，顷刻可辨。这样一改动，原诗那种缠绵委婉的气氛已经难见踪影了。

诗歌是最讲究语言的艺术。古代诗人强调“炼字”，现代诗人也不例外，尤其是表示动态的动词，诗人们常常“精心”推敲，出人意外。闻一多写静夜中自己的居室：“这灯光，这灯光漂白了的四壁。”（《心跳》）“漂白”二字下得极妙，既是“灯光”，自然含有“照”的意思，“灯光”如水，也可说含有“洗”的意思，但比来比去，“照”“洗”二字总显得不及富于意蕴和感情色彩的“漂白”。诗人选用形容词也很讲究，艾青名诗《我爱这土地》的开头写道：“假如我是一只鸟/我也应该用嘶哑的喉咙歌唱。”鸟声多半优美清脆，此处偏用“嘶哑”来形容，自然会使读者急于了解究竟。台湾诗人郑愁予的爱情诗《错误》，写一个守在江南家中的思妇盼望远方的意中人归来，谁知马蹄声近了又远了，结果是“我达达的马蹄是美丽的错误/我不是归人，是个过客……”用“美丽”形容“错误”，无限的惆怅、哀怨尽在其中，真是妙不可言！

更耐人寻味的是，数量词原本是不起眼的词类，但在诗人笔下，有时也能起到独特的修饰作用。女诗人林徽因如此怀念亲切的友人，“别丢掉/这一把过往的热情”（《别丢掉》）。用“一把”来修饰“热情”，立刻化虚为实，令人刮目相看。黎焕颐的《赠一个藏族兄弟》写一位藏族朋友所具有的“烈性的大草原的气质”：“四分骑士的风貌/三分行吟者的不羁/还有三分，是难得的/傻子气……”亏得诗人作了如此巧妙的拆分：“四分”，“三分”，“还有三分”，综合起来，可说是另一种审美意义上的“十全十美”。

精致优美的新诗艺术还可以谈上很多，限于篇幅，只得就此打住。相信我们大家只要重视“微观解读”，定能从构思分行到遣词造句等方面体悟诗人的艺术匠心，进而由此及彼，举一反三，得到更多的启发和收获。

目录

胡　适
1…　鸽子
1…　梦与诗
刘半农
3…　一个小农家的暮
4…　教我如何不想她
沈尹默
6…　三弦
鲁　迅
6…　梦
7…　他
周作人
9…　小河
11…　苍蝇
康白情
12…　窗外
郑振铎
13…　云与月
朱自清
15…　黑暗
郭沫若
16…　天狗
18…　炉中煤
20…　夜步十里松原
21…　天上的市街
玄　庐
22…　十五娘
刘大白
26…　邮吻
27…　秋晚的江上
俞平伯
28…　凄然
陆志韦
30…　小船
徐玉诺
31…　故乡
王统照
33…　铁匠铺中
应修人
34…　小小儿的请求
35…　到邮局去
汪静之
36…　伊底眼
潘漠华
37…　离家
冯雪峰
38…　山里的小诗
冰　心
39…　繁星
40…　相思
宗白华
40…　夜
蒋光慈
41…　哀中国
成仿吾
43…　序诗
瞿秋白
45…　赤潮曲
闻一多
46…　太阳吟
49…　也许
50…　死水
51…　心跳
53…　祈祷
梁宗岱
55…　散后（选一首）
55…　晚祷
李金髪
56…　弃妇
59…　温柔
60…　有感
徐志摩
62…　雪花的快乐
63…　沙扬娜拉
64…　半夜深巷琵琶
66…　再别康桥

67 … 我不知道风——
69 … 偶然
王独清
70 … 我从 Café 中出来……
穆木天
71 … 落花
73 … 苍白的钟声
蹇先艾
75 … 春晓
冯 至
76 … 我是一条小河
77 … 蛇
78 … 南方的夜
80 … 给一个战士
朱 湘
81 … 采莲曲
83 … 葬我
朱大枬
84 … 加煤
冯乃超
86 … 苍黄的古月
戴望舒
88 … 雨巷
90 … 古神祠前
92 … 我用残损的手掌
93 … 萧红墓畔口占
胡也频
94 … 秋色
殷 夫
96 … 别了，哥哥
98 … 议决
孙大雨
99 … 纽约城
方玮德
100 … 海上的声音
于赓虞
101 … 影
刘梦苇
103 … 铁路行
饶孟侃
104 … 招魂
方令孺
105 … 灵奇
林徽因
107 … 别丢掉
陈梦家
108 … 雁子
109 … 鸡鸣寺的野路
臧克家
110 … 老马
111 … 兵车向前方开
112 … 三代
112 … 生命的零度
116 … 有的人
林 庚
117 … 风雨之夕
汪铭竹
118 … 法兰西与红睡衣
玲 君
120 … 公园里的一张椅
陈江帆
121 … 鼠嫁女
沈紫曼
122 … 水的怀念
吕亮耕
123 … 影答形
罗大冈
124 … 无法投递
严 辰
125 … 星的歌·晨星
田 汉
126 … 义勇军进行曲
光未然
127 … 五月的鲜花
王亚平
128 … 灯塔守者
常任侠
129 … 吴淞
邵洵美
131 … 季候
何其芳
132 … 预言

134…… 欢乐
135…… 花环
136…… 成都，让我把你摇醒
李广田
139…… 秋的味
卞之琳
140…… 距离的组织
142…… 断章
143…… 第一盏灯
143…… 尺八
废名
144…… 十二月十九夜
罗念生
145…… 眼
146…… 时间
金克木
147…… 邻女
张寒晖
149…… 松花江上
方敬
150…… 雨景
徐迟
151…… 江南（一）
吴秋山
152…… 雪夜
辛笛
153…… 航
154…… 山中所见——一棵树
155…… 蝴蝶、蜜蜂和常青树
纪弦
157…… 你的名字
苏金伞
158…… 埋葬了的爱情
南星
160…… 静息
胡风
161…… 睡了的村庄这样说（节选）
聂绀弩
163…… 一个高大的背影倒了
田间
166…… 假使我们不去打仗
鲁藜
167…… 泥土
168…… 贝壳
邹荻帆
169…… 在天池的下面
任钧
170…… 警报
公木
171…… 八路军进行曲
孙毓棠
172…… 渔夫
艾青
174…… 大堰河——我的保姆
178…… 雪落在中国的土地上
181…… 我爱这土地
182…… 鱼化石
曾卓
184…… 有赠
186…… 悬崖边的树
曹葆华
187…… 西北哨兵
杜谷
188…… 泥土的梦
彭燕郊
190…… 殡仪
许幸之
192…… 铁蹄下的歌女
穆旦
193…… 赞美
195…… 旗
196…… 演出
198…… 冬（之一）
陈辉
199…… 姑娘
柳倩
200…… 假如我战死了
商展思
202…… 卷毛芦花马
蔡其矫
203…… 肉搏
205…… 双虹

高 兰
206 … 哭亡女苏菲
力 扬
211 … 雾季诗抄
阿 垅
212 … 孤岛
沙 鸥
213 … 新月
鲁 煤
214 … 牢狱篇
袁水拍
217 … 理发匠
唐 祈
218 … 游牧人
219 … 老妓女
杜运燮
220 … 井
222 … 滇缅公路
225 … 秋
朱 丹
226 … 天与海
陈敬容
227 … 力的前奏
228 … 山和海
袁可嘉
229 … 冬夜
唐 湜
231 … 我的欢乐
郑 敏
232 … 雷诺阿的《少女画像》
233 … 心象组诗
235 … 金黄的稻束
杭约赫
236 … 题照相册
何 达
237 … 我们开会
张志民
238 … 推菜车的人
阮章竞
240 … 风沙
覃子豪
241 … 距离
未 央
243 … 枪给我吧
傅 仇
244 … 夜景
郑愁予
246 … 错误
贺敬之
247 … 桂林山水歌
梁上泉
251 … 月亮里的声音
闻 捷
252 … 苹果树下
254 … 彩色的贝壳(之十六)
白 桦
255 … 情思
张 长
258 … 失落的笑声
饶阶巴桑
260 … 母亲
郭小川
261 … 甘蔗林——青纱帐
绿 原
263 … 又一名哥伦布
公 刘
265 … 运杨柳的骆驼
266 … 上海夜歌(一)
严 阵
267 … 月下的练江
痖 弦
268 … 秋歌
高 缨
269 … 等待
林 子
271 … 爱情诗十一首(选一首)
李 瑛
273 … 黄河落日
晏 明
275 … 黄山印象
沙 白
276 … 水乡行
林 希
277 … 你曾经是我的舞伴

昌耀
279… 峨日朵雪峰之侧
280… 夜行在西部高原
金波
281… 如果我是一片雪花
张秋生
282… 爱读诗的鱼
刘征
283… 花神和雨神
牛汉
285… 悼念一棵枫树
288… 汗血马
罗青
289… 逃狱的月亮
余光中
290… 乡愁
292… 民歌
洛夫
293… 与李贺共饮
罗门
295… 伞
蓉子
296… 晨的恋歌
舒兰
298… 瓶竹
舒巷城
299… 山顶缆车
许达然
300… 路
韩瀚
300… 重量
雷抒雁
301… 雨中谒郑成功墓
夐虹
302… 殒星
周良沛
303… 珍珠
朱子奇
304… 听肖邦的钢琴声响
食指
306… 相信未来
307… 这是四点零八分的北京
北岛
309… 回答
311… 古寺
舒婷
313… 船
314… 致橡树
315… 神女峰
顾城
317… 一代人
罗洛
318… 给诗人
赵恺
320… 第五十七个黎明
圣野
324… 磨刀石
梁南
325… 野百合花
宫玺
326… 最后的飞翔
丁芒
327… 江南烟雨
屠岸
328… 丁香
冀汸
329… 回响
邵燕祥
331… 沉默的芭蕉
杨炼
333… 大雁塔
梁小斌
335… 中国,我的钥匙丢了
莫文征
337… 海雾
高伐林
340… 燧石
江河
342… 星星变奏曲
柯原
343… 无题
韩东
344… 山民

傅天琳
345 … 七层塔顶的黄桷树
黄 襄
347 … 情歌四章
黎焕颐
349 … 赠一个藏族兄弟
孙静轩
351 … 媚态观音
林 泠
352 … 阡陌
章德益
353 … 西部太阳
刘祖慈
354 … 龙湾湖
孔 孚
356 … 春风
孙友田
356 … 护城河
熊召政
358 … 渔暮
马丽华
359 … 我的太阳(选一首)
王家新
360 … 星空：献给一个人
363 … 鱼
芒 克
364 … 阳光中的向日葵
陆 萍
365 … 冰着的
宋 琳
366 … 淘金者与豹
王小妮
368 … 一块布的背叛
欧阳江河
370 … 纸上的秋天
海 子
371 … 诗人叶赛宁之六：醉卧故乡
372 … 面朝大海，春暖花开
吉狄马加
374 … 自画像
严 力
376 … 还给我
王辽生
377 … 自然之恋
刘湛秋
378 … 中国的土地
非 马
379 … 蓬松的午后
梅绍静
380 … 三片叶子
叶延滨
381 … 唐朝的秋蝉和宋朝的蟋蟀
陈所巨
383 … 摇篮曲
许德民
384 … 墙
于 坚
385 … 一只蝴蝶在雨季死去
张 烨
387 … 求乞的女孩，阳光跪在你面前
多 多
387 … 致太阳
388 … 春之舞
桂兴华
390 … 父亲
李小雨
392 … 陶罐
芦 萍
394 … 没有靠岸的船
戈 麦
395 … 影子
骆一禾
395 … 黑豹
席慕蓉
397 … 十六岁的花季
西 川
398 … 我跟随一位少女穿过城市
林新荣
399 … 初恋
黑大春
400 … 当我在晚秋时节归来
陈东东
403 … 雨中的马

陆忆敏
404 … 美国妇女杂志
陈忠村
406 … 大树移植
郑小琼
408 … 方言
孙 思
409 … 阿炳与《二泉映月》
余秀华
411 … 我爱你

鸽　子　胡　适

云淡天高，好一片晚秋天气！
有一群鸽子，在空中游戏。
看他们三三两两，
　　回环来往，
　　夷犹如意，——
忽地里，翻身映日，白羽衬青天，十分鲜丽！

新诗第一次出现是在《新青年》第4卷第1号上，作者有胡适、沈尹默、刘半农。胡适作四首，第一首便是《鸽子》。因此，这首诗在中国新诗运动史上自有独特的地位。

这首诗写于1917年秋冬间，当时诗人刚从美国留学归来，执教于北京大学。他在北京大学这个新文化运动的大本营里颇有春风得意之感，因为他当时与陈独秀、李大钊等一批新文化运动的其他倡导者相处得很融洽，并且以他们这几个人为中心，团结了一批追随者，致力于新文化运动的深入开展。这首诗正是在这样的背景中写下的，因而该诗的主旨，是将自己以及几位朋友比作自由翱翔的飞鸽，从而表达一种投身于新文化运动的自豪感。

从艺术上来看，这首中国早期新诗的代表作也有很多特色，尤其是它较好地体现了作者本人提出的一套开风气的新诗理论。如胡适曾指出：关于新诗的音节，靠的是“语气的自然节奏”和“每句内部所用的字的自然和谐”，平仄并不重要；而用韵方面，可以有多种自由，或“用现代的韵”，或“平仄互押”，“有韵固然好，没有韵也不妨”；至于艺术表现方法，则需要用“具体的做法”，换言之，“凡是好诗，都是具体的；越偏向具体的，越有诗意诗味。凡是好诗，都能使我们脑子里发生一种或多种——明显的逼人的影像”(《谈新诗》)。对照《鸽子》一诗，正是如此。首先，该诗的音节确实大体上做到了自然和谐，全诗基本上用自然的语气一气贯注下来，相当流畅；其次，该诗注意押韵，且全诗又押同一韵(i)，然而诗中用的又是现代韵，也不受平仄限制，这样，全诗既自由地表达了思想，又具有诗歌的音乐感；还有，该诗的主旨(表达新文化运动倡导者的自豪感)虽是抽象的，但作品的确采用了“具体的写法”，即把笔墨集中在描绘洁白的鸽子在蓝天中“回环往来，夷犹如意”和“翻身映日”这幅鲜丽的画面上，这就避免了“抽象的题目用抽象的写法”的弊病，也给读者留下了联想和回味的余地。

胡适在尝试新诗写作时，还特别强调“诗体的大解放”。《鸽子》一诗在这方面同样是突出的。全诗六句，每句字数不等，音节数也参差不齐，用韵又随便，语言上又是相当的口语化，总之，它是明显地冲破了旧体诗词格律的束缚。不过，作为中国最早的新诗代表作，《鸽子》一诗(包括《尝试集》中其他一些作品)实际上还留有文言旧诗的若干痕迹，如“夷犹如意”句，就不那么通俗，也不够口语化，甚至全诗还多少受着旧诗词的影响。可贵的是，胡适稍后也看到了这一点：“我现在回头看我这五年来的诗，很像一个缠过脚后来放大了的妇人回头看他一年一年的放脚鞋样，虽然一年放大一年，年年的鞋样上总还带着缠脚时代的血腥气。”(《尝试集·四版自序》)应当说，所谓“缠脚时代的血腥气”，那是一种不值得后人苛求反而是应当充分谅解的历史局限性。(朱文华)

梦与诗　胡　适

都是平常经验，

都是平常影象，
偶然涌到梦中来，
变幻出多少新奇花样！

都是平常情感，
都是平常言语，
偶然碰着个诗人，
变幻出多少新奇诗句！

醉过才知酒浓，
爱过才知情重：——
你不能做我的诗，
正如我不能做你的梦。

（自跋）这是我的“诗的经验主义”（Poetic empiricism）简单一句话：做梦尚且要经验做底子，何况做诗？现在人的大毛病就在爱做没有经验做底子的诗。北京一位新诗人说“棒子面一根一根的往嘴里送”；上海一位诗学大家说“昨日蚕一眠，今日蚕二眠，明日蚕三眠，蚕眠人不眠！”吃面养蚕何尝不是世间最容易的事？但没有这种经验的人，连吃面养蚕都不配说。——何况做诗？

胡适是中国新诗的开山，他的《尝试集》则是中国新诗的第一部诗集。对于新诗创作，胡适曾有过明确的主张即“诗体的大解放”和“自然的音节”。这基本上是针对旧体诗歌而言的。胡适认为新诗的最大特点应在于明白清楚，因此强调诗歌语言的口语化，并主张以日常生活语言和经验等入诗。在新文学史上，胡适的理论和创作都产生了开风气的积极作用。

由于胡适是中国新诗的初创者，因此他的许多作品包括《尝试集》都不免于有相当的缺陷，但是同时，《尝试集》中那些比较成功和出色的作品，则无疑也代表了中国初期新诗创作的一种最高成就。《梦与诗》便可称得上是一首佼佼之作。

从诗后的胡适“自跋”来看，这首诗似乎是意在说理。胡适强调的无非是这样一个道理，诗歌创作必须以生活和人生经验为基础，否则，作品便很难成功。以诗的具体内容来看，胡适还强调了，正是由于人生经验的各不相同，故而诗歌创作也就风格迥异。全诗分为三节。第一节以日常经验为表现对象，指出在个人的梦幻世界中，那些“平常经验”也会呈现出千姿百态的面貌。第二节以情感语言为表现对象，已进入审美领域，说明在诗人的笔下，那些“平常情感”和“平常语言”能够获得一种艺术的丰富魅力。这两节乃是这首诗的“比”和“兴”，第三节则是全诗的核心，强调了诗歌创作的个性经验性。以说理而论，全诗三节堪称环环紧扣，层层递进，珠联璧合，无懈可击，不失为妙作。

然而，这首诗的成功，主要却并非在其说理，而在其诗歌的形式结构和语言艺术。这首诗的结构可说是相当简洁，但在这简洁之中却又蕴含着变化的层次，层次之间的连接又是非常的自然、明快，语感相当流畅。再说到语言技巧的运用，这首诗也几乎简单到了极点，第一、二节都是相同的句式乃至相同的词语，但是这种重复并没有给人以刻板、滞重之感，相反，由于其节奏的自然，略显口语化的语言风格，正使人读来不仅朗朗上口，而且还颇有亲切回味的余韵。这样，最后一节的诗味也才显得更为浓郁。特别是，因为有“醉过才知酒浓/爱过才知情重”这两句妙语作比，全诗的末两句才不会因口语化的表现而抹杀了其中的诗美。如果要理解诗歌语言中化腐朽为神奇的创作艺术，那么，胡适的这首《梦与诗》大概可以算是一个成功的范例。（吴　俊）

一个小农家的暮　刘半农

她在灶下煮饭，
新砍的山柴，
必必剥剥的响。
灶门里嫣红的火光，
闪着她嫣红的脸，
闪红了她青布的衣裳。

他衔着个十年的烟斗，
慢慢地从田里回来；
屋角里挂去了锄头，
便坐在稻床上，
调弄着只亲人的狗。

他还踱到栏里去，
　看一看他的牛，
回头向她说：
“怎样了——
我们新酿的酒？”

门对面青山的顶上，
松树的尖头，
已露出了半轮的月亮。

孩子们在场上看着月，
还数着天上的星：
“一，二，三，四……”
“五，八，六，两……”

他们数，他们唱：
“地上人多心不平，
天上星多月不亮。”

一九二一，二，七，伦敦

刘半农在倡导“五四”白话新诗运动中，是一位卓有成效的诗人。他不但运用白话口语，还吸收民歌民谣的语言入诗；他主张“破坏旧韵，重造新韵”；要“增多诗体”；提倡“写真”，写出“思想中最真的一点”。在题材内容上，他提倡多写社会基层，写工农劳动群众的生活和命运，同情并赞赏劳动人民。他常常从劳动者的立足点和具体生活环境落笔，写出了不少备受好评和广为传诵的好篇章，如《教我如何不想她》《相隔一层纸》《学徒苦》《铁匠》《奶娘》《敲冰》等，包括《一个小农家的暮》，都是具有代表性的新诗佳作，值得新诗史的肯定和传承。

《一个小农家的暮》正是刘半农尝试的众多体裁的一种。此诗虽是作者留学伦敦时所写，但仍真实地写出了他所了解的，并怀有深情厚爱的中国农村景象，可称得上一幅中国农村的风俗画和风情画。

此诗在艺术表现上的基本特点是，不同于直抒胸臆的表现自我，亦不重义理警策，而是全然采取写实主义的白描手法。这种手法有以下几层用心：首先是善于提炼和剪裁，直接截取小农家的一个短小而又完整的生活片断。在一个劳动日的傍晚时分，太阳刚下山，这户农家的女主人在灶间烧火煮饭，农夫从田地上收工回家，坐下，抽烟，逗狗，去栏里看牛，问妻子要尝米酒。然后夜幕降临，月亮升起，孩子们在禾场上仰天数星，唱着儿歌。自始至终，诗篇呈现在读者面前的，全是生活场景，栩栩如生，让人有身临其境之感。其次，不同于抒情诗的直白、自叙，本诗着重写人物，写活动，写细节，写场面。“她在灶下煮饭”，“嫣红的火光”照映出“她嫣红的脸”；“新砍的山柴，必必剥剥的响”；他衔着烟斗回来，“屋角里挂去了锄头”；“踱到栏里去，看一看他的牛”……以及孩子们数着星望着月，边跳边唱等，都是生动传神、令人过目不忘的细节和场面。透过这种真切的描写，让人感觉出这个家庭里人与人的关系是平等的，互动的，亲密的，和谐的，拥有一份真心实意的忠诚的爱，这就达到了人物刻画的效果。再次，诗人在如实白描的基础上，又精心渲染、烘托出那种动心的、令人陶醉的诗意境界。“门对面青山的顶上/松树的尖头/已露出了半轮的月亮”，这是诗，也是画，忽然间冒出的描绘，真是精美绝伦，令人扼腕叹服。

《一个小农家的暮》，显然描画出了诗人心目中理想化的农村。农民凭着辛勤的劳动，自食其力，自给自足，不受压迫和剥削，亦在自然灾害之外，享受安定而又怡然自乐的生活。尽管在当年的中国农村，这等幸运美景，大部分农民是无法享受的。但是，作为诗人，他带着理想成分是无可厚非的，何况诗中还倾注了他对农民的善良的了解和同情，和为农民争取生存与解放的热情。也可以说，诗中提出了中国农民生活的基本要求，这是万千农夫、农妇所乐意看到的。诗的最后二句“地上人多心不平/天上星多月不亮”，这亦暗示了现实社会中并非都是如诗中所写的小农家。

总体说来，这首诗在写工农大众题材、创造新诗体、运用通俗语言等方面，都属开风气之先。在写实主义和艺术表现手法上，亦获得了独特的成功。顺便重提一句，此诗乃诗人1921年初创作于异国他乡，由此足见其故国之念、思乡之情的真切和深厚。（何佩刚）

教我如何不想她　刘半农

天上飘着些微云，
地上吹着些微风。
啊！
微风吹动了我头发，
教我如何不想她？

月光恋爱着海洋，

海洋恋爱着月光。
啊!
这般蜜也似的银夜,
教我如何不想她?

水面落花慢慢流,
水底鱼儿慢慢游。
啊!
燕子你说些什么话?
教我如何不想她?

枯树在冷风里摇,
野火在暮色中烧。
啊!
西天还有些儿残霞,
教我如何不想她?

1920 年 9 月 4 日,伦敦。

1920 年,刘半农赴欧洲留学,致力语言学研究。在新文学运动中他是一员骁将,如今远离燃烧着反封建斗争烈火的故土,成了一名海外游子,感慨颇多,于是举笔写成这首感情深沉的诗作。

诗作发表时标题《情歌》,后改为《教我如何不想她》。据当年与诗人同在欧洲留学,并为这首诗谱曲的赵元任教授说,诗中的"她",代表当年赵元任和刘半农在国外时日夜思念的祖国。如此看来,这首诗是诗人爱国之情的真切流露,而并非是一首如常人所理解的思念情人的情诗。

刘半农作诗的路子很宽,他主张形式可以"输入"与"自造"。他是最早提倡向歌谣汲取营养并获得实绩的诗人之一,这首诗便积极地借鉴了歌谣表现技巧的某些长处。诗共四节,每节开头都汲取了歌谣中最常用的"比兴"的手法,通过对某种景致的描写,借景传达诗人的意图,都是为了渲染、烘托"教我如何不想她"的内涵。在第一节中,微风、微云作为一种起兴,如同江河、明月一样,多为诗人创造的用以暗示思乡之情意境的一种媒介。微风、微云在情境上对应着淡淡的思乡之情的苦涩,作为全诗的开头颇为贴切。

接着,诗人通过对月光与海洋契合无间、依傍难分的情状的拟人化的描述,极富联想地将诗人内心那种缠绵不舍、依恋难分的思绪表达出来,从而生动地创造出一个在"蜜也似的银夜"下苦恋的意境。而水上浮花、河底游鱼,这两组意象本身就含有飘忽不定、孤苦无告的象征意义,"慢慢"作为一种时间量,强调的是其反衬意义:诗人情思的急切感和思念不成的无可奈何之状。终于,诗人连传递家乡信息的燕子的言语也没有听清楚,这就更加深了诗人的失落感!第四节"枯树""野火"两句对得很有特色。从意义上说,"冷"对"热",是诗人思念之情的两个层次,即苦闷与焦灼;两者相辅相成,互为烘托。把残霞比喻成野火而不是烈火,也很有理趣。野火比烈火更符合诗人作为游子的身份;同时,野火也容易使人联想到春风,因此它多少寄寓了诗人的一些希冀。整首诗意境氛围由淡而浓,情感节奏由轻而重,从而使内容主旨由浅入深。

同时,这首诗注意到听觉形象的要求,形象生动鲜明,语言通俗简洁,节奏流畅,体式整齐,很适宜谱曲。这无疑对新诗形式的探索具有相当的启发性。(张　新)

三 弦 沈尹默

中午时候，火一样的太阳，没法去遮拦，让他直晒着长街上。静悄悄少人行路；只有悠悠风来，吹动路旁杨树。

谁家破大门里，半院子绿茸茸细草，都浮着闪闪的金光。旁边有一段低低土墙，挡住了个弹三弦的人，却不能隔断那三弦鼓荡的声浪。

门外坐着一个穿破衣裳的老年人，双手抱着头，他不声不响。

全诗分为三小节，每一节都是一幅画。三小节诗依次清晰地表现为远景、中景、近景，从而又共同组合成有层次、有意境、逼真浑融的完整画面。

作者先描画的远景，重点突出了“中午时候，火一样的太阳”和“少人行路”的长街，强烈的日照，无人的街道，使画面显示出独特的静感。当然，这种静感与很多诗文中描写的“静夜”截然不同，夜晚的静，往往清冷恬淡，而《三弦》中夏日正午的“静”却反射出一种灼热感，使人觉得沉闷。在这般沉寂的背景中，唯有三弦的声浪在断墙颓垣边鼓荡，使原先那种寂寞、烦闷感又平添几分沉重。这便是作者在第二小节诗中所渲染的一种气氛。在这一节诗中，作者并没具体描绘三弦的弹奏者，而旨在表现三弦的声响与节奏，然而，就在这一静一动之中，画面与音响交融一体，互为映衬，奠定了诗的整体格调。虽然在这第二小节诗中，也有“绿茸茸细草”，“浮着闪闪的金光”，似乎透出几分自然的生机，但终究抵不住鼓荡着的三弦声浪。诗的第三小节正表现了这种情景。作者用特写的方式，描画了一个身穿破衣、双手抱头、不声不响的老人，他的面貌、神情虽不可见，然而他的动作、姿态却表明那声声拨动的“三弦”，正激起他心中的共鸣，并表现出他内心的孤寂与沉痛。这一幅以人物为主角，以景物、音响为背景的图画，真实地表达出当时社会人生的一个侧面，将古老的中国北方城镇的衰老与没落描画得极为传神。整幅画面意象苍老、破败，情绪低回沉重而又焦躁，思想却深远地蕴藏着，作者似乎在表现一种世道没落的情怀，又似乎在作一种人道主义的感叹。

这首诗由三弦的乐音中缓缓吐出，诗中用了一连串声母均为 d、t 的字，用以模写三弦的声音，又把四声参错杂用，更显出三弦声的抑扬顿挫。《三弦》虽是新诗，却也采用了旧体诗词的表现方法，运用双声叠韵来帮助音节的和谐，造成有韵味的音乐效果。这首新诗在继承发展我国古典诗词描绘音乐的优良传统并有所革新创造方面，也作出了可贵的探索与尝试。还应指出的是，《三弦》中所用的白话，白得彻底，但决不粗俗，这在那个时代，实为难能可贵。

此诗用了散文体的形式，然而读了只觉得是诗，正如茅盾所指出的是“比我们常见的分行写成长短一样的几行而且句末一字押韵的诗更‘诗些’的”（茅盾《论初期白话诗》，载《文学》第八卷第一期）。（漆　瑗）

梦 鲁 迅

很多的梦，趁黄昏起哄。
前梦才挤却大前梦时，后梦又赶走了前梦。
　去的前梦黑如墨，在的后梦墨一般黑；
　去的在的仿佛都说，“看我真好颜色。”
颜色许好，暗里不知；

而且不知道，说话的是谁？

暗里不知，身热头痛。
你来你来！明白的梦。

1918年5月，鲁迅在《新青年》上发表新文学史的第一篇白话小说《狂人日记》的同时，还发表了白话新诗《梦》《爱之神》《桃花》等三首，接着又发表了《他们的花园》《人与时》等几首。鲁迅说他是“不喜欢做新诗的”，“只因为那时诗坛寂寞，所以打打边鼓，凑些热闹；待到称为诗人的一出现，就洗手不作了”（《集外集·序言》）。“打打边鼓”之说，自然是鲁迅自谦之词。但以后鲁迅致力于小说、杂文的写作，很少再写新诗，确系实情。这不多的几首诗，在“五四”时期，对新诗的发展也确是起了“打打边鼓”的作用。

在《梦》这首诗中，鲁迅以“梦”的意象来表达自己的一些想法。人们做梦这一心理现象，总是发生在睡眠之时。但诗中却说，在“黄昏”时候，“很多的梦”“起哄”。这里说的“黄昏”，显然不是指日落黄昏的时候，而是指特定的历史时期；所谓“梦”，也不是指心理现象的“梦”，而是指一种憧憬、一种希望、一种理想。鲁迅说他青年时候就曾经“做过许多好梦”，比如去日本学医，就做过治病救人或在必要时去当军医这样“很美满”的“梦”；稍后弃医从文，筹办《新生》时，又与几个朋友做着“纵谈将来的美梦”（《呐喊·自序》）。然而，这些“梦”都没有成为现实。这首诗里所说的“梦”的含意正在于：在那“风雨如磐”的黑暗年代，各种各样的人，做着各种各样的“梦”：什么“钩爪锯牙”呀，“制造商估立宪国会”呀，“反清革命”“恢复汉官威仪”呀，等等。这一个又一个的“梦”，不是“黑如墨”，就是“墨一般黑”，没有什么不同。“去的”或“在的”“梦”都说自己“真好颜色”，都是“好梦”。或许真的是这样，但在黑暗中又怎么辨别得清楚呢？甚至是什么样的人在吹嘘自己的“好梦”也不容易弄清楚。这里的言外之意是：过去的就让它过去吧！这是对过去的彻底否定。

结尾两行，是这首诗的主旨所在：身处黑暗中，什么都看不见，就像在“没有窗户”的“铁屋子”里，“身热头痛”，快要被闷死了。然而，诗人已敏感到：“时候已是二十世纪了，人类眼前早已闪出曙光。”（《坟·我之节烈观》）呼唤“快来快来，明白的梦”，正是诗人对光明的热切期待。

以“梦”作为意象，既有具体的感性形式，含蓄但不是朦胧；又有理性内容，直白但不是说教。这就是这首诗的主要特色。（邵伯周）

他　鲁迅

一

“知了”不要叫了，
他在房中睡着；
“知了”叫了，刻刻心头记着。
太阳去了，“知了”住了，——还没有见他，
待打门叫他，——锈铁链子系着。

二

秋风起了，

快吹开那家窗幕。
开了窗幕，会望见他的双靥。
窗幕开了，——一望全是粉墙，
白吹下许多枯叶。

三

大雪下了，扫出路寻他；
这路连到山上，山上都是松柏，
他是花一般，这里如何住得！
不如回去寻他，——阿！回来还是我家。

鲁迅是旧体诗名家。“五四”时期，为了推动新诗运动的发展，他也创作过虽然为数不多，但无论思想内容，还是艺术表现，都颇具特色的新诗。这首《他》便是其中之一。

这是一首颇具特色的爱情诗。“五四”之前，汉字中没有表示女性的“她”字。刘半农 1920 年 6 月 6 日所作的《她字问题》一文主张创造“她”字，作为“第三位阴性代词”。刘半农的这一主张，后来得到文化界的认同。从此，女性用“她”字来表示。这首《他》发表于刘半农这一提议一年多前。细读全诗，诗中的“他”，当是女性。

全诗分为三节，抒写“我”从夏到冬对意中人“她”的思念与寻找。

首节表现夏季对“她”的关心、思念，一心想见“她”的强烈愿望。诗人抓住富有夏季特征的事物，表现自己对“她”的关心。从开头两句可以看出，“我”家与“她”家相隔不远，“我”对“她”的生活习惯是相当了解的。或许，时间正是午后，“她”正午睡，所以抒情主人公呼唤“‘知了’不要叫了”，但知了哪里知道“我”的愿望呢，自然叫个不停，因而“我”“刻刻心头记着”，担心知了的叫声影响了“她”的休息。这样一直从午后到日落西山，连不知疲倦的知了也停止了叫声，“我”还没有见“她”。想到打门叫“她”，但是，“锈铁链子系着”。从诗人精心创造的“锈铁链子”这一意象，可见“她”家是一个破落的封建家庭。出身于这种封建家庭的青年女子，自然被封建礼教束缚着。要冲破封建礼教的束缚，那是困难重重的。

诗的第二节，抒写“我”秋天仍未见到“她”的失望情绪。夏天未见到“她”，一到秋天，“我”自然想尽早见到“她”，希望“她”家“开了窗幕，会望见他的双靥”，但事与愿违，“窗幕开了”，却“一望全是粉墙”，“我”的失望情绪是可想而知的，所以这节以“白吹下许多枯叶”作结。

第三节写冬天“我”去寻找“她”而未得的失落情绪。如果说前两节是写“我”强烈地盼望见“她”的主观愿望，那么，经过从夏到秋的漫长时间里，一直未能见到“她”，这一节是写“我”由见“她”的愿望落实到寻“她”的行动——“大雪下了，扫出路寻他”，但花一般的“她”，难以住在全是松柏的山上。正当“我”急切地一心想回去寻“她”时，猛然间，发现“回来还是我家”。诗篇至此，戛然而止，真切地抒写了“我”追求爱情而不得的失望、失落情怀。

这首诗表现了“我”对爱情的执著追求与追求爱情而不得的失望情绪，感情的抒发既真挚，又自然，因而具有感人的艺术力量。这种执着追求爱情的行为，在封建礼教像“锈铁链子系着”一般束缚广大男女青年的五四时期，无疑具有强烈的反封建意义，这就使这首诗具有了“五四”的时代精神。

这首诗的语言平易朴素、清新自然，构思精巧而不露斧凿的痕迹。第一节“睡着”“记着”“系着”三个“着”字同韵相押，第二节“靥”“叶”押韵，第三节“他”“柏”“家”押韵。各节押韵，节与节自然换韵，音韵和谐，增强了诗的音乐美感。（潘颂德）

小　河　周作人

有人问，我这诗是什么体，连自己也回答不出。法国波特来尔(Baudelaire)提倡起来的散文诗，略略相像，不过他是用散文格式，现在却一行一行的分写了。内容大致仿那欧洲的俗歌；俗歌本来最要叶韵，现在却无韵。或者算不得诗，也未可知：但这是没有什么关系。

一条小河，稳稳的向前流动。
经过的地方，两面全是乌黑的土，
生满了红的花，碧绿的叶，黄的实。
一个农夫背了锄来，在小河中间筑起一道堰，
下流干了；上流的水，被堰拦着，下来不得：
不得前进，又不能退回，水只在堰前乱转。
水要保他的生命，总须流动，便只在堰前乱转。
堰下的土，逐渐淘去，成了深潭。
水也不怨这堰——便只是想流动，
想同从前一般，稳稳的向前流动。

一日农夫又来，土堰外筑起一道石堰。
土堰坍了：水冲着坚固的石堰，还只是乱转。

堰外田里的稻，听着水声，皱眉说道，——
“我是一株稻，是一株可怜的小草，
我喜欢水来润泽我，
却怕他在我身上流过。
小河的水是我的好朋友，
他曾经稳稳的流过我面前，
我对他点头，他向我微笑，
我愿他能够放出了石堰，
仍然稳稳的流着，
向我们微笑：
曲曲折折的尽量向前流着，
经过的两面地方，都变成一片锦绣。
他本是我的好朋友，——
只怕他如今不认识我了；
他在地底里呻吟，
听去虽然微细，却又如何可怕！
这不像我朋友平日的声音，

——被轻风挽着走上沙滩来时，
快活的声音。
我只怕这回出来的时候，
不认识从前的朋友了，
便在我身上大踏步过去：
我所以正在这里忧虑。”
田边的桑树，也摇头说，——
“我生的高，能望见那小河，——
他是我的好朋友，
他送清水给我喝，
使我能生肥绿的叶，紫红的桑葚。——
他从前清澈的颜色，
现在变了青黑；
又是终年挣扎，脸上添出许多痉挛的皱纹。
他只向下钻，早没工夫对了我点头微笑，
堰下的潭，深过了我的根了。
我生在小河旁边，
夏天晒不枯我的枝条，
冬天冻不坏我的根，
如今只怕我的好朋友，
将我带倒在沙滩上，
拌着他卷来的水草。
我可怜我的好朋友，
但实在也为我自己着急。”

田里的草和虾蟆，听了两个的话，
也都叹气，各有他们自己的心事。

水只在堰前乱转；
坚固的石堰，还是一毫不摇动。
筑堰的人，不知到那里去了？

《小河》写作于1919年1月，正是白话诗创作方兴未艾之时。它的发表给新文学带来不小的震动，胡适曾称它为“新诗中的第一首杰作”（《谈新诗》）。朱自清更是称赞它“融景入情，融情入理”（《〈新文学大系·诗集〉导言》）。但以后随着作者在敌伪时期的变节，也随着后来者艺术鉴赏趣味的改变，对这首诗的批评愈见增多。也许批评中掺杂了一些非诗因素，因此许多批评未必中肯。平心而论，《小河》确是新文学初期的新诗代表作之一。

诗的小序，透露出作者在创作准备时，已经融入了波德莱尔的影响，其表现为两点：第一，诗的形式是散文诗，不过是用分行的手法来写，但构思布局和语言特点都是散文化的；第二，在创作手法上，它是象征的、隐喻的，在小河的意象背后包容了诗人对西方现代思潮的理解。

因为是散文诗，所以它无韵，完全摆脱了旧体诗形式的束缚，换上明白达意的口语，形同散文。如果以抒情诗的要求来读它，难免觉得它在语言上的稚拙和不精炼，或者冗长。但它传达出来的，确实是诗的语言。它在亲切、朴素和细腻的文本形式下包含着两层意义：一是对具体意象的细密观察，描绘出小河流动受阻后的各种景象，以抒写个性要求发展的情怀，——也即朱自清所说的“融景入情”；二是更深入一步，借各种生物之口，诉说出它们对小河受阻后的同情、悲哀以及恐惧，曲折地表达了对生命力的复杂理解——也即“融情入理”。这首诗通篇没有说教的痕迹，始终围绕具体的意象，以描摹和象征的结合，显示了传统旧体诗词的程式化语言所无法表达的优越性。

文本的双重意义决定了小河的象征具有多层内涵。诗的前半部分是写一条小河在生满“红的花，碧绿的叶，黄的实”的两岸中间“稳稳的向前流动”，描绘出小河流动时生机盎然的常态画面。但是“一个农夫背了锄来，在小河中间筑起一道堰”，使小河“不得前进，又不能退回，水只在堰前乱转”，展开了对堰冲击的斗争。然而，河与堰并非有什么宿怨，“水也不怨这堰——便只是想流动/想同从前一般，稳稳的向前流动”。这个假想反映了“五四”时代的人道主义思潮对作者的影响：一切都只是按着本性而行动，而发展，有所障碍，便去竭力排除，但排除它的目的只是为了进步和发展，并不是为了损害他人。作为筑堰堵水者的农夫也是个面目不清的形象，他为何一再筑堰，阻挠水流？诗中未加说明，也无须说明，它不过是象征了社会上一种妨碍个性发展的人为势力而已。

诗的后半部分从第十三行开始，叙事视角改变了。原先作为叙事者角色的作者退入了幕后，却出现了河、堰双方搏斗时作壁上观者——稻、桑、草和虾蟆们的对话，描绘出它们对于被囚住的河水的复杂感情。它们都是小河的“好朋友”，对小河的被阻怀着同情，它们对小河的生命力在石堰的囚阻下渐渐委顿报以同情，但这种同情下面，它们又抱着深深的顾虑和畏惧。它们凭着本能的敏感担心着，小河的生命力得不到正常的流动后，会积聚起巨大的破坏因子，一旦冲出堰堤，就会发生可怕的后果。

诗的后半部分中，小河的意象内涵已经发生了变化。它展示出作者对它相当复杂与深刻的理解力。如果用中国传统思维习惯来解释这首诗，小河的意象自然会使人联想到“防民之口，甚于防川，川壅而溃，伤人必多”和“载舟覆舟”之类的古训，于是就得出作者对革命感到忧惧的结论。其实，在“五四”一代的知识分子中，对河流的意象已经赋有新的、来自西方的象征意义：暗示生命力的冲动，这概念来自柏格森的学说。罗曼·罗兰在《约翰·克利斯朵夫》中写下著名的开篇第一句：“水声浩荡”，已开先河。生命力的困顿和受压抑，反使破坏力量因此而积聚，一旦冲破理性的堤防，将会是玉石俱焚、难以收拾。这种想法与当时刚刚传入中国学界的弗洛伊德学说显然是有关的。——柏格森＋弗洛伊德，正是日本文艺理论家厨川白村的名著《苦闷之象征》带给中国知识分子的礼物。周作人当然不会例外。更何况他写《小河》的前后，正在起劲地读弗洛伊德、卡彭德和蔼理斯的书。联系全诗看，小河的象征由“个性”转到“生命力”再进而暗示出关于弗氏“潜意识”“伊德”之类的理解，正表现出“五四”新诗与世界思潮同步的知识构造与开阔境界，这也正是深得其意的郑振铎在 1935 年时还说《小河》至今“却终于不易超越”（《〈中国新文学大系·文学论争集〉导言》）的含义所在。（陈思和）

苍　蝇　　周作人

我们说爱，

爱一切众生；
但是我——却觉得不能全爱。
我能爱狼和大蛇，
能爱在山林里的猪。
我不能爱那苍蝇。
我憎恶他们，我诅咒他们。
大小一切的苍蝇们，
美和生命的破坏者，
中国人的好朋友的苍蝇们啊！
我诅咒你的全灭，
用了人力以外的
最黑最黑的魔术的力。

一九二一年四月十八日

周作人一向承认他身上藏着两个鬼：流氓鬼和绅士鬼。所谓“流氓”，指的是他敢于同封建传统思想捣乱，反抗现有的社会秩序；所谓“绅士”，可以说是中国传统士大夫文化在他身上的复生，使他逐渐生成清闲、平和与冷漠的心境。30年代以后的周作人的作品，多以绅士气为代表风格，然而在“五四”初期，他却实在是凌厉浮躁，叱咤风云过一阵子的，那些充满流氓气的作品便是证明。

《苍蝇》正是这样一首好斗的流氓气作品。写这首诗的时候，诗人因病住院，心境多少有些浮躁，他从诅咒开始，开宗明义地宣告了与苍蝇不共戴天的仇恨。这种态度自然与讲究博爱的谦谦君子风度相抵触，故而他率先排列出狼、大蛇和林里的猪为例，表明自己并非不宽厚，——以狼之凶残、蛇之阴毒和野猪之贪婪，已经够得上但丁笔下的狮、豹、狼的形象了，但作者以为尚且可以去爱，唯独苍蝇不仅是不能施之于爱，而且还要“用了人力以外的，最黑最黑的魔术的力”来诅咒它的灭亡。这种坚决的不妥协立场，倒是与鲁迅在《二十四孝图》中对反对白话者的强烈诅咒相近似。

从表面上看，诗人恨苍蝇只是因为接受了科学的洗礼，知道它能够传染病菌，因此对这种飞虫有着恶感。其实在诗的后半部分，隐隐地流露出他真正的攻击目标。当他诅咒苍蝇为“美和生命的破坏者”时，还可以理解为诗人病中的愤世嫉俗心情，然而紧接着一句“中国人的好朋友的苍蝇啊”，则点出了苍蝇作为愚昧、落后、不文明的社会环境的产物，他已经把苍蝇视作为中国旧文化的代表者了。唯有把苍蝇放在这样一个文化背景下，我们才能真正地把握诗人的那种激愤之情，也才能理解周氏兄弟在新文学初期同享盛名的原因所在。

无论在中国还是在西方，古典文人对苍蝇似乎都无恶感，歌之咏之者甚多，日本俳句诗人小林一茶甚至在诗中呼道“不要打哪，苍蝇搓他的手，搓他的脚呢”，颇有温馨的感情色彩。周作人终究是博学，对于这些咏蝇的文学作品亦是熟如指掌，当他读着这一句诗时，常常会想起自己的诗而觉得惭愧，以为自己的心情总不能达到那炉火纯青的一步——当周作人把这些心境写进文章里时，已是1924年了，比写《苍蝇》迟了整整三年，由此也表明他身上的绅士气已经抬头，并终将要战胜他的流氓气。（陈思和）

窗　外　康白情

窗外的闲月

紧恋着窗内蜜也似的相思。
相思都恼了，
她还涎着脸儿在墙上相窥。

回头月也恼了，
一抽身儿就没了。
月倒没了；
相思倒觉着舍不得了。

二月九日，北京

康白情是五四时期在文学上十分活跃的一位诗人。朱自清认为，与胡适的诗歌主张“同调”的只有康白情一人。不过，康白情比胡适在诗的立意上更具有创造性，表现手法更刻意求新，在诗体解放的路上也走得更大胆。这首诗便体现了诗人在处理题材和立意上新颖的想象力。

在传统诗歌中，表现月与相思的题材不计其数，并形成了一种模式：以月起兴，借月这一媒介，寄托诗人的相思之情。以这样一个传统题材为诗料，极易受到传统手法的束缚，诗人却偏要在其中寻觅新诗的表现力，这本身就是对诞生不久的新诗的一个考验。

胡适曾以这首诗为例，说明诗体解放对于表达复杂情感、精密观察的重要性，认为这首诗若用旧体，一定不能说得如此细腻。的确，这首诗表达的细腻与采用自由体和现代口语密切相关。例如第二节连续四个“了”，把闲月的羞恼的情绪和略带顽皮戏谑的个性细腻地表达了出来；这种自然的语言节奏与那种一唱三叹的旧诗节奏是迥然不同的。康白情是最早具体提出新诗应当注重顺耳、爽口、易唱功能的，因而他的诗注重节奏的自然，并与内容相和谐。在立意和表现手法方面，诗人一反传统模式，将月与相思充分人格化，使两者相互依恋而为一种人际关系，把通常是诗人与月的关系中的诗人一方隐去，直接地去描写月与相思的感情纠葛，呈示一种崭新的意境。第一节，写明月紧恋着相思。本来因见月而勾起相思之情，所谓“举头望明月，低头思故乡”；但是诗人却另辟蹊径，暗示思念本身也是一种痛苦，思念越多，痛苦越深。然而，明月似乎并不懂得相思的这种特殊的苦恼，或者说由于太偏执于与相思的依恋之情，于是反把相思弄恼了。第二节，明月原也是恋着相思，或更是怜悯着相思，却弄得个“多情却被无情恼”，于是也终于气恼地离开了。然而，相思气恼明月原是因为见月愈久，相思愈深，也就愈伤情乱神，它并不是一个“无情物”，如今月走了，相思又感到孤独了。真是“相见时难别亦难”。短短八句，就把如此复杂丰富的情感有层次而富于戏剧性地表达出来了。（张 新）

云与月 郑振铎

我若是白云呀，我爱，
我便要每天的早晨，在洒满金光的天空，
从远远的青山，浮游到你的门前，
当你提了书囊出门时，
我便要随了你，投我的阴影在你身，为你遮着日光了。

我若是小鸟呀，我爱，
我早已鼓翼飞到你的窗前，
当黄昏时，停在梨树的枝头，
看着你在微光里一针一针的缝你的丝裳，
只要你停针，抬头外望，
我便要唱歌，一只爱的歌，给你听了。

我若是月光呀，我爱，
我便当高高的挂在中天，
用我的千万只眼，照进白纱的帏帘，
窥望着你在甜蜜的眠着，
只要你的身向外转侧，
我便要在你的前额，不使你警觉，轻轻的密吻着了。

一九二三，四，二九，夜。

1923年4月29日夜晚，对于年轻的郑振铎来说，一定是一个十分激动的时刻。因为，在这个晚上，他竟一连写了两首情诗——也是他一生中发表的仅有的两首情诗——《爱》和《云与月》。

这是真正的情诗，是送给他当时热恋的高君箴小姐的；而不是像朱自清说的徐志摩写的情诗那样，“不一定是实生活的表现，只是想象着自己保举自己作情人，如西方诗家一样”。《云与月》的副标题“寄M”，据了解，这个“M”是从“妹”字来的爱称：高君箴在家里最小，被叫作“小妹”。

《爱》的前半部分用了自问自答的形式，歌颂了爱情的伟大力量：“每朵春花都爱和暖的日光么？/——是的/每棵绿草都爱蒙蒙的细雨么？/——是的/每条游鱼都爱潾潾的碧波么？/——是的。”经过这样的铺垫，最后诗人写道：“那么，我呢，我的爱——？/你给了我光，给了我水，给了我生命之源，我怎能不爱你呢？”整首诗充满了问号，是一个充满了诗意的逻辑结构，构思十分巧妙，简短而有回味。

这里入选的《云与月》的构思也是很巧妙的，全诗分为三节，由诗人想象自己如果化为白云，或化为小鸟，或化为月亮时，将如何对恋人表达自己的感情。很显然，这在构思上似乎受到我国古代陶渊明的《闲情赋》和某些民歌的启发的。陶渊明《闲情赋》中说：愿在衣而为领，承华首之余芳；愿在裳而为带，束窈窕之纤身；愿在发而为泽，刷玄鬓于颓肩；愿在眉而为黛，随瞻视以闲扬；愿在莞而为席，安弱体于三秋；愿在丝而为履，附素足以周旋；愿在夜而为烛，照玉容于两楹；愿在竹而为扇，含凄风于柔握；愿在木而为桐，作膝上之鸣琴；等等。构思也很巧。不过，陶渊明的《闲情赋》是以“悲”作结束的，更是以追求爱情的失败来表达他政治理想的幻灭。而郑振铎的《云与月》则充满欢愉，色彩明朗，情调也完全是现代的。

诗的第一段中说“当你提了书囊出门时”，透露女方当时还是一个学生。确实，诗人与高小姐是“师生恋爱”；但他比高小姐也不过大了三岁。关于他的恋爱经过，这里略作介绍，当可加深对诗的理解。

诗人很早就失怙，母亲靠帮人缝缝洗洗为生，家境十分贫困。五四运动时，他在北京上大学，因参加学生运动而与一位女大学生初恋。但那个女学生家里很有钱，家长又势利，拖了几年的初恋最终失败了。诗人在1922年曾因此而痛苦地写过《成人之哭》《忧闷》《空虚的心》等诗。正当他抑制悲伤努力工作时，由于业余在神州女学兼课，却得到了女学生高小姐的爱慕。高小姐是商务印书馆元老高梦旦的爱女。高家自然也很有地位和金钱，但高先生十分开通，十分重才，反而说自己的女儿配不上他。1923年4月中旬，在高先生的支持下，他与高小姐同游杭州。4月27日，在北京的周作人收到他的信，告诉他已经订婚。周作人便寄来一本《比较文学史》，以示祝贺之意。所以，这首诗是在他订婚以后写的。10月10日，他与高小姐举行婚礼。郑、高的婚事，在当时传为佳话。（陈福康）

黑　暗　朱自清

　　这是一个黑漆漆的晚上，
我孤零零地在广场的角上坐着。
远远屋子里射出些灯光，
仿佛闪电的花纹，散着的在黑绒毡上——
这些便是所有的光了。
　　他们有意无意地，
尽管微弱的力量跳荡；
看哪，一闪一烁地，
这些是黑暗的眼波哟！
　　颤动的他们里，
憧憧地几个人影转着；
周围的柏树默默无言地响着。……
一片——世界的声音；市声，人声；
从远远近近所在吹来的，
汹涌着，融和着。……
这些是黑暗的心澜哟！
　　广场的确大了，
大到不能再大了；
黑暗的翼张开，
谁能想象他们的界线呢？——
他们又慈爱，又温暖，
什么都愿意让他们覆着；
所有的自己全被忘却了。
一切都黑暗，
“咱们一伙儿！”

朱自清尚在北京大学读书时就开始写诗，自1919年至1926年，大约写作50首左右。他的新诗，重点题旨在于写黑暗和光明。在最早写出的《光明》一诗中，就提示出“呀！黑暗歧路万千/叫我怎么走好？”“你要光明/自己去造！”故在他的诗中，差不多贯穿着这样一条驱除黑暗、追逐光明的主线。他正是运用自由体新诗的形式，通过对日常生活中平易而琐细的题材的感悟与描写，来紧扣科学与民主的时代精神。笔触平易、朴素，细致、含蓄，很能引人咀嚼和思考。

这首题为《黑暗》的诗，题材最平凡不过，可谓信手拈来，而又以意象化为表现手段，匠心独运地去铺展，去开掘，去丰富其内涵。诗人坐在广场的一角，不经意地发现远远的屋子里射出一些灯光，于是开始落笔去写出黑暗的起点，展现，扩大，最后吞没一切。我们不妨一层层地去领略诗人的细密思维和笔法：第一层，写黑暗如何在与灯光的较量中呈现。灯光从那些屋子的窗格子漏出，像"闪电的花纹"，尽管微弱，也要在黑夜中"一闪一烁地"跳荡。诗人赞美它们"是黑暗的眼波哟"，这无异于说它们是对准黑暗的斗士。第二层，写出黑暗与声音的互动。在这黑暗的广场上，"一片——世界的声音；市声，人声"，从远远近近的所在吹来，"汹涌着，融和着"，搅动了黑暗的统一体。可见声音们不肯默许黑暗的霸道，不想让这黑夜铁桶式地平安。第三层，写黑暗展开羽翼，扩大，无限扩大，从而覆盖一切，包容一切，融解一切。"咱们一伙儿"，都无不自甘自愿投向黑暗的怀抱，领受着黑暗的"慈爱"和"温暖"。好一幅壮美的黑暗天国图！

此诗用最经济的取材，凭着诗人敏锐的感觉、细密的思维、具体的联想，描摹出黑暗如何主宰世界的过程，以及万事万物对于黑暗的逆来顺受。诗人以其无声的含蓄的画面，启发人们作哲理性的沉思。能引人思索的有如下几点：一是黑暗与光明是与生俱来的对立体，只能在不停息的坚持斗争中、此消彼长中存在，是不可能单方面持久地独立存在的。二是光明因素对于黑暗的攻击是正大的、可歌可泣的，因而也必须是顽强不屈、不辱使命、不计牺牲的。三是面对黑暗羽翼的覆盖，必须怀疑其合理性，"一切都黑暗"，难道就对了，就无话可说了吗？黑暗果真是"仁慈"的、"温暖"的吗？不，那都是假象，是蒙人的烟雾。四是对黑暗不可逆来顺受，以为人人都平等地享受着黑暗，都在劫难逃，就可以"咱们一伙儿"，就可以永远心安理得吗？不，承受就是耻辱，是永不翻身的灾难。五是必须自信光明也能战胜黑暗，黑暗是从与光明较量中达到覆盖一切的，光明亦能驱退了黑暗而有照耀整个世界的时候。

诗人讲述了一个亲眼所见的光明与黑暗竞争的故事，实际上蕴含着丰富的社会生活哲理，是在激励人们正确认识事态，以积极行为面对一切挑战。诗中所全力描绘的"黑暗"，可以看成为象征。象征体并不含确定性，因而所涵盖的面就更广泛了。这里的"黑暗"真如一张撒开的网，可以网住许多方面的事物，让人们自己去联想被象征的东西。看起来，《黑暗》这首诗的高妙，就在于既是意象诗，又是哲理诗，还是象征诗，是三位一体的综合。由此可见诗人朱自清的不平凡了。（何佩刚）

天　狗　郭沫若

一

我是一条天狗呀！
我把月来吞了，
我把日来吞了，
我把一切的星球来吞了，
我把全宇宙来吞了。
我便是我了！

二

我是月底光，

我是日底光，
我是一切星球底光，
我是 X 光线底光，
我是全宇宙底 Energy[①]底总量！

三

我飞奔，
我狂叫，
我燃烧。
我如烈火一样地燃烧！
我如大海一样地狂叫！
我如电气一样地飞跑！
我飞跑，
我飞跑，
我飞跑，
我剥我的皮，
我食我的肉，
我嚼我的血，
我啮我的心肝，
我在我神经上飞跑，
我在我脊髓上飞跑，
我在我脑筋上飞跑。

四

我便是我呀！
我的我要爆了！

1920 年 2 月初作

注 ① 英语，物理学所研究的"能"。

《天狗》是《女神》中的一首有代表性的诗篇。这首诗写于郭沫若新诗创作的爆发期，正是青年郭沫若情感最炽烈的时刻。这首诗的风格是强悍、狂暴、紧张的。诗句要表达的是超出常态的强烈情感，故而时时逾越常规，使人感到惊骇不已，新奇得简直不可理解。

一开始诗人便自称"天狗"，而且还是一条空前绝后、无与伦比的天狗：它不仅吞月（这是古代神话之原意），而且吞日，吞一切星球，吞全宇宙。我们习惯以"气吞山河"形容气魄之伟大，而青年郭沫若的气魄，更是伟大超群得不可想象。"我便是我了"表现了个性的充分张扬所带来的自豪感。所以它是诗人在"五四"时代精神的观照下对个性解放的赞歌，也正因有了冲决一切束缚个性发展的网罗的巨大勇气之后，个性才得以充分张扬，"五四"时代的新人才具有无限的能量："我是全宇宙底 Energy 底总量！"这样的"五四"新人将能够改变山河、大地、宇宙。由是诗人也为自己的情感陶醉了，情不自已，便从他年轻的火热的胸膛里喷射出了惊雷闪电一般的诗句：

“我飞奔/我狂叫/我燃烧。”这样的诗句就像猛烈的飓风，像奔腾的激流，在读者心头上呼啸而过，产生极其强烈的冲击波，使人感到“五四”新人的气概是何等豪迈。而接下来三个“我飞跑”，更给人以急促振奋、迅雷不及掩耳的感觉。“五四”时代的个性解放，一般都经历过旧我不断被扬弃，新我不断产生的过程，故而“我剥我的皮/我食我的肉/我嚼我的血/我啮我的心肝”，意在表示脱胎换骨，方成新人。

“五四”时期的青年郭沫若，狂暴的激情常使他感情的弦绷得很紧，有时简直面临绷断的地步。该诗最后两句便把这种感情状态表现得淋漓尽致：“我便是我呀！/我的我要爆了！”个性的极度张扬，竟达到了身不由己的地步。诗人不能容忍一切的束缚，包括自己肉体对自己的束缚在内。所以，《天狗》用它强悍、狂暴、紧张的诗句，为“五四”新时代和新人奏起了惊心动魄的赞歌。它是“五四”时期人们第一次从诗歌中听到的勇猛咆哮的时代声音。“天狗”那种能够吞掉“一切的星球”和“全宇宙”的豪迈气概，正是“五四”时代要求破坏一切因袭传统，毁灭旧世界的精神的表现。青年郭沫若在《天狗》中运用幻想的夸张的形象，反映了“五四”青年要求个性解放，彻底改造旧世界和旧我，创造新世界和新我的社会理想。

与《天狗》一诗强悍、狂暴、紧张的风格相适应，在形式方面，它又表现出粗犷、率真和直抒胸臆的特点。青年郭沫若不讲究诗的形式，主张“绝端的自由，绝端的自主”。他表示：“我所著的一些东西，只不过尽我一时的冲动，随便地乱跳乱舞罢了。”(《论诗三札》)《天狗》一诗真正实践了诗人的主张。它的气势奔腾汹涌。全诗共 26 行，句句以“我”领起，形成排比句式，诗意贯通，一气呵成。全诗犹如高腔大嗓的一通喊叫，诗人虽无意于修饰文字，一任感情的宣泄，全诗却自有感情的内在韵律，诗句或长或短，诗意或急或缓，重复叠加，又完全受狂热的感情所支配，因而能够强烈地刺激着读者的视觉或听觉。兼之全篇采用并生发了古代神话，想象丰富奇特，更加显现出无与伦比的积极浪漫主义精神。它的灼人的诗句就像喧嚣着热浪一般，轰鸣着狂飙突进的“五四”时代的最强音。(李复兴)

炉中煤——眷念祖国的情绪　郭沫若

一

啊，我年青的女郎！
我不辜负你的殷勤，
你也不要辜负了我的思量。
我为我心爱的人儿
燃到了这般模样！

二

啊，我年青的女郎！
你该知道了我的前身？
你该不嫌我黑奴卤莽？
要我这黑奴底胸中，
才有火一样的心肠。

三

啊,我年青的女郎!
我想我的前身
原本是有用的栋梁,
我活埋在地底多年,
到今朝才得重见天光。

四

啊,我年青的女郎!
我自从重见天光,
我常常思念我的故乡,
我为我心爱的人儿
燃到了这般模样!

1920年1、2月间作

这首诗作于1920年1、2月之间,当时诗人虽远在日本,却时时刻刻关注着祖国发生的一切。汹涌澎湃的五四运动浪潮同样冲击着他。他后来说:"'五四'以后的中国,在我的心目中就和我的爱人一样。""'眷恋祖国的情绪'的《炉中煤》便是我对予他的恋歌。"(《郭沫若文集》第七卷《创造十年》)这番话清楚地说明了郭沫若写这首诗的意图。

全诗是在一系列的比喻中寄托自己的深情和热望,一层深似一层地表现了爱国的衷肠。第一节,开头一句深情的呼唤:"啊,我年青的女郎!"喊出了蓄积已久的眷念祖国的热烈感情。接着写了祖国与"我"的关系。"我不辜负你的殷勤",祖国爱我、关照我,其情何深,其恩难忘!这是诗人对祖国的根本态度。"你也不要辜负了我的思量。"游子思家国,更望家国也体会到他的爱,两者心心相印。为了表示对祖国的期望和热忱,诗人把自己的心比作通红的煤火。"我为我心爱的人儿/燃到了这般模样!"诗借助联想,从而调动读者的想象,使我们好像看到了诗人那颗爱国赤心,真像熊熊燃烧的炉火。只有感情到了沸点的人才会这样。第二节,从煤的外形与内心的比较,进一步诉说自己的衷情。"你该知道了我的前身",是说质地本来是好的,原来曾有郁郁葱葱的生命,这就进一步把自己和祖国紧密地联系在一起。我爱你,祖国;祖国,你也该知道我的一切,特别是那"火一样的心肠"。爱之深,爱之切,恨不能掏出心来,这就把感情进一步写足了。第三节,交代煤的来历出身。指出"原本是有用的栋梁","活埋在地底多年/到今朝才得重见天光"。这的确是煤的形成的历史。这样写,把诗的借喻的喻体本身写得更有真实感。但它主要隐喻了自己长久积蓄心中的爱国之情、报国之志。第四节,进一步说出自己的心愿。"自从重见天光"之后,"我常常思念我的故乡"。这故乡,是晨光朗照的中国,是革命将起的中国,怎能不使诗人心向神往!祖国啊,你寄寓了我多大的希望,对你深切的思念,也只有这燃得通红的炉火才能比喻。

这首诗风格豪放、明朗,音调和谐流畅。全诗每一节都是五句,开头一句成为每一节的领句,第一节最后两句与第四节最后两句有意重复,这就造成节奏鲜明,回环往复的诗美。形式是整齐的,通篇是押韵的。虽说郭沫若早期是主张诗体大解放的自由体诗人,但他也不排斥写格律体或半格律体的诗。他曾经说:"诗歌还是应该让它和音乐结合起来;更加上'大众朗诵的限制',则诗歌应当是表现大众情绪的形象的结晶。要有韵才能诵。要简而短,才能接近大众。"(《关于诗的问

题》)《炉中煤》体现了诗人的这一追求。(方　铭)

夜步十里松原　郭沫若

海已安眠了。
远望去,只看见白茫茫一片幽光,
听不出丝毫的涛声波语。
哦,太空! 怎么那样地高超,自由,雄浑,清寥!
无数的明星正圆睁着他们的眼儿,
在眺望这美丽的夜景。
十里松原中无数的古松,
都高擎着他们的手儿沉默着在赞美天宇。
他们一枝枝的手儿在空中战栗,
我的一枝枝的神经纤维在身中战栗。

这是郭沫若《女神》诗集中的一首写景小诗。《女神》是"五四"时代新诗坛上,充分显示狂飚突进时代精神的最具代表性的作品。作为革命浪漫主义诗人的郭沫若,正担负起时代弄潮儿的角色。在《地球,我的母亲!》《天狗》《凤凰涅槃》《立在地球边上放号》等诗中,那种直抒胸臆,激情奔放,个性张扬,为时代前进呐喊,皆表现得十分成功,故而能催人激越,启人奋发,展示了大气磅礴的自我表现的诗风。而《夜步十里松原》则体现出诗人另一个方面的轻型题材和闲适抒情风味。

此诗写的是诗人住日本九州博多湾时的生活片断。在白天劳作之后,夜晚兴步于千代松原,宁静悠闲中独自欣赏海滨美景。然而在艺术表现方法上,不用通常的写实白描和主观叙述,而是遵循诗人所主张的"艺术是从内部发生,它的受精是内部与外部的结合,是灵魂与自然的结合"。诗人眼前的海,非是纯自然的客体的海,而是被诗人感知了的海,与诗人融为一体的海,故能"安眠了",失掉了"涛声波语",海平面只剩"白茫茫一片幽光"。"太空",在诗人心灵的感觉中,则是"高超,自由,雄浑,清寥",即体现出一种人格和精神。而"明星"亦是拟人化地"圆睁着他们的眼儿",在赏景。"古松"呢? 正沉默着在赞美天宇。那高耸的枝桠,在诗人的感觉中,正在因激动、兴奋而忍耐不住发出"战栗"。全篇的最末一句,趁势画龙点睛地爆发出诗的主旨:原来诗人在这宁静和谐的大自然美妙景象中,依然按捺不住内心的躁动不安。"我的一枝枝的神经纤维在身中战栗",除了意味着诗人对大自然崇拜和陶醉之外,也暗示着他始终兴奋于时代变革的潮流。这首诗与其他一些小诗,如《新月与白云》《鹭鹚》《晚步》《晨兴》《晴朝》《日暮的婚筵》等一样,属于郭沫若早期的另类作品。以自然风光为题材,短小轻盈,借景抒情,融情入景,真正做到"灵魂与自然的结合"。它们显示郭沫若早期诗具备了不同的风格与技巧,不同的审美情趣,尤其对于那类慷慨激昂、大声疾呼、豪气干霄的作品,无疑是一种额外的补充,从而也使《女神》的诗体有所丰富。

值得进入深层次分析的是,《夜步十里松原》里有郭沫若早期泛神论思想的反映。此诗早先被编入《女神》诗集中"泛神论者之什"栏目中去,同栏还有《雪朝》《登临》《光海》《梅花树下醉歌》等。泛神论认为神存在于自然界万物之中,没有什么超出自然的神之主宰,神即自然,自然即神。郭沫若既一度信奉泛神论，又在诗作中积极力挺其精神，在他的笔下，大自然富有生命意识，有灵动感，能发散出人格的魅力；而诗人自我，则能与大自然在意识上、精神上沟通，乃至于融为一体。这就使《夜步十里松原》不止于局部的白描写景，而能使人感触到十里松原是一处鲜活而富有生命力的整体。这里的天空、大海、星月、松林，正如诗人的胸中主观世界一样，是那么开阔，那么自由，那么雄浑，那么勇武有力。诗人似乎与其同呼吸，共命运，想象的翅膀随景物之舒展而自由翱翔，最终要借“古松”高擎着手儿，“他们一枝枝的手儿在空中战栗”的激励，从而迸发出心灵里的那一声冲动和奔放：“我的一枝枝的神经纤维在身中战栗。”这仍暗示着诗人对于“不断的毁坏，不断的创造，不断的努力”的精神力量的追求。足见这首写景小诗，实为一首自然生动、情景交融、境界优美，而又涵义深厚、富有哲理意味的好诗。朱自清在《〈中国新文学大系·诗集〉导言》中说“看自然作神，作朋友，郭氏诗是第一回”，这首小诗恰可为朱先生的话作一条注脚。（何佩刚）

天上的市街　郭沫若

远远的街灯明了，
好像闪着无数的明星。
天上的明星现了，
好像点着无数的街灯。

我想那缥缈的空中，
定然有美丽的街市。
街市上陈列的一些物品，
定然是世上没有的珍奇。

你看，那浅浅的天河，
定然是不甚宽广。
我想那隔河的牛女，
定能够骑着牛儿来往。

我想他们此刻，
定然在天街闲游。
不信，请看那朵流星，
那怕是他们提着灯笼在走。

1921年10月24日

“五四”高潮过后，在日本留学的郭沫若曾几度彷徨无定地在海边踱来踱去，独自仰望常动不息的星空，从那闪闪的幽光中寻觅、追蹑始终令他醉心的理想。《天上的市街》正是展示他心目中天国乐园的一幅蓝图。

湛蓝的夜空，街灯与明星交相辉映，说不清哪是街灯、哪是明星。诗的开头，巧妙地以街灯和明星互喻，随着迤逦远去的灯火和繁星，把读者引入“那缥缈的空中”，顿觉天上人间浑然一体。这样，第二节就自然而然联想到天上“定然有美丽的街市”。接着，进一步驰骋想象的翅膀，具体描绘天上街市的神奇景象，奇就奇在这里陈列的物品“定然是世上没有的珍奇”。然而究竟有哪些珍品和奇物呢？诗人没有一一细说，恰好留给读者去细细寻味。在一片繁华的“天街”上，诗人更关心的显然是此间人们的生活状况。因而诗的第三、第四节，便借传说中的牛郎织女提着灯笼在天街闲游，以印证他们生活的幸福自由。谁都知道，在原来的神话中，牛郎与织女扮演的是悲剧故事，他俩一在天河之东，一在天河之西，每年只有一次“鹊桥会”；而在本诗里，这一对情侣的面目已经焕然一新，他俩骑着牛儿过银河、游天街，无拘无束地共度自由幸福的生活。这一改动推陈出新，体现了诗人大胆的想象和对幻美的追寻，反衬出他对丑恶现实的不满和蔑弃。发人深思的是，天上的市街本是神异的幻境，诗人却把自己的愿望当作活生生的实景来描绘，而且写得如此真切，容不得半点怀疑。诗中还反复运用肯定性词语“定然”，更表现了诗人对理想世界的执着追求。这一切，洋溢着浪漫主义精神，充分显示了郭沫若独特的艺术个性。

在创作此诗前不久，郭沫若在给宗白华的一封信中，曾十分强调诗歌是诗人“心中的诗意诗境底纯真的表现”，按情感波澜的涨落，他把诗分为两类：“大波大浪的洪涛便成为‘雄浑’的诗”和“小波小浪的涟漪便成为‘冲淡’的诗”。《天上的市街》不是洪涛起伏，而是涟漪细流，当然属于“冲淡”的一类，有它自然的周期和振幅，不容诗人有一毫的造作，亦不许诗人有一刹那的犹豫，情趣完全出自天成。全诗语言清新朴素，句式短，韵律齐，每节四句，每句顿数大体相等，甚至连标点符号都互相对应，读来朗朗上口，和谐优美。（龚济民）

十五娘　玄　庐

一

菜子黄，
百花香，
软软的春风，吹得锄头技痒；
把隔年的稻根泥，一块块翻过来晒太阳，
不问晴和雨，
箬帽蓑衣大家有分忙，
偏是他，闲得两只手没处放！

二

“看了几分蚕，
赊了几担桑，
我只顾自己个人忙。
有的是田，地，和山，荡。
他都要忙也哪里许他忙？——
坐吃山空总是没个好下场。
昨天听人说‘哪里的地方招垦荒。’”

三

“五十”高兴极了，
三脚两步，慌慌张张：
“喂，十五娘，
我们底人家做成了；
我要张罗着出门去，你替我相帮！”
就在这霎时间欢喜和悲伤在伫俩底心窝中横冲直撞。

四

一夜没睡
补缀了些破衣裳，
一针一欢喜，
一线一悲伤，
密密地从针里穿过线里引出，
默默地“祝他归时，不再穿这衣裳，
更不要丢掉这衣裳！”

五

此刻都不曾哭，
怎么伫俩底眼泡皮都像胡桃样？
一张破席卷了半床旧被胎，
跳上埠船，像煞没介事儿一样。
他抬起头来，伊便低下头去，
像是全世界底固结性形成伫俩底状况。
他恨不得说一声“不去”，——
船儿已过村梢头，只听见船头水响。

六

一个邮夫东问西问“十五娘”。
伊接到信却一字不识，
仿佛蚂蚁爬在热锅上，
“测字先生，你替我详详？
这不是我家‘五……’他来的信么？”
测字先生很郑重地说：
“你要给我铜板一双，他平安到了一个地方！”

七

“信该到了？

茧该摘了?
桑叶债该还了?
伊该不哭了?”
四周围异地风光,
包围着他一个人底凝想,——
就是要不想也只是想这个“不想”。

八

月光照着纺车响,
门前河水微风漾,
一缕情丝依着棉纱不断的纺。
邻家嫂嫂太多情,
说道“十五娘你也太辛苦了,
明朝再纺又何妨。”
伊便停住摇车,但是这从来不断过的情丝,一直牵
　伊到枕上,梦中,还是乌乌,接着纺。
不过从接信后的十五娘,
只是勤奋,只是快慰,只是默默地想。

九

本来两想合一想,
料不到勇猛的“五十”一朝陷落在环境底铁蒺藜上。
工作乏了他也——不是,
瘟疫染了他也——不是,
掘地底机器,居然也妒嫉他来,
把勇猛的五十榨成了肉酱,
无意识的工作中正在凝想的人儿,这样收场。
但只是粉碎了他底身躯,倒完成了他和伊相合的一个
　爱底想。

十

才了蚕桑,
卖掉茧来纺纱织布做衣裳。
一件又一件,单的夹的棉的,
堆满一床,压满一箱,
伊单估着堆头也觉得心花放。
“五十啊!
你再迟回来几年每天得试新衣裳,

为什么从那一回后再不听见邮差问'十五娘?'"

十一

明月照着冻河水,
尖风刺着小屋霜。
满抱着希望的独眠人睡在合欢床上,
有时笑醒,有时哭醒,有经验的梦也不问来的地方。
破瓦楼里透进一路月光,
照着伊那甜蜜的梦,同时也照着一片膏腴垦殖场。

《十五娘》是中国现代新诗中第一首叙事诗。经孔子增删的《诗三百》开创了抒情诗的传统,以后我国诗歌一直沿着这个方向发展,除了在民歌中还能读到些叙事诗如《孔雀东南飞》外,千年诗国较少叙事诗,这不能不说是个缺陷。新诗的倡导为叙事长诗的产生和发展提供了可能。沈玄庐得风气之先,最早作了尝试,以诗的形式反映繁复的现实生活,使诗"小说化"。

这首诗娓娓叙述了农家青年夫妇的纯真爱情和所经历的生离死别。农家女十五娘兴致勃勃地赊桑养蚕,并鼓励丈夫五十出外揽活,挣钱养家。于是五十参加垦荒队,将出门远行,幸福和痛苦交织在他们的心底。十五娘整夜没睡,一针欢喜,一线悲哀地为五十补缀衣服,收拾行装。五十怀着忐忑不安的心情终于踏上了远去的白帆。鱼雁传书,十五娘收到了五十的信后,十分快乐,思念变成了行动,愈加勤劳。可是,掘地的机器好像也妒忌他们的恩爱,把勇猛的五十轧成了肉酱。十五娘再也收不到五十的信了,可她仍然痴心地等着,做了一件又一件的衣服,压满了一箱子。十五娘"有时笑醒,有时哭醒"。而明月"照着伊那甜蜜的梦,同时也照着一片膏腴垦殖场"。全诗写得哀而不伤,体现了我国传统的诗学观念。整首诗谋篇布局十分合理,除一两句稍嫌生硬稚拙外,全诗11节81行几乎一气呵成,行云流水,淋漓酣畅,在当时实为难能可贵。可以说,《十五娘》的独创性和突出的特点首先在于开了现代叙事诗的先河,对二三十年代叙事诗的繁荣,起了一定的推动作用。

《十五娘》艺术上的特点还在于兼有民歌和古典词曲的韵味,自然朴素,节奏鲜明。初期新诗在胡适的废韵废律的倡导下,作诗如作文,虽有相当意义,但发展至极端就破坏了诗质诗意。诗不仅应该是白话的或口语的,更应该是诗的、艺术的。沈玄庐融汇着古典词曲和民歌的长处,努力于新诗韵律的创制。《十五娘》主要采用了自然的音节和韵脚。全诗81行,ang韵一押到底,较为工整,音节自然构成,抑扬顿挫,显示了诗的音乐美。在诗句上,《十五娘》的词曲意味似更浓。能长即长,能短即短。最短的仅有3个字"菜子黄/百花香",最长的倒有22个字"就在这霎时间欢喜和悲伤在佢俩底心窝中横冲直撞",竟也安排得当,避免了呆板。全诗长短相间,舒卷自如,显示了白话新诗的长处。《十五娘》确然实践了刘半农所提出的"增多诗体"的主张,弥补了初期新诗的某些不足,而朱自清在《〈中国新文学大系·诗集〉导言》里委婉地批评沈玄庐诗的民歌词曲味,可能过于偏颇了些。

《十五娘》是首叙事诗,但是也极富抒情成分,能够做到叙事与抒情的结合,显得诗意盎然。沈玄庐承继了我国古典诗歌中比兴情景的美学传统,善于通过景物的描绘来表现人的心理,融景入情,融情入理。长诗从春写到冬,季节的变化也喻示了十五娘的感情经历。一开始,"菜子黄/百花香/软软的春风,吹得锄头技痒"。虽是对春日融融、百花飘香的春景描摹,但主要也是衬托着十五娘欢快喜悦的心情。接下来,"月光照着纺车响/门前河水微风漾/一缕情丝依着棉纱不断的纺",明月照人,秋思不绝,表现了十五娘思念丈夫,渴望团圆的缕缕情思又化在长长的棉纱上。最后,五十被压成肉泥,团圆已成泡影。“明月照着冻河水/尖风刺着小屋霜”,岂止是冬天已至,冻河水、尖风、屋霜的交相并用显然是揭示了十五娘的悲剧,更进一步象征了十五娘的忧愁、孤独的心境。情和景的交融入情合理,特别是季节景物的变化与展示的情感一致。看似雕琢,却是精工的自然,别有一种韵味,更显示出艺术上的完美。(杜荣根)

邮 吻 刘大白

我不是不能用指头儿撕,
我不是不能用剪刀儿剖,
只是缓缓地
　　轻轻地
很仔细地挑开了紫色的信唇;
我知道这信唇里面,
藏着她秘密的一吻。

从她底很郑重的折叠里,
我把那粉红色的信笺,
很郑重地展开了。
我把她很郑重地写的,
一字字一行行,
一行行一字字地
很郑重地读了。
我不是爱那一角模糊的邮印,
我不是爱那满幅精致的花纹,
只是缓缓地
　　轻轻地
很仔细地揭起那绿色的邮花;
我知道这邮花背后,
藏着她秘密的一吻。

一九二三,五,二,在绍兴

情诗在五四时期的新诗中占有相当大的比重,这当然与新文化运动反礼教、反封建的大背景有密切的关系。由于受新思潮的影响,当时的情诗大多表现得直率、坦诚,较少含蓄。这一方面固然是为了冲破旧礼教的束缚,另一方面,在诗艺上也就带着初期新诗粗疏的缺陷。这首诗当然也不例外,正如刘大白自己说的那样,他的诗“用笔太重,爱说尽,少含蓄”。不过,含蓄也并不一定是诗的唯一尺度,直率有直率的美,尤其是在当时那个崇尚直率的时代。这首诗的优点就在细腻地表达诗人的心理活动,体现了一种无掩饰的直率之美。

信笺是作为传递信息的媒介和爱情的信物贯串于全诗的。这首诗并没有直接抒写那些甜蜜的窃窃私语，也没有描写见信而勾起相思的情丝，而是采用侧写的方法，隐去信的内容，将其留给读者去想象；诗人着力通过拆信、展信、读信的细节动作以展示诗人的情感世界。呈现诗人心态的是一连串的典型动作，而这一连串动作又是通过富有特征性的动词加以突出。例如，一个“撕”，一个“剖”，对这两个动作的否定，突出了诗人对信笺——爱情的象征——的珍惜与爱抚之情。与“撕”与“剖”对应的是一个“挑”的动作。这轻轻地一挑，加倍强化了这种珍惜的感情。展读信笺的动作，体现的是一种对爱情的郑重与虔诚；而“揭”邮花的动作，又烘托了探求爱的秘密的渴望。除此之外，诗人还利用章句安排和节奏处理，以配合情感的发展线索。例如“不是”句的重叠和第一、第三节的呼应，都旨在造成情绪的延长以达到强调的目的。又如“缓缓地”“轻轻地”在音节上构成一种平缓和谐的听觉效果，同时又将其切成两句，在听觉与视觉上又强化与延长了平缓和谐的感觉效果，以渲染爱的执著与深沉；一连串重叠的“郑重地”，和“一字字一行行”的反复，则又在表现一种爱的神圣感。另外，像“不是……只是”“我知道……”句式的反复运用，对表现心理活动的委婉曲折也是很奏效的。（张　新）

秋晚的江上　刘大白

归巢的鸟儿，
尽管是倦了，
还驮著斜阳回去。

双翅一翻，
把斜阳掉在江上；
头白的芦苇，
也妆成一瞬的红颜了。

一九二三，一〇，三〇，在绍兴。

归鸟低飞，残阳斜照，浅滩芦苇，微风嬉水，一派秋晚江上的景色。这种景致在旧诗里算不得什么，但能用新诗的方法表现就不是容易的事。在新诗运动之初，写景诗虽然较发展，但当时不少诗人注重的是如何用白话，如何逼真地摹写自然，很少深究诗的表现方法，更不用说借鉴旧诗里的一些营养质素。例如像“红的花，白的花，多么好看啊”这类“诗”，侧重的显然是白话而不是诗。刘大白是前清的贡生，旧文学根基颇深。他自称是一个“由旧入新的过渡时代的诗人”。不过刘大白不甘守旧，相反却大胆趋时，刻意求新。或许恰是这一特点，反使刘大白的写景诗能汲取旧诗的特长；至于有意识地对旧诗进行反思，那是好多年以后的事了。

这首诗从整体框架上采用了当时流行的小诗体。小幅的描写，简洁的勾勒，散文的句式，即兴的抒发，都呈示出泰戈尔与日本俳句的风格。当然，从意境的创造和表现手法看，主要还是从宋词尤其是小令和元曲里化出。像冰心、宗白华的小诗，注重在意象的暗示性的哲理，而刘大白则注重于情与景在自然的描写过程中的契合。这便是旧诗里所谓的诗画结合、情景交融了。归鸟与斜阳在空间上相距遥远，诗人却将其融汇于鸟儿在通红的残阳里寻觅归巢的大平面中。当然，仅止于此而已，那至多算一幅精致的小景，然而作为诗，就要运用语言的力量强化景致的表现力并注入诗人情感的生命之泉。这里“倦”“驮”是关键二字。归鸟何以倦了？这是诗人的想象，同时也是诗人情感的移入。鸟倦实在也是人倦。而驮字，一方面是景致的进一步的渲染和奇丽的想象，另一方面也是突出鸟倦的程度，因为驮是一种负荷，而驮的又正是太阳！这样我们看到的就不仅仅是一种景致，更包含诗人对生活的体验。第二段是第一段情景的继续与开展。不说落日沉入江底，而说落日被鸟翅翻掉在江里，这是极富表现力的。它是极其夸张而又符合逻辑的动态描写，与其说是鸟驮斜阳的自然延伸，毋宁看作是诗人想象力的深化，它使夕阳沉入江心，这一瞬间的景象更出神入化了。同时，鸟翻双翅，抖落斜阳，在情绪上也是一种发展，它表明鸟不堪沉重的负担，希冀于一种自由的生活。最末两句，通过“妆”和“红颜”，把芦苇人格化了，给全诗平添了一些情趣与生气。（张　新）

凄　然　俞平伯

今年九月十四日我同长环到苏州，买舟去游寒山寺。虽时值秋半，而因江南阴雨兼旬，故秋意已颇深矣。且是日雨意未消，游者阒然；瞻眺之余，顿感寥廓！人在废殿颓垣间，得闻清钟，尤动凄怆怀恋之思，低回不能自已。夫寒山一荒寺耳，而摇荡性灵至于如此，岂非情缘境生，而境随情感耶？此诗之成，殆吾之结习使然。

那里有寒山！
那里有拾得！
那里去追寻诗人们的魂魄！
只凭着七七八八，廓廓落落，
将倒未倒的破屋，
粘住失意的游踪，
三两番的低回踯躅。

明艳的凤仙花，
喜欢开到荒凉的野寺；
那带路的姑娘，
又想染红她的指甲，
向花丛去掐了一握。
他俩只随随便便的，
似乎就此可以过去了；
但这如何能，在不可聊赖的情怀？

有剥落披离的粉墙，
欹斜宛转的游廊，
蹭蹬的陂陀路，
有风尘色的游人一双。
萧萧条条的树梢头，
迎那西风碎响。

他们可也有悲摇落的心肠?

铿然起了,
嗡然远了,
渐殷然散了;
枫桥镇上的人,
寒山寺里的僧,
九月秋风下痴着的我们,
都跟了沉凝的声音依依荡颤。
是寒山寺的钟么?
是旧时寒山寺的钟声么?

九,三十,杭州

提到苏州寒山寺,便会使人想起使寒山寺得名的唐初诗僧寒山子与他的朋友拾得。据说这两位高僧被当时的人目为文殊和普贤两菩萨的再世,但他们都匿住寺中当烧火僧人,后有一位地方官闻讯去访问,他们"即走出寺归寒岩,寒山子入穴而去,其穴自合"。提到寒山寺,又会使人忆起唐朝诗人张继的诗篇:"月落乌啼霜满天,江枫渔火对愁眠。姑苏城外寒山寺,夜半钟声到客船。"(《枫桥夜泊》)任何一个熟悉寒山寺这些历史掌故的人,都会有一种诗的情绪、诗的境界先入为主地藏在心中。诗人与他新婚不久的妻子同游寒山寺之时,正值"秋意颇深",且又"雨意未消"之时,游人疏落,满目是废殿颓垣,但"得闻清钟",于是"凄怆怀恋之思,低回不能自已"。

全诗四节。第一节开始即发感叹:"那里有寒山! /那里有拾得!"千载之后欲寻其人,自是发诗人之痴想。人去而千古名寺如此荒废,只有"七七八八,廓廓落落/将倒未倒的破屋",使今日之游客平添失落之感,只能在"低回踯躅"中想象那昔日寒山寺的景况,神游古人诗中的寒山寺!第二节调入亮色:"明艳的凤仙花/喜欢开到荒凉的野寺",似乎给寒山寺添了一点景色。给诗人带路的姑娘充溢着青春的生气,但这也不能使怀古情深的诗人感到愉快,他"不可聊赖的情怀"不能自已。接着,诗人以一连串冷色调的景物来衬托、抒写自己的情怀:粉墙是"剥落披离的",游廊是"欹斜宛转的",陂陀路是"蹭蹬的",游人一双(即诗人夫妇)是"有风尘色的",树梢是"萧萧条条的",而那西风也是"碎响的",这些更加深了诗人凄然的心情。最后一节集中写了寒山寺响彻千古的钟声:"铿然起了/嗡然远了/渐殷然散了",这钟声使今天"枫桥镇上的人/寒山寺里的僧/九月秋风下痴着的我们",都随着沉凝的钟声"依依荡颤",只有这钟声,才使人有回到"旧时寒山寺"之感,这悠扬钟声,象征历史的久远,钟声里有古代诗人们的魂魄在,这钟声也荡颤着又一颗年轻的诗心!

诗人道"情缘境生,而境随情感"。其凄然之情全由寒山寺今日之荒凉破败而生,再加上又是秋风萧瑟之时,废殿颓垣更加深对逝去诗人的怀念,这眼前的境界一开始就摇荡诗人敏感的性灵。当他的感情一旦进入这境界,又不能"只随随便便的/似乎就此可以过去了",反是"三两番的低回踯躅",对寒山寺破败景象感触愈深,心中之情也从"失意"而至"不可聊赖",再而生悲愁摇落之心肠;随着寺钟鸣起,那凄然之情似乎亦有历史的久远,笼罩、扩散于钟声所及之处。由一个寒山寺而发出如此荡颤的思古之幽情,也的确有点文人之"结习使然"。在《〈冬夜〉自序》中,诗人说自己做诗,"还不免沾染贵族的习气",但是,诗是诗人灵魂的自白,只要是真境界,真感情,便是好诗,所以闻一多说,这首诗有"神妙的'兴趣',是不可言诠的",不必因"文人结习"而病之。

20 世纪 20 年代初,有的新诗只是白话而显得散漫,有的新诗,在音节方面有浓重的旧诗格调韵味。而《凄然》则不然。朱自清所说："俞平伯氏能融旧诗的音节入白话。"闻一多在评论《冬夜》时，对其中不少短诗"太拘泥于词曲的音节"，有的"几乎都是小令词"，给予了严格的批评，但他特别标举"《凄然》一首，为全集最佳的音节举隅，不滑不涩，恰到好处，兼有自然与艺术之美的音节，再没有能超过这一首的了"。《凄然》是自由体诗，运用了凝炼的口语入诗，诗句长短交错，用韵也比较自由，第一节换韵，第二节不用韵，第三节基本一韵贯通，第四节两次重复语尾词，似有韵又似无韵，全诗境界与情绪的变换，从韵律中也可感受出来。（陈良运）

小船　陆志韦

我指点他看，
柳荫里有一条小小的船。
加我一些小小的风，
可以把感情葬在其中。
我见那样就写那样，
我也不必要山高水长。

小船呀，我们萍水相逢，
也做过一春的知己。
那时候有萍水相逢的女子，
也是柳荫里日色平西。
我们各自向书本里讨生活，
又各自思量恩爱的人。
虽不是太上忘情的岁月，
也博得一个无怨无恩。

小船呀，我又想到濮多马河上了。
并不是华盛顿的南边，
有什么惊心动魄的山光，
或是不近人情的爱恋。
只为那一天促膝对坐的
是一个邂逅相逢的女子。
我的心是偶然结构的戏台，
他呢，是走江湖的戏子。

小船的影儿在我心里
犹如流星在灿烂的星空。
不是故意的把身儿那一转，

就是很温柔的鞠一个躬。

十一月二十二日

陆志韦于1915年至1920年间曾留学美国。这期间，诗人常泛舟于华盛顿南边的濮多马河。春光明媚，柳枝婀娜，小船在柳荫中荡漾，诗人心中涌起阵阵愉悦之情。当日色平西的时候，诗人将小船泊在岸边柳荫下，无意中，他结识了一位年轻女子。这位邂逅相逢的女子，在诗人脑海中留下了很深的印象。这首诗就是诗人回国后怀念这位女子的作品。

诗的第一节，诗人想象自己站在濮多马河边，正和那年轻女子促膝对坐，指点给她看，柳荫里有一条小船。诗人想起小船在微风中荡漾时自己全身心沉浸在快乐中的情景。正因为小船曾经给他带来快乐，令他想起一段难忘的生活，所以他要以小船为吟咏对象，不去写自己没有感情体验的高山流水。

由小船，诗人想起了夕阳西下、暮色苍茫时在柳荫里萍水相逢的女子。那女子与自己一样，正在求学，“向书本里讨生活”；也与自己一样，“各自思量恩爱的人”。诗人与那位女子之间，没有达到卿卿我我、柔情蜜意的地步，只有一般的交往。

小船又使诗人想到华盛顿南边的濮多马河。这并非因为濮多马河两岸有旖旎的风光，也不是由于诗人在那里留下了难忘的恋爱故事。他想起了与那女子促膝对坐的情景。虽然诗人对她并没有产生强烈的爱恋，但当与她对坐交谈时，却也神情专注。诗人将当时自己的心比作偶然结构的戏台，把那位女子比作走江湖的戏子，生动形象地反映了两位萍水相逢的男女青年促膝对坐时各自的心境。正因为萍水相逢，所以只有在对坐时才像演员演出时进入角色。

诗的末节照应开头，又回到写小船，着重写小船在自己脑海里留下的动态。诗人将小船在柳荫里穿梭前进，比作流星在灿烂的星空中流走。末二句用拟人手法，形象地写小船转弯和船身随浪晃动的情景。诗人和那位女子是因泛舟春游时相识的，所以写小船动态，一方面反映了诗人对泛舟春游的忆念，另一方面也抒写了他思念那位邂逅相逢的女子的心情。

诗题“小船”，然而诗人感情的抒发并不胶粘在小船上。诗人能入于物，又能出于物，由物及人，咏物与怀人融于一体，使诗作情味隽永，引人遐思。在押韵方式上，全诗各节韵式不同。第一节两句连韵，用aabbcc韵式；第二节、第三节双句押韵，用abcbdefe韵式；第四节虽然也是双句押韵，不过由于只有四句，故其韵式为abcb。全诗诗句大体整齐。这些艺术表现上的特点，反映了诗人为提高新诗的艺术性而作的努力。（潘颂德）

故　乡　徐玉诺

淅淅漓漓的雨滴，
穿破呜咽的哀音，
滴滴滴到故乡的像片上；
思念的道路从此湿了，滑了，
并且那一片一片的遗像上
都发出一种凄楚的悲酸的味道来。
故乡也永远不可思念了。
我的，不可思念的故乡呵！

一

满眼是白马奔腾的大海，
一瞬千变的天云，
苍苍的折盖了故乡的图画；
截断了故乡的情丝。
太阳一抖一抖地落下去了！
异乡的孩子，性急而且无聊；
太阳坠着他的心了。

二

那里是鲁山的山谷？……
两匹母牛三头牛犊，依傍着，
沉静静的在一个小平原上吃草；
小犊也不叫，什么声音也没有；
我同小弟弟不言不语摆弄着小石……
呵，我们且摆弄摆弄小石！
——我，小孩子的乡土在，在那里了！

三

那里是鲁山的田园？……
被小河缠绕成一方一方的，
遍地是秘密深浓的高粱
父亲不歇的耘田，
我刚从山河中爬上来，
我正要割草了。

四

海风一阵阵的冲开了窗门，
异乡的小孩子失掉了一切；
故乡的影片一片一片地
都飞散在不可知的海上
渐渐地被海水湿了。

一九二二年，四，一五。

徐玉诺出生在中原农村，一生行踪飘忽。这种不同于五四时期大多数诗人的经历，使他的诗具有一种独特的风味。茅盾认为徐玉诺的作品带点原始的粗犷的热情和 Diane(月亮女神)型的梦想者的个性。现实的苦闷，使诗人越发怀念那带点原始粗犷的质朴的故乡鲁山，故乡离他越来越遥远了，随着时间的流逝，它变成了苦涩的怀恋。

第一节，诗人以极其夸张的笔墨渲染了诗人手捧像片思念故乡的氛围：雨点伴着哀鸣的海风飘洒在像片上，带着咸的苦涩，模糊了像片的画面。屋里充溢着凄楚的悲酸的味道。这里运用嗅觉、味觉（海风、雨滴）与视觉（模糊的像片）之间的感觉的交错（即通感）作用，把雨滴的味道和思念的凄楚的悲酸的“味道”沟通起来，从而达到自然景观、环境氛围、诗人情感三者的和谐统一。“湿”“滑”用得十分奇巧：像片被雨滴弄湿，其中也弄湿了故乡的小道，由此，诗人联想到故乡的道路或许正同像片里一样，变得泥泞不堪，那怎么回故乡呢？诗人不由得更加惦念起故乡来了，进而诗人感到，不仅故乡回不去，而且连着思念之路也断了，因为像片本是思念的媒介，如今它却因雨滴的侵蚀而变得模糊了。“故乡也永远不可思念了”，诗人陷入了深深的痛苦之中。

第二节的情景是第一节的继续。用白马奔腾的大海形容满噙泪水，这种夸张的比喻在当时也很新鲜。因为满眼泪水，所以像片更加模糊，所以思念之路“湿”了“滑”了，终于被彻底截断了。这是景的放大，又是情的升华。情与景两条发展轨迹有时平行，有时交叉，相互衬托，相互铺垫。性急与无聊是故乡之不可思念的心态的两个侧面。诗人还极巧妙地用太阳一抖一抖快“坠”着他的心这样的意象来暗示心急火燎的焦灼感。

第三、第四节是重现诗人记忆中被理想化的故乡之美，恬静而自然化的质朴之美，以反衬现实的苦闷，并寄寓着诗人的某些希冀。短暂的快感稍纵即逝，无情的海风把像片完全地弄湿了。故乡随着模糊的像片一起消失了，消失在不可知的海——泪海，还是苦恼的深渊？（张　新）

铁匠铺中　王统照

一个星，两个星，无数明丽的火星。
一锤影，两锤影，无数快重的锤影。
来呀，大家齐用力，
咱们要使这铁火碰动！

一只手，两只手，无数粗硬的黑手。
一阵风，两阵风，无数呼动的风阵。
来呀，大家齐用力，
咱们先要忍住这火热的苦闷。

一个星，一锤影；一只手，一阵风；
无数的星，无数的锤影；
无数的手，无数的风阵。
来呀，大家齐用力，
在这里是生活的紧奋！

1929.1

在“五四”新文学大潮中，1921 年 1 月在北京成立了中国现代第一个新文学团体文学研究会，倡导“为人生的文学”，努力表现社会现实生活。其中有不少文学作品着力描写处于社会底层的劳动大众的苦难生活，表现他们的不幸遭遇和反帝反封建的斗争要求。刘大白、刘半农、叶圣陶、王统照等作家，就在他们的诗歌和小说中描绘了农民、手工业者、小学教师、城市贫民的悲哀与不幸，揭露了社会的黑暗，也表现了穷苦大众对美好未来的期望。

王统照(1897—1957)，字剑三，山东诸城人，是文学研究会的发起人和著名作家。他的长篇小说《黄昏》《山雨》和诗集《童心》《这时代》中的许多作品，都以下层劳动群众的生活为题材，反映了他们的悲惨遭遇和反抗精神，体现了作家鲜明的平民意识。写于1929年1月的短诗《铁匠铺中》，就是这类作品中优秀的一首。

《铁匠铺中》一诗共3节13行，主要抒写了铁匠打铁时的劳动场景和情感。第一节，开头写打铁时飞溅的“火星”和闪动的“锤影”，接着用“来呀，大家齐用力/咱们要使这铁火碰动!”象征着劳动者蕴藏的伟大力量。第二节，诗人用同样排比的句式，集中凸显“无数粗硬的黑手”和“无数呼动的风阵”的集体，齐用力去创造新生活。最后一节明确点明主题：“一个星，一锤影；一只手，一阵风”，汇聚在一起，去实现“生活的紧奋”！这里诗人通过丰富的想象，道出了劳苦大众紧密团结在一起，用奋斗来实现新生和光明的希望。

该诗作于1929年1月。当时正是大革命失败后不久，广大劳动人民处在水深火热之中，无数共产党人被屠杀。但革命人民并没有被吓倒，他们擦干身上的血迹，又奋然前行。1928年以上海为中心掀起革命文学运动，无疑使在青岛执教的王统照感到大为振奋，相继写作了《轿夫的话》《这时代》《铁匠铺中》《沙河子》等一批反映劳动大众苦难生活、表达社会变革愿望的诗作。诗人在诗集《这时代》的序言中写道：“我们这时代，风卷波翻；我们这人生，水深火热!”因此，他要用诗笔“呼诉出我们对于时代中的真感”。《铁匠铺中》就是诗人在当时呼诉出的时代真感，通过铁匠打铁声和火星闪耀的反复歌咏，象征性地表达了劳动者改变苦难生活境遇的强烈愿望，赞美了劳动大众蕴含的变革社会的巨大力量，透露出作者的革命民主主义和人道主义思想。

《铁匠铺中》是一首自由体新诗，不重格律，但大体押韵，诗行整齐，通俗易懂。全诗大量运用重叠、排比的句式和象征手法，使全诗饱蕴内在的旋律，既有形象具体的描绘，也有主观情绪的抒发，富有乐观向上的时代精神。(苏兴良)

小小儿的请求　应修人

不能求响雷和闪电底归去，
只愿雨儿不要来了；
不能求雨儿不来，
只愿风儿停停吧！
再不能停停风儿呢，
就请缓和地轻吹；
倘然要决意狂吹呢，
请不要吹到钱塘江以南。
钱塘江以南也不妨，
但不吹到我的家乡；
还不妨吹到我家，
千万请不要吹醒我底妈妈，
——我微笑地睡着的妈妈！

妈妈醒了，
伊底心就会飞到我底船上来，
风浪惊痛了伊底心，
怕一夜伊也不想再睡了。
缩之又缩的这个小小儿的请求，
总该许我了，
天呀？

——沪甬航道，船上，1920，9，24——

应修人，是我国"湖畔"四诗人之一，他这首诗写得婉曲柔和，感情真挚细腻，是五四时期小诗的一首佳作。

看来诗中对祈求并不奢望，他的每一个小小的祈求，都是可以"商量"的，"不能求响雷和闪电底归去"，那么"只愿雨儿不要来了"，再不，就求"风儿停停"，连风都不能停的话，就请吹得轻些，如果决意要狂吹，希望不要吹到钱塘江以南，最好"不吹到我的家乡"，至少"不要吹醒我底妈妈"。这是一种稚童般的口吻，稚童般的遐想和思维方式；而唯独这样，才显出诗人的那颗真挚质朴的童心，这颗滚烫的心凝聚着对母亲的真诚的爱。

小诗成功的奥秘，就在诗人不仅善于抓住祈求时一种儿童般心态以表现扣人心弦的情感，还采用欲擒故纵的方法，在祈求的外层内容与情感内涵之间，故意形成一种反比例的关系，就像凸透镜的光域和光束密度的关系一样，光域缩得越小，光质的密度越大。小诗祈求的核心凝聚到一点，就是只要老天不惊醒睡梦中的母亲，任你狂风恶浪，雷雨交加，都能忍受，都不在乎。因此，随着祈求的递减，"缩之又缩"，情感却在逐渐递增，扩之又扩，终于将游子对家母的挚爱深情，表现得淋漓尽致。小诗正是在弱化祈求的同时，达到了强化情感的目的。

这首诗还妙在诗外有画，画外有诗。诗人选择了遇上狂风恶浪的游子的心境这一角度，明写游子深恐"风浪惊痛了伊底心"，暗写"儿行千里母担忧"的慈母情怀；正面表现游子对家母的挚爱，侧面表现慈母对游子的深情。通过游子的心情引导读者去体会母爱，使人特别感到温暖，真切和熨帖。这不仅给千古文坛取之不竭、颂之不尽的母爱主题提供了新的表现视角，同时也大大地提高了小诗的表现力和感染力。

这首诗的最大特色就在轻、妙二字，字里行间始终透着一个"小"字，然而全诗却是小处着笔，以小胜大，妙不可言。请求的根本动因，亦即小诗所要揭示的是"妈妈醒了/伊底心就会飞到我底船上来"，轻轻点题，不落俗套。（殷　仪）

到邮局去　应修人

异样闪眼的繁的灯。
异样醉心的轻的风。
我带着那封信，
那封紧紧地封了的信。

异样闪眼的繁的灯。

异样醉心的轻的风。
手指儿近了信箱时,
再仔细看看信面字。

朱自清说,“五四”以来在新诗作者中“真正专心致志做情诗的,是‘湖畔’的四个年轻人”。这四个年轻人中主要的一位是汪静之,他的情诗一度还受到封建卫道士的攻击,而鲁迅等则著文对这种攻击予以批判。应修人的这首《到邮局去》,不但体现了“湖畔诗人”所写情诗的那种直率与大胆,而且写得相当生动、细腻。

《到邮局去》是应修人的代表作之一。它是写去邮局寄信的事儿,两节共八句,句式较整齐,是一首既好读又好记的爱情诗。一般人都是白天去邮局寄信,诗中人寄信有些蹊跷,他选择在华灯初上的晚间将信投进邮筒。“异样闪眼的繁的灯/异样醉心的轻的风”,这里的“灯”是暗指时间,这里的“风”是指环境。王国维说“一切景语皆情语也”,这里的“灯”和“风”似乎有了生命似的,被拟人化了。“灯”繁得闪眼,“风”轻得醉心,映照出诗人寄信时激动、紧张并快乐着的心情。

诗人将着笔点放在信上。信封是被紧紧地封了的,这是一个细节,不难想象诗中人是怕信被私拆,怕信的内容被泄露。在将信投进邮筒的一刹那,诗中人“再仔细看看信面字”,细心复查信面上有否写错或者写得欠妥的地方,这又是一个细节,不难想象诗中人是担心由于一己的疏忽而造成信无法投递,或者引起对方的误解。这两个细节都用得太好了,它们准确地、生动地表达了诗人在寄信的刹那间那种复杂而激动的心情。从这个意义上说,这两个具有特征的细节真顶得上千言万语。

有位作家说得好,写作人的使命不一定在于记述伟大的事件,而是使细小的事件变得引人入胜。应修人的这首《到邮局去》就是使细小的事件变得引人入胜,令读者击节赞赏,久久难以忘怀。(葛乃福)

伊底眼　汪静之

伊底眼是温暖的太阳;
不然,何以伊一望着我,
我受了冻的心就热了呢?

伊底眼是解结的剪刀;
不然,何以伊一瞧着我,
我被镣铐的灵魂就自由了呢?

伊底眼是快乐的钥匙;
不然,何以伊一瞅着我,
我就住在乐园里了呢?

伊底眼变成忧愁的引火线了;
不然,何以伊一盯着我,

我就沉溺在愁海里了呢？

1922年6月4日

爱情诗中写情人，可以有各种不同的角度。有人写秀美的外貌，有人写悦耳的声音。《伊底眼》则专写眼睛，不过诗人写眼睛不同一般，他一不写它闪动的睫毛，二不写它晶莹的目光。诗人运用四个生动别致的比喻，前三个比喻分别将情人的眼睛比作“温暖的太阳”“解结的剪刀”“快乐的钥匙”，它不但温暖了“我”受冻的心，还使“我被镣铐的灵魂”得到自由，使“我”快乐得有如住进乐园。这三个比喻表现了爱情给热恋中的青年带来的欢乐。后一个比喻将情人的眼睛比作“忧愁的引火线”，使“我”沉溺在愁海里，反映了失恋给“我”带来的忧愁，且与前面甜蜜的抒情形成反差，更见出这忧愁的痛苦。诗篇由这些比喻展现了热恋中的青年男女复杂的内心活动。

这首诗的语言富有生活气息，全诗四个比喻中作为喻体的太阳、剪刀、钥匙、引火线，都是日常生活中习见的事物，这就使语言清新自然，通俗易懂。此外，诗人讲究用词的准确和灵活变化。四节诗中，同是“看”的意思，诗人分别用了“望”“瞧”“瞅”“盯”等动词，既准确地表达了情人眼睛的动作，又使语言显得活泼。在句式运用上，四节诗每节都运用了反诘句，细腻地抒写了爱情带来的欢乐和忧愁，收到了含蓄委婉的艺术效果。每节诗句式相同，不但强化了诗情的力度，而且形成了诗歌形式的整饬美、节奏美。《蕙的风》中的诗绝大部分是自由诗。汪静之在1957年新版《蕙的风》所写的《自序》里说：“《蕙的风》多数是自由体，押韵很随意……《寂寞的国》几乎全是格律体，都是有韵的。”诗人从自由体到格律体的转变，不是突然开始的。这首在《蕙的风》中写作时间稍后的诗篇，就显露了诗人对诗的格律化的追求。（潘颂德）

离　家　潘漠华

我底衫袖破了，
我母亲坐着替我补缀。
伊针针引着纱线，
却将伊底悲苦也缝了进去。
我底头发太散乱了，
姊姊说这样出外去不大好看，
也要惹人家底讨厌；
伊拿了头梳来替我梳理，
后来却也将伊底悲苦梳了进去。
我们离家上了旅路，
走到夕阳傍山红的时候，
哥哥说我走得太迟迟了，
将要走不尽预定的行程；
他伸手牵着我走。
但他的悲苦，
又从他微微颤跳的手掌心传给我了。
现在，就是碧草红云的现在呵！

离家已有六百多里路。
母亲底悲苦，从衣缝里出来；
姊姊底悲苦，从头发里出来；
哥哥底悲苦，从手掌心里出来：
他们结成一个缜密的悲苦的网，
将我整个网着在那儿了！

杭州，1922，3，10

离愁别绪是古今中外文人笔下常见的题材。这首诗写离家的悲苦，在自然朴实的语言中饱含了作者哀婉的幽思和深切的情意。

人的感情是难以捉摸的抽象物，但作者通过离家前后的几个动人事件（一是母亲穿针引线替我补缀衫袖；二是姊姊为我梳理头发；三是哥哥牵手引路），将本无内在联系的三件事用“悲苦”有序地贯串起来。经过情感的统摄、过滤，以形写神。犹如诗人用一条情绪的丝线把生活中的碎珠精心地连缀一起，让它们由散而聚，成为一个完整的艺术品，而且寓深情于细节描写之中，使诗里凝聚的情与爱具体可见。母亲将悲苦“缝”进“我”的衫袖，姊姊将悲苦“梳”进“我”的头发，哥哥将悲苦“传”给我的手掌：三个动词，更是将无形的悲苦化为有质感的具象，使悲苦清澈地流出了诗行。

作者以极为平凡的日常生活琐事的叙写表现母子、姊弟、兄弟之间的绵绵情意。潘漠华家境贫寒。据密友冯雪峰回忆，他幼年丧父，母亲孱弱，姊姊被夫家拒斥，备受歧视，哥哥只因和心爱的女人说了几句话，被恶徒们捆绑到戏台上示众，受尽凌辱。这首诗最后两句，诗人把被笼罩在悲苦之中的心境比喻为“网”。这张“缜密的悲苦的网”不仅是笼罩着这首诗的气氛，也成为他早期诗作的基调。一首诗，无论什么题材，只要是从实际生活中汲取来的自然会有真情实感。诗人既有生活的真情实感，又具有较好的艺术匠心，所以题材尽管如此细小平凡，同样能激动人心。事细而情笃，正是这首诗的一大特色。（林明华）

山里的小诗　冯雪峰

鸟儿出山去的时候，
我以一片花瓣放在它嘴里，
告诉那住在谷口的女郎，
说山里的花已开了。

这是湖畔诗集之二《春的歌集》中的一首。短短四句，像是用白话写的绝句，情深意长，韵味无穷。山里，这是空间；春天，这是时间，但实际上这首诗却是超越了时空。空间毕竟有限，时间亦是短暂的，而爱情却是无限的、永恒的。这首诗把时、空抽象了，正是为了表达一种无限的情思吧。妙的是写情而不着一个情字。只写了“我”请鸟儿传递一个信息。这信息也只一句话：“山里的花已开了”，真正空灵已极。而这种空灵却包藏着无穷的意蕴，留下空白，让读者去想象，去填充。“我”和“少女”，一在山中，一在谷口，他们是否也是“相见时难别亦难”？山里的花开了意味着什么？也许女郎时时在念着山里的花，因为它联结着他们过去和现在的种种情意吧；也许每到花开的时候，他们就欢聚了吧；也许他们总是相约在花开时节吧……这无限的情思，尽在不言之中。我国古代诗论画论，讲究有无相生，虚实互用。所谓“不著一字，尽得风流”，所谓“妙在无处”，“无画处皆成妙境”，这首诗可谓深得其中奥妙。

鸿雁传书，青鸟传信，这是我国古代人民的美丽想象。这首诗也请鸟儿作使者，但这鸟儿不是专使，而只是顺便捎带；所带的不是情书，而只是一片花瓣。花瓣是春天的象征，也是爱情的象征。花瓣给人以一种温馨、芬芳的感觉，也使人联想到春天和爱情的温馨和芬芳。花瓣居然由“我”放到鸟儿嘴里，诗人的想象力已从现实世界升华到神话世界了，这首诗因此而带有一种浪漫主义的气息了，加上把时、空抽象化了这一特点，使人感到这种气息更加浓郁。

最后值得一提的是“小诗”这种形式。由于1921年周作人翻译、介绍了日本的短歌和俳句，后来泰戈尔的《飞鸟集》又由郑振铎翻译过来，流波所及，在新诗创作中出现了“小诗热”，甚至被称之曰“小诗运动”。冰心的《繁星》《春水》和宗白华的《流云》就是在冯雪峰写《山里的小诗》这一年出版的。这种诗歌用短小的形式、极其凝练含蓄的语言，表现诗人对人生的“刹那感觉之心”，或如冰心所说，用来“收集”自己的“零碎的思想”，常包含丰富而深刻的哲理，极富于“韵外之致”和“味外之旨”。《山里的小诗》并非哲理诗，但可以让我们体会到小诗的一些特点。（徐缉熙）

繁　星　冰　心

（一）

繁星闪烁着——
深蓝的太空，
何曾听得见他们对语？
　沉默中
　微光里
他们深深的互相颂赞了。

夏天的夜晚，深蓝高远的太空，点点闪烁的繁星，令人产生无尽的遐想。诗人面对深邃的天空，展开了丰富的想象：那些闪烁着的繁星，一定在频频对语。然而，太空毕竟太高远了，即使是众多星星的对语，又何曾听得见？接着，诗人笔锋一转，为读者展示了另一个想象的天地：听不见繁星的对语，并非意味着她们真正的沉默，更非意味着她们之间有什么隔膜。在表面的沉默之中，繁星在浩渺无边的微光笼罩下，在深深的互相颂赞了。

《繁星》共164首，曾连载于1922年1月1日至1月26日的北京《晨报副镌》的《新文艺》栏。冰心在创作《繁星》时，曾受到印度诗人泰戈尔《飞鸟集》的影响。冰心曾自述她创作《繁星》仿用《飞鸟集》的形式，通过这种类似“小杂感一类的东西”，来收集自己“零碎的思想”。因而《繁星》反映了诗人对人生真谛的辛勤探索。

自1914年至1918年，冰心曾就读于教会学校北京贝满女子中学，她后来说：“因着基督教义的影响，潜隐的形成了我的‘爱’的哲学。”这种“爱”的哲学反映了冰心对黑暗现实的无比憎恶和对理想社会的热烈追求。这首诗也形象地体现了冰心早年“爱”的哲学。在冰心的想象中，星星尚且相亲相爱、“互相颂赞”，那么，人类更应当清除隔阂、互敬互爱了。这是不言而喻的。这就是这首诗蕴含的哲理。但是，在阶级压迫惨酷、阶级斗争激烈的旧社会，人与人之间要互敬互爱，不过是诗人美好的主观愿望，实际上是无法实现的。

在艺术表现上，这首诗抓住夏夜星空的特点，为读者描绘了一幅繁星闪烁、太空深邃、星星互相颂赞的生动而又优美的画面，为读者提供了艺术再创造的广大空间。诗人运用拟人化手法，融情入景，赋予星星以人的动作与情感，使诗篇收到情景交融、意境深邃、饱蕴哲理的艺术效果。（潘颂德）

相　思　冰　心

躲开相思
披上裘儿，
　走出灯明人静的屋子。

小径里明月相窥，
枯枝——
　在雪地上
　　又纵横的写遍了相思。

1925.12.12

冰心写过大量赞美“母爱”“童心”的小诗，专写爱情的很少，但她偶有所作，即能散发出含蓄蕴藉的艺术魅力，沁人心脾。

《相思》作于 1925 年，篇幅很短，颇有唐宋小令一类的神韵。诗中情因景生，景以情移，在明月、雪地的特殊氛围下曲折地表达了诗人内心感情变化的过程：夜深了，人们早已进入了梦乡，而诗人一灯独对，难以入眠。为了排遣相思之苦（诗中把“相思”拟人化，说自己急于“躲开”它，仿佛不是自己在“相思”，而是“相思”无时无刻不在吸引着自己，如此用笔，格外委婉），求得片刻的宁静，她披上衣服，移步室外。没有料到外面的景色也分外多情，那天上的一轮圆月正窥看着自己，仿佛想要了解诗人心头的秘密，而那落尽了叶子的树木又把枝干映在雪地上，纵横交错，层层叠叠，恰似那剪不断、隔不开的恋情……

读冰心的《相思》，很容易联想起宋代大文学家苏轼在《记承天寺夜游》中的描述：“解衣欲睡，月色入户，欣然起行。念无与为乐者，遂至承天寺，寻张怀民。怀民亦未寝，相与步于中庭。庭下如积水空明，水中藻荇交横，盖竹柏影也。”自然，冰心写的是冬夜相思，苏轼写的是秋月友情，情况并不完全一致，但两者的意境同样空灵澄澈，而文字又都极其简洁洗练，人们当不难由此悟出在审美情趣与驾驭文字方面，新诗和古代作品之间仍有一脉相通之处。（孙光萱）

夜　宗白华

伟大的夜
我起来颂扬你：
你消灭了世间的一切界限，
你点灼了人间无数心灯。

宗白华是一个非常有哲学意识的诗人。这在他与郭沫若等讨论诗歌理论的《三叶集》里有着明显的反映，主张"诗应以哲理为骨子"。所以宗白华在他的小诗里有意识地渗入了哲理，这使得他的小诗因哲理而诗意深广隽永，形式精致简洁。

"夜"，不仅"伟大"，还要"颂扬"，诗歌一开始就出现了一个违背现实与想象双重常理的语境。它立刻把我们引入到一个对"夜"的时空意义和社会政治的联想意义的多层次、多视野的本质思考和诗情想象。诗的第三句既是全诗的诗魂，又是拨开诗路逻辑迷雾的一束阳光。因为"夜"象征社会的黑暗，因此，从"夜"的时空意义的视觉效应上看，白天能看到太多的丑陋与不平等，黑夜里，一切"界限"都不复存在，因而漆黑的"夜"反而能遮蔽掉现实社会意义上的"世间的一切"黑暗，"消灭"掉人间的一切不平等，实现自由、平等与博爱的大同世界。这就是"夜"的神奇与伟大！

末句又是一个建立在"无理之理"的想象与逻辑奇妙统一基础上的佳句。照理，"夜"本身不是热能的源体，它的想象属性当然也不可能"点灼""心灯"，但是，有了第三句"夜"的想象的真实，"夜"也就具备了巨大的能量。更何况，"夜"的象征性内涵其实已经代表着一种让人心里透亮的希望与愿景，因此"点灼了人间无数心灯"也就符合逻辑了。当然，整首诗的立意是建立在以"夜"来"消灭""界限"的视觉假象基础上的，因此，这只是诗人理想的另一种诗意的表达方式。

这首诗基本的创作手法是巧妙地利用了实在的夜与抽象的(象征社会的)夜的转换关系：通过不同具象之间的某些相似的属性进行大跨度的链接，使得诗歌形象的完成轨迹既出奇制胜，又合乎情理。后来顾城《一代人》中的黑夜与光明的转换关系也是运用这种手法。(张　新)

哀中国　蒋光慈

我的悲哀的中国，
我的悲哀的中国，
你怀拥着无限美丽的天然，
你的形象如何浩大而磅礴！
你身上排列着许多蜿蜒的江河，
你身上耸峙着许多郁秀的山岳。
但是现在啊，
江河只流着很呜咽的悲音，
山岳的颜色更惨淡而寥落！

满国中外邦的旗帜乱飞扬，
满国中外人的气焰好猖狂！
旅顺大连不是中国人的土地么？
可是久已做了外国人的军港；
法国花园不是中国人的土地么？
可是不准穿中服的人们游逛。
哎哟，中国人是奴隶啊！
为什么这般自甘屈服？
为什么这般萎靡颓唐？

满国中到处起烽烟，
满国中景象好凄惨！
恶魔的军阀只是互相攻打啊，
可怜的小百姓的身家性命不值钱！
卑贱的政客只是图谋私利啊，
哪管什么葬送了这锦绣的河山？
朋友们，提起来我的心头寒，——
我的悲哀的中国啊，
你几时才跳出这黑暗之深渊？

东望望罢，那里是被压迫的高丽；
南望望罢，那里是受欺凌的印度；
哎哟，亡国之惨不堪重述啊！
我忧中国将沦于万劫而不复。
我愿跑到那昆仑之高巅，
做唤醒同胞迷梦之号呼；
我愿倾泄那东海之洪波，
洗一洗中华民族的懒骨。
我啊！我羞长此沉默以终古！

易水萧萧啊，壮士吞仇敌；
燕山巍巍啊，吓退匈奴夷；
回思往古不少轰烈事，
中华民族原有反抗力。
却不料而今全国无声息，
大家熙熙然甘愿为奴隶！
哎哟！我是中国人，
我为中国命运放悲歌，
我为中华民族三叹息。

寒风凛冽啊，吹我衣；
黄花低头啊，暗无语；
我今枉为一诗人，
不能保国当愧死！
拜伦曾为希腊羞，
我今更为中国泣。
哎哟！我的悲哀的中国啊！

我不相信你永远沉沦于浩劫，
我不相信你永无重兴之一日。

一九二四年十一月二一

1924年夏，蒋光慈从莫斯科回国，无边的、浓重的黑暗使他原先在苏联留学时那种欢欣的、嘹亮的歌喉喑哑了。从此悲愤难抑，长歌当哭就成了他诗歌的主旋律。《哀中国》就是他这一时期的代表作。

《哀中国》闪烁着革命的思想、真诚的激情，义正辞严地控诉了帝国主义的侵略和封建军阀的暴行。诗人的思想，在那黑暗如磐的年代里犹如闪亮的火炬和战斗的鼙鼓，勇敢、坚定、振奋人心。同时，诗歌灵活自如地运用了大量的叠句、对句和排比句，加上每节句数相等的排列格式，一节一韵的声响，这就使得全诗格外具备了一种澎湃激荡的声势，较好地表现了诗人痛苦忧愤的情感。

全诗六节。第一节，诗人用对比转折的格式哀叹祖国："蜿蜒"的江河发"悲音"，"郁秀"的山岳"寥落而惨淡"。哀叹建立在"俯瞰式"的扫描上。第二、第三节，哀叹深入一层，具体展开了祖国的苦难和黑暗："外邦"步步进逼，"军阀""互相攻打"，"政客""图谋私利"。在这概括的描述中表达的理念却十分明白：帝国主义、封建军阀、官僚政客都是罪魁祸首。第四、第五节，思想更进一层，先从横的世界范围看中国的危急后果：像高丽、印度一样的"亡国之惨"迫在眉睫；后从纵的历史的岁月追索这种局面中民族性格的病态："而今全国无声息""熙熙然甘愿为奴隶"。诗歌由上两节的现象描述转入到纵横结合的原因与结果的探索分析。最后一节，除了呼应第一节再次哀叹并自省外，预言了中国的未来："不相信你永远沉沦""无重兴之一日"。诗歌思想从前几节的现实转向将来，又推进一步，表达了对革命胜利的坚定信念，完成了题旨。

与此同时，诗歌还有一条主体抒情的线索贯穿全诗各节。在诗的各节都有诗人站出来直接抒情的句子：第一节，诗人用了"我的悲哀……"这样的叠句直呼心中的哀叹。第二、第三节，诗人在两节的后三句抒发了他对中国人"颓唐"的不满和对现状的"心头寒"。第四节，在揭示亡国之忧后，表明自己要"唤醒同胞的迷梦"，洗他们的"懒骨"的愿望。第五、第六节，诗人发出了"为中华民族三叹息"。《哀中国》既有对"你"——祖国的描述，又有"我"——诗人的直接抒发，不足的是这两条线索尚未取得水乳交融般的效果。

《哀中国》作为一篇早期政治抒情诗，显示了蒋光慈——一个最早开拓者的成就与不足。没有疑问，放在诗歌发展的历史长河中去观察，这些成就与不足对于后来的政治抒情诗作者来说有一定的启发的作用。（皇甫积庆）

序　诗　成仿吾

（一）

　我生如一颗流星，
不知要流往何处；
　我只不住地狂奔，
　曳着一时显现的微明，
人纵不知我心中焦灼如许。

是何等辽阔的天空!
又是何等清爽!
我摇摇而奋奔,
我耀耀而遥征,
回顾长空而中心怅惘。

这是何等的运命——
这短短的一生,
尽流浪而雕零,
莫或与我相亲,
永远永远孤独而凄清!

人纵在愁苦之中,
皆能强笑而为乐,
欢情的火焰熊熊,
悲哀的幕影犹可潜踪,
我连这种欢情也无从得着。

啊,这是何等的运命——
在这无涯的怅惘,
曳着瞬刻的微明,
抱着惨痛的凄清,
我还要不住地奋进而遥往。

啊,我生如一颗流星,
不知要流往何处;
我只不住地狂奔,
曳着一时显现的微明,
人纵不知我心中焦灼如许。

一九二三

成仿吾,起步文坛时,发表过散文、小说,更多的是文艺论文,故人们一般称他为文艺理论家。可实际上在他的短篇小说集《流浪》中夹有不少新诗作品。

郭沫若曾在《创造十年》中评述成仿吾的散文和诗时说:“他的散文是劲峭,有时不免过于生硬。他的诗却是异常的幽婉,包含着一种不可捉摸的悲哀。”

然而,在成仿吾诗中的那种“不可捉摸的悲哀”、怅惘和孤独感,与其说是由于缺少知音,不如说是显示了他当年的那种带有时代风尚的心态。他从日本留学至投身国内大革命洪流之间的一段生活历程中,一方面是充满爱国的激情,另一方面则是盲目地奋进;一方面在到处碰壁中感到无限的压抑、苦闷，另一方面却又不甘沉沦、不甘寂寞而继续把个人的命运与祖国、民族的命运联在一起作新的抗争。这种矛盾复杂的心绪，反映在散文创作里，便往往适宜于表现狂飙突进的时代精神并从而体现出“劲峭”的文风；一旦融入诗中，则不免与个人的哀怨情绪糅合而形成“幽婉”的诗风并常常难以捉摸。

诗人在《序诗》中自比“流星”，是其当年特有心态的生动写照。

“流星”之闪耀，固难以与日月之辉并提，但能在茫茫的夜空中显现微明而又如此引人注目，当引以为快事！故“我只不住地狂奔”，“我摇摇而奋奔/我耀耀而遥征”。这是诗人的基本精神与时代的亢奋合拍时的具体表征。然而，“不知要流往何处”的茫然感，“一时显现”的短促感，以及未必为大众理解的“孤独而凄清”感，又不时强化长期郁积的“怅惘”情绪。这些意念的结合，使得本诗正曲折幽婉地体现了“难以捉摸的悲哀”的诗风。

成仿吾的《序诗》在他的新诗作品中有一定的代表性。无论从诗作的选材立意来看，还是从诗作的艺术构思和语言运用来看，比之同时代的一些诗人的现实主义诗作有较多的抒情意味。他曾在论文《诗之防御战》中竭力表示反对在诗中表现“过量的理智”，而强调“感情在诗歌上的重要”。这点在他自己的诗作中是实践了的。然而，成仿吾的诗却缺乏郭沫若《女神》式的豪迈气魄。他写诗也不如郭诗那样以情感的自然流露为贵，而有明显的字句雕琢。在本诗中，“狂奔”写出流星之速度和力度；“曳着一时显现的微明”则写出了流星光亮的幅度，且写得具体而又形象；“摇摇而奋奔”“耀耀而遥征”则又写出了“流星”似的“我”那种在努力奋进中时有“中心怅惘”感的复杂心态；同时采用首尾呼应、一咏而三叹的表现形式。这一些都可说明成仿吾不似郭沫若所主张的“写诗”，而是传统型的“做诗”。在创造社中还出现过以王独清、穆木天、冯乃超为代表的象征诗风，而成仿吾不在其列，他具有独立不群的诗作和诗风，即以《序诗》为例，可见一斑。（张炳隅）

赤潮曲　瞿秋白

赤潮澎湃，
晓霞飞动，
惊醒了
五千余年的沉梦。

远东古国
四万万同胞，
同声歌颂
神圣的劳动。

猛攻，猛攻，
捶碎这帝国主义万恶丛！
奋勇，奋勇，
解放我殖民世界之劳工，
何论黑，白，黄，无复奴隶种！

从今后，福音遍天下，
文明只待共产大同。
看！
光华万丈涌。

1923年1月中旬，瞿秋白从莫斯科回到北京。他是在两年前作为北京《晨报》和上海《时事新报》特派记者前往苏俄的。在苏俄的两年中，他亲身感受到无产阶级翻天覆地的伟力和蓬蓬勃勃的革命气象，并且认真研读了大量马列主义著作和俄共（布）的文献，归国的时候，他已经是一个满怀着无产阶级革命激情和崇高理想的共产主义者了。他在北京一个亲戚家里暂时安顿下来不久，就动手从俄文翻译《国际歌》，同时创作了这首《赤潮曲》。

《赤潮曲》首先出自瞿秋白切身的感受和所坚信的世界观，同时也直接受到了《国际歌》的启迪。且看瞿秋白翻译的《国际歌》中的一段："只有伟大的劳动军/只有我世界的劳工/有这权利享用大地/那里容得寄生虫！/霹雳声巨雷忽震/残暴贼灭迹销声/看！光华万丈/照耀我红日一轮/这是我们的/最后决死争/同英德纳雄纳尔/人类方重兴！"这里的向旧世界宣战的气概，向人类理想世界进军的豪情，同样充溢在《赤潮曲》之中。那种磅礴的气势，高昂的音调，甚至一些词语，也相仿佛。不过，它们又有不同：《国际歌》来自欧洲，使人觉得主要是资本主义世界的工人阶级的战歌；而《赤潮曲》，则侧重于描绘东方半殖民地以至世界所有殖民地半殖民地劳苦群众的觉醒，表达他们的心声，它好像是《国际歌》在东方的回响。看来瞿秋白是有意识把《赤潮曲》当作《国际歌》的"姊妹篇"来写的。作为一个中国共产党人，这是自然会产生的创作动机。

这首诗在艺术表现上的一个显著特点是革命的哲理和诗人的激情的交融，或者说是哲理的诗化。无产阶级的世界观使作者以涵括宇宙的胸襟和高瞻远瞩的目光，概括了整个中国的过去、现在和未来，描绘出历史的走向，内容深刻而博大。这些都是作者切身感受到的、真诚信仰的东西，浸润着作者浓烈的感情，因此能震动读者的心弦。其次，这首诗的艺术力量，也借助于那哲理和诗情伴随着的形象，那就是"赤潮"。"赤潮"，指火焰般燃烧着的漫天朝霞和朝霞过后赤日光焰的愈益广远的照射。作者在其《赤都心史·晓霞》中也这样描写过："紫赤光焰，愈转愈明……神明的太阳，有赤色的晓霞为之心声，不久不久，光现宇宙，满于万壑。"它们都是比喻无产阶级革命的勃兴和共产主义理想的升腾。这是一个瑰丽的形象，它带着那哲理和诗情，笼罩全篇，贯穿始终，使诗中所写的一切，仿佛都融在一片红光之中，显得雄浑伟美。

这首诗在《新青年》季刊创刊号上发表时，配有许地山作的曲。可见瞿秋白是把它作为歌词来创作的，具有节奏感强等歌词的特点。这大概也是因他正在翻译《国际歌》的缘故。不过它的语言和格调，还明显地带有旧体诗词的痕迹，不是纯净的白话诗歌，不很自然。这是新诗发轫期难以避免的现象，是不能离开历史加以苛求的。（王铁仙）

太阳吟　闻一多

太阳啊，刺得我心痛的太阳！
又逼走了游子底一出还乡梦，
又加他十二个时辰底九曲回肠！

太阳啊，火一样烧着的太阳！

烘干了小草尖头底露水，
可烘得干游子底冷泪盈眶？

太阳啊，六龙骖驾的太阳！
省得我受这一天天底缓刑，
就把五年当一天跑完那又何妨？

太阳啊——神速的金乌——太阳！
让我骑着你每日绕行地球一周，
也便能天天望见一次家乡！

太阳啊，楼角新升的太阳！
不是刚从我们东方来的吗？
我的家乡此刻可都依然无恙？

太阳啊，我家乡来的太阳！
北京城里底官柳裹上一身秋了罢？
唉！我也憔悴的同深秋一样！

太阳啊，奔波不息的太阳！
你也好像无家可归似的呢。
啊！你我的身世一样地不堪设想！

太阳啊，自强不息的太阳！
大宇宙许就是你的家乡罢。
可能指示我我底家乡底方向？

太阳啊，这不像我的山川，太阳！
这里的风云另带一般颜色，
这里鸟儿唱的调子格外凄凉。

太阳啊，生命之火底太阳！
但是谁不知你是球东半底情热，
同时又是球西半底智光？

太阳啊，也是我家乡底太阳！
此刻我回不了我往日的家乡，

便认你为家乡也还得失相偿。

太阳啊，慈光普照的太阳！
往后我看见你时，就当回家一次；
我的家乡不在地下乃在天上！

《太阳吟》作于诗人1922年在美国留学期间，是诗集《红烛》中一首著名的爱国诗篇。诗人在同年给友人的信中说："我想你读完这两首诗（按：指《太阳吟》《晴朝》），当不致误会我想的是狭义的'家'。不是！我所想的是中国的山川，中国的草木，中国的鸟兽，中国的屋宇——中国的人。"（《致吴景超》）

诗人把"太阳"作为自己对话的伙伴和歌吟的对象，看来不是无因的。第一，诗人置身异域，备受种族歧视，环顾四周，能与自己平等以待、坦诚相对者能有多少？唯独太阳日复一日，"慈光普照"（顺便说一句，人们往往忽略了诗中出现的这四个字，以为不过是一般的形容而已，其实不然），不因肤色不同而有所偏废，这自然令诗人产生亲切之感。第二，古诗云："悲歌可以当泣，远望可以当归。"（《悲歌》）登高望远，所见到的山川、田畴、炊烟之类，同属华夏景物，当然会激起家乡之思，田园之念，在精神上得到某种安慰。可是诗人这一次离家万里，远隔重洋，触目所见，正像诗人在诗中所写的："这不像我的山川""这里的风云另带一般颜色"……究竟什么东西才能承担自己感情的重托、成为家乡祖国的象征呢？诗人不由得想起了太阳，是啊，中美两国分别处于地球东西两半球，而太阳给人的感觉不就是由东而西照射大地，换句话说，在美国所看到的太阳不就是刚从东方的祖国上空一路照射过来的吗？蓄之既久，其发必速，正是诗人胸中久久翻滚着爱国的波涛，一旦找到了喷射口（"太阳"这个象征物），才立刻奔泻而出，转化成了这首激情澎湃、势不可遏的诗篇。

找到"太阳"这个象征和寄托的物体只是第一步，重要的还在于善于寄托和象征，多方面地发掘和展现它的丰富内涵。诗人情之所钟，意之所托，使得太阳开始具有独立的个性和活泼的生命，而不是成为有些人笔下那种任意搓捏和驱遣的道具。在诗中，太阳时而再现了远古神话中的风采：驾上六龙，乘车西向，化为金乌，急速飞翔；时而具有游子般的身份和遭遇：奔波不息，无家可归；时而又成为"生命之火"，象征着东半球的情热和西半球的智光……太阳原本只有一个，但在诗人激情的作用下，竟然具有如此缤纷的色彩和不断变换着的形象，真是令人叹为观止。从另一方面说，也只有如此多姿多彩的形象，才能淋漓尽致地抒发自己的家乡之思、邦国之念，从而激起广大读者的共鸣。人们论诗，爱说触景生情、情景交融，《太阳吟》自然也不例外，不过它所写的"景"并非简单的客观存在，而是更多地活跃在诗人的想象之中，潜藏于诗人平日对异国他乡的痛切感受、对神话传说的浸润研究和对东西文化的深沉思索之中，这样"交融"而成的诗篇，比起那些就实地所见的平平之景抒人之皆有的浅浅之情的作品来，当然要超出好多了。

把握和发掘了对象的丰富内涵，还要出之以相应的结构和安排，这也是诗歌创作中不能忽视的问题。如果说抒情诗的主要内容离不开感情，那么它在章法（布局谋篇）上要做的就是按照感情的变化和层次加以安排（即不是像叙事作品那样侧重于情节安排）。这对于《太阳吟》这样内涵丰富、感情激越、时间和空间的跨度较大的作品来说尤为重要。试想，如果平铺直叙，缺乏波澜起伏，怎能摇荡心灵、震慑魂魄？《太阳吟》对太阳一吟再吟，亦即意味着诗人对太阳的感情一变再变：始而是埋怨太阳（惊醒了游子的还乡梦）；继而是请求太阳（免受缓刑、望见家乡）；第五、第六节把太阳当成朋友，频频询问家乡情景；第七、第八节又转而把太阳当成患难与共的知己，同诉身世，共觅家乡；最后，诗人眼看还乡无望，归期难定，索性认太阳为家乡，诗人对太阳的感情真是富于变化，不可穷尽！还值得注意的是，诗人如此逐层变化而又逐层深入的感情，是通过相当整齐的形式表现出来的。《太阳吟》每节三行，一韵到底，各节第一行均以“太阳啊”呼语领起。诗人这样安排，既符合他建立格律诗的总的诗歌主张，也和《太阳吟》这首具体作品反复吟咏的特性相吻合，可说是文质俱佳，内容和形式相得益彰。（孙光萱）

也　许（葬　歌）　　闻一多

也许你真是哭得太累，
也许，也许你要睡一睡，
那么叫夜鹰不要咳嗽，
蛙不要号，蝙蝠不要飞，

不许阳光拨你的眼帘，
不许清风刷上你的眉，
无论谁都不能惊醒你，
撑一伞松荫庇护你睡，

也许你听这蚯蚓翻泥，
听这小草的根须吸水，
也许你听这般的音乐
比那咒骂的人声更美；

那么你先把眼皮闭紧，
我就让你睡，我让你睡，
我把黄土轻轻盖着你，
我叫纸钱儿缓缓的飞。

1926年秋，闻一多只身离开家乡湖北浠水县，到上海吴淞国立政治大学任教。不久，其妻和女儿立瑛即患重病。闻一多得知后，又匆匆返回家乡。但已经晚了，立瑛因病情严重，无法挽救，不幸死亡。年轻的父亲心情异常悲痛，他安葬了爱女，就写下了这首诗。

爱女的早夭对诗人来说，无疑是一个沉重的打击。但是，诗人没有号啕恸哭，而是将深深的悲痛埋进诗里去了。小孩得病，昼啼夜哭，哭累了便昏然睡去，这是常有的现象。而这里的情况是，诗人明明知道爱女此次是永世长眠，却偏偏假想她是“哭得太累”的缘故，又要睡一睡了。由于找到了诗的构思的突破，后面的诗句全都由此引出，整首诗的框架也就建构在哭累要睡这一点上，以下的“叫夜鹰不要咳嗽”等句，均由此“睡”字而来。所以，这一“睡”字，可以说是全诗的血脉，自上而下，一贯到底，使全诗的题意显得十分清楚，这是诗人对爱女的安慰之词，同时也浸透着诗人的爱抚之情。

正因为这“睡”字中暗藏和饱含着诗人对死者的安慰和爱抚，诗人特意为女儿制造了一个非常安静的环境，在第一节中连用了三个“不要”，第二节中连用了两个“不许”，第三节中连用了两个

“也许”，第四节中连用了两个“让”字，这一切，都是为了使女儿能够安然长眠，也都与诗人的爱抚之情紧紧地联结在一起。

其实，安葬好爱女之后，诗人未必听到夜鹰咳嗽、青蛙号叫，这都是诗人的想象之词。但这一连串的想象却非常重要。因为该诗副题虽标为“葬歌”，却没有直接写坟墓，而是通过小草、青松、阳光、清风等自然景物，以及夜鹰、青蛙、蝙蝠、蚯蚓等自然界小动物，从侧面写出了爱女的所葬之地，渲染和烘托出了墓地四周幽静的环境气氛。

这种环境气氛的渲染烘托还有一个很大的好处，就是反照和折射出了诗人当时的心情。因为那年头，正是军阀割据、内战频仍的时代，政治、社会极其昏暗腐败，诗人对此十分愤慨，感到女儿虽然去世太早，但既然离开这个浑浊的人世，日夜与夜鹰、蝙蝠等为伴倒也罢了，在松荫庇护下安睡，听“蚯蚓翻泥”、听小草的“根须吸水”，也乐得清静，总比听那人世的咒骂声要美妙一些。这虽然只是诗人一时的自我宽慰，但也可以见出诗人对当时社会的厌恶，同时也反衬了爱女心灵的纯洁无瑕。

此诗反复吟唱，句子整齐中有错落，又不妨碍诗情的表达和语意的流畅，这是十分困难的，而诗人却处理得很好。其中除了第二节的语气显得比较坚决之外，其他三节几乎都用一种温柔的轻轻的语气写成的，就如平时催眠的儿歌一般，让爱女悄悄地睡去。（孙琴安）

死　水　闻一多

这是一沟绝望的死水，
清风吹不起半点漪沦。
不如多扔些破铜烂铁，
爽性泼你的剩菜残羹。

也许铜的要绿成翡翠，
铁罐上锈出几瓣桃花；
再让油腻织一层罗绮，
霉菌给他蒸出些云霞。

让死水酵成一沟绿酒，
漂满了珍珠似的白沫；
小珠笑一声变成大珠，
又被偷酒的花蚊咬破。

那么一沟绝望的死水，
也就夸得上几分鲜明。
如果青蛙耐不住寂寞，
又算死水叫出了歌声。

这是一沟绝望的死水，
这里断不是美的所在，
不如让给丑恶来开垦，
看他造出个什么世界。

《死水》是一首社会性很强的诗，再现了作者对那个社会实际情况所产生的真实的情感。然而，全诗只是一种隐喻。它以一沟死水比喻那个黏滞得流不动的、沤得发臭的、完全丧失了生命力的社会现实。

在诗中，那些"破铜烂铁"，变成了翡翠和桃花；那些"剩菜残羹"，却泛出了罗绮和云霞；这绝望的水，此刻却变成了一沟绿酒：绿酒在冒泡，那泡沫便是珍珠！诗人用很美丽的比喻来反衬这绝顶的肮脏，目的是造成让人恶心的反效果。这样，它便传达出我们所认为的诗人"尖锐的讽刺"的本意。

《死水》的笔墨寓辛辣于细腻之中，它讲究修辞，而且力求用词的丰富精美而不重复。例如以下短语所用的动词就绝不相同："绿成翡翠"，"锈出几瓣桃花"，"织一层罗绮"，"蒸出些云霞"，"酵成一沟绿酒"，等等。写完了这些，它总结说：这死水据此"也就夸得上几分鲜明"。但这里的"鲜明"还只是从色彩和光泽上加以点染。接着，他表现死水的"声音"。这声音也很别致，有"笑声"——"小珠笑一声变成大珠"；还有"歌声"——"如果青蛙耐不住寂寞/又算死水叫出了歌声"！这是多么可怕的死一般的沉寂。唯有那"耐不住"寂寞而叫喊出的几声蛙鸣，让人觉得这一沟死水居然还有声音！

在诗的末段，重现了它的"主旋律"："这是一沟绝望的死水"。这不仅是一种照应，而且是一种再强调。尽管在这之前，它极写这死水由翡翠、珍珠、桃花、云霞、罗绮所装扮的"美"，但那只是美的骗局："这里断不是美的所在"。这"绝望的死水"的"主旋律"的重现，表现了诗人对死水的判断和批判的肯定，应当说，这里所体现的《死水》作者的战斗精神是确定无疑的。

《死水》不仅成为新诗史上的杰作，而且成为格律体新诗的代表作。《死水》体式极严。从外形看，每句九字，每节四句，排列起来非常齐整。从内在的韵律看，每句内部均由四顿组成，由于内在节奏的高度和谐一致，再加上严格的双行押韵、每节一韵的音响效果，使全诗的节调十分动听，《死水》用字富于色彩感，尽管是写丑恶，却也艳丽鲜明，更反衬出诗中有意造出的病态美在否定现实中的力度和深度。关于《死水》的艺术追求及其成就，沈从文曾著文指出：它"在文字和组织上所达到的纯粹处，那摆脱《草莽集》(朱湘著)为词所支配的气息，而另外为中国建立一种新诗完整风格的成就处，实较之国内任何诗人皆多。"(《论闻一多的〈死水〉》，《新月》3 卷 2 号)

论及《死水》的成就，也许它在艺术上的精心结构较之思想上的积极批判精神更为引人注目。诗人竭力不作外在的呼喊，而以严密的有节制的韵律，组织进他的缜密的思想之中。因而，他的《死水》的深沉的意念是通过精美的艺术得到表达的。全诗始于"这是一沟绝望的死水"，也终于"这是一沟绝望的死水"，回旋往复又曲折有致。短短 20 句中变化多端，有展开，有再现，有铺陈，有复沓。到"看他造出个什么世界"似结未结，余音袅袅，全部答案均留于读者自审，引而不发，陡然增加了引人思考的魅力。(谢　冕)

心　跳[①]　闻一多

这灯光，这灯光漂白了的四壁；

这贤良的桌椅朋友似的亲密；
这古书的纸香一阵阵的袭来；
要好的茶杯贞女一般的洁白；
受哺的小儿接呷在母亲怀里，
鼾声报道我大儿康健的消息……
这神秘的静夜，这浑圆的和平，
我喉咙里颤动着感谢的歌声。
但是歌声马上又变成了诅咒，
静夜！我不能，不能受你的贿赂。
谁希罕你这墙内尺方的和平！
我的世界还有更辽阔的边境。
这四墙既隔不断战争的喧嚣，
你有什么方法禁止我的心跳？
最好是让这口里塞满了沙泥，
如其它只会唱着个人的休戚，
最好是让这头颅给田鼠掘洞，
让这一团血肉也去喂着尸虫，
如果只是为了一杯酒，一本诗，
静夜里钟摆摇来的一片闲适，
就听不见了你们四邻的呻吟，
看不见寡妇孤儿抖颤的身影，
战壕里的痉挛，疯人咬着病榻，
和各种惨剧在生活的磨子下。
幸福！我如今不能受你的私贿，
我的世界不在这尺方的墙内。
听！又是一阵炮声，死神在咆哮。
静夜！你如何能禁止我的心跳？

编者注 ① 此诗后改名为《静夜》。

闻一多是在静静的黑夜里写下这首诗的。诗一开始是对所处环境的细腻描写，用词颇为新颖特别：灯光“漂白”了书房的四壁，“朋友似的亲密”的桌椅是“贤良”的，茶杯“贞女”一般洁白……多么宁静安谧的夜，多么舒心宽怀的夜！曾经在大洋彼岸华人洗衣铺前思念着“祖国之秋的杰作”菊花的诗人，对文人墨客们倾慕的这种宁静温馨的生活会情不自禁地脱口吟出：“这神秘的静夜，这浑圆的和平/我喉咙里颤动着感谢的歌声。”然而，诗人毕竟是怀有社会良心的知识精英。当他透视到社会的黑暗与龌龊的时候，这种对祖国的热爱之情便化为强烈的忧患意识。所以新月诗派“理性节制感情”的原则非但没有压抑住诗人内心的“一团火”，相反，却使诗的感情更为凝重。于是，前八行诗不过是为下述诗情流泻的铺垫，更准确一点讲，是“反衬”，目的是要突出诗人真正想要表达的诗思：“谁希罕你这墙内尺方的和平！/我的世界还有更辽阔的边境/这四墙既隔不断战争的喧嚣/你有什么方法禁止我的心跳?”这才是诗人的真正的心境,它像暗夜里的心的火炬,使诗人在这静夜里看到的是不平静的夜,在这灯光漂白了的四壁内看到的是“四邻的呻吟”,在这“受哺的小儿接呷在母亲怀里”的不远处,看到的是“寡妇孤儿抖颤的身影”,在这“尺方的和平”之外看到的是“战壕里的痉挛”。个人的生活的安宁和环境的宁静并没有使诗人忘记国家的苦难和人民的痛苦,这是诗人后来成为民主战士的重要原因之一。“听! 又是一阵炮声,死神在咆哮/静夜! 你如何能禁止我的心跳?”(末一句重复,意在强调“心跳”)诗的结尾遒劲有力,仿佛可以摸到诗人激烈的心跳声。无怪乎此诗于1928年初版时题为“心跳”,其实我们还可以说,他此时所写的所有爱国诗都是诗人怦然跳动的心声。

还须指出的是,这里的“反衬”,不仅仅是铺垫,而且也在表达正意。因为只有写尽夜之美,才能体味到冲决夜之网的勇气;只有写尽夜之静,才能感受到心跳的烈! 只有写尽夜之氛围,才能理解诗人何以由感谢夜的和平转而拒绝墙内尺方和平的贿赂的动力。这首诗是诗人思想发展变化的一个显著标志。《红烛》时期的闻一多,也曾惊呼过:“上帝啊! 眼看着宇宙糟蹋到这样/可也有些寒心吗?”(《初夏一夜底印象》)但这种感叹毕竟是孱弱的,“红烛”燃尽以后,时代使他望见了“死水”(诗人的第二部诗集名)。这首诗是明显地裸露诗人思想感情上的一次质的飞跃的“心电图”。透过沉郁的诗行,我们看到了一颗异常清醒的心。他在静夜里写道“最好是让这口里塞满了沙泥/如其它只会唱着个人的休戚”,这与其说是诗人对躲进象牙之塔的文人墨客的轻蔑和诅咒,毋宁说是作者对自身的批判反省和向世人宣告自我蜕变的真诚自白,带有犀利而深刻的自警意味。

诗人在斗室里吟诗,虽然他此时还囿于个人的小天地里,没有投身于暴风雨中,但是他的忧患意识正是这个时代的风暴在他的心里的回音壁上激起的回声。诗人蘸着理性思维的火花,融进卓尔不群的高尚节操和品格,糅入炽热的爱憎分明的情愫,融铸成这一首《心跳》,用诗的六弦琴拨响了一个应和时代风雨的强音。(戴　达)

祈　祷　闻一多

请告诉我谁是中国人,
启示我,如何把记忆抱紧;
请告诉我这民族的伟大,
轻轻的告诉我,不要喧哗!

请告诉我谁是中国人,
谁的心里有尧舜的心,
谁的血是荆轲聂政的血,
谁是神农黄帝的遗孽。

告诉我那智慧来得离奇,
说是河马献来的馈礼,
还告诉我这歌声的节奏,
原是九苞凤凰的传授。

谁告诉我戈壁的沉默，
和五岳的庄严？又告诉我
泰山的石霤还滴着忍耐，
大江黄河又流着和谐？

再告诉我，那一滴清泪
是孔子吊唁死麟的伤悲？
那狂笑也得告诉我才好，——
庄周，淳于髡，东方朔的笑。

请告诉我谁是中国人，
启示我，如何把记忆抱紧；
请告诉我这民族的伟大，
轻轻的告诉我，不要喧哗！

诗人要祈祷什么："请告诉我谁是中国人？"这似乎是"骑驴找驴"，然而这实在是诗人留学归来后由兴奋而堕入困惑的心态呈示。他在国外，日夜想念祖国，对祖国寄予了无限的希望。可是回国一看，到处是不平和黑暗，引起了他内心的极大苦痛和震惊。闻一多对此深恶痛绝。当然，当时他的思想中也掺有国家主义的某些不良影响，以为中国古代的东西一切皆好，至高无上。但是，那种对祖国古老文化的深切怀念之情，对民族命运的忧虑之意，还是感人至深的。《祈祷》一诗就恰好地体现了他这种思想感情。

因此，诗人悲哀地祈求将来能解答他心中的疑惑；在孤苦无告之下，他只能从历史的记忆中去寻回真正中国人的形象、中国人的精神。正是基于这一点，他在诗中才引用了大量的历史人物掌故，从这些典故中可使人想到古老中华优秀的民族精神和文化传统。诗人从尧、舜、神农、黄帝看到了清政，从刺秦王的荆轲、刺侠累的聂政看到了侠勇，从著名学者庄周、淳于髡、东方朔看到了智慧和幽默，而从孔子闻麒麟死而悲恸的事迹中则看到了大呼"大道"将不兴的忧患与期待，从三山五岳长江黄河里看到了中华民族的庄严、忍耐的性格。当然，对历史人物的历史地位与作用的评价远非如此简单，何况今日社会的种种弊端事实上恰恰离不开历史文化的影响作用，诗人发思古之幽情，当然是为了今天。他期望中国人多一点"吊唁死麟"的忧患意识，多一点仗义的、高洁的狂放不羁、诙谐幽默的品格，期待社会的改革。如果说，第一节中出现的祈祷较多的是悲哀之言，那么，末了的祈祷则更有一层希冀了。

本诗在艺术上也是别具一格的。诗人多以反问的形式表达肯定的情感判断。如问谁心里有尧舜的心，谁的血是荆轲、聂政的血，谁是神农、黄帝的遗孽，正是以此鞭挞那些忘了自己是炎黄子孙的人。诗中还用委婉的口气指出，有人竟把那大禹治水的图和姜太公得到的治国的宝书，都附会成神话传说中的"河出图"和太公垂钓、鲤鱼肚内藏书之事，原不可信，中华民族的智慧并非天赐。诗中以反问的形式，把神话传说掺入诗句，增加了几分神秘、朦胧的色彩，引人进入诗境。在形式上，本篇运用的是四句一节的新格律体，并采用了随韵，即二句一韵的手法，在视觉上给人以整齐和谐之感，听觉上亦使人体味到那错落有致的音韵美。（吴开晋）

散　后(选一首)　梁宗岱

幽梦里，
我和伊并肩默默的伫立，
在月明如洗的园中。
听蔷薇滴着香露，
清月颤着银波。

一九二二年三月

这是一首优美的相思曲，没有用相思之类的字眼，却写尽了相思。诗人也没有回忆离前别后的生活情景(这是一般的相思曲所常见的)，只是描绘了一幅梦境。这梦境似幻，似真，既幻又真。所谓日有所思，夜有所梦，梦中相会，而又相对无言，这正表明相思之深，相思之苦。这幽梦，这花园，这明月，这蔷薇，都洋溢着浓郁的诗意和诗情。这似乎是诗人偏爱的意境和形象。梁宗岱在他的另一首诗《晚祷》中，就有“牧羊儿正开始他野蔷薇底幽梦”这样的诗句，诗人追求美，追求一种幽梦般的朦胧的意境美，这种美，又常带有一点淡淡的哀愁，犹如湖面的轻纱和黄昏的雾霭。《散后》也是如此。

诗中写的梦境，既如月色般清幽，又带上蔷薇的芬芳，写“我”和“伊”在梦中相会，“并肩”显示他们的亲近，而“默默的伫立”，既是梦境的特点，又有“此时无声胜有声”之妙用。蔷薇的香露，似乎是暗喻相思之泪；而清月颤着银波，也象征那颤动的心波吧。

这首诗不但追求一种意境美，也很讲究语言的美。诸如“清月”“蔷薇”“银波”等均给人以丰富的色彩感，其风格颇像唐代诗人李商隐。如用“诗中有画”来形容这首诗，也是合适的。(徐缉熙)

晚　祷——呈敏慧　梁宗岱

我独自地站在篱边。
主呵，在这暮霭底茫昧中。
温软的影儿恬静地来去，
牧羊儿正开始他野蔷薇底幽梦。
我独自地站在这里，
悔恨而沉思着我狂热的从前，
痴妄地采撷世界底花朵。
我只含泪地期待着——
祈望有幽微的片红
给春暮阑珊的东风
不轻意地吹到我底面前：
虔诚地，轻谧地，
在黄昏星忏悔底温光中

完成我感恩底晚祷。

一九二四年六月一日

这是组诗《晚祷》的第二首。

梁宗岱在广州培正中学读书时，曾热恋过一位少女。在她的影响下，加入了基督教。后来，由于父母的干涉，梁宗岱被迫结束了与这位姑娘的恋情。此诗即以一种特殊的祈祷方式来表达诗人对那段美好经历的追怀。

梁宗岱是一位在理论上自成体系的象征主义诗人。他加入基督教的经验，从学于法国象征主义大师瓦莱里的经历，以及他对传统诗学和佛学的了解，使他对象征的理解更为深入与广泛。他结合了波德莱尔的“契合”诗，华严宗的“因缘和合”说，以及理学的“格物致知”和传统诗学的“兴”的观念，认为象征的最高境界是意象合一，物我同一。这首作于早期的诗作已体现了诗人这种观点的端倪。

这里的“篱”，是一种隔离的象征。虽然有篱的阻挡，诗人与她仍然在寻求心灵的呼应。在这种心凝形释的境界里，诗人与她猝然相遇；于是她“温软的影儿恬静地来去”。在基督教里，羊群指的是教徒，这里当然是指诗人自己。蔷薇是一种爱情之花。而“野”字，“幽”字，又暗示了这是一种自由式的恋爱。最后一个“梦”字，则意味着这段恋情终被无情的压迫所摧残。诗人用这一连串的意象群含蓄而简洁地表达了他们这段美好经历的遭际。接着，诗人用“痴妄地采撷世界底花朵”这一鲜明的、夸张的、极富暗示力的意象来表现当初诗人执著地追求她的那种痴妄心情与行为，想象奇丽而意蕴丰富。正因为他曾如此痴妄地爱着，所以才觉得深深地伤害了她。于是在他情丝难断地沉思着他从前狂热的恋情时，他不由地滋生出悔恨之意。悔恨不能弥补从前，不能抹掉她心灵的伤痕，于是只有含泪期待，向上苍祈祷。

诗人在表现自己忏悔的心情时，采用象征主义诗人那种独特的手法。梁宗岱的一段话很能为这种手法作一注解：“当一件外物，譬如，一片自然风景映入我们眼帘的时候，我们猛然感到它和我们当时或喜，或忧，或哀伤，或恬适的心情相仿佛，相逼肖，相会合。我们不摹拟我们底心情而把那片自然风景作传达心情的符号，或者，较准确一点，把我们底心情印上那片风景去，这就是象征。瑞士底思想家亚美尔说：‘一片自然风景是一个心灵底境界。’这话很可以概括这意思。”（《象征主义》）诗中，夕阳“幽微的片红”，春暮将残时和谐的东风，恰恰是传达诗人那种对逝去旧情的感伤和对心中的她的祝福的心境的一种逼肖的象征。而黄昏时的微红、朦胧的星星，似乎也代替了诗人跳动着的、虔诚的、温暖的心脏，坦白地悬挂在天空，让同在异地祈祷的她感受到诗人忏悔的心情。这不是简单的借景抒情，以景寓情；这是情与景的会合，交融，统一为一种诗的境界。

梁宗岱认为，象征不仅仅是一种表现方法，象征所达到的那种意象契合、物我两忘的境界也是一种哲学境界。这种境界与莱布尼兹阐述的“生存不过是一片大和谐”的境界是一致的。梁宗岱的大多数诗旨在歌咏爱情、大自然、造物主的美，体现这种共同的哲理。即使像这首含着深深的伤感情绪的诗也被这种“和谐”所融化。从这种观念出发，他认为从广义上说连声音也应当应用于作品的整体，成为整体境界的象征。看得出来，诗人力求将诗的韵律节奏处理得平和、凝重、谐和，以求得与整体意境的默契。另外，像属于视觉上的“星”与触觉上的“温”的转换，一方面既是一种象征诗人惯用的通感手法，另一方面这种通感同样在证明大自然的和谐的观念。（张　新）

弃　妇　李金髮

长发披遍我两眼之前，

遂隔断了一切羞恶之疾视，
与鲜血之急流，枯骨之沉睡。
黑夜与蚊虫联步徐来，
越此短墙之角，
狂呼在我清白之耳后，
如荒野狂风怒号：
战栗了无数游牧。

靠一根草儿，与上帝之灵往返在空谷里。
我的哀戚惟游蜂之脑能深印着；
或与山泉长泻在悬崖，
然后随红叶而俱去。

弃妇之隐忧堆积在动作上，
夕阳之火不能把时间之烦闷
化成灰烬，从烟突里飞去，
长染在游鸦之羽，
将同栖止于海啸之石上，
静听舟子之歌。

衰老的裙裾发出哀吟，
徜徉在丘墓之侧，
永无热泪，
点滴在草地
为世界之装饰。

这是李金髪与中国读者见面的第一篇诗作，大约写于1922年。

李金髪在法国留学期间，专攻雕塑，却迷上了当时风靡一时的法国象征派诗人波德莱尔、魏尔伦与马拉美。诗人心中沉睡的灵感被叩醒了。从20岁起模仿象征派写着他的诗作，一发而不可收，几年里连续写了《微雨》《食客与凶年》《为幸福而歌》三本诗集。《弃妇》就是《微雨》中的第一首诗。

李金髪特别注意诗歌意象的象征性，认为诗之需要象征"犹人身之需要血液"。他的这首《弃妇》，就是一篇典型的象征主义诗作。意象内涵的多义性和不确定性，表面讲一种意思，实际却隐藏更深层的含义，便是这首诗的重要特征。

从表层意义看，这首诗是写一被遗弃的妇女的悲哀。全诗分四节。前两节的主述者是弃妇自身，诗中的"我"就是弃妇本人。第一节诗写弃妇心境的痛苦：因为无心洗沐，长长的头发披散在眼前，这样也就隔断了周围人们投来的一切羞辱与厌恶的目光，同时也隔断了自己生的欢乐与死的痛苦，"鲜血之急流，枯骨之沉睡"是由众人的疾视而转向内心的绝望。接下去夜色降临，成群的蚊虫也一起而来，越过倒塌的墙角，在自己"清白之耳后"嗡嗡狂叫着，如荒野上狂风怒吼一般，使无数的放牧者也为之战栗了。写的是自然景色,暗示的却是世俗议论给弃妇带来的压力与痛苦。“人言可畏”的概念在这里化成了象征性的形象。

诗的第二节是写弃妇不被理解的孤独感。大意是:“我”的痛苦是无人理解的。连怜悯人的上帝也无法了解“我”内心的痛苦:只能靠一根弱不禁风的小草儿,与上帝的神灵在空旷的山谷里往返“对话”,实际说无法把痛苦向上帝诉说。“我”的悲哀只有小到可怜的“游蜂之脑”能留下印象,或者寂寞地与“山泉”一起“长泻在悬崖”,随着凋零的红叶而被飘去了。

到了第三节转变了叙述的主体。弃妇的独白变成了诗人直接的叙述。这一抒情角度的转换有利于从外形来雕塑弃妇的外在形态与内心痛楚。诗人以造型的意象烘托弃妇的隐忧和烦闷。他告诉人们:弃妇的隐忧与烦闷是无法排遣的。由于这深隐的忧愁使得她的行动步履艰难而迟缓,无法驱遣的烦闷连时间的流逝也不能得到解除。“烦闷”讲的时间,指的是人情,人的“烦闷”即使夕阳之火也无法销熔,化成灰烬,“长染在游鸦之羽”,与游鸦一起同栖于礁石上,“静听舟子之歌”。这是弃妇可怜的愿望,却是无法实现的愿望。诗的最后一节,写弃妇在极度的孤独与哀戚中,只身到墓地上徘徊,想向那永诀的人一诉自己痛苦的心境。悲苦是那么长久了,人苍老了,眼泪哭干了,诗的尾声是十分沉重而绝望的:“永无热泪/点滴在草地/为世界之装饰。”短促的句式更强化了痛苦情感的表达。

从整首诗看来,诗人对弃妇内心的悲哀、孤独和绝望的痛苦,写得相当深刻入微,形象蕴藉,充满了流动性和雕塑感。诗人的同情与弃妇的命运融而为一,没有概念的铺叙或感情直白的弊病。

在李金髮的诗篇中,几乎没有以人道主义思想来抒写现实中劳动人民悲苦的诗篇。这首《弃妇》,同样包含着深层的象征意义。诗人是借“弃妇”这个总体意象隐喻着自身漂泊无定孤独寂寞的命运。这首诗也就成了李金髮自身命运感慨的象征。在中外传统诗歌中,用“弃妇”的形象来暗喻自身命运的不乏其例。李金髮不同之处在于,弃妇这一形象已经不是客观实体的描写,而是为了展示“心灵状态”选定的一种情感对应物。弃妇的形象在这首诗里已经成了一个情感的象征符号,它的背后有深幽的象征内涵。象征诗形象的朦胧性,内涵的多义性和不确定性,给诗的读者带来了理解的困难,也带来了更柔韧的审美的弹性。弃妇的总体形象和各节的意象展开,以陌生和新鲜启示着读者创造性的想象。李金髮的诗被周作人称赞为新诗的“别开生面之作”,原因就在这些诗有一种“余香和回味”。

新颖繁复的意象之缺乏是新诗诞生之后最薄弱的环节。李金髮得益法国象征派的启示,非常重视诗歌意象的创造。这些意象有些来自西方文学的启迪,有一种陌生感,如“靠一根草儿,与上帝之灵往返在空谷里”,有的就与传统的意象相联系,给读者亲切的联想,如长泻悬崖的“山泉”,与水漂流的“红叶”、“游鸦之羽”上的夕阳之火……一连串动的与静的意象,在抒情链条中构成意象的组合,把诗人的情绪暗示渲染得非常充分。这首诗说明,李金髮以自己丰富想象创造的纷繁新颖的意象,丰富了20世纪20年代新诗的表现方法。李健吾先生说:李金髮对新诗最大的贡献是意象的创造,这个评价是恰如其分的。

读《弃妇》,有一种神秘的感伤氛围。神秘也是美的一种范畴。为了达到这种效果,李金髮特别注意意象与意象、词语与词语之间的跳跃性。一些意象或诗句表面看没有什么连贯性,甚至往往打破了语法逻辑的规范。“与鲜血之急流,枯骨之沉睡”,字面意义与内涵有很大距离,让读者去猜想。“如荒野狂风怒号:战栗了无数游牧”,本是一个显喻,但后一句欧化的句式,增加了读者理解的障碍,这障碍本身就是一神秘,征服神秘本身也是一种审美的愉快。有些词语的搭配,按习惯看来很不合理,如隐忧“堆积在动作上”,裙裾不仅“衰老”,还能发出“哀吟”,读者在这不合理的诗句中,如果进一步想象,就会更强烈地感到诗人表现的弃妇行动迟缓、精神恍惚、心境悲哀至极的状态。这些方法是怪异的,但在内在抒情上又是合理的,不相关的远取譬或通感的方法,起到了强化诗歌暗示功能的作用。(孙玉石)

温 柔 李金发

我以冒昧的指尖，
感到你肌肤的暖气，
小鹿在林里失路，
仅有死叶之声息。

你低微的声息，
叫喊在我荒凉的心里，
我，一切之征服者，
折毁了盾与矛。

你“眼角留情”，
像屠夫的宰杀之预示；
唇儿么？何消说！
我宁相信你的臂儿。

我相信神话的荒谬，
不信妇女多情。
（我本不惯比较，）
但你确像小说里的牧人。

我奏尽音乐之声，
无以悦你耳；
染了一切颜色，
无以描你的美丽。

1922，柏林

这首爱情诗并没有更深的象征意义。它的特色在于作者选取了男女青年亲切拥抱这一角度，来表现与歌颂爱情的力量和甜美。诗人用感觉世界与想象世界交织、真实的描述与新奇的比喻结合的抒情方法，使他营造的这一小小的艺术世界披上了一层亲切而又陌生的朦胧色彩。热烈与恬静两种感情色调糅合在诗中。诗里虽然打着象征派方法的某些烙印，却不时流溢出一种东方人的爱情的温柔的情调。

全诗共五节，每节四行，除个别诗行韵脚和谐外，多数不押韵，大体上取自由而又整饬的形式。

诗的前三节主要是在现实的感觉世界中进行的。诗中呈现着一对青年人热恋的情景。含蓄中透露着大胆，温柔中隐含着热烈。诗题为“温柔”，构成了这首诗的基本色调。诗人似乎不愿以任何感情色彩过分强烈的意象来打破这宁静的爱的气氛。他选择了一些带有温柔色彩的字眼，带着你一步步走进他甜美的感情领域。诗中呼吸都是轻微的。你想象的脚步也须放得极慢，极慢……

全诗采用第一人称的自述角度，诗人自己就是爱情的主述者。诗的一开头，就进入了爱的一种独特境界：“我以冒昧的指尖/感到你肌肤的暖气/小鹿在林里失路/仅有死叶之声息。”你在这里找不到一点粗野猥琐感情的影子，感觉不到一点充满欲火的情感的痕迹。一种纯洁的心灵和肉体接触拥抱时的温柔宁静的气息溢满诗行之间。这爱的接触是那样单纯，那样宁静，真挚中略带一点羞怯之意，就像最可爱而胆怯的小鹿迷失了林中的道路，轻轻地踏在满地落叶上发出的声音一样。这声音是很轻很轻的，只有用心灵才可以听到。

接着，诗人写热恋的对象“低微的声息”带给自己的温暖与快乐。由于“我”轻轻的触摸，少女的心产生了热恋的回响。没有爱情的“荒凉的心”，如透进阳光一样，得到了温暖与慰藉，也得到了无法抗拒的力量的冲击，以致使“我”完全被征服、被销熔了。一个“一切之征服者”被征服了。自身的一切武器——“矛与盾”一下子被“折毁”了。追求爱情者变成了爱的俘虏。诗人自己变成了“迷失的小鹿”，在爱的世界中沉醉了。

诗人继续在感觉世界中徜徉。抒情的视线向纵深推移。“我”的关注由情人“低微的声息”转向深情的“眼波”。这段意思很明白：“你”的眼里流溢着对“我”爱的柔波，它含着热烈的渴求，含着熔化的光热，就像一个屠夫要宰杀对象时眼光中“预示”的信息。热恋的柔情进入炽热的高峰。爱的目光，在诗人的感觉中是一种销熔，一种吞没，一种“合二为一”的“预示”。这“预示”呼唤着更大的渴求。于是诗人说“唇儿(的吻)么”，就不消说了，“我”渴望是“你”那美丽的“臂儿”热烈地拥抱。热烈的目光唤起更热烈的渴求。要不怎么说眼睛是爱情的窗口！到这里，温柔的爱情达到了高潮，诗也进入了抒情的转折点。

到了第四节，抒情的视角发生了转换。诗人结束感觉世界而进入想象世界。诗人坚信这爱的获得是真实而热烈的。这是自亚当夏娃以来的神话传说中的“大真实”，诗人宁愿这爱是“神话的荒谬”，也不愿相信是女子的故作“多情”。神话的“荒谬”包含了爱的自然、无私和纯洁，与世俗的情态是不能相“比较”的。但诗人又相信，人的真诚而无私的爱是对神的爱的超越。它的真实而热烈、甜美与豪放，毕竟比神话更令人心醉。一种混合的烈酒的醇香沁入心中。我理解诗人说的“你确像小说里的牧人”，就是这个意思。这里没有庸俗虚假的情态，有的是真诚与热烈的浪漫的情感。

第五节是诗的尾声，抽象的礼赞落入了恋爱诗的俗套，多少损害了这首诗的完整性。就感情说是顺理成章，就艺术讲是画蛇添足。删去末一节，这首诗会显得完整些，也更蕴蓄些。

象征诗“远取譬”的方法会造成陌生化的效果。此诗中也运用了这一手法。如“小鹿在林里失路/仅有死叶之声息”，可以看出与前面两行诗没有什么必然的联系，但仔细品味，又似乎可以找到很多联系：爱情气氛的宁静，自己的心在爱的沉醉中迷失，少女被爱抚时心灵的悸动……总之，这似无联系的譬喻，给读者想象留下了广阔的天地。有些譬喻以新奇、怪异而显示了象征诗的特征，如“我，一切之征服者/折毁了盾与矛”，“你‘眼角留情’/像屠夫的宰杀之预示”，这里的“盾与矛”“屠夫的宰杀”本身并无美感作用，但用它们来强化爱情的力量与恋人目光之热烈，起了重要的作用。感情传达的效果也就在这些新异的比喻中，给人以新颖的印象。诗美的韵味就在这新颖的探求中产生了。(孙玉石)

有　感　李金髮

如残叶溅
　血在我们

　　脚上，
生命便是
　死神唇边
　　的笑。

半死的月下，
　载饮载歌，
　　裂喉的音
随北风飘散。
　　　吁！
抚慰你所爱的去。

开你户牖
使其羞怯，
　征尘蒙其
　　可爱之眼了。
此是生命
　之羞怯
　　与愤怒么？

如残叶溅
　血在我们
　　脚上。

生命便是
　死神唇边
　　的笑。

以颓废的观念审视人类的生命与死亡，是象征派诗歌一个重要的主题。法国象征派诗人为此唱了无数凄婉愤激的歌。于颓唐的气息背后透出一种对社会否定的冷漠情感，是这一类诗中常有的特色。歌咏死亡并非冷落人生。诗中自有一种愤世的热情在内。从这个意义上，我们来读《有感》一诗，就不难理解李金髮的心境了。

"有感"相当于传统的"无题"。李金髮"有感"的思想是一个古老而颓废的主题：人生短促，时光难再，只能在酒与爱的享乐里消除痛苦。就思想来说，此诗的确没有什么积极的意义；就艺术表现而言，这首诗则有其独创之处。

全诗注意追求用意象呈现或暗示情调，特别注意意象的色彩感与鲜明性。开头和结尾两节复沓出现，一开一阖，是主题的呈现部。意思很简单：人的生与死近在咫尺。可是作者不像古代诗人那样直接的抒唱："对酒当歌，人生几何？"诗人以一个新奇的富于色彩感的比喻暗示了这一思想情调："如残叶溅/血在我们/脚上/生命便是/死神唇边/的笑。"秋天红叶如血，飘落地上。诗人想象它如生命的凋零，溅于脚上是殷红的鲜血，这个意象是明喻，映衬或强化后面一句。而后面一句直喻就鲜明地呈现了诗人对生命的思考，“生命便是/死神唇边/的笑”，生命与死神中间的距离是这么的近，生命是多么短暂啊！这个比喻和前一个“残叶溅血”的意象，如电影的两个重叠性的镜头，推到人们眼前，诗人的情调就在这意象的叠加中呈现一种可触可视的强烈印象来。

中间两段，是诗人这种情调的展开部。心境凄凉，月色也为之变化。所以诗里用了“半死的月下”，这里已经渗入诗人强烈的感情色彩。既然生命如此短暂，怎么办呢？那就在酒与爱中尽情享乐吧：苍白的月下，一边饮酒，一边唱歌，破裂的声音，随着北风飘散了。下边写在爱中寻求慰藉：“吁！/抚慰你所爱的去。”即投入爱的怀抱。打开窗户，让你的爱情的对象走进来，投入到你的怀抱中来。也许她是会为此而“羞怯”的，但奔波中的“征尘”已经蒙上“可爱”的眼睛了。

诗人以酒与爱来消磨人生时光，但他内心又充满了矛盾。不甘沉沦，也不甘自弃的心理，终于使他发出了这样痛苦的疑问：“此是生命/之羞怯/与愤怒么？”“羞怯”与“愤怒”，指爱情的沉醉与发泄之痛苦，诗人似乎在问自己，生命就应该在这种“羞怯”与“愤怒”中度过吗？

一个年轻人没有找到生命的意义，对生命的价值进行了充满矛盾与痛苦的思考。诗人没有为自己找到答案，也并未想找到答案，于是全诗结尾又回到生命与死亡的主题上来：生命是死神唇边的笑。

这首诗表现了一个年轻的象征派诗人，注重用意象暗示情调的努力。人们读了之后，那种颓废的情感，也许很快会淡漠，而那“残叶溅血”“死神唇边的笑”“半死的月”“征尘蒙其可爱之眼”这些意象，却仍然令我们感到新鲜，久久不忘，甚至你闭目凝思，诗人那痛苦愤激的形象，都会矗立在你的面前……诗人追求的艺术魅力不就是这种暗示的功能吗？

这首《有感》，采用近于“楼梯诗”的短句法，本身就与诗人愤怒痛苦的感情密不可分。有些短句又用新颖的断句法，如“溅血”是一词，故意割开排列，“血”字放在前边去了，“死神”也不接“便是”，而是另提一行，“唇边的笑”也硬加分开，把“的笑”另立一行，都是为了使那些另提一行的词，给读者一种强烈的印象，增强阅读者的接受效果。这样断句法是西方现代派诗常用的，在新诗中李金髪较早地进行尝试，也是对新诗传达情感手法的一种扩大。全诗首尾两节的重复，不仅加强了作品的音乐美，也使诗的主题得到更强的表现。（孙玉石）

雪花的快乐　徐志摩

假若我是一朵雪花，
翩翩的在半空里潇洒，
　我一定认清我的方向——
　飞飏，飞飏，飞飏，——
这地面上有我的方向。

不去那冷寞的幽谷，
不去那凄清的山麓，
　也不上荒街去惆怅——
　飞飏，飞飏，飞飏，——
你看，我有我的方向！

在半空里娟娟的飞舞，
认明了那清幽的住处，
　　等着她来花园里探望——
　　飞飏，飞飏，飞飏，——
啊，她身上有朱砂梅的清香！

那时我凭借我的身轻，
盈盈的，沾住了她的衣襟，
　　贴近她柔波似的心胸——
　　消溶，消溶，消溶——
溶入了她柔波似的心胸！

徐志摩如一阵轻风，一股轻烟。他的诗飘逸潇洒，轻灵是他的基本风格。这首憧憬爱情的抒情诗就是如此。

全诗的立足点是诗人以雪花自喻：以具体之物（雪花）去比喻抽象之物（诗人的爱情）。比喻是在不同事物间寻觅、表现相同点的修辞方式。相同点是局部的、少量的，不同点却总是全面的、大量的。因此可以说，比喻是错误构成的正确，或者说是精致新颖的“胡言”。这个“正确”，这个“精致新颖”，正是诗人对感情世界的新发现，对诗艺的新创造。以雪花自喻，表现了诗人之爱如雪花一般纯净和晶莹；以雪花自喻，又表现了诗人之爱如雪花一般飞旋、欢快、喜气洋洋。其实，也不妨把《雪花的快乐》当作政治抒情诗来读，它也是诗人当时的政治情绪的写照。徐志摩一共留下了四本诗集：《志摩的诗》《翡冷翠的一夜》《猛虎集》和身后由陈梦家编辑的《云游》。四本诗集是诗人复杂的感情记录：从“快乐”“寻找”到“我不知道风/是在那一个方向吹”。《志摩的诗》的佳篇美制最多，总的情绪是向上的，《雪花的快乐》就是其中之一。“我有我的方向”，显出一股生气与自信。

徐志摩善采口语入诗，他的诗流畅铿锵，一气呵成。《雪花的快乐》不但富有这些风格特色，而且它的旋律给人强烈的美感。从全诗看：诗节与诗节十分均齐；从每个诗节看：都有五个诗行，排列方式也相同；从每个诗行看：基本都是三顿。在诗节、诗行的均齐排列中又有灵活的变化。每个诗节的三、四行都退后一格，从视觉上赋予诗节以错落有致的动感，再加上灵活自然的韵脚，从听觉上赋予诗篇以往复回环的美感。均齐中含变化，变化中含均齐，造成了同雪花飘飞回旋相和谐的旋律。是诗？是雪？谁也说不准，总之是纷纷扬扬，潇潇洒洒。

作为新月派主将，徐志摩十分看重形式技巧。他的诗情是在英国的剑桥萌动的，他的诗受到英国诗歌的影响，尤其受到19世纪英国浪漫派诗歌的影响。但是徐志摩并不拒绝借鉴民族诗歌的某些审美因素。在徐志摩之前，初期的中国新诗和自己民族的诗歌传统隔得很远，部分诗歌出现了“全盘欧化”的倾向，另一部分诗歌“作诗如作文”，失去了诗美。闻一多、徐志摩的重建诗格才使新诗又恢复了活力。从形式的角度看，重建诗格就是要在新诗中重新复归民族诗歌的某些传统形式技巧，使新诗立足在中国的土地上去接受外国影响，去求异创新。《雪花的快乐》的形式要素就是如此。诗人提炼现代汉语口语为诗，讲求格律，讲求音韵，自然天成，读者易诵易记，不失为具有中国韵味的诗。（吕　进）

沙扬娜拉——赠日本女郎　　徐志摩

最是那一低头的温柔，

像一朵水莲花不胜凉风的娇羞，
道一声珍重，道一声珍重，
那一声珍重里有蜜甜的忧愁——
沙扬娜拉！

这是组诗《沙扬娜拉十八首》中的最后一首，写于1924年作者随印度诗人泰戈尔访日期间。这是一首赠别诗，也是徐志摩抒情诗中的“绝唱”，向来为人们所传诵。诗人在短短的五行诗句中，表现了对日本女郎依依惜别的深情，并塑造了一位性情温柔、形态逼真的日本女郎的艺术形象。

描写离情别绪的诗作古今中外不可计数。这首诗以其简练的笔法，给读者留下较大的想象空间。开头一句“最是那一低头的温柔”，表现诗人对日本女郎柔情蜜意的由衷赞赏。这位日本女郎在与诗人分别之际，似有不少话想说而又羞于启齿，于是含情脉脉地低头鞠躬。那种欲言又止的举动、含羞带笑的情态，正表现了日本女性的贤淑、温存与庄重。这种形态既不同于“执手相看泪眼，竟无语凝噎”的情景，也不同于“挥手从兹去，更那堪凄然相向”的境况，它具有日本女郎的鲜明特点。同是写离别，此诗日本女郎与诗人告别，毕竟不同于中国女子与情人的告别，自是别有一番情趣。它对于表现日本女郎的情态美是恰到好处的。

接着，作者在第二句里用了一个比喻：“像一朵水莲花不胜凉风的娇羞。”以凉风吹拂下颤动的水莲花作比，显然为了突出其柔媚的风致，进而刻画女郎的娴静与纯美。但要看到，这句诗表面上写这位女郎的体态弱不禁风，其实是衬托女郎在离情别绪的笼罩下难以忍受的内心痛楚，气氛孤单凄凉。通过这一比喻，读者的想象力即可超出现实的空间，飞翔得更加高远了。

女郎处在将要分别、不忍分别、又只能分别的复杂情绪的交织之中。她又不能一味缄默。“道一声珍重，道一声珍重”，女郎把万千情意化作一声声的“珍重”来表达自己对朋友的爱慕敬仰之意。这里语句重叠，看似平常而实际上包含许多内容，正如第四句所写的“那一声珍重里有蜜甜的忧愁”。可以想见，诗人和这位温柔多情的日本女郎在交往中已经结下了真挚的友情，可是，如今即将分别，何时才能重见呢？因此在分别之际顿生“忧愁”是可以理解的。诗人在品味这一声声“珍重”里所包含的“蜜甜的忧愁”后，以“沙扬娜拉”（日语，意谓再见）这一平常然而诚挚的告别词结束，不仅最后点题，而且通过这包含着复杂意念的语调，把女郎声声嘱咐，殷殷叮咛的眷念心情传达出来。这句“沙扬娜拉”是深情的呼唤，也是美好的祝愿。它集中道出了别时不易、见时亦难的苦衷，体现女郎渴望今后再能见面的真挚、深切的情怀。让我们领略到那极富人情意味的离情美。有人把“道一声珍重”视为被送者的祝愿，我以为这种理解也未尝不可。就离别而言，祝愿都是相互的。我之所以把“珍重”理解为是送别者女郎的祝愿，主要考虑到在“珍重”这一复句后面紧接着写道：“那一声珍重里有蜜甜的忧愁。”作者用“那”——表示远指之词，这里的“那”与第一句的“那”同属一个对象——女郎，是显而易见的。

这首诗十分微妙而逼真地勾勒出送别者女郎的形态和内心活动。短短五句，既有语言又有动作，更有缠绵的情意，真是声情并茂、形神兼备，充分显示了诗人绘态传神的艺术功力。（林明华）

半夜深巷琵琶　徐志摩

又被它从睡梦中惊醒，深夜里的琵琶！
是谁的悲思，
是谁的手指，

像一阵凄风，像一阵惨雨，像一阵落花，
　　在这夜深深时，
　　在这睡昏昏时，
挑动着紧促的弦索，乱弹着宫商角徵，
　　和着这深夜，荒街，
　　柳梢头有残月挂，
阿，半轮的残月，像是破碎的希望他，他
　　头戴一顶开花帽，
　　身上带着铁链条，
在光阴的道上疯了似的跳，疯了似的笑，
　　完了，他说，吹糊你的灯，
　　她在坟墓的那一边等，
等你去亲吻，等你去亲吻，等你去亲吻！

这是一首美丽而又有点艰深的诗。这里有李贺和苏曼殊式的余韵，又有鲜明的现代风格。

诗的开头，十分警豁：一阵深夜的琵琶声把诗人从梦中惊醒。一首诗能这样起步是令人羡慕的，因为它不露痕迹地把一种"惊醒效应"传达给了读者，由此，全部诗句都与这琵琶声相混合，从而让人体味到一首琤琤哀怨的琵琶曲的韵律。既整齐回荡又错落有致，直到最后三遍重复"等你去亲吻"，极有余味地了结全曲。论徐志摩诗作的音乐性，此诗可称佳例。

诗作在追摹琵琶声的同时，又在品味着琵琶声，并探寻着它的底蕴。诗的前半部分着重渲染了琵琶声在特殊时空中的特殊格调。在时间上，它响起于"夜深深""睡昏昏"的时分，而且开篇一个"又"字，道明了它曾一再在这种时候闯入；在空间上，它响起于"荒街""残月"之间，整个是死寂一般的氛围，才能使它把熟睡的人们惊醒。"像一阵凄风，像一阵惨雨，像一阵落花"。三度叠进式的比喻，与时空氛围相得益彰，不仅使琵琶声变得可以把握，而且把整个夜、整个天地，乃至诗人的整个心境都融成一体、染成一色。于是，"是谁的悲思/是谁的手指"这样的疑问，也就从个体性的追询上升为整体性的感叹。

诗人在夜曲声中由"半轮的残月"想到了"他"。这个"他"，是一个十分怪异的形象："头戴一顶开花帽/身上带着铁链条"，很可让读者想象成正在为某种事业受苦受难的一位英雄，那么，弹奏者该是一位女郎，琵琶曲该是她对心上人思念的寄托。这个"他"，"在光阴的道上疯了似的跳，疯了似的笑"，最后，"他"还郑重地说："吹糊你的灯/她在坟墓的那一边等。"可见，"他"并非是一个具体的个人，或者说，远不止是一个具体的个人。在这首诗中，"他"只是一种象征性意象，喻指着一种"破碎的希望"，喻指着人生的企盼、期待、奋斗、追索。它是一种永恒的眷念，人生在世就凭着它而艰辛前行；但它又不断地被阻难、被打碎，因此常常变得衣衫褴褛、伤痕累累。既然"他"是一种悲苦而顽强的生命形象，那末，当"他"最终送别你之时，你才会得到真正的静谧，才会得到在人世间总被扭曲的爱，那就是"她"。在这里，诗人展示了一种深刻的两难选择：或者是"他"，或者是"她"，不能两全。只要在人生的光阴道上，你就得与"他"相伴随；要与"她"亲吻，只能在"坟墓的那一边"。这实际上已碰撞到了人生的悖论、生死的悖论。所以，诗作后半部分的哲理性是明显的。

然而，诗人一点也不想在诗句中卖弄哲理。他始终没有让琵琶声断绝，还故意设置"他"与"她"这一对造像来增添表层的怨诉思念色彩，但读者若要长时间地在表层中误解又不可能，因为这个表层是无法圆通的，这就留出了让读者深入的缝隙。这种层次感，又进一步交付给似梦非梦

的境界，出色地保全了诗味，同时还增添了读者领悟的多义性。（余秋雨）

再别康桥　　徐志摩

轻轻的我走了，
　正如我轻轻的来；
我轻轻的招手，
　作别西天的云彩。

那河畔的金柳，
　是夕阳中的新娘；
波光里的艳影，
　在我的心头荡漾。

软泥上的青荇，
　油油的在水底招摇；
在康河的柔波里，
　我甘心做一条水草！

那榆荫下的一潭，
　不是清泉，是天上虹
揉碎在浮藻间，
　沉淀着彩虹似的梦。

寻梦？撑一支长篙，
　向青草更青处漫溯，
满载一船星辉，
　在星辉斑斓里放歌。

但我不能放歌，
　悄悄是别离的笙箫；
夏虫也为我沉默，
　沉默是今晚的康桥！

悄悄的我走了，
　正如我悄悄的来；
我挥一挥衣袖，

不带走一片云彩。

此诗作于徐志摩第三次欧游的归国途中。时间是 1928 年 11 月 6 日，地点是中国海。但他这次重游康桥的时间，却是在 7 月底的一个夏天。他是在英国哲学家伯特兰·罗素家里逗留了一夜之后，事先谁也没通知，就在一个晴朗的下午，一个人怀着怦怦直跳的激动心情，悄悄地到康桥来找他的英国朋友的。所谓“康桥”，现在通译“剑桥”，即著名的剑桥大学所在地，是一个风景秀丽的地方。因徐志摩年轻时曾在此读书、生活过，结识了许多英国朋友，故对此常怀有一股特殊的感情。遗憾的是，因他事先没有联系好，他所熟悉的英国朋友一个也不在，只有他所熟悉的康桥，在那里静静地等待着他。于是，他一个人就在七八年前曾经生活过的每一块地方、每一个角落，静静地散起步来，那过去的一幕幕生活图景，又重新在他的眼前展现……由于他当时比较忙，又赶着到达廷顿庄去会见另一位英国朋友，故未把这次感情的活动记录下来。直到他乘船离开马赛的归国途中，面对汹涌的大海和辽阔的天空，才展纸执笔，记下了这次重返康桥的切身感受。

弄清这首诗的写作背景，有助于我们对它的理解。第一节中所谓的轻轻的来和走，正说明了他只身悄悄来到和离开康桥时的情景。第二节实际上只是写岸边柳树倒映在剑河里的情景，但他却写得那样鲜明，那样甜蜜，那样美丽，而且浸透了诗人无限欢喜和眷恋的感情。第三节实际上只是写剑河里的水草，“招摇”二字，生动地写出了康桥对他的欢迎态度，而“甘心”二字，也正写出了他对康桥的永久的恋情。第三节中所谓的“榆荫下的一潭”，即是指拜伦潭，那里榆荫蔽日，是一个非常清凉的地方，诗人过去读书时常在那里乘凉，遐想。那里明明是一潭清泉，但诗人偏说不是，而是天上被揉碎了的彩虹和漂浮在潭水上的水藻相杂在一起，沉淀在潭水的深处，就如同彩虹似的梦一般。因为第四节写到了梦，于是诗人在第五节中很自然地转到了寻梦。

这首诗笼罩着一种寂静的氛围。绘幽静之景色，状宁谧之心境。在诗的末尾，诗人想象自己撑一支长篙，向远方草色深处漫游，迎着和风，沐着星辉，真是连缺乏音乐灵感的人也会禁不住放声歌唱，可是诗中的思路随即逆转：“但我不能放歌”，诗境依旧复归和沉浸于寂然。而“悄悄是别离的笙箫/夏虫也为我沉默”，更是特意将“笙箫”和“悄悄”、“夏虫”和“沉默”这无法调和的事物连接起来，意在表明诗人离情的不可遏制，而“沉默是今晚的康桥”一句，则将诗人静思默想的心境推向了极致。

此诗四行一节，每一节诗行的排列两两错落有致，每句的字数基本为六七字(间夹八字句)，于参差变化中见整齐；每节押韵，逐节换韵，追求音节的波动和旋律感。此外，音节上也轻盈柔美，“轻轻”“悄悄”等叠字的反复运用，不仅增强了诗歌轻盈的节奏，而且故意将那股热烈的情绪压在诗的内层，让自己去领会。首节和尾节句式相似，遥相呼应，给人一种梦幻般的感觉。(孙琴安　戴　达)

我不知道风——　徐志摩

我不知道风
是在那一个方向吹——
我是在梦中，
在梦的轻波里依洄。

我不知道风

是在那一个方向吹——
我是在梦中，
她的温存，我的迷醉。

我不知道风
是在那一个方向吹——
我是在梦中，
甜美是梦里的光辉。

我不知道风
是在那一个方向吹——
我是在梦中，
她的负心，我的伤悲。

我不知道风
是在那一个方向吹——
我是在梦中，
在梦的悲哀里心碎！

我不知道风
是在那一个方向吹——
我是在梦中，
黯淡是梦里的光辉。

此诗作于1927年前后，这是一首流传久远但也是众说纷纭的诗。茅盾曾在肯定它的形式美的同时批评了它的内容的单薄："我们能够指出这首诗形式上的美丽：章法很整饬，音调是铿锵的。但是这位诗人告诉了我们什么呢？这就只有很少很少一点儿。"（《徐志摩论》）如果单从直白地"告诉"了读者什么这个角度来考察，它的内容确乎是很少的，不过若从表现诗人隐秘的内心世界的角度来探究的话，应该说它是蕴藏和暗示得很多的。

这首诗包涵着很大的感情容量。徐志摩是个偏于理想型的诗人，他20世纪20年代初带着满脑袋的平等博爱观念从英美留学归来，希望在中国实现西方资产阶级的民主自由制度。然而半封建半殖民地的中国现实同他的思想发生了越来越尖锐的矛盾，他的追求在现实社会生活中只能是处处碰壁。主观和客观的不可解决的矛盾，使他的热情日益冷却而走向感伤和消沉。这首隐藏在爱情幌子下的诗，就典型地概括了诗人的心灵历程，倾吐了他那理想破灭的悲哀和彷徨无主的情绪。

这首诗着意于抒写感情的波澜。诗人这种受影响于19世纪英国浪漫派诗歌的主情艺术，可能更迫近诗歌的本质，标志着中国新诗的某种进展。值得注意，诗人在这首诗里没有径情直露地抒发感情，而是将感情精心加以提炼，采用了富于诗意的委婉曲折的表达方式。它以"我是在梦中"作为中心意象，用这种非现实的意象来暗示自己同现实的游离，因此不论是前三节迷醉于甜美的梦境，还是后三节沉溺于黯淡的梦境，都同样回旋着“我不知道风/是在那一个方向吹”的主旋律。这种艺术方式，有利于诗人感情迷惘的深层表现。为了把自己的感情表现得强烈、深沉且富于美感，这首诗注意追求一种纯净而有变化的音乐效果。诗的章法很严谨，前三节和后三节在感情色调上构成强烈的反差而又彼此呼应。诗的旋律也是回荡起伏的，全诗六节，每节四行，各节前二行字句完全相同，后二行的第一句相同，第二句略有变化，这样全诗在反复回旋中又逐层深化，音律的齐整和谐也增强了此诗的乐感。全诗单行为五字句，双行为八字句，音节是单行三顿，双行四顿，韵式为双行押韵，一韵到底，但各节第二句以单音词收尾，第四句则以双音词收尾。这些统一而又多样的艺术因子的错综组合，使诗篇获得迷人的音乐效果。徐志摩曾说：“从一点意思的晃动到一篇诗的完成，这中间几乎没有一次不经过唐僧取经似的苦难的。”(《猛虎集·序文》)仔细寻味这首诗的艺术构成，自可体会诗人创作的甘苦。(吴欢章)

偶 然　徐志摩

我是天空里的一片云，
偶尔投影在你的波心——
你不必讶异，
更无须欢喜——
在转瞬间消灭了踪影。

你我相逢在黑夜的海上，
你有你的，我有我的，方向；
你记得也好，
最好你忘掉
在这交会时互放的光亮！

在诗歌史上经常会有这样的现象：那些鸿篇巨制常常被人们所遗忘，而那些小巧精致、剔透玲珑的小诗却能长久回荡在人们的心田。因此，许多看起来篇幅短小的诗歌实际上更富有生命力，同时也更能体现诗人独具匠心的艺术创造。从这种意义上说，徐志摩的《偶然》堪称代表。

徐志摩这首两段十行的玲珑小诗，是他和陆小曼合写剧本《卞昆冈》第五幕里老瞎子的唱词。关于这首诗的主旨，大多数人都认为是一首单纯的情诗，这当然没有什么错。不过需要注意的是，当年朱自清在谈到徐志摩诗的时候，认为徐志摩的诗大都包裹了爱情的外衣，其实质是传达诗人的人生信仰和政治理想。朱自清的这种观点提醒我们，在对待徐志摩所谓爱情诗的时候应该具有某种超越意识，不能仅仅从狭义爱情的角度来理解，那样的话未免太局限甚至太坐实了，而这恰是欣赏诗歌的大敌。徐志摩作为一个多情善感的诗人，对许许多多外在的事物包括女性都具有一种非凡的兴趣，这种爱多半带有泛爱色彩。就《偶然》而言，按照单纯的爱情诗来解读比较简单，它可以是诗人一次难以忘怀的邂逅，也可以是诗人一次刻骨铭心的爱情经历。这种爱情是那样的不期而遇，带有飘逸、浪漫的成分，惟其如此，它才具有撼人心魄的效果；但是它又是那样的短暂、不可捉摸，刚刚在诗人的心中激起爱的涟漪，转瞬间便消失得无影无踪。这种痛苦的心理只有深陷爱情之中的恋人才能体会。诗人形象地把这种情感比喻为“云”，让人既想到云的自由、洒脱，又感到它的飘忽不定，难以把握，更预示着其短暂的生命。“我是天空里的一片云/偶尔投影在你的波心——/你不必讶异/更无须欢喜——/在转瞬间消灭了踪影。”诗歌第一节很有层次地写出了诗人从惊喜到失望的微妙心理变化。读完后，人们不禁猜测：这是诗人的哪一次感情经历呢，难道是写当年诗人和才女林徽因在英国剑桥的美丽邂逅吗？在诗歌的第二节，诗人继续写出了自己在痛苦中寻求解脱的旷达，同时又带着淡淡的哀伤。但是，《偶然》除了表示的这一层含义外，它可能更多地是诗人人生信仰破灭的真实写照。大家都知道，作为一个信奉资产阶级民主政治理想的诗人，徐志摩渴望着在中国实现爱、美与自由的理想，为此诗人曾经在早年欢快地唱出过：“顺着我的指头看/那天边一小星的蓝——/那是一座岛，岛上有青草/鲜花，美丽的走兽与飞鸟/快上这轻快的小艇，去到那理想的天庭——/恋爱、欢欣、自由——辞别了人间，永远！”（《这是一个怯懦的世界》）然而没过多久，诗人就陷入深深的失望，“转瞬间消失了踪影”何尝不是指这种失望的人生信仰呢。更进一步思考，小到爱情、友情，大到宇宙世界，这种生与死、苦与乐、永恒与瞬间的关系不都是如此吗？许多看起来光鲜照人、煊赫于一时的东西在宇宙的长河中又算得了什么呢？徐志摩就是这样一步步逼近、揭示了人类生存的困境。

就艺术的特色来看，《偶然》同样比较好地实现了“三美”（诗歌的音乐美、绘画美、建筑美）的主张，韵律和谐、意境优美，在典雅的诗行中把飘逸的情思表达得淋漓尽致。（文学武）

我从 Café ① 中出来……　王独清

我从 Café 中出来，
身上添了
中酒的
疲乏，
我不知道
向那一处走去，才是我底
暂时的住家……
啊，冷静的街衢，
黄昏，细雨！

我从 Café 中出来，
在带着醉
无言地
独走，
我底心内
感着一种，要失了故国的
浪人底哀愁……
啊，冷静的街衢，
黄昏，细雨！

编者注 ① Café，法语：咖啡馆。

这是一首形式主义的诗。为了表达海外游子的惆怅之情，诗人不但选择了冷静的街衢、黄昏的细雨以及咖啡馆里走出的醉客作为他所歌吟的对象，而且在字数的排列上，将长句拆成一组长短不齐的韵脚，如用每一行的字数来表示，每节的排列就是 7、4、3、2、4、10、5、6、4。以不齐的韵脚来表现诗人醉后在细雨中歪歪斜斜彳亍的神态，诗的每一行都很短促，其中 10 字句、6 字句的中间都有标点断开，使整个诗读起来时断时续，以表现诗人歌吟时的形态。全诗共分两节，除了首句和末二句两节完全相同外，其余每行的字数两节也完全一致，这样加强了全诗的旋律感，而且两节都是第二行与第五行押韵，第三行与第六行押韵，第四行与第七行押韵，使人读时会感觉有许多小的旋律贯通全诗。应该说，这是一首音乐性很强、适合于吟唱的作品，它不是追求字数的外在齐整，却综合地调动起字数、韵脚以及内在旋律上的特点，构成诗的形式。

同时，这也是一首富有画面感的作品，它并不是在追求字面的艳丽，而是力求表现人的心境：醉酒人从咖啡馆里出来，映入眼帘的是三个被标点隔开的意象：清冷的街道、黄昏和细雨，它们反衬出刚失去的咖啡馆里的温热、刺激以及失去时间的迷醉，由此滋生出某种失落感。环境是静的：冷静的街衢、无言的人，然而画面是动的：人在走着、雨在下着，黄昏在一点一点地将天色变得黯淡，它们触动了诗人的愁绪，于是吐露出一连串起伏不定，似断似续的字眼、诗和歌。这是作者刻意追求的所谓"纯形式"，就思想性而言，它并不表达什么具体内容，只是抓住了一丝情绪、一缕感觉，用文字当作音符，表现出某种抽象的意蕴。因此，他说乡愁，只是哀哀地用"失了故国的浪人"来比拟；他望前途，是诉说一个醉酒人无家可归的心绪，处处用的是暗示，反映出留欧学生中一部分颓丧者的生存方式。在诗情的表达上，虽然两节中的词语出现重复，但内蕴却有分别，前一节写酒精中毒后的迷茫；后一节是醉意未消的独步，生理反应不同，情绪也不同，前者是朦胧状，后者是深思状，同一场景下的寥寥数句，相当有层次地勾勒出人的情绪变化以及悲哀的发生。

"五四"初期，新诗为反对旧体诗的格律束缚，故意夸大"明白如话""直抒胸臆"的审美功能，结果是走向反形式主义的极端，造成白话诗语言的粗制滥造和形式上的虚无主义。20 世纪 20 年代中有一批诗人意识到这个问题的严重性，他们从各自的立场出发，有的提倡现代格律诗，有的强调诗的形式美，企图用以救正白话诗的病根。王独清从法国象征主义诗歌中汲取了音乐性和色彩感等创作特点，以求在新诗形式上的创新，这首诗正反映了诗人的这一努力和实践。（陈思和）

落 花 穆木天

我愿透着寂静的朦胧　薄淡的轻纱
细听着淅淅的细雨寂寂在檐上激打
遥对着远远吹来的空虚中的嘘叹的声音
意识着一片一片的坠下的轻轻的白色的落花

落花掩住了藓苔　幽径　石块　沉沙
落花吹送来白色的幽梦到寂静的人家
落花倚着细雨的纤纤的柔腕虚虚的落下
落花印在我们唇上接吻的余香　啊　不要惊醒了她
啊　不要惊醒了她　不要惊醒了落花
任她孤独的飘荡　飘荡　飘荡　飘荡在

我们的心头　眼里　歌唱着　到处是人生的故家
啊　到底哪里是人生的故家　啊　寂寂的听着落花

妹妹　你愿意罢　我们永久的透着朦胧的浮纱
细细的深尝着白色的落花深深的坠下
你弱弱的倾依着我的胳膊　细细的听歌唱着她
“不要忘了山巅　水涯　到处是你们的故乡　到处你们是落花”

二五，六，九

穆木天在日本留学期间受到法国象征派诗歌的影响，初期的诗作中追求一种朦胧的情调和语言的音乐美。诗人25岁时写的这首《落花》就是这种诗风的一个代表。

这首诗不同于一般的浪漫主义抒情之作，具有象征派诗幽远朦胧的特征。诗人找到了落花这一情感的象征物，把两种感情的溪流巧妙地交汇在一起，使得落花的吟咏成为一个短小的复调主题的二重奏。诗的第一主题是爱情甜蜜的追求，诗的第二主题是人生漂泊的感叹。诗人把这两个主题、两种情调交错地深寓在富于飘零与甜美色彩的“落花”这个意象之中。

《落花》是初恋时诗人心态的素描。与恋人刚刚欢聚离开，心被一种甜美和宁静笼罩着。这时，诗人是多么深情地在回味着自己爱情的甜蜜和纯洁啊！“落花”进入诗人的意识而成为这一情思的象征物，是非常自然的选择。诗思就从这里开始了。

诗人倾听的心是那样细腻：他愿透过“寂静的朦胧”与“薄淡的轻纱”，即在黄昏与薄雾中“细听”檐雨的淅沥和由远方飘来的一声“嘘叹”，意识到那是一片片坠下的“轻轻的白色的落花”。这是落花的“嘘叹”，也是一种美的飘落的声音。在这轻轻的白色落花的“嘘叹”声中，诗人在朦胧的境界中品味着恋人情感的“细语”与纯洁的深情。“细雨”“落花”都被赋予了象征意义而具有某种感情。

诗的第二节说，这落花如两人的情感无处不在一样，洒满了整个世界，也把“白色的幽梦”吹到自己的心头。这落花是那样柔婉多情，又是那么令人浮想联翩，令人陶醉。诗人用细腻的笔调，由远到近地展开了这第一主题的抒写。朦胧的色调中表达了似爱非爱、似花非花的境界。

落花已经成了两人爱情联结的象征。她在两个人的感情上都唤起了一种美的联想、飘零的联想。转入第三节后，诗由一个人的独咏，变为一对恋人同声的倾诉。“落花”的意象也逐渐被赋予另一番孤独漂泊的感情色彩，于是乐曲的第二主题由隐而显地呈现出来。落花的孤独漂泊、无家可归的感情，同时也是诗人和恋人共同情感的一种外化，是处在异国他乡一个青年学子心态的象征。诗人内心激荡着漂泊的痛苦，这痛苦也浸染了爱的灵魂，由此才对着落花发出了“啊　到底哪里是人生的故家”这样的呼声。

在这无可依存的漂泊的心灵中，只有爱才能使人得到慰藉、忘记痛苦。于是在“寂寂的听着落花”中，两颗爱的心灵又融而为一了。他们唱出了共同的心声，在永远的相爱中才有甜蜜的幸福与生命的归宿。在朦胧的薄雾和坠下的落花中，她依偎在“我”的臂中，倾听着“我”发自心灵的歌。人生的漂泊感在甜美的爱情中得到了解脱，或者说得到了暂时的安慰。全诗到此结束，双主题的奏鸣曲又升华为一个旋律。落花的意象给人一种多层情感。全诗也由此而流露一种透明的朦胧与健康的感伤相融合的神秘气息，使读者的感觉也笼罩一层“薄淡的轻纱”。

穆木天受法国象征派诗歌的理论影响，提倡创造“纯粹的诗歌”。而其中最重要的是强调音乐美与绘画美的统一，主张把“音”和“色”放到诗的文字中来。在音乐美方面追求一种诗的语言律动与被传运情感律动的完全和谐一致，如写风声、雨声的感觉必须使用与之相应感觉的语言来传运。

在绘画美方面，追求诗歌语言的色彩感。《落花》一诗自觉地实践着这些美学追求。诗中服从爱情的主题，始终贯穿一种白的色调、轻的声息。如薄淡的轻纱般的白雾，寂静的朦胧的黄昏，淅淅沥沥的细雨寂寂从檐上滴落，轻轻的白色的落花，以至连“幽梦”也是“白色”的了。这一色调与整个诗的情感保持了和谐一致。全诗注意音乐美感的效果。首先，注意每节的押韵都与“落花”相协调，听起来有一种和谐的美感。其次，注意双声和叠韵字的运用，如“寂静”“淅淅的细雨”“轻轻的白色的落花”“纤纤的柔腕”“深深的坠下”等，有的是复词的形容词，有的是双声词，有的是叠韵词，穿插在诗中，增强了诗歌的音乐感，而这些词又尽量与自然景物中的落花、檐雨的律动相一致，造成了自然中的声音与诗中情感律动的声音一致的境界：缠绵、感伤而柔美。复次，有些诗句的重复出现也加强了听觉上美的效果。穆木天的爱情诗“托情于幽微远渺之中，音节也颇求整齐”（朱自清语），在“五四”后期的爱情诗中，确是别具一格的。（孙玉石）

苍白的钟声　穆木天

苍白的　钟声　衰腐的　朦胧
疏散　玲珑　荒凉的　蒙蒙的　谷中
——衰草　千重　万重——
听　永远的　荒唐的　古钟
听　千声　万声

古钟　飘散　在水波之皎皎
古钟　飘散　在灰绿的　白杨之梢
古钟　飘散　在风声之萧萧
——月影　逍遥　逍遥——
古钟　飘散　在白云之飘飘

一缕一缕　的　腥香
水滨　枯草　荒径的　近旁
——先年的悲哀　永久的　憧憬　新殇——
听　一声　一声的　荒凉
从古钟　飘荡　飘荡　不知哪里　朦胧之乡
古钟　消散　入　丝动的　游烟

古钟　寂蛰　入　睡水的　微波　潺潺
古钟　寂蛰　入　淡淡的　远远的　云山
古钟　飘流　入　茫茫　四海　之间
——暝暝的　先年　永远的欢乐　辛酸

软软的　古钟　飞荡随　月光之波

软软的　古钟　绪绪的　入　带带之银河
——呀　远远的　古钟　反响　古乡之歌——
渺渺的　古钟　反映出　故乡之歌
远远的　古钟　入　苍茫之乡　无何

听　残朽的　古钟　在　灰黄的　谷中
入　无限之　茫茫　散淡　玲珑
枯叶　衰草　随　呆呆之　北风
听　千声　万声——朦胧　朦胧——
荒唐　茫茫　败废的　永远的　故乡　之　钟声
听　黄昏之深谷中

一九二六，一二，东海道上。

穆木天留学日本期间(1920—1926)主要从事象征主义诗歌的创作;《苍白的钟声》从思想和艺术两方面来看,都是这一时期的代表作。

《苍白的钟声》的造型是别出心裁的：词语间隔排列,词与词之间留出空白——这种独特的诗行排列和听觉上的钟声取得了相通之处：二者都给人一种断断续续的感觉。事实上诗人正是利用人的通感心理沟通了视觉和听觉,让人一看到诗的外形,耳旁就好像响起了钟声。诗的外部造型自然而巧妙地提示出诗的描写对象,形式因素与内容因素和谐地融为一体。

诗的第一节描述钟声从远方长满衰草的山谷中升起。值得注意的是诗的韵脚:“胧”“中”“重”“钟”,这四个字共同的韵母“ong”。一方面直接摹拟钟声加强了听觉效果,另一方面,它还间接传达出诗的视觉形象：因为“后元音(o 和 u)和笨重的、缓慢的、模糊的以及阴暗的物体间的基本联系确能够被音响科学的实验所能证实”(韦勒克、沃伦《文学理论》),“ong”正是由后元音“o”和同样模糊的后鼻音“ng”组成——诗人再次利用通感从听觉上加强了视觉形象：迟缓的钟声、阴暗的山谷。这样,让人捉摸不定的声响和视觉形象合二为一,我们不难从这“客观对应物”中体会诗人悒郁的心情了。诗的声音层面和意义层面紧密地结合起来,声音暗示出意义,这正是象征派诗人追求诗歌音乐性的原因所在。因此,押韵等手段完成的诗的音乐品质也不再是诗中可有可无的局部修饰,它们已经成为诗歌本体的重要组成部分。可以说,在《苍白的钟声》中,“ong”韵一开始便确定了诗的基调;而“o”和“ng”作为诗中两个运用得最为频繁的音素,直接渲染了诗的总体气氛。

在诗的第二节中音乐性表现得更为充分,诗人出色地把法国诗人拉福格擅长的“叠字叠句”运用在自己的诗中：四个排比句即叠句一层一层地推进,显示出钟声从水波到树梢到风中到云间越飘越高;而叠音词即叠字“皎皎”“萧萧”“飘飘”也强化了这种效果。韵脚“ao”属遥条韵,响亮的元音“a”处于主导地位,整个音节给人一种轻快向上的感觉,诗的内在情绪也从第一节的“抑”发展到第二节的“扬”。

第三节诗承上启下。前五行承上：飘荡的钟声正如浪迹的诗人,虽然逍遥自在但是漫无目的,最终只会使人感到疲惫和不知何去何从的悲哀。诗中的情绪重新变得压抑,暗示着钟声也将沉落。最后一行“古钟　消散　入　丝动的　游烟”启下,引出诗的第四节;三个排比句用连贯的语气描绘了钟声一点点地消散、沉寂。

诗的前四节描写了诗人看见——而不是听见——苍白的钟声升起、飘荡又沉寂的过程,诗人运用音乐手段强化了视觉形象进而暗示出诗人情绪由抑到扬再到抑的过程。但诗的第五节却又异峰突起："软软的　古钟　飞荡随　月光之波/软软的　古钟　绪绪的　入　带带之银河"——这正写出了钟声的连绵不断此伏彼起。写这两句诗也是为了引出后三句诗，使第五节诗成为前四节诗的自然总结和升华："古钟　反映出　故乡之歌"，又只能"入　苍茫之乡　无何"，这钟声正是一个游子茫然无措、孤苦无依的心境的象征。

除了这个我们基于自身经验易于领悟的游子主题之外，诗的更深一层主题在最后一节诗中得以展现。这节诗在用韵和意境上与第一节诗并无二致，当为抱绕法之变形。正是在这首尾的重复抱绕之中暗含深意，而"永远"和"荒唐"两个多次重复的词成为我们深入理解这一主题的契机。诗人为什么会觉得"永远的"钟声"荒唐"呢？古钟无止无休劳而无功地敲着，不可理喻，而人不正像这钟声一样不知何去何从吗？人生尽管也"充满喧哗和骚动"，但只会"荒唐"得"找不到一点意义"（《麦克白》五幕五场）。所以，"苍白的钟声"在此又成为人的荒诞存在的象征。这种消极虚无的人生观正是穆木天当时喜好的"Decadent（颓废的）的情调"（《谭诗》），诗人受象征派诗人波德莱尔等人的影响之深由此可见一斑。

总之，《苍白的钟声》在艺术上体现了诗人对诗的造型美与音乐美的追求，在思想上流露出颓废情调，确为穆木天象征主义诗歌创作中的代表作。（钱　江）

春　晓　　蹇先艾

这窗纱低荡着初晓的温柔，
霞光仿佛金波掀动，风动歌喉，
林鸟也惊醒了伊们的清宵梦，
歌音袅袅啭落槐花深院之中。

半圮的墙垣拥抱晕黄的光波，
花架翩飞几片紫蝶似的藤萝，
西天边已淡溶了月舟的帆影，
听呀！小巷头飘起一片叫卖声。

1926.5.20.改稿

这是作者青年时代所写的一首抒情短诗。

当时，作者在新文化运动感召和徐志摩、闻一多、朱自清等新诗人的影响下，曾与朱大枏、李健吾发起组织新文学社——"曦社"，1923年至1928年间，作者先后发表了50多首新诗。《春晓》就是其中之一。这首写景抒情之作，短小精炼，意象生动，诗中的水光山色都富于生命的活力；并且，由近而远，层次分明，"初晓的温柔"，金波般掀动的霞光，任"伊们的清宵梦"做得多么甜美，也不得不在林鸟的袅袅歌音中惊醒，尤其是那清脆的"一片叫卖声"，叫破"拥抱晕黄的光波"的半圮墙垣而来，叫破西天淡溶了的月舟的帆影而来，一前一后，一呼一应，传神写照，理趣横生，活画出一幅深院小巷春晓图。

语言运用上，《春晓》写春而不见一个"春"字，然而又无处不闻春意闹，无句不着初晓的景色，是颇具匠心的。另如"啭落"之运用于袅袅歌音，"晕黄"之运用于半圮墙垣拥抱的光波，"几片紫蝶似的藤萝"之活现于花架等，不仅意象鲜明，有力地加强了诗的韵味，更见诗人观察事物、体验生活之精微。

此诗收入朱自清编的《中国新文学大系·诗集》时，作者还对首句作了修改，将原来的“这窗纱低荡着初晓的温柔”，改为“这纱窗外低荡着初晓的温柔”，其用意似在使全诗的句式更加自然而协调一些。（罗绍书）

我是一条小河　冯　至

我是一条小河，
我无心由你的身边绕过——
你无心把你彩霞般的影儿
投入了我软软的柔波。

我流过一座森林，
柔波便荡荡地
把那些碧翠的叶影儿
裁剪成你的裙裳。

我流过一座花丛，
柔波便粼粼地
把那些凄艳的花影儿
编织成你的花冠。

无奈呀，我终于流入了，
流入那无情的大海——
海上的风又厉，浪又狂，
吹折了花冠，击碎了裙裳！

我也随了海潮漂漾，
漂漾到无边的地方——
你那彩霞般的影儿
也和幻散了的彩霞一样！

一九二五

这是一首色彩明艳而情调又显得凄美的爱情诗。诗的感情的推进取迂曲之势，形成三个层面：首节为第一个层面，以后每两节为一个层面。在首节中诗人慧心一转，将多情的男子比作柔波微漾的“小河”，它偶遇彩霞般明艳的姑娘，于是情意突萌，拥着这迷人的“影儿”缓缓前流。小河和岸上人原本并不相干，但诗人抓住人有倒影、水能映照的特点，把两者紧紧地胶合起来，用以表达青年男女从无心邂逅到萌生情意的微妙过程。

在第二个层面中，诗人用两节对称的诗正面写出“我”的柔情：不管是流过森林还是花丛，总忘不掉那个倩影，随时捡拾途中的奇珍异宝来献给这私心钟爱的姑娘。这两节诗以小明大，以动作表深情，表达了怀爱者“我”心中甜蜜的情意以及对姑娘的奉献之心，从而把前面悄悄萌发的爱情推进到一个“寤寐求之”的更深层次上去。

诗的第三个层面情态顿变，诗意起了一个突转：海上的厉风“吹折了花冠”，狂浪“击碎了裙裳”，“我”自身也被无情的海潮卷向天边，原先甜蜜的梦被生活击碎，无以为继。这种由乐境入哀的情状，是对生活中的自由爱情受到的折磨的艺术概括，曲折地表达出对扼杀爱情的封建礼教及守旧势力的鞭挞，富于时代色彩。值得注意的是，虽然诗中“我”的追求受到阻遏，使诗作蒙上了一层“好景不长”的无可奈何的怅惘，但“我”心中那“彩霞般的影儿”却一样明艳如初，令人怀想。这就委婉地表达出主人公对恋人一往情深的忆念和不可改易的情意，于哀愁中见执著。

诗作就是这样采用以人拟物的手法，借着“小河”与“影儿”之间的自然联系，写出青年男女间两心的相印与相随。这首诗还十分注重情调的创造，注意运用语言的感情色彩来烘托一种特定的、浓郁的氛围。诗的首节，“我”是“无心”绕过这儿，姑娘也是“无心”投影于“我”的柔波。这两个“无心”，隐然传达出一种娴静、恬美的意境，描摹出“我”与姑娘间感情交流的自然、真挚、和谐，令人想见愈是“无心”愈是有情。底下柔波那“荡荡地”“粼粼地”的姿态，在水波微兴中摇曳着深情，把“我”一腔柔情化作一片清澈、明净的艺术境界，把原来的情意向着纵深方向推进了一步。同时，它又和下面遇到的摧折一切的厉风狂浪形成鲜明对照，以大海的“无情”反衬出人物的多情，以象征社会力量的自然的冥顽观照出主人公爱情遭到摧折的深深不幸，为全诗创造了一个欢快而又带有悲剧意味的情调。此外，还多用叠字（如“软软”“荡荡”“粼粼”等）和重复（如第一节的两个“无心”，第五节的两个“彩霞”等）以酿就一种缱绻的情味。

在诗的形式上，它自由而又有所敛束。整个看来，它间用对偶与复沓，格式较为规整，但表达自然、优雅，调子舒缓柔曼而又热烈明丽，音律极活泼，因而显得舒卷自如，别具一种浓烈的韵味。（金钦俊）

蛇　冯至

我的寂寞是一条长蛇，
冰冷地没有言语——
姑娘，你万一梦到它时，
千万啊，莫要悚惧！

它是我忠诚的侣伴，
心里害着热烈的乡思：
它在想着那茂密的草原，——
你头上的，浓郁的乌丝。

它月光一般轻轻地，
从你那儿潜潜走过；
为我把你的梦境衔了来，

像一只绯红的花朵。

冯至的诗到1925年趋于成熟,1926年写的这首《蛇》,便是诗人收获季节里的一颗硕果。

这是一首爱情诗,新颖别致之至。一般人对蛇总是怀着厌恶、惧怕的心理,然而冯至笔下这"蛇"的形象,却使人感到亲切可爱。抒情主人公在当他心爱的姑娘不在身边的时候,感到无比的寂寞;他将这寂寞比作一条长蛇,借蛇的游走、乡思、归来,抒发了"我"对姑娘的深沉的爱恋。这比喻,给人以奇美之感。第一节取蛇的修长和无言,形容寂寞,说它"冰冷地没有言语"。读者也仿佛有触到蛇身似的感觉。嘱咐姑娘如梦到它时,不要害怕,这一方面显现了"我"对姑娘的细心关怀,另一方面,也委婉地希望姑娘在梦中能与"我"的心接近。第二节取蛇的栖息草丛的生活习惯,用它暗示"我的寂寞"——忠诚的爱的化身产生的原因。从姑娘头上的浓郁的乌丝,想到"茂密的草原",这联想简直使人叫绝。第三节取蛇行走和它只能用口衔物的特点,表达了"我"的愿望,探悉姑娘的内心世界。至于"像一只绯红的花朵",既可以理解为姑娘的梦境,也可以理解为使"我"高兴的消息,或者正是"我"的美丽的希望。这些想象,真是天马行空,引人遐想。诗中所用的一系列比喻,喻体与被喻的事物,相近相似,却又不过实过死。寂寞与长蛇,草原与乌丝,梦境与花朵,都是如此。在诗中,比喻欠真,就失去比喻的作用;比喻过实,又显得呆滞。齐白石谈及绘画时说"妙在似与不似之间",诗亦如此。有了这个"之间",才便于读者在欣赏过程中驰骋想象。

《蛇》的感情表达方式,是曲折的或者说是间接的,不是直接的宣泄式的。全诗没有一个爱字,主要是写"我"的寂寞——长蛇的活动,较为明显的地方,也只是说,它想着草原——姑娘的乌丝,但"我"对姑娘的深深思恋之情,可以说,已表达得恰到好处。诗人仿佛是一个导游,他将旅游者引到可以隐约窥见胜地之处,即让旅客自己去欣赏,去发现,去神会。

《蛇》有点近似海涅早期作品和后来苏联伊萨科夫斯基的诗,有情节线索贯串全诗,每一节诗,都有一个情节。第一节告诉她,如果梦见这"蛇",不要害怕;第二节写"蛇"的乡思,说它想念的草原,就是她的乌丝;第三节写"蛇"悄悄地把她的梦境衔来。其中有小小的情节波澜,这小小的情节波澜,隐藏着浓郁的诗趣。

《蛇》在艺术上兼具中外诗歌之长,它有中国古代诗歌的那种优美意境,而在表现方法上又创造性地融化了象征派诗的某些东西,例如重暗示,采用蛇、梦境、花朵这些近似象征性的形象等。由于这种择取是融化在作品之中,而不是模仿和生搬硬套,因而很难说某一部分是从哪里受到启迪和熏陶。(陆耀东)

南方的夜　冯　至

我们静静地坐在湖滨,
听燕子给我们讲南方的静夜。
南方的静夜已经被它们带来,
夜的芦苇蒸发着浓郁的情热。——
　　我已经感到了南方的夜间的陶醉,
　　请你也嗅一嗅吧这芦苇中的浓味。

你说大熊星总像是寒带的白熊,
望去使你的全身都感到凄冷。

这时的燕子轻轻地掠过水面，
零乱了满湖的星影。——
　　请你看一看吧这湖中的星象，
　　南方的星夜便是这样的景象。

你说，你疑心那边的白果松，
总仿佛树上的积雪还没有消融。
这时燕子飞上了一棵棕榈，
唱出来一种热烈的歌声。——
　　请你听一听吧燕子的歌唱，
　　南方的林中便是这样的景象。

总觉得我们不像是热带的人，
我们的胸中总是秋冬般的平寂。
燕子说，南方有一种珍奇的花朵，
经过二十年的寂寞才开一次。——
　　这时我胸中觉得有一朵花儿隐藏，
　　它要在这静夜里火一样地开放！

——1929

湖滨。静静的春夜。芦苇蒸发着浓郁的情热。——这就是诗人在诗的开篇为我们画出的南方的夜景图。当时冯至在北京大学任助教，心中蕴积着些许“狭窄的情感、个人的哀愁”(《冯至诗选·序》)，它们流进了《南方的夜》里，流进了这一片静夜的湖水之中，拍击着读者的心的堤岸。对于冯至来说，这忧郁不仅仅来自他对社会现实的不满，而且有着独特的生理和心理上的根源。诗人出身清寒，父亲经常失业的忧愁，家庭经济拮据，特别是幼年失母的痛苦，在他心灵上留下了浓重的阴影，仁慈的继母过早地离世，又给他带来新的忧伤。诗人的心理结构与诗的情绪意象的结构呈双向同构，诗中设置的“我”和“你”，都是诗人忧郁心灵的客观对应物。诗人倾注了更多的忧郁在“你”身上：“你说大熊星总像是寒带的白熊/望去使你的全身都感到凄冷”，“你说，你疑心那边的白果松/总仿佛树上的积雪还没有消融”。而对于“我”的刻画，诗一开始是让“我”和“你”形成一种对比，在“你”忧伤的视野里，“我”为“你”指点了异样的风光：“我已经感到了南方的夜间的陶醉/请你也嗅一嗅吧这芦苇中的浓味”，“请你看一看吧这湖中的星象/南方的星夜便是这样的景象”，“请你听一听吧燕子的歌唱/南方的林中便是这样的景象”；但这种“我”和“你”的情绪的反差只是为了增添抒情的色调的丰富而已，诗临近结束的时候终于表明，这两个静静地坐在湖畔的抒情主人公，在这和煦的春夜里，他们的感受其实是一致的：“总觉得我们不像是热带的人/我们的胸中总是秋冬般的平寂。”很清楚，“我”是作为“你”的映衬而存在的，或者可以说，两者是一种偏正关系。“我”感受到了春夜的温暖，但这温暖终于还是没有融化心头的积雪，它不是反而更凸显了积雪的寒冷吗？机智的诗人向我们表明，这“我”和“你”其实就是双重的“自我”，它们都以诗人忧郁的灵魂为中介，互为沟通，最终融为一体。

这首诗既不是描摹式的再现，也不是直抒式的表现，诗人内心的情感是通过可感的画面中的景象展示出来的。诗人并不是沉溺于忧郁之中而不能自拔，诗中出现的“燕子”这一意象透露了诗人内心的另一侧面：对美好希望的追求。它为诗的抒情画面上的黯淡底色涂上了一抹嫩绿。此时此刻，燕子报春的鸣叫声声，溅落南方的夜的湖里，也溅落诗人的心湖："这时我胸中觉得有一朵花儿隐藏/它要在这静夜里火一样地开放！"（戴　达）

给一个战士　冯　至

你长年在生死的边缘生长，
一旦你回到这堕落的城市，
听着这市上的愚蠢的歌唱，
你会像是一个古代的英雄

在千百年后他忽然回来，
从些变质的堕落的子孙
寻不出一些盛年的姿态，
他会出乎意料，感到眩昏。

你在战场上，像不朽的英雄
在另一个世界永向苍穹，
归终成为一只断线的纸鸢：

但是这个命运你不要抱怨，
你超越了他们，他们已不能
维系住你的向上，你的旷远。

这首诗名义上是写战士的诗，但是我们会惊讶地发现，在抗战这样一个大环境里，它与一般表现战争与士兵题材的诗有多么大的不同！即便是抗战那样的大背景，也不能改变诗人对世界独特的知性化的"把握世界的方式"，不能改变他善于把现实素材与日常经验上升到哲学层面叙事的个性化的创作特质。

在和《给一个战士》同一时期的战争题材作品中，有些直面当下正在进行抗战的大背景和正在浴血奋战的英勇战士，有些则是反映"前方吃紧，后方紧吃"的腐败情景。这首作品在其感性与经验层次，我们能够强烈地感受到诗人对战士的高度颂扬与对现实腐败堕落的强烈愤慨之情，但是在更深的哲学层次，诗人是要在诗里面构筑起两个超越一般经验层次的世界：一个是英雄的、忘我的和自我牺牲的世界；另一个是卑下的、堕落的和自私的世界。而后一个世界在一个现代主义诗人的观念和创作命题里，就是都市，作为异化了的现代文明的缩影。就这样一个创作空间，冯至曾经还为我们贡献了一部以大都市哈尔滨为观照对象的《北游》。

第一节，诗人非常简洁地构筑了一个反差极大的情景：一边是"长年在生死的边缘生长"的战士，一边是"堕落的城市"里充斥着"愚蠢的歌唱"。然而，"前方"与"后方"这两个时空在被隔绝状态下似乎都在按照各自的逻辑存在着。偏偏，一个战士带着战场的硝烟与血迹，"回到"了城市，把一个腥风血雨的时空硬挤入到另一个歌舞升平的时空。可以想象，那是一个多么荒诞的情景！在这样一种场合,任何一个从前线回来的战士理所当然都是英雄。而诗人之所以在英雄前冠以“古代的”限定词,更是对貌似“现代文明”城市的极大讽刺!

第二节,两个横向世界的对比被置换为古代世界和现代世界的纵向对比。那么,“这一个”战士就仿佛一个古代的英雄穿越了“时间隧道”错掉进了现代都市里,与自己“变质的堕落的子孙”痛苦而尴尬地会面。战士在战场上可以“不朽”,不朽意味着时间意义上的永恒。但是在城市,他只是一个徒有“变质的堕落的子孙”的“断线的纸鸢”,一个超越了他“子孙”的伟大却孤独的英雄。

处处让你感觉到诗的现实批判力量,又处处不露痕迹;诗意的哲理无处不在,它却“犹抱琵琶半遮面”,跃然于前的是鲜活的形象。这是诗人在《给一个战士》中呈示的非常鲜明的思维方式和表现方法。(张　新)

采莲曲　　朱　湘

　小船呀轻飘,
杨柳呀风里颠摇;
　荷叶呀翠盖,
荷花呀人样娇娆。
　　日落,
　　微波,
金丝闪动过小河。
　　左行,
　　右撑,
莲舟上扬起歌声。

　菡萏呀半开,
蜂蝶呀不许轻来,
　绿水呀相伴,
清净呀不染尘埃。
　　溪间
　　采莲,
水珠滑走过荷钱。
　　拍紧,
　　拍轻,
桨声应答着歌声。

　　藕心呀丝长,
羞涩呀水底深藏:
　不见呀蚕茧
丝多呀蛹裹中央?

溪头
采藕，
女郎要采又夷犹。
波沉，
波升，
波上抑扬着歌声。

莲蓬呀子多：
两岸呀榴树婆娑，
喜鹊呀喧噪，
榴花呀落上新罗。
溪中
采莲，
耳鬓边晕着微红。
风定，
风生，
风飏荡漾着歌声。

升了呀月钩，
明了呀织女牵牛；
薄雾呀拂水，
凉风呀飘去莲舟。
花芳
衣香
消溶入一片苍茫；
时静，
时闻，
虚空里袅着歌音。

十四，十，二四

《采莲曲》是朱湘的得意之作，这首诗无论在形象、风格、形式、技巧上，都可以作为朱湘诗歌的代表作。

把新月派“理性节制感情”的美学原则加以认真贯彻的朱湘，在他的大多数诗篇中着意表现一种宁静的风格。那种“东方的静的美丽”差不多成了朱湘所崇拜的至上的诗境；在这种超越了时空的美学风格的制约下，诗中的形象也成了富有古典意味的形象，美得出奇，也静得出奇。《采莲曲》是采莲少女们唱的歌调，宛如古曲“采莲南塘秋，莲花过人头”的风致，采莲少女也与世事变迁绝无干系，荡漾着典雅的古风。在诗中，娇娆的人与人样娇娆的荷花交相辉映，桨声与歌声互相应答，花芳与衣香在风中交融，采莲女的娇羞又与天上人间的欢乐美景叠印在了一起，好一幅和平宁静安详的景象。诗写得十分细腻，典型的东方少女，近乎富丽的古典意味的色彩，又与那恍如全诗中荡漾着的悠远雅致的乐声歌声交融在同一番意境中，闪发着奇彩。

朱湘对中国古典诗词传统的大胆汲取以及与之在精神气质上达到的共鸣，可以说是影响他诗的风格的一个重要因素。《采莲曲》的章节、字句、音节、节奏如此的谐美和婉转，如此的精致和考究，难怪有人说这首诗的格律是“词曲式的格律”。内容上缺乏时代气息，这是朱湘大多数诗作的共同特点，也是一种通病。但形式上的刻意经营以及所达到的不一般的效果，却是朱湘的心血所在，与我们前面提到的东方气息紧紧相连。《采莲曲》在形式上又有许多独到之处。朱湘的大多数诗作各诗行整齐划一，章节与章节之间保持对称的形式。在《采莲曲》中却有些不同，章节与章节之间固然保持了十分严格的对称，各诗行却不是那么整齐划一；相反，诗人是通过那种参差不齐，错落有致的诗行，传达出了一种难得的节奏感。在这首诗中，音韵是活动的，流畅的，是随着诗歌情绪摇曳变幻的。像“藕心呀丝长/羞涩呀水底深藏”这样的音韵搭配，无疑是富于生气的，并没有在朱湘的一部分诗作中的那种生硬的搬凑。另外，像“左行/右撑”，“拍紧/拍轻”，“波沉/波升”这样的短语，更是朱湘的得意的创造，他自己说这是“以先重后轻的韵表现出采莲舟过路时随波上下的一种感觉”。朱湘在诗歌艺术形式尤其是格律上的这种探索，对后来者是很有启发的。（黄心村）

葬　我　　朱　湘

葬我在荷花池内，
耳边有水蚓拖声，
在绿荷叶的澄上
萤火虫时暗时明——

葬我在马樱花下，
永作着芬芳的梦——
葬我在泰山之巅，
风声呜咽过孤松——

不然，就烧我成灰，
投入泛滥的春江，
与落花一同漂去
无人知道的地方。

朱湘一生的遭遇很令人惋惜而哀叹。他的性格落落寡合，沉醉于诗歌而愤世嫉俗。这使他不为当时社会所容而到处碰壁，生活潦倒。最后，无法随俗而又走投无路，投身于滚滚长江，了结此生，只有29岁。

对于一位有才华的诗人，社会实应更宽大些，但是，洁白如一朵白莲花的朱湘，在污浊的社会里，却无容身之地。这如何能不叫人为他的不幸遭遇而感到不平？有人说，世上是先有伯乐才有千里马的。没有伯乐就没有人知道何者是千里马。朱湘无疑是一匹千里马，可憾的是，他始终没遇上伯乐。但是，遭遇如朱湘的人又岂止他一个？

朱湘的一生是短暂的，内心是忧郁的。他的诗于恬淡雅致之中略带凄清幽怨。这是命运在他的诗中所留下的痕迹。《葬我》这首诗最能够表现出他的风格和性格。诗中所写的是诗人设想的情景，设想着将自己埋葬在一些清幽而离开尘世的地方。

“葬我在荷花池内/耳边有水蚓拖声/在绿荷叶的澄上/萤火虫时暗时明——”诗人设想在自己死后，将自己埋葬在荷花池里，耳边可以听蚯蚓翻泥的声音。这声音当然比尘世的嘈杂声好听得多。又可以看到荷叶上一闪一闪的萤火虫。这是一个何等幽静的世界！宁与蚯蚓和萤火虫为伍而不愿与俗人同群，这正是朱湘的性格。

“葬我在马樱花下/永作着芬芳的梦——/葬我在泰山之巅/风声呜咽过孤松——”如果不能葬在荷花池内，那么，就葬在马樱花下吧，永远做着如花一样芳香的梦，而不再做尘世的噩梦。或者，就葬在泰山的顶巅，可以听见山顶的松树在风中的呜咽声。这呜咽的声音当然也比人声更悦耳，像马樱花一样清高，像松树一样孤傲，这正是朱湘的性格。

“不然，就烧我成灰/投入泛滥的春江/与落花一同漂去/无人知道的地方。”再不然，就把“我”烧成灰烬，投到春江中去，跟水面落花一同漂到无人知道的地方去吧。这不禁使人想起唐诗中“桃花流水窅然去，别有天地非人间”的诗句来。然而这几行诗竟如谶语，诗人最后正是投身到滔滔的江水中，与落花一同漂得无影无踪了。（云惟利）

加　煤　朱大枏

在倾壶狂饮的时候，
像车头里加进黑煤，
叫停滞的变为活跃，
叫感情掣思想狂飞。

我替你穷人们思量：
你骨头能称出几两？
就抖空钱袋买一醉，
分量再轻点也不妨。

趁空袋里没有臭钱，
意念里也没有顾惜，
恰像那轻便的火车，
好开足万匹的马力！

莫停在回忆的坟地，
去凭吊毁蚀的积尸；
不要进希望的空洞，
去梦想本来的充实。

驾驶到幻想的国度，
出现实苦恼的世界。
凭你全意志的主宰，
造一座象牙的楼台。

一霎眼，蛛网变流苏，
悬结满煌煌的金屋。
碧琅玕装上破窗槛，
潮湿墙幻作黄金柱。

绿泥杯看做翡翠镶，
黄豆焰闪放明珠光。
看影摇仙女的舞蹈，
听蟋蟀奏仙乐嘹亮。

叫繁华来掩灭荒凉，
叫欢愉来消融忧伤，
全任你恣情地骄傲，
享乐在幻想的天堂。

还不怕强暴的夺取，
也没有弱者的妒嫉：
尽耽乐幻想的仙乡，
用不着半点的猜疑。

偷巧同命运的宠儿，
没一点出汗的苦恼，
由你判自己的命运，
坐享这无尽的逍遥。

不动手就起座宫殿，
不动脚就爬上帝座：
只存在幻想的园里，
这不偿代价的极乐。

笑炼石补天的女神，
比填海的精卫更蠢：

看我们只灌进冷酒，
也填平不平的命运！

叫停滞的变为活跃，
叫情感掣思想狂飞，
在倾壶狂饮的时候，
像车头里加进黑煤。

一二，一〇，改稿

中国古代有不少文人学士如陶渊明、刘伶、李白等写了不少饮酒诗。因此本诗就题材而论并无独特之处，但诗人既没有借酒表现知识分子忧国忧民、怀才不遇，也没有借酒吐露年轻人情场失意。而本诗所要表现的主旨却是：穷人为什么愿意“抖空钱袋买一醉”。

诗的一、二、三节用火车加煤这个具有象征意义的形象来比喻穷人从饮酒中得到的魔力。接着一个大层次刻画了穷人借酒得到的满足。饮酒可以引领穷人走出“现实苦恼的世界”，驶进“幻想的国度”，这里穷困凄凉的现状将幻化成金碧辉煌的世界。诗中确切地用“坟地”来形容“回忆”，用“空洞”来描述“希望”，从而以一幅幅坟地积尸和山中空洞的可怕景象，劝诫穷人莫要沉湎于回忆和希望。因为对穷人来说，回忆既无用，希望之后便是失望。诗人认为倒不如耽于酒醉后的幻想世界，有时可以使人感到充实，用自己的意志来砌造象牙的楼台。对穷人来说，饮酒将使他们忘却人间的不平，在幻想的国度里受到尊重。这里用了两句并列的排句：“不动手就起座宫殿”，“不动脚就爬上帝座”，渲染了这种幻想的偷巧，可以使穷人“没一点出汗的苦恼”，便“坐享这无尽的逍遥”。最后一小节又把第一节作了变奏处理：将原来的一、二与三、四诗句的位置颠倒，再一次强调和总结：狂饮之所以犹如加煤，就是因为能“叫停滞的变为活跃/叫情感掣思想狂飞”。作为一个人，本来就应该好好生活，应该得到别人的尊重，可是穷人却只有在酒醉后幻想的国度里才能得到一时的满足。因此此诗不过是表面上的劝穷人狂饮、尽情享受，其意是在暴露了社会的卑污不平。所以，我们不能说此诗是反映了诗人精神的空虚和对纵欲的追求，而是曲折地揭示了那个时代穷困潦倒的知识分子和广大贫苦百姓相通的愁苦、愤懑的内心世界。

诗中成功地运用了反衬的手法。在第六、第七节中，“蛛网”与“流苏”，“碧琅玕”与“破窗槛”，“潮湿墙”与“黄金柱”，“绿泥杯”与“翡翠镶”，“黄豆焰”与“明珠光”，其间的反差非常强烈，诗人却偏将它们联结在一起，这是类似闻一多《死水》中那种化腐朽为神奇的手笔。第八节“叫繁华来掩灭荒凉/叫欢愉来消融忧伤”，则运用了反讽的笔法。诗中越是将酒后出现的幻想世界描绘得如同仙乡一般，就越映衬出现实的阴暗与残酷。（方仁念）

苍黄的古月　冯乃超

苍黄的古月地平线上泣
氤氲的夜色浥露湿
漫着野边有暮烟
掩我心头有忧郁

矗立的杉林默无言
睡眠的白草梦痕湿
惆怅的黄昏色渐密
　　沉重的野烟
　　沉重的忧郁

　　日暮的我心
　　浓冬将至的我心
　　夕阳疲惫的青光幽寂
　　给我黑色的安息

　　黑色的安息
　　黑色的安息
　　疲惫的心头压逼

苍黄的古月地平线上泣
氤氲的夜色浥露湿
夕阳的面色苍白了
　　沉重的野烟
　　沉重的忧郁

20世纪20年代中期，由浪漫主义走向象征主义创作道路的冯乃超，努力追求法国象征派诗人所提倡的音与色结合的“纯粹的诗”。他的诗作不仅讲究语言音节的美感，而且注重色彩的象征与丰富。《苍黄的古月》便是一幅色彩美的画卷。

这首诗用沉重的笔调抒写了古月的苍黄，“我”心头沉重的忧郁，表达了诗人对社会没落、文化衰微的哀伤。诗人忧伤的心境是通过富于色彩感的语言和意象显露的。他吟唱“苍黄的古月在地平线上泣/氤氲的夜色浥露湿”，他歌咏“睡眠的白草梦痕湿/惆怅的黄昏色渐密”，他哀唱“夕阳的面色苍白了”。这些富于色彩感的诗句加强了诗人抒情形象的鲜明性和感情色彩的浓重性。而这些色彩，又与初期白话诗不同，它没有郭沫若诗中那种强烈的光和热。诗人运用的是象征派诗歌观能交错搭配的方法，使视觉的色彩感与听觉的音感和嗅觉的味感交叉连接构成形象，如“夕阳疲惫的青光幽寂/给我黑色的安息”，这样，就达到了以浓重色彩来加强形象新奇的艺术效果。无怪朱自清说冯乃超“诗中的色彩感是丰富的”（《中国新文学大系·诗集·导言》）。

在丰富的色彩变化中，全诗还有比较一致的色彩趋向——“苍黄”“苍白”“青光”“黑色”，这种深暗的色调是这首诗，甚至是冯乃超所有象征诗的主调。这一色彩追求，不仅折射了象征派诗人的美学崇尚，还反映了诗人虽然对黑暗的社会现实充满厌恶和敌意，但又总是在一个相对狭小、相对封闭的艺术空间里进行咏唱，显得虚弱、颓丧和无能为力。虽然这种色调有时作为一种“底色”，或许能把其他色彩反衬得更加艳丽、鲜亮；然而，在整体的诗歌绘画中，难免留下一些“病态美”的暗影。当然，话说回来，冯乃超诗作中那丰富的色彩感，仍然为中国诗歌“诗中有画”这一艺术传统的发展提供了弥足珍贵的经验。（崔明芬）

雨 巷　戴望舒

撑着油纸伞，独自
彷徨在悠长，悠长
又寂寥的雨巷，
我希望逢着
一个丁香一样地
结着愁怨的姑娘。

她是有
丁香一样的颜色，
丁香一样的芬芳，
丁香一样的忧愁，
在雨中哀怨，
哀怨又彷徨；

她彷徨在这寂寥的雨巷
撑着油纸伞
像我一样，
像我一样地
默默彳亍着
冷漠，凄清，又惆怅。

她静默地走近
走近，又投出
太息一般的眼光，
她飘过
像梦一般地，
像梦一般地凄婉迷茫。

像梦中飘过
一枝丁香地，
我身旁飘过这女郎；
她静默地远了，远了，
到了颓圮的篱墙，
走尽这雨巷。

在雨的哀曲里，
消了她的颜色，
散了她的芬芳，
消散了，甚至她的
太息般的眼光，
丁香般的惆怅。

撑着油纸伞，独自
彷徨在悠长，悠长
又寂寥的雨巷，
我希望飘过
一个丁香一样地
结着愁怨的姑娘。

《雨巷》是戴望舒的成名之作。当时代理《小说月报》编辑的叶圣陶收到这首诗以后说这首诗替新诗的音节开了一个新的纪元，而戴望舒也因此得到了"雨巷诗人"的称号。这首诗中的"我"，是一位沉醉于感情追求的青年，他常常孤身一人，彷徨在江南的悠长的雨巷，等待着一位姣好的姑娘，也许是这位姑娘的家就在雨巷的尽头，也许是她回家时必然要穿过这条小巷，冬去春来，日复一日，"我"又穿行在小巷之中了，除了春雨打在油纸伞上的声音之外，雨巷是显得那样的寂寥、凄清，更触人愁思的是"我"希望逢着的这位姑娘又偏偏结着愁怨，她家的篱墙颓圮了，莫非她也受到了命运的打击？惆怅、凄清、太息、迷茫，不过她没有颓唐，没有乞求，她仍然是那么妩媚动人，显得高洁而孤傲，诗人在这里坚持了对于人的尊严和生命力的追求。诗人拿丁香来比喻姑娘显然寓有深意。我国古诗里有好些吟咏丁香的名句："丁香空结雨中愁"，"丁香体柔弱，乱结枝犹坠"，"芭蕉不展丁香结，同向春风各自愁"，等等。丁香开花在仲春时节，诗人们对着丁香往往伤春，说丁香是愁品。丁香花白色或紫色，颜色都不轻佻，常常赢得洁身自好的诗人的青睐。总之，丁香是美丽、高洁、愁怨三位一体的象征，不过丁香姣好，却又容易凋谢。丁香一样的姑娘，即做着脆弱的梦的姑娘，她的愁怨恐怕也少不了吧？在"我"的长久的期待中，姑娘终于来了："她静默地走近"，"像我一样"——看来两颗心灵已经接近于互相理解了，然而又终于从身边飘然而过，令"我"失望，"又投出/太息一般的眼光"，两人的距离又重新拉开。这两位彷徨者都得了同一种抑郁病，因而同病相怜；然而又正因为病症相同，不可能互相拯救，只得分手。他们就是这样既彷徨，又在彷徨中追求着，追求着……

从诗的更深的象征性意蕴看，这首诗中的姑娘形象其实就是诗人的理想。他的彷徨求索，就是为了寻找姑娘——理想。姑娘出现了，但是她的步履，她的颜色，连同她的太息与惆怅，莫不带有可望而不可即——执著追求但又无法把握的象征意味。诗人就这样表达了他追求美好理想的信念是徒劳的那种孤苦心情。在《雨巷》里，姑娘的形象带有悲剧色彩；抒情主人公——游子的形象（孤独的游子形象贯穿在戴望舒的全部作品中）也带有悲剧色彩。他的追求是那样高洁，带着理想化的色彩，他所期待的姑娘，心灵是美丽的，外表是妩媚的。不过，这样的姑娘实在太难找到。因此，在理想主义的期望面前，他总是困惑的，怀有一种气质性的悲剧感。

戴望舒熟读法国诗人魏尔伦的作品，就多愁善感的气质说，他也接近魏尔伦。魏尔伦《无言的歌集》表达了巴黎公社失败后不知所措的知识分子苦闷沮丧的情绪和精神状态，其基调是对于诗人的理想和他周围的肮脏生活相脱节的悲剧感。戴望舒这首诗表现了从五四运动中激昂地飞腾起来的理想，同淹没于血泊之中的1925—1927年大革命现实相脱节的悲剧感。他的诗虽然不是反抗和战斗的诗，但也不是屈辱和忍受的诗。人和理想，惶惶不安的人和无法实现的理想这个悲剧主题蕴涵有时代的特征。

《雨巷》是一篇重象征重暗示的抒情诗。戴望舒把感情放在第一位，然而他使用暗示的方法，尽可能使这种感情隐蔽一些，朦胧一些，设法将真事隐去。《雨巷》虽也有象征派的感觉的不可捉摸，内心状态的飘忽不定，形象的模糊朦胧等特点，但它不带有某些象征派的神秘意味，它叫人看得懂，有真挚的感情做骨子，有古典派的内容，很少架空的感情，铺张而不虚伪，华美而有法度。我们推测，《雨巷》这首诗，它的被隐蔽在"想象"里面的"真实"，可能是诗人的一段感情际遇，在这段生活中的感情体验成了诗的骨子。诗里大概多少还保留了一些真事的影子和细节，但时间、地点和情况也许都面目全非了。《雨巷》的悲剧感和孤独感，是通过悠长寂寥的雨巷，颓圮的篱墙，冷冷的哀怨的蒙蒙细雨等环境渲染和游子对丁香一样的姑娘的期待的描绘来暗示的。一切都没有说穿，没有点透，然而我们懂了，感觉到了。正因为诗人没有把诗的意义限定在一个层面上，我们从诗领会的东西才更多了。

诚如叶圣陶所说，《雨巷》在音乐性方面也具有突出的成就。全诗共七节，每节六行，每行长短不等，押韵的位置错综变化，常用首语重叠，加上奇特的字句组合，似断实连的分节跨行，使得全诗回荡着一种深沉的优美的旋律，细腻而传神地暗示了诗人低回而迷茫的心境。（蓝棣之）

古神祠前　戴望舒

古神祠前逝去的
暗暗的水上，
印着我多少的
思量底轻轻的脚迹，
比长脚的水蜘蛛，
更轻更快的脚迹。

从苍翠的槐树叶上，
它轻轻地跃到
饱和了古愁的钟声的水上，
它掠过涟漪，踏过荇藻，
跨着小小的，小小的
轻快的步子走。
然后，踌躇着，
生出了翼翅……

它飞上去了，
这小小的蜉蝣，
不，是蝴蝶，它翩翩飞舞，

在芦苇间，在红蓼花上；
它高升上去了，
化作一只云雀，
把清音撒到地上……
现在它是鹏鸟了。
在浮动的白云间，
在苍茫的青天上，
它展开翼翅慢慢地，
作九万里的翱翔，
前生和来世的逍遥游。

它盘旋着，孤独地，
在迢遥的云山上，
在人间世的边际，
长久地，固执到可怜。

终于，绝望地
它疾飞回到我心头
在那儿忧愁地蛰伏。

《古神祠前》作为一首象征诗，其主旨通常是隐藏在象征型结构中的，即诗一开头那句“古神祠前逝去的……我多少的思量”中未明言的“思量”。而“思量”即主体情感便隐藏在由水蜘蛛（蜉蝣）、蝴蝶、云雀、鹏鸟这样一些主体情感的“客观对应物”串连起的叙事，以及所有这些物象的特定时空背景“古神祠前”之中。当然，仅仅这些还不够，因为正如朱自清所形容的那样，这些象征的“客观对应物”即意象，就像是一颗颗珍珠，“读者需要自己把珠子串起来”才能解读其真义。

为了便于对接下来的“思量”发展轨迹的理解，我们有必要先假设性地解读“古神祠”的象征含义。它可能是象征一种信仰、理想和希望；也可能是象征一种思想、社会因素等的戒律；或者是象征人生的命运。当然更可能是多种因素的不同程度的合力。

第一节，“思量”是应该作理想与希望来解读的。它被悄悄地置换为印在“暗暗的水上”的“轻轻的脚迹”，这是一个非常符合规定场境的优美、贴切的比喻，更重要的是，通过这种置换，“思量”的轨迹才真正而自然地潜入到第一个意象——“水蜘蛛”的“脚迹”上。第二节，由“水蜘蛛”一系列诸如“跃到”“掠过”“跨着”“踌躇着”等带动感的行为属性，非常细腻而感性地寓意了“思量”初生时激起的小小波澜。

接下来，水蜘蛛依次在蝴蝶、云雀、鹏鸟这一递进式蜕变链上发展，我们看到，这些意象属性是由弱而强、由地入天，对应的是“思量”向度的逐渐深广与高远。同样，通过这些意象具体的、色彩斑斓的行为属性，进一步展示了象征主体“思量”的丰富内涵。其中由蝴蝶与鹏鸟引发的，取自庄子的“庄周梦蝶”和“大鹏”典故的联想，强化表达了诗人追求自由幸福理想的志向。

但是，高处不胜寒。在“人间世的边际”“作九万里的翱翔”的鹏鸟却深感孤独与可怜。终于，绝望地“回到我心头”“忧愁地蛰伏”。“思量”又回到了原点。值得注意的是，诗人这里悄悄地嵌入了一个《枕中记》的典故。诗人自嘲自己像《枕中记》里的卢生，难逃“黄粱美梦”的命运。

联系“古神祠”的背景暗示,“前生和来世的逍遥游”的情景,诗歌还透露了一个容易被忽略的信息,即佛教的六道轮回思想。这六道对应的诗歌意象的轨迹是:我(思量)→水蜘蛛(蜉蝣)→蝴蝶→云雀→鹏鸟→我(心头)。这六道的轨迹清楚表明了诗人的绝望情绪:人生命运是早就命定的,人生始终处在一种希望之火由生而灭的轮回的绝望之中,只能在神秘力量(即“古神祠”)的支配下,做“前生和来世的逍遥游”的游戏而已。这首诗把“珍珠串连”的象征架构方法与潜在的六道轮回思想的轨迹巧妙地结合起来,诗绪波涛起伏,意象纵横捭阖,形象丰富,意境深远。(张　新)

我用残损的手掌　戴望舒

我用残损的手掌
摸索这广大的土地:
这一角已变成灰烬,
那一角只是血和泥;
这一片湖该是我的家乡,
(春天,堤上繁花如锦障,
嫩柳枝折断有奇异的芬芳)
我触到荇藻和水的微凉;
这长白山的雪峰冷到彻骨,
这黄河的水夹泥沙在指间滑出;
江南的水田,你当年新生的禾草
是那么细,那么软……现在只有蓬蒿;
岭南的荔枝花寂寞地憔悴,
尽那边,我蘸着南海没有渔船的苦水……
无形的手掌掠过无限的江山,
手指沾了血和灰,手掌粘了阴暗,
只有那辽远的一角依然完整,
温暖,明朗,坚固而蓬勃生春。
在那上面,我用残损的手掌轻抚,
像恋人的柔发,婴孩手中乳。
我把全部的力量运在手掌
贴在上面,寄与爱和一切希望,
因为只有那里是太阳,是春,
将驱逐阴暗,带来苏生,
因为只有那里我们不像牲口一样活,
蝼蚁一样死……那里,永恒的中国!

1942年7月3日

1941年12月15日,香港英国当局向日本侵略军投降。日军占领香港后,大肆搜捕抗日分子。

1942年春,戴望舒也被日本宪兵逮捕入狱。在狱中,他受尽酷刑的折磨,但他并没有屈服。在牢狱里他写了几首诗,《我用残损的手掌》就是其中的一首。

据冯亦代回忆:“我昔日和他在薄扶林道散步时,他几次谈到中国的疆土,犹如一张树叶,可惜缺了一块,希望有一天能看到一张完整的树叶。如今他以《残损的手掌》为题,显然以这手掌比喻他对祖国的思念,也直指他死里逃生的心声。”(《香港文学》1985年2月号)

这首诗,可分为两个部分。第一部分表现对祖国命运的深切关注:虽然自己的手掌已经“残损”,却仍然要摸索祖国“广大的土地”,触到的只是“血和灰”,从而感觉到祖国笼罩在苦难深重的“阴暗”之中。第二部分写诗人的手终于摸到了“那辽远的一角”,即“依然完整”,没有为侵略者所蹂躏的解放区,诗人对这块象征着“永恒的中国”的土地,发出了深情赞美。描写沦陷区阴暗,从实处着笔,用一幅幅富有特征的小画面缀连。抒写解放区的光昌明丽,侧重于写意,用挚爱和柔情抚摩,加之一连串亲切温馨气息的比喻,使诗章透现出和煦明媚的色彩。可以说这首诗既是诗人长期孕育的情感的结晶,也是他在困苦抑郁中依旧保持着的爱国精神的升华。

在艺术手法上,这首诗并不回避直接抒发和对事物进行直接评价的陈述方法,但思想情感的表达,主要还是通过形象的构成来实现。运用幻觉这种虚拟手法是创作这首诗的主要手法。诗人在狱中,想象祖国广阔土地好像就在眼前,不仅可以真切地看到它的形状、颜色,而且可以感触到它的冷暖,嗅到它的芬芳,这种幻觉的虚拟,强烈地表现了诗人对祖国的深挚的情感。诗人在虚拟性的总体形象之中,又对现实事物作了直观式的细节描绘:堤上的繁花如锦障,嫩柳枝折断发出的芬芳,以及长白山的雪峰,夹着泥沙的黄河,岭南的荔枝花等。这一些细节描绘正透露了诗人对祖国的眷恋、热爱之情,以及对祖国所遭受的沉重灾难所产生的哀痛。值得注意的是,在直观式的细节描绘之中,诗人还运用“虚拟性想象”的手法:触到水的“微凉”,感受到长白山的“冷到彻骨”,黄河水“夹泥沙在指间滑出”,都是直观式描绘中存在的想象与虚拟,是诗的开头“我用残损的手掌摸索”这一幻觉的具体化。至于写到蘸着“没有渔船的苦水”,“手指沾了血和灰,手掌粘了阴暗”,以及在写到对解放区的热爱时,说手掌轻抚“像恋人的柔发,婴孩手中乳”,则是在想象性的虚拟中,结合着隐喻和明喻。尤其是“像恋人的柔发,婴孩手中乳”这一比喻的恰切,包含的感情的丰富性,一再受到人们的称赞。(洪子诚)

萧红墓畔口占　戴望舒

走六小时寂寞的长途,
到你头边放一束红山茶,
我等待着,长夜漫漫,
你却卧听着海涛闲话。

此诗题作“口占”,似乎是诗人在墓地即目所见,出口成章,没有经过长期的思索和酝酿。看过诗题,再看诗篇本身,短短四行,既无沉痛的语言,也不见泪水的痕迹,给人的印象并不强烈。倘若知道了诗人和被凭吊者萧红特殊而不幸的遭遇,那么就会另眼相看了。

萧红是我国著名的女作家,老家在黑龙江省呼兰县(今哈尔滨市呼兰区),她很早就从东北逃亡进关,辗转呼号,用自己的笔投入了抗日的洪流。令人无限惋惜的是,就在太平洋战争爆发之际,她因病而得不到正常的治疗,死在极度混乱中的香港。这位才华横溢的女作家壮志未酬,英年早逝,对于当时同样在香港坚持抗日的友人戴望舒来说,自然是一个极大的刺激,可是当时要埋葬萧红谈何容易，戴望舒“他们多方设法，托日本《朝日新闻》的一位记者，弄到一张证明，几个朋友，搞到一辆板车，自己拉着，走了六、七个小时，将萧红的遗体拉到了浅水湾埋葬”（杜宣《忆望舒》，《文学报》1983年8月18日）。浅水湾一带原来山明水秀，筑有不少别墅，萧红临死前曾在拍纸簿上向身旁友人写过这样的话：“我将与蓝天碧水永处，留得那半部《红楼》给别人写了。”（骆宾基《萧红小传》）可是到后来浅水湾的沙滩上只插了一块写有“萧红之墓”的木签。一抔黄土，四个大字，萧红生前是那样坎坷不幸，而身后又偏偏是那样寂寞、凄楚！

死者是如此，活者也是如此。戴望舒曾因宣传抗日而被日本宪兵投入监狱，受尽了折磨。出狱以后，原先在香港宣传抗日的大批作家和文化人经过党组织的帮助，早已纷纷离港潜返内地，戴望舒孤身一人，只好苦苦地、寂寞地等待、等待……几年以后，到了1944年11月，诗人前来凭吊萧红墓。“走六小时寂寞的长途”，诗篇缓缓而起，没有过头的形容和修饰，显得极其平实、自然，“六小时”说明时间之长，“长途”说明距离之远，“寂寞”既是诗人其时其地的实际感受，又是诗人长期以来心境的真实写照，推而广之，它又何尝不是萧红不幸的原因所在！第二行“到你头边放一束红山茶”，为诗篇带来了一线亮色，萧红爱花，也常在作品中写到各式花卉，如今送上一束鲜艳的山茶花，不就是对死者最大的告慰？不就是萧红生前气质和风采的生动再现？再说，君子生前之交淡如水，死后得一束鲜花足矣，又何必他求？这才是真正的诗人的祭礼！

前人作绝句，很讲究第三行所起的转折作用，元人杨载说过一番精辟的话：“大抵起承二句固难，然不过平直叙起为佳，从容承之为是。至如宛转变化，工夫全在第三句，若于此转变得好，则第四句如顺流之舟矣。”（《诗法家数》）《萧红墓畔口占》在篇幅和结构方面同绝句很相近，它的第三句与“平直叙起”的第一、第二句不同，用了两个四言短句，在形式上起到了明显的顿挫作用，而从内容上看，和第四句合起来，更是具有多层转折的含义：“我”原是为凭吊而来的，为送花而来的，为此不避路途之遥，不惮时间之长，想不到一旦到了墓地却反过来情不自禁地想起了处于“等待”中的自己，这是第一层；“我”向往光明，等待胜利，可是四周却是“长夜漫漫”——形势仍然严峻，前途未容乐观，这是第二层；此时此地，“我”多么希望有人和自己谈心、对话啊，“你”原先不也是惯于向“长夜”抗争，在黑暗中苦苦“等待”着黎明吗？倘若“你”地下有知，想来当会和“我”有同感吧？这是第三层；可是“你”为什么“卧听着海涛闲话”？是在庆幸自己摆脱了黑暗的纠缠，走完了人生的旅途？还是在汹涌的海涛中终于听到了胜利的消息，安然地达观地“等待”着即将到来的一切？这是第四层。此外，读者也许还可以领悟到更多的意蕴。

总之，这不是一首普通的伤逝之作，它包含着真挚的怀念，深沉的感慨，对自己和友人的生命之旅的追索和反思。（孙光萱）

秋　色　　胡也频

悲哀的颜色，
笼罩着瘦削的树枝，
如既往的失意之梦影，
流荡在我心头，隐隐约约。

低低叹息在生之疲乏中，
我凝睇于无数芦苇之颠沛，
呵，回忆旧情，

我的眼泪，如残叶上之坠露。

凄凉的寂寞的秋风，
恍惚地浮漾着我的青春之美；
这回忆之迷茫的力，
毁灭了我所有之微笑。

我的悲哀，如江边的乌云，
随旋风卷入淡漠之斜晖，
染上脱叶的树枝，
现出黯淡的秋之颜色。

在大多数人的印象中，胡也频是中国左翼文学的代表作家之一，作品充满了光明和激情，他本人也以自己的青春和生命实践了对革命的理想。但实际上早年的胡也频受象征主义诗人李金髮的影响很大，他早期写的不少诗作都有浓重的象征主义的影子，调子哀伤、朦胧，这首《秋色》就是这方面的典型。

在20世纪20年代初期，也就是在大革命爆发之前的一段时间，不少青年都在寻求自身的理想，很多人都在现实的世界中屡屡受挫、碰壁，情绪难免低沉。早年的胡也频带有较强的唯美主义艺术气质，当时的他在北京、上海等地四处转折、漂泊，生活非常艰辛。当然，这种物质生活的困难还是容易克服的，更困扰诗人的是他看不到出路的迷茫和绝望的心境。《秋色》一诗不是革命烈士的豪情壮语，而是一个青年面对未来无法把握的低沉和迷茫，反映了作者在革命前夜激烈的内心挣扎和斗争。用“秋”入诗是中国文学的一个传统，它很自然地让人想起了屈原的“帝子降兮北渚，目眇眇兮愁予。袅袅兮秋风，洞庭波兮木叶下”的诗句，也想起了宋玉的“悲哉！秋之为气也”的诗句。在千百年时间的流淌中，“秋”和“愁”就这样难分难舍地连在了一起。胡也频的《秋色》也不例外，它的主题无疑是一个“愁”字。但这种愁，不是那种为赋新词强说愁，而是人生心境的真实写照，是发自内心的真情流露。为了烘托出秋天肃杀的情景，诗人用了很多的句子来描绘：“瘦削的树枝”“残叶上之坠露”“寂寞的秋风”“淡寞之斜晖”“黯淡的秋之颜色”，等等，从整体上为人们营造出一种深秋寂寞、荒凉的氛围，这实际上是一种整体的象征主义手法。因为象征主义是侧重于作品的整体效果，不仅要做到情景交融，更要向人们暗示意义和兴味的丰富隽永，绝不等同于一般的所谓象征、比拟等修辞手段，它必须赋予读者完整的审美世界和想象空间，收到言有尽而意无穷的艺术效果。诗作的第一段呈现出的是一幅情景相融的场景：“悲哀的颜色/笼罩着瘦削的树枝/如既往的失意之梦影/流荡在我心头，隐隐约约。”在肃杀的秋风中，万物凋零，枝繁叶茂的情景也早已消失，呈现在人们视野中的是一棵瘦削的树干。面对此景，人们不禁把它此刻突兀的身影和当初它诗意盎然的青春进行比较，一种悲凉自然萦绕于怀。然而这支瘦削的树枝也可能另含有一层深意，如同鲁迅笔下光秃的枣树形象，虽然剥尽了枝叶，但依然透露着顽强的抗争，处在不同的心境自有自己不同的理解，这都是很自然的。

但是从诗作后面几节的描写看，它的主题还是极力渲染一种悲凉、凄冷的世界，作者从颠沛的芦苇中联想到自己不幸、艰难的人生，“低低叹息在生之疲乏中/我凝睇于无数芦苇之颠沛”。“颠沛”这个词再形象不过地写出了作者的处境：像无数青年人一样感受不到人情的温暖，在世界上颠沛流离，不知道爱情在哪里，也不知道前途在哪里。回想起自己走过的人生，不禁感慨万千，悲伤不已:"呵,回忆旧情/我的眼泪,如残叶上叶之坠露。"作者不是没有奋斗过、追求过,但都没有成功。无情的现实把诗人曾有过的美好记忆撕得粉碎。在诗歌的最后一节,作者的描写重点再次转向了自然之景,"黯淡""乌云""斜晖""枯枝"等意象把作者灰暗、失望的心理烘托出来,而那个时代小资产阶级知识分子彷徨无助的形象也在这样的背景中得到了凸显。(文学武)

别了,哥哥(算作是向一个Class①的告别词吧!)

殷　夫

别了,我最亲爱的哥哥,
你的来函促成了我的决心,
恨的是不能握一握最后的手,
再独立地向前途踏进。

二十年来手足的爱和怜,
二十年来的保护和抚养,
请在这最后的一滴泪水里,
收回吧,作为恶梦一场。

你诚意的教导使我感激,
你牺牲的培植使我钦佩,
但这不能留住我不向你告别,
我不能不向别方转变。

在你的一方,哟,哥哥,
有的是,安逸,功业和名号,
是治者们荣赏的爵禄,
或是薄纸糊成的高帽。

只要我,答应一声说,
"我进去听指示的圈套"
我很容易能够获得一切,
从名号直至纸帽。

但你的弟弟现在饥渴,
饥渴着的是永久的真理,
不要荣誉,不要功建,
只望向真理的王国进礼。

因此机械的悲鸣扰了他的美梦，
因此劳苦群众的呼号震动心灵，
因此他尽日尽夜地忧愁，
想做个 Prothemua ② 偷给人间以光明。

真理和愤怒使他强硬，
他再不怕天帝的咆哮，
他要牺牲去他的生命，
更不要那纸糊的高帽。

这，就是你弟弟的前途，
这前途满站着危崖荆棘，
又有的是黑的死，和白的骨，
又有的是砭人肌筋的冰雹风雪。

但他决心要踏上前去，
真理的伟光在地平线下闪照，
死的恐怖都辟易远退，
热的心火会把冰雪溶消。

别了，哥哥，别了，
此后各走前途，
再见的机会是在，
当我们和你隶属着的阶级交了战火。

1929，4，12。

编者注 ① 英语，即“阶级”。 ② 普罗米修斯，希腊神话中造福人类的神。

《别了，哥哥》写于 1929 年四一二事变两周年。那时，19 岁的诗人已经历了 1927 年“四一二”和 1928 年夏的两次被捕。第二次出狱以后，殷夫离开了同济大学，专门从事共青团和青年工人运动的工作，过着职业革命家的极端穷困生活，并断绝了与家庭(主要是大哥)的联系。

《别了，哥哥》和这一时期所写的《血字》《意识的旋律》《上海礼赞》等 7 首诗，由“左联”常委钱杏邨(阿英)加了《血字》的总题，编入 1930 年 5 月出版的“左联”刊物《拓荒者》第 1 卷第 4、5 期合刊。刊物发行后，被国民党当局查禁，另改名《海燕》出版。同期刊物上还刊出了殷夫关于三八国际妇女节的速写《“March 8”s》和另一署名 Ivan 的《写给一个哥哥的回信》(1930 年 3 月 11 日作)。《别了，哥哥》和《写给一个哥哥的回信》主题相同，而分别以诗和散文的形式写出。尽管写作时间相隔近一年，但主旨如一，相互参阅，可以加深理解殷夫坚定的革命立场，以及诗人为何要把“苦苦地束缚于旧世界的一条带儿”割裂，与代表敌对阶级力量的兄长决裂的深刻内涵。

殷夫有三个哥哥、两个姐姐。大哥徐培根比殷夫大 15 岁。大哥早年就读于杭州陆军小学堂，参加过辛亥革命的“学生队”，以后又入保定军校和北京陆军大学，父亲逝世后，大哥任杭州的浙军中校参谋,负起兄长的责任,对幼弟备加照顾,将弟弟送到上海读中学。所以殷夫在诗中开头就称:“别了,我最亲爱的哥哥”,“二十年来手足的爱和怜/二十年来的保护和抚养”,对哥哥过去诚意的教导表示感激。1927年四一二事变前夕,大哥已是显赫一时的蒋介石北伐军总司令部的参谋处处长,使殷夫能从他那里探听到事变即将发生之消息,但当殷夫接受上级领导的任务,再去司令部找他时,司令部已离开上海。第二天,就发生了四一二事变,殷夫在浦东中学,被一位国民党党员告密,逮捕入狱三月,几乎被枪决,后经大哥保释出狱。1928年,大哥去德国留学之前,资助倔强的弟弟进上海同济大学德文补习科。哥哥想按照自己的愿望改变弟弟的理想,走与自己同一的道路——这就是殷夫诗中所揭出的“在你的一方,哟,哥哥/有的是,安逸,功业和名号/是治者们荣赏的爵禄/或是薄纸糊成的高帽。”随着1927年四一二事变的发生和中国革命的深入,昔日统一战线中的同盟者变成篡夺革命成果的敌对力量,戴着纸糊高帽的统治者成了屠杀人民的元凶。统治阶级刮起的血雨腥风以及政治目标的完全不同,导致了连接着兄弟情谊的纽带的断裂。殷夫在1928年第二次被捕出狱后几个月接到大哥从德国转来的信,——“你的来函促成了我的决心”。年轻的诗人在深情地回顾“二十年来手足的爱和怜”,既写了有浓厚手足之情的大哥对他的爱抚与培植,更抒发了面临严酷现实的感慨:“机械的悲鸣扰了他的美梦”“劳苦群众的呼号震动心灵”,对哥哥的来信“相劝”,作了断然的回答,他不能听从哥哥“指示的圈套”,尽管那很容易获得一切的赐予——“从名号直至纸帽”。

《别了,哥哥》是一首一个阶级向另一个阶级诀别的宣言。他用铿锵的声音断然回答:决不要那“纸糊的高帽”和“荣誉”的“名号”,宣告与旧世界的彻底决裂;他要做普罗米修斯,“不怕天帝的咆哮”,不怕“黑的死,和白的骨”,只望为劳苦群众的解放——“向真理的王国进礼”!

两年以后,1931年2月7日,年轻的诗人以生命和鲜血履行了在19岁时写下的战斗誓言。(丁景唐)

议 决 殷 夫

在幽暗的油灯光中,
我们是无穷的多——合着影。
我们共同地呼吸着臭气,
我们共同地享有一颗大的心。

决议后,我们都笑了,
像这许多疲惫的马,
虽然,又静默了,
会议继续到半夜……

明日呢,这是另一日了,
我们将要叫了!
我们将要跳了!
但今晚睡得早些也很重要。

1929,11。

《议决》一诗是殷夫组诗《我们的诗》六首里的一首，写于 1929 年 11 月。内容颇严肃，但文字活泼、轻松，甚至有些诙谐，充满了激情。这首诗每节四行，共三节，是一首短小、整饬而富于张力的诗。

诗的第一节描述了开会的地点、内容和氛围。四行诗中用“我们”开头的有三句，看似形式上的排句，实有着深刻的内容，即与会者的团结一致、休戚与共和心心相印，是一个坚强的集体，因为他们“共同地享有一颗大的心”。这大的“心”，可以理解为共同的信仰、坚定的信念，而“享”字更有一种自豪感和亲和力，在这样的集体里要做出“议决”往往是容易通过而不会有什么周折的。

诗的第二节是上述时间和内容的顺延。“我们都笑了”，一下子使会议的严肃气氛得到了消解，也暗示“议决”已获一致通过。接下来笔调一转写“静默”，这与前面的“笑”形成一动一静的对比，更说明会议内容之多。“会议继续到半夜”，与会者都有些疲怠了。令读者生疑的是，诗人为何在这里出现“马”字、以马喻人呢？读了第三节，我们就会释然，原来这是埋下了一个伏笔。

诗的第三节，诗人想象明日与会者回到各自单位会为贯彻“议决”而忙碌。这些昨天疲怠的马会一个个精神抖擞。“将要叫了”“将要跳了”，借物喻人，实写人叫人跳，恰到好处地表现了与会者贯彻决议决心之大、行动之雷厉风行、心情之欢欣。正是因为要求贯彻决议刻不容缓，所以诗人进而提醒自己，同时也是提醒大家：“今晚睡得早些也很重要。”

这首诗采用了避实就虚的写法，对会议主旨“议决”内容只字不提，让读者依据会议的严肃气氛和与会者的认真而兴奋的态度去想象，而对这以外的内容则渲染得颇多，这实际上是一种侧面描写的表现方法。侧面描写又称反面敷粉，即从侧面或反面，或从周围环境的反射与反光中去描写人物或事物的一种表现手法，它同样可以使诗作流光溢彩。我们赞赏这首诗，与它成功运用侧面描写的表现手法不无关系。另外，这首诗运用口语也很成功。诗中共有五句用“了”字作为句尾，给读者留下的印象也很深。毛主席曾说过要向人民群众学习语言。学习并运用群众口语是让诗走进群众心里的诀窍之一。（葛乃福）

纽约城 孙大雨

纽约城纽约城纽约城
白天在阳光里叠一层又叠一层
入夜来点得千千万万盏灯
无数的车轮无数的车轮
卷过石青的大道早一阵晚一阵
那地道里那高架上的不是潮声
打雷却没有这般律吕这般匀整
不论晴天雨天清早黄昏
永远是无休无止的进行
有千斤的大铁锥令出如神
有锁天的巨练有锒铛的铁棍
辘轳盘着辘轳摩达赶着引擎
电火在铜器上没命的飞——飞——飞奔
有时候魔鬼要卖弄他险恶的灵魂
在那塔尖上挂起青青的烟雾一层

在中国现代文学史上，著名诗人孙大雨被普遍认为是新月派的同仁和重要人物，这是因为他曾对新格律诗的创作进行了探索，并做出了贡献。但细细地品读他的诗，尤其像《纽约城》一类的诗，我们又会感到其风格有别于"新月"那种清丽、委婉之风，他的诗以气势的磅礴、境界的恢宏而独树一帜。

《纽约城》写于20世纪20年代，描绘的是20年代诗人眼里的美国纽约城。20世纪20年代的美国，正是工业大革命蓬勃发展，现代化已初具规模的时期，与世界各国相比，那时的美国无疑已是经济发达的强国，然而置身其中，作者透过纽约城繁华的外表，已看到了这座城市精神文明极度落后的病症，因此，作者在描绘这样一个拥有堂皇的物质文明基础的纽约城时，表现出一种极度的不安和反感，一种沉重感、压抑感。

一开始作者是这样描绘的："白天在阳光里叠一层又叠一层/入夜来点得千千万万盏灯"，可见这座城市的天虽有阳光普照，但却层层重叠，显得遮遮挡挡，压抑不堪。夜里虽有万家灯火，但毕竟笼罩在黑暗之中，这种具有反差性的描绘，表现了一种遗憾和叹息。接着，诗句描绘了畸形的大工业生产带来的杂乱无章、鬼哭狼嚎般的声音，这声音由车轮声，地道里、高架上的机器轰鸣声，铁锥、大练声，铁棍的银铛声，辘轳、摩达声等噪音组成，它令人心惊、使人窒息。诗的结尾又写到"有时候魔鬼要卖弄他险恶的灵魂/在那塔尖上挂起青青的烟雾一层"，在作者眼里，这简直是座鬼城，不仅地面有魔鬼，而且这魔鬼险恶的灵魂还化为青色的烟雾缭绕在上空。由此我们感到，纽约城是一座围城，一座精神文明与物质文明发展极不平衡的围城，这里缺乏温善，没有真诚，而被永无休止的噪音，狰狞恐怖的魔鬼所包围，这是一座死城。

这首诗读来很有厚度、魄力和气势。第一句就是同词反复，连叹三个"纽约城"，就像甩出的三个沉重的叹息，以后又出现了"叠一层又叠一层"，"无数的车轮"，"早一阵晚一阵"，"飞——飞——飞奔"等，这些同词反复大有哀叹、诅咒不止的意味，加上作者很注意押韵，以"en""eng"为韵母的韵脚跟得很紧，从而使一种沉重感、压抑感弥漫全诗，贯穿始终。同时诗中出现的"锁天的巨练""银铛的铁棍"等描绘，象征和暗示了野蛮，而"魔鬼""险恶的灵魂"等可憎的字词，使人感到这座城市的可悲可怕，唤起读者一种厌恶和恐怖感，表现了作者沉重的哀叹，深深的诅咒。

从整体上看，这首诗从白天到黑夜，从地上到空中，从声音到色调对纽约城进行了全方位的宏观勾画，颇有恢宏的气势和沉厚的力度，字里行间油然而升起厌恶和诅咒的情绪，由此可见作者那独具匠心的艺术手法是多么恰到好处地表达了他那分明的爱憎之情。（吴立昌　金　洁）

海上的声音　方玮德

那天我和她走海上过，
她给我一贯钥匙一把锁，
她说：开你心上的门，
让我放进去一颗心，
　"请你收存，
　　请你收存。"

今天她叫我再开那扇门，
我的钥匙早丢掉在海滨。
成天我在海上找寻，

我听到云里的声音：
　“要我的心，
　　要我的心。”

写爱的思念和悔约的痛苦，也许是常写常新的题目之一。方玮德的《海上的声音》在古今诗人留下的众多佳作中仍然具有自己的特点：其一是对民间常用比喻的独到处理；其二是能于诗中见出男女主人公的性格特征。

俗话常说“一把钥匙开一把锁”，“心灵的门窗”……“钥匙”“锁”“门窗”本是民间用来比喻心灵相通或隔膜的词汇。这类比喻格式，按习见的用法，“门”“锁”应该是属于“我”的，“钥匙”才是对方的；如果情感相通，对方的钥匙才能打开“我”的锁，走进“我”心灵的大门。但在这首诗里，这种比喻格式却发生了偏离，“主权”集中于对方即女主人公身上：“钥匙”是“她”给的，“锁”也是“她”给的，“门”是“她”叫开的，又是“她”嘱咐锁上“收存”的。而“我”却什么也没有，只是顺从地做着这一切。常见比喻格式的这一偏离，成功地表现了男女主人公的性格特征。从他们的言行中可以看出：女主人公的性格像一阵风，热情、活泼、爽快、大方，自觉不自觉地富有挑逗性；而男主人公却像一潭水，“风起水上涣”，无风波不兴，他始终处于被动地位，却显得憨厚、忠诚、执着、痴情，甚至有点木然。

这个常用比喻的另一变异便是“丢钥匙”之说。门虽开了，需要“收存”的“一颗心”也被“放进去”了，但“钥匙”丢了。这自然是件非同小可的事，因为没有钥匙，“那扇门”便不能开启。“我”把“她”送给自己的爱情信物——钥匙“早”就“丢掉”，表明“我”已决意永远珍藏“她”的心，而与“她”永以为好，白头不相离，万没料到“她”竟变心。两情相投忽然变为一厢情愿。“我”由于“收存”着“她”的心，再到海滨寻找钥匙，自然难免产生幻觉，仿佛“她”在追索交给“我”的那颗心。而“我”又不愿背弃爱的誓言，耳中“要我的心”的幻觉便摆也摆不脱，忘又忘不掉，“成天”折磨自己。“钥匙”的意象已经超越了比喻，变成一种象征。作品表面写的是找寻钥匙，而实际表达的则是鸳梦重温，以求旧情再续。然而，好梦难成，爱情已绝，唯有惆怅而已。比喻的这一变异，把女主人公的性格特点以及男主人公的痴情和痛苦表现得更加鲜明与深沉。

这首诗虽然不以意境取胜，而以巧思见长，但诗的标题，诗中所写的“海”“海滨”“云里的声音”这些形象也使诗的情感获得了一定程度的虚化，避免了过于直白和质实。（谭德晶）

影　于赓虞

看，那秋叶在明媚的星月下正飘零，
与你邂逅相逢于此残秋荒岸之夜中，
星月分外明，忽聚忽散的云影百媚生。

看，那秋叶在明媚的星月下正飘零，
我沦落海底之苦心在此寂寂的夜茔，
将随你久别的微笑从此欢快而光明。

苍空孤雁的生命深葬于孤泣之荒冢，
美丽的蔷薇开而后谢，残凋而复生，

告诉我，好人，什么才像是人的生命？

这依恋的故地将从荒冬回复青春，
海水与云影自原始以来即依依伴从，
告诉我，好人，什么才像是人的生命？

夜已深，霜雾透湿了我的外衣，你的青裙，
紧紧的相依，紧紧的相握，沉默，宁静，
仰首看孤月寂明，低头看苍波互拥。

夜已深，霜雾透湿了我的外衣，你的青裙，
寂迷中古寺的晚钟惊醒了不灭的爱情，
山海寂寂，你的影，我的影模糊不分明……

于赓虞写诗主要在20世纪20年代，属于新月派成员。但是，他的作品的形式与情调，都颇具独特性。他基于“自己受了社会惨酷的迫害，生活极度不安”，而表现出的忧郁、悲哀，甚至颓废的情调，更接近象征派的风格。在诗的语言表达上，既运用散文式多定语修饰的长句，又注重音韵的美感。他自主地抱定“始终认诗是一种艺术，所以，在写诗时，不与流行的写法相同”。他在《骷髅上的蔷薇》《魔鬼的舞蹈》等多个诗集里，大都是“孤独！在孤独里生活，在孤独里思索，抚摸着从社会碰来的满头血水，写着自己的诗”。他又接受了新月派对于诗美的理念，信奉“诗乃生之律动与形式之美的总合”，从而“我每次修改诗的时候，竭力使其字与字，句与句，节与节成一整体的和谐”。这种对诗的追求，使我们在不太习惯的阅读中，可以领略其诗风。

于赓虞的诗作中，有不少题材是对现实社会黑暗和灾难的揭露与诅咒，或对悲苦命运的哀怜和愤懑。这首《影》应算是一篇爱情诗，但并不同于一般人只表现爱情的柔情蜜意或热烈奔放，而是以诗人自己梦幻似的方式、深沉的思索、专注的体验，来展示出诗意和境界。并且抒发出独特、复杂而不容置疑的爱情观念。全诗分为六节，三行为一节，虽句式较长而仍能整齐划一，流畅自如，较容易为读者接受。此诗构思内涵可细分为三个层次，第一、第二节抒写出在什么样的环境氛围下，获得与所爱之人邂逅，给诗人自己带来莫大的慰藉。第三、第四节写出诗人对人生哲理的思考和感悟，并祈求爱人一起来回答。第五、第六节写的是与爱人在宁静、沉默中相依相拥，陶醉于情爱的甜蜜境界。全篇在艺术表现和抒发情思上，我们能明显地感觉出四种特点，分述如下：

首先，诗人长于意象描写。几乎每句的构思，皆从意象落笔，再加上多层次的形容，构成意象的叠加，让读者产生充分的联想和想象，因而也容易铸成诗的境界。诗人与爱人相逢的场景，是在“残秋荒岸之夜”，只见“秋叶”在“明媚的星月下”“飘零”；一对深恋的情人，相拥在深夜，那“霜雾”透湿了“我的外衣”“你的青裙”，相伴是“孤月”“沧波”，惊人甜蜜之梦的则有那古寺悠扬的晚钟声。这都是在用意象说话，无疑使读者身临其境，领受着深度的感染和诱惑。

第二，在情爱的缠绵中，回旋着忧郁、伤感的情调。透过诗人细致的笔触，委婉的思绪，诸多的联想和比喻，依然让人感受到作者在其他诗篇中所惯有的忧愁和抑郁的成分，以及象征主义的情绪暗示。诗人是凭着“沦落海底之苦心”，来接受对方的爱情，在相依相拥的快乐时刻，仍摆脱不了“孤雁的生命深葬于孤泣之荒冢”的冥想。“忽聚忽散的云影”“仰首看孤月寂明”“美丽的蔷薇开而后谢，残凋而复生”“海水与云影自原始以来即依依伴从”，这些诗句暗含着诗人内心的某些象征意味。看来在他的爱情诗中，亦活动着“悲哀诗人”的影子。

第三，诗中展示了诗人对爱情的观念和态度。他的爱情是在荒凉冷落的处境中得来，而又足以给他“从此欢快而光明”；能在“明月”“沧波”之前，“紧紧的相依，紧紧的相握”，以至于陷入迷蒙，要由古寺的晚钟来“惊醒了不灭的爱情”。显然诗人在追求一种纯情的爱，一种永恒不灭的爱，希求两颗心交会，融合，和谐。“你的影，我的影模糊不分明”，正是他们两情相悦的最高境界。与此同时，诗人也在对爱情和人生不停息地思考，力求弄明白，人应该怎么活，怎么样才是有价值的人生。

第四，注重营造诗的音韵效果和格调的优美感。这首诗可以说是长句体，故初读给人以自由体的感觉。但整首诗皆押韵，可称作新月诗派的新格律体。因押韵，构成一种音乐性的规范，读来抑扬顿挫，收放自如。因句子长而又注意每句中平声仄声兼而有之，故读来具有婉转回旋的优美感。第一、第二节，首句相重复，第五、第六节，首句相重复，更加强了回环复沓的效果。总的看来，在新体诗中重视音乐性，而且能够产生出魅力，应该是此诗的一种成功。

于赓虞是一位很执著的诗人。对于他的悲哀与伤感，他在《世纪的脸・序语》中说过一段话：“还有那些讥笑我过于感伤，没有健康情调的人，也就无异于说我抹了诗神一鼻子灰，这，也用得着忏悔吗？平凡的人只有一个不聪明的孤独。”关于艺术表现上的认真把持，他也说过：“因为尊重情思，所以写时任它自由的流动；因为尊重艺术，所以修改时费尽了苦心。使用诗的这些形式，最大的危险是容易失去自然之美，而自然正是诗的美点之一。”（何佩刚）

铁路行　刘梦苇

我们是铁路上面的行人，
爱情正如两条铁轨平行。
许多的枕木将它们牵连，
却又好像在将它们离间。

我们的前方像很有希望，
平行的爱轨可继续添长；
远远看见前面已经交抱，
我们便努力向那儿奔跑。

我们奔跑到交抱的地方，
那铁轨还不是同前一样？
遥望前面又是相合未分，
便又勇猛的向那儿前进。

爱人只要前面还有希望，
只要爱情和希望样延长；
誓与你永远的向前驰驱，
直达这平行的爱轨尽处。

《铁路行》首节两句便点明了这首诗的立意和比喻关系：诗人以两条平行的铁轨及其运行轨迹作为"我们"——"铁路上面的行人"的喻体，以铁轨与枕木的属性及其关系为想象元素表现"我们"对爱情的执著追求与希望。

整首诗分为四节，通过"我们"的视点，每一节分别取铁轨前行变化中的一个元素，呈现爱情内涵的一个侧面。第一节，用拟人化手法，把枕木的作用幽默地形容为福祸相依的"牵连"与"离间"的关系，耐人寻味。第三、第四节，用前进中的每一个瞬间静止状态所产生的焦点即"交抱"现象的反复出现，进一步表现"我们"对爱情的执著追求。末节，表达了"我们""只要前面还有希望"，决不放弃"直达这平行的爱轨尽处"的坚定决心。

在早期白话诗的行列中，《铁路行》虽然也堪称上乘之作，但是这首诗的主要意义却在于它其实是20世纪20年代中期新格律运动勃兴之前真正意义上的滥觞之作。当时，诗界已经意识到白话诗在音节方面的某些缺陷，而在一部分诗人注意从传统长短句汲取营养的时候，刘梦苇却从西洋格律诗的"音顿"理论中寻求启发。因为现代诗歌词汇已经向多音节词方向发展（例如科学、计算机、社会主义），它与以单音节词为基础的旧诗韵律规则发生音与义不协调的冲突。因此，借用"音顿"元素与现代诗歌语言相结合，一定程度上就避免了这种矛盾。例如"直达这平行的爱轨尽处"一句，分别有"直达""这平行的""爱轨尽处"三个完整的意义与音节单位，每个音节单位都是以现代语言的完整的意义单位为基础，并且句法也是现代语言的句法。因此整首诗并不因为形式的匀齐而丧失掉语气的自然。《铁路行》里面显示的一些特征，后来就被闻一多从理论上发展和概括为"音尺"这一核心概念，设计出诸如"二字尺""三字尺"等字数不等的字尺数，通过声音的长短呈现出诗歌的节奏，从而引领一个尝试新诗形式格律的潮流。（张　新）

招　魂——吊亡友杨子惠　饶孟侃

　来，你不要迟疑，
趁此刻鸡还没有啼；
你瞧远远一点灯光，
渔火似的一暗一亮——
那灯下是我在等你。
　来，你不要迟疑！

　来，为什么徘徊？
我泡一壶茶等你来。
你看这一只白鹤
一只只在壶上飞着，
像不像往日的安排？
　来，为什么徘徊？

　来，用不着犹夷；
趁我在发愣，没想起，
你只管轻轻飘进来，

像落叶飘下了庭阶，
冷不防给我个惊喜。
　来，用不着犹夷！

20世纪20年代中期的北京文坛，流传着关于“清华四子”的佳话。所谓“清华四子”，指子沅（朱湘）、子潜（孙大雨）、子离（饶孟侃）、子惠（杨世恩），当时他们“同住在西单梯子胡同的两间屋子里，每天作诗，写文章”（罗念生《朱湘选集·序》），和闻一多等人切磋诗艺，在新月诗派的主要阵地《晨报诗镌》上发表诗稿，因此又被人称为“新月四子”。“四子”中杨世恩英年早逝，饶孟侃的《招魂》就是为悼念杨世恩所作的一首短诗。

按理说，饶孟侃和杨世恩同窗而兼诗友，一旦永诀，其悲痛自可想见，可是《招魂》却把满腔悲痛和满腹思念紧紧包裹在整饬的诗行里面，写得从容不迫，舒展自如，独具一番出奇脱俗的艺术效果。

诗共三节，每节都用“来”这个呼唤语领起底下的诗行，干净利落，不枝不蔓，切合“招魂”这个诗题的含义。诗不单纯写“我”的等待，而是既写“我”的伴着灯光、守着茶水的举止，又写“你”的欲来未来、欲下未下的徘徊犹豫之状，两者互为条件，互相映衬，出色地渲染了那种万籁俱寂、一灯独对的静谧而神秘的气氛，并于这种气氛中透露出一股真挚、暖人的情怀，显得格外蕴藉动人。

先看第一节。诗人在灯下已经守候很久了，眼看东方即将破晓，时不我待，如何是好？看来只有再一次发出劝慰和呼唤：“不要迟疑”，接着又添上“趁此刻”三字，时间之紧迫，期待之急切，于此表现无遗。第三行忽然推开一步，改从对方写来。友人长逝，云水苍茫，这次归来将要度过多少关山河川？“远远”一词就是由此而发的，“一暗一亮”写灯火闪烁之状，同时也象征了主人内心起伏不平的感情，寓情于景，浑然一体，不由得第三者（读者）也随之进入这个特定的场景和氛围。第二节开始，“徘徊”与前面的“迟疑”意义相近而又有不同，“迟疑”纯属感情活动，“徘徊”则有彳亍不前的具体的形体动作，用在这里可以看作是亡友已经魂返故土，但尚未进入屋内。诗人用什么来招待徘徊于门外的友人？他特意端出了一壶茶，这茶水散发着芳香，浸透着友谊，定会引起对以往灯下品茶吟诗的绵绵不尽的回忆，更何况壶上白鹤展翅，引人遐想。“晴空一鹤排云上，便引诗情到碧霄”（刘禹锡《秋词》），自古以来，白鹤就与诗歌结下了不解之缘，它既是诗人的吟咏对象，又是诗人爱好自由飞翔的性格的生动象征，到此，诗人不由得吟出：“像不像往日的安排？”其语气之委婉体贴，感情之热烈执著，可以说尽在不言中了。

第三节，亡友魂未至而诗人神已驰，早已“发愣”——沉浸在往昔聚首的情景里了，底下“没想起”三字用得极妙，诗人亮着灯，端着茶，不就是为了苦苦地等候和想念？为何现在偏这样说？原来，就像苏轼悼念亡妻时所写的“不思量，自难忘”（《江城子》）一样，“没想起”正是想得自然，想得出神，想得不分彼此、不分今昔的生动表现，它比从正面写“想”更深一层，也更为动人。接着，诗人用一个“落叶飘下了庭阶”的比喻，不露痕迹地点明了作者所在的环境和所处的时令，秋风萧瑟，落叶满阶，正是诗人备感凄清的季节，可是亡友却像往常那样，喜欢在诗人“冷不防”中溜进屋内，让诗人分外“惊喜”。死者已矣，可是友谊永存，音容宛在，诗人这番描述，在某种意义上可说是“起死回生”，把亡友的举止风貌写活了，从而得以长久地浮动在读者面前。（孙光萱）

灵 奇　方令孺

有一晚我乘着微茫的星光，

我一个人走上了惯熟的山道，
泉水依然细细的在石上交抱，
白露沾透了我的草履轻裳。

一炷磷火照亮纵横的榛棘，
一双朱冠的小蟒同前宛引领，
导我攀登一千层皑白的石磴，
为要寻找那镌着碑文的石壁。

你，镌在石上的字忽地化成
伶俐的白鸽，轻轻飞落又腾上——
小小的翅膀上系着我的希望，
信心的坚实和生命的永恒。

可是这灵奇的迹，灵奇的光，
在我的惊喜中我正想抱紧你，
我摸索到这黑夜，这黑夜的静，
神怪的寒风冷透我的胸膛。

方令孺是现代文学史上不太为人们所熟知的一位女作家，这位女性1896年出生在安徽桐城，后来赴美国学习，回国后先后在青岛大学、复旦大学等校任教，一生的经历比较平淡。方令孺创作的数量虽然较少，但她不多的散文和诗歌依然流露出不俗的才情，文风的清新、感情的细腻都让人赞叹。

20世纪30年代，方令孺曾经在青岛大学教书。课余时间，她经常到大自然中去，那无边蔚蓝的碧海蓝天、悠悠飘过的白云都给她以心灵的震撼，也刺激了她创作的灵感。《灵奇》这首诗写的是自己外出巡游时的情形，诗人在寻觅自然的过程中也在寻找自己的信念和人生追求，这首诗流露的崎岖、迷茫到最后的坚定都是作者内心世界的真实写照。诗的第一节写自己出游，这是一次看似寻常而又不寻常的出游："有一晚我乘着微茫的星光/我一个人走上了惯熟的山道/泉水依然细细的在石上交抱/白露沾透了我的草履轻裳。"从诗中出现的"惯熟""依然"等词句可以想见，这个地方是作者经常要来的地方，每一处景物她都非常熟悉。但这一次却又有着独特的地方，为什么呢？因为作者选择的是一个深深的夜晚，天空一片漆黑，只有一丝微弱的星光。作者避开了喧闹的人群，也许可以静静一人独自欣赏山巅的风景，更重要的是在这无尽的黑夜，她也开始思索人生的去向。人生的路到底在哪里？对于经历了爱情、婚姻极大不幸，对于目睹了现实种种黑暗的女诗人来讲，这恐怕是需要急切回答的问题。理想虽然就在前方，但是找到它并非易事，需要克服内心的怯懦，需要付出"攀登一千层皑白的石蹬"的艰辛。但诗人在巨大的挑战面前没有气馁，因为她坚信目标就在前方。那镌着碑文的石壁很容易被理解为作者追求的人生目标。正是在这种信仰的激励下，诗人一次次从巨大的人生苦难中挣脱出来，始终没有失去理想的光辉。于是诗人的眼里那腾飞的白鸽就激起了作者丰富的想象。白鸽，既是一种理想的圣洁，又是搏击风云勇敢天使的象征，它的出现给了作者巨大的安慰和鼓励。最终作者寻觅到了那"灵奇的光"，与无边无际的黑夜形成的极强的反差，表达出作者乐观、明朗的情绪。

对于普通读者来说，这首诗并没有太难理解的地方。在艺术上，方令孺的这首诗也比较好地

体现了新月诗人的追求,它诗行整齐、韵律和谐,和徐志摩、闻一多、陈梦家等新月诗人的诗作是一脉相承的。(文学武)

别丢掉 林徽因

别丢掉
这一把过往的热情,
现在流水似的,
轻轻
在幽冷的山泉底,
在黑夜,在松林,
叹息似的渺茫,
你仍要保存着那真!
一样是月明,
一样是隔山灯火,
满天的星,
只使人不见,
梦似的挂起,
你问黑夜要回
那一句话——你仍得相信
山谷中留着
有那回音!

二十一年夏

《别丢掉》这首诗堪称林徽因所有诗作中最著名的一首。即使在同时代的诗作中,《别丢掉》也以它表达感情的独特而美丽的方式显得别有一番韵味。

这首诗无疑是写了一段隐幽而寂寞的情感。在林徽因的大部分抒情作品中,对逝情的缅怀与追忆,无可奈何花落去的惆怅,淡淡的伤感与愁绪,占据了诗的情感天地,使我们感受着一种轻纱似的情绪。《别丢掉》所试图传达的,正是逝情的渺茫与零落,一种情绪的氛围:那一些往日的热情仿佛已逝去,但它依稀还像流水似的,在山泉底,在黑夜,在松林,轻轻地淌着。"我"(也就是抒情主体)的心中还眷恋着那一番逝情,"你"(情感诉诸的对象)也"仍要保存着那真"!今夜的天,与往日"一样是月明/一样是隔山灯火",一样有"满天的星"如"梦似的挂起"。唯一不同的是没有了人。"你"若还希望兑现那一份情感,你就"仍得相信/山谷中留着/有那回音"!

作为一个新月派诗人,林徽因的诗作必然更多地带有浪漫主义的气质。但,一种颇具现代主义风格的诗歌格局也出现在她的笔下。比如表述上的有意变格、改路和错向,隐蔽了联想的桥梁,加上诗思的间杂离落,造成了一种特殊的抒情氛围。在《别丢掉》这首诗中,错杂的诗句,添重了逝情的渺茫与零落,别有一番情致。诗的前八句,朱自清先生是这样分析的:"第一、二行和第八行本来是一句话的两种说法,只因'流水'那个长比喻,又带着转个弯儿,便容易把读者绕住了。"(《新诗杂话·解诗》)这种隐曲的表达感情的方式必然具有另一种美学意义。

林徽因当然不是一个很纯粹的现代派诗人。一个很明显的例证是，在她的许多诗里，我们均可以发现传统的古典主义与浪漫主义的托物言情的手法与现代主义的意象联络的手法是交织在一起的。时而是主人公在直抒情热或托物言情，时而是意象本身成为多情的倾诉者。《别丢掉》这首诗的主干意绪兴许只有这么三句："别丢掉/这一把过往的热情/……你仍要保持着那真！"这是缠绵而又执著的爱情的呼唤。而在那些离离落落散布的意象中，我们同样可以体味到这种情感的深层流动，仿佛每一个景致都有千愁万绪：流水，山泉，黑夜，松林，明月，隔山灯火，满天星斗，山谷中的回音……举个例子——"这一把过往的热情"和"隔山灯火"，前者是情，后者是景，一虚一实，仿佛有着本质的区别。但我们又可以感受到，"隔山灯火"这个意象本身具有感性美和理性美的双重魅力，它的境界已扩伸入抒情主人公的灵魂深处；它既是"这一把过往的热情"的具象化、知觉化，又是一个独立的意象，情意浓重，自具风采。

《别丢掉》中也有用得很巧妙、很隐蓄的比喻，虽然是托物言情，又颇有些意象的深意，喻体本身又往往兼具情感和理性的双重风貌。例如，诗中将"这一把过往的热情"描绘成"……流水似的/轻轻/在幽冷的山泉底/在黑夜，在松林/叹息似的渺茫"，这是兼有意象联络的托物言情，喻体的含意已经经过立体化处理，不再给人以单一的表层化的启示。另外，朱自清在《新诗杂话·解诗》一文中还指出，"你问黑夜要回/那一句话"中的"黑夜"是一个隐喻。可以听话的"黑夜"显然带着主体的色彩，隐喻着抒情主人公的内心世界。这一种手法在当时的诗歌中还实为少见，它比上文所述的"流水"的明喻更具有一种含蓄的深蕴。我们所说的这首诗由于表达感情的新颖独特而具有深深的韵味，当可以从这里品出。（黄心村）

雁子　陈梦家

我爱秋天的雁子
　　终夜不知疲倦：
　（像是嘱咐，像是答应，）
　一边叫，一边飞远。

从来不问他的歌
　　留在那片云上？
　只管唱过，只管飞扬，
　黑的天，轻的翅膀。

我情愿是只雁子，
　　一切都使忘记——
　当我提起，当我想到：
　不是恨，不是欢喜。

以"雁子"作题材，在古诗中是常见的，但它大多是游子思归的象征，被笼上一层浓郁的乡愁离恨。而在现代诗人眼里，它却代表了诗人心中的一种理想的人生境界。

这是一个秋天的夜晚，在烦嚣喧闹的白昼之后，诗人信步走到屋后的一片花园里，夜色给大地罩上一层轻轻的黑色面纱，清凉的秋风沁人心脾，诗人感到一种诗意的欢畅。也许他本来就有些疲倦，在无休止的生活追求与拼搏中，身体上、心理上都充满着倦息。这时，南飞的大雁突然引颈长鸣，在这静谧的夜色中，诗人情不自禁，为这自由翱翔的大雁所感动，它的叫声是它的歌，高兴唱便唱，高兴缄默便缄默。诗人因此也悟到了自己应该有的人生，于是他轻轻地吟道："我爱秋天的雁子……"他想，这雁子，那样整天整夜地不停地飞着，从不感到疲倦。因为它"从来不问他的歌/留在那片云上？/只管唱过，只管飞扬"。生命本身便是一首歌，雁子它从来不去追求生命之外的其他东西，它要求的只是自我生命的实现。感悟到这一点，诗人便对着那茫茫青天感叹道："我情愿是只雁子"，忘记尘世生活的一切，把所谓的"恨"和"欢喜"抛在脑后，超越它们，还原为一个无拘无束的真我，不再有身心的疲倦，在生命的"无为"中去实现"有为"。

新月派诗人对艺术所抱定的宗旨是"为艺术而艺术"，在他们心目中，艺术便是一个自足的生命实体，它没有其他的社会功利目的，为"功利"的艺术是一种堕落，"艺术"的生活才是值得追求的生活。正如陈梦家所说："我们写诗，只为我们喜爱写。好比是一只雁子在黑夜的天空里飞，她飞，低低的唱，曾不记得白云上留下什么记号？只是那些歌，是她自己喜爱的！她的生命，她的欢喜！"(《新月诗选·序言》)我们不妨把这句话看作是这首诗的一个注释。

诗人以凝练的语言，短促的语调，似断似续的意象，创造了一个如烟如梦的诗境，淡淡的情绪如缥缈的轻纱笼着一颗诗心，使人仿佛触摸到了那夜的温柔和诗人心灵的淡泊寡欲。（鲍昌宝）

鸡鸣寺的野路　陈梦家

这是一座往天上的路，
夹着两行撑天的古树；
　烟样的乌鸦在高天飞，
　钟声幽幽向着北风追；
我要去，到那白云层里，
那儿是苍空，不是平地。

大海，我望见你的边岸，
山，我登在你峰头呼喊……
　劫风吹没千载的城廓，
　何处再有凤毛与麟角？
我要去，到那白云层里，
那儿是苍空，不是平地。

廿一年一月

诗题"鸡鸣寺的野路"中的"鸡鸣寺"，坐落在南京市解放门内的鸡笼山上，本系梁朝同泰寺故址，明朝洪武二十年(1387年)重建。在这首诗里，诗人并不是像一般纪游体诗那样重点写游览的名胜古迹，而是写去鸡鸣寺途中的感受，抒发心中久久蕴积的一个意念——脱离尘世的烦恼，寻找一个清静无为的桃源。

第一节，诗人抓住在"鸡鸣寺的野路"上见到的实景进行描述。鸡鸣寺坐落在鸡笼山上，所以这条“野路”是由低往高，诗人由此感到这是通往天上的路。鸡鸣寺是佛家弟子修身养性之地，寺院里的僧侣们度过了人生的苦海，与世无争，清心寡欲。诗人自然而然把这条路看成是通往天国的路。这样，他就将自己的主观情绪渗透进了这条野路，古树是“撑天的”，乌鸦在“高天飞”，钟声向着“北风追”，这一切都使人们把视力投向高天，希望走在这条路上的人们也能脱离平地，走到白云里去……

第二节是虚写。起句“大海，我望见你的边岸”，显然是诗人的想象。大海是望不到边岸的，山，是永远也登不完的，因此，大海，山，便成了人世间的万事万物的代称。诗人自以为自己历经人间坎坷，目睹人类文明的象征——千年的古城随着时间的风风雨雨而颓败。现实与历史都令诗人失望，只有那佛家的一片净地还犹如天国一样是人们的归宿。在这首诗里，诗人流露出一定的失望与虚无观念。

这首诗结构精巧。诗中主要表现的情绪就是：“我要去，到那白云层里/那儿是苍空，不是平地。”诗人利用“苍空”和“平地”这两个天然的对照，第一节写“苍空”，第二节写“平地”，两节融合，构成一个完整的统一体。（鲍昌宝）

老　马　臧克家

总得叫大车装个够，
它横竖不说一句话，
背上的压力往肉里扣，
它把头沉重地垂下！

这刻不知道下刻的命，
它有泪只往心里咽，
眼里飘来一道鞭影，
它抬起头望望前面。

1932 年 4 月

这八行短诗，从表面上看，写的是一匹负重受压、苦痛无比、在鞭子的抽打之下，不得不向前挣扎的老马。但几乎所有的读者和选本的注释家，都说我写的是受苦受难的旧社会的农民。其实我写这首诗，并没有存心用它去象征农民的命运。我亲眼看到了这样一匹命运悲惨令我深抱同情的老马，不写出来，心里有一种压力。1927 年大革命失败后，我对蒋介石政权，全盘否定，而对于革命的前途，觉得十分渺茫。生活是苦痛的，心情是沉郁而悲愤的。这时的思想、情感与受压迫、受痛苦的农民有一脉相通之处，对于“背上的压力往肉里扣”的老马亦然。因此，我写了老马，另外也写了许多受压迫的农民形象，实际上也就是写了我自己。借咏物抒情的古诗，多如恒河之沙，有的明明是写物，最后点出主意，是写人，如白居易的《凌霄花》诗。有的从外表看是咏物的，其实也是借咏物发挥诗人的感慨，像杜甫的《瘦马行》和《病马》。萧涤非在注释杜诗第一首时说：“是一篇写实而并抒情的作品，一则杜甫极爱马，二则这匹被遗弃的官马和他这时处境有着共同之点，故借马以寄托自己的身世之感。”关于第二篇《病马》，注曰：“这也是一篇有寄托的咏物诗，其中有着作者自身的影子。”另外宋代李纲有一首名作《病牛》，也是借一条耕田受压的病牛，来表现自己抗金壮志不得伸，反被流放的沉痛之感。

我觉得，可以用杜甫的《病马》《瘦马行》和李纲的《病牛》写作情况与寄托，来理解我的《老马》，时代各异，而感寓正同。写的既然是病马、病牛、老马，首先要经过对它们的仔细观察，寻出特征，为它们的形象所打动，赋予真实诚挚的热情。作者先为所写的对象所感动，然后写出来的诗才能动人。如果仅仅拿它们作为象征性的图解，先有主题，然后拿它们来作标本，是决然写不好，也不会为人所喜爱的。写老马就是写老马本身，读者如何理解，那是读者的事，见仁见智，也不全相同。你说《老马》写的是农民，他说《老马》有作者自己的影子，第三者说，写的就是一匹可怜的老马，我觉得都可以。诗贵含蓄，其中味听凭读者去品评。（臧克家）

兵车向前方开　臧克家

耕破黑夜，
又驰去白日，
赴敌千里外，
挟一天风沙，
兵车向前方开。

兵车向前方开。
炮口在笑，
壮士在高歌，
风萧萧，
鬃影在风里飘。

1938年4月23日赴汉口车中

"五四"以来的老一辈的诗人，大都对古典诗歌有着湛深的修养，像郭沫若、闻一多、朱自清、冰心、冯至……都是。写好诗，首先要有深厚的生活底子，这不须多说，但艺术表现能力的高低，也有着决定性的意义，这二者不但密切关联，而且是辩证的统一。现在有不少诗人，特别是年纪轻些的，对中国几千年的诗歌宝库，不但未入室，而且没摸到门，这对创作来说，是一个很大的缺陷。表现方法的平凡，想象力的低弱，炼字造句的粗疏，都多少与缺乏对古典诗歌的阅读与欣赏有关。新诗与古典诗歌，在表现手段——语言方面是不同的，新诗用的是现代口语，古典诗词大抵是文言，但诗之所以为诗的基本条件和要求并无二致。

大家知道，我写新诗，受到古典诗歌很大的影响。当然，也受到闻一多先生《死水》的影响。而闻先生诗作中继承古典诗歌优良传统的成分是很重的。造句，下字，词眼，从《红烛》到《死水》，斑斑可见。

在我大量的诗创作中，有三首（编者按：另两首是《壮士心》《匕首颂》），运用古典诗歌的表现手法特别明显，单从外表上看，也有点形似，如《兵车向前方开》。

这首小诗，是我从台儿庄抗战前线因事去武汉，在火车上即兴而成的。抗战初期，全国团结，一片朝气。我亲眼看到诗中所表现的情况，心中充满了乐观主义精神，我把雄心壮怀，必胜信念，借着一刹那瞥见的这动人情景表达了出来。虽然没有一个字说出我们一定能把这场民族战争打赢，对战士的英勇，也没作正面歌颂，只捉住了眼前景，抒了心中情。但读者可以从每一句子，从每一个字中去体味出没有明说的那些东西来。

这种手法，是学习古典诗歌的。这首小诗，单从形式上看，不也像一首生动的“小令”吗？特别是后一节。（臧克家）

三　代　臧克家

孩子
在土里洗澡；
爸爸
在土里流汗；
爷爷
在土里葬埋。

1942 年

臧克家的抒情短诗向来具有质朴、简洁、冷峻、深刻的艺术特色，这首作于抗战期间的《三代》就是一个显著的例子。

这首诗由三个排比句组成，没有任何的修饰和形容，总共才二十一个字，可说是质朴、简洁到了极点。不过质朴、简洁之中却有两点值得注意：一、“孩子”“爸爸”“爷爷”这三个主语独立成行，把原本三行的排比句分拆成了六行；二、“在土里”这个词组，诗中连续出现三次，不避重复之嫌。看来诗人这样安排是经过精心考虑的，包含着他的一番苦心。

诗人对旧社会的农民怀着深厚的同情，但他在写诗时却力求把自己的感情隐藏在所描绘的对象后面，不作直接的裸露和宣泄。《三代》把“孩子”“爸爸”“爷爷”独立出来，其主语的性质不变，在句中的作用不变，但它们给予读者的印象却大大强化了，诗人不增添一字，不作正面道破，读者却能由此领会到这正是诗人所要强调的祖孙“三代”！旧社会的农民牢牢维系在那巴掌大的土地上，尽管日月穿梭，四季更替，他们对土地的执著追求始终不变。诗人正是深切了解旧社会农民的遭遇和心态，才扣住农民和泥土的关系这个独特的角度，作为自己构思的核心。

三个排比句好像电影中的一组蒙太奇镜头，它们之间的关系可以理解为空间的并列，也可以理解为时间的承续。倘是前者，我们可以这样设想：爸爸作为家中的强劳力，正在地里拼命劳动，养家活口，所以他就不能照顾在泥里滚爬的孩子，更无暇顾及葬在土里的父亲！倘是后者，这一组镜头所揭示的无情事实是：今天“在土里洗澡”的“孩子”，到了明天，就该“在土里流汗”了，而那时，“爸爸”也早已年老力衰，榨尽了身上的血汗，又将“在土里葬埋”了。真是年复一年，代复一代，岁月不居，境况不变！

诗人感慨无限而又深藏不露，下笔简洁质朴而又内涵深厚，使得《三代》成为他反映农民生活的一首杰作。（孙光萱）

生命的零度　臧克家

前日一天风雪，
——昨夜八百童尸。

八百多个活生生的生命，

在报纸的“本市新闻”上
占了小小的一角篇幅。
没有姓名，
没有年龄，
没有籍贯，
连冻死的样子和地点
也没有一句描写和说明。
这样的社会新闻，
在人的眼睛下一滑
就过去了，
顶多赚得几声叹息；
人们喜欢鉴赏的是：
少女被强奸、人头蜘蛛、双头怪婴、
强盗杀人或被杀的消息。

你们的死
和你们的生一样是无声无臭的。
你们这些“人”的嫩芽，
等不到春天，
饥饿和寒冷
便把生机一下子杀死。

你们是从那里来的？
是从那响着内战炮火的战场上？
是从那不生产的乡村的土地里？
你们是随着父母一道来的吗？
抱着死里求生的一个希望，
投进了这个“东亚第一大都市”。

你们迷失在洋楼的迷魂阵里，
你们在珍馐的香气里流着口水，
嘈杂的音响淹没了你们的哀号，
这里的良心都是生锈了的。

你们的脏样子，
叫大人贵妇们望见就躲开，
你们抖颤的身子和声音

讨来的白眼和叱骂比悯怜更多；
大上海是广大的，
　　　　温暖的，
　　　　明亮的，
　　　　富有的，
而你们呢，
却被饥饿和寒冷袭击着，
败退到黑暗的角落里，
空着肚皮，响着牙齿……

一夜西北风
扬起大雪，
你们的身子
像一支一支的温度表，
一点一点地下降，
终于降到了生命的零度！

你们死了，
八百多个人像约好了的一样，
抱着同样的绝望，
一齐死在一个夜里！
我知道，你们是不愿意死的，
你们也尝试着抵抗，
但从一片苍白的想象里
抓不到一个希望
做武器，
一条条赤裸裸的身子，
一颗颗赤裸裸的心，
很快地便被人间的寒冷
击倒了。

在这吃人的社会里，
你们原是
活一时算一时的，
你们死在那里
就算那里；
我恨那些"慈善家"，

在死后，到处检收你们的尸体。
让你们的身子
在那三尺土地上
永远地停留着吧！
叫那发明暖气的科学家们
走过的时候
看一下；
拦住大亨们的小包车，
让他们吐两口唾沫；
让摩登小姐们踏上去
大叫一声，
让这些尸首流血，溃烂，
把臭气掺和到
大上海的呼吸里去。

1947年2月6日于沪

不知道读者有没有这种感受：读完这首诗，就不禁会想起杜甫、白居易的一些反映劳动人民疾苦的名篇来！臧克家自第一本诗集《烙印》起，不少诗都承继优秀的现实主义传统并将其发扬光大，抒写对劳苦大众的同情以及对旧世界强烈的愤懑。这首诗是他的代表作之一。

关于这首诗的创作经过，臧克家曾有过自述。抗日战争胜利之后的第二年夏天，他经一位友人帮助，进入上海一家报社，主编一个副刊，以微薄的月薪养活四口之家，贫困之中还要咬紧牙关和病魔作战。大上海是富人的天堂，是穷人的地狱。1947年隆冬的一个早晨，他在报纸的“本市新闻”上，看到了一则报道：“经过一整天的大风雪，昨夜慈善机构在各处检收了八百具童尸。”诗人目睹这几行字，“周身的血液好似黄浦江的怒潮”，于是愤然提笔写下了这首诗（参见《甘苦寸心知·关于〈生命的零度〉》）。

这首诗先以朴素的笔墨，画出了那八百多个活生生的生命，这看似朴素的叙说，内里却包含了多少感慨和不平。再由叙说而生发开去，是一幅幅贫与富、可怜与可憎的对比鲜明的图景，于鲜明的对比中融解着诗人的呼喊和诅咒。感情到了沸点之时，诗人面对八百名死去的儿童，以一个别开生面的比喻，升华出了那催人泪下又撩人抗争的几句：“一夜西北风/扬起大雪/你们的身子/像一支一支的温度表/一点一点地下降/终于降到了生命的零度！”这是全篇的警句，既富哲理又有力度。篇末一大段，诗人更是呼出振聋发聩的喊声：“我”想“你们是不愿意死的”，“我恨那些‘慈善家’”，“我”大声呼喊：“让这些尸首流血，溃烂/把臭气掺和到/大上海的呼吸里去。”这些诗行，写出的不仅仅是对死者的同情，而更是对生者的鼓动和召唤，鼓动和召唤人们去抨击、去摧毁那个腐烂的世界。

在表现艺术上，臧克家的诗作，常常交替使用两种写法：或委婉含蕴，或振笔直陈。这一首显然是属于后者。其所以如此，是因为义愤在胸，骨鲠在喉，八百名童尸的惨状由不得诗人作含蓄与否的推敲，激愤驱使他非如此宣泄不可。不过，他固有的含蓄使得他在意象的镕铸时，注意到诗味的隽永。“你们死了/八百多个人像约好了的一样/抱着同样的绝望/一齐死在一个夜里！”这样的意象，内里就蕴含了许多象外之言，弦外之音。（尹在勤）

有的人——纪念鲁迅有感　　臧克家

有的人活着
他已经死了；
有的人死了
他还活着。

有的人
骑在人民头上："呵，我多伟大！"
有的人
俯下身子给人民当牛马。

有的人
把名字刻入石头想"不朽"；
有的人
情愿作野草，等着地下的火烧。

有的人
他活着别人就不能活；
有的人
他活着为了多数人更好地活。

骑在人民头上的，
人民把他摔垮；
给人民作牛马的，
人民永远记住他！

把名字刻入石头的，
名字比尸首烂得更早；
只要春风吹到的地方，
到处是青青的野草。

他活着别人就不能活的人，
他的下场可以看到；
他活着为了多数人更好地活着的人，
群众把他抬举得很高，很高。

1949年11月1日于北京

人们一般不喜欢以议论为内容的诗。诗以吟咏性情为主，议论非其所长。然而，在心为志，发言为诗。伴随着人们的感情波动，一些感应于内、议论于外的诗，融情入理，颇具意味，同样赢得读者喜爱。如这首诗便是。

《有的人》是为纪念鲁迅逝世十三周年而作。这首诗不单纯写对鲁迅的怀念，而是在通过与鲁迅截然相反的“有的人”的对比中，阐扬了某种人生哲理。

“有的人活着/他已经死了/有的人死了/他还活着。”诗一开头便警句迭出，立刻把读者的心抓住：何以有人活着是死了，有人死了却活着。本来，死生乃自然规律，不可逾越，也无法逃避。古往今来，多少哲人和诗人对此惆怅过，悲叹过，思考过，议论过。“人生自古谁无死，留取丹心照汗青”是一种生死观，“生死由命，富贵在天”也是一种生死观，“好死不如赖活”又是一种生死观。《有的人》的作者则彻底抛开生死的自然形态，把它幻化为意识形态。生死的自然界限变作了道德的、审美的判断。于是，有的人生即死，有的人死犹生。这在科学上是不可思议的，在艺术中却是真实可信的；这里，情感的因素起着决定的作用。

至于孰为生孰为死，诗中没有作正面回答，但通过对两种人的形象描述，读者自能得出结论。人生的价值和意义全然取决于对人民的态度，造福人民者永生，压迫人民者速朽。这种人生观念在诗人心底是深刻的，早在1936年鲁迅逝世时，他就写过这样的诗句：“死的是肉体/你的精神已向大众心底去投生！”（《喇叭的喉咙——吊鲁迅先生》）。由于发自真心，有实在的生活感受，并非从理念出发作诗的演绎，所以诗中情和理紧密结合反而增强了诗的感染力量。

从结构上说，把造成诗意高潮的最精彩的诗句置于前面，对作者来说是危险的，因为要在后面相对平缓的低潮中不减弱诗对读者的吸引力，具有很大的难度。诗人凭借自己的文字功夫和表现技巧，作了一次这样的冒险，基本上得到了成功。他大胆借鉴古诗用典的手法，在诗中用了一连串能引发读者联想的典型细节和比喻。如“有的人/俯下身子给人民当牛马”，使读者联想起鲁迅“俯首甘为孺子牛”的名句，想起他“我好像一只牛，吃的是草，挤出的是牛奶和血”的话，感受到鲁迅对人民的爱的执著。“有的人/情愿作野草，等着地下的火烧”，能唤起我们读鲁迅《野草·题辞》时的激动。“只要春风吹到的地方/到处是青青的野草”，会使我们联想起白居易“野火烧不尽，春风吹又生”诗的意境。善用比喻，能以少总多，使读者不产生疲劳；巧用典故，造成古今事象的叠加，扩大意象的内涵，易于调动读者对诗境的主动介入，保持阅读的兴奋状态。

朱自清对臧克家有过这样的评价：“他知道节省文字，运用比喻，以暗示代替说明。”在《有的人》中这一特色有相当的显示。（吴　嘉）

风雨之夕　林　庚

濛濛的路灯下
看见雨丝的线条
今夜的海岸边
一只无名的小船漂去了

高楼的窗子里有人拿起帽子
独自
轻轻的脚步
纸伞上的声音……

雾中的水珠被风打散
拂上清寒的马鬃
今夜的海岸边
一只无名的小船漂去了。

林庚1928年考入清华大学物理系，但执着于新诗创作，两年后转入中文系。九一八事变后，在积极投入请愿，要求国民政府抗日的爱国活动的同时，不断创作和发表新诗。1933年毕业时，就出版了第一本自由体新诗集《夜》。

诗人在清华大学中文系毕业后留系任教，并先后在北平民国学院、北平大学女子文理学院兼课，直到七七事变前后，一直生活在北平，对20世纪30年代古都北平的苍凉、寂寞有着具体、深刻的感受。这首《风雨之夕》和诗人第一本诗集《夜》中的许多诗作一样，抒写了他30年代前期生活在北平所感受到的凄迷的心绪、寂寞的心境，艺术地表现了苍凉时代的诗境。

这首诗分为两节。首节四行，紧扣诗题，抒写了风雨之夕诗人眼前所见的迷蒙的实景和想象中的海边景象。风雨之夕，路灯濛濛，像线条一般的雨丝挡住了行人的视线，给行人寂寞、凄凉的感觉。诗人由风雨自然地联想起往常风平浪静的海岸边停泊着的无名小船，现在一经风雨的吹打，漂向远方。短短四行，由实景到虚景，表现了寂寞的自然环境，折射出诗人凄迷的心境。

诗的第二节由自然环境转向写人的行动。与首节所展示的寂寞的自然环境相协调，第二节所展示的是：孤独的人，轻轻的脚步，纸伞上的雨声，被风打散的雾中水珠，拂上清寒的马鬃。人物的行动和自然景物的变动，构成了一幅清寒的古都风雨图。这一节结尾，诗人采用复沓手法，重复“今夜的海岸边/一只无名的小船漂去了”的诗句，强化了苍凉的古都给诗人心灵带来的失落感、凄迷的心绪和伤感的心境。

这首诗创造了“濛濛的路灯”“雨丝的线条”“高楼的窗子”“轻轻的脚步”“雾中的水珠”“清寒的马鬃”“无名的小船”等传达空蒙、孤独、清寒、漂泊等情绪的意象，抒写了生活在30年代前期旧中国古都的孤寂心绪，从而生动形象地表现了当时古都人们的心境，让读者从诗人创造的凄清、寂寞的诗境中感受旧中国古都的时代氛围。

新诗坛前辈诗人俞平伯1933年6月1日为林庚第一本诗集《夜》写了篇400多字的短序，其中说：“他（指林庚——引者）不赞成词曲谣歌的老调，他不赞成削足适履去学西洋诗，于是他在诗的意境上、音律上，有过种种的尝试，成就一种清新的风裁。”30年代前期，林庚创作自由体新诗，但不主张语言上“自由”创造无度的“信口腔”。这首诗无疑是自由体新诗，但语言有一定的节奏，首节双句押韵，首节与第二节复沓手法的运用，增强了诗的韵律感和节奏感。从20世纪30年代中期起，诗人终其一生，对新诗形式，从实践到理论，做了艰辛的探索，留下了宝贵的艺术精品和诗学遗产。（潘颂德）

法兰西与红睡衣　　汪铭竹

巴黎，世界的花床，
剩下一堆灰烬，没一星火。

千夫所指，十目所视，
红睡衣是压着法兰西的魇魔。

黑蜘蛛拼命放出死前回光，
又纺织了一面毒网。

自柏林铁甲车纷至沓来，
饱吞下法兰西煤炭。

播音员不断喊着待访的男和女；
夜沙龙中，竖琴小鼓失了声。

一扇扇铁栏门，风瘫
在地上，碎玻璃，五彩缤纷。

千千万万的人，哑了，
喉头里则异样的怪痒。

集中营拥挤着人众，
人众日夜作圣女贞德之幻想。

在诸多象征派诗人的视域里，巴黎是丑陋的、昏醉的、颓败的，犹如一个外表艳媚内里衰朽的贵妇踯躅在混乱的世纪末路上。从法国的波德莱尔、魏尔伦到中国的李金髮、王独清，几乎都有类似的形象指涉和诗歌倾向，他们视巴黎为现代文明畸形的象征，着意于发掘“恶中之美”和繁华富足背后的病态和罪恶，对都市的喧嚣、尘世的肮脏投以极大的憎恶，以此来倾泻诗人无奈而痛苦的主体情绪。诗人汪铭竹在艺术上也深受象征派诗风的熏染，但他笔下的巴黎既不与前人重复，也不与旁人雷同，自有另一种苍凉的历史况味和形象风貌。二次世界大战把巴黎卷入了可怕的绝望旋涡，血腥的杀戮、疯狂的掠夺，深深地刺痛了诗人的心，他敏锐地抓住了这一悲惨的历史定格，加以重新确认，重新绘写，真切地展示了巴黎的现实劫难，揭露了法西斯战争的罪恶。从而赋予巴黎以新的美学性质和历史内涵，使之更具社会容量和时代色彩。

诗中，诗人充分调动象征艺术的暗示力量，将冷峻的社会主题隐注进具体可感的形象之中，使诗人的主观意念和复杂情感找到一种可视有形的对应媒介，让读者运用自己的想象力去穿透诗歌隐秘，并从中获得理性的快感和愉悦。巴黎、花床、红睡衣、黑蜘蛛，在诗人的意识与潜意识交互下，凝化为一连串奇特而真切的意象。巴黎上空恐怖的纳粹旗影就如同红睡衣压上了花床，构成了法兰西可怕的梦魇。昔日的豪富华丽消失了。“夜沙龙中，竖琴小鼓失了声”，都市的铁栏门“风瘫/在地上”，在那“没一星火”的灰烬和废墟上，幽灵般的“黑蜘蛛”仍在“放出死前回光”，拼命地吸吮着法兰西的生命热力。民族命运的咽喉被扼住了，正义的声音喑哑了。人们只能在地狱般的集中营里苦苦企盼着圣女贞德的出现。这里，诗人把并不相关的形象，突兀地排列在一起，不仅造成了新奇的主观印象，而且加深了诗歌的理性深度。虽然其中某些文字略显朦胧神秘，但其传达的诗歌情调却是真切的，它们所营造的意象世界是清晰的、具体的，几与真实历史无二。据法国历史学家亨利·米歇尔后来的统计，二次世界大战中法国的许多城镇只剩下瓦砾一堆，毁坏的房屋达一百多万幢；铁路运输几近瘫痪；煤的储存量实际降到了零……这诗与史的高度契合和惊人相似，不仅显示了诗人深邃的历史参悟力和精约的艺术熔铸力，同时也提升了诗歌的形式意义和精神品位。

诗歌场景逼真，层次丰富，视域开阔。战争、废墟、集中营……这一连串并列意象的不断涌出，反映了诗人叙事方式的自由。诗人像一个全知的历史观察者浮游在半空中，俯瞰着巴黎淌血的伤口，谛听着塞纳河的悲戚呜咽，细察着城市破碎的痛苦，体验着人们无言的愤怒。诗人在视听感觉的通贯组合中，打破了时空的制约，成功地推进了一个个色彩阴森、静寂无声、气氛凄凉的悲惨画面。这样，诗人借助于隐蔽的、无处不在的叙事人，弥合了场景与意象转换过程上的阅读障碍，创造了一个旨趣统一的意象世界。诗歌语言精约平实，句式齐整匀称，节律流畅，意蕴深致，艺术感染力强。

历史的梦魇驱散了，但人们仍能依凭诗歌与法兰西直接对话，感受巴黎的悲哀，也许，这就是《法兰西与红睡衣》的最大成功。（金定海）

公园里的一张椅　玲　君

公园里某角落的一个椅，
昏晦的路灯，
凄然的照他这久
不动，孤伫的。

褪了色泽的椅背痉挛着，
冻得振齿的抖；
枯枝积霜压下来的重寒
也在讪笑着世态的炎凉吗？

清冷洒上了这一条路，也没有
一丝动静，夜是深得使人颤栗了，
他还在等待着什么呢，这样羞涩
却始终默着，像忘掉了啜泣的身世似的。

忆想着过去夏季的繁荣吗，
幽会如秋日的黄叶落下去被践踏了。
新嫁娘所矜夸的蜜月呢的萧索地
也生长成深古铜锈的涂污。

寂寞的公园，寂寞的椅，
却这样缺少寂寞的人的来访啊！
路灯的昏晦的眼睛，衰颓
照着椅，是空了位的椅呢。

无语，孤独地，椅子竟忘记了瞌睡

斜在地上的影子望着天，描画着阴霾的天
啊，清寒的冬月的周围，
已雾烟的蒙上了一层晕了。

很有意思，在空空荡荡的公园里，在“某角落的一个椅”的边上，明明有着诗人的身影在。诗人是在以自己的心境观照椅子，在这种“移情作用”下，在心凝神释、物我两忘的境界中，诗人与椅子融为了一体。椅子的状态深深触动了诗人，而诗人的心象图景也装饰了椅子，最后，呈现在诗里的椅子的形象也就是诗人自己的镜像。当然，扩大开来讲，诗人是用公园里的一张椅的状态来隐喻自己（包括都市人）寂寞的生存状态。

诗人首先营造了一个寂寞的椅子的寂寞环境。这是某公园里一个初冬的晚上，“清寒的冬月的周围/已雾烟的蒙上了一层晕了”，“清冷洒上了”椅子跟前的“这一条路”，椅子四周的枯枝驮着积霜，透着重重的寒意，边上的一盏“昏晦的路灯”，凄然地照着“空了位的椅”，“斜在地上的影子望着天，描画着阴霾的天”。公园是都市的缩影，它形象而深刻地揭示了现代都市表面繁华背后的空虚、寂寥的精神状态。

椅子既然是诗人和都市人的象征，它自然就具有诗人和都市人的一些基本的精神特质。异化了的现代都市文明难以遮蔽人与人关系的隔膜所造成的人的孤独感。诗人透过椅子的形态特征所具有的暗示性，用拟人的方法附加了都市人所具有的一些基本的精神特性。例如，在“枯枝积霜压下来的重寒/也在讪笑着世态的炎凉吗？”这样的句子中，诗人巧妙地用自然环境的重寒置换现实环境的世态炎凉。诗人深刻理解寂寞情绪虽然多以“静”的情态为表现形式，但是它仍然是一种强烈的情感。因此在艺术处理上，诗人除了表现椅子的“不动，孤伫”的形态特征之外，还通过化静为动的方法，进一步在“关系”中，在动态的情景中烘托、渲染椅子的寂寞。例如，诗人在第四节设计了一个对比强烈的戏剧化情景：在“过去夏季的繁荣”时节，在万紫千红之中，一对对恋人在这张椅子上“幽会”，也有可能椅子把某个坐客想象成了与自己幽会的恋人（倘若是后者，那该多有趣）。如今，“幽会如秋日的黄叶落下去被践踏了”，独留下椅子孑然孤身。而在“路灯的昏晦的眼睛，衰颓/照着椅，是空了位的椅呢”这个句子中，用路灯的眼睛来观照椅子的孤独。在“寂寞的公园，寂寞的椅/却这样缺少寂寞的人的来访啊！”这个句子中，诗人又想象一个缺少寂寞的人来访的戏剧化情景，连寂寞的人都不来造访的椅子，该是怎样一种寂寞的境况啊！

20世纪30年代是中国城市化高度发展的一个时期。都市文明的发展也伴随着人与人、人与社会关系的扭曲。这首诗把这种现象浓缩在“公园里的一张椅”这样一个特殊环境与关系中，立意深远，意象独特，艺术概括力极强。（张　新）

鼠嫁女　陈江帆

无灯的院落，
山妻为我诉说鼠嫁女
是千百年的习俗，
今夜莫惊扰它的婚仪。

檐阶许有鼠的行列，
山妻的语声细细，

我张开私窥的眼睛，
晕月如猫爬过墙来。

此诗写了一个有趣的民间传说。

旧时江浙一带传说，农历正月十四日的半夜是老鼠结婚的时候。

大家知道正月十五日是元宵节，人们为什么要把前面一天规定为老鼠结婚的日子？莫非是为了维持节日的欢庆气氛，特地向老鼠网开一面，使之参加“普天同庆”的行列？这是民俗学研究的课题，此处不拟探讨，只想强调的是这个传说对于孩子的吸引力很大，鲁迅在《朝花夕拾》中回忆自己的童年生活时写道：“我的床前就贴着两张花纸，一是‘八戒招赘’，满纸长嘴大耳，我以为不甚雅观；别的一张‘老鼠成亲’却可爱，自新郎、新妇以至傧相、宾客、执事，没有一个不是尖腮细腿，像煞读书人的，但穿的都是红衫绿裤……正月十四的夜，是我不肯轻易便睡，等候它们的仪仗从床下出来的夜。”（《狗·猫·鼠》）真是描绘得生动极了。

陈江帆的《鼠嫁女》无异于为鲁迅上述这番话作了一个“诗化”的注解，所不同的是鲁迅当时是孩子，《鼠嫁女》的作者是有妻子的成年人，但他们热衷于这个民间传统却并无二致。“无灯的院落”，其僻静可知，“我”被妻子的话说动了，一直不睡觉，心想屋檐下、台阶上也许果真会有老鼠成亲的仪仗队经过……

鲁迅说他后来“熬不住了，怏怏睡去，一睁眼却已经天明，到了灯节（即元宵灯节——引者）了”。《鼠嫁女》的结果怎样呢？正当“我”凝神窥看之际，没有料到这时月光恰像猫一样爬过墙来——莫非老鼠发现它们的天敌在身边，临时取消了婚仪？这结果自然更扫兴了，但也正因为作者惟妙惟肖地记下了这“扫兴”的结果，使得这固有的民间传说更增添了一份戏剧性。

类似的材料不足以写成一篇小说，一篇容量较大的散文，但用来入诗，却可以成为一件精致的艺术品。诗歌的局限性在这里，其长处也恰恰在这里，这是《鼠嫁女》给我们的又一点启发。（孙光萱）

水的怀念　沈紫曼

在没有月光的午夜想起你，
因之我有了对于水的怀念；
你的梦应当是一只小船，
扯满了风帆驶入我的梦里。

让浅紫的夜色掩上桅杆，
你在温柔的河流中放棹吧；
或者停泊在无风的小港，
静静地做一次平安的晚祷。

古代诗人为了曲折传情，常从对方写起，不说“己之思人”，而说“己思人之思己”，这方面的例子很多，著名的如杜甫陷在安禄山叛军控制下的长安，惦记滞留于鄜州的妻子，写下了五律《月夜》，前两联是：“今夜鄜州月，闺中只独看。遥怜小儿女，未解忆长安。”想象妻子在今夜月下怀念自己，虽有儿女在妻子身旁，但他们还小，无法真正理解母亲的心情。又如柳永在外飘泊，一天傍晚登楼远眺，秋雨潇潇，江天茫茫，想起故园佳人，备觉相思之苦，他在《八声甘州》中设想远方佳人盼望自己归去的神态："想佳人妆楼凝望，误几回、天际识归舟。"情深意切，韵味悠长。诗人沈紫曼的《水的怀念》一诗，可说是继承和借鉴了古典诗词的表现手法，同时又有自己的创造。

太阳下山了，月亮升起了，人们在一天忙碌之后，得以暂时安顿下来，此时此刻，最容易激发人们的思念和遐想。女诗人想必是度过了无数次这样的月夜，可惜今晚没有月光，但这又如何能中断诗人的怀念呢？此诗第二行写道："因之我有了对于水的怀念"，人们常说"月色如水"，"怀念""水"也就是"怀念""月光"，也就是珍惜自己在无数次月夜向着远方的情人所作的祝福和祈祷。只有从这个意义上去理解，才能读懂"因之"这两个字所表达的因果关系。

有了"水"就好办了，"水"是流动的，有了"水"就可以行船，可以传情。诗人当然知道远方情人无法赶来相会，但她多么希望他也能像自己一样经常在白天想念对方，在晚上梦见对方。正是这种从对方想起写起的心态和表现手法，化成了柔情脉脉的两行诗："你的梦应当是一只小船/扯满了风帆驶入我的梦里。""你的梦"和"我的梦"相连接、相重叠，何等扣人心弦，梦境本来是朦胧难辨的，诗人却让它化作"一只小船"，而且"扯满了风帆"，如此虚虚实实，真是妙不可言，和柳永词中具体描写佳人"误几回、天际识归舟"的神态相比较，可说是别有一番滋味在心头。

第二节的感情略有收敛，同时也更显委婉。诗人把这四行诗完全留给了对方，刻意勾勒了对方停泊小船的一些特写镜头。既然路途很远，在梦中来一次又很不容易，那就得慢慢地放下船桨，静静地做一次晚祷，度过这"温柔"的美好夜晚。请看，诗人为对方考虑得多么周到。当然说到底，诗人写对方实则写自己，希望对方"平安"实即希望自己未来幸福。至于"晚祷"，我们在这里大可不必看作是一种宗教仪式，它不过是表现了诗人内心的深切企盼和良好祝愿。还有，"夜色"应当是黑的，为何诗人用"浅紫"来形容？这也是为了渲染全诗委婉真挚的情调，我们不必过分拘泥，据现代色彩学和心理学分析，黑色容易产生庄重、严肃感，"浅紫色"则容易诱发人们美好的情思。（孙光萱）

影答形　吕亮耕

时间有尽，我们的情谊无尽。
我追逐你，更逾于爱者的痴心。
任何心爱物都不似你我的逼近——
如鱼即水如水即乳的交融，
华灯作证，日月星辰作证：
我紧随你，时刻也不曾分离——
你的情怀冷暖，我知道最亲切，
我分担过你的悲哀同欢悦：
曾伴你独自走向无人的旷野，
且颤心地窃听过你的啜泣，
我零乱的影子像打散的珠串；
今夜，青春稚子，当你的诗笔在——
羊脂烛上生花，
我又偷窥了你新的秘密。

七月，满月夜，耒阳。

我国有"顾影自怜""形影不离""形影相吊"等成语，可见人们到了寂寞难耐的时候，常常钟情于影子，企盼从影子中找到哪怕是一丝半点的安慰。此诗构思的源头也同样离不开人们这种普遍的心态，不过它又有自己不同一般的创造，显得隽永蕴藉，耐人寻味。

首先，在常人心目中，"形"即"我"是主，"影"是"宾"。此诗却巧妙地易宾为主，而把"形"放在"听者"的位置上，从而极大地吸引人们注意。其次，题作《影答形》，自然是"形"问话在前，"影"答话在后，可是此诗却把"形"的问话全部推到了幕后，让读者自己去想象。诗人是在抗战中期的一个月夜写作这首诗的，当时国难当头，强敌入侵，诗人远离家乡，流浪到湖南耒阳这个偏僻的小城里编辑报纸副刊，其生活之清苦、心情之孤寂可想而知，而这一切也正是国统区不少流浪民众所能体会的。大概有鉴于此，诗人把"形"即"我"的倾诉、独白一概略去不写，而着意从对方写来，即化作"影"的一番富有诗意的娓娓诉说，从而删节了冗繁的交代，扩充了想象的空间。

"影"对"形"的关心体贴，可以说已经到了无微不至的地步，诗作用了各种手法表现这一点，有时是生动的比喻：如鱼得水、水乳交融；有时是巧妙的"旁证"：华灯和日月星辰（"影"因光芒而存在、而凸显）；有时是细节的捕捉："影"是"形"的唯一知情者，曾窃听过后者在旷野的啜泣，"影"又是"形"最初的读者，窥见过后者在烛光下写下的诗篇（诗行中的"生花"，既指"烛花"，又暗示"妙笔生花"，作者作了重叠的艺术处理）。经过如此淋漓尽致的表现，"影"就具有独立的品格和活泼的个性，不得再以"形"的派生物和附属物视之了。

李白曾作《月下独酌》，开头是"花间一壶酒，独酌无相亲。举杯邀明月，对影成三人"。论胸怀的旷达和诗情的豪放，《影答形》远不能望其项背，但李白接下来写道："月既不解饮，影徒随我身。"可见古代诗人心目中"影"与"形"之关系，又未必及得上现代诗人心目中那样活泼多姿，这是我们阅读时不能轻易放过的。（孙光萱）

无法投递　罗大冈

无法投递
退回原处

没有名号的街道
唉　正小病初愈

墙是独白
窗是对话

下雨的晴天的漫游
破皮鞋补了又补

一到夜深如海
细数邻人的脚步

无法投递

退回原处

诗人罗大冈（原作署名罗莫辰）采用都市生活的一个极小且平常的细节，投寄信件——企盼回音——信件退回这一系列过程中的情绪变化，例如躺于病榻空对墙与窗时的寂寞与烦躁；硬撑病躯，“踏破铁鞋无觅处”的沮丧与无助；枕头上“细数邻人的脚步”时的惊喜与落空，一切都刻画得那么真切、细腻与鲜活。当然，这首诗重要的是它的隐喻：表达都市人在繁华喧闹下的独苦无告、无所适从的都市“边缘人”的生活与情绪。这样一种从整体都市人而不是像左翼诗人那样从特定阶级族群的视域关注都市人的生存状态和他们的情绪体验和集体的文化心态，以及将触须深入到都市文明在发展过程中所产生的异化现象加以剖析，这样一种新的表现领域，与新诗的现代派所做出的努力是分不开的。而《无法投递》应该说是其中比较有代表性和成功的一首作品。

诗人后来还创作了一首主题类似的同名诗歌《无法投递（四行诗六首）》，可以帮助读者进一步理解所选诗歌的深刻内涵。诗中第一节写道：“觉得自己心里有话要说/熬了通宵，写了一封恳切的信/信要寄发，但不知道收信人的姓名/结果信退回来了。自己才是真正的收信人。”第二节接着写道：“‘无法投递，退回原处。’/这是一条没有名字的小胡同/我喜欢在这里度过我的一生/准备永远不接到别人给我来信。”这是一种由寂寞、无奈转化为宁静、淡定的情绪与心境，一种融化、磨合了对生存环境的被动接受与主动适应的处世哲学和人生态度；这一方面固然是诗人自我的人格历练，另一方面何尝不是对现代文明与现代都市生活样态的冷峻对视。

诗歌从象征派诗发展到现代派诗，虽仍然强调诗歌的隐喻作用，但有时主体情绪不再主要通过所谓的“客观对应物”来呈现，而是通过情景本身的寓意，以及它的衍生性的联想意义来呈现。因此，从表象上看，它给人一种写实派诗的模糊假象。确实，在这首诗中，每一个物象、场景都是真实的，每一种细腻情绪也是非常感性的。像“墙是独白/窗是对语”这种“此时无声胜有声”的场景描写，像“细数邻人的脚步”这种微妙的情绪化心理的逼真刻画，可以说是惟妙惟肖、入木三分，即使是与优秀的写实派作品相比也难分伯仲。但是，它毕竟是一首现代派作品。首先，“无法投递”虽然是日常生活中不少见的真实事件，但是在“无法投递”所传递的郁闷、无奈、焦虑等现实生活中的常态化情绪之外，对于现代派诗人而言，他们要赋予其更深刻的隐喻。这里，它内含着丧失人生目标与方向，漂泊无定、没有归宿感和安全感的城市边缘人和陌路人的涵义。

诗歌采用很有特点的两行大体对称一组的形式，诗形大体均齐、押韵，首尾呼应，每一组相对独立的情景又构成一个富有戏剧性的整体情景，具有现代派那种如卞之琳所说的“戏拟化”、如袁可嘉所说的“戏剧化”的特征。诗歌形象鲜明、简洁，语言活泼、精炼，在现代派诗歌类型中别具一格。（张　新）

星的歌·晨星　严　辰

星群随着黑夜凋谢，
晨星却在黎明之前爬上东方。

它披着灰白的衣衫，
睁开虔诚的眼迎接黎明。

它听到树林里第一声鸟叫，

看见草上第一颗露珠滚落。

它照着牛犊去河边饮水，
指引着胡须上挂霜的旅人赶路。

为等待鲜红的朝阳来临，
它混身激动得不住地发抖。

太阳拨开暗云升起，
它却甘愿在光明的刹那间殉身。

1942 年 1 月，延安

这首《晨星》是诗人严辰组诗《星的歌》中的一首，1942 年 1 月创作于革命圣地延安，它以清新的诗句、简洁的诗节、鲜明的意象，运用象征手法，深情礼赞了革命者追求光明的精神风貌和无私奉献的价值观念。

这首诗以时间先后为序，抒写了从“星群随着黑夜凋谢”到“太阳拨开暗云升起”的这一时间里，晨星的种种不同动作与心态。第一节运用对比手法，将“星群”与“晨星”对照着抒写，前者“随着黑夜凋谢”，后者“却在黎明之前爬上东方”。表面看来，诗人是在写自然景物，但读者自然会想到两者的象征意义。第二节用“披”“睁开”“迎接”等三个动词，形象地抒写晨星的服饰、动作，展示晨星迎接黎明的虔诚态度。第三节以“第一声”“第一颗”表现晨星听到鸟叫与看到露珠滚落之早，突出晨星迎接黎明的殷切。第四节抒写晨星关爱生命和助人为乐的品德。第五节抒写晨星等待黎明的急切、激动的心理状态。最后一节抒写晨星在太阳升起后甘愿消失的无私奉献精神。

这首诗意象鲜明，全诗围绕核心意象“晨星”展开，创造了“星群”“黑夜”“黎明”“露珠”“霜”“朝阳”“太阳”“暗云”“光明”等辅助意象，不但营造了深邃的意象，而且成功地赞美了晨星追求光明的精神风貌，由此象征和讴歌了革命者追求光明、无私奉献的崇高品质。

这首诗语言清新自然，明白晓畅。诗中动词运用非常准确，“披”“睁”“听”“看见”“照”“指引”“等待”“发抖”“殉身”等动词，既准确地再现了晨星的动作，表现了它的心态，又使这些表达人类动作的动词，具备了象征作用。诗中的晨星象征向往黎明、追求光明、乐于助人、无私奉献的革命者。（潘颂德）

义勇军进行曲　田　汉

起来！不愿做奴隶的人们！
把我们的血肉，
筑成我们新的长城！
中华民族到了最危险的时候，
每个人被迫着发出最后的吼声。
起来！起来！起来！
我们万众一心，

冒着敌人的炮火前进！
冒着敌人的炮火前进！
前进！前进！进！

1935 年

《义勇军进行曲》作于 1935 年。这是一个特别险恶和危急的年头：由于日本帝国主义的入侵，东北全境沦陷，长城沿线驻军在古北口、喜峰口等地自发抵抗日本侵略军的战斗也已失败，国内掀起了抗日救亡的热潮，而政府当局却仍在犹豫观望，妥协退让。《义勇军进行曲》之所以能在这个时候得到广泛传唱，正是因为它的词和曲都富于动力，象征了中华民族不屈不挠的战斗精神，能够激励和鼓舞中国人民争取自由解放的斗志和信心。

《义勇军进行曲》奏出了中华民族的心声。试想，在或是起来抗争，或是俯首就戮，舍此并无第三条道路可走的关键时刻，还有比“起来”的一声呼唤，比“不愿做奴隶的人们”的响亮号召更能激动人心的吗？在万里长城遭到日本帝国主义宰割和占领的危急关头，还有比“把我们的血肉/筑成我们新的长城”的提法更为悲壮，更能振聋发聩的吗？历史悠久的中华民族抵抗过无数次的外来侵略，而这次所面对的是空前野蛮和贪婪的日本帝国主义者，《义勇军进行曲》从宏观的历史的考察出发，提出“最危险的时候”，显然包含着巨大的历史容量，对于具有悠久的反侵略传统的中国人民来说，它也是一次最有力的动员。“每个人被迫着发出最后的吼声”，简练而有力地揭示了我国人民进行抗战的正义性和严重性。是的，“哀兵必胜”，正义之师必胜，历史已经证明，中国人民“冒着敌人的炮火前进”，终于赢得了抗日战争的伟大胜利！

《义勇军进行曲》由田汉作词，聂耳作曲，它原是影片《风云儿女》的主题歌。在影片中，它是作为主人公——诗人辛白华的长诗《万里长城》的最后一节，在影片开头和结束时歌唱的。这首歌曲一经出现，立刻激起了强烈的反响，并很快离开影片而成为独立的艺术精品。在这中间，聂耳付出了巨大的劳动，是聂耳的音乐才能为歌词添上了翅膀，而田汉的歌词又使音乐获得了血肉，《义勇军进行曲》不愧是诗人和音乐家携手合作的艺术结晶。

《义勇军进行曲》在国际上也广为传唱，在埃及金字塔下，陶行知听到过这支歌；走在美国大街上，梁思成听到过美国孩子唱着这支歌；在莫斯科纪念普希金诞辰一百五十周年的大会上，萧三亲聆美国黑人歌唱家罗伯逊用汉语演唱这支歌……可以说，这支歌已经成了中华民族精神的生动体现，在世界上也有着巨大的影响。正因为这样，1949 年 9 月 27 日，中国人民政治协商会议第一届全体会议决议：在《中华人民共和国国歌》未正式制定前，以《义勇军进行曲》代国歌；1982 年 12 月 4 日第五届全国人民代表大会第五次会议决议，以《义勇军进行曲》为《中华人民共和国国歌》；2004 年 3 月 14 日第十届全国人民代表大会第二次会议正式将《义勇军进行曲》作为国歌写入宪法。雄壮有力的《义勇军进行曲》永远激励着中华民族奋勇前进。（于成鲲）

五月的鲜花　光未然

五月的鲜花开遍了原野，
鲜花掩盖着志士的鲜血。
为了挽救这垂危的民族，
他们曾顽强地抗战不歇。

如今的东北已沦亡了四年，
我们天天在痛苦中熬煎！
失掉自由也失掉了饭碗，
屈辱地忍受那无情的皮鞭！

敌人的铁蹄越过了长城，
中原大地依然歌舞升平；
“亲善”！“睦邻”！啊！卑污的投降！
忘掉了国家更忘掉了我们！

再也忍不住满腔的愤怒，
我们期待着这一声怒吼；
吼声惊起这不幸的一群，
被压迫者一齐挥动拳头！

（副　　歌）

震天的吼声惊起这不幸的一群，
被压迫者一齐挥动拳头！

1935年8月写于汉口

《五月的鲜花》是光未然为独幕剧《阿银姑娘》所作的序曲。《阿银姑娘》反映了东北人民反抗日本帝国主义的英勇斗争，谴责了反动派投降卖国的卑劣行径。这是一首歌词，根据这首歌词谱写的歌曲在抗战期间曾经广为传唱。它如军号和战鼓一般唤起民众，投入反抗日本侵略者的伟大斗争。

这首诗具有强烈的鼓动性和战斗性。在第一节中，诗人以崇敬的心情歌颂为挽救垂危的民族而抗战不歇的志士。志士的鲜血灌溉着鲜花，使鲜花开得特别茂盛，五月的鲜花掩盖着志士，格外耀人眼目，逝者已矣，但鲜花生生不息的生命力终究是无法扼杀的。两者互相辉映，给人以强烈的悲壮美的感染。第二小节，从“他们”（烈士）转到“我们”，从激情的赞颂转为冷峻的描述，告诉人们切莫忘记国破家亡的痛苦，“知耻而后勇”，只有记住国耻，记住仇恨，才会有奋起和反抗，踏着烈士的血迹前进，诗句的感召力也就在这里。第三节中又转换了角度，诗人以愤怒的心情揭露了投降主义者的卑污，将“敌人的铁蹄越过了长城”，与“中原大地依然歌舞升平”两种情景相对照，令人感慨不已。至此，诗人再也按捺不住愤怒的感情，他在第四节中直接发出了唤起被压迫者的吼声，副歌重复一遍，突出了亿万人民挥动铁拳投入战斗这样一个令人难忘的特写镜头。

作为歌词，这首诗的语言流畅，音节也很和谐，十分适于咏唱。这首诗除副歌外，每节四行，节奏也大体均齐，用韵既严密又灵活，完全以情感的表现为前提，这种韵律的安排，突出了诗句的吟唱性。（耿建华）

灯塔守者　王亚平

白鸥在夜幕里睡熟了，

太平洋上没有一丝帆影。

乌云夺去了星月的光辉，
天空矗立着孤独的灯塔。

远处送来惊人的风啸，
四围喧腾着愤怒的涛声。

在这曙色欲来的前夜，
我把生命献给了光明。

一九三五，一，五，栈桥

诗的题目叫做《灯塔守者》，诗人却并未正面去描写灯塔守者工作的寂寞和艰辛，而把重点放在环境氛围的刻画上，前三节可以说都在写大海之夜。不过，诗人又不直接去写茫茫黑夜，他只通过海洋之夜的几个富于特征的细节来表现。白鸥睡熟了，这是富于特征的意象，因为白昼的洋面上，少不了群飞的海鸥。白鸥“睡熟了”，又暗示着有人在醒着，这就是“灯塔守者”。“太平洋上没有一丝帆影”，这也是富于特征的。没有帆影不等于没有夜航的船，“灯塔守者”是丝毫不能懈怠的，虽然他经常看到的是没有帆影，却必须为可能出现的船只时刻戒备着。“乌云夺去了星月的光辉”，表明是一个漆黑的夜，或许将有风暴来临，“灯塔守者”必须倍加警觉。远处的风啸，四围愤怒的涛声，又是一个富于特征的氛围描写，风啸涛语，似乎正在告诉着什么消息。在这所有氛围的描写中，诗人突出了“天空中矗立着孤独的灯塔”这一主体形象。它是灯塔，又是“灯塔守者”形象的外化。诗中那孤独高耸的建筑，已成了一个伟大的人格的化身。“在这曙色欲来的前夜/我把生命献给了光明”，淡淡地流露出觉悟与自豪，从而显示出一种迥异于前人的时代精神。

诗到最后一节用了“我”这个字眼，使全诗确立了第一人称的抒情角度，自然显得格外意味真醇。当然，读者决不至于误会诗人就是灯塔守者，然而他因触物起情，在写诗中融入个人的生活体验与信念则是完全可能的。因而诗句本身又启发读者超越本文，进入它的深层结构，作进一步的欣赏。

“作诗必此诗，定知非诗人。”（苏轼）诗歌形象的一个重要特点，就在于它常有引类譬喻的性质。如这首诗在表象上虽然只是一个“灯塔守者”，其意蕴却是归结到“在这曙色欲来的前夜/我把生命献给了光明”的理念上的。这就不难引发读者浮想联翩，联系到与之同构的另一些人事。尤其不应忽略的是诗的写作年代：1935 年，这正是中国黑暗与光明交战的年代，诗人当时在青岛教书，对祖国的危难感受很深，他如此深情地讴歌为光明捐躯的“灯塔守者”，难道是偶然的吗？（周啸天）

吴　淞　　常任侠

这泱泱的大海，
这苍苍的云树，
这一排残坏的巨炮，

正像那些负伤的巨蟒，
僵的直的岑寂的横卧着，
向着遥遥的天宇，
张开它残缺的大口。
虽然吼声已经停止了，
喘息已经断绝了，
尚仿佛怀着郁勃的愤怒。

我徘徊于此残墟废堡之间，
海风吹起我的衣襟，
我拥抱这些大炮，
摇撼而且亲吻，
而且嘘唏泣下。
一具钢铁的巨大的战骨，
已经没有丝毫的微温。
我尽力的摇撼与热烈的亲吻，
而且嘘唏泣下，
海风吹起我的衣襟。

我回头看大海：
海涛喷着白沫向天卷，
茫茫的无尽的挟着怒吼的声音。
我向天末遥望，
天的尽头仍是一排一排的，
争着向前进的巨浪，
像拼命的狂奔。
我为这些海波所吞噬，
所震撼，所兴奋；
海风吹起我的衣襟。

我抱起一颗沉重的残余的炮弹，
用力的向着天高举，
向着海水掷，
许多惊异的眸子向着我望，
我只回答一些寂寞与抑郁的叹息。
这些炮弹不再发出巨大的声响，
只沉卧于乱石与泥沙之下，

我寂寞而叹息而下泪，
望着都市的烟，村落与田野，海与云，
海风哟，海风吹起我的衣襟。

一九三二年七月十一日

《吴淞》不是纪游诗，不是咏古诗，而是一首感时之作。它写于淞沪血战结束不久，曾经游学扶桑的常任侠，同全国人民一样怀着愤怒和悲伤，面对着吴淞战场"残坏的巨炮"，诗人不由得抒发了忧国忧民的情思。

全诗分四节，由近及远，弥漫着一种怆然的悲剧氛围。第一节写吴淞口炮台的景象，大炮"横卧着"，"张开它残缺的大口……喘息已经断绝了"，是眼前的实写，也是北国的缩影，引起人们对长城残破、海防洞开的衰危局势的忧虑，末了一行"郁勃的愤怒"，由抑转扬，静中寓动，为底下诗行的展开作了铺垫。第二节写抒情主人公在"残墟废堡之间"，久久"徘徊"，"摇撼"并且"亲吻"大炮，"嘘唏泣下"。诗人感时伤事的情思，通过这些不寻常的动作得到了突出的展现。第三节顺势展开，把意境拓得既深且远，如"海涛"，是写实也是比喻，当年全国人民的爱国激情不正如"茫茫的无尽的挟着怒吼的声音"吗？这节写得有些虚幻空灵，因此也更有气势，更富于情绪感染力。第四节写"我"高擎"炮弹"，掷向大海，显得突兀而悲壮。不过读者对这些诗行不能看得太实，扣得太死，它们多半存在于诗人的想象之中，实际情况则是这些炮弹"沉卧于乱石与泥沙之下"。全国人民报国无路，抗日有罪，连炮弹也失去了巨响，此情此景，怎能不使"我寂寞而叹息而下泪"！

这首诗在传达忧患的情思时善于铸冶意境，景语和情语交错展开，又相互渗透，重叠的语句、语调构成了诗歌的韵味，增强了抒情的气势。有些青年读者尽管不详细了解"一·二八"战事，但只要认真读上几遍，是不难体会诗作所包含的深沉的感慨的。（章亚昕）

季候　邵洵美

初见你时你给我你的心，
里面是一个春天的早晨。

再见你时你给我你的话，
说不出的是炽烈的火夏。

三次见你你给我你的手，
里面藏着个叶落的深秋。

最后见你是我做的短梦，
梦里有你还有一群冬风。

这是一首含蓄的抒情短诗，诗人用人们熟知的春夏秋冬四季的冷暖嬗递来隐喻恋人对"我"的情感变化，以及"我"在心理上的不同感受，诗名题作《季候》，其涵义即在此。

从春夏到秋冬，这漫长的四季是"我"和"你"这对恋人从相识到相恋，又相互生出隔阂的感情历程，自然界从煦春到寒冬的自然进程却正好象征了这对恋人走过的道路。与其说这是一种偶然的巧合，毋宁说这是诗人刻意营造的一种象征，象征着对美包括爱情的追求的一种惘然若失的心绪。从春到冬，漫漫长途，其间自然有着丰富的经历，诗人以巧妙的手法，有意淡化了这中间的复杂内涵，只用短短的八行诗概括两人走过的历程，十分含蓄，耐人品味。

这首诗形式上是两行体，每行字数完全相等，显得非常严谨，这与全诗表现的惆怅心绪是吻合的。但这种惆怅的心绪并非是沉滞凝固的，而是飘逸的，逐渐显现的，诗人以意象的隐喻和韵律的变化来体现这一点。诗的意象很有特色，全诗以春夏秋冬的温差来隐喻恋人之间感情起落变化，幅度相当大，但诗人写来却很有层次，从朦胧到炽热，到惆怅，最后是失望，非常含蓄而又准确地描绘出恋人之间感情波动的发展轨迹。诗在韵律安排上也颇具匠心，诗的韵脚两行一换，这多变的节奏正暗示了感情的波动；诗中从初见、再见到三见、最后一见，层层推进的时序与“我”从热到冷的心理感受正好是一个鲜明的对比，形成了感情上的涟漪，层层荡漾开去，蕴藉着丰富的诗意。

邵洵美早期十分崇拜萨福、斯温伯恩和魏尔兰等诗人，他们那浓艳、袒露和雕琢的诗风对其早期创作有较大影响。大约从 1931 年开始，诗人逐渐摒弃了唯美主义的追求，开始在诗的意象内涵上刻苦经营。《季候》一诗发表于 1931 年 4 月，正是他转变诗风以后最初的尝试之一。这首诗音韵和谐，构思精巧，内涵隽永而又写得玲珑剔透，显示了较高的艺术技巧。（张　伟）

预　言　何其芳

这一个心跳的日子终于来临。
你夜的叹息似的渐近的足音
我听得清不是林叶和夜风私语，
麋鹿驰过苔径的细碎的蹄声。
告诉我，用你银铃的歌声告诉我
你是不是预言中的年青的神？

你一定来自温郁的南方，
告诉我那儿的月色，那儿的日光！
告诉我春风是怎样吹开百花，
燕子是怎样痴恋着绿杨，
我将合眼睡在你如梦的歌声里，
那温馨我似乎记得，又似乎遗忘。

请停下，你疲劳的奔波，
进来，这里有虎皮的褥你坐！
让我烧起每一个秋天拾来的落叶，
听我低低地唱起我自己的歌，
那歌声将火光一样沉郁又高扬，
火光一样将我的一生诉说。

不要前行，前面是无边的森林，
古老的树现着野兽身上的斑纹，
半生半死的藤蟒一样交缠着，
密叶里漏不下一颗星，
你将怯怯地不敢放下第二步，
当你听见了第一步空寥的回声。

一定要走吗，请等我和你同行，
我的足知道每条平安的路径，
我将不停地唱着忘倦的歌，
再给你，再给你手的温存，
当夜的浓黑遮断了我们，
你可以不转眼地望着我的眼睛。

我激动的歌声你竟不听，
你的足竟不为我的颤抖暂停！
像静穆的微风飘过这黄昏里，
消失了，消失了你骄傲的足音……
呵，你终于如预言中所说的无语而来
无语而去了吗，年青的神？

一九三一年秋天

每个诗人对已经产生的作品都有自己的偏爱。何其芳谈到他最初一些作品时说："这一段短促的日子我颇珍惜，因为我做了许多好梦。"《预言》就是这梦中升起的一朵美丽的小花。

诗的开头，我们就被诗人引进了一种梦幻般寂静而美好的境界。诗人以一段小夜曲似的满带柔情的旋律，倾诉了自己期待已久的时候到来时的心境。预言中女神终于来了。她的脚步的声音是那样的轻，她有银铃的歌声。幻想世界中年轻的神和现实世界中年轻的人接近了。诗人急切的期待和欢悦的心境，也得到了最充分的表现。

紧接着这段序曲，是幻写这位年轻的女神生活的地方是怎样美丽和温暖。诗人似乎在梦中多次造访过，如今留下的只是一片恍惚的记忆和眷恋。没写女神的美丽、快乐、幸福，却用她生活的地方的描写，把这一切衬托出来了。

神的人化和人的神化在想象世界中融合为一种情绪：对美丽、温暖、光明的梦境般世界的渴望与赞美。由此，诗人接着对女神倾诉着自己的情感和祈愿，并劝女神不要冒险前行。而女神则一定要辞别前行，诗人愿意结伴同行，用"忘倦的歌""温存"的手和浓黑中的"眼睛"来给她以温暖与光亮。但是，诗人"激动的歌声"并没有牵动女神的心。女神的匆匆来去，给诗人带来了短暂的欢乐，也带来了无限的怅惘。在诗的最末一节里，诗人用一种"如歌的行板"的曲调，委婉地吐露了自己如怨如诉的心声。

《预言》可以说是诗人对已经过往的爱情的眷念与回想，那悄然而来又悄然而去的神，是爱神的象征，是诗人由渴望到怅惘的爱情的一段心灵历程的象征。诗人曾说过，在刚上大学之初"遇上了我后来歌唱的'不幸的爱情'"。(《刻意集·序》)但是,这段梦中年轻女神的来而复去,又是诗人内心对美好理想追求的热切与失去的惆怅。年轻的女神就是一种美好理想的象征了。

《预言》从"年青的神"降临的脚步声引起自己欣喜的"心跳",到静穆的黄昏里消失了远去的"足音",诗人有一个非常完整的艺术构思。一个序曲,一个尾声,加上中间的四个乐章,形成了一部优美的梦幻交响曲。而中间的四个乐章,每一段有对"年青的神"的倾诉的相对独立的内容,各段之间又连环一样紧密相关。是抒情诗,又有情节的发展;是写"神"的行踪,又贯穿人的独白,开头的突然与惊喜和结尾的惆怅与余韵,呼应得十分和谐巧妙。作者曾倾心阅读过济慈与雪莱的抒情诗。在以神话人物为抒情题材和注重抒情诗的戏剧情节性方面,《预言》的构思显然是有所借鉴的。但就这首诗的形象的象征性来看,又更接近法国象征派诗人的作品的特征。和戴望舒的《雨巷》比较起来,这位"年青的神"的悄然的来去,和那位"丁香一样的姑娘"的出现与消失,有类似构思的影子。不同的是,何其芳的这位"年青的神"带有更多欢乐的色彩,而没有《雨巷》中那么浓重的惆怅与颓唐。《预言》全诗由形象的选择、构思,到抒情的基调,在怅惘中给人以舒缓、宁静、透明的感觉。

《预言》用和谐和富于音乐性的语言抒情,使这首诗具有鲜明的音乐美感的特质。全诗每节均为六行,大体一、二、四、六行押韵,各节的脚韵又不完全相同,随着抒情的需要换韵。有时四、六行韵脚相同,与一、二行相异,富于变化性。为了增强音乐的美感,也为了加重抒情的色彩,诗人还自然而巧妙地运用诗句语言的复沓。复沓的方式又各有所异,不尽雷同。同样的语句反复,表达的感情色彩又各有差异。《预言》以诗人的整体创造,给人以广阔想象的天地和朦胧的美的境界。(孙玉石)

欢　乐　何其芳

告诉我,欢乐是什么颜色?
像白鸽的羽翅?燕子的红嘴?
欢乐是什么声音?像一声芦笛,
还是从簌簌的松声到潺潺的流水?
是不是可握住的,如温情的手?
可看见的,如亮着爱怜的眼光?
会不会使心灵微微的颤抖,
或者静静地流泪,如同悲伤?

欢乐是怎样来的,从什么地方?
萤火虫一样飞在朦胧的树荫?
香气一样散自蔷薇的花瓣上?
它来时,脚上响不响着铃声?

对于欢乐,我的心是盲人的目,
但它是不是可爱的,如我的忧郁?

六月二十七日

何其芳在20世纪30年代初步入诗坛，正当新月派后期及现代派兴盛之时，他的创作明显受到了这两个诗派的影响。从格律的追求来说，显然靠近新月派；从意象的摄取来说，又显然靠近现代派。这一首《欢乐》，就是并受两者影响的又自有何其芳个性的艺术宁馨儿。

诗题名为《欢乐》，实则是写忧郁苦闷。诗人当时处在黑暗时代，他时时苦闷着，哀怨着。他所接触的西方世纪末文学的神秘主义，也给他烙下了悲观、怀疑的印记。这一首《欢乐》，便是他当时思想和情绪的写照。

诗中反复咏叹"欢乐是什么颜色"，"欢乐是什么声音"，"欢乐是怎样来的"，并以通感的手法，捕捉来白鸽的羽翅、燕子的红嘴以及芦笛、流水、温情的手、爱怜的眼光等可视、可听或可感的形象，织成一幅幅绚丽的意象，竭力烘托欢乐的情状。可它们都不是以肯定的句式出之，而是涌出了一连串的问号，其艺术效应是把这许多欢乐勾勒得可望而不可即，其深意可破译为：欢乐也许是这一切，可它实在并不是这一切，欢乐是在虚无缥缈间。正是基于这一点，诗人在前三节的尽情铺陈之后，最后如此直抒："对于欢乐，我的心是盲人的目/但它是不是可爱的，如我的忧郁?"这最后一节显然在情绪上是一种逆转，细心的读者可以看出，这逆转的情绪才是诗人所要真正抒发的，但在艺术表现上，诗人却对这理应着重抒发的情绪点到为止，从而留下了开阔的艺术空间，让读者自己去填补，这是在艺术构架上的匠心所在。

这首诗在艺术上的又一特色，是十分注重色彩的配合，正如诗人的自白："我不是从一个概念的闪动去寻找它的形体，浮现在我心灵里的原来就是一些颜色，一些图案。"(《梦中的道路》)"白鸽的羽翅"配之以"燕子的红嘴"，这一"白"一"红"，对比分明而又相映成趣；"簌簌的松声"与"潺潺的流水"，又是一种由听觉引起的心灵色彩的配合；还有由"温情的手"与"爱怜的眼光"所抚慰而引发的"微微的颤抖"与"静静地流泪"，也是由触觉与视觉所引起的感觉图案。诗人通过这些色彩和图案的组合，把难以捉摸的微妙情绪抒写得绚丽多姿，神秘诱人。

在朦胧的树荫中如萤火虫飞来的欢乐，散自蔷薇花瓣上如香气袭人的欢乐，来时脚上也许响着铃声的欢乐，它们来了，却不是属于诗人的，属于诗人的只有忧郁。这是已经逝去的那个时代浮现在诗人心灵上的一抹色彩。(尹在勤)

花　环 放在一个小坟上　　何其芳

开落在幽谷里的花最香，
无人记忆的朝露最有光，
我说你是幸福的，小玲玲，
没有照过影子的小溪最清亮。

你梦过绿藤缘进你窗里，
金色的小花坠落到你发上。
你为檐雨说出的故事感动，
你爱寂寞，寂寞的星光。

你有珍珠似的少女的泪，
常流着没有名字的悲伤。

你有美丽得使你忧愁的日子，
你有更美丽的夭亡。

九月十九日夜

这首诗是为悼念一个叫“小玲玲”的少女的夭亡而写的。在何其芳的早期诗作中是相当动人的一首。按我们的审美习惯推想，这类诗所贯穿的情绪总是对死者的惋惜与悲叹，但《花环》一反常情，竟说这个少女的夭亡是“更美丽的”。这是什么缘故呢？这需要从诗人赋予她什么样的“美丽”入手来作分析，才能找到答案。在这首诗里，小玲玲的美丽有着三个层次：首先是她很纯洁。这从第一节的三个意象中可以让我们感受到：幽谷花开而孤芳自赏，朝露有光而无人顾念，山溪自清而尘影不染，可见这个女孩从来是生活在与世隔绝的环境之中，自然纯洁得白璧无瑕了。其次是她很爱幻想。这从第二节的四个意象中可以看出：梦着绿藤悬窗，花坠发上，感到檐雨絮语，星光寂寥。这种奇思遐想真惹人爱怜。再次，是她有一颗善感的心。第三节前三行对此作了表露：无虑的岁月引来几许哀愁；莫名的悲伤逗出无端的珠泪，活现着她青春期微妙的心态。由这样三个层次迭现少女的性格，的确迷人，美丽。而诗人也就根据这样的性格逻辑不动声色地在我们读者心中完成了这般推论：要使这样一个少女长存下去，现实中是不可能的，因为人总不能长存在真空中，这一来，纯洁不可能了，梦幻该结束了，莫名的哀愁呢？也会被生活的严酷内容所替代了。假如一定要永葆小玲玲的美丽，只有一条路：夭亡。这就是为何在诗中写出“夭亡”是“更美丽的”了。诗人写这首诗时还在北京大学读书。作为一个脱离现实斗争、对生活又异常敏感的青年学生，何其芳强烈地感受到人世污浊不清，社会动荡不宁，因此一种想超脱现实世界到艺术的幻想天地里去寻找“美”的心情，促成他写下了《燕泥集》中的诗和《画梦录》里的散文。而《花环》也就是这样写成的。

《花环》的艺术性很高。首先使我们感到的是：诗人努力采用意象抒情。全诗用了八个意象绘出少女三个层次的性格美，而不作任何说明性或直抒性的传达。这一方面是他借鉴了西方象征派、意象派的艺术展现方法，另一方面也受了晚唐诗风的影响。他诗中的意象大多是美丽而精致的，像“没有照过影子的小溪最清亮”，这个意象就十分美丽，极具弹性，可说是他审美创造的一次佳妙发现。其次是在抒情思路的组织方面颇具特色。他在表现和揭示“你是美丽的”这个题旨时，摆脱了传统抒情思路的组织习惯，不去强化如何如何的“美丽”，而是以纯洁、爱幻想、善感这三个性格特性和夭亡这个命运特征去丰富“你”的内涵，从而把“你”判断为“美丽的”，这就给人很深的印象。

再次，这首诗在形式上以节为单位，致力于诗节中句与句之间顿（音尺，或音组）的均齐，如第一节四行，前两行各三顿，后两行各四顿，两两相对。全诗每个诗行不超过四顿，每个顿所含字数并不一致，因此视觉上可能感到参差不齐，但读来和谐动听，显示了规律中见自由、自由中显规律的艺术辩证法。（骆寒超）

成都，让我把你摇醒　何其芳

的确有一个大而热闹的北京，
然而我的北京又小又幽静的。
——爱罗先珂

一

成都又荒凉又小，

又像度过了无数荒唐的夜的人
在睡着觉，

虽然也曾有过游行的火炬的燃烧，
虽然也曾有过凄厉的警报，

虽然一船一船的孩子
从各个战区运到后方，
只剩下国家是他们的父母，
虽然敌人无昼无夜地轰炸着
广州，我们仅存的海上的门户，
虽然连绵万里的新的长城
是前线兵士的血肉。
我不能不像爱罗先珂一样
悲凉地叹息了：
成都虽然睡着，
却并非使人能睡的地方。

而且这并非使人能睡的时代。
这时代使我想大声地笑，
又大声地叫喊，
而成都却使我寂寞，
使我寂寞地想着马雅可夫斯基
对叶赛宁的自杀的非难：
“死是容易的，
活着却更难。”

二

从前在北方我这样歌唱：
“北方，在你僵硬的原野上，
快乐是这样少
而冬天却这样长。

“而且你难道真成了风瘫的手膀，
当强盗的刀子指着你，
你也不能举起手来，
重重地打他几耳光？”

于是芦沟桥边的炮声响了，
风瘫了多年的手膀
也高高地举起战旗反抗，
于是敌人抢去了我们的北平、上海、南京，
无数的城市在他的蹂躏之下呻吟，
于是谁都忘记了个人的哀乐，
全国的人民连接成一条钢的链索。

在长长的钢的链索间
我是极其渺小的一环，
然而我像最强顽的那样强顽。

像盲人的眼睛终于睁开，
从黑暗的深处我看见光明，
那巨大的光明呵，
向我走来，
向我的国家走来……

三

然而我在成都，
这儿有着享乐、懒惰的风气，
和罗马衰亡时代一样讲究着美食，
而且因为污秽、陈腐、罪恶
把它无所不包的肚子装饱，
它在阳光灿烂的早晨还睡着觉，

虽然也曾有过游行的火炬的燃烧，
虽然也曾有过凄厉的警报。

让我打开你的窗子，你的门，
成都，让我把你摇醒，
在这阳光灿烂的早晨！

1936年诗人何其芳从北方回到了自己的家乡——四川，积极投入了抗日救亡的宣传工作，而环境的沉闷使他感到窒息，终于写成了《成都，让我把你摇醒》。

全诗分三个部分，第一部分写成都不仅荒凉而且在沉睡；第二部分热情歌颂了北方广大群众奋起抗日的壮举；第三部分写要把成都摇醒。第二部分和第一部分形成了鲜明对比，第三部分和第一部分遥相呼应。这三个部分各有侧重，宏观与微观结合，相当集中地表达了主题：一定要把成都摇醒。

诗人在第一部分先是概括地描述了他对这座后方大城市的初步印象“成都又荒凉又小/又像度过了无数荒唐的夜的人/在睡着觉”，表现了强烈的忧患感。接着写了这个城市在国破家亡的年代也曾有过“游行的火炬”和“凄厉的警报”，这里清醒的斗争精神和腐朽的世风构成了有层次的对比和照应。“虽然一船一船的孩子/从各个战区运到后方/只剩下国家是他们的父母……”是诗人自述见闻。这分外真切的令人痛心的事实和成都的酣睡也形成对比。诗人把客观事实与主观感情融为一体，以朴素的语言告诫人们：成都“却并非使人能睡的地方”。诗人何其芳赞赏马雅可夫斯基“对叶赛宁的自杀的非难”，不仅增加了诗歌内蕴的深度，也表明他有为民族解放斗争到底的决心。到这时，诗人已经摒弃了昔日伤感、脆弱、空想的情感，在中华民族求生存争自由的斗争中觉醒起来，为民族解放和人民革命而“大声地叫喊”。

第二部分，诗人先是引用自己从前在北方时的歌吟，表达了激愤的情感，“当强盗的刀子指着你/你也不能举起手来/重重地打他几耳光？”接着三个“于是”的句子，第一个是说芦沟桥的炮声震动了我们民族的心，使之有了清醒的奋起意识，因而“也高高地举起战旗反抗”。后两个是对上述意象的补充和强调。侵略者的“蹂躏”，加深了中华民族的危机感，在血与火的战斗中我们看清了前途和希望，在斗争中“全国的人民连接成一条钢的链索”。诗人以此构成三个紧相贯串、互为因果的意象。

1936年以后，诗人进一步接触了冷酷黑暗的社会现实，产生了强烈的反抗思想。1937年全国性抗战开始后，他积极参加了救亡工作成为“长长的钢的链索间”的“极其渺小的一环”，在与民众的紧密结合中他感到：“像盲人的眼睛终于睁开/从黑暗的深处我看见光明/那巨大的光明呵/向我走来/向我的国家走来……”这是诗人何其芳对新的生活、新的时代的热情洋溢的呼唤。这里他直抒胸臆，把拟人与比喻手法结合运用，表现了宏大的气魄。

第三部分，进一步具体描写成都的“沉睡”，与第一部分形成呼应。这里的官僚政客等寄生阶级每天仍然追求“享乐”，讲究着“美食”，其中有些人甚至毫无廉耻地卖国求荣，大发国难财，因而这抗战的大后方充满了“污秽、陈腐、罪恶”。“它在阳光灿烂的早晨还睡着觉”和“风瘫了多年的手膀/也高高地举起战旗反抗”的战斗生活形成了强烈对比。诗人重复了第一部分出现过的两句诗“虽然也曾有过游行的火炬的燃烧/虽然也曾有过凄厉的警报”，意在强调一切不愿做奴隶的人们必须起来斗争，同时也是表示对沉睡的人们的不满。这种反叛愤激的情绪是与30年代的历史主潮合拍的。结尾的三行诗是点题，表达了一定要把成都摇醒的信心和勇气。

总之，《成都，让我把你摇醒》一诗，蕴含着丰富的历史性、悲剧性内容。它不仅是何其芳的重要作品，而且也是抗战时期一首有代表性的爱国诗篇。由于诗歌内容的变化，诗歌的形式也发生了一次深刻的变革。诗人彻底抛开了外在的韵脚，而把诗的韵味深寄于诗意内在的律动，在情绪的起伏变化中来创造音律的抑扬顿挫和节拍的轻重缓急。（祝一寰）

秋的味　李广田

谁曾嗅到了秋的味，
坐在破幔子的窗下，
从远方的池沼里，
水滨腐了的落叶的——
从深深的森林里，

枯枝上熟的木莓的——
被凉风送来了
秋的气息?
这气息
把我的旧梦醺醒了,
梦是这样的迷离的,
像此刻的秋云似——
从窗上望出,
被西风吹来,
又被风吹去。

《秋的味》是李广田诗歌创作最旺盛时期的作品,它体现了诗人早期诗作的思想情调和艺术风格。

《秋的味》写于1931年9月,是诗人面对秋景瞬间意绪的诗化表现。全诗共15句,前8句可以自成一节,是诗人关于秋味感觉具象化:"破幔子的窗下",一个"破"字道出了无限凄凉;"水滨腐了的落叶"和"枯枝上熟了的木莓",成熟凋落的秋景伤心惨目。正是那腐叶和熟莓的气息勾起了诗人的秋思,于是他转而抒写自我的内心世界,一个"迷离"的"旧梦"。诗人用飘浮无际的"秋云"来譬喻"旧梦",从而把朦胧的梦境形象化了。梦来得快,去得也快,"被西风吹来/又被风吹去"。虽然梦的具体内蕴诗人始终没有道及,但从"腐了的落叶"和"熟的木莓"的气息到飘忽的"秋云"不难体验到诗人愁闷寂寞的情怀,领会到他剪不断、理还乱的瞬间思绪。

李广田是一位对秋具有特殊敏感的诗人。他早期的诗作有许多写到秋天,如《秋》《秋的歌者》《秋灯》等,但诗人笔下的秋与金黄色的收获是无缘的,相反,却是他抒发内心忧郁情绪的渊薮。显然,这与诗人对自己的生命价值不得实现的哀愁心境有关,与1927年大革命失败后一片昏乱黑暗的现实有关,许多人看不清前途而苦闷彷徨。李广田也无法逃避这一时代的抑郁症,因此这时期的诗作出现了消沉、伤感的色调。从《秋的味》等诗中都可以看出当时作者处在游离、彷徨状态的思绪。但是诗人并没有沉溺于其中,那迷离的梦,不是如秋云般终被吹走了么?

在艺术上,李广田特别注意语言的"洁净"和"丰实"。所谓"洁净"就是不芜杂、不枝蔓,简洁精炼、所谓"丰实"便是指诗歌应有丰富坚实的内容。《秋的味》的创作就体现了诗人这一艺术主张。诗中的每个字、每个词、每个意象,都极为恰当地刻画了诗人的思绪。尤其是结尾,作者采用简洁凝练的语言,把梦的具体内涵作虚化、朦胧化处理,从而给读者留下了较大的想象空间,使整首诗在表达意蕴上显示了多义性和多层次性。读者可以根据自身的阅历和修养作合理性的补充。这无疑增强了诗的思想容量。有人说李广田早期诗作相对于后期诗作技巧更圆熟,韵味更足,这是很有道理的。(马兆兴)

距离的组织　卞之琳

想独上高楼读一遍"罗马衰亡史",
忽有罗马灭亡星出现在报上。
报纸落。地图开,因想起远人的嘱咐。

寄来的风景也暮色苍茫了。
（醒来天欲暮，无聊，一访友人吧。）
灰色的天。灰色的海。灰色的路。
哪儿了？我又不会向灯下验一把土
忽听得一千重门外有自己的名字。
好累呵！我的盆舟没有人戏弄吗？
友人带来了雪意和五点钟。

一月九日

这首诗写于七七事变前两年，一种民族危亡感正在社会上弥漫着。诗中的抒情主人公“我”以及“友人”，都处在这种精神状态中。全诗也因而充满了一种沉郁压抑的感觉。

此诗向来被看成是诗人的一首深奥难懂之作，原因是此诗在章法结构的安排、时空关系的转换、感觉意象的连接等方面作了不同寻常的处理。全诗可以分解成三个单元。第一单元（第一、第二行）写“我”在冬日的一个下午“独上高楼”。登高意味着望远，在古典诗词中不乏登楼远眺、忧国伤时之作，如“花近高楼伤客心，万方多难此登临”（杜甫），“何处望神州？满眼风光北固楼”（辛弃疾）等即为人们所传诵。诗人此次缘何登楼？看来也是知识分子的使命感和责任感使然，不过他的登楼不是望远，而是读史，不是在辽阔的空间中纵目远眺，而是在时间的长河中追溯往古，从这里就可以看出诗人是怎样善于借助“登楼”所历来具有的意蕴来衬托自己深沉的思绪和苍茫的情怀了。更令人感慨的是正当诗人想把当年罗马帝国衰亡时的境况和中国眼前的现实相比较相对照时，忽然看到报纸上的一则报道，说是最近发现的一颗新星，其光线传至地球足足经过了1 500年，恰好是罗马帝国倾覆之时。星光犹存，帝国荡然，抚今思昔，能不令人唏嘘长叹？

和浪漫主义诗歌不同，诗人所遵循的诗学观和创作方法不允许他径情直遂地流露自己的感情，而是“倾向于克制”（《雕虫纪历・自序》），于是诗作转入了第二单元。“报纸落”——诗人感叹之余，渐渐入睡，连报纸掉在地上也不知道；“地图开”——在梦境中看到了远游的友人和他沿途的足迹，进而又想起了他寄来的印有风景的明信片也是弥漫着苍茫的暮色，看来友人的心情也并不佳，境况也并不妙吧？但不管怎样，总比独坐高楼要好一些，姑且跟着他去远游一番如何？于是自己也不知不觉地向前走去，见到了“灰色的天。灰色的海。灰色的路”。路途漫漫，前景茫茫，长此下去，如何是好？记得报纸上又有一则报道，说有一个人只要抓起身边一把土往灯下一瞧就明白到了哪儿，可惜自己没有掌握这种“验土”的本领，这真是进退失据，投托无门，只剩得满怀的惆怅和彷徨了。

人们常说“酒后吐真言，梦中露真情”，不过这种真情常常是以变幻莫测的形式出现的，诗人把梦境写得如此扑朔迷离，闪烁不定，读者自然不必对此作绝对的狭隘的理解，也尽可以不同意上述的分析，重要的是把握诗人情绪的色调和流向，理解诗人梦中的潜意识是如何曲折隐晦地反映了诗人梦前的所见所思。诗作的第三单元即最后三行写梦醒以后，“忽听得一千重门外有自己的名字”，原来是另一个友人来找我了，这个友人对于梦中的“我”来说，虽然来得突然，以至于梦中的“我”听他的喊声就像来自“一千重门”以外，但其实诗中是作了交代的，这就是括号中那一行字：“醒来天欲暮，无聊，一访友人吧。”这是那位友人的内心独白，他所要访问的“友人”就是“我”。从如此曲折悠远的梦中醒来自然“累”得很，而且不光是“累”，在将醒未醒之际，“我”还有些担心：这不会是有人捣乱，造成了一场类似“盆舟”的事故吧？据《聊斋志异》中的《白莲教》所记，白莲教某者“将他往，堂上置一盆，又一盆覆之，嘱门人坐守，戒勿启视。去后，门人启之。视盆贮清水，水上编草为舟，帆樯具焉。异而拨以指，随手倾侧，急扶如故，仍覆之。俄而师来，怒责：‘何违我命！’门人立白其无。师曰:'适海中舟覆,何得欺我!'"对于诗中的"我"来说,是载?是覆?是福?是祸?又有谁在"欺我"?说不准,也不必硬说,反正"我"隐隐约约觉得不那么能够掌握自己的命运就是了。

诗的结尾明白如话:"友人带来了雪意和五点钟。"原来一觉醒来,不仅天色将暮,而且快要下雪了。前人有词句云:"守着窗儿,独自怎生得黑?"(李清照《声声慢》)"我"这次有人前来登楼作伴,自然要好多了,不过面对的是苍茫的暮色和深感"无聊"的友人,会不会又因此而增添一分新的愁思呢?

这首诗,梦境与实情相交融,友人和自己相对应,起于读史,终于会客,贯串全篇的是一派灰蒙蒙的景色和一腔抑郁而深沉的情怀。不足之处是用典太多,稍觉生涩。(孙光萱　骆寒超)

断　章　卞之琳

你站在桥上看风景,
看风景人在楼上看你。

明月装饰了你的窗子,
你装饰了别人的梦。

十月三日

《断章》写于1935年10月。据作者自云,这四行诗原在一首长诗中,但全诗仅有这四行使他满意,于是就抽出来独立成章,标题即由此而来。全诗没有一个生僻的字眼,也没有一句复杂的句式,写得明白如话。字面上是不难懂的。但细细品味,又好像不能全懂,越想越觉得它的含义很多。李健吾认为它是在"装饰"二字上做诗,暗示人生不过是互相装饰,其中蕴含着无可奈何的悲哀情怀。诗人本人不同意这种评解,明确地表白:"我的意思也是着重在'相对'上。"后李健吾则又说这两种解释,"与其看做冲突,不如说做有相成之美"(《答〈鱼目集〉作者》)。

《断章》写了两组意象。一组是:当你站在桥上把周围一切活动当成风景来看的时候,楼上的人又把你当作风景的一部分来观赏;又一组是:明月的银光装饰了你的窗户,而你整个儿的形象或许又进入他人的梦中装饰了他人的梦。通过这两组相关联的意象,诗人表达了一种相对、平衡的观念:人可以看风景,也可能成为风景之一部分而被别人观赏,这是相对;明月可以装饰你的窗子,而这一切又可能成为他人梦境的装饰,这也是相对。由是抒发了诗人的一种哲理性的思考:宇宙万物息息相关,互为依存。明白了事物间普遍存在的相对、平衡的关系,人就不应该再有怨尤。这里我们可以猜测,诗人早年很可能是通过艾略特受到了新黑格尔主义哲学家布拉德雷的影响,按照布拉德雷的观点,"绝对"是在无数的"相对"中呈现的。这一点又只能是在现象的陈列中直接悟到,也许《断章》正好形象地反映了这一观点。

当然此诗表现的本是抽象的观念,但它不是直接陈述和抒情,而是通过客观形象和意象的呈现,间接地将诗意加以表现。它运用了类似修辞上的"顶针"手法,将前一句的结尾作为后一句的开头,使诗行间的逻辑关系十分明确,并把两组意象融为一幅和谐完整的画面,使诗意深奥而并不晦涩。加之主要词语("你""看""风景""装饰"等)的复现,更造成一种回环往复的情调。它不使人动情,却令人深思。如诗人自云的"冷淡盖深挚"。诗人把自己的感情客观化为一种色彩、音响、图形,以客观象征主观,使之达到加深而又内敛的效果,正如他在《雕虫纪历·自序》中说的:"我写诗……却总倾向于克制,仿佛故意要做'冷血动物'。"诗人还采用了西方诗歌常用的抱韵(abba),在诗艺上不但继承了中国诗歌注重意境的传统,又呈现出西方一路诗的着重暗示性,使诗作含蓄深沉。(李复兴)

第一盏灯　卞之琳

鸟吞小石子可以磨食品。
兽畏火。人养火乃有文明。
与太阳同起同睡的有福了,
可是我赞美人间第一盏灯。

《第一盏灯》写于 1937 年。诗仅四行,内蕴却极深厚,表现的是对人类一切发现、发明和创造的赞美。第一句是一个比喻,所喻者为第二句的说明,意思是:正如鸟类用小石子在嗉囊中磨碎食品,而得到消化、增加营养一样,人类也经历了不少困难,才学会使用火,文明才得以产生;而兽类却永远害怕火,所以便永远只能是兽类。第三句是一种抑制的写法,说明后人都得益于"火"的使用和文明的产生,摆脱了兽类的不安定的生活,能够"与太阳同起同睡",享受幸福了。第四句诗意扣到本题上:"可是我赞美人间第一盏灯。"从表面上看,"人间第一盏灯"象征着人类对火的使用的开始,但这是一个充满诗意的象征,所以又不止于表面上的意义,包括人类一切的发现、发明与创造,都推动了人类的进化,都是光辉的,值得赞美的,因而"第一盏灯"又是人类文明的象征。

这首诗表现的是作者多年所悟的一种"心得",也可以说是"智慧的结晶"。表现方法上是含蓄细致的,意境又相当开阔辽远。这首诗在形式上也继承和借鉴了我国旧体诗的传统,而又进行了创新。它颇类似旧时近体诗中的七绝(当然也像波斯的"鲁拜"),这是指押韵的方法和行数而言。诗共四行,第一、第二、第四行押韵。但从语言结构上看,第二行内却包含了两个句子,这种行中断句的形式,在旧诗中却是没有的。所以它是化古而非泥古,能够给人以崭新的感觉。同时,这首诗在押韵的方法上也很讲究。三个韵脚"品""明""灯",声调逐步升高,从听觉效果上配合了诗中表现人类从蒙昧到文明,一步步上升的境界。(李复兴)

尺　八　卞之琳

象候鸟衔来了异方的种子,
三桅船载来了一枝尺八,
从夕阳里,从海西头。
长安丸载来的海西客
夜半听楼下醉汉的尺八,
想一个孤馆寄居的番客
听了雁声,动了乡愁,
得了慰藉于邻家的尺八,
次朝在长安市的繁华里

独访取一枝凄凉的竹管……
(为什么霓虹灯的万花间,
还飘着一缕凄凉的古香?)
归去也,归去也,归去也——
象候鸟衔来了异方的种子,
三桅船载来了一枝尺八,
尺八乃成了三岛的花草。
(为什么霓虹灯的万花间
还飘着一缕凄凉的古香?)
归去也,归去也,归去也——
海西人想带回失去的悲哀吗?

六月十九日

这首写于1934年的《尺八》,是诗人在日本京都一座孤馆里做“寄居的番客”时,听了“楼下醉汉”一首似“雁声”般的尺八曲而引发的以乡愁为引子的感怀之作。诗人在他一篇同题材的散文中写道,尺八虽来源于中国唐宋的笛(今指箫),但还是保留了笛的高亢,而尺八在中国逐渐淡出大众视野,比较少见了。由此,我们就会理解这首诗不仅仅是一首表现乡愁的诗,而是以尺八为题材,借古喻今、满怀忧患意识的状物诗。

尺八原本是来自大唐的“异方的种子”,但是斗转星移,如今“尺八乃成了三岛的花草”。此景此情,在诗人眼前仿佛顿然浮现出一片幻境:自己似乎正置身“在长安市的繁华里/独访取一枝凄凉的竹管”!诗人感慨地发问:“海西人想带回失去的悲哀吗?”其实,诗人在这里是在告诉我们:有着悠久历史文化传统的中国失去的已经不仅仅是在本土早已失传的尺八之声,而是汉唐雄风。因此诗人要在这首诗里“写出了《尺八》这样明白对祖国式微的哀愁”(卞之琳《雕虫纪历·自序》)。而一声声“归去也,归去也,归去也”的呼唤,则是诗人企盼国人能幡然觉悟,奋发图强,振兴中华的肺腑之声!

诗人非常善于驾驭这类以小见大、以微见著、融历史文化的感悟与现实的忧患意识于一体的题材。这不仅体现在对“尺八”内涵的深掘,还不动声色地呈示在“候鸟”“雁声”这些意象的张力上。“候鸟”暗示去而复返的意思,对应着企盼发高亢之音的尺八回归故里的情思,而“雁”作为传统文化原型则历来隐喻离群索居的孤独情绪,对应着诗人的乡愁。这首诗还实践了诗人“戏拟化”的创作方法,不长的诗句里,有着“戏剧化”的情景,富有极强的空间感。(张　新)

十二月十九夜　废　名

深夜一枝灯,
若高山流水,
有身外之海。
星之室是鸟林,
是花,是鱼,
是天上的梦,

海是夜的镜子。
思想是一个美人，
是家，
是日，
是月，
是灯，
是炉火，
炉火是墙上的树影，
是冬夜的声音。

1936

冬天的深夜，诗人默坐在书房中，他面对室中的一盏灯，眼前仿佛出现了耸立的高山、潺潺的流水，而寂静的四野又宛如大海一样包围着他。他想象夜空闪烁的颗颗明星，仿佛是座座鸟林，又仿佛是温馨的花，是游弋的鱼。变幻不定的星室给他梦幻般的感觉，仿佛蓝天的梦魇。而满天的星斗，倒映在海上，海仿佛是夜的镜子。诗人浮想联翩，又从夜景回到自身，觉得自己美好的思想仿佛是一个美人，是家，是日，是月，是灯，是炉火。跃动的炉火在墙上留下影子，仿佛树影一般。在诗人的感觉中，这活动的树一般的影子，仿佛是冬夜的声音。这就是这首诗在读者面前呈现的一连串的意象和诗人抒写的对冬夜的感受。

废名（冯文炳）这首诗的艺术表现颇有特点：一是它不作架空抒情，而致力于意象的呈现，运用暗示和隐喻展现诗人的心境。它的篇幅短小，然而意象繁复。诗人通过一连串跳动着的意象来表现自己飘忽不定的思绪。诗人不说自己的思想如何美好，而是通过隐喻，将自己的思想比作美人、日、月、灯、炉火。美人、日月、炉火等都是美好的事物，它们都有助于将情绪客观化，从而使诗篇生动形象，增加感人的艺术魅力。二是观念联络的奇特。星与鸟林、花、鱼、梦，思想与美人、家、日、月、灯、炉火，这些不同的事物之间似乎没有共同点，然而诗人却通过想象，发现了它们之间的共同点，在艺术表现时又省掉了联络的字句，从而反映诗人思路的飘忽与意识的流动。三是运用通感手法。这首诗的末两句“炉火是墙上的树影/是冬夜的声音”。诗人以听觉来写视觉，突出了诗人冬夜的强烈感受，抒写了诗人冲破冬夜的寂寞的主观愿望；在艺术上，这一通感手法的运用，使诗的语言富于弹性与新鲜感。（潘颂德）

眼　罗念生

假如我化作一只水鸥，
去到她的眼波里浮游；
白沙堤插着两行细柳，
黄铜的明镜在湖面漂浮。

我远望见那五岳的高峰，
嵩山上吹来一股熏风，
歌声与花香满湖飘送，

波光里荡漾着几道长虹。

早晚湖边有潮汐涨歇，
晶莹的水珠往山边泻，
天上挂着黯淡的眉月，
绯红的世界褪了颜色。

有一天湖水骤然枯涸，
盖上一层濛濛的白雾，
两岸的垂柳倒成一路，
镜儿埋在乌泥深处。

这首诗作于1928年前后。当时诗人罗念生还在北京清华学校读书，爱神把一位大眼睛的四川姑娘送到他的身旁，这首诗就是为她而作的。作者是20世纪二三十年代的诗人和散文家。朱湘曾称赞他的诗文有“奇气”。即使在他的情诗中，我们也可以体味到一种奇异的气息，那构思的出人意料，读来也实在令人叫绝。

首先让你不能不叫绝的是它的开头：“假如我化作一只水鸥/去到她的眼波里浮游”；——尽管我国的诗人，在想象中，早已把女人的眼和江河湖海联系到了一起，甚至创造出了“眼波”“秋波”一类词语，把这种想象联系输入到了人们的潜意识中，但是有哪位诗人想象过要化作一只水鸥，到自己所爱的女郎眼波里去浮游？现在，诗人把固有的想象稍一延伸，就创造出了前所未有的诗句，让你读着感到既新鲜又自然，而且还让你生动地感受到了诗人是何等喜爱女郎的那双大眼睛的情感。你说绝不绝？

应当说，一个诗人能在一二行诗中，把本民族文化积淀中的固有想象加以延伸，就是一种不易的创造。但更不容易的，是将这种新的想象自然而然地拓展开去，化作全诗的整体构思。这首诗另一让人叫绝处，也就在于，它是那样轻松而自然地完成了这一更不容易的创造。湖岸的细柳、远望中的高峰、嵩山上吹来的熏风，风中飘送的歌声与花香，以及湖边的潮汐晶莹的水珠、天上的眉月，等等，都是由第一、第二诗行中的“新的想象”拓展出的形象，这些形象构成了一个美的境界。在这一美的境界中，我们处处都可以感受到女郎的美妙，尤其是她的那双大眼的美妙。似乎每一笔都写的是湖，实际上每一笔都在画美人的眼睛，这一切如此难得，却又十分自然。

应当说，到了诗的第三节，一个美妙的女郎的形象已经被诗人创造出来了。诗人对女郎的赞美之情也已得到了充分的表现。在一般情况下，诗似乎也就可以结束了。但是诗人没有就此打住，还写了最后一节来展示了湖水枯涸的情景，展示了美的毁灭，爱的终结，这就使全诗出现了一个大的跌宕，蒙上了一层浓厚的悲剧色彩。——作为情诗，这样的处理，也实在太绝了。——这大概是由于诗人深受古希腊悲剧的影响所致吧。

诗人在当时是清华文学社的成员，这个文学社的成员，大多是“新诗形式运动”的参加者，注重新体格律诗的创造。这首诗，每节四行，每行四顿（或四四音组），每节换韵，格律严饬，属新体格律诗范畴。（钱光培）

时　间　罗念生

有人说时间在光影里，但黑暗也不间的

推移;有人说它随着动力转变,
但静止也像在运行;有人说时间
原住在声音里,但沉默也像在拖延。
我忽然望见了时间,那不是一条线,
也不是一道圈;那是一个浑圆的

整体,密密的充塞着天宇,这一点
是太初也是末日,更无从分辨
过去,现在与未来,我们别怨
生命的短促,这短促是永恒的一片。

这首诗写于1928年前后。当时的诗人还很年轻,正醉心于古希腊哲学。古希腊的人生观和宇宙观(包括时空观),都曾经引起诗人浓厚的兴趣。《时间》一诗,也就是诗人在读哲学时产生的一丝灵感。

诗的前四行,否定了几种时间学说;后六行阐述了自己的时间观念,并由此生发出一种豁达的人生观来:“我们别怨/生命的短促,这短促是永恒的一片。”

诗不能成为哲学的教科书,但诗国并不排斥哲理。哲理入诗,只要做到寓理于情,或融情入理,使哲理和诗情浑然一体,照旧可以成为好诗。这首诗通篇都在讲哲理,讲宇宙观、讲人生观,但读来并不让人觉得枯燥,除了诗的语言与技巧外,我以为,其奥秘就在于它最终落实到了一个富于诗意的生命的主题。这一主题的出现,就使它脱离了一般哲理的高谈阔论,而进入了普通人的情感区域,拨动了人们情感的琴弦,从而也就使全诗(包括其中的宇宙观的论辩)都化作了一种富有诗意的人生慨叹,犹如曹操的“对酒当歌,人生几何”一样,哲理被诗化了。

这是一首五音组(或曰五顿)的有韵诗。每行由五个音组构成,行尾用韵。诗行与诗句不同号,有的诗句含在行中,有的诗句跨越两行。显然是接受了西方诗体的影响。但读来并不给人生硬的感觉,表现了诗人驾驭语言的功力。——借用西方诗体的经验来对新诗的诗行做这样的处理,是“新诗形式运动”者们的一种尝试。罗念生等人的成功,为这种诗行处理方式的推行奠定了很好的基础。(钱光培)

邻 女　金克木

愿我永做你的邻人。
啊,祝福我们中间的这垛墙。

愿意每天听着你的格格的笑声。
愿意每天数着你的轻快的脚步。
愿意每天得你代我念一章书。
这垛墙遮住了我的痛苦和你的幸福。

你换上一件绯红的春装,

你的窗上便映出一片霞光。
你再换上一件深黑的素服,
我的窗上又有了迷蒙的烟雨。
你的四季在身上变幻,
我的四季却藏在心里。

你的眼睛是我的镜子,
我的眼泪却掩不住你的羞涩。
最好我忘了自己而你忘了我,
最好我们中间有高墙一垛。

愿我永在墙这边望着你,
啊,愿我永做你的邻人。

在很多读者的印象中,金克木的诗与废名一样向来以晦涩、难懂著称,这大概和金克木多年从事的哲学、宗教研究有关。实际上这是一个很大的误读,虽然金克木学识渊博,但他的诗并不卖弄学识;虽然他对西方的现代诗情有独钟,却依然在中国的文化语境中把东方民族的审美心理熔铸其中,收到中西交融的艺术效果。读金克木的《邻女》,好像唤醒了我们沉睡多年的青春记忆,在烟雨朦胧中回想起《诗经》的梦境、唐诗宋词的迷离。

人世间有一种情感让人生死不离,永远不会老去;人世间有一种情感,温润、熨帖,让人心潮起伏、激动不已。更有一种情感,痛苦而又哀伤,如漫天纷飞的樱花雨,这种情感就是男女间炽热而缠绵的爱情。"问世间情为何物,直教人生死相许!"一千多年前诗人元好问的这句诗曾经在多少人的心中激荡起涟漪。有的爱,热烈而欢快;有的爱,坚贞而执著,所谓"春蚕到死丝方尽,蜡炬成灰泪始干";有的爱,哀怨而缠绵,"凄凉别后两应同,最是不胜清怨月明中";但最让人惆怅痛苦的莫过苦苦寻觅而又不得的单相思的爱。《诗经》中曾有面对"在水一方"的"伊人"而发出的"溯游从之,道阻且长"的怅惘,也有李商隐面对无望爱情唱出的"春心莫共花争发,一寸相思一寸灰"的叹息。现代诗人戴望舒的《雨巷》也写尽了失恋的彷徨、迷茫。金克木的《邻女》和戴望舒的《雨巷》可谓有异曲同工之妙。全诗是以第一人称的叙述方式来抒发情感,给人以强烈的真实,也许它真的来源于诗人青春时代一段难忘的感情历程,读来有一种说不出的伤感。在诗歌的第一节,主人公好像一个刚刚踏入青春期的少年,被压抑许久的情感终于萌动,他对邻居家的女孩产生了暗恋的心理。诗人用了对比手法写出了少女的欢快和暗恋青年的痛苦:"愿意每天听着你的格格的笑声/愿意每天数着你的轻快的脚步/愿意每天得你代我念一章书。"从这里的描写我们很容易想象出,这是情窦初开的少男、少女之间微妙的感情,飘忽、青涩而又害羞。"格格""轻快"等都透露出少女的天真、欢快,这是即将告别青春、踏入成熟期的最后一段,也是最美丽的时光。正因为如此,这种年龄萌生的情感才可能如水晶一样透明、澄澈,没有沾染任何世俗的污染。当诗人发现了这个纯真的邻家少女后,很自然地生出强烈的爱恋之情,但是这种感情又不敢公开表白,只得把它深深埋在心里,所以才会出现隔着一堵墙去听对方的笑声、脚步声的举动。但是值得注意的是,"这垛墙"的出现是一个暗示,一个象征,它昭示我们,这堵墙既是有形的,但更是无形的,在很多时候可能是难以跨越的世俗之物,如金钱、地位、名誉等,这堵墙为初恋埋下了悲剧的伏笔。

第二节可以说是最具有现代主义气息的诗句,诗人大量运用了富有形象然而又给人无限想象空间和暗示、象征的成分。“你换上一件绯红的春装/你的窗上便映出一片霞光/你再换上一件深黑的素服/我的窗上又有了迷蒙的烟雨。”少年沉浸在初恋(准确说是单恋)的情网之中,在他的眼中,少女一会儿如一朵云霞,鲜艳照人,有时又如迷蒙的烟雨,让人无从捉摸,他于是在感情的波涛中沉醉、挣扎。这些都是初恋细微的感情变化,诗人写得很真切。“你的四季在身上变幻/我的四季却藏在心里。”少女哪里知道,自己类似穿衣这样无意的举动竟然让单恋的少年甘心饱受情感的折磨呢。在诗歌的第三节,让人最不愿意看见的事情发生了:这种单恋终究无法抵御现实世界的残酷,诗人执着的爱情最终无疾而终,如云烟般飘散。“你的眼睛是我的镜子/我的眼泪却掩不住你的羞涩。”猝不及防的结果让诗人难以自拔,“眼泪”,此时无声却胜有声,一切的言语都能从中找到答案。然而诗人在诗歌的最后却宁愿自己咀嚼这份刻骨铭心的痛苦,依然对恋人表现出无尽的思念之情。

在汗牛充栋的爱情诗里,想要写出一番新意对诗人来说是一次巨大的挑战。然而金克木的《邻女》运用象征主义的方法烘托出少男少女之间一个真实而又含蓄的感情空间,一片永远葱绿的世界。这种艺术的功力恐怕非一日之功所能达到。(文学武)

松花江上　张寒晖

我的家在东北松花江上,
那里有森林煤矿,
还有那满山遍野的大豆高粱。
我的家在东北松花江上,
那里有我的同胞
还有那衰老的爹娘。
“九一八”,“九一八”,
从那个悲惨的时候,
脱离了我的家乡,
抛弃那无尽的宝藏,
流浪!流浪!
整日价在关内,流浪!
哪年,哪月,
才能够回到我那可爱的故乡?
哪年,哪月,
才能收回我那无尽的宝藏。
爹娘啊,爹娘啊,
什么时候,
才能欢聚在一堂?!

作于1936年

1931年九一八事变发生后,在蒋介石“绝对不抵抗”命令下,不到三个月的时间,日本侵略军就占领了我国东北全境。无数骨肉同胞被杀害，无数家庭被拆散。这首歌词就是以此为题材而写的。作者为之谱曲后，到处传唱，对唤醒全国同胞的抗日意识起了很大的作用。

根据词的内容和感情脉络，大致可以把词分为怀故、漂流、呼唤三个基本层次。词的开头部分，从自然资源的森林煤矿到田野出产的大豆高粱；从美好的松花江山水到衰老痛苦的爹娘、同胞，深沉而舒缓地诉说了家乡的美丽富饶，激起人们对祖国、对民族无限的热爱之情。然而，好景不长，九一八事变突起，日本侵略者占领了美丽而富饶的东北，东北的同胞只得背井离乡，抛弃无尽的宝藏，只身在关内流浪。词的第二层次在前面尽情铺垫的基础上，带着对故土的眷眷情思，概括地叙述了失落故土的悲惨遭遇。那丧家的哀痛，那逃亡的凄惶，正好与前面所描写的安宁而和平的生活形成了鲜明的对照，从而深切控诉了日本侵略者给中国人民带来的深重灾难。面对如此强烈的生活反差，词的第三层次用饱含无限感慨的发问，向故乡、向亲人发出声声深情的呼唤，寄寓了对早日收复失地的强烈期待，把感情推向了最高潮。

这首词是一首满怀离乡之思、国难之痛的悲歌，歌词中的“我”的遭遇实际上就是全体东北人民的遭遇，“我”的心声实际上就是全国人民的心声，因而具有高度的概括力量，足以使每个中国人为之动容。歌词把国难家仇紧紧联系在一起，用带有强烈抒情色彩的倾诉方式，用排比的叙述、发问和感叹，反复渲染，增强气势，在怀故中写离恨，在离恨中写期待，把故土之恋、沦丧之痛完整而有层次地抒写出来，读来既苍凉沉郁，又慷慨激昂，深沉而又曲折地表现了中华民族顽强刚毅的抗争意识。（徐生林）

雨 景 方 敬

薄暮的雨声在檐前，
在倚门人的心上。
他是怅惘了，
像送走一个远游客，
又像在等候着谁。
聪明的流浪子，
该停下了，
撑开旧时的油纸伞，
仿佛归了家，
一件风尘的薄衫，
沾染几处的雨点。
他早听熟了异乡的雨声，
倚门人却看厌了，
西天的晚云。

全诗四句话，分成四个层次。

第一层，写“雨声”和它对人的心境的影响。薄暮降临，正应该是“人归家、鸟入林”的时分，偏偏这时又下起了雨，淅淅沥沥，这怎能不更牵动“流浪子”的情怀？所以诗人写道：这“雨声”不仅响在“檐前”，而且响在“倚门人的心上”。这“倚门人”便是一个远离家乡的“流浪子”。因为外面下雨,他现在只好躲在客居的屋内,但又倚在门上——大约是观望天色,盼天晴再上路吧。

第二层,进一步写"倚门人"的心境:"他是怅惘了/像送走一个远游客/又像在等候着谁。"送走远游客,留下的自然是离愁;等候着的人却久久不至,令人心焦失望。诗人在这里使用两个比喻,生动地表现了"流浪子"怅然若失的心情。是啊,漂泊得太久了,谁能不思念家乡,思念家乡的温暖,思念天伦之乐?

第三层,诗人以劝慰的口吻和"流浪子"对话,劝他停止流浪,并在设想中为他绘出一幅"仿佛归了家"的"雨景":"撑开旧时的油纸伞/……一件风尘的薄衫/沾染几处的雨点。"油纸伞是"旧时"的,却能"撑开"许多亲切的回忆;落满风尘的衣衫是"薄"的,又"沾染几处的雨点",却渗透着故土的温热。这些,都是一个漂泊在外的"流浪子"所盼望而又无法得到的。但诗人在这里并没有直接去表现"流浪子"的内心所想,而是从一个局外人的角度为他绘制一幅设想的图画,这就更加耐人寻味。它的妙处在于:诗人给予读者的是"未定点",但读者又能在分析判断中把握诗的意蕴,感到像在咀嚼橄榄……

第四层,照应开头,收束全诗。"他"的确漂泊得太久了:"早听熟了异乡的雨声";"他"在下雨时又有"倚门"看天的习惯:也早"看厌了/西天的晚云"。也就是说,"他"早就厌倦了流浪生活,想回家了。当然,这里的三行诗似乎更应作如下理解,即:把"他"和"倚门人"看作两个人——当"他"在异乡"倚门"观天听雨的时候,另有一个"倚门人"在遥远的故乡也在观看"西天的晚云",当然,她不是为了出发,而是在盼归人……

《雨景》写得情景交融,颇有韵味。读完全诗,我们不知"他"从哪里来,但却可以猜想出"他"为什么流浪:在黑暗年代的旧中国,有多少人为生活所迫而背井离乡?(王太顺)

江 南(一)　徐 迟

火车在雨下飞奔,
车窗上都是水珠,
模糊了窗外景色。

火车车窗是最好的画框,
如果里面是春雨江南,
那就是世界上最好的画。

清明之后,谷雨之前,
江南田野上的油菜花,
一直伸展到天边。

只有小桥、河流切断它,
只有麦田和紫云英变换它,
油菜花伸展到下一站,下一站。

透过最好的画框,

江南旋转着身子
让我们从后影看到前身。

1949 年

这首诗写诗人在雨中乘坐火车时，透过雨水迷蒙的车窗，遐想春雨江南时节田野上如画的美景，抒发了诗人对江南原野特有的审美感受以及温馨的眷恋之情。

在艺术上有两个鲜明的特点：第一个特点是善于选取较小的角度去表现广阔的生活画面。江南特有的风土、景观、民俗、人情都是一片迷人的大海，诗人要想在一首短小的诗歌里去表现江南，就不能不十分讲究艺术角度的选取。这首诗放弃了对江南的整体把握与正面描写，而是选取了诗人乘坐的火车车窗这样一个较小的角度。诗人从这个角度去感受江南，觉得火车车窗是“最好的画框”，画框里面呈现的春雨江南将是“世界上最好的画”。这不仅使此诗取得了容万里之势于尺幅之内的艺术效果，也为读者提供了驰骋想象的引触点。第二是这首诗采用了虚实结合的艺术手法。诗的第一节，写雨中飞奔的火车，车窗上凝结的水珠以及被雨水模糊了的窗外景色，都是写实景，是诗人当时乘坐火车时实有的情境。到第二节，诗人用“如果”一转，冲破了实境的包围，在迷蒙的雨景中，展开了对春雨江南的一片遐想。在诗人遐想的境界中，诗人又突出地选择了江南最有特色的季节“清明之后，谷雨之前”。第三节侧重写江南田野的辽阔与美丽，把读者带进那无边无际的油菜花海中，让你尽情饱览江南三月特有的风光。第四节侧重写江南田野特有的格局及变化美。在江南原野上，不只是一望无际的油菜花，还有一座座小桥，一道道河流不停地“切断”这些画面，不断地点缀着江南特有的景致；还有葱绿的麦垄与色彩斑斓的紫云英轮番变换着装扮江南的原野，使江南原野显得美丽而不单调。诗的最后一节，由前面写想象中的虚境又回归到写眼前的实境，表现了诗人乘坐火车时，透过窗口，对急速“旋转”着的江南特有的感觉。诗人就这样将实写与虚写有机地结合起来，构成了虚实相生的艺术境界，比较含蓄地表现了诗人对江南特有的情思。（姚国建）

雪　夜　吴秋山

孤馆的灯是青的，
窗外，垂下雪的珠帘。

炉火伸出了蛇舌，
舐着室中的冷味。

又是残夜梦回，
枕畔的书瘦损了。

远处掷来一片狗吠，
击破沉寂的夜网。

这是一首写旅人投宿的诗，孤寂凄惨，寒意逼人。

诗的篇幅不长，但字斟句酌，颇耐寻味，不妨逐节阐发一下。也许是电力不足，更可能是天寒地冻，旅客心情欠佳，旅馆中那盏泛着青色冷光的灯在他看来格外刺眼。进得室内，稍作安顿，窗外又飘起了雪花，夹着散粒，愈下愈密。"玉阶""珠帘"之类常见于古典诗词，原是深闺大户的象征，含有富丽而玲珑的美感，可惜此时是"雪的珠帘"——一经作者"移花接木"，便徒然具有美艳的外衣，内中包含的却是无限的惆怅。

所幸室内生着火炉，还可以烤火。人们因火焰跳动不已，或长或短，用"舌"喻"火"，称为"火舌"。旅人也许心情过于寂寞，不由得从"火舌"的现成比喻想到"蛇"这种冷血动物，于是"炉火"一变而伸出了"蛇舌"。"蛇"的觅食本领极高，可是此时"蛇"在空空洞洞的房子里，除了反复单调的"舐着冷味"之外，一无所获，哦，可怜的"蛇"，可怜的旅人！

长夜难捱，还是早点躺下吧，可是怎么能安然入睡。一路上跋涉而来，夜夜做梦，这次果然又是"残夜梦回"。不说"梦醒""梦破"而说"梦回"，大概是旅人梦中跑得很远，回到了温暖的家……从似醒未醒到醒后追思，已经有好一阵了，旅人竭力把梦境撇开，环视一下四周，蓦然见到"枕畔"的几本旧书仿佛也变得同它们的主人一样"瘦损"——又单薄又憔悴了。

《雪夜》描绘冷寂的夜晚而又偏爱选用动词如"垂下""伸出""舐着""击破"等，连一片狗吠也是冠之以"掷来"这个非常强烈的动作。这样以动写静，益显其静，以物衬人，更见其人。（孙光萱）

航　　辛　笛

帆起了
帆向落日的去处
明净与古老
风帆吻着暗色的水
有如黑蝶与白蝶

明月照在当头
青色的蛇
弄着银色的明珠
桅上的人语
风吹过来
水手问起雨和星辰

从日到夜
从夜到日
我们航不出这圆圈
后一个圆
前一个圆
一个永恒
而无涯涘的圆圈

将生命的茫茫
脱卸与茫茫的烟水

一九三四年八月海上

这首诗写的是海上即景，但不是单纯地绘景状物，而是捕捉了海上航行所得的瞬间印象，内中含有联想和感叹。

诗人运用光线的明暗、色彩的点染，模糊又清晰地勾勒出暮天大海的寥廓和苍茫。半明半暗的光线使丰富而鲜明的色彩已无法辨认，唯有白帆在逐渐变暗的海面上漂移，构成醒目的颜色对比，“风帆吻着暗色的水/有如黑蝶与白蝶”。诗的画面也就出现了异乎寻常的新鲜动感。

黄昏终于让位给黑夜。明月映照在海上，波光粼粼。纯洁柔和的月光在起伏的浪尖上跳跃，奇谲变幻为青色和银色。这里更多地带有诗人的主体印象，在细处写实上似乎无法推敲，而在整体感觉上却有惊人的准确。正如鉴赏印象派画时必须退后几步，甚至眯缝起眼睛来看，才能感受到令人赞叹的艺术逼真。而诗中黑、白、青、银等色彩词汇的选用，将总体画面点染成冷色调，在博大流动的和谐静谧之中隐匿着忧郁、寂寞和不安。诗人进而将视觉印象、“人语”的听觉印象、“风吹过来”的触觉印象综合在一起，由此触发、产生种种联想。大海周而复始的运动，人在海上日复一日的生活，恰似一个永恒的无休止的圆圈，象征着人的生命也就在跟踪圆圈中耗尽，“将生命的茫茫/脱卸与茫茫的烟水”，咏叹不尽的惆怅之感充溢于这寥廓的海天之间。

诗人写这首诗时是大学三年级学生。他在暑假中，坐船去探望中学时代的好友。这位好友学习勤奋，但因家境贫寒，高中毕业后只得不顾病体而去谋生，挑起了赡养父母弟妹的生活重担。诗人希望此行能给好友些许安慰。正是带着这样压抑的情怀，他踏上了首次航海的旅途，面对大海的苍茫暮色写下了他的喟叹和印象。（王圣思）

山中所见——一棵树　　辛　笛

你锥形的影子遮满了圆圆的井口
你独立，承受各方的风向
你在宇宙的安置中生长
因了月光的点染，你最美也不孤单

风霜锻炼你，雨露润泽你，
季节交替着，你一年就那么添了一轮
不管有意无情，你默默无言
听夏蝉噪，秋虫鸣

一九四八年夏

一个普普通通人人常见的自然景物，在富于创造性诗人的灵感里，可以升华出一个美丽的世界。当时已有10多年的艺术追求和创作实践的辛笛，他那成熟的才华使他写于20世纪40年代末的《山中所见——一棵树》这首八行的小诗，具有永久性的艺术魅力。

诗人以最敏锐的眼光，在人们不尽注意的事物中发掘了诗的精魂。但不倾诉，不玄想，而是用线条和色彩给你一个图景和氛围,一幅美丽的画。这就是八行小诗的总体特征。

前四行诗写树的独立品格。这是借用语言构成的一幅印象派画的境界。画色的基调是飘洒的月光。画的中心图景是山中一棵独立生长的树。或许是偶然的相遇,触景生情,或许是记忆中的情思,化为物象。自然景物已非原来的意义。作者的情感也在象征的物象后面隐藏起来了。当然,倘若我们沿着作者凝固下来的意象,寻踪追迹,仍然不难进入这首诗小小艺术世界的通幽曲径。我们看到:这是一棵蓊郁的树。它庞大浓密的树顶,在月光下留下一片锥形的影子。这又是一棵站在一个井口周围的大树。它有水的滋润,作为生命之绿的源泉。它又以自己巨大的清荫,庇护着人们生命的根。这棵树是与大地母亲血脉相连的。这棵树本身也就是山之子,是大地及其精神的象征。

在充满暗示能量的第一行诗文之后,作者进入对树的品格、形体、姿态、感觉的描写。这树是独立不倚的。它站在空旷的山中,承受着八面来风,它是那么宁静,在广大的宇宙中生长。由于月光的点染,那朴素的精魂更增添了几分美丽。因为立足于大地、因为生命的充实,孤独感是与它无缘的。它的生命紧连着广大世界。

到这里为止,四行诗还在现实描写与感觉层面进行,我们对现实中的树的品格与特征已经十分清晰。进入第二节的四行诗,诗人的思维进展就不同了,由现实的描述进入想象的推衍。诗人更注意挖掘树的坚强的个性。任你风霜磨炼,任你雨露滋润,一切的苦与乐,磨难与抚慰,均化入那坚实的生命之中,“一年就那么添了一轮”。生活带来的是荣辱毁誉。是风霜雨露,是逆流顺境,一切都置之度外,默默无言地承受。“夏蝉噪,秋虫鸣”,都任它在耳边鼓噪。树仍在坚忍宁静中生长。

树的独立,树的美丽,树的坚忍,在作者的笔下,用一连串的客观意象和主观推衍描绘呈现出来。读到这里人们不禁会发问:这幅美丽的印象派画式的小诗,启示于人们的究竟是什么呢?诗人没有告诉我们。这是美的创造者的权利。这也是一首美的诗的生命。诗写于 1948 年夏天。就时代讲,这是一个郁闷黑暗的季节,是一个考验人的精神品格的季节。就艺术讲“中国新诗”派诗人的现代主义探索受到了来自狭窄理论的重压。作者是象征坚忍而独立的不可征服的民族精神?是暗示人们应该迎接种种考验完成坚贞不移的高尚品格?还是传达一种不顾纷扰而沿着自身品格坚忍生长的艺术自信的观念?实在难以说清,也不必说清。

我们在这首小诗里,得到了美,也得到了悠然遐思去再造美的权利,得到了对于超群拔俗坚忍生长的生命的认同与赞赏的艺术思考,更主要的,我们得到了一个启示:“默默无言”中的美,是更富于深层韵味的美。

多年后重读这首八行小诗,领略那里面蕴含的思考人生的哲理意趣,面对各种风霜,各种鸣噪,我们的生命仍然可以在美中得到强大的永久的力的启示。(孙玉石)

蝴蝶、蜜蜂和常青树——海外诗简之六　　辛　笛

开始相爱的时候不知有多年轻,
你是一只花间的蝴蝶,
翩翩飞舞来临。
为了心和心永远贴近,
我常想该有多好:
要能用胸针

在衣襟上轻轻固定。
祝愿从此长相守呵，
但又不敢往深处追寻，
生怕你一旦失去回翔的生命。

生活在一起了，
知己而体己，
心心念念于共同事业的一往情深。
你不止是一枝带露的鲜花，
而且是只蜜蜂栖止在颊鬓。
年华如逝水，
但总是润泽芳馨。
家已经成为蜂巢，
酿出甜甜的蜜，
往往更为理想而忘却温存。

峥嵘的岁月战斗方新，
送走了多少个期待的早晨，
度过了多少个焦灼的黄昏。
两只小船相依为命，
有时月朗天清，有时也风雨纷纷。
熟悉而服帖，
彼此心上的皱纹早经一一熨平。
常青树深深合抱生根，
更给我们以清凉的覆荫，
遮雨遮阳，就像一把伞那样殷切可亲。

一九八一年五月在加拿大

这首诗可以说是咏叹恋爱、成家、立业的人生三部曲。

这首诗是我应邀去加拿大多伦多市出席第六届国际诗歌节期间写成的。记得诗歌节后复受到加拿大诗盟主席亨利·拜塞尔夫妇在他们农庄上的热情款待和当地华侨人士的邀请，于是我不得不将多伦多的旅行延长了几天。其间有一对华侨中年夫妇坚挽我到家中作客。由于他们热情的接待，我居然得到了小休。他们伉俪之情久而弥笃，而我本已浓重的乡思则更深。

首先动笔写下的是这首诗的第二、第三节。我和老伴的共同生活已接近半个世纪了，那种朝夕与共、患难相依的一一情景总是从心上拂拭不去的。尽管十年动乱的遭遇已如过眼云烟，化成过去的一场噩梦，但在狂热和迷乱之余，每一念及，坦直说来，总有一种切肤之痛。1968年冬天，我曾为先去五七干校的老伴送去度冬寒衣，归来写了七绝两首，题为《鸳思》："更与何人问暖凉，秋深废井对幽篁。簪花屡卜归期误，未待归来已断肠。""篱边传语感凄惶，相见何曾话短长。珍重寒衣聊送暖，卅年鸳思两茫茫。"1975年又写过两首七绝，题为《赠内》："怜卿怜我不为贫，且学行僧脚暂伸。一自连朝风雨骤，三分春瘦七分人。”“梁孟相庄卅七年，平时心意藕丝牵。出门叮嘱家常语，话到唇边已惘然。”在那个时期我只有通过古典诗歌的含蓄蕴藉才能抒发哀乐中年屡遭挫折的心态！第三节头五行就是吟味那般情景，上述绝句可以算作注脚——所谓寄沉痛于幽闲者是也。

只写了第二、第三节，过了一天，我总觉得欠缺点什么，未能成篇。终于在有意无意之间，从华侨女主人一举手一投足的回翔的步履当中，我顿然想起了恍若隔世在初恋中老伴年轻时的飘忽多姿的身影，于是一笔写下了第一节。在主人为我开夜车去蒙特利尔访问的公路上，我把全诗背诵给女主人听时，借着车外迅速后退的路灯，我竟看到晶莹的泪光闪烁在她双颊间。后来她告诉我，是这第一节的十行感动了她，并勾起了不少往事的回忆；而殊不知她的落泪也深深地感动了我。这种相互感应也许就是“接受美学”的根据吧。就是这样，青春季鱼水相爱的柔情再次回到我和老伴的身边，使我越发深信诗行只有诉诸真情实感才能动人。（辛　笛）

你的名字　纪　弦

用了世界上最轻最轻的声音，
轻轻地唤你的名字每夜每夜。

写你的名字。
画你的名字。
而梦见的是你发光的名字。

如日，如星，你的名字。
如灯，如钻石，你的名字。
如缤纷的火花，如闪电，你的名字。
如原始森林的燃烧，你的名字。

刻你的名字！
刻你的名字在树上。
刻你的名字在不凋的生命树上。
当这植物长成了参天古木时，
呵呵，多好，多好，
你的名字也大起来。

大起来了，你的名字。
亮起来了，你的名字。
于是，轻轻轻轻轻轻地唤你的名字。

这一首诗可以使我们领略意象与旋律之美。

纪弦创造性地以恋人的“名字”作为全诗的构思中心和中心意象，并以色彩缤纷令人目不暇接的比喻，围绕中心完成全诗的意象结构，像一个优秀的建筑师完成一幅得意的蓝图。《你的名字》一开始，就出现了诗的抒情主人公的形象，他用第一人称的呼告语呼唤恋人的名字。如果诗人把“你的名字”具体化，全诗就会因那种特定的限指性而减色，抽象的“你的名字”的泛指性，能将个人的感情经验提升到普遍性的层次，引起读者对不同名字的美的联想，从而共同参与审美创造。在第一、第二两节中，呼“唤”有声，是听觉意象，“写”“画”有形，是视觉意象。日有所思，夜有所梦，“梦见”则应该是如真如幻的意觉意象了。在第三节中，诗人以一系列比喻来比拟恋人“发光”的名字，而诗人的才华也于此“发光”。这一节连用七喻，虽然都用“如”字构成明喻，但却无单调之感，这主要是因为：其一，运用了“博喻”这一艺术手段。人常说“好有一比”，纪弦却连用七比，有强烈的印象趣味，不让苏东坡《百步洪》中的连珠妙喻专美于前。其二，在意象的强度和语式的幅度上多加变化。“日”“星”“灯”“钻石”“缤纷的火花”“闪电”以及“原始森林的燃烧”等，同为“发光”则一，但光亮的程度各异，它们并置在一起，可以看到不同的变化，也可见诗人求异性思维在这里作扇形展开。第四节也颇为精彩：“刻你的名字！/刻你的名字在树上/刻你的名字在不凋的生命树上。”海枯石烂的恋情，在这里得到了一种特殊的美学方式的表现。总之，第三节写“发光”之“亮”，第四节写“长成”之“大”，角度虽各有不同，但像四面八方的箭矢都奔向一个红心，诗人花样翻新的赞美辞都是奉献给一个芳菲的名字。

《你的名字》虽然不讲究韵脚，但它却追求圆顺而流畅、优美而动听的旋律，宛如一阕悦耳清心的轻音乐。它的旋律美的形成，一是由于“复沓”。第一节的“最轻最轻”和“轻轻地”乃至“每夜每夜”，是紧相承接的反之复之的语词复沓；第二、第三两节中连用七次于每句结尾的“名字”和“你的名字”，是同一句型的接连复沓；第四节前三行“刻你的名字”以及二、三两行的“在树上”与“在不凋的生命树上”，是句首与句尾的短语复沓；结尾一节六个“轻”字的连用，是同一词语在句中的复沓，而这一节每一行结尾的“你的名字”，则又是句尾位置上的复唱了。试想，如果取消了复沓，这首诗怎么还会有这种动人的风情？构成旋律美另一个重要因素就是“回环”。例如开篇一节和全诗最后一句的“于是，轻轻轻轻轻轻地唤你的名字”，构成了首尾的重复与呼应，即整篇美学结构的大回环；诗的第三节的四行，承接第二段末句“而梦见的是你发光的名字”，构成近距离节与节的回环；第四节的六行，是对第二段前二行“写你的名字”与“画你的名字”的承接，这是远距离的节与节的回环。值得注意的是，最后一节首句“大起来了，你的名字”，与前一节末句“你的名字也大起来”，构成连锁式回环；第二行“亮起来了，你的名字”，则与第三节构成遥应式回环，而“亮起来了”又和第二节末句“发光的名字”互相照明，像夜晚的原野上两盏互相呼唤的灯光。总之，有了多变化而求统一的复沓与回环，我们读这首诗“每夜每夜”，就犹如聆听一首深情曼妙的谣曲了。（李元洛）

埋葬了的爱情　苏金伞

那时我们爱得正苦
常常一同到城外沙丘中漫步
她用手拢起了一个小小坟茔
插上几根枯草，说：
这里埋葬了我们的爱情

第二天我独自来到这里
想把那座小沙堆移回家中

但什么也没有了
秋风在夜间已把它削平

第二年我又去凭吊
沙坡上雨水纵横，像她的泪痕
而沙地里已钻出几粒草芽
远远望去微微泛青
这不是枯草又发了芽
这是我们埋在地下的爱情
　　生了根

作者注 几十年前的秋天，姑娘约我到一个小县城的郊外。秋风阵阵。因为当时我出于羞怯没有亲她，一直遗恨至今！只能在暮年的黄昏默默回想多年以前的爱情。

86岁作于1992年5月27日

古今第一等文字是无遮拦、不作假、率性而为、发自真心。这里当然也有技巧，无技巧便不是文学，但这样的诗文往往超凡脱俗，不用形容。技巧到了纯熟之处，全把那一切机关隐到背后去了。大凡年轻气盛，往往藏不住自己的才华机智；及至年事渐长，参透人生枝枝节节，托出的却是那份澄澈空明，这时，技巧于它便成了多余。读那些文坛大师老年作品或与他们交谈，都有一种凝丰富于平淡，寓深刻于自然的魅力，他们无需炫耀，也不用夸饰，却端的是炉火纯青的境界。

苏金伞这首《埋葬了的爱情》，是在暮年回忆青春期的爱情往事，袒露、真挚、朴素而全无斧凿痕迹。全诗三段，首段写二人郊外约会，她手拢沙堆作了一个爱的墓茔；第二段写次日他一人独往，风吹平了沙堆；第三段写次年又是一人独往凭吊遗踪，枯草发芽，埋葬的爱情已在地下生根。以平淡写刻骨铭心，愈是不用形容，便愈见深郁强烈。世间无数花前月下、男欢女爱，却不如这平常说来的震撼人心。

诗后作者附注更是一段不可忽视的奇文字，我以为其意义甚至胜过诗的正文。“因为当时我出于羞怯没有亲她，一直遗恨至今！只能在暮年的黄昏默默回想多年以前的爱情。”这是一种童稚般的纯真！最动情处，便是最坦率处。因为当年的羞涩而铸成了终身的遗憾。这种失之交臂，却是无可补偿的天荒地老的哀痛！

人生无常，沧海桑田，诗人钟情一生的女子也许已不在人世，即使健在，也许竟已忘却。但当一切都不在的时候，唯有那一缕亘古不绝的情思，却缠绕着、牵萦着那未曾老去的诗心。对于不能如愿的爱情的思念，伴随着那最后一会未能抱吻的遗憾，经数十年风雨以至于今。

诗人写此诗时已86岁高龄。这样的年龄，往往是无牵无挂、不忧不喜，但诗人却为青春年代的一段情、一个吻而在人生的黄昏时分独自默默地痛苦着。这样的文字诗史上有，但也不多，也许可与比拟的是陆游的《沈园》二章——

城上斜阳画角哀，沈园非复旧池台；
伤心桥下春波绿，曾是惊鸿照影来。

梦断香销四十年，沈园柳老不吹绵。
此身行作稽山土，犹吊遗踪一泫然！

写这首诗的陆游也是人到晚年，沈园伤心处，唐琬已不在，存在的却是荒园斜阳里的永远的遗憾和思念！

人的一生可以写很多诗，但这样的诗却不能多写。说得极端些，人一生写很多诗而未必留传，而这样的诗只要一首便能留传，因为它把一生的哀痛浓缩在短短的诗章之中了。像苏金伞《埋葬了的爱情》这样的诗，看似平淡无技巧，一般人却写不成，因为它们的浑朴天成之中凝聚了诗人毕生的艺术经验。

苏先生从生命为之悸动不宁的极处直接切入，不曲折、不迂回，甚至也无需含蓄或婉转，活脱脱地托出那颗真心来。眼下流行的那类爱情诗，轻轻浅浅，缠缠绵绵，娇态百种，悲情万状，与苏先生这首诗相形之下，孰高孰低，读者定有明察。（谢　冕）

静　息　南　星

如一个稳重的中年妇人，
梨树负着将熟的果实。
马缨花像是画在墙上的，
虽然它正在光荣的季节里。
幼年的白杨是欲睡的孩子
携带着活泼入梦。

在这样晴朗的天日下
它们有秋之预感么，
或因严肃的主人而静息？
我深怨这庭院的沉寂之形容，
但这主人只能在窗前
守望着它们，默默地。

那一双手何能再来呢，
它们会让梨树投下它的果实，
让马缨花飘散在窗格上和屋顶上，
让幼年的白杨摇摆而歌，
然后这儿有了清锐的笑声，
墙外的行人也会愕然止步。

南星是20世纪30年代“现代”诗人群中比较活跃的一位，作品数量不多，但艺术上自成一格。他的诗，多发自书斋、书卷的抒情，意象典雅丰富，音响靡曼柔弱，格调感伤低徊。《静息》即是有代表性的一首。

全诗共三节。第一节，诗人苦心经营了三个描述性意象：坠满果实的梨树，欣欣向荣的马缨花，幼小的白杨。这三个意象都呈静态，其外观造型一安详庄重，一凝滞如画，一睡眼蒙胧。诗人意欲突出的是，三个意象共有的潜在内涵意绪，即“静息”。它们叠合串联，组构了一幅色彩清淡、意境幽寂的“庭院之秋”图。从中透出的是深深的寂寞感、孤独感。第二节，诗人将自我的一颗索寞之心示现于缪斯的空间，这是缘景象描述起兴而转入即景抒情么？非也！诗中的“主人”或“我”，可以理解为诗人自我，但决非通常意义上的“抒情主人公”。这里，诗人跟自我保持了一定的审美距离，把自我当作审美客体、对象来透视，从客观的视角去玩味自我，描述自我，使自我成为景中之景、画中之物。这是一首意象诗，诗人的感觉传达靠意象实现，情绪抒发靠意象进行，“主人”或“我”正是某种感觉的综合物，某种情绪的承载体，是体式特殊的意象，“自我”意象。在“庭院之秋”图中，“自我”意象体貌“严肃”“默默”，与“沉寂”“静息”的景物意象并置复合，互为因果，大大强化了寂寞、孤独的思绪。第三节，“自我”意象隐去，“梨树”“马缨花”“白杨”意象复出，但不是对第一节三个意象的简单重复，准确地说它们已变作：投下果实的梨树，四处飘散的马缨花，摇摆而歌的白杨。这三个意象已呈动态，一“投”一“飘”一“摇摆”，组构了另一幅充满骚动因而也充满生机的秋之图。跟第一节相比，这三个意象显然是“象”同而“意”异了。两组“象”同而“意”异的意象的移位，两幅气韵相左的画面的转换，都缘于“那一双手”(即秋风)的作用，暗示了诗人摆脱孤独、走出寂寞的急切愿望。诗的主体情绪即寂寞感、孤独感，就在两幅画面的比照中达到高潮。南星的诗，多以抒写内心的孤独、烦闷、空漠为母题，感觉细腻、琐碎又黯淡，大抵称得上是“浊出的哀音”。但正如南星自己所说，这是那个特定的时代、社会原因使然(《石像辞·后记》)。从这个意义上说，诗的灰郁情绪也就超越了诗人个体的内心世界，获得了某种普遍性与社会性。

意象的精心雕镂，是南星惯有的抒情方式。他摒弃说明、评论，谢绝直接给读者以冲撞力，他的感觉、情绪、意念都包孕在形形色色的意象里。所以读解南星的诗，意象是关键所在。他的意象又多是描述性的，感性特征较为明显，而且不作任意变形；由意象组合形成的意境，也具体、实在，生动可感，本质上区别于象征派的虚幻、怪诞，而显出古诗、国画境界之绮丽、空灵的神韵。《静息》所创设的情感氛围，几可以与“庭院深深深几许”的古典诗境乱真。(饶　嵎)

睡了的村庄这样说(节选)　胡　风

同志
我睡了
我睡得安静
　也睡得深沉
同志
听一听我的呼吸吧
　它没有了怨气
　它没有了苦味
它告诉你
　我恢复了健康
　我尝到了喜悦
夜
慈爱的夜呵
她为我带来了休息

我的肌肉在新陈代谢
我的疲劳在一点一点退去
同志
多少年了多少年了
我的皮肤在严寒和酷热里面烂过肿过
我的眼睛在羞耻和屈辱里面烧过痛过
我的胃囊在饥饿里面打过抖
我的心房在仇恨里面滴过血
多少年了多少年了
我度过了不眠的夜
我度过了切齿捶胸的夜
我也度过了枪响火烧的夜
同志
痛苦的夜过去了
流血的夜过去了
夜呵
她成了我的慈母
让我安静地躺在她的怀里
让我睡去
让我休息
让我新陈代谢
让我长出更新鲜的力气
同志
我送走了幸福的一天
我的肌肉吸进了一天的阳光
我的肺叶吸进了一天的大气
我的耳膜响过了一天的鸟语和风声
我的眼睛映过了一天的青空和绿叶
我又送走了一天
我的皮肤又冒出过一天的汗水
我的双脚又亲吻过一天的土地
我得到了又一天和平的劳动
就舒适地躺在了温暖的夜的怀里
我睡了
我睡得好
我睡得安静
也睡得深沉

同志
我睡得安静
也睡得深沉
我的倒塌的土墙都砌好了
我的破漏的屋顶都补牢了
我的窗子都糊上了新纸
露水飘不进去
……

1951年

这首诗是胡风在建国初期的1951年所写的，作者在诗后注明："1951年4月21夜，京沪车过山东平原时，成。4月24日夜改。"行车旅途中车窗外闪过一个个村庄，在夜幕笼罩下散发出宁静祥和的气息，触动了诗人敏感的神经，诗情自然而然地流淌出来。本诗最大的特点是使用了拟人的修辞手法，显得非常亲切、灵动，好似是村庄在与读者交流，实际上是作者在抒发自己的感悟。诗人满怀着喜悦的心情，歌颂了中华人民共和国成立后村庄的新面貌。并且采用了对比手法及排比句式，显得既气势宏大又舒卷自如，让村庄将自身在新旧社会两种完全不同的境遇和心绪娓娓道来。

我们可以从字面联想到，山东是抗战时期游击队颇为活跃的地方，并且在战争中饱受摧残，将这里的村庄在新旧两种时代的命运做一对比，也就显得格外有意义。"村庄"首先回顾了自己苦难的过去，所用字眼是沉重而灼人的："我的皮肤在严寒和酷热里面烂过肿过/我的眼睛在羞涩和屈辱里面烧过痛过/我的胃囊在饥饿里面打过抖/我的心房在仇恨里面滴过血"，这样一连四个排比句，将旧中国农村贫瘠落后和备受欺侮的命运展现无遗。排比的使用让节奏加快、营造了沉重激愤的氛围，使诗的内容与形式巧妙结合。紧接着，村庄又热切地讲述着自己如今焕然一新的形象："我的倒塌的土墙都砌好了/我的破漏的屋顶都补牢了/我的窗子都糊上了新纸"，由此凸显了村庄旧貌换新颜的"动态"变化。

而正是由于这样的巨变，下文中村庄得以带着"清洁""喜悦"安然入梦，并且憧憬着美好的未来，字里行间热情洋溢："星星的明亮的眼睛/守卫着我/天空的温柔的手臂/环绕着我/土地的纯洁的胸膛/拥抱着我/祖国守卫着我。"此时我即"村庄"，村庄即"我"，物我已合二为一，彼此感受交融相通。全诗在广阔的空间里抒发了诗人真切的人生感受，又具有深邃的历史感。

这首诗集中反映的是一种积极向上的欢快情绪，折射了"新中国人的骄傲与幸福"。胡风的政治抒情诗以激情喷发和磅礴气势取胜，体现了社会美学与艺术美学的统一，是爱国主义热情与直抒胸臆的艺术方式的结合。他艺术性地展现出那段无限欢乐的共和国的童年历史，抒写了一曲曲充满感激和幸福的赞歌，感情的灼热，几乎达到可以燃烧的程度。其诗并没有过多的修饰，也不需要字斟句酌的技巧，却自然地呈现出了一种韵律美。（孟　晖）

一个高大的背影倒了　聂绀弩

走近十月的河边他停息了！
——田　间

一个高大的背影倒了，

在无花的蔷薇的路上——
那走在前头的，
那高擎着倔强的火把的，
那用最响亮的声音唱着歌的！
那比一切人都高大的背影倒了，
在暗夜，在风雨连天的暗夜！

在暗夜，
风吼着；
拔倒参天的古木，
卷起破碎的屋瓦，
卷起一切可以卷起的东西，
打向我们底行列——
这悠长的行列，
这肃穆的行列，
这愤怒的行列！
那引头的背影倒了！

在暗夜，
雨淋着，
在我们底头上，
在我们底身上，
在我们底心上！
泥水拖住我们底腿，
无花的蔷薇刺进我们底脚心，
一切肮脏的东西溅在我们底身上！
我们是一条悠长的行列——
饥饿的行列，
褴褛的行列，
奴隶的行列！
那走在一切人前头的背影倒了！

我们是强健的，
然而受伤了；
我们是勇敢的，
然而受伤了！
在无花的蔷薇的路上，

在风雨连天的暗夜，
没有一点伤痕的，
不在我们底行列里。
那伤得最厉害的人倒了！
他是我们中间的第一个——
第一个争自由的波浪，
第一个有自己底思想的人民，
第一个冒着风吹雨打和暗夜底一切，
在无花的蔷薇的路上，
高唱着自己底歌的人民。
这第一个人民倒了！

惊天动地的响声，
晴天霹雳般的响声，
我们中间的第一个倒了！
那高大的背影没有了，
那倔强的火把没有了！
那响亮的歌声没有了！

千万人底号哭，
千万人底喊叫，
千万人底悲痛，
赎不回这无比的损失！
高大的引路人，
你知道么，
谁在哀悼着你！

前面是平坦的路底边沿，
白天底边沿，
晴明底边沿，
能够忘记么，
你第一个向它走去的人！

安息吧，亲爱的朋友！
永别了，人民底同志！
我们要从你底尸身上走过，
踏着你底肉和骨和血，

踏着你指引过的路，
用我们底眼泪，
用我们底歌，
用我们底脚印，
造成你底坟墓！
愿你底英灵永远和我们同在！

你的周月祭

鲁迅的逝世，犹如一颗巨星的陨落，震动了神州大地。作为鲁迅的学生和密友，作者在鲁迅的周月祭奋笔疾书，写下了这首感人至深的诗篇，既表达了对鲁迅的敬佩和崇仰之情，也表达了继承鲁迅的遗志继续前进的决心。

作者擅长杂文，并不常作新诗，但这首诗却写得相当精湛，这不但是由于诗作者对鲁迅有一种异乎常人的深挚感情，而且在于诗作者在艺术表现上的苦心孤诣，精益求精。全诗的焦点聚集在“高大的背影”上，并以此生发铺张开去。诗以“一个高大的背影倒了”发端，在总共 9 节的诗中有 6 节反复回荡着这样沉痛而深情的慨叹，那比一切都高大的、那引头的、那走在一切人前头的、那伤得最厉害的、那高唱着自己底歌的、那我们中间的第一个，其意象逐层深入，突出、强调和深化了鲁迅的带头作用、先锋作用、模范作用和作为人民中的一员并走在人民前头的作用。鲁迅的逝世无疑是一个不可估量的损失，是一个用“千万人底号哭/千万人底喊叫/千万人底悲痛”都“赎不回这无比的损失”！正因为如此，人民才会“用我们底眼泪/用我们底歌/用我们底脚印”去悼念鲁迅。一个高大的背影虽然倒了，但是一个高大的精神却永存，它将永远鼓舞和激励着人民在“无花的蔷薇的路”上前进。至此，我们完全可以洞窥诗人以“高大的背影”作为全诗意象焦点的良苦用心。

诗的风格凝重而沉缓。整首诗在“一个高大的背影倒了”的一唱三叹中，大量地运用了瞬间停顿、排比和反复等修辞方法，从而构成了一种凝重的特色。此诗善用短行，不仅短行的比例远多于长行，而且即便在一些较长的诗行，甚至短行里，诗人也着意利用句式上的特点以造成短暂间歇。例如，“我们是强健的/然而受伤了/我们是勇敢的/然而受伤了！/……那伤得最厉害的人倒了”，短暂的间歇显示了诗人的悲愤感情和诗的沉重氛围。诗中用得更多的是排比和反复的表现手法。全诗 9 节，几乎节节都有一些排比句或排比段。排比的使用似乎特别有助于本诗的沉缓风格的构筑和增强。至于反复，“一个高大的背影倒了”的诗句，以及引自鲁迅著名杂文篇名的“无花的蔷薇”的反复出现，也大大地加强了诗的凝重感，使人悲愤，更促人感奋，从而毅然向前。（杜荣根）

假使我们不去打仗　田　间

假使我们不去打仗，
敌人用刺刀
杀死了我们，
还要用手指着我们骨头说：
“看，
这是奴隶！”

一九三八年作

1938年春，田间随西北战地服务团到达延安。为适应现实斗争的需要，他与几个同志一起发起了街头诗运动。他们把揭露日本侵略罪行、鼓舞人民斗志的诗篇，写在墙壁、岩石和大树上，这首诗便是其中著名的一首。

向群众说明为什么要抗日，这是一篇大文章，需要政论家去完成。田间的《假使我们不去打仗》，好像一篇抗战的动员令。但诗人没有长篇大论地讲述抗战的大道理，而是采取寓正于反的艺术手法，急骤地推出了一个假定的镜头，集中揭示了假若不去打仗的危害性，从而激发军民同仇敌忾地去与敌人血战到底。如果不去跟敌人打仗，将会怎么样？诗人指出了两种严重后果：一是“敌人用刺刀/杀死了我们”，这是关系到每个人的生命安危与国家民族生死存亡的重大问题；二是更进一层，敌人不仅要消灭我们的生命，而且还要从精神上侮辱我们：“用手指着我们骨头说：/‘看/这是奴隶！’”头一种后果大家容易看到，如果诗篇到此为止，就会一般化。第二种后果是诗人开掘出的深层思想，它更触动人的灵魂。如果国家沦为日本侵略者的殖民地，中国人民就成了奴隶，那还有什么自由可言？据田间自己讲，抗日战争年代，在隆隆的炮声中，他经常默诵着裴多菲的诗句“生命诚宝贵/爱情价更高/若为自由故/二者皆可抛”，这首诗的创作，也许受到裴多菲诗作的启示吧。这首诗表达出了时代的典型情绪，因而能点燃广大读者的心头之火。

闻一多指出：田间的诗“没有‘弦外之音’，没有‘绕梁三日’的余韵，没有半音，没有玩任何‘花头’，只是一句句朴质，干脆，真诚的话，（多么有斤两的话！）简短而坚实的句子，就是一声声的‘鼓点’，单调，但是响亮而沉重，打入你耳中，打在你心上”。

这首诗在句法上看似平淡无奇，不押韵，不整齐，完全散文化。但恰恰这样，既表现出街头诗的明白晓畅的大众化特点，也体现了田间诗的个人风格。（蔡清富）

泥 土　鲁 藜

老是把自己当作珍珠
就时时怕被埋没的痛苦

把自己当作泥土吧
让众人把你踩成一条道路

这首诗写于抗日战争后期。

20世纪50年代随着诗人遭到不公正的待遇，这首短诗也因而遭难，被扣上了宣扬“卑微主义”的帽子，横加指责。即使如此，许多人仍然把它作为自己的座右铭。这首格言式的抒情短诗既是诗人的自勉，也是诗人对他人的善意告诫：我们永远要谦虚谨慎，戒骄戒躁，投身于人民大众的神圣事业中。

全诗虽仅四句，却分为两节，前后两节在意思上还有一个小的转折。前者着重在告诫，告诫人们（包括诗人自己）不要孤芳自赏，自视特殊，争名夺利，陷于个人利益的泥坑中不能自拔，以致给自己带来没完没了的痛苦。后者着重在劝勉，勉励人们要甘于平凡，不要考虑索取，而要多些给予，甘做为人民大众的神圣事业铺路的泥土。

这首格言式的抒情短诗表白了诗人公而忘私的正确的人生观。它所阐发的是一种勇于牺牲个人利益的集体主义精神，鼓吹的是一种富于社会责任感的人生态度，因此，强加于它头上的“卑微主义”的帽子是十分荒唐的。

在艺术上，这首小诗写得朴素而清丽，给人带来哲理性的沉思。诗人运用了妥帖恰切的比喻，使人们在“珍珠”与“泥土”的对比之中获得良好的教益，因此既避免了枯燥的说教，又摒弃了华丽的装饰，从而取得了诗的艺术生命。（李复兴）

贝　壳　鲁　藜

请你留下这一枚贝壳
是我拣拾自人生的海洋
这里有层层浪潮滚饰的花边
这里有大时代的狂风暴雨锻铸的刚毅的棱角
这里有血痕也有泪痕
那泪珠所凝结的珍珠已沉落海底
现在留在贝壳里的
是一颗热烈而痛苦之心的模型

请你留下这一枚贝壳
把它放在你的窗前
这里有如同象牙雕刻的小小天宇
乳白色的晨光正在扫荡着残夜
这里有一丝红斑像晴空一道彩虹
将会让你极目而充满希望
这里有一滴血渍像一片火烧云
将会点燃你那灵魂的火焰，理想的火花

请你留下这一枚贝壳
把它放在你的身旁
你就会听到大海的奔腾呼号
好像一万支金色铜号在吹奏
你就会看见东方最壮丽的日出
好像一万株玫瑰在开放
你就会再度感到人生至高无上的欢乐
当你与艰险的恶浪搏斗的时刻

请你留下这一枚贝壳
是我拣拾自人生的海洋
不要因为它不是珍珠就嫌弃它
不要因为它来自沙砾就摈弃它
正因为它是生长在沙砾与苦水了

它才孕育了纯洁的明珠
正因为它是来自黑暗的深渊
它才那么爱抚着光明

1980年5月25日于小海地

鲁藜与其他一批在“文革”后复出的诗人，最感性、直接和强烈的体验就是个体生命与创作生命的被销蚀。所以，这种集体“情结”也就以不同的方式，伴随着不同诗人熟悉的意象形态出现在他们的作品之中，例如艾青的“鱼化石”，艾青与蔡其矫的“常林钻石”以及鲁藜的“贝壳”，等等。

鲁藜之所以选择“贝壳”这一核心意象，其实与他写于抗战后期的那首著名的《泥土》有着内在的关联。“老是把自己当作珍珠/就时时怕被埋没的痛苦/把自己当作泥土吧/让众人把你踩成一条道路”。这首短诗蕴含了“珍珠”与“泥土”这两个含有政治隐喻的意象。长期生活在延安的环境里，这个七月诗派诗人的诗学观念也早已经历了政治思想斗争的洗礼与自我改造的刻苦过程，完成了从一个怀有启蒙意识的知识分子向接受工农兵再教育的文艺战士的政治立场和思想情感的转变，即诗歌里所形容的从“珍珠”向“泥土”的转变。

但是这样的自觉转变也没有能帮助他逃脱20世纪50年代的那场政治灾难。于是就有了诗人在《贝壳》里另一种对珍珠命运的解读。前五句讲述了珍珠的经历与遭受到的种种磨难。这颗珍珠的性格已经不再像《泥土》中的珍珠那样只有虔诚与谦卑，它不再克制地压抑着对自己拥有“浪潮滚饰的花边”的美丽的自然流露，它的性格中也显露出更多的独立意志和个性精神。后三句的情感与意象配合得非常默契，蕴含有更深刻的内容，感人之深。诗人在“泪珠所凝结的珍珠已沉落海底”这一句里不动声色、不露痕迹地活用了“鲛人泣珠”的典故，把珍珠置于一个让人浮想联翩的历史与现实交会的广袤空间。更加巧妙的是，诗人进一步创造了“珍珠已去，空留模型”的意境，与第一句“请你留下这一枚贝壳”的情绪相呼应，让人唏嘘不已。这颗珍珠经历了两次不同的磨难，不知诗人是更怀念化作尘土的珍珠还是沉落海底的珍珠？同样是“伤痕文学”类型的情感描述，由于诗人拥有丰富的苦恼经历与人生经验的财富作为底蕴，他赋予“伤痕文学”的积淀就显得更深厚一些，情感也更深沉而不仅仅流于表面的激烈，耐人寻味，经受得起咀嚼。（张　新）

在天池的下面　邹荻帆

在天池的下面，
瀑布碰击岩石
粉身碎骨
化成亿万块碎玻璃
狂奔又呼号。
重压在山岩的地下泉
听到了
出迎了
含着热泪而纷纷拥抱，
那就是温泉！
在乱石的千百条石涧间

争先夺道。
啊
那是绝唱：
山谷的键盘
带着生命的不同的脉温
交响着歌潮……

1981年8月，我到长白山林区访问。在访问途中，我不断听到当年东北抗日联军艰苦斗争的故事，其中，杨靖宇将军的事迹给我的印象尤深。据说，当他因弹尽粮绝被俘而惨遭杀害时，敌人曾剖开他的肠胃，发现里面竟是野草和棉絮。后来到天池自然保护区参观，我在一株已死的巨松躯干上看到一行字："抗联从此过，子孙不断头！"那是烈士浴血奋战后留下的遗言，触目惊心，读此令人心潮难平。随后，我登上了山顶的天池，望着渺渺碧波，顿时觉得长白山如同高高举起的、盛满琼浆玉液的酒杯，仿佛在为古往今来的英雄祝福。山下云海滚滚，绿涛起伏，我想到这里曾是抗联英雄战斗过的土地，于是，不禁萌发了强烈的创作冲动。

从天池下来，绕过苔原区，看到了天池下的瀑布。飞流直下三千尺，阳光射在水帘上，映出一圈圈彩色光环，引得高山云燕飞鸣唧唧。瀑布溅落在山石上，四处迸散，成为亿万块玻璃碎屑。瀑布奔流而下，与从地底下涌出的温泉互相汇合在一起，煞是壮观。这个美丽的情景正与我诗中所要歌颂的抗联英雄唤起千百万人民共同战斗的主旨相吻合。于是，我就有了这一首诗。

当然，这是一首山水诗。因此，它不可能直接歌颂抗联英雄的革命精神，也不可能具体反映当年处于侵略者压迫下的东北人民对抗联的支持。我只能通过赞美瀑布和温泉来赞美抗联英雄和东北人民，赞美一切为真理而斗争的战士，赞美所有的反对侵略、争取解放的人民。

我国古代有不少诗人都曾经借山水诗以抒怀亮志，如柳宗元的《江雪》即是。我写这首诗，也受到了古典山水诗的启发。（邹荻帆）

警　报　　任　钧

一声尖锐而悠长的汽笛
　在天空放射出来
　　仿佛闻得到血腥的信号
——空袭警报又发出来了

警报——
诚然带来了恐怖和震惊，
但同时也好像在敌我中间
　划下了一条红线，
使得双方的界限更加分明！
可不是吗？
在那惊心动魄的长啸声中：
　用同样的动作，

　　同样的心情，
千万人都同时站拢在一边，
同时感到共通的运命！

在抗日战争期间，以空袭警报为诗作题材是极其平常的；但任钧这首《警报》诗，却能在选材立意上加深开掘，颇有新颖独到之处。

诗作仅分两个层次，在第一层中只是写“警报”的发出。“尖锐而悠长的汽笛”是敌人即将前来空袭的信号。这信号可以使一般读者从中得到许多联想。也许已想象出敌机机群正在天空中列队呼啸而来，而地面上则到处是慌乱的人群；也许“血腥的信号”已化成一幅幅悲惨的图景……而诗人的着眼点，却是“警报”的背后所隐藏着的一种顽强的全民抗战精神。所以“空袭警报又发出来了”的一个“又”字不仅仅在于表现敌人的猖狂，也确切地反映出我抗日军民高度警惕、密切注意敌人动向，团结战斗的决心和力量！

诗人正是顺着这一条思绪进入第二层的诗意表达。“警报——/诚然带来了恐怖和震惊”，其中“诚然”两字承认战争是残酷的，接着又把人们的“恐怖和震惊”暂时搁置一边。因为此时此刻诗人要强调的是一种全民抗战的同仇敌忾之心！我们可以想象得出：在警报声中有些人紧握着对空射击的枪炮，有些人做好了应急救护的准备，有些人甘冒牺牲的危险而坚守重要的岗位，有些人则扶老携幼钻入防空洞中……这时，读者就会自然而然地强烈地感受到敌我之间的分明“界限”，强烈地感受到非常时期中千百万中国人民的“共通的运命”。正因为有这样分明的“界限”和“共通的运命”，才使人们对本民族的神圣的抗战事业产生出无限的信心和力量！

任钧，作为抗战前夕“国防诗歌”的倡导者，写了不少以抗战为题材的优秀诗作。他不仅深受国内诸如刘大白、刘半农、朱自清、郭沫若、蒋光慈、殷夫等诗人的影响，也深受一些苏联早期革命诗人的影响。他强调新诗要有现实感、时代感，既能激励反帝、反封建的斗争热情，又具明快、豪放、有力的诗风，并倡导诗的朗诵。这首《警报》基本上实践了他的一贯主张。（张炳隅）

八路军进行曲　　公　木

向前向前向前！
我们的队伍向太阳，
脚踏着祖国的大地，
背负着民族的希望，
我们是一支不可战胜的力量。
我们是善战的健儿，
我们是人民的武装，
从无畏惧，绝不屈服，
坚决抵抗，直到把日寇逐出国境，
自由的旗帜高高飘扬。
听！风在呼啸军号响；
听！抗战歌声多嘹亮。
同志们整齐步伐奔赴解放的疆场，

同志们整齐步伐奔赴敌人的后方，
向前向前我们的队伍向太阳，
向华北的原野，
向塞外的山岗。

这是一首歌词，曾由郑律成谱曲，后个别词句做了改动，并改名为《人民解放军进行曲》，1988年八一建军节前夕，中共中央军委发布命令，将其定为《中国人民解放军军歌》。

这首歌，作于1939年秋。当时抗战犹处于敌强我弱的形势，八路军的力量并不强大。在当时的条件下，还只能是："游击战，敌后方/铲除伪政权/坚持反扫荡/钢刀插在敌胸膛！"（《八路军军歌》）也就是说，只能以游击战为主，集小胜为大胜，逐步扩大抗日武装和建设抗日根据地，还不可能进行大兵团作战，大规模地去歼灭敌人。但这首歌所塑造的却不是游击小部队的形象，而是大兵团的形象，有着无坚不摧，排山倒海的气势。尽管当时抗战处于艰难困苦之中，胜利的曙光还未升起，我和郑律成对抗战前途却有着必胜的坚强信念，因为毛泽东同志在《论持久战》所阐发的思想已深深印入我们的脑际。在我们的心目中，八路军不只是将会成为抵抗日本法西斯侵略者的主力，它更肩负着推动世界历史前进的重任："争民族独立/求人类解放/这神圣的重大责任/都落在我们双肩。"（《八路军军歌》）一点没有夸饰，决不是故作豪言壮语，我们认为这是自然的和必然的，理所当然的。这些便是写作这首歌的背景和心情。

大约正因为歌曲是在这种背景和心情下创作出来的，所以才不只为当时的抗战军民所传唱，而且到了对日本侵略者展开大反攻的时候，它更发挥了战斗的威力，广大军民高歌猛进："向华北的原野/向塞外的山岗。"到了抗日战争转变为人民解放战争的时日，我又把歌词中的个别词句作了必要的调整，便继续为更广大的解放军战士所接受，"向全国的胜利/向人民的解放"，紧随着进军的步伐，配合着胜利的节拍，凯歌齐奏震荡祖国的高空大地。直到今天，有着现代化装备，穿着新式军服，佩带闪亮军徽的人民解放军，唱起这首歌来，听觉形象和视觉形象也还是和谐统一的。正因为如此，它才可以久唱不衰。

所谓歌词，我一向是把它视为歌诗的。正如刘勰所谓："诗为乐心，声为乐体。乐体在声，瞽师务调其器；乐心在诗，君子宜正其文。"（《文心雕龙·乐府》）《八路军进行曲》既然是一首歌曲，理应归属于音乐范畴；不过，作为"乐心"的歌词，自可单独当诗来读，它同一般诗不同的地方，就是要配合音乐，成为"乐心"。如果把它称作歌诗，则与之相对称的一般诗便是诵诗。在与郑律成合作的时日，我曾写过一篇《新歌诗试论》，从中国诗歌发展史上论证：古代，诗即是歌，歌即是诗；后世，歌还是诗，诗不必是歌；从而诗便分为歌诗与诵诗两大类型。不过，传统歌诗，如宋词、元曲等，到文人手里，多是"按谱填词"；"五四"以来的新歌诗，虽亦不少依照民歌小调填写，但更多的则是"词然后谱"，即先写出歌词来再给安上音乐的翅膀，它往往由诗人与音乐家合作而成。这样在歌诗的开写之初，便必须考虑到制谱的需要。这首《八路军进行曲》便属于这一类。可是我并不会唱歌，几乎是音盲。郑律成认为我写的诗容易作谱，只由于我受传统歌词与民歌的影响，因而比较注意节奏、韵律罢了。这首《八路军进行曲》，是一首具有顽强生命力的歌曲，人们乐于传唱它，主要源于"乐体在声"；当然作为"乐心"的歌词，也起了一定的配合作用，只是单独当作一首歌诗来读，便比较平常，没有什么可以论说之处。　（公　木）

渔　夫　孙毓棠

清早上我收拾钓竿，

想钓一筐绿海的银链。
钓不起，再撒开麻网，
但网不住鲜红的夕阳。

载渔叉我划进黑夜，
要叉捞水中的明月，
和月边千万点蓝星——
恨东天怎又吐了黎明！

连日月带星辰带海，
吃吃地齐笑我痴呆，
我不听！我不信！直到
海上卷起了风暴。

海上卷起了风暴，
我的船在昏黑里飘摇。
抖起网，“你别笑我，风！”
我淌着泪要网尽雨声！

孙毓棠是新月派诗人之一，在中国新诗史上以叙事诗《宝马》著称，这里选了他的一首短诗。诗人以“渔夫”富有海上生活气息的自述，不着一个“鱼”字，尽用生动的比喻和象征性的语言，通过时空错综、情景交融的手法，把“渔夫”海上捕鱼写得有情有感，栩栩如生。

诗中时间线索串连延伸十分自然，与渔夫的所作所为、心理表现以及周围事物融汇一体并且互相陪衬。细算起来，全诗只有第一段开头的“清早上”是直接的时间状语。诗人用渔夫整理钓竿，“想钓一筐绿海的银链”便把读者带到清早时分的海上。“银”是清早天边泛出鱼肚白的颜色，“链”则是海水柔和平静的波动形状。微波荡漾的海水中映出的天色，正像是一串串渔夫“想钓一筐”的银鱼。“钓不起，再撒开麻网”的“再”字从侧面强调了渔夫垂钓的努力。时间随着渔夫钓了又钓“钓不起”而延伸发展，到了“夕阳”“鲜红”的黄昏时分。“但网不住鲜红的夕阳”的“但”字把渔夫网了又网，努力再三还是网不住的心情烘托了出来。第二段写渔夫用船载着渔叉“划进黑夜”，可见时间延伸发展到了夜晚。渔夫要叉捞“水中的明月”“和月边千万点蓝星”。时间在渔夫不断叉捞之际延伸发展，天渐渐地亮了，因此渔夫“恨东天怎又吐了黎明!”形容黎明是被东天一部分一部分地“吐”了出来，多么形象，多么恰如其分！那“恨”与“怎又”用得十分传神，把渔夫专注努力叉捞与怨恨时间过得太快的心情表现得淋漓尽致。句尾的感叹号更是强调了怨恨的心情，加深了程度。第三段写日月星辰与海都嘲笑渔夫，可是渔夫不听、不信，“直到/海上卷起了风暴”。这“直到”也强调了时间的延伸发展，强调了渔夫的努力程度与持久。至于那“我不听！我不信!”的排比句式与重复使用感叹号也都在效果上更加强调了渔夫态度的坚决。第四段写海上的风暴使渔夫的船“在昏黑里飘摇”，渔夫面对强大的挑战，不是无可奈何地随波逐流，而是“抖起网”，“‘你别笑我，风’”！用直接对话的形式与句尾的感叹号活灵活现地刻画出渔夫厉声喝止风的神态。最末“要网尽雨声”是誓言，其中“尽”字更表现了渔夫态度的认真与决心的坚决彻底。

此外，诗人用词确切精炼，环环相扣，层层铺垫，前后呼应，互相烘托。除了前面已提到的之外,又如:“想钓一筐绿海的银链”,银链是用“钓竿”来“钓”,用“筐”来装的;黄昏时分的太阳用“夕阳”,夕阳是用“麻网”来“网”;“水中的明月/和月边千万点蓝星”则用“鱼叉”来“叉捞”,这些词富有海上的生活气息,用得多么确切,表现得多么具体啊!还有,诗的前面二段一一写了为要钓绿海的银链,要网住鲜红的夕阳,要叉捞明月和蓝星所作的种种努力,后面再提时就概括说“连日月带星辰带海/吃吃地齐笑我痴呆”。这也说明了昼夜更替,时间延伸发展,周围环境轮换变化,渔夫努力不懈。日、月、星辰和海都见证了渔夫的那些“痴呆”的努力。可是,“直到/海上卷起了风暴”的时候“日月带星辰带海”都从意境中消失了,渔夫面对的是风暴和随风暴而来的暴雨,因此叫风不要笑,“淌着泪要网尽雨声”!这最后一行正好有力地落到点子上而结束。

至此,读者的情感思绪完全被激起。诗读完了,耳边还回响着渔夫的誓言与决心,脑中泛起种种联想。(珊 珊)

大堰河——我的保姆　艾 青

大堰河,是我的保姆。
她的名字就是生她的村庄的名字,
她是童养媳,
大堰河,是我的保姆。

我是地主的儿子,
也是吃了大堰河的奶而长大了的
大堰河的儿子。
大堰河以养育我而养育她的家,
而我,是吃了你的奶而被养育了的,
大堰河啊,我的保姆。

大堰河,今天我看到雪使我想起了你:
你的被雪压着的草盖的坟墓,
你的关闭了的故居檐头的枯死的瓦菲,
你的被典押了的一丈平方的园地,
你的门前的长了青苔的石椅,
大堰河,今天我看到雪使我想起了你。
你用你厚大的手掌把我抱在怀里,抚摸我,
在你搭好了灶火之后,
在你拍去了围裙上的炭灰之后,
在你尝到饭已煮熟了之后,
在你把乌黑的酱碗放到乌黑的桌子上之后,
在你补好了儿子们的,为山腰的荆棘扯破的衣服之后,
在你把小儿被柴刀砍伤了的手包好之后,

在你把夫儿们的衬衣上的虱子一颗颗的掐死之后，
在你拿起了今天的第一颗鸡蛋之后，
你用你厚大的手掌把我抱在怀里，抚摸我。
我是地主的儿子，
在我吃光了你大堰河的奶之后，
我被生我的父母领回到自己的家里。
啊，大堰河，你为什么要哭？

我做了生我的父母家里的新客了！
我摸着红漆雕花的家具，
我摸着父母的睡床上金色的花纹，
我呆呆的看檐头的写着我不认得的"天伦叙乐"的匾，
我摸着新换上的衣服的丝的和贝壳的钮扣，
我看着母亲怀里的不熟识的妹妹，
我坐着油漆过的安了火钵的炕凳，
我吃着研了三番的白米的饭，
但，我是这般忸怩不安！因为我
我做了生我的父母家里的新客了。

大堰河，为了生活，
在她流尽了她的乳液之后，
她就开始用抱过我的两臂劳动了；
她含着笑，洗着我们的衣服，
她含着笑，提着菜篮到村边的结冰的池塘去，
她含着笑，切着冰屑悉索的萝卜，
她含着笑，用手掏着猪吃的麦糟，
她含着笑，扇着炖肉的炉子的火，
她含着笑，背了团箕到广场上去晒好那些大豆和小麦，
大堰河，为了生活，
在她流尽了她的乳液之后，
她就用抱过我的两臂，劳动了。

大堰河，深爱着她的乳儿，
在年节里，为了他，忙着切那冬米的糖。
为了他，常悄悄的走到村边的她的家里去，
为了他，走到她的身边叫一声"妈"，
大堰河，把他画的大红大绿的关云长贴在灶边的墙上，

大堰河，会对她的邻居夸口赞美她的乳儿；
大堰河曾做了一个不能对人说的梦：
在梦里，她吃着她的乳儿的婚酒，
坐在辉煌的结彩的堂上，
而她的娇美的媳妇亲切的叫她"婆婆"
………………
大堰河，深爱她的乳儿！

大堰河，在她的梦没有做醒的时候已死了。
她死时，乳儿不在她的旁侧，
她死时，平时打骂她的丈夫也为她流泪，
五个儿子，个个哭得很悲，
她死时，轻轻的呼着她的乳儿的名字，
大堰河，已死了，
她死时，乳儿不在她的旁侧。

大堰河，含泪的去了！
同着四十几年的人世生活的凌侮，
同着数不尽的奴隶的凄苦，
同着四块钱的棺材和几束稻草，
同着几尺长方的埋棺材的土地，
同着一手把的纸钱的灰，
大堰河，她含泪的去了。

这是大堰河所不知道的：
她的醉酒的丈夫已死去，
大儿做了土匪，
第二个死在炮火的烟里，
第三，第四，第五
在师傅和地主的叱骂声里过着日子。
而我，我是在写着给予这不公道的世界的咒语。
当我经了长长的飘泊回到故土时，
在山腰里，田野上，
兄弟们碰见时，是比六七年前更要亲密！
这，这是为你，静静的睡着的大堰河
所不知道的啊！

大堰河，今天，你的乳儿是在狱里，
写着一首呈给你的赞美诗，
呈给你黄土下紫色的灵魂，
呈给你拥抱过我的直伸着的手，
呈给你吻过我的唇，
呈给你泥黑的温柔的脸颜，
呈给你养育了我的乳房，
呈给你的儿子们，我的兄弟们，
呈给大地上一切的，
我的大堰河般的保姆和她们的儿子，
呈给爱我如爱她自己的儿子般的大堰河。

大堰河，
我是吃了你的奶而长大了的
你的儿子，
我敬你
爱你！

雪朝，十四，一，一九三三。

《大堰河——我的保姆》是我1933年1月写于狱中的一首抒情诗。

我在1932年4、5月间从法国回到上海。不久，我参加了“左翼美术家联盟”，与江丰、力扬等一些美术青年，组织了“春地美术研究所”(即春地画会)。1932年7月12日，我们十二人就被国民党当局逮捕，押在第二特区法院看守所。后来，江苏省高等法院第三分院以“宣传与三民主义不相容主义”“危害民国紧急治罪法第六条、第十条，刑法第九条、第四十二条”为罪名，判处我有期徒刑六年。一天早晨，我从看守所的窗口看到外面下雪，想起了我的保姆，一口气写下了这首诗。我完全是按照事实写的，写的全是自己的真实情感，写完之后也没有什么改动。因为看守所的生活也不允许我反复修改。

我出生在浙江省金华县畈田蒋村一个姓蒋的地主家庭。我是这个家庭生下的第一个儿子，按理说这是要喜庆的。但因为母亲难产，算命先生说我会“克死”爹娘。父母迷信，因此不喜欢我，一生下来就遭到家庭的歧视。很快，就被送到本村一位贫苦的农妇家里抚养。这位妇女很小的时候从一个叫“大叶荷”的邻村卖到我们村，这个村离我们村大概五华里。“大堰河”这名字，小时候只是听口音的，1973年我回家乡，乡亲们谈起这首诗时告诉我，“大堰河”其实是“大叶荷”的误写，我们家乡的土音“大叶荷”和“大堰河”完全一样。所以，我在诗里写道：“大堰河，是我的保姆/她的名字就是生她的村庄的名字/她是童养媳。”她卑微到连自己的名字也没有，从哪里来就叫哪里的名。我在“大堰河”家一直住了五年。诗里写了：“我是地主的儿子/在我吃光了你大堰河的奶之后/我被生我的父母领回到自己的家里。”五岁那年，因为我要去念书了，被父母带回去了。在“大堰河”家里的五年，使我感染了农民的那种忧郁和伤感，使我对中国农民有了一种朦胧的初步印象。回到父母家里，我是在一种被冷漠、被歧视的空气中长大的。所以，我长大一点后，总想早点离开家庭。

“大堰河”一共生了五个儿子。跟她的前夫生了三个，前夫死后，从邻村上姜村招赘，又生了两个。1953年和1973年我两次回家乡，都去看了他们。《大堰河》这首诗，是出于一种感激的心情写的。我觉得只有在“大堰河”家里，我才感到温暖，得到宠爱。“大堰河”很爱我，我也爱她。1953年和1973年，我都到她墓上去了。

这首诗写好后，我就放在身边。后来要解到苏州去了，就把这首诗以及其他一束诗稿交给狱中的难友，托他出狱后带给我的朋友李又然。李把这些诗送到了《春光》杂志，发表于1934年该刊第1卷第3期，为了避过敌人的注意，我就根据本名蒋海澄的谐音第一次用了“艾青”这个笔名，以后我的第一本诗集即取名《大堰河》(上海群众杂志公司1936年出版)。(艾　青)

雪落在中国的土地上　艾　青

雪落在中国的土地上，
寒冷在封锁着中国呀……

风，
像一个太悲哀了的老妇，
紧紧地跟随着
伸出寒冷的指爪
拉扯着行人的衣襟，
用着像土地一样古老的话
一刻也不停地絮聒着……

那从林间出现的，
赶着马车的
你中国的农夫
戴着皮帽
冒着大雪
你要到哪儿去呢？

告诉你
我也是农人的后裔——
由于你们的
刻满了痛苦的皱纹的脸
我能如此深深地
知道了
生活在草原上的人们的
岁月的艰辛。

而我

也并不比你们快乐啊
——躺在时间的河流上
苦难的浪涛
曾经几次把我吞没而又卷起——
流浪与禁监
已失去了我的青春的
最可贵的日子，
我的生命
也像你们的生命
一样的憔悴呀

雪落在中国的土地上，
寒冷在封锁着中国呀……

沿着雪夜的河流，
一盏小油灯在徐缓地移行，
那破烂的乌篷船里
映着灯光，垂着头
坐着的是谁呀？

——啊，你
蓬发垢面的少妇，
是不是
你的家
——那幸福与温暖的巢穴——
已被暴戾的敌人
烧毁了么？
是不是
也像这样的夜间，
失去了男人的保护，
在死亡的恐怖里
你已经受尽敌人刺刀的戏弄？

咳，就在如此寒冷的今夜，
无数的
我们的年老的母亲，
都蜷伏在不是自己的家里，

就像异邦人
不知明天的车轮
要滚上怎样的路程……
——而且
中国的路
是如此的崎岖
是如此的泥泞呀。

雪落在中国的土地上，
寒冷在封锁着中国呀……

透过雪夜的草原
那些被烽火所啮啃着的地域，
无数的土地的垦植者
失去了他们所饲养的家畜
失去了他们肥沃的田地
拥挤在
生活的绝望的污巷里：
饥馑的大地
朝向阴暗的天
伸出乞援的
颤抖着的两臂。

中国的苦痛与灾难
像这雪夜一样广阔而又漫长呀！

雪落在中国的土地上，
寒冷在封锁着中国呀……

中国，
我的在没有灯光的晚上
所写的无力的诗句
能给你些许的温暖么？

1937年12月28日夜间。

1937年抗日战争全面爆发后不久，艾青离开他在杭州任教的中学，怀着投身于伟大民族战争的愿望来到当时抗战的首都武汉。在实际生活中，他看到抗战的黑暗现象，看到人民贫困的苦难，认识到通往胜利的路的艰辛。一种悲苦、忧郁的情绪笼罩在他的心头。年底的一个晚上，天色晦暗，像是要下雪的样子：一股深沉的感情潮水般袭上诗人心头。他披衣伏案，在阴湿的房间里写下这一著名的诗篇。

艾青的诗有着执着的现实意识和包括从现代诗派借鉴来的表现力。因而他的诗一方面具有活生生的现实画面与生活形象，另一方面，诗的形象又具有极宽泛的概括层面和深邃的暗示性。诗的开头两句："雪落在中国的土地上/寒冷在封锁着中国呀……"以舒缓沉郁的叙述性语调所表现的沉重，忧郁的感情，构成了贯串全诗的基本情绪和反复出现的"主题"。这里，整组画面既是北方寒夜的生活写照，同时也是诗人对时势的一种高度概括。采用"寒冷""封锁"这样极富弹力与表现力的语言，就更加充实了诗歌形象的容量。几个有着绘画造型特征的、掺和着诗人情感的构图，组成一幅幅向四面延伸、扩展的画面，使诗人所表达的基本情绪得到具有生活实感的证实，赋予这一情绪以厚实的生活根基；同时，随着诗人心理的推移而推移的事象、画面，也带有扩展意义的象征意味。无论是赶着马车的农夫，坐在船头的少妇，还是离家的年老母亲——这些在寒冷的夜晚出现在林间、河上、旷野的夜行者，既是为自己生活而搏斗、为命运所驱赶的劳动者，同时，也是在生存线上挣扎、苦斗、寻找着道路的中国民众的形象。在寒夜中离家的年老母亲和失去土地、家畜的劳动者的困境的描述之后，"中国的路"是"如此的崎岖""饥馑的大地""伸出乞援的颤抖着的两臂"的句子，都已包含着抽象性的概括。崎岖的路与伸出双臂等状态，都扩展为对中国人民生活和斗争的情景的暗示，扩展为对一种普遍性的激愤情绪的概括。

当然，一首诗所具有的对生活的概括力与暗示性并不仅仅意味着是思想上的成功，同时也是美学上的成功。因为对生活的透视力应当同时是对生活的质的认识和对这种认识的诗的表现与呈示。例如把寒风呈现为一个用指爪拉扯行人衣襟的形象，就具有一种震颤人心的思想和艺术的力量！此外，这种思想与美学的力量也集中在诗中所透露出来的一种深沉的情感方面，这是艾青所特有的动人的忧郁，在他20世纪30年代的其他作品中也存在着。这种悲哀来自农人失去了"所饲养的家畜"和"肥沃的田地"的绝望，来自"暴戾的敌人"强加给人民的"死亡的恐怖"，来自"像这雪夜一样广阔而又漫长"的"中国的苦痛与灾难"。它超越了个人遭遇的范围，而具有深广的历史内涵；它不只是无力的哀吟和对抗争的回避，而是一种力："把弥漫在广大的土地上的渴望、不平、愤懑……集合拢来，浓密如乌云，沉重地移行在地面上"（艾青《诗论》）。忧郁由于苦难而产生；对苦难的忧郁之所以具有审美价值，就在于人类，中国人民为摆脱苦难所进行的斗争，将永远伴随着苦难。因而，在这种浓重的忧郁情绪中，能体会到对力的呼唤，对暴风雨扫荡这古老的世界的执着的期望。而这首诗，也从一个具体的实例，提示了艾青诗歌创作上以"自我"感受与个性概括民族、时代悲欢的美学特征。（洪子诚）

我爱这土地　艾　青

假如我是一只鸟，
我也应该用嘶哑的喉咙歌唱：
这被暴风雨所打击着的土地，
这永远汹涌着我们的悲愤的河流，
这无止息地吹刮着的激怒的风，
和那来自林间的无比温柔的黎明……
——然后我死了，
连羽毛也腐烂在土地里面。

为什么我的眼里常含泪水？
因为我对这土地爱得深沉……

1938，11月17日。

《我爱这土地》作于抗战初期。诗以“假如”开头，这个头开得突兀、新奇，不禁令人驻足观望，凝神沉思。诗中的“鸟”是泛指，是共名，它不像历代诗人所反复咏唱的杜鹃、鹧鸪那样，稍一点染，即刻具有一种天然的特殊的情味和意蕴，而是全靠诗人在无所依傍的情况下作出新的艺术追求。再则，诗中特地亮出“嘶哑的喉咙”，也和古典诗词中栖枝的黄莺、啼血的杜鹃、冲天的白鹭等大异其趣，它纯粹是抗战初期悲壮的时代氛围对于诗人的影响所致，同时也是这位“悲哀的诗人”（诗人自称）所具有的特殊气质和个性的深情流露。

作为抒情的艺术，诗歌作品需要不断地强化自己的感情，以便久久地拨响读者的心弦。人非鸟兽，不言自明，此诗偏以“假如”开头，这是第一层强化。谁不知道鸟声优美清脆，此诗偏以“嘶哑”相形容，这是第二层强化。光有这两层强化还不够，于是诗中接连出现了所歌唱的对象：土地、河流、风、黎明。特别值得注意的是，诗人在描写这些对象时达到了穷形极相、淋漓酣畅的地步，充分体现了这位自由体诗人的艺术特色。我们知道，写诗多半是忌用或少用“的”字的，那些民歌体作品不必谈了，就是自由诗创作，也有不少人害怕“的”字一多，拖泥带水，冲淡了诗味。艾青则不然，他敢于用由一系列“的”字组成的长句来抒发缠绵而深沉的感情，喜欢在所描写的对象前面加上大量的形容词和修饰语，以展现对象的神采风貌，形成一种特殊的立体感和雕塑感，这是艾青的自由诗创作不同于其他自由诗作者（如田间）的一个重要特色。《我爱这土地》自然也不例外，试看诗人在“土地”“河流”“风”“黎明”这样的中心词语前面特意加上的“悲愤的”“激烈的”“温柔的”等许多修饰语，就不难窥见其中的奥秘了。

以上所说的这些描摹土地、河流等景观的长句，可说是第三层强化。正当读者为诗人不断的歌唱——顽强的生命力所折服所吸引时，没料到诗篇陡然来了一个大的转折，一个破折号之后突出“我死了”，让身躯肥沃土地，于是，生前和死后，形成了强烈的对比，而在这强烈的对比和反差中一以贯之的乃是“鸟”对土地的执着的爱，这真是生于斯、歌于斯、葬于斯，念兹在兹，至死不渝！

没有疑问，最强的风到后来也会变弱，最硬的箭到头来也会落下。诗人们写诗，可说是一边在强化自己的感情，一边也在为自己设置难题：这样写下去能否后来居上，余味不尽，还是变得难以为继，语完意尽？《我爱这土地》好在没有沿着原先的路子走下去，它在隔开一行，作了必要的间歇和停顿之后，开始转换角度，由比而赋，由穷形极相的描绘转变为质朴遒劲的直抒，就像一个高明的歌唱家，充分理解乐谱最后一个休止符的意义，他吸够了气，蓄足了势，终于唱出了最高的一个音符。

不用说，在国难当头、山河沦亡的年代，诗人歌唱“土地”具有格外动人的力量，而诗人那种不断转折和强化的抒情方式，当然也是和充满险阻坎坷的时代相吻合的。（孙光萱）

鱼化石　艾　青

动作多么活泼，
精力多么旺盛，
在浪花里跳跃，
在大海里浮沉；

不幸遇到火山爆发，
也可能是地震，
你失去了自由，
被埋进了灰尘；

过了多少亿年，
地质勘探队员
在岩层里发现你，
依然栩栩如生。

但你是沉默的，
连叹息也没有，
鳞和鳍都完整，
却不能动弹；

你绝对的静止，
对外界毫无反应，
看不见天和水，
听不见浪花的声音。

凝视着一片化石，
傻瓜也得到教训：
离开了运动，
就没有生命。

活着就要斗争，
在斗争中前进，
即使死亡，
能量也要发挥干净。

艾青的诗淳朴、流畅、浩荡，读起来朗朗上口，如行云流水，聚散无常，是诗，又是散文，他早期的诗作《大堰河——我的保姆》《雪落在中国的土地上》《北方》《手推车》等曾经强烈地打动过我。我也很喜欢艾青重新执笔后写的这首《鱼化石》。我以为这是他近年来少有的佳作之一。可惜戴望舒没有写过同一命题的诗篇，可以供我们并举朗诵。但卞之琳是写了的。他的《鱼化石》有个加括号的副题：一条鱼或一个女子说，还有一篇《鱼化石后记》补收在增订本《雕虫纪历》的时候，又将《后记》分成几条注释，可借此揣摩诗人的真意。

艾青的这首《鱼化石》没有注释，一读便懂，收入《归来的歌》含意就更明白（后来的诗句作了一些修改），我非常佩服诗人们对鱼化石的敏感，这实在是个好题目，但他们表现的艺术悟性是不同的。卞之琳写的是哲理诗，“你我都远了乃有了鱼化石”。既无可奈何，又喜生生不息。艾青则从生活里捡到自己的感情，更多一层现实意义，且看：“动作多么活泼/精力多么旺盛/在浪花里跳跃/在大海里浮沉。”想当初鱼儿在大海里浮沉，跳跃，可是，不幸的事件发生了，旺盛的精力和活泼的动作，都在一瞬间凝固住了，成为永恒的化石。哦，一声霹雳就没头没脑地盖住了。这是地震！这是火山爆发！这个突然的变化使一切都失去了自由，自然世界的和人类社会的一下子都凝固住了。诗人接着形象地揭示了鱼化石的特征：尽管鳞和鳍都完整，埋在岩石里面的鱼却无法动弹，连一丝叹息也没有，它有的只是沉默，沉默，无休止的沉默。鱼离不开水，人离不开和水相接的天。自由在天边召唤，诗人渴望听见自由的声音，好比鱼渴望听见浪花的声音。然而听不见。于是读者也不得不沉默了。幸而艾青是乐观的，就像卞之琳领悟“生生之不易”一样，艾青也终于觉得：离开了运动，就没有生命。而且“活着就要斗争/在斗争中前进/即使死亡/能量也要发挥干净”。

有人说，读艾青的诗总不免使人有忧郁的感觉；也有人说，忧郁对于艾青是气质性的。对此我还要补充一点：忧郁对于艾青既是气质性的，因此也必然有民族的和时代的因素在里面。鲁迅也是忧郁的，有时甚至有寂寞和孤独之感。艾青的忧郁是可以理解的，我个人认为，一个诗人，一个伟大的作家，生在中国这样的社会而没有忧郁或者寂寞之感，那倒真是难以理解的了。艾青的确是忧郁的，那是属于个人气质的带有时代性和民族性的忧郁——一种崇高的忧郁！

我年轻时喜欢徐志摩，中年以后醉心于臧克家，还有戴望舒和卞之琳，如今齿发脱落，垂垂老矣，而我却更爱好艾青。这并不是说艾青的诗是写给老年人读的，不，完全不是。归真返璞，我爱好他的朴素、平实，爱读他那用平凡的语言，自由的格式，不事雕琢地写出的激动人心的诗篇。（唐　弢）

有　赠　　曾　卓

我是从感情的沙漠上来的旅客，
我饥渴，劳累，困顿。
我远远地就看到你窗前的光亮，
它在招引我——我的生命的灯。

我轻轻地叩门，如同心跳。
你为我开门。
你默默地凝望着我
（那闪耀着的是泪光么？）

你为我引路，掌着灯。
我怀着不安的心情走进你洁净的小屋，
我赤着脚走得很慢，很轻，
但每一步还是留下了灰土和血印。

你让我在舒适的靠椅上坐下。
你微现慌张地为我倒茶，送水。

我眯着眼，因为不能习惯光亮，
也不能习惯你母亲般温存的眼睛。

我的行囊很小，
但我背负的东西却很重，很重，
你看我的头发斑白了，我的背脊佝偻了，
虽然我还年轻。

一捧水就可以解救我的口渴，
一口酒就使我醉了，
一点温暖就使我全身灼热，
那么，我能有力量承担你如此的好意和温情么？

我全身颤栗，当你的手轻轻地握着我的，
我忍不住啜泣，当你的眼泪滴在我的手背。
你愿这样握着我的手走向人生的长途么？
你敢这样握着我的手穿过蔑视的人群么？

在一瞬间闪过了我的一生，
这神圣的时刻是结束也是开始，
一切过去的已经过去，终于过去了，
你给了我力量、勇气和信心。

你的含泪微笑着的眼睛是一座炼狱。
你的晶莹的泪光焚冶着我的灵魂，
我将在彩云般的烈焰中飞腾，
口中喷出痛苦而又欢乐的歌声……

1961年11月

如同小说中的第一人称并不等于作者自己，抒情诗中的“我”也不能和作者画等号。但鉴于曾卓受过狂风暴雨的鞭打，曾一度被囚禁在“厄尔巴岛”上，因而把这首诗写的“从感情的沙漠上来的旅客”看作是作者的自况，把诗中写到的既是结束也是开始的“神圣的时刻”看作是作者曾有过的感情经历，想来也是完全可以的。

此诗题为《有赠》，所赠者是一位女性。这位女性的形象，具有典型意义。人们不会忘记：在“左”倾思潮统治的年代，当亲人被钉上十字架，受尽众人的嘲笑和凌辱的时候，是那些圣洁、崇高的女性，为亲人分担着寒潮、风暴和雷鸣，和亲人心连着心走上人生的长途，穿过蔑视的人群。这种以沫相濡、携手并肩、忠贞不渝的爱情，对坎坷路上的跋涉者、荆棘丛中的摸索者，显得尤其宝贵。特别是在蔑视爱、否定爱的年月，把人与人之间的相慰相勉看作资产阶级人道主义的年代，曾卓敢于颂扬男女之间存在着的亲切而温馨的爱，这对医治由于推行“斗争哲学”而造成的人们的心灵创伤，无疑大有裨益。

这首诗的篇幅虽然不长，但它所表现的感情却是丰富又复杂的，其中既有渴望自由的痛苦，也有重见阳光的喜悦；既有深深的叹息，也有崇高的誓言。不管是哪种情感，诗人均用优美的文笔把劳累困顿后受到“如此的好意和温情”的感情表现得细腻委婉，使人窥见那即使头发斑白、背脊佝偻，但青春的歌声仍在胸中轰鸣的年轻心灵。在20世纪60年代，很少有人能像曾卓这样无拘无束地袒露自己的感情世界，向读者奉献出自己带创伤的心；在许多诗人追求一种单纯、明朗、和谐的诗歌美学风格的时候，更鲜见有人像曾卓这样在欢乐曲中渗入一些苦涩的胆汁。

诗人的可贵之处，还在于表现自己的情感世界的时候，不追求表面的热烈，而用平淡的口气表达浓烈的情思。比如，分明是由黑暗中来到光明的世界，可诗人不疾走，不狂奔，而是将脚步放得又慢又轻，从这尽量克制的感情中，我们仍不难窥见诗人因重获自由而产生的喜悦心情。这种“扫除腻粉呈风骨，褪却红衣学淡妆”（鲁迅《莲蓬人》）的写法，正是诗人经过炼狱的磨难之后，对人生对艺术的理解趋向深沉的成熟的表现。平淡中寓浓烈，忧伤中含欢乐，凄苦中带甜蜜，这不仅深得艺术辩证法之精髓，而且还造成了一种复合美感，使读者味之不厌。

曾卓这首诗，由于内容上有哀愁的倾诉和感情的潜流，所以情调显得温和，节奏显得缓慢。这种情调和节奏，相当确切地、浓缩地表现了他经受时代的磨难和考验的特殊的心境。他这种自然亲切的写法和毫无矫揉造作的感情，难怪使有的读者联想到黄新波的某些线条柔和而明快的版画，联想到珂勒惠支的许多表现母子题材的铜版画。（古远清）

悬崖边的树　曾　卓

不知道是什么奇异的风
将一棵树吹到了那边——
平原的尽头
临近深谷的悬崖上

它倾听远处森林的喧哗
和深谷中小溪的歌唱
它孤独地站在那里
显得寂寞而又倔强

它的弯曲的身体
留下了风的形状
它似乎即将倾跌进深谷里
却又像是要展翅飞翔……

1970年

这是树的形象，也是人的形象——眷恋着乡土、经历着苦难而又怀着坚定信念的中国知识分子的形象。

诗一开始就使人触目惊心：一股奇异的风将一棵树吹到了临近深谷的悬崖上。从20世纪

50年代后期开始，这种“奇异的风”将多少人吹离了正常的生活轨道，吹到了人生的边缘。生或者死——这个折磨过哈姆莱特的老问题，又重新被提到许多人面前，谁不知道在悬崖边，生与死只不过是一步之差！

风是奇异的，诗人说“不知道是什么奇异的风”，但想必读者也能意会的。树也是奇异的，因为树是植根在大地上的，除非连根拔起，否则是不会被风吹动的。然而树居然被风吹动了，又居然还能站立在悬崖边上，风只不过吹弯了它的身体，并不能使它脱离大地。这在生活中是悖于常理的。诗人使用了这种明显是错位的写法，因为在当时，生活中悖于常理的事已司空见惯，不足为奇了。

倔强的树站在悬崖边上，孤独而又寂寞——在那正常的人与人的交往常被视为非法的不正常的年代，有谁不曾感到孤独和寂寞呢。然而，它依然保持着对生活的热爱，它在倾诉：远处森林在喧哗，谷中小溪在歌唱。这是生命之歌，是天籁，也是人籁，是任何“奇异的风”遏制不了的。生活有自己的旋律，历史有自己的法则，世界有自己的声音，而悬崖上的树正在倾听着这一切。

对于一棵树或是一个人来说，完全有可能被“奇异的风”吞没或毁灭，然而信念和理想却是不可夺去的，对真理的追求也是无法遏止的。诗的结尾两句同样是令人惊心动魄的：“它似乎即将倾跌进深谷里/却又像是要展翅飞翔……”

曾卓的诗，一向以思想敏锐、文笔潇洒、形象鲜明见称。这首诗保持了这些特色，还增添了那个特定的时代所给予人也给予诗的沉重又沉痛之感。虽然那一页已成为过去，但诗人所塑造的悬崖边的树的形象，却是令人难忘的。（罗　洛）

西北哨兵　曹葆华

背着半边蓝天，
顶着一轮红日，
站在黝黄山坡上，
——脚下倒着黑黑影子。
你以三尺白钢刀，
作民族的守望哨。

不怕塞上尘沙，
不怕岭外风暴，
睁着一双火红眼睛，
——眼皮从不爬上疲劳。
控制着群山万壑，
天下第一险道……

诗人写于抗日战争最艰苦时期的《西北哨兵》，是一首对抗日战争的中坚力量——中国共产党和八路军以及人民大众的颂歌，寄寓了诗人无限深厚的感情。当时诗人在延安，处在抗战前沿，目睹并亲身参加了艰苦卓绝的对敌斗争，因而对共产党在抗日战争中的地位和作用有着深切的体会，对战争的场面和英勇事迹也了解颇多。这也许是这首诗形成的主要依据和感情基础。

颂诗，常易流于直露，这是不善于思索者的通病。诗人选取西北哨兵这一形象，以简练、干净的笔触勾勒哨兵"站在黝黄山坡上"的雄姿,勇斗风暴尘沙的身影,画出因为愤怒烧红的永不疲倦的眼睛,以"民族的守望哨"暗示出"他"不是一个人,而是英雄的群体形象,从而使党的形象具体化,给人以生动、明确的印象。这种象征,读来似乎"得来全不费工夫",实际上诗人是经过反复筛选、比较才实现的。

这首诗的另一个可贵之处,就是简洁凝练。它没有罗列一大堆事实,没有节外生枝,而只是紧紧抓住"哨兵"与"党"这两个事物的特征和它们的内在联系,用点睛之笔,写出形象的精神,将丰富的感情浓缩成诗行,取得了以小喻大、以少胜多的艺术效果。(颜廷奎)

泥土的梦　杜　谷

泥土的梦是黑腻的

当春天悄悄来到北温带的日子
泥土有最美丽的梦

泥土有绿郁的梦
灌木林的梦
繁花的梦
发散着果实的酒香的梦
金色的谷粒的梦
它在梦中听见了
孩子们的刈草镰
和风车水磨转动的声音

它在梦中听见了
潺潺的流水
和牝牛低沉的鸣叫
和布谷鸟催耕的歌
和在温暖的池沼
划着橘色的桨的白鹅的恋曲

我们从南方回来的漂亮的旅客
太阳,正用它金色的修长的睫毛
搔痒着它
春风又吹着它隆起的乳房
它美丽的长发
它红润的裸足
吹卷着

它的宽大的印花布衫的衣角

一天夜里
旷野降下了滂沱的大雨
雨以它密密的柔和的小蹄
不停地吻着泥土
激动地摇拍着泥土
热情地抚摸着泥土

泥土从深远的梦里醒来
慢慢睁开晶莹黑亮的大眼
它眼里充满了喜悦的泪水
看，我们的泥土是怀孕了

《泥土的梦》一诗于1941年在胡风主编的《七月》杂志第1期刊出后，同年《希望》杂志第二期便作了如下的评骘："深深的没入了地母的呼吸，气息，希望，欢喜，以及忧伤与痛苦，诗人才能够唱出了这样深沉的大地的歌。这样的歌，只有深爱祖国的诗人，善良到像土地一样善良的诗人，坦白到像土地一样坦白的诗人，才能够唱出的。"这首杜谷的代表作，充满泥土的气息，又具更浓的抒情色彩，他对于他所描写的泥土、春天、太阳都那样一往情深，他对泥土的礼赞，犹如一首绕梁不绝的回旋曲，清丽婉转，舒展自如。

诗人通过对"泥土的梦"的描述，深切地抒发了他对祖国和大自然的热爱。泥土的梦，无论是"黑腻的"，还是"绿郁的"，都不是着意于空泛的、虚无缥缈的幻想，而是与现实紧密相联，融为一体，诗人含蓄而委婉地抒写了天地交感的始末。与其说是"梦"的遐思，不如说是现实的希冀。泥土为何"眼里充满了喜悦的泪水"？是因为它受到了阳光的沐浴、春风的轻拂、春雨的滋润；是因为"我们的泥土是怀孕了"——尽管战火纷飞，但是，广袤的土地上种子还是萌芽、结果，万物还是繁衍、生长。这首诗既充满着诗人对春天的期待和热盼，也蕴含着富有生命力和创造力的炎黄子孙对美好生活的迫切愿望和热烈向往。它像一团火，燃起人们的热情；它像一杯浓酒，使人热血沸腾，勇敢地去为新生活献身。

诗歌大多有意象，但像《泥土的梦》中一系列清新动人的意象叠现，实属罕见，足见诗人独出心裁。刈草镰的沙沙声、风车水磨的转动声、潺潺流水声、牝牛低沉的鸣叫声、布谷鸟催耕的啼唤声，"和在温暖的池沼/划着橘色的桨的白鹅的恋曲"，每个意象都不乏浓烈的春天气息；这些意象的组合又构成了一阕悠扬动听的"春之恋"田园交响曲。

泥土在诗人的笔下完全拟人化了，它仿佛成了一个亭亭玉立、楚楚动人的少女，"美丽的长发""红润的裸足""晶莹黑亮的大眼""隆起的乳房"，身着"宽大的印花布衫"，如此丰富、美妙的想象力，正是寄托着诗人对丰腴富饶的国土的殷殷之情。诗中的比喻也是不同凡响，如，密密的春雨被喻为"柔和的小蹄"，"不停地吻着泥土"；至于春雨"激动地摇拍着泥土/热情地抚摸着泥土"则是合理有节的夸张；一连串的"泥土""在梦中听见了"，通感的修辞手法调动了读者的感官功能，使难以描绘的"泥土的梦"，化为可闻其声、可品其味、可视其景的具体物象。这首构思精巧、意境明丽的诗曾受到闻一多的赏识，被编入他的《现代诗钞》。（沈　栖）

殡 仪 彭燕郊

在冬天的郊外我遇到一队出殡的行列
凄凉地，悲哀地向着空漠的荒野移行

四个土夫抬着一部单薄的棺材
麻木地，冷淡地吆喝无感触的吆喝
好像抬的不是一个刚才消没的生命
而是一块石头，或是一段木料

跟随在那后面，一个女人絮絮地啼泣着
独自哭诉死者的苦难的生前和身后的萧条
一个披麻戴孝的孩子，恐怖地，慌乱地
用干黄的小手牵住了母亲的衣角

在那里等待死者的是冰冷的墓穴
在那里他将无主意地任别人摆布
那些土夫将在他的棺材下垫四块砖头
让他的脸朝向生前的住宅
而他的亲人——像两只悲哀的毛虫
匍匐着，那女人嘶哑的喉咙已顾不上号哭
将要忙乱地教教孩子跟着她一起
撒一把沙土在那黑色的永恒的床上

他将成为此地的生客，人世的过来人
残忍地撇下孱弱的母子俩
私自休息去了，
到不可知的土地上流浪
他已完成了一场噩梦
和一场无结果的挣扎……

今天晚上，他将化为一阵阴风
回到乍别了熟识的故居
像往日从田野里耕罢归来一样
他将用他那紫色的手
抚摸那还没有编好的篱笆
他将用那鱼肚白的眼珠审视

那菜畦里的菜是不是被夜霜打了蔫了菜心
他将用那寂灭了的耳朵谤听
畜棚里那条病了的老牛是否睡得安稳
那些老鼠是不是又在搜索瓮底的余粮
他将用他那比雨滴还要冰冷的嘴唇
去亲吻那蒙着被睡觉的孤儿
和在梦里呼唤他的小名的
那脸上被悲哀添刻了皱纹的妻子

他将向写着自己的名字的灵牌打恭
他将向灵堂上素白的莲花灯礼拜
他将感谢那对纸扎得很好看的金童玉女
——代替我,你们来热闹我的贫寒的家了

草叶之下的地阴里,我可爱的妻子和孩子呵
什么事都不像你们此刻安排的这样如意呢
但是,因为我是死了
我已经知道了许多你们无法知道的事情……
他将托梦给他的无法维生的家属
用神秘的、黑色的、哑哑声音说话:
那边,在屋后的山坡上
古松树下,几十年前,曾经有一处行商
埋了一瓮银子在那里……

你们必须按照我的嘱咐行事
不要有半点迟疑:
八月十五夜,子时
当月亮稍偏向西的时候
你从倒地的树影的梢头,挖下三尺深
你就可以得到那一瓮银子
此后的生活
就不用愁了……

彭燕郊是著名的“七月派”诗人,十几岁就开始创作新诗。1939 年起在《七月》《抗敌》《现代文艺》等刊物上发表作品。他前期的诗歌作品带有讴歌抗战、反对独裁等鲜明的时代色彩,具有独特的艺术风格。《小牛犊》《殡仪》《村庄被朔风虐待着》等诗,成为新诗中反映中国农村和农民生存状态的经典之作。中华人民共和国成立后因“胡风案”受到牵连,彭燕郊被迫沉默了 20 年,但他始终没有放弃写作,他这一时期的作品成为中国当代文学“潜在写作”的重要文本,受到文学史研究者的高度重视。

《殡仪》是彭燕郊早期所写的一首奇特的诗，前半部分描写的是一个农民死后，亲人雇人将之埋葬的场景。作者采用一系列灰暗阴沉的意象，如“冬天的郊外”“单薄的棺材”“无感情的吆喝”“冰冷的墓穴”“两只悲哀的毛虫”等，极力渲染埋葬死者时阴森凄凉的氛围。尽管让人感觉很不舒服，但这种殡仪在旧中国凋败的农村中确实是常见的，并不算出奇。出人意料的是诗的后半部分，这个已经被埋葬在黄土中的农民在当晚“将化为一阵阴风/回到乍别了熟识的故居”，像往常一样看顾妻子和孩子，照料家务，并托梦给家属，告诉他们在屋后的山坡上埋了一瓮银子，这就平添了几分魔幻的色彩，可谓具有“先锋性”和独创性。

这位劳苦一生的农民死了，但沉重的家庭负担却使其不能获得真正的安息，其阴灵还念念不忘家中未了的事务，这更体现出了广大农民悲惨的命运。老农的狡黠与愚昧、伟大与渺小在此浑为一体，唤起读者无尽的感喟和深深的同情。彭燕郊的诗既歌颂人民天然的纯朴向上的品质，也自觉揭示底层人民精神上的麻木、消沉状态，充分诠释了从鲁迅的改造“国民性”到胡风的“精神奴役的创伤”的理念。聂绀弩在读了这首诗后，不无激动地写道：“这‘自私’的农民！谁会这样剔出过农民的精魂？谁又曾看见农民的连死了也不能完了的悲凉！”

我们从彭燕郊早期的诗作中可以看出他对南方农村的熟悉和挚爱，诗中描写的农家生活的种种细节，都是很有质感的，否则他的诗就不会这样真切感人。可见《殡仪》是诗人从现实生活中直接捕获的，种种奇幻的想象也是以现实为基础的。七月派的流派特征在彭燕郊的诗中表现得比较明显，即写作家熟悉的经验、自由地抒发性情。不过作者也明显受到了西方现代诗歌的影响。那种死后回来的新奇写法，被一些评论家称做“鬼话”，这样的手法在中国古典文学中是不多见的。我国古代诗歌传统、艾青等新诗人及波德莱尔等西方诗人的影响，在彭燕郊的诗歌中都隐约可辨。

本诗原载《现代文艺》1941年第3卷，收入《彭燕郊诗选》时作者作了部分改动。（孟　晖）

铁蹄下的歌女——献给聂耳　　许幸之

我们到处卖唱，
我们到处献舞。
谁不知道国家将亡，
为什么被人当作商女？

为了饥寒交迫，
我们到处哀歌，
尝尽了人生的滋味，
舞女是永远地飘流。

谁甘心做人的奴隶？
谁愿意让领土沦丧？
可怜是铁蹄下的歌女，
被鞭挞得遍体鳞伤。

歌女，是处在社会最底层的被侮辱、被损害的女性。九一八事变后，当灾难深重的中国人民在受到阶级压迫的同时又受到外敌欺凌时，她们便成为阶级苦难和民族耻辱的最集中的承受者。虽然，她们强颜欢笑，饱受蹂躏，但最令她们痛苦和不平的却是社会对她们的歧视。这首歌词正反映了在日本侵略者铁蹄下的中国歌女的悲惨境遇和不平心声。

全诗用歌女自诉自叹的口吻写出。诗的第一节以哀怨的语气，吐出了郁结在歌女心中的最大的委屈：她们到处卖唱，到处献舞，被人当作商女。商女，本是古代以歌唱为生的乐妓，历来被认为是灵魂麻木，不知家难国仇的卖笑女郎，唐代诗人杜牧就有这样的诗句："商女不知亡国恨，隔江犹唱后庭花。"（《泊秦淮》）其实，悲惨善良的歌女也有自己的祖国，也有一腔爱国热情，"谁不知道国家将亡/为什么被人当作商女"，她们在诘问中，既对社会的传统偏见提出抗议，又向人们呼唤真诚的理解。诗的第二节则转而表现她们的悲惨生活，简明扼要地勾勒了她们为饥寒所迫，不得不到处哀歌，四处漂流的艰难困境，期望社会能理解她们歌声中的血泪和悲愤。诗的最后一节再次由低婉转入激切，在"谁甘心做人的奴隶？/谁愿意让领土沦丧?"的反问中，又一次强化和宣泄了心中的愤懑和不平，维护了歌女人格的尊严。她们虽然身份低贱，被侵略者和传统偏见鞭挞得遍体伤痕，但她们并没有屈服，一旦时机成熟，同样会毅然投入抗日救国的战斗行列。

由于作者选择了歌女这个社会最弱者的特殊角度，通过对这群痛苦善良的灵魂的真实写照，以小见大，以弱衬强，以善显恶，因而能够集中而深刻地反映整个民族遭受外敌凌辱的深哀剧痛，反映中国人民不甘当亡国奴的抗争意识。这首诗的感情深沉强烈，起伏有致；语言凝练流畅，通俗易懂。特别是运用了不答自明，语气强烈的反问句式，使歌女的爱国情感和抗争意识得到了淋漓的抒发。（徐生林）

赞　美　　穆　旦

走不尽的山峦的起伏，河流和草原，
数不尽的密密的村庄，鸡鸣和狗吠，
接连在原是荒凉的亚洲的土地上，
在野草的茫茫中呼啸着干燥的风，
在低压的暗云下唱着单调的东流的水，
在忧郁的森林里有无数埋藏的年代。
它们静静地和我拥抱，
说不尽的故事是说不尽的灾难，沉默的
是爱情，是在天空飞翔的鹰群，
是干枯的眼睛期待着泉涌的热泪，
当不移的灰色的行列在遥远的天际爬行；
我有太多的话语，太悠久的感情，
我要以荒凉的沙漠，坎坷的小路，骡子车，
我要以槽子船，漫山的野花，阴雨的天气，
我要以一切拥抱你，你，
我到处看见的人民呵，
在耻辱里生活的人民，佝偻的人民，

我要以带血的手和你们一一拥抱。
因为一个民族已经起来。

一个农夫，他粗糙的身躯移动在田野中，
他是一个女人的孩子，许多孩子的父亲，
多少朝代在他的身边升起又降落了
而把希望和失望压在他身上，
而他永远无言地跟在犁后旋转，
翻起同样的泥土溶解过他祖先的，
是同样的受难的形象凝固在路旁。
在大路上多少次愉快的歌声流过去了，
多少次跟来的是临到他的忧患；
在大路上人们演说，叫嚣，欢快，
然而他没有，他只放下了古代的锄头，
再一次相信名词，溶进了大众的爱，
坚定地，他看着自己溶进死亡里，
而这样的路是无限的悠长的，
而他是不能够流泪的，他没有流泪，
因为一个民族已经起来。

在群山的包围里，在蔚蓝的天空下，
在春天和秋天经过他家园的时候，
在幽深的谷里隐着最含蓄的悲哀：
一个老妇期待着孩子，许多孩子期待着
饥饿，而又在饥饿里忍耐，
在路旁仍是那聚集着黑暗的茅屋，
一样的是不可知的恐惧，一样的是
大自然中那侵蚀着生活的泥土，
而他走去了从不回头诅咒。
为了他我要拥抱每一个人，
为了他我失去了拥抱的安慰，
因为他，我们是不能给以幸福的，
痛哭吧，让我们在他的身上痛哭吧，
因为一个民族已经起来。

一样的是这悠久的年代的风，
一样的是从这倾圮的屋檐下散开的

无尽的呻吟和寒冷，
它歌唱在一片枯槁的树顶上，
它吹过了荒芜的沼泽，芦苇和虫鸣，
一样的是这飞过的乌鸦的声音。
当我走过，站在路上踟蹰，
我踟蹰着为了多年耻辱的历史
仍在这广大的山河中等待，
等待着，我们无言的痛苦是太多了，
然而一个民族已经起来，
然而一个民族已经起来。

此诗写于抗日战争初期，1941年的昆明，是颂扬中华民族特别是农民的。

抗日战争不同于别的战争，是在像穆旦这样的青年知识分子热切的盼望中来到的。来到之后，他感到兴奋，但又沉思。他看得比一般人深，知道中国有过去无数年代的灾难，今后战争的重担也主要由农民来负担，因此他赞美他们。

诗以写中国的广阔土地和悠长历史开始，概括很大，然而写得形象，点睛之笔是“说不尽的故事是说不尽的灾难”。这不是标语口号诗，而是既兴奋又忧郁的个人抒怀，因此写得亲切，“我有太多的话语，太悠久的感情”，要带着祖国的一切——真实的一切，因此包括了“荒凉的沙漠，坎坷的小路，骡子车”，等等——来拥抱人民，尽管是“在耻辱里生活的人民，佝偻的人民”，但是今天不同了，“因为一个民族已经起来”。

第二节突出地描写了一个农民，写他“永远无言地跟在犁后旋转”，承受着多少世代的苦难，每一次“大路上人们演说，叫嚣，欢快”过后，给他的还是“忧患”，今后的苦难的路也将是“无限的悠长的”，然而他无怨言，“他没有流泪/因为一个民族已经起来”。

第三节引申到其他不幸的人们，农民的母亲“在饥饿里忍耐”，面对着“不可知的恐惧”，而“他（指农民）走去了（指当兵打仗）从不回头诅咒”，“因为一个民族已经起来”。

最后一节是诗人自己的感受。在这样的人民面前，他抚今追昔，“站在路上踟蹰”，虽然仍感“我们无言的痛苦是太多了”，“然而一个民族已经起来/然而一个民族已经起来”。

此诗形式也有特点，用的是自由诗体，每行都很长，奔腾涌流，然而调子略现忧郁，反而更有深度。诗的进程不是一往直前，而是途中总有耻辱和苦难令诗人停顿，沉吟，但每次都强有力地转为“一个民族已经起来”。每节都以这个复句作结，末节还重复一次，给了全诗以一种秩序，也突出了诗的中心意义。（王佐良）

旗　穆旦

我们都在下面，你在高空飘扬，
风是你的身体，你和太阳同行，
常想飞出物外，却为地面拉紧。

是写在天上的话，大家都认识，

又简单明确，又博大无形，
是英雄们的魂魄活在今日。

你渺小的身体是战争的动力，
战争过后，而你是唯一的完整，
我们化成灰，光荣由你留存。

是大家的心，可是比大家聪明，
带着清晨来；随黑夜而受苦，
你最会说出自由的欢欣。

四方的风暴，由你最先感受，
是大家的方向，因你而胜利固定，
我们爱慕你，如今属于人民。

一九四五年五月

“旗”是人们制造的，但它多半不属于某个个体，而往往是群体的标志、民族的象征。在大千世界中，再也没有什么比“旗”更富于象征的意蕴和深沉的情感了，穆旦作为一个具有现代派诗风的诗人，对“旗”如此情有独钟是不难理解的。

此诗句式整齐，格调典雅，和“旗”本身庄重的性质正相吻合。从具体表现来看，诗人并未流于简单化、概念化的演绎，他运用多种角度，从不同的侧面展示了“旗”的风采。首先，他善于从“旗”的外形和本质的矛盾中进行开掘，提炼出冷静而深邃（用“九叶派”诗人常用的话来说，就是具有“知性”）的诗行：“旗”在飘动时“常想飞出物外，却为地面拉紧”。写在“旗”上面的话“又简单明确，又博大无形”，在战争风暴中，“你渺小的身体是战争的动力/战争过后，而你是唯一的完整”。须知“旗”的生命力正在于这些矛盾之中，如果“旗”完全伏在地上，那只能是人倒旗偃的溃败景象；如果“旗”完全失却了和地面的联系，又会如断线风筝，丧失存在的价值。如果“旗”包含的话语不“简单明确”，人们就会因不懂而离开；如果“旗”的语言不“博大”庄严，又不可能持久地召唤群众去战胜重重困难。所谓“战争过后，而你是唯一的完整”，则是以极其冷峻的语调暗示人民大众在抗日战争中承担了最大的牺牲，到最后才高高扬起胜利的“旗”，保持了民族的尊严和“完整”。穆旦作此诗是在1945年5月，抗战胜利的前景已经变得十分明朗了。

诗人又把“旗”放在人民大众中间，作为人民大众的一员进行比较和赞颂：“是大家的心，可是比大家聪明”，“是大家的方向，因你而胜利固定”。虽说运用了“拟人化”手法，但由于仍然扣住了“旗”的特性（譬如说在对日本帝国主义的战斗中，我们的“旗”插在哪里，“胜利”就“固定”在哪里）来表现，因此读来只觉得一种会心的愉快，而无生硬做作的弊病。

总之，《旗》是一首化抽象为具体、变热烈为深沉、聚多端于一身的诗，一首不同寻常的咏物诗。（孙光萱）

演　出　　穆　旦

慷慨陈词，愤怒，赞美和欢笑

是暗处的眼睛早期待的表演，
只看按照这出戏的人物表，
演员如何配制精彩的情感。

终至台上下已习惯这种伪装，
而对天真和赤裸反倒奇怪：
怎么会有了不和谐的音响？
快把它削平，掩饰，造作，修改。

为反常的效果而费尽心机，
每一个形式都要求光洁，完美；
“这就是生活”，但违背自然的规律，
尽管演员已狡狯得毫不狡狯。

却不知背弃了多少黄金的心
而到处只看见赝币在流通，
它买到的不是珍贵的共鸣
而是热烈鼓舞下的无动于衷。

1976 年 4 月

《演出》当然是写演戏，写演员在台上的种种表演。全诗共 4 段：第一段写演员在台上的情感表现，而这种情感是按照戏中人物的表演所需要而“配制”的，是导演（暗处的眼睛）“早期待”的，它与生活中真实的人的情感并不是一回事。第二段写这种表演是以反常为正常，因此演员和观众自然都是习惯了的，如果谁不按这种剧情设计演出，而天真赤裸地表达生活中自我真实的感情，那就会让人感到奇怪，成为不和谐，那么就要“削平，掩饰，造作，修改”。戏本来就是以假为真，以真为真就不是戏了。第三段作者写自己的认识：戏原来就是为追求“反常的效果而费尽心机”的，但这种形式越完美，距真实的生活却越远，因为它“违背自然的规律”。第四段写戏剧这种以假作真的“演出”，结果是背弃人心，使虚假得以嚣张，被人们看穿之后是不可能得到共鸣的，人们对其冷漠就是自然的结局了。

这首诗表面是写戏剧的“演出”，实际上是写社会人生的大舞台，是作者借题发挥，对社会人生的一种反常现象的针砭，对社会人生中一些虚假现象表示的愤慨。它所呼唤的是真实的生活，希望能剥去生活中的那种伪装，使人们回到真实自然的和谐生活环境。

《演出》这首诗写于 1976 年 4 月，那时正是十年动乱、“四人帮”肆虐的最后时期。诗人看到了太多的社会与人际关系的反常，真情遭到压抑，使诗人感到不满和激愤。他曾说，“没有一种求真之心”，一个人就不会去写诗。他从“演出”得到灵感，终于把自己这种“求真之心”表达出来了。这首诗包含了社会人生的极大容量，但却在短短的十几行诗中很平静而清晰地表现出来。这是一种深厚而老辣的艺术功力所达到的境界：看似平常最奇崛！这在诗艺的追求与探索中，是很值得我们回味和思索的。（朱先树）

冬(之一)　穆　旦

我爱在淡淡的太阳短命的日子，
临窗把喜爱的工作静静做完；
才到下午四点，便又冷又昏黄，
我将用一杯酒灌溉我的心田。
多么快，人生已到严酷的冬天。

我爱在枯草的山坡，死寂的原野，
独自凭吊已埋葬的火热一年，
看着冰冻的小河还在冰下面流，
不知低语着什么，只是听不见。
呵，生命也跳动在严酷的冬天。

我爱在冬晚围着温暖的炉火，
和两三昔日的好友会心闲谈，
听着北风吹得门窗沙沙地响，
而我们回忆着快乐无忧的往年。
人生的乐趣也在严酷的冬天。

我爱在雪花飘飞的不眠之夜，
把已死去或尚存的亲人珍念，
当茫茫白雪铺下遗忘的世界，
我愿意感情的热流溢于心间，
来温暖人生的这严酷的冬天。

穆旦20世纪40年代初开始诗歌创作，后因在1958年的政治运动中受到不公正待遇，被迫中止诗歌创作近20年，改用原名查良铮翻译了不少外国诗歌名著。组诗《冬》共四首，这里选的是第一首，带有“总领”的性质，作于1976年12月，其时“四人帮”刚刚被粉碎，最坏的时期已经过去，但诗人的冤假错案尚未平反。这首作于特定时期，抒发诗人特定的复杂情思的诗篇，后发表于《诗刊》1980年2月号。收入《穆旦诗选》(人民文学出版社1986年版)后，作者对《冬》的第一首作了部分修改。

作为“九叶派”的著名诗人，穆旦和直抒胸臆的浪漫主义不同，也和专注于现实写真的手法有别，他把冷静深邃的知性和富于象征意味的画面结合起来，并出之以整饬回环的形式，取得了耐人咀嚼的效果。《冬(之一)》共四节，有如下几个明显的艺术特点：一、各节均为五行，前四行具体展开，第五行以感叹作结，突出“冬天”的主题；二、各行字数相同，多数是12个字，少数为13个字，这样既不太长(长了难免拗口)，也不太短(短了难免急促)，有助于造成一种娓娓倾诉的气氛；三、各节第二、第四、第五行押脚韵，第一、第三行不押韵，显得错落有致，回环有序。

《冬(之一)》按照从下午到深夜的次序展开。第一节先写下午办公,“淡淡”“静静”等用语平常而内蕴沉郁,“又冷又黄”四字,色彩开始加浓,接着诗人推出一个“喝酒”的特写镜头(注意诗行中的一个“将”字,诗人是真的喝了酒,还是想喝而未喝成,读者对此大可不必拘泥、死扣),正当读者被这个特写镜头所吸引时,诗人不急不慢地涌出了一声深长的感叹:“多么快,人生已到严酷的冬天。”

需要强调的是:《冬(之一)》并不是一首单色调的诗,和“严酷的冬天”并存的是“人生的暖流”,两者相反相成,交叉渗透,体现了现实生活和作者感情世界的复杂性,于是我们在接下来的诗行中看到了在“死寂的原野”上,小河仍在冰下“低语”;在北风劲吹的夜晚,好朋友仍陪伴着他回忆“快乐无忧的往年”;在雪花飘飞的深夜,“感情的热流”随着亲人的面庞充溢在他心头……读毕这首诗,我们可以看到诗人憔悴的身影和深沉的内心,他历经坎坷而不悲观,备尝艰辛而格外珍视亲情和友情,而这,也正是此诗的感人之处。

诗人从1976年初又独个儿开始写诗,在他晚年写下的诗篇中,《冬》被人们称为他的压卷之作。遗憾的是,1977年即诗人作此诗的第二年,就因病辞别了人世,时年59岁,还来不及看到自己政治上被平反,诗歌创作上受到正确的评价和肯定。(孙光萱)

姑 娘 陈 辉

三月的风
吹着杏花
杏花
一瓣瓣地
一瓣瓣地
在飘
在飘啊

姑娘
坐在井边
转动了辘轳
用眼睛
向哥哥说话……

——哥哥
那儿去呀?
哥哥
笑了一笑
背着土枪
跑向响炮的地方去了

杏花
飘在姑娘的脸上
姑娘
鼓着小嘴巴
在想
这一声
该是哥哥放的吧

《姑娘》是一首简洁明快的诗。第一段是写景，春天的景致非常鲜明，春风吹动杏花，飘飘落地。这样美好的画面该配上舒缓的节奏，因此诗人把“杏花”放在上一行的末尾和下一行的开头，形成“顶针”的用法。紧接着是短语的重复，再接下来是复沓。最后一行比上一行多了一个抒情的语气词“啊”，构成有别于“重复”的“复沓”。在短短的几行诗里，诗人巧妙地连用了“顶针”“重复”和“复沓”三个修辞格，创造出自然贴切、一唱三叹的音节效果。

第二段是白描，姑娘虽然没有说话，但她灵动的神态胜似言语。那位哥哥大概不是一般的哥哥，他的身上有着姑娘无限的牵挂。哥哥也没有说话，只是一连串的神态和动作。哥哥的笑应该是对姑娘的回应，而最好的回应却是奔赴战场的行动。战争年代的浪漫和温情往往采用这种朴素又含蓄的方式。

第三段是用神态的描写衬托心理的活动，姑娘努力从纷乱的枪声中辨别哥哥的那一声枪响。因为她相信，她的哥哥是好样的战士，一定不会辜负自己的期望。

诗人陈辉出生于1920年，18岁来到延安，在参加革命的同时也开始了诗歌创作，成为晋察冀抗日根据地一位才华横溢的青年诗人。陈辉的诗歌以描写战斗生活为主，他的诗闪耀着理想主义的光辉，又散发着自然清新的芬芳。1941年开始，陈辉来到农村从事基层群众工作，带领武工队打击侵略者。1944年在河北涿县(今涿州市)韩村的一次反扫荡战斗中英勇牺牲，年仅24岁。《姑娘》中的那位哥哥或许就是诗人的化身吧，他是柔情的哥哥，又是英勇的战士。为了民族的解放，哥哥暂时离开了姑娘。作为诗人，陈辉也堪称优秀。在诗中，他用的只是最朴实的口语、最传统的白描手法，然而构思却是那么的奇特，反映生活的角度是那么的新颖。诗歌的前两段在诗行的排列上借鉴了外国诗高低行的形式，呈现出参差的“建筑美”，在语言上是完全的自由诗，在体式上是小诗，读来朗朗上口，而又意境悠远。(任丽青)

假如我战死了　柳　倩

假如我战死了请把我埋在那险峻的高山，
山下蜿蜒着宽敞的道路，
白云悠闲地绕过那座严关。
让我听江风呼啸，挟着民族的怒吼，
让战友们唱着凯歌回来，践踏过我的白骨。
我像高山，像高山一样庄严、雄浑。
我像大星瞪着国土，再不许敌寇侵入。
让我这无名者永远是一个哨兵，民族的歌人，

整日在山岗上望，
看着我们年轻的后代
在欢笑中过活，在自由中生长，
脸上销尽了从前千百代的耻辱。

让日子消泯了仇恨，我依然偃息在那座高山，
山上山下开辟的是自己的土地，
集体的耕作、疏浚，安居在自己底农庄。
让我听农场上的欢歌赞扬着人类的进步，
他们瞅着埋葬我的这座高山有千年的怀古。
我像江潮，像江潮应和着他们的歌声，
我像太阳般欢笑，怡然地将他们爱抚。
让我这无名者永远是一个斗士，历史的证人；
长久在山岗上望：
俯视着我们年轻的子孙，
管理自己的国家，建立新的社会，
脸上燃烧着是我们这一代从未有的幸福。

1940年5月6日在广西武鸣旧思恩府

《假如我战死了》作为一首写于战争年代的诗歌，表现了一种特有的风格：不假雕琢、直抒胸臆，体现了雄浑粗犷之美。

诗人开篇便假设“我战死了”——带有鲜明的战争年代的气氛。诗人说，即使我战死了，也要像高山一般庄严、雄浑，以身躯筑起保卫祖国和民族的山梁，站在高处“像大星瞪着国土，再不许敌寇侵入”。战场上冲锋陷阵的勇士，就是战死了，他的锐气，他的英魂，也决不会消逝，而将永远注视着我们的民族，这是此诗给予读者的强烈感受。作为一名生活在战火之中的歌手与战士，其情感豪放而坚忍，充满理想主义的乐观精神。他并不是简单地讴歌战争，而是在讴歌正义、公道与自由进步的未来社会。在诗的结尾段，诗人进一步抒发了对于理想、对于未来社会的憧憬之情：作为一名当年的战士、历史的证人，诗人将在山岗上长久地瞭望，看子孙后代，自己建设国家、管理国家，他们的脸上将闪烁着“我们这一代从未有的幸福”。

诗作写于1940年，当时正是抗日战争的相持阶段，中华大地到处燃烧着战火，成千上万的人民和战士每天都在流血，爱国的热情与青春的诗情融为一体，表现一种视死如归的悲壮情怀，构成了当时诗歌创作的主旋律。《假如我战死了》就突出表现出了这一点。在诗中，我们看不到“五四”前后诗人们奇妙璀丽的诗境与幻想，也听不到诸多诗人在20世纪二三十年代里的那种淡淡的忧愁与感伤。我们感觉到的是：血洗国耻、振兴民族的强烈时代精神，使个人的喜怒哀怨不能不与之契合一致，在这种特定的时代精神影响下，诗歌不能不更多地具有社会功利意义。这时的诗歌一般都写得激昂、雄壮。因为他要鼓舞着战士们奔赴战场杀敌，柳倩的这首诗亦是如此。从诗的象征性构思，从诗的诸多形象、比喻等，我们都可以发现诗人在创作时是很注意艺术性的，但作为一首写于战争岁月之中的抒情作品，一首充满英雄主义与献身精神的作品，诗人不可能过多地在诗的美学价值上做过多的思索与流连，或者毋宁说，这种英雄主义本身就构成了当时至高无上的美，而其他所谓更纯粹的美，均与这种战场上的壮美情趣不相协调。这似乎是一种必然。从这一意义

上来读《假如我战死了》，也许我们的目光会真正切入那个烽火连天的时代，不但能理解本诗，而且可以窥见那个时代特定的审美追求。（李　黎）

卷毛芦花马　商展思

饲养班住过我的家：
我送粪常借用
团政委骑坐的
那一匹
卷毛芦花马。

大队人马过我家：
绿茵茵的杨柳下，
走着那匹卷毛芦花马；
我——
一手拿鸡蛋，
一手端热茶，
兴冲冲走近了那匹马。
马呵——确是那匹马！
马上却驮的是
行军摔瘸了腿的
宣传队的红脸娃。

部队二次过我家，
我正收庄稼；
见到那匹卷毛芦花马，
忙捧了新刨的落花生，
迎面拦住了那匹马。
马呵，确是那匹马！
马上却坐的是
警卫连的机枪手，
他正发疟子，
上牙磕打着下牙。

部队三次过我家，
风雪正吹刮！
我提着一壶热烧酒，
快步赶上了那匹马；

仍然是那匹卷毛芦花马，
仍然是那个褪色的破马褡；
马上的胡子脸也那么熟，
哦——
原来是饲养班长！
他也参加了战斗，
腿上挂了花。……

1942年冬于冀中军区政治部。

诗人身处血与火的前线，战争的残酷，使他备感革命友情的温馨。在这首诗里，他为卷毛芦花马的主人歌唱，赞美他爱护战士，一再让出坐骑的高尚行为；赞美革命队伍中，指挥员关怀战士，官兵团结互爱的新型关系。

面对一个简单素朴的题材，诗人成功地运用了反复而有变化的叙事结构。在场面上，虽然三节都是“遇马”，但发生在一年中变换更替的几个季节中：第一次，“杨柳”“绿茵茵”，可见是春天；第二次，“收庄稼”，当是夏秋之际；第三次，“风雪正吹刮”，当然是冬天了；这种过于“凑巧”的时空安排，正是变换的需要。同时，随着季节不同，“我”慰劳战士的赠物也有变化：“鸡蛋”“热茶”—“落花生”—“热烧酒”。自然环境和生活物事的变化，使重复的场面有了缤纷的色彩和不同的氛围。在叙述方式上，三节“遇马”都用了先叙“物是”（看到确是芦花马），后写“人非”（发现马上的人却变了）的“突转—发现”的格式。这种带有“惊诧”和悬念的格式使每节本来简单的叙事有了小小的跌宕和情趣。

全诗的叙述始终浸透“我”的情感，折射着“我”的心理，表现着“我”的言行，因此，“我”在叙事的同时也表现了自己。这样，“第一人称内视角”的叙述角度使此诗为我们塑造了两个人物，不仅赞颂了爱兵的指挥员，而且在“无形”中刻画了拥军的农民；同时反映了同样高尚的两种革命友情：官与兵的同志爱和军与民的鱼水情。（皇甫积庆）

肉　搏　蔡其矫

白色的阳光照在高高的山上，
在那里，剧烈的战斗正在进行。

近旁，那青铜的军号悲壮地响起，
冲锋的军号，以庄严的声音，鼓舞我们的士兵。

一个青年，我们团里的一个新兵，
飞似地前进，子弹在脚下扬起缕缕烟尘。
而在山岩后，一个日本军曹迎上来。

于是开始了惊心动魄的肉搏战！

军号还在吹，山谷震响着喊杀声……

交锋几个回合，那青年猛力刺了一刀，
敌人来不及回避，也把刺刀迎面刺来，
两把刺刀同时刺入两人的胸膛，
两个人全静止般地对峙着，呵！决死的斗争！

只因为勇士的刺刀比日本人的刺刀短几分，
才没有叫颤栗的敌人倒下来，
我们的勇士没有时间思索，有的是决心，
他猛力把胸膛往前一挺，让敌人的刺刀穿过了背梁，
勇士的刺刀同时深深地刺入敌人的胸膛，
敌人倒下，勇士站立着。山谷顿时寂静！

第二年，在那流血的地方来了一只山鹰，
它瞅望着，盘旋着，要栖息在英雄的坟墓上；
它仿佛是英雄的化身，不忍离开故乡的山谷。
过路的士兵呀！请举起你们的手向他致敬。

1942年，晋察冀

1942年，抗日战争转入相持阶段。这是一个艰苦的、血与火的岁月，也是一个满怀胜利希望的英雄的岁月。蔡其矫于1938年进入延安，第二年来到晋察冀根据地。他目睹了这场严酷的战争，也目睹了英雄的诞生，以激情的笔写下这首英雄主义的颂歌。

抗日民族战争的风起云涌，使当时投入根据地的作家、诗人的思想感情发生了很大变化。他们普遍回避个人的自我抒情，从人民战争中汲取题材、形象和感情。诗歌创作出现叙事化的倾向；即使是短小的抒情诗，也往往是在叙事的基础上抒情。《肉搏》可以看作是一首小叙事诗，也可以看作是在叙事基础上的一首抒情诗。全诗的核心是讲述一次战斗，一个新兵在和日本军曹的肉搏中，由于他的刺刀比日本军曹的刺刀短了几分，而未能立即把敌人刺倒。而敌人却把刺刀迎面刺来，于是出现这样壮烈的场面："两把刺刀同时刺入两人的胸膛/两人全静止般地对峙着，呵！决死的斗争！"在这严峻的关头，"有的是决心"的抗日战士"胸膛往前一挺"，把刺刀深深刺入敌人的胸膛，自己也"让敌人的刺刀穿过了背梁"。战争较量的不仅是武器，同时还是意志和勇气，是支持这种意志和勇气的正义战争的性质和一个民族的精神。敌人倒下了，勇士却站立着。英雄和英雄主义就从这里诞生。

在这里，叙事是这首诗的核心，也是全诗抒情的基础。一场战斗，可以铺写的场面很多。诗人以最简洁的笔触写了这样一个场面：两把刺刀同时刺入两人胸膛的对峙，以及战士最后英勇的一挺。勇士以他无畏牺牲的行为，完成了自己最后的英雄形象。战斗在这里达到高潮，事件也在这里充分显示出意义。与诗人其他专事抒情的作品不同，在这首诗里，事是情的基础，情是事的升华。诗人是在事件的叙述中，升华自己的感情，使之产生巨大的震撼力量。

作为一首描写具体战斗的诗篇，诗人很懂得把握住动与静的辩证关系。一方面，战斗是喧腾

的：白色的阳光照在高高的山上，青铜的军号声悲壮地升起，子弹在脚下扬起缕缕烟尘，山谷震响着喊杀声……诗人选择这样的细节来烘托战斗的剧烈、残酷、严峻。另一方面，在战斗进入白热化的阶段，诗人又渲染那种令人窒息的瞬息间凝止的静寂：当刺刀同时刺入两人的胸膛，喊杀声消失了，“两人全静止般地对峙着”，当敌人倒下、勇士站立时，“山谷顿时寂静”，在动中反衬的瞬间静寂，洗印出的是战士心灵的闪光、英雄精神的风采。

蔡其矫的诗歌创作，从青年时期开始就受到美国诗人惠特曼的影响。当他把这种影响带入到根据地这种叙事诗的创作中，仍然表现出强烈的浪漫主义精神。诗的最后一节，那只盘旋在英雄坟墓上的鹰，不仅是英雄的化身，而且是诗人的理想和爱，是以一种浪漫的手法来倾诉诗人对于英雄和对于产生英雄的这块祖国热土的深挚感情。（刘登翰）

双 虹　蔡其矫

这样的景色真是罕见，
两支七彩的巨柱并立水上；
背后尚有昏黄的阵雨，
前面正当夕阳含山。
于是，绛色的榕树闪照在暗绿的高岸，
绛色的渡船起落在晶亮的波间，
绛色的水草摇动晚潮，
绛色的鹭鸶横飞暮天……
直到远山化作朦胧的蓝烟，
直到夜的帘幕垂落江面。

1961 年

1961 年夏天，我到福建龙海县角美镇，去看老战友。有一天，我从角美步行要渡九龙江去石码镇。当时阵雨刚过，江上出现两支同样是半截的彩虹，平行而隔着相当距离，印象很深刻。回福州之后，正值省委宣传部召开文艺座谈会，重提“双百方针”。群情欢欣，编辑就向我约稿。我当下就写了三首给他，其中一首即《双虹》。他也明白我是暗寓“双百”，为形势所需，很快刊登。

我写这首诗是受大量写风景诗的苏联诗人普罗珂菲耶夫的《晚霞》的影响，特别是在结构上分前后两阕，甚至前阕的起首和后阕的排比句法，也近似模仿。不过普罗珂菲耶夫用的是俄罗斯的叙述与描绘典型事物的明写方法，我却用中国古典诗歌中的意象和含蓄的暗示手法。昏黄阵雨，夕阳含山，摇动晚潮，横飞暮天，蓝烟，帘幕等等，是旧诗习见的词汇，带有象征性。我曾在 20 世纪 50 年代开始研读唐诗宋词，并把最喜欢的诗译成现代口语。这首诗，就是有意运用古典传统手法，以写景来反照现实。风景诗的画面，要有立体感。夕阳和阵雨是一前一后，高岸和波间是一高一低，暮天和晚潮是一上一下，远山和江面是一远一近。蘅塘退士评注的《唐诗三百首》，就有这种手法的指明和评述。风景诗中，色彩很重要，因为感觉以视觉最占先，而色彩要有对比，昏黄，夕阳，绛色，暗绿，晶亮，蓝烟，夜的帘幕，有七个层次。旧诗中又十分强调以动反衬静，并立，含山，闪照，起落，摇动，横飞，化作朦胧，垂落等等的运用，就是为了这个目的。（蔡其矫）

哭亡女苏菲　高　兰

你哪里去了呢？我的苏菲！
去年今日
你还在台上唱“打走日本出口气”！
今年今日啊！
你的坟头已是绿草萋迷！

孩子啊！你使我在贫穷的日子里，
快乐了七年，我感谢你。
但你给我的悲痛
是绵绵无绝期呀，
我又该向你说什么呢？

一年了！
春草黄了秋风起，
雪花落了燕子又飞去；
我却没有勇气
走向你的墓地！
我怕你听见我悲哀的哭声，
使你的小灵魂得不到安息！

一年了！
任黎明与白昼悄然消逝，
任黄昏去后又来到夜里；
但我竟提不起我的笔，
为你，写下我忧伤的情绪，
那撕裂人心的哀痛啊！
一想到你，
泪，湿透了我的纸！
泪，湿透了我的笔！
泪，湿透了我的记忆！
泪，湿透了我凄苦的日子！

孩子啊！
我曾一度翻看箱箧，
你的遗物还都好好的放起；

蓝色的书包，
深红的裙子
一叠香烟里的画片，还有……
孩子！你所珍藏的一块小绿玻璃！
我低唤着苏菲！苏菲！
我就伏在箱子上放声大哭了！
醒来夜已三更，月在天西，
寒风里阵阵传来
孤苦的老更人遥远的叹息！

我误了你呀！孩子！
你不过是患的疟疾，
空被医生挖去我最后的一文钱币。
我是个无用的人啊！
当卖了我最值钱的衣物，
不过是为你买一口白色的棺木，
把你深深地埋葬在黄土里！

可诅咒的信仰啊！
使我不曾为你烧化纸钱设过祭，
唉！你七年的人间岁月
一直是穷苦与褴褛
死后你还是两手空空的。

告诉我！孩子！
在那个世界里，
你是否还是把手指头放在口里，
呆望着别人的孩子吃着花生米？
望着别人的花衣服
你忧郁的低下头去？

我知道你的灵魂漂泊无依，
漫漫的长夜呀！你都在哪里？
回来吧！苏菲！我的孩子！
我每夜都在梦中等你。
唉！纵山路崎岖你不堪跋涉，
但我的胸怀终会温暖

你那冰冷的小身躯!

当深山的野鸟一声哀啼,
惊醒了我悲哀的记忆,
夜来的风雨正洒洒凄凄!
我悄然的披衣而起,
提起那惨绿的灯笼,走向风雨,
向暗夜,
向山峰,
向那墨黑的层云下,
呼唤着你的乳名,小鱼!小鱼!
来呀!孩子!这里是你的家呀!
你向这绿色的灯光走吧!
不要怕!
你的亲人正守候在风雨里!

但蜡泪成灰,灯儿灭了!
我的喉咙也再发不出声息。
我听见,寒霜落地,
我听见,蚯蚓翻地,
孩子!你却没有回答哟!
唉!飘飘的天风吹过了山峦,
歌乐山巅一颗星儿闪闪,
孩子!那是不是你悲哀的泪眼?
唉!歌乐山的青峰高入云际!
歌乐山的幽谷埋葬着我的亡女!

孩子啊!
你随着我七载流离,
你随着我跨越了千山万水,
我却不曾有一日饱食暖衣!
记得那古城之冬吧!
寒冷的风雪交加之夜,
一床薄被,我们三口之家,
吃完了白薯我们抱头痛哭的事吧!

但贫穷我们不怕,

因为你的美丽像一朵花
点缀着我们苦难的家。
可是,如今叶落花飞
我还有什么呀!

因为你爱写也爱画,
在盛殓你的时候,
你痴心的妈妈呀!
在你右手放了一支铅笔,
在你左手放下一卷白纸。
一年了啊!
我没接到你一封信来自天涯,
我没看见你有一个字写给妈妈!

我写给你什么呢?
唉!一年来,我像过了十载,
写作的生活呀!
使我快要成为一个乞丐!
我的脊背有些伛偻了,
我的头发已经有几茎斑白,
这个世界里,依旧是
富贵的更为富贵,
贫穷的更为贫穷;
我最后的一点青春与温情,
又为你带进了黄土堆中!

我写给你什么呢?
我一字一流泪!
一句一呜咽!
放下了笔,哭啊!
哭够了!再拿起笔来。

姗姗而来的是别人的春天,
鸟啼花发是别人的今年!
对东风我洒尽了哭女的泪,
向着云天,
我烧化了哭你的诗篇!

小鱼！我的孩子，
你静静地安息吧！
夜更深，
露更寒，
旷野将卷起狂飙！
雷雨闪电将摇撼着千万重山！
我要走向风暴，
我已无所系恋
孩子！
假如你听见有声音叩着你的墓穴！
那就是我最后的泪滴入了黄泉！

一九四二　三月的山中

至亲骨肉，相依为命，一朝逝去，痛何如哉！时间的流水抹不平诗人哀伤的心潮，在七岁的爱女苏菲病逝一年后，诗人痛定思痛，挥泪写下了这首诗。

绵绵无绝期的悲痛，化为心底的感情潜流，一旦涌向笔端，落在白纸上的竟是这么一句："你哪里去了呢？我的苏菲！"看上去这似乎是诗人的明知故问，其实是因为爱女心切，诗人不忍心也不相信女儿真的会逝去。诗人以此番设问为诗的开头，随即闸门大开，哀思如潮，奔腾澎湃而不可遏止！

诗人对女儿苏菲的悼念形成的感情波涛，又分成无数道细流，一齐流向埋葬女儿的那一座绿草萋迷的坟头。一道细流是一面镜子，照见了诗人哭亡女的身影：或睹遗物而伤神，或恨自身而忏悔，或忆往事而凄怆，或思亡女而行动——正是这些多角度多侧面的描写，使读者看到诗人对亡女刻骨铭心的怀念，同情之心油然而生。

怀念过深，必生幻觉，诗人几乎不必有意去捕捉这种感觉，他是把它看作真实来描写的，这是诗人的心理现实。在女儿抵达的"那个世界里"，他看到她把手指头放在口里，望着别人的孩子吃着花生米，看到她望着别人的花衣服，忧郁地低下头去；歌乐山巅一颗星儿闪烁，他看出那是女儿悲哀的泪眼。对上述幻觉描写，诗人虽然用的是反问句式，他却宁信其真而不疑其假。在有些地方，诗人明知是假却又当真，并以此为基础直抒胸臆，如在写给女儿盛殓时，诗人运用了一个细节描写，即因女儿爱写爱画，她妈妈在女儿遗体的右手放了一支铅笔，左手放了一卷白纸，这实在是悲伤过度的活着的人的聊以自慰，诗人却以此为真实，于是，奇句出现了："一年了啊！/我没有接到你一封信来自天涯/我没有看见你有一个字写给妈妈！"这种"反常合道"的抒情把诗人的极度思念深深铭勒在诗行里了。

父女之爱是人类的一种普遍感情，因此极易引起人的共鸣。诗人舐犊之情尤深，但此刻女儿已埋入黄泉，欲见不能，于是高兰在诗尾悲天怆地地呼喊着"孩子！/假如你听见有声音叩着你的墓穴！/那就是我最后的泪滴入了黄泉！"——悲剧本来就比喜剧要感动人，更何况诗人度日如年而累积的悲伤充溢全诗，并在结尾掀起了伤逝的泪涛，那么，这种至亲至爱的父女之情就更感动人了。诗中透露出的世道艰难和世态炎凉使本来就很阴冷的色调，更是蒙上了一层灰暗的底色，但却使诗人抒发的父爱和诗中凸显的父女之爱、母女之情，洋溢着悲凉的温暖，如雪地上的一堆篝火，亮在茫茫的夜里。

因这诗的深沉真挚的感情，因这诗的语言的朴素明朗、音节的顿挫，因这诗的押韵的注重、朗

朗上口,《哭亡女苏菲》作为 20 世纪 40 年代的一首朗诵诗的佳作,将长久为人们所珍爱。(戴　达)

雾季诗抄　　力　扬

我们为什么不歌唱

当黑夜将要退却,
而黎明已在遥远的天边
唱起红色的凯歌
——我们为什么不歌唱!

当严冬将要完尽,
而人类的想望的春天
被封锁在冰霜的下面
——我们为什么不歌唱!

当链镣还锁住
我们的手足,鲜血在淋流;
而自由已在窗外向我们招手
——我们为什么不歌唱!

当悲哀的昨日将要死去,
欢笑的明天已向我们走来,
而人们说:“你们只应该哭泣!”
——我们为什么不歌唱!

这首诗写于 1941 年,曾经在国民党统治区和敌后解放区广泛流传;由于它被作曲家洛辛谱写成充满激情、信心而又略带忧伤的歌曲,从而为它插上了翅膀,成千上万的知识分子都非常喜爱它。的确,它抒发了热爱自由、向往光明的全体爱国者的心声。

1958 年作家出版社印行的力扬诗集《给诗人》中,有一条重要的注释:“1941 年,作于重庆天官府 7 号文化工作委员会。这时正当蒋介石集团举行第二次反共高潮,发动皖南事变后不久,反共逆流泛滥于整个国民党统治区。”这个特定的时间,加上这个特定的地点,给我们提供了一把理解此诗的钥匙。

敏感是古今中外所有优秀诗人的基本素质之一。他们的敏感,往往走在事变的前面,表现为所谓的超前度。你看,当“千古奇冤,江南一叶”正以磐石般的沉重压迫着渴望民族解放的中国社会的主体——工人、农民、小资产阶级的时刻,少数人不免因窒息而感到困乏、昏迷和绝望。诗人力扬却以他独具的慧眼,觉察到了东方彤云背后欲晓的熹微!因此,诗人把握住夜色将尽、黑暗最浓的契机,沥血一啼,声震八荒:“我们为什么不歌唱!”这是乐观的号召,这是胜利的预言。

全诗共分四小节。每一小节的落脚点，都是同样的一句："我们为什么不歌唱!"（请注意，这里没有用疑问号，而是用的感叹号。）这种反复咏唱、层层进逼的手法，当然不仅是出于艺术本身的考虑，而且是出于革命斗争的需要。正是在这一点上，我们看到了这首小诗从内容到形式，从思想到技巧的相当高度的和谐完整。

我们还应该仔细加以体察的是，由第一小节的"黑夜"和"黎明"，变换成第二小节的"严冬"和"春天"，再演化为第三小节的"锁链"和"自由"与第四小节的"悲哀"和"欢笑"，对立而又统一，量变中渐见质变。诗人对意象的构架，氛围的衬托，是颇费苦心的。这些字眼的选择，绝非信手拈来。

尤其是当着收束全诗之际，忽然蹦出一个比较散文化的句子："而人们说：'你们只应该哭泣！'"显然寄托了作者的深刻意图：这个散文化的句子本身带来的突兀、粗暴和不协调，正是象征着某些趾高气扬的反动派的愚蠢和狂妄，他们不知自己死之将至。诗人大气磅礴地予以驳斥："我们为什么不歌唱!"细心的读者定会受到鼓舞；对于敌人的欺骗与恫吓，革命者有权不屑答理！这里用得上一句民谚：无论狗儿们怎样狂吠，骆驼队照样前进！

全诗不曾押韵，却自有神韵，这也是一个不可忽略的特点。（公　刘）

孤　岛　　阿　垅

在掀腾的海波之中，我是小小的孤岛，如同其
　他的孤岛
在晴丽的天气，我能够清楚地望见大陆边岸
　底远景
似乎隐隐约约传来了人声，虽然远，但是传
　来了，人声传来
有的时候，也有一叶小舟渡海而来，在我底岸
　边小泊
而在雾和冬的季节，在深夜无星之时，我
不能看到你了，我只在我底恋慕和向往的心
　情中看见你为我留下的影子

我，是小小的孤岛，然而和大陆一样
我有乔木和灌木，你底乔木和灌木
我有小小的麦田和疏疏的村落，你底麦田和
　村落
我有飞来的候鸟和鸣鸟，从你那儿带着消息
　飞来
我有如珠的繁星的夜，和你共同在里面睡眠
　的繁星的夜
我有如桥的七色的虹霓，横跨你我之间的虹
　霓

我，似乎是一个弃儿然而不是
似乎是一个浪子然而不是
海面的波涛嚣然地隔断了我们，为了隔断我
　们
迷惘的海雾黯澹地隔断了我们，想使你以为
　丧失了我而我以为丧失了你
然而在海流最深之处，我和你永远联结而属
　一体，连断层地震也无力使你我分离
如同其他的孤岛。我是小小的孤岛，你底儿
　子，你底兄弟

由于对黑暗现实认识的日益深入，七月诗派的总体艺术基调由高昂亢奋趋向严峻、深沉，与之相适应的，在抒情方式上，则由直抒胸臆向意象抒情过渡。阿垅的《孤岛》一诗便是这种过渡的产物。

《孤岛》采取拟喻性的意象抒情。这类意象是把抽象的情意虚拟为人或物等具体的物象，使之具有更深的精神寄托，更高超的艺术处理，意象抒情的方式与七月诗人强调表现“主观战斗精神”和“主观拥抱客观”的美学追求是一致的。诗人阿垅当时置身于国统区文化斗争的中心成都，那种由战争年月单独从事地下斗争，在困厄颠沛的处境中所产生的情意，于《孤岛》一诗中被虚拟为“在掀腾的海波之中”的“小小的孤岛”这一具体的物象，而诗中的“大陆”则象征着广大的敌后阵地。“孤岛”这一意象的构成十分贴切，感情密度大。诗人痛心于“在雾和冬的季节，在深夜无星之时，我/不能看到你了，我只在我底恋慕和向往的心/情中看见你为我留下的影子”。这些不无几分忧郁的诗句，隐约地反映出那个时代坚韧地跋涉于历史的险道上的知识分子痛苦而崇高的精神风貌。

阿垅曾把这种忧郁称之为“一种压抑的力流，一种更蕴蓄的战斗”(《箭头所向》)。不是吗？在淡淡的忧悒之后，诗人紧接着以浓浓的笔墨来抒发“孤岛”和“大陆”的血肉之情。“乔木”“麦田”“候鸟”……这一组受诗人思辨左右着的大幅度跳跃的意象，给人以定向暗示：“我”不是“弃儿”，也不是“浪子”，而是“大陆”的“儿子”！起句的反复，层层展示出诗人内心的一种深沉的充满张力的乐观主义情感。复沓的运用，起到了一唱三叹的艺术效果，而且在句式上，于参差中又显示出整齐之美。

每个诗人都在他的作品中融解、升华他的生活，他对生活的诠释和感性体验，诗是鸣响于他内心世界的歌。《孤岛》正是这样的一首在生活的铁砧上迸射着冷艳、炫目的光彩的歌。“孤岛”和“大陆”时而被“海面的波涛嚣然地隔断了”，时而被“迷惘的海雾黯澹地隔断了”，然而，在诗尾却跃动着这么一个意念——“在海流最深之处，我和你永远联结而属/一体，连断层地震也无力使你我分离”。从艺术上讲，这一深切的向往是诗意的结晶和升华，但它又是全诗酝酿成的一个形象化的思想。诗意中孕育着意象，意象中深化着诗意。“孤岛”这一意象，集滞重、深厚、悲慨、雄健于一体，它息息关联着诗人的峥嵘岁月，呈示着这位从民族解放战争转向人民解放战争的时代革命知识分子的心灵轨迹。(沈　栖)

新　月　沙　鸥

新月弯弯，

像一条小船。

我乘船归去，
越过万水千山。

花香。夜暖。
故乡正是春天。

你睡着了么？
我在你梦中靠岸。

春夜。深蓝的天空镶嵌着银钩似的一弯新月，勾起沙鸥浓郁的情愫。举头望明月，低头思故乡。诗人将柔婉的轻吟糅入皎洁的月光，织就了这一阕思乡奏鸣曲。

沙鸥仿佛是唐代诗人张若虚的《春江花月夜》中所描述的那个连做梦也不忘归家的“扁舟子”。他入手擒题，诗一开始就让那“新月”变成了“一条小船”，自己也就成了春江花月夜下的“扁舟子”了！新月和小船，一在天，一入水，一个是永远也摸不到的别一星球，一个是举步就可以亲临其境的实体。诗人从异中见同，找出它们外形上是“弯弯”的这一共同特征，将两个距离遥远的物体结合在一起，取得了出其不意而又令人信服的艺术效果。这一个美妙的比喻成了诗人情感的闸门。“不知乘月几人归”，沙鸥却是幸福的，他终于有可能凭借想象踏上返回故乡的路了。

“新月弯弯/像一条小船”，它是虚拟的意象，既然可使读者接受，诗人便索性当真，以虚当实，“乘船”越过万水千山。那载舟的江水，该不是诗人心湖涌出的湿漉漉的乡恋吧！在一片空濛的月色里，空气中吹来阵阵花的幽香，春夜的温暖舔着人的肌肤，弯弯小船终于行完了它的归程，故乡到了！诗人从心底里呼唤着：故乡，故乡，“你睡着了么？/我在你梦中靠岸”。故乡在梦中，船在故乡的梦中靠岸，诗的结句情深意美，把读者带进了一片恍惚迷离而又令人心醉的天地之中……诗人借这月光、这新月折叠的小船，将绵绵不尽的游子之情，洒落在故乡的土地上，洒落在故乡的梦里了。（戴　达）

牢狱篇　　鲁　煤

一　火的想望

昨夜，
听伐木的声音
响在山上，
欣喜
山下
将有火；

今天，

扒着窗口
去迎接——
呵，是
一道
又一道
白楂儿栅栏，
并且落了锁！

二 大 地

金黄，
从菜花开出来——
美丽，
生在田园；

子弹，
从枪膛跳出来——
声音，
飞向山外；

春天，
来在大地；
大地，
有着战争！……

三 我愿越过墙去

我愿越过墙去，
看遍地的油菜开花；
我愿越过墙去，
听小鸟说些什么话；
我愿越过墙去，
把那争执的孩儿劝解；
我愿越过墙去，
向着春天出发！

1945年初，重庆，磐溪

抗日战争尚未结束，沦陷区的父老兄妹仍在日本侵略者的铁蹄下煎熬。以重庆为陪都的国民党统治者，消极抗日，积极反共。觉醒了的知识青年，为祖国独立、民族自由和人民的民主权利，奔走呼号，挺身在斗争前列。然而，他们中的一些人被抓进集中营，惨遭杀害；而更多人则在令人窒息的白色恐怖之下，坚持着舍生忘死的战斗。实际上，整个国民党统治区，已成为镇压、迫害民主斗士的大监狱。作者当时作为万千民主青年中的一员，在上述的时代、社会环境中孕育、写作了这篇组诗。

一

地处亚热带的重庆城，其冬季气温并不是酷寒难熬的。但是对于缺乏起码御寒衣物的、贫穷的流亡革命青年——作者来说，却像在冰天雪地的北方过冬一样痛苦难挨。因此，他渴望火，渴求火的温热。深夜，在阴森的牢房里瑟缩枯坐，忽听后山上响起伐木之声，不禁精神为之一振：呵，可能山下将有火了！莫不是统治者忽发恻隐，要给牢房送来取暖的柴薪？或者竟是旷野里穷苦的哥儿们正聚敛火种，要来把这座坟墓似的监狱烧毁？……但是，当早晨一睁开眼就跷脚扒窗去迎接时，却发现新添了一道道牢门，来加固这吃人的牢狱。原来，他们把昨夜伐来的木料连夜加工成栅栏，并匆忙安装好了。

燃烧的渴望，化为冰冷的失望！

二

广阔的丘陵地带，覆盖上一片片高高低低的金色花毯，托出一派南国春景。从铁栏里偶尔远眺这田园风光，也会因其美丽与宁静而心醉神迷。但是，忽闻报载："国军"某部渡河北上，向解放区某地发起进攻……顿时，作者仿佛听见了那隐隐枪响，向北方飞驰着、呼啸着，射向遥远的天际。战争又破坏了和平。但这不是枪口对外的抗日战争，而是枪口对内的内战枪声……

又一次渴望化为失望，从渴望的高峰跌入失望的深谷。当年，在反动的书刊审查制度下，作者不能直言"国军"进攻解放区（其后果，至少是这篇诗不得发表），只能隐约其词，适度透露。这是向伟大的鲁迅学习来的：以"奴隶"的语言，进行韧性战斗。

三

一再的失望，激起更高的渴望。作者走投无路，焦灼不安，于是内心发出最强烈的呼声："我愿越过墙去！"要冲破这罪恶的禁锢。这呼声，唯其迫切难耐，唯其横遭阻拦，所以就自然地采取排句形式，接连重复多次，步步加强。当时，作为战斗者的作者还很年轻（22岁），尚未脱尽天真未凿的童稚情趣，所以在他要投奔的春天世界里，那些絮语的小鸟，那些在嬉戏中争辩的儿童，就很容易引起他的兴趣与关注。实际上，他要投奔的正是远方那人民当家做主的新天地——解放区，但在当时也只能用"奴隶"的语言，是不可能明说的。

四

这篇组诗的前两首，抒发身不由己、无可奈何的悲愤、忧伤情绪，是心事深沉的默默低吟，表现形式自由，句式长短不拘，而且不追求使用脚韵。

后一首，表现急不可耐、步步进逼的情绪，连用四组排句，每一组又都以"我愿越过墙去"诗句打头，节奏紧促跳荡，一气呵成。诗句字数较整齐，又押了大体相同的脚韵，体现着呐喊的语调。

全诗的思想感情内容来自作者在斗争实践中的体验，构成本诗写实的品格。同时，"大监狱"的感受又是想象的飞升，是思维的概括，构成象征的品格。因为以实感为基础，所以这概括与象征都具有真实性；同时，因为有概括与象征，这实感才具有了哲理性。这里是二者的统一与结合。（鲁　煤）

理发匠　袁水拍

理发匠熟悉地运用着他的剪子，
把剪子嚓嚓嚓地在空中敲响。
夹着梳子的手搬弄你的头，
像整理一块荒芜已久的草场，
他整理着你这乡下来的人。

洗掉你鬓发里的稻草屑，
塞没你皮肤上的毛孔，不能呼吸，
剃掉你脸颊上的太阳光，
用膏，用油，再用粉，涂着，抹着，
他整理着你这乡下来的人。

一个乡下人带着农村的气息，初次踏进城市的理发店。不一会儿工夫，农村的特征已经被高明的理发匠"整理"得一干二净了。诗人把理发店放大为城市的代表，理发行为就变成包含观念、文化、生活方式到性格气质等方面的城市与农村的冲突。诗人是站在农村的角度和"乡下人"的立场，在喜剧性的表象下，表达了诗人对当时特定情境下城市销蚀农村现象的担忧。

我们以《马凡陀山歌》得以熟悉诗人袁水拍善于写讽刺社会黑暗与时政弊端诗歌的创作特征。这首《理发匠》在保持了诗人基本创作风格的基础上，又彰显着它自身的特质。

短短两节诗就设置了一个非常收敛而具有概括力的戏剧性场景和人物冲突的平台。因而整首诗非常具有空间感和情景感。有了这样一种前提，《马凡陀山歌》里那种通常由诗人主体语言表达的议论与直白式的讽刺性元素就转换为诗歌语境中由规定场景中符合角色身份与性格的戏剧化方式的自然表现。这样，随着"理发匠"那种颐指气使般夸张而又符合规定情景的动作的延续，以及被当作木偶人一样摆弄的"乡下人"的惊奇与木讷，让我们在忍俊不禁之中感受到一丝无奈与伤感。

作为讽刺诗，《马凡陀山歌》那种整体的半格律体的回旋式韵律、说唱性语境和夸张性意象对于讽刺与幽默性内容具有特别的长处，缺陷是分寸把握不当会流于滑稽与轻浮。《理发匠》很好地把握住这个要紧的尺度。首先，整首诗没有采用诗人驾轻就熟的半格律体式，正如前所述，这样就避免了半格律体与夸张性元素的合力可能造成滑稽有余严肃不足的不必要的放大效应，降格为"打油诗"一路的结果。但是每节的最后一句又采用这类讽刺诗常规的重复配置方式，这一方面是营造类似于脚韵那种强调与呼应的效应，而更重要的是，这末句恰恰也是全诗唯一揭示理发者身份是"这乡下来的人""谜底"的"诗眼"。

这首诗的语言也很有特色。例如"剪子嚓嚓嚓地在空中敲响"，"搬弄你的头"，把一个隐喻"城市"强势的景象生动地展现在面前；又如，把"乡下人"的头发比喻为"一块荒芜已久的草场"，非常符合"乡下人"生存环境的规定情景；而"剃掉你脸颊上的太阳光"更是出神入化之笔：把作为太阳日晒受体的脸颊转换为源体的"太阳光"，这是诗人的"移情"，将"乡下人"内在的生命活力活脱脱地呈现在他的脸颊上，而"太阳光"被"剃掉"，"乡下人"最原生态的质素也就荡然无存了。（张　新）

游牧人　唐　祈

看啊，古代蒲昌海边的
羌女[1]，你从草原的哪个方向来？
山坡上，你像一只纯白的羊呀，
你像一朵顶清净的云彩。

游牧人爱草原，爱阳光，爱水，
帐幕里你有先知一样遨游的智慧，
美妙的笛孔里热情是流不尽的乳汁，
月光下你比牝羊更爱温柔地睡。

牧歌里你唱：青春的头发上
很快会盖满了秋霜，
不欢乐的生活啊，人很早会夭亡
哪儿是游牧人安身的地方？

美丽的羌女唱得忧愁；
官府的命令留下羊，驱逐人走。

作者原注 ① 羌女，即羌族少女。

新诗中也有一些边塞诗人，唐祈就是其中最早的一个开创者。他早期的一些诗作，如《蒙海》《回教徒》《穆罕默德》《故事》《游牧人》，尤其是他笔下的一位达赖——仓央嘉措的情歌，就有着《圣经》上《雅歌》的天真，1946年在《文艺复兴》等刊物上出现时，就像给当时的诗坛吹来一阵清风；至少，我是十分惊异的，惊异于他那种风格的清俊飘逸，明丽新鲜。他的《诗第一册》出版后，我的长篇评论《严肃的星辰们》首先就评论了他这本包括了一些边塞诗作的精品选集，认为"一语天然万古新"。

在20世纪40年代初，唐祈在西北联大读书与工作期间，曾多次去甘肃、青海一带游牧地区旅行，接触不少少数民族，这些新边塞诗有些就作于那时，有些是不久后追忆写出的。当时他爱用十四行的样式来写诗，由于中西文字不同，他认为要建立中国式的十四行诗，不能照搬西方的音顿与格律，但又要汲取精练的形式，因而叶韵、音顿组织比较自由，但节奏与最后两行的结语仍近于莎士比亚式的十四行。《游牧人》就是个例子。这首诗分四个诗节，前三个诗节是四行一节，第二、第四两行押韵，最后一节是一韵的两行；可第一、第三两行，只有第三诗节叶韵；而且，每行的音顿有三个、四个、五个、六个的，不是统一的五个或四个，比较自由、灵活，有一种《雅歌》般的真挚、明朗。诗第一行中的古代蒲昌海，即今新疆东部的罗布泊，古代是羌人聚居过的水草丰美的绿洲地带，河西走廊与青海一带的羌人、藏人常在那儿往来游牧，豢养牛羊，诗一开头，就以"古代蒲昌海边的/羌女"，引起了我们的历史联想，又以一问"你从草原的哪个方向来？"加上"你像一只纯白的羊呀/你像一朵顶清净的云彩"两个明喻暗示了她是一个牧羊的少女，那么纯洁又天真。下面的第二诗节是全诗中最有光彩的诗，一开始就抒说“游牧人爱草原，爱阳光，爱水”，直接点出了游牧人逐水草而居的开朗性格，接着又述说“帐幕里你有先知一样遨游的智慧”。先知是古代的哲人、预言家，也往往是诗人，古希伯来的歌人们写的牧歌是“歌中之歌”，可也往往蕴含有单纯的哲理与预言家的睿智。诗人唐祈说我们的游牧人也有这样的遨游者的睿智，她美丽的笛孔里有流不尽的乳汁一样的热情，说她比牝羊更爱在月光下温柔地睡。第三个诗节抒写她在牧歌里唱出她的心底的忧郁。当时青海、河西、宁夏一带是豪门马家的天下。自清末马福祥投靠左宗棠屠杀自己的同胞，马家的骑兵一直横行到40年代末，马鸿逵、马步青、马步芳这三马就是当时凶恶的霸王，他们的榨取是封建性的赤裸裸的野蛮掠夺，因而在他们统治下的牧人们，生活是悲惨的，少女们的青青头发很快会变白，盖满秋霞，“哪儿是游牧人安身的地方?”这忧愁的郁郁之感是天真地，也是深沉地抒写出来的，单纯而又隽永，耐人寻味，有一种原始牧歌的情调。最后这两行写得较为匆促，有些草草收束的意味，说美丽的羌女唱得那么忧愁，她担忧的事果然来了，马家的官府命令留下羊，把牧人赶走！这应该说是莎士比亚式十四行诗的一个缺陷，要在短短两行内作出结束，无法从容作最后的抒唱。

唐祈的这首诗应该说是40年代最美的抒情诗之一，当时评论家刘西渭（李健吾）是《文艺复兴》的主编，发表了这一组诗作后，就对诗人说：“你是最早直接接触少数民族的诗人，才能写出这样最抒情优美的诗来!”的确，他这首诗是浪漫蒂克的感情与现实主义的精神结合得很好的作品，就边塞诗来说，到目前为止能超过它的还是不多。（唐　湜）

老妓女　唐　祈

夜，在阴险地笑，
有比白昼更惨白的
都市浮肿的跳跃，叫嚣……

夜使你盲目，太多欢乐的窗
和屋，你走入闹市中央，
走进更大的孤独。

听，淫欲喧哗地从身上
践踏：你——肉体的挥霍者啊，罪恶的
黑夜，你笑得像一朵罂粟花。

无端的笑，无端的痛哭，
生命在生活前匍伏，残酷的
买卖，竟分成两种饥渴的世界。

最后，抛你在市场以外，唉，那个
衰斜的塔顶，一个老女人的象征
深凹的窗：你绝望了的眼睛。

你塌陷的鼻孔腐烂成一个洞，
却暴露了更多别人荒淫的语言，
不幸的名字啊，你比他们庄严。

一九四五年写于重庆

诗人写此诗时，抗战已近尾声，重庆在一片虚假而混乱的繁荣中。诗人很可能想到罗丹的同名雕塑：《老妓女》。但诗与雕塑各有自己的功能。假如雕塑以它的“静”的躯壳含蕴着生活的“动”的话，这里唐祈却是用诗行的近乎神经质的跳动来反衬那最终沉淀在老妓女身上的沉重的“静”。在这首诗里动和静是两个相矛盾冲突的力。生活，在老妓女的世界里，只能是摧残她的人的尊严的破坏力，但这个“动”，虽然在现实中迫使“生命在生活前匍伏”，但它终于被老妓女的沉重而庄严的“静”所克服，所以全诗留给读者的最后印象是一尊在痛苦中保持了自己的尊严的老妓女的雕像。诗的结尾是全诗之冠，诗人说：“不幸的名字啊，你比他们庄严。”这种意境使得全诗获得一种光辉，摆脱了单纯描述。

回过头来，仔细剖析诗中各段，我们就发现在这首诗中“动”和“静”进行了一场搏斗，“动”是那生活中对老妓女进行迫害的一种力量，而“静”是老妓女用来保护自己的心灵的一种力量。在第一节中关键的一行是：“都市浮肿的跳跃，叫嚣……”它集中了所有的疯狂的毁坏力，冲击着本来是宁静的夜，在破坏了夜的本质的自然状态后，改变了夜的性质，使它发出“阴险的笑”。第二节中“欢乐”和“孤独”是对比着的矛盾力量。它们的较量使得人们感到茫然和“盲目”。第三节中恶魔似的动力是“淫欲喧哗地从身上/践踏”，充分说明代表恶的“动”的凶恶，刻画了这股力量的形象和声音及来势的凶猛。而夜则从阴险的笑转变为更具欺骗性的“罂粟花”的笑。罂粟花在这里是一个内涵十分丰富的意象，它显示了肉欲的麻醉的魅力与毒素的结合。第三节、第四节逐渐过渡到诗的顶峰，老女人的符号是那衰斜的塔和深凹的窗。在道出那句最有分量的话“你比他们庄严”之前，诗人又刻画了老妓女的一个具体的形体的象征：“你塌陷的鼻孔腐烂成一个洞。”这是“庄严”和纯洁的精神高潮到来之前的一个反作用，丑的顶峰，但这丑又是被污辱与被损害者身上的一个最大的创伤，它是一只洞，一只大张着口的黑洞，将一切经过它身边的敌人的动力吸引入它的巨大的、无底的、沉默的、否定的黑洞中，它的否定的无声吞蚀了那喧哗的一切：欲望的骚动和噪音。

最后在这可怕的沉寂之后，代表灵魂的力量的老妓女的庄严，留下了她的如罗丹的雕刻一样的形象，那是含蕴在否定和沉默中的力量。（郑　敏）

井　杜运燮

我是静默，几片草叶，
小小的天空飘几朵浮云，
便是我完整和谐的世界。

是你们在饥渴的时候，
离开了温暖，前来淘汲，
才瞥见你们满面的烦忧。

但我只好被摒弃于温暖
之外，满足于荒凉的寂寞：有孤独
才能保持永远澄澈的丰满。

你们只汲取我的表面，
剩下冷寂的心灵深处
让四方飘落的花叶腐烂。

你们也只能扰乱我的表面，
我的生命来自黑暗的地层，
那里我才与无边的宇宙相联。

你们可用垃圾来使我被遗弃，
但我将默默地承受一切，洗涤
它们，我将永远是我自己：

静默，清澈，简单而虔诚，
绝不逃避，也不兴奋，
微雨来的时候，也苦笑几声。

一九四四年

《井》是富于哲理性的象征诗篇。有人说文学作品都是作家的自叙传，这种说法是否完全正确，尚可研究；但对抒情诗说来，恐怕是如此，因为诗中抒发的都是诗人自己的情思，诗人自己的幻想。这一首写的是井，是井的自白，可这井是诗人自己心灵的象征，诗人对井的抒写既切合于“井”的特性，更切合于他自己的灵魂，是他灵魂的自白。

开头，人格化的井说自己是静默的，没有水浪的汹涌，几片草叶，小小的天空飘几朵浮云，就是井里反映的一个完整和谐的世界，这就是说，诗人的灵魂是安静的，没有什么大的激动，他完整和谐的世界，只是一个小小的空间里偶尔飘过的一些云彩、几片草叶，也可以说是一些爱的幻想、友情的安慰吧！

接着诗人又以井的口吻说：在你们人类因为饥渴前来吸水时，我才见到人们“满面的烦忧”，而“我只好被摒弃于温暖/之外”，满足于自己的荒凉中的寂寞，因为只有孤独才能保持“永远澄澈的丰满”。这是说：人们在失去温暖，遭到苦难，来寻找诗人要啜吸灵思时，我才理解人类的苦难与忧思。诗人的心灵如果不惯于孤寂，就不能保持自己的澄澈情思中的那种诗的丰满。可人们能汲取的也就只是表层的水，我们冷寂的心灵深处，只能叫四方飘荡的花叶腐烂，这也许是指有四方寄来的诗篇在他的心灵深处沉淀。是的，诗人的灵魂深处是无人理解的。人们只能扰乱井的表层，可井的生命来自黑暗的地层，井就在深处才跟无边的宇宙相联系，而诗人的真淳的诗也来自心灵深处的黑沉沉的无意识或集体无意识，与表面的热闹无关，诗的生命就在那儿与整个宇宙相联结。人们也许会用垃圾去塞满井口，或者说，以一切污秽的语言来侮蔑诗人的心灵，心灵里高洁的诗；可他会默默忍受一切，洗涤一切污秽，他永远会是他自己，决不会屈服，决不会改变自己；井也就是诗人说他的心灵是“静默，清澈，简单而虔诚”，决不会逃避污秽、丑恶的现实，也不为一时的喜悦而兴奋。

象征的诗是可以作多层次多方面的诠解的，这儿只是多作了一层解说；可能是诗人在抗战时现代诗风未能为人们普遍接受，而陷于孤寂时的心灵独白。诗写得凝练而深沉，没有雕琢的浮词，每个诗节三行中第一、第三两行叶韵，可音顿并不齐一，有三顿一行的，也有四顿、五顿一行的。（唐　湜）

滇缅公路　杜运燮

不要说这只是简单的普通现实，
试想没有血脉的躯体，没有油管的
机器。这是不平凡的路，更不平凡的人：
就是他们，冒着饥寒与疟蚊的袭击，
（营养不足，半裸体，挣扎在死亡的边沿）
每天不让太阳占先，从匆促搭盖的
土穴草窠里出来，挥动起原始的
锹镐，不惜仅有的血汗，一厘一分地
为民族争取平坦，争取自由的呼吸。

放声歌唱吧，接近胜利的人民，
新的路给我们新的希望。而就是他们，
（还带着沉重的枷锁而任人播弄）
给我们明朗的信念，光明闪烁在眼前。
我们都记得无知而勇敢的牺牲，
永在阴谋剥削而支持享受的一群，
与一种新声音在响，一个新世界在到来，
一个浪头，一个轮齿都是清楚的教训。

看，那就是，那就是他们不朽的化身：
穿过高寿的森林，经过万千年风霜
与期待的山岭，蛮横如野兽的激流，
以及神秘如地狱的疟蚊大本营……
就用勇敢而善良的血汗与忍耐
踩过一切阻碍，走出来，走出来，
给战斗疲倦的中国送鲜美的海风，
送热烈的鼓励，送血，送一切，于是
这坚韧的民族更英勇，开始拍手：

"我起来了,我起来了,我就要自由!"
路永远使我们兴奋,想纵情歌唱。
这是重要的时刻,胜利就在前方。
看它,风一样有力,航过绿色的原野,
蛇一样轻灵,从茂密的草木间
盘上高山的背脊,飘行在云流中,
俨然在飞机座舱里,发现新的世界,
而又鹰一般敏捷,画几个优美的圆弧,
降落到箕形的溪谷,倾听村落里
安息前欢愉的匆促,轻烟的朦胧中
洋溢着亲密的呼唤,家庭的温暖,
然后懒散地,沿着水流缓缓走向城市。

就在粗糙的寒夜里,荒冷
而空洞,也一样负着全民族的
食粮:载重卡车的亮眼满山搜索,
搜索着跑向人民的渴望;
沉重的胶皮轮不绝滚动着
人民兴奋的脉搏,每一块石子
一样觉得为胜利尽忠而骄傲:
微笑了,在满意地默默注视的星月下面,
微笑了,在热闹的凯旋日子的好梦里。

征服了黑暗就是光明,它晓得:
大家都看见,黎明的红色消息已写在
每一片云彩上,攒涌着多少兴奋的面庞
七色的光在忙碌调整布景的效果,
星子在奔走,鸟儿在转身睁眼,
远处沿着山顶闪着新弹的棉花,
滇缅公路得到万物朝气的鼓励,
狂欢地运载着远方来的物资,
上峰顶着雾,看山坡上的日出,
修路工人在草露上打欠伸:"好早啊!"

早啊!好早啊!路上的尘土还没有
大群地起来追逐,辛勤的农民
因为太疲倦,肌肉还需要松弛,

牧羊的小孩正在纯洁的忘却中，
城里人还在重复他们枯燥的旧梦，
而它，就引着成群各种形状的影子，
在荒废多年的森林草丛间飞奔：
一切在飞奔，不准许任何人停留，
远方的星球被转下地平线，
拥挤着房屋的城市已到面前，
可是它，不许停，这是光荣的时代，
整个民族在等待，需要它的负载。

《滇缅公路》这首诗写于1942年1月。当时，诗人还在昆明的西南联大外语系读书。西南联大的老师闻一多、朱自清都很称赞杜运燮的诗，闻一多把包括这首诗在内的几首杜诗选入了他编选的“五四”以来新诗荟萃的《现代诗钞》，朱自清还专门撰文作评。

这首诗长期被忽视的原因，是因为据说它仿佛是在称颂国民党军队的抗战劳绩，却显然不是在歌颂共产党领导的革命根据地。现在，国民党军队在抗日战争中也起过重要作用已渐成共识，类似的故事已经搬上银幕，《滇缅公路》这样的诗，也就可以得到公正评价了。

这首诗的题旨并非存心称颂国民党或国民党军队的抗战劳绩。诗的目标是从这条公路写我们民族的坚韧和希望，对于自由的渴望。流淌在字里行间的是民族的精神，而非一党一派的政治。

这首诗的艺术风格浑厚莽苍，犹如它所抒写的对象一样，有很难穷尽的内涵。

读这首诗，你一定已经觉得它每一行都是那样有分量，沉甸甸的，结实的，每一行诗都得来不容易，是反复沉吟和推敲的结果。读了第一行，不能推测第二行，读了头无法预知尾，就是说，诗行之间的联结每一步都不同寻常，往往带来惊讶。诗人在这里每走一步，都在创造，都在寻找，都在发掘。这也有些像筑路工人之于筑路，假如某一步懈怠了，承受不住，那整条路也就埋藏危险，会出现断裂。

在写法上，这首诗并不要写滇缅公路的修筑情况，也不是一首纪游诗，诗人也未见得如李白《蜀道难》那样来构思自己的诗。然而，《蜀道难》是一位伟大诗人笔下的伟大作品，它的精神难免不流动在后代诗人的血脉里。《蜀道难》的艺术刻画背后的精神和政治含义，我们都可以从《滇缅公路》找到。只不过，《蜀道难》全凭想象（尽管李白据说出生于四川江油青莲乡），而《滇缅公路》却都曾实地观察与感受。《蜀道难》的感情是奔放的，豪迈的，而《滇缅公路》的感情是内敛的，克制的。总之，我们不能肯定李作“蜀道”和杜作“滇路”之间有着意识到的关联或影响，然而，多少作些比较，有利于我们鉴赏诗歌作品的特色与风格。

《滇缅公路》与任何别的诗作品一样，都是感抒性的，然而已经不再是浪漫主义的浪掷感情。尽管诗人写下了诸如“放声歌唱吧”“想纵情歌唱”等词句，这首诗主要的艺术手法是刻画、描写，以及与此难舍难分的、插入其间的议论。

《蜀道难》的隐喻意义完全在文本的底层，从文字上找不出来，只能从整个文本去感觉。《滇缅公路》则在艺术刻画的当中带了出来。比如，无知而勇敢的牺牲，阴谋剥削而支持享受的一群，明朗的信念，时代的无情，对于新世界的憧憬，等等。现代诗里的知性表现取了这样的方式，这样的由诗人加以点明的方式，是因为这样的议论、思考、知性，等等，已经成了现代人性灵的一部分，成了诗人风格特征的标志。然而，如果处理得不好，仍会产生游离、概念化、说教等负效果。诗人杜运燮在这里的思考性议论，其特点在于与形象的描绘互为表里，尤其因为诗的总构思就在于要表现时代的心态和现代人的思考。反过来说，如果没有这些知性内容，则有传统山水诗的嫌疑了。

请不要误会了，不要以为好像《滇缅公路》这诗是刻画加议论而构成的。实际上，这首诗是很空灵、流动和朦胧的，为读者提供了开阔的想象空间和再创造的余地。比如第三节写作为筑路工人“化身”的公路，猜想起来诗人要具体描绘公路的崇高和险峻了，其实没有，诗人在这里落笔是流动的，动态的和精神的，然而又似乎具体可以感触。在这些地方，可以强烈感到诗的艺术魅力。

诗的艺术是语言的艺术，而具体的语言又往往与理性、逻辑、概念等形影相随。诗人如果要试图表现自己的新鲜感受，而不陷入交际交流语言的陷阱，他得要建立新的语言规范。以第四节来看，诗人的意图是从审美的层面写公路带来的兴奋，因而落笔于各个角度所看到的公路。然而，诗人没有用“远近高低各不同”的传统语言，他使用了新的技巧，新的语汇。“风一样有力，航过绿色的原野”，这是写乘车经过；“蛇一样轻灵，从茂密的草木间/盘上高山的背脊，飘行在云流中”，这是从高处看，远看；“鹰一般敏捷，画几个优美的圆弧”，这是写盘旋而上的峻峭美；“懒散地，沿着水流缓缓走向城市”，这是说路势平坦了。在这里，刻画的技巧和方法，都是新的，因而造成了新的语言风格。

当然，这首诗的价值并不止于审美。它是对于民族战争取得最后胜利的欢呼，是对于我们站起来，作为自由的民族站起来的渴望的凝结。因此，它不仅是美的，而且是重要的。（蓝棣之）

秋　杜运燮

连鸽哨也发出成熟的音调，
过去了，那阵雨喧闹的夏季。
不再想那严峻的闷热的考验，
危险游泳中的细节回忆。

经历过春天萌芽的破土，
幼叶成长中的扭曲和受伤，
这些枝条在烈日下也狂热过，
差点在雨夜中迷失方向。

现在，平易的天空没有浮云，
山川明净，视野格外宽远：
智慧、感情都成熟的季节啊，
河水也像是来自更深处的源泉。

紊乱的气流经过发酵，
在山谷里酿成透明的好酒；
吹来的是第几阵秋意？醉人的香味
已把秋花秋叶深深染透。

街树也用红颜色暗示点什么，

自行车的车轮闪射着朝气；
塔吊的长臂在高空指向远方，
秋阳在上面扫描丰收的信息。

1979 年秋

1979 年的北京秋天，我觉得无论从哪个角度看，都特别可爱。

我在山西先是在干校劳动，后来到农村当农民，再后来又调到一个大学教书，一共待了九年，直到 1979 年初落实政策才回北京原单位。那个秋天，就是十一届三中全会后，也是我回京后的第一个秋天，整个国家，我自己和朋友们的处境，的确都有了很大的可喜变化。我的心情舒畅兴奋，充满了对前景的美好期望，不愿再想那十年在"大风大浪中游泳"的种种回忆。

秋天是庄稼果实成熟的季节。我们的民族经过一场大灾难，痛定思痛，也开始变得成熟了。我从秋的成熟，也看到民族的成熟，似乎到处都有我所希望的新信息。眼睛看到的，上下四方；耳朵听到的，近处远处；还有鼻子闻到的，生活中接触到的，种种感觉印象都使我同"成熟"二字联系起来。

湛蓝晴空中的鸽哨声，听来浑厚深沉，也会令人想起成熟的歌唱家的歌喉；秋花秋叶和街树都染上了成熟的红色；秋阳在塔吊长臂上闪烁着，像是在荧光屏上扫描丰收的景象；显得更清澈的河水，也像是来自更深处的源泉；还能闻到像是好酒的醉人香味；身上感觉到秋风吹来说不清是"第几阵秋意"。甚至连天空也显得平易可亲（心里还留有那"史无前例"年代"黑云压城"的记忆），眺望山川，可以看得更广更远，我觉得这也是成熟的标志，无论是漫步在天安门广场上，还是骑车在长安街上，或是伫立在建设工地旁边，眼前呈现一个主调的景象太多了，于是，我就采取"散点透视"的手法，如实地写出来；于是，我就有了一个总印象："智慧、感情都成熟的季节啊！"

这首诗发表后，曾引起争议，有人甚至怀疑"作者本来就没有想得清楚"。其实我倒是想得很清楚的。我认真地想把这首诗写得精练些，口语化些，有节调，每行有同样的"顿数"，押大致相近的韵，而且浓缩些，含蓄些，深刻些。其后有不少诗歌界内外的人发表文章，指出此诗并不朦胧。而后来则有更多的人主张允许探索"朦胧诗"。诗坛的这种发展，也正符合我在 1979 年秋天对成熟季节到来的一种期望。（杜运燮）

天与海　朱　丹

天和海本来就没什么界限，
走到海的尽头也就到了天边。
海上船帆飞上天去化为朵朵白云，
天上的星星落在海里又变成岸边的渔火点点。

朱丹既是画家，又是诗人，他的《天和海》不是别的，正是一首充满"诗情画意"的佳作。

长期以来，人们把"诗"与"画"看成是姐妹艺术，常常相提并论，我国宋代的郭熙在一本总结绘画创作的《林泉高致》中说："诗是无形画，画是有形诗。"言简意赅，令人心服。你看《天和海》短短四行，写得多美啊，它一边把你的视线引向远处，一边又启发你的想象，从中托出了一个帆影和云彩浑然一体、繁星和灯火交相辉映的艺术境界，令人心旷神怡。谁能否认这是一幅绝好的画面呢？不过细心的读者稍作思考以后，又不难分辨出此诗和绘画间各种看似细微、实则重要的差异：一、诗人在第一行特地用了"本来"二字，强化了语气，突出了诗人的喜悦之情——仿佛眼前水天相连的壮观景色是诗人的独特发现。绘画艺术固然可以淋漓尽致地表现水天一色的境界，但未必能传达出“本来”二字所蕴含的感情色彩。二、诗的第二句是关键的一句，诗人着意刻画自己边向前走去边欣赏海景的兴奋愉悦之情，而正是“走到海的尽头也就到了天边”这样的描写，很难在画中予以表现。18世纪德国美学家莱辛在《拉奥孔》中多方面阐述了诗歌和绘画的区别，其中一个重要区别就是：绘画擅长于描绘在空间中并列的物体，诗歌则可以刻画在时间上先后承续的动作，《天和海》正好提供了一个有力的证明。三、此诗的第三、第四行用了巧妙的比喻。“而比喻正是文学语言的根本”（钱锺书语）。“化为”“变成”用在这里多么自然贴切，但在绘画中却成了无法跨越的障碍。试想，画家能不能干脆把“白云”画成“船帆”的模样？不能。能不能画出“繁星”和“渔火”二者的转变？也不能。倘要真是那样做的话，一首优美的“诗”就会变成一幅拙劣的“画”了。四、作为语言的艺术，诗歌又有特定的音乐性，《天和海》的第一、第二、第四行押韵，具有一种回环往复的音乐美，和诗人回环宛转的美好情思恰好互为表里。绘画艺术当然也讲究布局的疏与密、光线的明与暗等，从某种意义上说，也不妨把这些看成绘画的“节奏感”，但这毕竟可看而不可闻，和诗歌朗朗上口的音乐感是两码事。仅此四端，也就可以看出诗和画的区别在哪里了。（孙光萱）

力的前奏　陈敬容

歌者蓄满了声音
在一瞬的震颤中凝神

舞者为一个姿势
拼聚了一生的呼吸

天空的云、地上的海洋
在大风暴来到之前
有着可怕的寂静

全人类的热情汇合交融
在痛苦的挣扎里守候
一个共同的黎明

一九四七年四月于上海

1947年，中国最大的都市上海好像处于暴风雨前夜死一样的静寂中，既使人处处感到生命的窒息，又让人时时感到黎明的曙光已然在望。就在这光明与黑暗搏斗的际会中，诗人向人们预报着“山雨欲来风满楼”的形势，召唤人们以坚定的信念守候着即将降临祖国大地的黎明。

这首诗用了三组不同的意象，最后将全诗推向一个顶点。第一节选择了歌者的形象，当他的洪亮的歌声发出之前，总是蓄满了声音，聚积了全身的力，这种力的本身融汇了歌者全部的理智、情感，甚至整个生命，他在痛苦中守候，为的是在一瞬间向全世界唱出自己生命之歌。诗人敏锐地抓住“在一瞬的震颤中凝神”的形态，难道不正是表现广大人民盼望黎明即将来临前的坚定而又紧迫的心态么？凡是在那个年代生活过的人们，都会感觉到这种象征的寓意比起任何写照都更为真实。这种象征性也贯串在第二组舞蹈者不同的意象中。舞蹈者为向世界呈献一个最完美的“姿势”，几乎“拼聚了一生的呼吸”，这里面包含着多少艰难的探索和追求，多少痛苦的磨炼和经历，最后为了这个“姿势”（理想的象征）而去拼搏，他该凝聚多么强大的生命力！这种近于哲理思考的形象，暗示出理想时刻到来之前，人的精神力正在觉醒。如果说，第一、第二两组内涵丰富的意象，还不足以表明诗人意之所指，而撷取的仅是近于哲理的生命体验和生活经验；那么在第三节中，诗人则以丰满的感受性伸向大自然，展开了青春的想象，在大风暴来临之前，她谛听到天上的云彩和地上大海的寂静，正是这个“可怕的寂静”后面，将会给处在黑夜和寒冷的世界中的人们，带来多少希望、温暖和安慰，给予生存在迷茫中的人们提供一个激动人心的和平安宁的心境。诗人就是如此巧妙地把三组富于象征意味的意象熔铸在一起，将全诗引向第四节的顶点，那就是：当全人类的热情汇合交融，在痛苦的挣扎里守候的“一个共同的黎明”！在这里，诗人的视野扩大了，中国人民的解放，正是全人类四分之一的人民的解放，诗人不仅揭示出人性与世界关系的真实价值，而且把它提高到了历史的高度。为此，诗人不只是对她同时代的人投射一道历史学家那样为革命而激动的目光，并且在此时此地把全人类解放的“共同的黎明”放在将来的背景上，发出了洪亮的赞美的歌声。

因此，这首诗既有丰富的象征性的意象，同时又包含着时代的内容，既善于从哲理中引出深沉的思考，又长于把它转化为可感的形象，感情色彩既温柔而又刚毅，在语言节奏上既跳跃而又凝重，把想象的青春性和理智的成熟性结合在一起，使这首诗能历经时间的考验而得以流传至今。（唐　祈）

山和海　陈敬容

相看两不厌，惟有敬亭山。
——李白

高飞
没有翅膀
远航
没有帆

小院外
一棵古槐
做了日夕相对的
“敬亭山”

但却有海水
日日夜夜
在心头翻起
汹涌的波澜

无形的海呵

它没有边岸
无论清晨或黄昏
一样的深，一样的蓝

一样的海呵
一样的山
你有你的孤傲
我有我的深蓝

1979.4.病中

诗人抒发感情切忌直白浅露，必须将感情化为意象，才能产生动人的艺术魅力。女诗人陈敬容深得诗歌创作三昧，展开想象，创造山、海意象，从而抒发了执着追求理想的情怀。

诗人创作这首诗的时候，已是晚年，又在病中，但她实现自我价值的愿望丝毫没有改变，理想仍然像明灯一样烛照着她的心灵，指引着她的人生旅程。诗篇开头“高飞/没有翅膀/远航/没有帆”，形象地展示了抒情主体向往“高飞”“远航”的主观愿望与客观条件“没有翅膀”“没有帆”之间的矛盾，与后面四节诗抒写执着追求理想形成了强烈的对比，更突出了抒情主人公追求理想的执着与坚定。

病中生活寂寞而又枯燥，难以接触山、海等大自然景物，诗人想起了李白“相看两不厌，惟有敬亭山”的名句，想象小院外那一棵日夕相对的古槐就是需要高飞超越的敬亭山。

如果说第二节中所抒写的“敬亭山”是诗人眼前所见的实有的一棵古槐，那么，第三节所抒写的那“日日夜夜/在心头翻起/汹涌的波澜”的无形的海水，则纯粹是心中所想的产物。“山”“海”同为象征性意象，两者虽都统摄全诗，但是“海”的意象在诗中更鲜明突出，是主意象，而“山”是副意象。诗人写“海水”，一是时间持久，它“日日夜夜/在心头翻起”；二是程度强烈，它翻起“汹涌的波澜”；三是疆域广大，“无形的海呵/它没有边岸”；四是颜色专一，“无论清晨或黄昏/一样的深，一样的蓝”。诗中的海，是诗人心中的海，象征着诗人执着追求的理想与人生价值。诗人多角度地抒写海水，从而展示了持久、强烈、全方位、执着专一地追求人生理想、实现自我人生价值的心灵世界。

在运用象征手法，充分展示执着追求理想、实现自我价值的心灵世界之后，诗的末节，从“山”“海”的“孤傲”与“我”的“深蓝”对比咏唱中，更深化了追求理想、实现自我人生价值的坚定信念。（潘颂德）

冬　夜　袁可嘉

冬夜的城市空虚得失去重心，
街道伸展如爪牙勉力捺定城门，
为远距离打标点，炮声砰砰，
急剧跳动如犯罪的良心；

谣言从四面八方赶来，
像乡下大姑娘进城赶庙会，

大红大绿披一身色彩，
招招摇摇也不问你爱不爱；

说忧伤也真忧伤，
狗多恶梦，人多沮丧，
想多了，人就若痴若呆地张望，
活像开在三层楼上的玻璃窗；
身边天边确都无以安慰，
这阵子人见面都叹见鬼；
阿狗阿毛都像临危者抓空气，
东一把，西一把，却越抓越稀。

这儿争时间无异争空间，
聪明人却都不爱走直线；
东西两座圆城门伏地如括弧，
括尽无耻，荒唐与欺骗；

起初觉得来往的行人个个不同，
像每一户人家墙上的时辰钟；
猛然发现他们竟一如时钟的类似，
上紧发条就滴滴答答过日子；

测字摊要为我定终身，
十字架决定于方向夹时辰；
老先生，我真感动于你的天真，
测人者怎不曾测准自己的命运？

商店伙计的手势拥一海距离，
“我只是看看”，读书人沉得住气；
十分自谦里倒也真觉希奇，
走过半条街，这几文钱简直用不出去；

哭笑不得想学无线电撒谎，
但撒谎者有撒谎者的哀伤；
夜深心沉，也就不想再说什么，
恍惚听见隔池的青蛙叫得真寂寞。

1947年

1947年冬天，北平的局势日趋紧张，市民们人心惶惶，好像古城要倒塌一般。诗篇从各个视角来描绘这种情绪，贯串其中的是忧伤不安，手足无措的心情。这时期各种政治谣言特多，它们向人们袭来，不管你爱听与否，诗里用了一个比譬，说它们像披红戴绿、进城赶庙会的村姑招摇过市。

这首诗在运用比喻上讲究大跨度，新奇中力求妥帖，例如揭示旧城市中的腐败情景时说，“东西两座圆城门伏地如括弧/括尽无耻，荒唐与欺骗”；形容在紧张局势中混日子的一般市民的麻木状态，是“上紧发条就滴滴答答过日子”。

讽刺和机智是这首诗的艺术特征，把圆城门比作“括弧”，这是机智的话，“括尽无耻，荒唐与欺骗”自然是讽刺的笔法了。接下去对测字老人和商店伙计的描绘则同时具有这两种艺术特征。当年商品价格昂贵，读书人的几文钱之所以用不掉，是因为少得不足以购买任何东西，因此他既自谦，又自嘲。最后一节诗颇重要，因为它总结了这样发展下来的诗的感情：哭笑不得想学无线电撒谎，但撒谎者也有自己的哀伤；夜深心沉，仿佛听见青蛙叫，使人觉得分外寂寞。结句将诗的情调带回到前面反复描述过的“哀伤”和孤寂上，把全诗统一起来。

这首诗可以说明我受西方现代派诗的影响有这样几点：一、多处运用大跨度的比喻；二、突出机智和讽刺的笔法；三、运用强烈的对照，有时用正相反的词语来渲染气氛，如第六节，先说行人个个不同，像每一户人家墙上的时辰钟(是指走得快慢不同)，紧接着却说他们又类似时钟，上紧发条就滴滴答答过日子。“不同”和“类似”都以时钟为喻体(以行人为喻本)，但指的却是两种截然不同的事情，这就能发生强烈的对照效应，使诗的情绪集中起来，诗的结构也严密起来。这是英国玄学派诗人创造的手法，后来为现代派诗人所承袭和发展。我在20世纪40年代的作品里有意识地做过类似的试验，成败则要请读者来判断了。(袁可嘉)

我的欢乐——《交错》之十二　　唐 湜

我不迷茫于早晨的风
　　　　风色的清新
我的欢乐是一片深渊
　　　　一片光景
芦笛吹不出它的声音
春天开不出它的颜色
它来自一个柔曼的少女的心
更大的闪烁，更多的含凝

它是一个五彩的贝壳
海滩上有它生命的修炼
日月的呼唤，水纹的轻柔
于是珍珠耀出夺目的光华
静寂里有常新的声音
袅袅地上升，像远山的风烟
将大千的永寂化作万树的摇红
群山在顶礼，千峰在跃动

深谷中丁丁的声音忽然停止
伐木人悄悄归去
时间的拘束
在一闪的光焰里消失

这首诗是我20世纪40年代的组诗《交错集》的第12篇，可以说是整篇用象征来抒说的“创作论”。在《交错集》的后记中我说过：“1948年6月，在西湖边的学校里，我曾把自己关在一个诗的象牙塔里，偶而，一种柏拉图式的纯洁感情给了我一次诗意的洗礼，一种完全没有想到的新鲜感受叫我有了种猝然的惊喜。于是，仿佛有诗神在我的梦床前奏起了金色的竖琴，在短短的一周里，众多动人的意象纷纷向我飘来。……”这就写出了《交错集》里40多篇习作。

这首诗的第一节的开头两行是说自己写诗不是为了迎合什么，也不是“随风而动”的，下面就抒说创作的欢乐是一片深沉的“光景”，来自纯洁的爱，有着闪烁的光芒，含凝着浓郁的纯洁感情。第二节更展开了我对诗美一种欢乐的心灵音乐的抒说。我把它比作一个五彩的贝壳，来自生活的海洋，在海滩上经历过风风雨雨，在时间的呼唤和“水纹”的轻柔抚爱下，才出现了光耀的珍珠，也就是诗的常新的音乐，会在升腾中把大千世界的“永寂”化作“万树的摇红”。这里我用了一个典故：希腊神话中最早的诗人奥尔菲斯的竖琴能叫峰峦摇动、禽兽奔来，借此以说明好的诗篇能叫群山顶礼，千峰跃动；并进一步抒说时间这个伐木人会停止砍伐——对生命与诗的砍伐，美的诗章是万古常青的，不受时间的限制。

象征的诗是意象丰盈又很难解说的，就是自己的作品也一样难以明确解释。的确，我写下这首诗时就不大明确它们的含义。当然也可以说其中根本就没有什么含义。只是为了能叫读者有一个初步的理解，我权作这样的说明，并希望读者的想象不因此而受到限制。因为象征是“玲珑剔透”的，每个人都可以有自己的理解与感受，甚至有作者自己没有体会到的感受；有些不朽的名作常常是一时代有一时代的解释，也许这才是诗的生命的“常新”或“常青”。（唐　湜）

雷诺阿的《少女画像》　郑　敏

追寻你的人，都从那半垂的眼睛走入你的深处，
它们虽然睁开，却没有把光投射给外面世界，
而像是灵魂的海洋的入口，从那里你的一切
思维又流返冷静的形体，像被地心吸回的海潮。

现在我看见你的嘴唇，这样冷酷地紧闭，
使我想起岩岸封锁了一个深沉的自己。
虽然丰稔的青春已经从你发光的长发泛出，
但是你这样苍白，仍像一个暗澹的早春。

呵，你不是吐出光芒的星辰，也不是
散着芬芳的玫瑰，或是泛溢着成熟的果实，
却是吐放前的紧闭，成熟前的苦涩。

瞧，一个灵魂先怎样紧紧地把自己闭锁，
而后才向世界展开。她苦苦地默思和聚炼自己，
为了就将向一片充满了取予的爱的天地走去。

"题画诗"并不易写，如果题的是一幅名画，更是如此。法国艺术大师雷诺阿在印象派中以画女像著称。他的少女画像，色彩明亮欢快，形体丰腴活泼。郑敏所题写的这一幅却似乎有所不同，它是收敛的、闭锁的、冷静的，与我们通常从雷诺阿作品中得到的印象不太相符。其实这是无关紧要的。诗以画为题，不过是"借题发挥"罢了。画是触发诗的灵感的一个契机，诗成之后，便独立于画之外而自足地存在了，它拥有的是自身的艺术生命。如果斤斤计较于诗与所题之画的异同，其实是既不了解诗，也不了解画。

当然，诗想要跟画在艺术上一较短长，便必须发挥自己的优势，不在"形体"的摹写上用力，而是一入手就写"灵魂"。这首十四行诗中写及少女形貌的只有寥寥几笔："半垂的眼睛"，"冷酷地紧闭"的"嘴唇"，"发光的长发"，以及"你这样苍白"。单靠这几笔相当抽象且缺乏色彩感的描写，我们想重现少女的视觉形象是极困难的。诗人的用力处本不在此，她写这少女的灵魂，着力的是一个关键词——"紧闭"。

"紧闭"在全诗中出现了两次，如果把"紧紧地把自己闭锁"也算上，则出现了三次。此外，与之性质相近的词还有："流返""吸回""封锁""冷酷""暗澹""聚炼"，等等。由画像写灵魂，眼睛和嘴唇这些"灵魂的窗口"本是一个"入口"，诗却从其"半垂"和"紧闭"勾勒了一个深沉、羞涩、内向的灵魂。诗反复用"海潮回流地心""玫瑰紧闭花苞"等喻象来状写这一尚未成熟的、苦涩的少女之魂。

但是，这"紧闭"不是衰老僵化的自我封闭，而是所谓"含苞欲放"式的少女的自我控制，如一句中国古话所说的"引而不发，跃如也"，是一种充满生机的深沉的力的表现。在这幅貌似静态的画面中，处处充满并不平静的张力。半垂—睁开，入海口—流返，发光—暗澹，闭锁—展开，聚炼—走向爱的天地……这些"对子"显示了诗的辩证思维，显示了诗人这位当年西南联大的哲学系学生所受到的哲学熏陶。没有凝聚力的开放只是一种流失，未经苦思的倾诉只是一种宣泄，收敛在内的光芒才是灼热的光芒。但是，这凝聚、苦思和收敛，又都是为了开放自己，向着那片未知的爱的天地开放。现代诗歌使"思想知觉化"的写法使这首诗曲折回环、从容不迫，缜密而不艰涩，读来韵味无穷。(黄子平)

心象组诗　　郑　敏

"门"

这扇门不存在于人世
只存在于有些人的命运中
那要走进来的
　　被那要走出去的
挡住了
十年可以留不下一丝痕迹
一眼却可能意味着永恒

没有一声"对不起"
　　说得比这更为惆怅

那扇门仍在那儿
但它不再存在
只有当人们
扭过头来回顾
才能看明白
那是一扇
通向神曲的门

它存在于虚无中
那可能是任何一个地方

这是《心象组诗》之二。"门"是一个内涵丰富的意象，它本身就充满了张力。它既是通道（如"入门书""找门路"，等等），又是障碍（如"门外汉""闭门羹"之类）。可开可关，可进可出，一门而分内外，开闭即见亲疏，隔而不隔，通而难通，它具有暧昧含蓄、模棱两可的性质。这意味着选择，意味着机遇，意味着冲决（"破门而入"或"夺门而出"），也意味着权力（"看门人""走后门"）。它既是个拒绝，同时又是个诱惑……"门"本身所蕴含的戏剧性，使它成为古往今来许多诗歌、戏剧、小说中最为意味深长的意象。"鸟宿池边树，僧敲月下门"，这是诗。戏曲中每每有"三叩门"一类的情节。小说中，"有人敲门"总是一个强有力的悬念。"芝麻，开门！"则是著名的古老神话了……

但是这首诗中的"门"却不是任何一道实体的门。诗人反复申说，说它既存在又不存在，说它已不复存在却又在人们回顾时看见，说它存在于虚无之中也就可能随处皆在。归根结蒂，它只是诗人的一个"心象"。然而"心象"并非无中生有之物。当人们作"静夜思"时，或许会想起生命中的某个瞬间，某个猝然相遇的片刻，某一道若隐若现、若有若无的"门"；在那里，"那要走进来的/被那要走出去的/挡住了"。这"要走进来的"和"要走出去的"到底是什么，诗中并未具体言明，正是诗人有意含混之处。解释完全可以因人而异。"门"既是必经之道，又总是过于狭窄，进出之间难免迎面相向，礼貌地说一声"对不起"，然后闪身相让而过。这本是日常多见的场景。诗人把它抽象化，撇去那一进一出的具体内容，却把它置于一个非同小可的瞬间——一个在人们的命运中带有关键性的时刻。这么挡了一下，可能就有什么消失了，有什么凭空诞生了，有什么改变了，有什么无可挽回地毁灭了……这就是个人命运中时间的不平衡性，并非每一个瞬间都对个体生命存在同等重要。如果这时候的"一眼可能意味着永恒"，那么这一声"对不起"，真可以说是千古难以消弭的惆怅了。

某种机遇稍纵即逝。那到底是一道什么样的"门"呢？诗中用了一个典故，说，"那是一扇/通向神曲的门"。《神曲》是文艺复兴时期意大利诗人但丁的长篇诗作。典故常常增加诗歌的文化意蕴和思想密度，但是，即使我们并未读过这部名著，对但丁一无所知，也不妨碍我们理解这扇并不存在的门的重要性，体会某种通向灵性、通向灵魂的升华，通向永恒的爱的可能性。这种可能性或许不复出现，或许不曾存在，但也许仍然无所不在！（黄子平）

金黄的稻束　郑　敏

金黄的稻束站在
割过的秋天的田里，
我想起无数个疲倦的母亲，
黄昏路上我看见那皱了的美丽的脸，
收获日的满月在
高耸的树巅上，
暮色里，远山
围着我们的心边，
没有一个雕像能比这更静默。
肩荷着那伟大的疲倦，你们
在这伸向远远的一片
秋天的田里低首沉思，
静默。静默。历史也不过是
脚下一条流去的小河，
而你们，站在那儿，
将成为人类的一个思想。

拂去历史的尘埃，在20世纪80年代，曾经一度在诗歌的星空中熠熠生辉的诗歌流派——九叶诗派重新出现在人们的眼前，他们那一首首凝聚着智慧和深情的诗作引起人们极大的关注。在这些诗作中，女诗人郑敏的《金黄的稻束》无疑是其中的佼佼者，它在时间缓慢流逝的节拍中不仅没有褪色反而愈加年轻而富有生机。

郑敏是一个敏感而富于沉思的诗人，她在青年时代追随里尔克的诗风，并且深受西方音乐、绘画的影响。她善于捕捉新颖独特的意象，通过这一系列的意象把对客观事物的描摹引入到哲思的境界，因此读她的诗作不能仅仅满足于字句表层的意义，还必须挖掘出其深沉的象征、隐喻意义。《金黄的稻束》在一开头写出的是农村常见的情景："金黄的稻束站在/割过的秋天的田里。""金黄的稻束"在这里就被作者赋予了多重的寓意，既可理解为自然意义的稻束，但更多的是指向象征的含义，是诗人的心灵和自然契合后所产生的玄想。郑敏在晚年的回忆文章中就曾明确地指出过这一点。她说："一个昆明常有的金色的黄昏，我从郊外往小西门里小街旁的女生宿舍走去，在沿着一条流水和树丛走着时，忽然右手闪进我的视野是一片开阔的稻田，一束束收割后的稻束，散开，站立在收割后的稻田里，在夕阳中如同镀金似的金黄，但它们都微垂着稻穗，显得有些儿疲倦，有些儿宁静，又有些儿寂寞，让我想起安于奉献的疲倦的母亲们。"（郑敏《〈金黄的稻束〉和它的诞生》，《名作欣赏》2004年第4期。）诗人把"金黄的稻束"和"母亲"这两个跨度很大的意象巧妙联系在了一起："我想起无数个疲倦的母亲/黄昏路上我看见那皱了的美丽的脸。"在这里，"金黄"寓意着丰收的情景，但诗人在这一瞬间竟然在眼前幻化出"母亲"这个崇高的形象。为什么会如此呢？这是因为两者之间有着内在的关联。只有在付出了辛勤的劳动之后才能获得成熟的果实，而母亲也是在默默奉献了自己最宝贵的青春，直到美丽的容颜一点点褪去甚至走向衰老、疲惫的时候才能孕育、抚养出伟大的生命。在一个个幼小生命逐渐走向成熟的时候，母亲的付出又有多少！这里既是对大自然的赞颂，但更是对母亲自我牺牲精神的赞颂。接着诗人通过自然景物的衬托为我们勾勒出一幅伟大而庄严的雕像：“收获日的满月在/高耸的树巅上/暮色里，远山/围着我们的心边/没有一个雕像能比这更静默。”雕像，是静默的，有形的，它承载着无数人的光荣和梦想。同样，母亲的肉体虽会衰老，而母亲自我牺牲的伟大精神是无形的，她的生命如同这永恒的雕像，在历史的时空中构筑成亮丽的彩虹。值得注意的是，诗人笔下的“母亲”不能仅仅理解为一个农妇，它在更广泛、更深层次的意义上泛指一切自我牺牲的精神。面对这种庄严和崇高，诗人心潮起伏，油然而生敬意：“肩荷着那伟大的疲倦，你们/在这伸向远远的一片/秋天的田里低首沉思/静默。静默。历史也不过是/脚下一条流去的小河/而你们，站在那儿/将成为人类的一个思想。”难能可贵的是，在这首诗的结尾，诗人并没有空泛地发表议论，仍然冷静地把意象和玄思较好地结合起来，给读者一种很大的想象空间，让他们去思考人类伟大而神圣的情感。

对于习惯于欣赏中国传统诗歌的读者来说，阅读这篇充满现代主义气息的诗作恐怕会遇到很大的障碍，这既可以看做对人们阅读习惯的挑战，更能激发出读者的阅读潜能，从而把审美的触角伸向更远的时空。（文学武）

题照相册　　杭约赫

我们从平静的小河里，
从反光的玻璃上，看到
多少熟悉得陌生的脸，
那是你的、我的，有时像

他的。匆忙的闪过，闪过
这短促的一生：忧患和
安乐的交替，风雨袭来——
婴孩大了，年轻的老了……

记忆给我们带来慰藉，
把捉一线光，一团朦胧，
让它在这纸片上凝固。

凝固了你的笑，你的青
春。生命的步履从这里
再现，领你来会见自己。

一九四九年初

杭约赫擅长写气势宏大的长诗，但他的短诗也写得清新隽永，《题照相册》就是一例。

这首诗除了在题目中点出咏物的对象是照相册以外，诗里不再直接明说，但全诗都是围绕着诗题展开的，显得不即不离，不板不滞。

第一节一上来就宕开去写，把两个并列的意象叠加在一起：“平静的小河”和“反光的玻璃”。

单看这两个意象很难联想到是在隐喻照相册，它们与镜子倒有更多的关联，平静的小河可以倒映景物，反光的玻璃也能照出人脸，相似的基础在于映照作用。不过他们又不如镜子，达不到镜子映照的那般清晰的程度，在它们的平面上反照出的人和景往往显得模糊而变形。出人意料的是诗人正是抓取这一特点，把它们与照相册联结起来。照片是一个人过去的记载，翻看照相册的人总是立足于现时，用现时可见的容貌神态去品评过去拍下的照片，这样，照片中人尽管是过去的如实再现，但在已变化了的今日来看，自然感到那是“熟悉得陌生的脸”了，仿佛从小河和玻璃的平面上看到变形的映像。这两个意象与年代已久的照片之间有着如此相似的内在联系，不能不让人感到这两个意象的捕捉绝妙而新颖。指点一张张相片，认出一张张脸，“那是你的、我的，有时像/他的”。这是翻看影集的乐趣之一。作者故意在“有时像”这里跨行，甚至跨段，造成大停顿，平添不少情趣。这种辨认、猜测、疑惑的心理是看照片，尤其看早年照片时常有的情况，那似曾相识的脸像谁？诗思的停顿既暗示时间流逝所造成的陌生，又为表达重新认出故人的欣喜作了铺垫。

如果说第一节以静观实物为主，那么第二节则虚写动态，仍然基于翻看照相册的感觉。小河尽管平静，也在悄悄流淌，影集里照片一张挨一张，一页页翻着从昔而今的照片，恰如“匆忙的闪过，闪过/这短促的一生”。此处动词“闪过”重复了一次，后接的宾语又跨行，意在强调不是闪过一人一时一景，而是闪过整整一生，跨行的宾语“一生”则成为第二、第三、第四行的中心词，对它的解释使情感空间的容量得以增加。人生苦短，短至一本相册就可以囊括一生；人生不易，忧乐同在，风雨相加，乃至“婴孩大了，年轻的老了……”无限的感慨隐含在照片与照片间的空白岁月里、照片与现时的截然对照中。

第三、第四节抒写照片带给人温馨的回忆。人们拍照，往往摄取最美好的时刻，最值得纪念的瞬间，“让它在这纸片上凝固”。在第三节的末尾和第四节的开头，作者着重重复“凝固”二字，一语道破照片把闪过的美好一瞬凝固起来的主要功能。尤其对照片主人来说，经历了忧患、安乐和风雨之后，曾经有过的那种纯真的笑容，活泼的青春就显得更为珍贵。因而“生命的步履从这里/再现，领你来会见自己”。贴在照相册里的照片是时间的物化，具有动态的发展，与照片主人自我的生命紧紧相连，成为他观照自身、发现自身的客观对象，从而达到他作为主体审度人生、自省生命的感悟。全诗有机地融为一体，普通常见的事物经诗人之笔变得传神传情，回味无穷的诗思留在读者的心上。（王圣思）

我们开会　　何　达

我们开会
我们的眼睛
像车辐
　集中在一个轴心

我们开会
把我们的背
都向外
　砌成一座堡垒

我们开会
我们的灵魂
紧紧地
　拧成一根巨绳

面对着
共同的命运
我们开着会
　就变成一个巨人

提起何达这个名字，就使人想起那条犍牛似的汉子，和他所写的健壮的诗，以及那个并不健壮而且充满灾难的年代。在那样的年代却写出这样的诗，实属难能可贵。这首《我们开会》就是较有代表性的一首。

乍一看，这标题不像诗的标题，像“我们开会”的句子也没有诗味，但当你读到每一节的末句，你就会感受到诗意、形象的骤然突现，却又不能不佩服其运思的独特和精辟。把视线这无形的东西想象成有形，而且把它组接成一个辐条集中的轴心，从而构成一个完整的车轮的形象，这是一种美，它使你想起前进的威势和所向披靡的气概。其次，把开会时面向里背朝外的形状喻为一座“堡垒”，也十分贴切、生动，由于它包容顽强、坚固的内涵，因而这也是一种美。唯第三节的形象，把灵魂“拧成一根巨绳”，略觉空泛牵强了些，但仍然能为读者所理解，灵魂虽说是子虚乌有，但却是为人们所接受了的，再者灵魂既为幻象，则说它成何形体也就可以成立。就塑造形象的程序来说，由外在而内在，由身体而灵魂，最后完成“巨人”的造像，也是合理的。把视线变成车轮，把背组成堡垒，把灵魂拧成巨绳，这可以说是把人的意志、理想物化；而最后则把物化了的意志又幻化成人，这个“人”已不是实有、自然形态的人，而是力量和意志的集中体现，是一个高大、刚强、永恒的理想化了的“人”，它就是我们国家民族的大“我”。有没有这个大我，大我的强弱，是我们的国家民族能否战胜敌人、自立于世界国家民族之林的关键，也是我们的人民争富强、图发展的依据。这正是本诗主题之所在。

时代感之强烈是本诗最显要的特色，从诗行的气韵中，我们不难感受到那个外侮紧逼、灾难频仍、水深火热的年月。现实是严酷的，而诗歌却不仅没有随这凋敝而凋敝，反而从这衰微中奋起，以它特有的气魄和力量，担负起它时代号角的重担。这首《我们开会》，就是那个时代所诞生的成千上万首唤醒民众、鼓舞抗战的诗歌之一。那是一个战斗的时代，这首诗的时代性就体现在战斗性上，它有着战斗的意蕴、战斗的形象、战斗的音节，而且充满了坚强的意志和必胜的信心。其次，诗的抒情主人公不是个人，而是集体的形象，这也是诗的一个特色。歌颂集体与赞美战斗同是当时抗战（或称革命）诗歌的主要特征，是作为彻底批判象牙塔式个人抒情的胜绩而出现的诗歌。再次，诗作具有旺盛的激情，这一特色也十分鲜明，但这激情不是直抒的，而是通过诗的构思和形象表现出来的，读者是通过形象的欣赏来感受其激情的，应该说这是激情的深层表现。最后，诗作就其内容及形象来说都明显存在“教”的痕迹，它以人们通俗而易于理解的比喻，教育人们认识自己（集体）的力量，也就是国家的力量，民族的力量。但这“教”也不是直接的说教，而是采取“寓教于乐”的形式，让人们在不知不觉中领受到“教”的真谛。（莫文征）

推菜车的人　张志民

汗珠儿点点，

露珠儿串串。

喊声儿脆，
胡同儿弯。

朝阳染得菜椒儿嫩，
晨风吹摆小葱儿鲜。

送上门，
推进院。

作千家常客，
结万户朋缘。

车声儿吱吱去，
小曲儿声声远……

载一片江南，
推一车春天……

在新诗创作中有一种诗体相当流行，这就是两行一节、节数不等、通篇押韵（也有少数不押韵）的体式（以下简称两行体新诗）。深入探讨这种诗体的创作经验和艺术特色，进一步推动诗歌创作的繁荣，无疑是诗人和诗评家的共同使命。

两行体诗具有两个显著特点：一、就每节而言，单纯明快，错综活泼；二、就全诗而言，断而相续，不断转换，富于跳跃性，有的还能取得电影“蒙太奇”般的效果。

先谈第一个特点。和我国古典诗歌不同，新诗最初作用于读者视觉印象的特征就是分节分行，现在这种诗歌的每一节少到只有两行，自然不允许拖泥带水，冗长累赘，换句话说，只有力争单纯明快，才能符合这种诗体的内在要求，优美的两行体诗都是如此，请看张志民的《推菜车的人》。

北京多胡同小巷，在兴建大型“超市”以前，菜场工作人员有推车上门服务的习惯，此诗所勾勒的就是这样一幅充满朝气的生活小品。诗作全部用了偶句，两两相对，显得十分整齐，但相邻的两节字数并不相同，排列在一起，又极富错综变化之美。正像电影艺术的“蒙太奇”手法那样，此诗在我们面前迅速地展现了一连串富于动作和情味的镜头，一开始不写别的，而是巧妙地把“汗珠儿”和“露珠儿”并提，这就以小见大，用侧衬正，单纯而又深刻地揭示了推菜车人的职业特点：勤劳早起，挥汗推车，新鲜的蔬菜沾满了露珠……接着是一个兼具声色之美的镜头：喊声或高或低，在你耳边萦绕；胡同或隐或露，在你眼前展现，这是何等令人愉悦和高兴啊！第三节犹如一个特写镜头，或如一幅出色的静物画，菜椒儿和小葱儿如此鲜嫩，其他也就可想而知了。不难看出，这首诗的节与节之间，或者干脆说镜头与镜头之间（结尾一节是虚写，略有不同），存在着一种断而相续——不断停顿、间歇又不断跳跃、进展的关系，和那种四行一节的半格律体相比较，它的进展无疑要快一些，跳跃性也显得更强一些。这就是我们要谈的这种诗体的第二个特点。

人们经常说内容决定形式，这当然是一个正确的命题，但我们也不能忽略形式对于内容的反作用。谁都知道，方块汉字天然就具有追求整齐的倾向，诗中广泛运用对偶句就是最好的证明。拿运用这种诗体进行创作的同志来说，事先了解和体会一下这种体式的特点，会不会有好处呢？我想，答案将是肯定的。（孙光萱）

风　沙　阮章竞

天，一片昏昏黄黄，
风，像黄河的浊浪。
刚才还是万里无云，
转眼变成天地无光。

两三步之外，
看不见人影。
沙子钻进牙床，
尘土迷住眼睛。

卡车拼命地响着喇叭，
在黄风阵里寻找方向；
失掉光亮的两只大灯，
像泡在浓茶里的蛋黄。

这风沙称王称霸的世界，
就是我们黄金不换的地方。
我们要像抖净床单一样，
把这整天风沙倒进海洋！

天地，分不出来，
颜色，分不出来，
只有从人的眼睛和牙齿，
才能看见白色的光彩。

饭堂像盖在黄河水底，
火炉不发热，空气全是泥。
白米饭蒙着层黄粉，
不是肉末而是沙子。

不要怨天怨地皱眉头，

拿出今天人的本事：
把万古荒凉和风沙，
嚼烂在我们的嘴里！

明天吐还它一个泥团，
捏出一个叫人眼红的，
洁白干净没有风沙的，
万紫千红的钢铁城市。

一九五七年一月三十日

阮章竞以豪放的诗风，苍莽雄浑的笔调，在我国第一个五年计划建设期间，写下《新塞外行》和《乌兰察布》等组诗，反映了塞外的风光和建设成就，赞颂了20世纪50年代新中国的创业者们的英雄气概和崇高品格。作者着意取法“古风”，在诗歌形象上大量运用盛唐边塞诗对塞外荒凉广漠的描写，来为今日的变化作对比和衬托。《风沙》便是其中较有影响的一首。

诗的开始，作者抓住塞外“风沙”形象，运用写实手法，重墨浓涂，极力渲染，生动、真实地描写出塞外荒凉广漠的恶劣环境。诗用“天，一片昏昏黄黄”“天地，分不出来”“颜色，分不出来”描绘出一个风势巨大，黄沙飞扬的“称王称霸的”风沙世界，从而反衬出塞外工人创业的艰辛——“沙子钻进牙床/尘土迷住眼睛”，“白米饭蒙着层黄粉/不是肉末而是沙子”，并为展现创业者的精神风貌作了铺垫。

从外观环境大处着手，进而转换到创业者具体细节描写，表现出大自然环境与人的矛盾冲突，由物及人，进一步烘托出“我们”的豪情壮志，具有一种雄浑粗犷的艺术美。

精彩的比喻，奇特的想象，使诗歌洋溢着浓烈的抒情气氛，进一步加深读者的印象。诗中用“黄河的浊浪”比喻风沙巨大；用“泡在浓茶里的蛋黄”比喻因风沙而失掉光亮的卡车大灯；用“我们要像抖净床单一样/把这整天风沙倒进海洋”的驰骋想象，表现创业者们气吞山河的英雄气概；用“把万古荒凉和风沙/嚼烂在我们的嘴里！//明天吐还它一个泥团”，捏出一个“洁白干净没有风沙的/万紫千红的钢铁城市”的奇特想象，以及诙谐风趣的语言，歌颂创业者们战天斗地的大无畏精神。

诗歌运用现实主义和浪漫主义相结合的创作方法，把对现实的真实描写同革命理想的抒发融汇凝聚在诗中，具体的写实与浪漫的夸张相交织，使诗具有深邃感人的艺术力量。同时，诗人注意到向古典诗词的意象学习，脱胎而成新的意象。如“明天吐还它一个泥团/捏出一个叫人眼红的”钢铁城市，就是从明代民歌的《汴省时曲·锁南枝》中“和块黄泥儿捏咱两个。捏一个儿你，捏一个儿我……将泥人儿摔破，着水儿重和过，再捏一个你，再捏一个我”演化而来，并赋予新意，具有强烈的时代气息。因此，可以说《风沙》是中国人民艰苦创业伟大精神的形象化的诗篇。（冉启兰）

距 离　覃子豪

即使地球和月亮
有一个不可衡量的距离
而地球能够亲睹月亮的光辉

他们有无数定期的约会

两岸的山峰,终日凝望
他们虽曾面对着长河叹息
而有时也在空间露出会心的微笑
他们似满足于永恒的遥遥相对

我底梦想最绮丽
而我底现实最寂寞
是你,把它划开一个距离
失却了永恒的联系

假如,我有五千魔指
我将把世界缩成一个地球仪
我寻你,如寻伦敦和巴黎
在一回转动中,就能寻着你

《距离》,是一首具有意境之美的佳作。

意境,是中国美学理论中独有的审美范畴。意境就其内涵而言,是主体的审美感情意志和对象化的超越现实境界的审美境界,在独创的意象整体中的水乳交融,是情理形神的统一,是诗的内蕴与艺术表现完美结合后所呈现的可以刺激读者再创造的美的状态;而就其外延而言,它却是读者的审美联想与想象的结果,是欣赏者参与美感经验之后所转化生成的艺术世界。因此,诗的意境就具有综合美的特征:既有情理交融的审美思想感情的内在之美,又有形神虚实结合的艺术传达之美;既有作者主观审美的原创性的表现之美,又有欣赏者主观再审美的继发性的创造之美。可以说,意境就是多种诗美综合而成的一种化境,是作者与读者共同创造的结晶。覃子豪《距离》一诗的意境之美,也是如此。

《距离》前两段分别写两种“距离”,即地球与月亮的不可衡量的距离,以及两岸山峰永远终日凝望的距离,它们都属于自然界,虽然遥遥相对,但是它们或者“有无数定期的约会”,或者“有时也在空间露出会心的微笑”。这两节诗虽具象征的意味,但仍可以说是象征性的实写,具体呈现的是实境。后面两节诗人由实入虚,第三节诗人写自己所经受的人间的距离,那就是因恋人远走或因理想未能实现,绮丽的梦境与寂寞的现实之间造成难以弥补的距离。最妙的是诗的结尾:诗人想象他如有“五千魔指”,则可以缩地有方地把世界缩成一个地球仪,迢遥的空间无限地压缩了,这样在每一轮回转中都可以找到心上人。这,可以说是诗人通过新奇的想象所创造的虚境,它吸引欣赏者去探索全诗的深层结构,去寻味并丰富诗的并不一定就是指向爱情的人生哲理意蕴。

不论是爱情的期待或者企望的实现,都是人生一种带普遍性的体验,可以激发读者广泛的共鸣,而诗所艺术地表现的“距离”以及缩短乃至消泯这一距离的努力,也都能激发不同读者的心灵的不同感应。因此,诗人所创造的意境,最终就是在不同读者欣赏与接受的审美活动中,得到不同的而又色彩纷呈的转化与完成。(李元洛)

枪给我吧　未　央

松一松手，
同志，
松一松手，
把枪给我吧……

红旗插上山顶啦，
阵地已经是我们的。
想起你和敌人搏斗的情景，
哪一个不说：
老张，你是英雄！

看你的四周，
侵略者的军队，
被你最后一颗手榴弹
炸成了肉酱。

你的牙咬得这么紧，
你的眼睛还在睁着，
莫非为了你的母亲放心不下？
我要写信告诉她老人家，
请答应我作她的儿子。

莫非怕你的田园荒芜？
你知道，
家乡的人们，
会使你田园的禾苗长得更茁壮。

不是，不是！
我知道你有宏大的志愿。
你的枪握得多紧，
强盗们还没被撵走，
你誓不甘心……

松一松手，
同志，

是同志在接你的枪！
枪给我吧，
让我冲向前去，
完成你未尽的使命！

1953年10月

牺牲，是战争中常有的事，也是文学作品中常见的题材，写起来容易流于一般。未央写这首诗的时候，注意抓住一个内涵丰富的情节，表现死者的英雄气概和内心世界，因而比较有深度。战士用最后一颗手榴弹与敌人同归于尽后，手里还紧握着枪。他的战友收殓他的遗体，请他松开手，把枪交给自己同志。烈士的枪为什么握得这么紧，他的牙为什么还咬着，他的眼睛为什么睁得那么大。是放心不下母亲？是怕家里的田园荒芜？是的，这一切都使他牵挂，但更主要的是侵略者还没有被打败。这一段由战友代烈士抒发的内心独白，实际上是所有志愿军战士的内心独白，道出了抗美援朝的神圣意义。

未央在和战士的长期接触中，体会到他们和常人一样，也有七情六欲，喜怒哀乐。他们临死也会眷念自己的亲人。只是为了和平——祖国和邻邦的安全，他们才慷慨地献出了自己青春和生命。未央在诗作中表现的这一切，也许有助于读者了解"最可爱的人"。

在诗的构思方面，读者看似信手拈来，而诗人实在是下了功夫的。诗虽只有一个画面，只有一个动作：从烈士手中拿枪，但诗人由此生发开去，将战斗经过、牺牲场面以及国内后方的种种情景一一引出，以拿枪始，拿枪终。开头是悲痛、悼念、追忆、告慰，感情亲切而深沉，后面是奋起、立誓、无畏、自信，感情昂扬雄浑，前后呼应，形成了一个较为完整的境界。

如果说这首诗有什么特色的话，那就是：诗句短促，用语自然，这首诗的开头四句，突然爆出一个迫切的呼唤，有助于抓住读者。何其芳说这是"几乎使人不能呼吸的紧迫的话语"（《诗歌欣赏》），描写搏斗的语言，抒发内心情感的语言，都力求简短有力。结尾和重复呼应，但又稍加变化，好像曲调的变奏和回旋，具有一种音乐效果。

这首诗还表现了战友之间的情谊，这是战场上才有的情谊，是鲜血凝成的情谊。他们之间的关系超越了个人交往的性质，进到了一个更高的层次，那就是共同的对和平对祖国的热爱，对战争对侵略者的憎恨。（早　立）

夜景　傅　仇

森林抱住一个月亮，
针叶撒出万缕青光；
一串串明明朗朗的珠宝，
一串串星星，挂在树枝上。

好一个醉人的童话般的夜景，
好一个迷人的安静的海洋。

我听见树木在轻轻呼吸，

嫩草在发芽，幼苗在生长；
一根新针叶悄悄生出来，
刺着飞鼠，在梦中抖抖翅膀。

好一个醉人的童话般的夜景，
好一个迷人的安静的海洋。

我听见森林的心脏在跳跃，
树根底下泉水咚咚响；
一颗颗露珠像失眠的野鸽，
闪着绿的眼睛白的光。

好一个醉人的童话般的夜景，
好一个迷人的安静的海洋。

我听见森林伸展手臂的声音，
树枝摇摇，好像在收聚星光；
送给未来的晴朗的早晨，
送给光华灿烂的旭阳。

好一个醉人的童话般的夜景，
好一个迷人的安静的海洋。

我听见的这一切，是生命的音响，
这里面也含有我的呼吸，我的声音；
这一切，都是属于我的祖国，
为了明天，这一切都在快快地成长。

好一个醉人的童话般的夜景，
好一个迷人的安静的海洋。

一九五六年九月二十八日于成都

森林是美的，森林的夜景更美；现实生活中的森林夜景是美的，艺术作品中的森林夜景更美。这首诗便是一个很好的例子。

最好是月明之夜，这才有光线，有明暗，才能收掩映多姿之妙。《夜景》一开头就写月亮，可说写对了。看似平淡，不过其中一个“抱”字，化静为动，变无情为有情，增添了不少韵味。“针叶撒出万缕青光”一句，从形式上说和上句字数相等，句式相同，显得十分和谐，从内容上看则有所发展：“抱住”是收，“撒出”是放；“一个”说明少，“万缕”状其多，诗人独具的慧眼，就在这收放之间，多少之中。这样写还不够，于是诗人接着有“珠宝”之喻。第四行“一串串星星，挂在树枝上”，既可以理解为实写“星星”，也可以看作是月光照着树梢，使“珠宝”呈现出闪烁不定之状。《夜景》第一节用简洁的笔墨画出了明月和星辰交相辉映、天上和地面浑然一体的美妙境界，为全诗奠定了愉悦明快的基调。

最好既写视觉，又写听觉，这才能收声色兼备之效，不至于把诗歌艺术完全混同于绘画艺术。诗人曾在《森林教我幻想与歌唱》中谈过自己的创作体会：“我只不过是想用诗的语言画出一幅森林之夜的景色。我试图用音乐的声音来写出这迷人的童话般奇幻的夜色。”这说明诗人有着鲜明的艺术追求。《夜景》往往先写听觉，次写视觉，从视听的自由转换中给人以深刻的印象，如第三节先写：“我听见树木在轻轻呼吸”，“呼吸”意味着生物的活动和成长，于是自然而然地有了“嫩草在发芽，幼苗在生长”一句，这样写还嫌有些空泛，于是再加上“新针”“刺着飞鼠”这样一个特写镜头，新奇之至，也巧妙之至。第七节先写“我听见森林伸展手臂的声音”，次写“树枝摇摇，好像在收聚星光”，同样是听觉向视觉的转化，不过这是活跃在诗人想象中的视觉形象，比起一般的实在的视觉形象来要空灵一些，活泼一些，可见同是写视觉、听觉，也应该力求丰富多彩。

为了增强抒情意味，《夜景》用了两行复唱“好一个醉人的童话般的夜景/好一个迷人的安静的海洋”，统摄和贯串全诗。视听描写是“实”，贵在细致逼真，贵在入乎其内，复唱是“虚”，重在总体把握，重在尽情抒发，两者交替出现，就意味着虚实结合，内外结合，使得诗篇既开阔又细腻，有活泼流转之效而无囿于一处一物之弊。

“收聚星光”为了什么？诗人说是为了“送给未来的晴朗的早晨”，这就不仅是听觉和视觉的转换，而是夜晚向白天的转换了，这样写，目的在于替结尾处“一切都在快快地成长”作铺垫。在20世纪50年代，篇末点题——从现实场景的描写到篇末思想感情的升华——成为诗歌创作的普遍风尚和习惯手法，这首诗也未能例外，不过此诗由小见大，由此及彼，其间的过渡尚属自然得体，没有勉强凑合和拔高的感觉。（孙光萱）

错　误　郑愁予

　　我打江南走过
那留在季节里的容颜如莲花的开落

东风不来，三月的柳絮不飞
你的心如小小的寂寞的城
恰若青石的街道向晚
跫音不响，三月的春帷不揭
你的心是小小的窗扉紧掩

我达达的马蹄是美丽的错误
我不是归人，是个过客……

一九五四年

郑愁予的诗素以婉约见长，他的爱情诗更可以说清新婉约，绮思无穷，如这一首诗便是这样。

此诗以江南的小城为中心意象，写思妇盼望归人的执着的爱情，意境优美而深婉，显示的正是婉约之美的美学特色。

诗的头两行，首句6个字，次句15个字，是短句与长句的交错，短句暗示过客之匆匆，长句暗示思妇等待之悠悠，而“开落的莲花”倒装为“莲花的开落”，更觉音韵谐美。同时，这两句诗在全体的分段中又低两格排列，具有“诗序”的作用，在意旨和情调上统摄全诗。第二段第一行的“东风不来，三月的柳絮不飞”与第四行“跫音不响，三月的春帷不揭”，中间隔了两行，与传统诗歌中隔句对的句法暗合。此外，“不来”“不飞”“不响”“不揭”这些否定句式，又在彼此相对的位置上呼应重复，既加强了抒情的深婉性，又有助于音调的和谐。在这一节诗中，有两个比喻写思妇的心：“你的心如小小的寂寞的城/恰若青石的街道向晚。”“你的心是小小的窗扉紧掩。”比喻的新颖巧妙自不待言，“小小的”两次叠词重复也轻倩柔美，原句本来应该是“你的心恰若向晚的青石街道”，“你的心是小小的紧掩的窗扉”，如今把“向晚”与“紧掩”这动态的词语倒装在后，不仅化板为活，去俗生新，加强了语言的变化，而且也更婉曲地表现了思妇的怀人心理。最后一节“我达达的马蹄是美丽的错误/我不是归人，是个过客”，点明了诗题和全诗的抒情视角，同时也显示了郑愁予的诗歌与20世纪二三十年代新诗的渊源。何其芳作于30年代的《花环》一诗，末句是“你有更美丽的夭亡”，郑愁予的名句“我达达的马蹄是美丽的错误”这一矛盾诗语，想必是从何其芳的诗脱胎而来。（李元洛）

桂林山水歌　贺敬之

云中的神呵，雾中的仙，
神姿仙态桂林的山！

情一样深呵，梦一样美，
如情似梦漓江的水！

水几重呵，山几重？
水绕山环桂林城……

是山城呵，是水城？
都在青山绿水中……

呵！此山此水入胸怀，
此时此身何处来？

……黄河的浪涛塞外的风，
此来关山千万重。

马鞍上梦见沙盘上画：

"桂林山水甲天下"……

呵！是梦境呵，是仙境？
此时身在独秀峰[①]！

心是醉呵，还是醒？
水迎山接入画屏！

画中画——漓江照我身千影，
歌中歌——山山应我响回声……

招手相问老人山[②]，
云罩江山几万年？

——伏波山下还珠洞[③]，
宝珠久等叩门声……

鸡笼山[④]一唱屏风[⑤]开，
绿水白帆红旗来！

大地的愁容春雨洗，
请看穿山[⑥]明镜里——

呵！桂林的山来漓江的水——
祖国的笑容这样美！

桂林山水入胸襟，
此景此情战士的心——

是诗情呵，是爱情，
都在漓江春水中！

三花酒[⑦]掺一分漓江水，
祖国呵，对你的爱情百年醉……

江山多娇人多情，
使我白发永不生！

对此江山人自豪，
使我青春永不老！

七星岩[8]去赴神仙会，
招呼刘三姐呵打从天上回……

人间天上大路开，
要唱新歌随我来！

三姐的山歌十万八千箩，
战士呵，指点江山唱祖国……

红旗万梭织锦绣，
海北天南一望收！

塞外的风砂呵黄河的浪，
春光万里到故乡。

红旗下：少年英雄遍地生——
望不尽：千姿百态"独秀峰"！

——意满怀呵，才满胸，
恰似漓江春水浓！

呵！汗雨挥洒彩笔画——
桂林山水——满天下！……

1959年7月旧稿
1961年8月整理于北戴河

作者原注 ① 独秀峰，在桂林市中心，孤峰一柱，拔地而起。 ②④⑤ 老人山、鸡笼山、屏风山，均在桂林市区，因状得名。 ③ 伏波山，汉"伏波将军"马援遗迹。山下还珠洞，有老龙谢情还珠神话，本诗转意借用。 ⑥ 穿山，在桂林市南郊。峰顶有巨大圆形洞口。洞穿露天，状似明镜高悬，相传为马援一箭射穿。 ⑦ 三花酒，桂林名酒。 ⑧ 七星岩，桂林最著名岩洞之一。传说歌仙刘三姐在此洞中赛歌，后化石成仙。

在写桂林山水的诗篇中，最为人称诵的是唐代韩愈《送桂州严大夫》中的名句："江作青罗带，山如碧玉簪。"韩愈用青罗带来形容漓江的水，用碧玉簪来形容桂林的山，两件妇女的饰物，写尽了桂林山水柔美的风情。那么，在这样的诗句面前，对于桂林山水的描写，是否到了极限了？有哪一位诗人能够超越它？的确，历史上有的名篇后人可能是无法超越的。但文学对于客观事物的描绘却不会有限。有才能的诗人、文学家，总是在前人没有涉及的领域发掘出新的美。贺敬之的《桂林山水歌》不拘泥于以实比实，而是以虚喻实。桂林的山，不再是妇女发间俏丽的碧玉簪，而变成了云中的神、雾中的仙；漓江的水，不再是妇女腰间柔软飘拂的青罗裙，而变成了深的情、美的梦。神仙是谁都没有见过的。但是云雾之中影影绰绰出现的仙女的形象，能够唤起人们捉摸不定的那种美感是什么样，梦又是什么样，它也是不确定的。悠悠流过的绿透绿透的漓江水，留给人们的印象是难以具体描述的。青罗带也只能传达出它的美感的一部分。任何的比喻在客观事物丰富的美面前，都会失去魅力，何况神奇而迷人的漓江水？贺敬之抛弃了习见的方式，他让我们看到的不是漓江水的具体的样子，而是让我们去想象那最深沉的情爱和最美丽的梦境，神仙有多么优美的姿态，桂林的山就有多么优美的姿态；情爱和梦境有多么深沉多么美好，漓江的水就有多么深沉多么美好。构成诗歌形象的主要方法是想象，想象的方式是诗歌对事物的再创造的方式。在一定的时候，诉诸想象比如实描绘更易于奏效。

神姿仙态，如情似梦，桂林的山和水是这般美妙，但是桂林所拥有的，却不是一座山，一湾水，而是重重山，重重水。“水几重呵，山几重？/水绕山环桂林城……//是山城呵，是水城？/都在青山绿水中……”前两句写秀丽的山水拱卫着桂林城，后两句又写桂林城错落地散置于青山绿水之中。要是说，开头那四句诗是抓住了桂林山水的个性的话，则现在这四句诗是抓住了桂林这座城市的个性。它只用四句诗，便把桂林的特点加以突出，使之区别于其他风景秀丽的城市。桂林的美是不可替代、也不可混淆的。

前面提及的八行诗过去，贺敬之接着唱道：“此山此水入胸怀/此时此身何处来?”诗人身处这样惊人的美景之中，反而怀疑自己是到了仙境或是梦境。这是一首诗的转折之处。从这里开始，《桂林山水歌》在对客观景物作了概括的描绘之后，转向了对主观心境的抒发。这种抒发不是孤立进行的，它的特点是没有游离开桂林的具体景物去作抽象的抒情，而紧紧抓住桂林风景的特点以抒写诗人独有的感触和情怀。首先，他借老人山的形象发出对于悠长的历史的慨叹。伏波山下的还珠洞，有老龙谢情还珠的神话，“宝珠久等叩门声”，借一个传说以抒写对于光明和解放的憧憬。“鸡笼山一唱屏风开”，雄鸡唱晓，一唱而社会主义生活场景的屏风如画展开。他用这个联想以象征如花岁月的涌现。绿水、白帆、红旗，这当然是美好时代的写照。在桂林市区，穿山的形状如一面明镜，诗人借此以抒发大地洗尽愁容面对明镜的喜悦。这里的八个句子，既是对于桂林自然景色的描绘，又是服务于作品主题的进展着的情节的抒唱。句句都写客观的景，句句都表主观的情。这种主观抒情和客观景象的完全的契合，使抒情诗清新自然而不觉沉闷：景色是新鲜的，即景兴叹又是贴切的。凭借了诗人的一片巧心，桂林绚烂的景色给主观情致的抒唱提供了条件。

《桂林山水歌》是一首歌唱祖国壮丽河山的诗篇。它不仅传达出了山水特有的美，而且让人从中鲜明地感受到蓬勃的时代气息。也许自古到今，桂林的山、漓江的水并不会有太大的变化，依稀总是旧日模样。但从诗人充满热情与朝气的歌唱中，感到了山河的新气象。“江山多娇人多情/使我白发永不生！//对此江山人自豪/使我青春永不老!”把对祖国的爱融入了对于山水的讴歌之中：大地景象之所以如此美丽，不仅在于桂林的山神姿仙态，漓江的水如情似梦，而且在于大地经春雨的洗涤而一扫愁容。祖国的笑容正是桂林山水在诗人心中的投影。

《桂林山水歌》由描绘桂林山水的情状入手，开篇便不寻常。它传神而又含蓄地道出了桂林山水诱人的美，它的好处是，在无法说清的情况下，把桂林山水的好处说清了。从全诗的结构看，除了开篇的不同凡响，诗中情感的富于起伏变化及转折的自然合理，也是一大长处。开头的四节八行，是对桂林山水和城市的特点的概括。诗行是简短的，而含意是深邃的。从“此山此水入胸怀/此时此身何处来”开始，转为联系个人感受以抒发对山水的挚情，这就开始了有个人特点的抒写山水之美的文字，这段文字共六节。“招手相问老人山”以后八行，通过对老人山、还珠洞、鸡笼山、屏风山、穿山等自然景色的描绘，含蓄地概括了桂林从历史到现实的巨大变化。从“桂林的山来漓江的水/祖国的笑容这样美”开始，到诗的结束，是主题的升华，由具体的桂林山水而扩展到对祖国美好河山的歌颂。

《桂林山水歌》在声韵节律方面的努力也起了重大作用。它采用两行一节，每节押一个韵的句式。因为每行都有韵，而换韵又很频繁，形成了全诗跌宕跳动的感情变化和节奏轻松、活泼自如的韵调。在词组、句、节等方面的对仗的广泛应用，形成了全诗节奏匀称而音调铿锵的音乐美。仍以开头四句诗为例："云中的神"和"雾中的仙"相对，"神姿仙态"是一个巧妙的复沓；"情一样深"和"梦一样美"相对，"如情似梦"又是一个巧妙的复沓。这两节诗合在一起，又是一个完整的对偶的诗节。这就造成了全诗回环往复、余音萦绕的音乐效果。（谢　冕）

月亮里的声音——给月琴手沙玛乌兹　梁上泉

你的胸怀竟如此宽广，
抱住了一个圆圆的月亮；
你的长裙拖着红霞，
从凉山飞到北京的舞台上。

听着月亮里的声音，
几疑是天上的嫦娥下降；
你用琴弦跟听众谈心，
又分明是个彝族姑娘。

月亮里只有个广寒宫，
月琴里却有你整个家乡；
通过你会说话的手指，
把我引到你放羊的远方。

一曲倾诉着奴隶的苦难，
像山顶郁结着不化的银霜，
森严的寨堡里有娃子在呼号，
一滴热泪燃起一星火光。

一曲庆贺奴隶的解放，
两弦间就是一条欢腾的金沙江，
雪白的荞子花开在两岸，
牧人的舞影跃入水中央。

最后一曲献给山区的未来，
弹得星星落在孩子的书桌上，
惊喜地望着那美丽的现实，

一半像神话，一半像幻想……

掌声的急雨把我催回剧场，
幕布的黑云把你深深掩藏；
归来的路上琴音还很明朗，
正像这深夜里满街的月光。

1957年3月17日—6月1日，北京—重庆

1957年的一个春夜，我去北京天桥剧场，观赏参加全国业余文艺会演的四川代表团的演出。久居首都，自然想见到天府亲人，听到巴蜀乡音。

节目一个个演过去，不及一半，一位名叫沙玛乌兹的彝族姑娘落落大方地出现在舞台上。她高挑的身材，穿着五色长裙，像拖着五彩云霞，从遥远的大凉山飞降到千多位观众面前。她抱着那张圆如满月的月琴，是那么自如，那么自信，才从容地弹响第一个音符，就把整个场子镇住了，也把我这个常在少数民族地区生活工作的年轻军人征服了。

通过她那件有两根弦的弹拨乐器，向我诉说着奴隶社会的悲惨景况：娃子们脚踏郁结的寒霜，头顶漫卷的风雪，牛马般地劳动着；奴隶们溜出寨堡，躲过监视，向外地逃亡。当金沙江两岸获得真正的解放时，欢腾的浪花在琴弦上飞溅，荞子花又和牧人同舞同乐。面对现实，想望未来，满怀着奇丽的憧憬。激越跳动的旋律又把我挂在眼帘的苦泪一下抹尽擦干了。当丝绒大幕把她掩隐之后，我再没心思观赏后面的那些歌舞，耳边总萦绕着那月亮里的声音。一直到场终人散，我才发现自己还独留场内未走。

我走出剧场，已无车可乘了，只得踏着满街的月光，徒步吟咏，从城南走回到城北的军营。在这十里左右的途程中，这首诗的腹稿也初步完成了。

事后，我带着草稿回到四川，走访城乡的同时，也对它进行了两个多月的“冷处理”，作了一些润色加工，就在当年的《诗刊》第7期上发表出来。收入我的诗选《山泉集》时，又把“幕布的黑云”改成了“幕布的紫云”。以后许多诗选本都把它当作我的代表作选入了，并有不少评论。如严辰写道：“《月亮里的声音》着墨不多，委婉动人，写弹月琴的姑娘，‘你的胸怀竟如此宽广/抱住了一个圆圆的月亮’，比喻既现成又新颖。轻轻一转，概括了彝族人民曾经走过和将要走的道路。彝族姑娘把深情化为倾诉的乐曲，青年诗人把深情凝成鲜明的形象。”

这首诗流传虽然较广，但我1973年夏到凉山州文工团亲访这位月琴手时，她却不知道我写给她的这首诗。大凉山毕竟太遥远了，这使我感到她真的住在广寒宫里，信息难通呵！（梁上泉）

苹果树下　闻　捷

苹果树下那个小伙子，
你不要、不要再唱歌；
姑娘沿着水渠走来了，
年轻的心在胸中跳着。
她的心为什么跳呵？
为什么跳得失去节拍？……

春天，姑娘在果园劳作，
歌声轻轻从她耳边飘过，
枝头的花苞还没有开放，
小伙子就盼望它早结果。
奇怪的念头姑娘不懂得，
她说：别用歌声打扰我。

小伙子夏天在果园度过，
一边劳动一边把姑娘盯着，
果子才结得葡萄那么大，
小伙子就唱着赶快去采摘。
满腔的心思姑娘猜不着，
她说：别像影子一样缠着我。

淡红的果子压弯绿枝，
秋天是一个成熟季节，
姑娘整夜整夜地睡不着，
是不是挂念那树好苹果？
这些事小伙子应该明白，
她说：有句话你怎么不说？

……苹果树下那个小伙子，
你不要、不要再唱歌；
姑娘踏着草坪过来了，
她的笑容里藏着什么？……
说出那句真心的话吧！
种下的爱情已该收获。

吐鲁番盆地出产的瓜果是香甜的，边疆的风光是迷人的，从那里传出的情歌自然也就格外甜美动听。这首诗所以令人过目难忘，正在于它让我们领略了边疆少数民族男女青年在那样一个美好的地方所采撷的美好的爱情之果。

诗作题为"苹果树下"，但并非是咏物写景之作。第一，它没有将目光专注于苹果，写苹果是为了写人；第二，它也没有实写苹果园——姑娘和小伙子的劳动场所。在这首诗中，苹果是一个象征体，诗人是借苹果的生长暗喻爱情的成熟，而这一点正反映了诗人的构思之新，手法之巧。

诗篇一开头出现了"苹果树下那个小伙了"，有背景，有人物，焦点集中，干净明快。第二行从作用于读者的视觉一转而为作用于读者的听觉："你不要、不要再唱歌"，这一行写得极妙，一个"你"字，多情的"我"——抒情诗主人公立刻呼之欲出，这首第三人称的诗篇也因此而平添了几分抒情意味。两个"不要"，下笔轻盈，感情委婉，叮咛的口吻由此可见。更使人难解难忘的是，在苹果园里边劳动边唱歌，不正可以表现劳动人民翻身的喜悦和劳动的干劲？何以要提出与此相反的嘱咐和请求？这，无疑是一个有趣而吸引人的悬念。

诗人没有忙于把悬念一下子解开。底下，姑娘出场了，我们看到了她沿着水渠走来的身影，听到了她心脏跳动的声音，但她对歌声的反响如何，诗人没有明确回答，而是连用了两个问号，曲折地表现了姑娘的感情活动，显得含而不露，恰到好处。这，与其说是解开了悬念，毋宁说是加深了悬念，加深了对读者的吸引力。

在诗中，小伙子频频唱出了求爱的歌声，表现得大胆而热烈，其中要数采摘“葡萄那么大”的苹果最为风趣，令人忍俊不禁。可是姑娘始而说“别用歌声打扰我”，继而说“别像影子一样缠着我”。这一切构成了鲜明的对比，诗篇也因此而笼罩上一层轻松活泼的喜剧性氛围。当然，精诚所至，金石为开，小伙子的求爱终于得到了报偿，姑娘开始“整夜整夜地睡不着”，急切地期待着小伙子前来正式求爱。有趣的是，这次是小伙子落后了，他大概有些愣头愣脑，不善于观察姑娘微妙的感情变化吧？诗人这样处理，既切合姑娘和小伙子的身份、性格，也是服从于诗篇构思的需要，使得诗的喜剧性氛围更浓，因此也更加生动，更加吸引人。

此诗的结尾和开头句式相近，韵脚相同，构成一种首尾回环、复沓的音乐感，不过形式的整齐和匀称并没有遮掩住人物感情的发展和变化，即便是在开头和结尾中两次出现的诗行“你不要、不要再唱歌”，其内涵也有着明显的差异。没有疑问，这种同中见异、形同实异的手法较之于完全的等同，是别具一番韵味的。

有些老诗人说创作一首具有一定水平的诗篇并不难，但要超出一定水平之上，就得花费多得多的心思和脑汁。20世纪50年代的爱情诗，常常把“爱情”和“劳动”合二为一地加以表现，这固然是时代使然，劳动人民翻身以后的风气使然，体现了人民群众新颖的爱情观，但也说明有些诗人已经自觉不自觉落入了某种固定的模式和窠臼。《苹果树下》从根本上来说，它所表现的也没有离开爱情和劳动，但它一不写劳动时所流的汗水，二不写劳动后所得的奖状，三不让爱情简单地和劳动同步进行、发展，而是在优美的旋律和浓郁的抒情氛围里演出了一则生动有趣的爱情故事，这就让人看出它高出一般爱情诗的地方来了。（孙光萱）

彩色的贝壳（之十六）　闻　捷

海用飘忽的气流，
筑起一座华丽的城——
那蜿蜒的墙，没有墙脚；
那浓郁的树，没有树根；
那浮游的船，没有船底；
那奔驰的车，没有车轮。
海说：一切空谈家，
都是这儿的居民。

闻捷1956年暑期去舟山群岛旅游，归来后创作了生动明快的组诗《彩色的贝壳》，这里选录的第十六首是一篇不可多得的哲理诗。

谁都知道，写诗不同于作论文，动不动就以议论为诗，往诗篇中塞入大量的概念和口号，结果于“诗”和“议论”两无好处，只能严重地败坏读者的胃口。然而话说回来，在高明的诗人笔下，有时也会有精辟的议论和警句，照人眼目，感人肺腑，甚至取得读一般的论文所不能取得的效果。这其中的奥妙究竟在哪里呢？闻捷此诗所写的是难得一见的“海市蜃楼图”，相信每位旅客都会欣喜异常，全神贯注而不及其他。诗人不是超凡脱俗的圣人，当然也会和大家一样“见人之所共见”，诗的开头两行，用“飘忽”形容“气流”，用“华丽”形容“城”，显得生动贴切，不蔓不枝。接着诗人用了四行整饬的排比句，突出四个“没有”：有“墙”却没有“墙脚”，有“树”却没有“树根”……层层递进，浑然一体。正当读者为诗人惟妙惟肖的描写所折服时，冷不防诗人托出了一个迥异于前的结尾，从而使诗作发生了质的变化，扩大了诗作的容量。至此，读者才明白，此诗所以可贵，不光是前半部分能“见人之所共见”，更在于结尾能“发人之所未发”，耐人寻味，展示了一定的哲理性。

闻捷的创作实践深刻地启发我们：一般来说，诗人并不同时要求取得“哲人”和“理论家”的桂冠，诗中的议论就其深度和高度来说，不见得能和一篇论据充分、论证周密的文章相媲美，但在如何提出论点和如何进行议论方面却深深打上了“形象思维”的标记，因而仍有其独立存在的价值。说得简单明了一点，就是诗中的议论必须始终寓于生动活泼的形象之中，始终伴随着作者充沛强烈的感情。这样的诗歌，首先是以情动人，以形象感人，然后才是不期然而然的“以理服人”。（孙光萱）

情　思　白　桦

历史上有多少哲人都是为爱而生，
为爱而一世凄凉……
他们本来就不是为了得到爱，
爱，就够了，就如愿以偿。

屈原和汨罗江水的拥抱，
在故国的江河里溅起两千多年欢乐的波浪；
两千多年鼓乐齐鸣的龙舟竞渡，
两千多年中华民族的沉思默想。

李白扔掉了官锦袍和唐明皇，
纵饮在酒旗儿飘荡的路上；
他把爱沉浸在酒泉和泪泉之中，
生命的最后瞬间是在水里捕捉月光……

贫困潦倒的杜子美，
却在破碎的国土上终生栽种着希望；
在颠沛流离的人群中的叹息和歌吟，
成为传诵千古的绝唱。

辛弃疾拍遍栏杆无人领会他的衷情，
满腹韬略的将军不能血染沙场；

头枕宝剑在春江花月夜里做厮杀的梦，
至死都听见幻觉中的铁矛金戈铮铮响。

壮怀激烈的岳武穆，
正气浩然的文天祥；
并不因为国破而有丝毫的退缩，
他们的爱正如他们的死一般坚强。

正因为中国在受辱、受难，
方志敏才自动地投入情网；
他深情地喊着“可爱的中国”，
走上阵地——法庭——刑场。

我还能举出一长串光辉的名字，
我还能把无数爱的故事写成诗来歌唱；
但是，我能像他们那样勇敢地爱吗？
把生命当做保卫爱的权利的投枪？

我要回答，这就回答，
在回答之前允许我回忆一下以往：
一个在人前说话还会脸红的少年，
眼神里充满了美好的幻想。

截断自己身后的一切退路，
走上血与火的战场；
由于战友们的英勇我才能幸存，
三十多年以后我还能沐浴着阳光。

在弹雨中冲锋会流血，
在阳光下前进也可能有伤亡；
生命的价值是爱的深与浅，
绝不是时间的短和长。

有些人为了一分钟的苟延残喘，
恨不能一把火把世界烧光；
让中国的未来和他们同归于尽，
就像拉着美丽的少女为死人去殉葬。

我们只不过请他们睁一睁眼睛，
看一看今天中国和世界的现状；
我们只不过请他们挪动一下地位，
别躺在我们前进的路上。

我们只不过请他们松一松手，
别死死地抓住历史的车轮不放；
我们能容忍他们这些恶劣的嗜好吗？
牺牲中国的未来去怜悯他们垂死的渴望?!

为了适应黑暗，蒙上八亿人民的眼睛?!
为了迁就落后，剪掉伟大中国的翅膀?!
不！我们迫切需要的是一条宽阔的跑道，
伟大的中华民族要展翅飞翔！

我坚决站在捍卫未来的行列里，
用我的脊骨去加固通往未来的桥梁；
只要我的生命之火不熄，
我就要去点燃千万次失望中的希望。

爱恋着的人总是那样如醉如痴，
爱恋着的心总是那么单纯善良；
我们非常容易被欺骗，
又不善于防备暗箭冷枪。

我伸开双臂去拥抱我的祖国和人民，
多么好的靶子呀！为爱而敞开的胸膛！
我只不过是个正在爱着的普通的中国人，
而且已经爱了很久、很久，两鬓如霜。

有人会说：你太悲观了！
不！悲观和我从来不交往；
我天天收获着前人连同生命一起播种的爱，
难道不该歌唱着丢一颗种子在亲爱的故土上？

历史上有多少哲人都是为爱而生，
为爱而一世凄凉……

他们本来就不是为了得到爱，
爱，就够了，就如愿以偿。

1979.5.12　北京

这首诗是诗人对灾难性历史的独特反思。第一节四句，每一句都落实到“爱”，使“爱”成为一个绵长不绝的主题，统摄了全诗发展的基本格局，一、二句写“爱”的结果，“为爱而生”，“一世凄凉”；三、四句写“爱”的目的在于“爱”的过程自身：“爱，就够了。”第一小节给人一种误解：这是一首泛爱主义诗歌。但是，正是这个误解和二、三句之间的省略号，使读者的心理期待和下面将产生的阅读现实发生抵牾和矛盾。

第二至第七节以屈原、李白、杜甫、辛弃疾、岳飞、文天祥、方志敏等一系列历史人物整齐而连贯地表现着一个意念：爱。这是“爱”的历史按照时间的纵深铺展。这里，原先宽泛朦胧的“爱”被意象的光辉所烛照，变得明晰清新起来。诗人讴歌的不是一己之私爱，而是一种博大的对于苦难中的民族和祖国的爱。这里六小节近乎排比的诗行，读来感情充沛，丝毫不使人有厌倦感，关键在于意象自身的表现力是各具情韵的，屈原和汨罗江拥抱，李白在生命最后瞬间纵饮，杜甫在颠沛流离中栽种希望，辛弃疾只能“头枕宝剑在春江花月夜里做厮杀的梦……”由于意象表现侧面的不断转换，使六节排比由诗的论辩变成了诗的戏剧，一幕幕迅速转换而让你领略到内在的戏剧性。

这时在宏阔的历史背景下，作为抒情主体的诗人出现了：“我能像他们那样勇敢地爱吗?/把生命当做保卫爱的权利的投枪?”这里的问号从形式上说是疑问，但其功能是肯定，是唤起下文。“生命的价值是爱的深与浅/绝不是时间的短和长。”这是诗人从“自我”中升华出的警句，或者说是“自我”的哲理化提升。这个富于青春活力、饱满而单纯的抒情主体，既有追思、感伤，也有自省、自豪。它来自诗人的人生和生命体验——从向往自由的学子到为自由而战斗的战士的体验。随着诗人情绪的渐渐推进，诗中出现了“爱”的对立面——作为“恨”的象征的“非我”，一群历史的侏儒。但诗人不是客观地罗列他们的秽行，他不断将主观情绪投射进去，责问、抨击、愤怒、呼号：“我们只不过请他们睁一睁眼”，“我们只不过请他们挪动一下地位”。显然，这里的“请”具有“反讽”的功能，能够强烈地引起读者的注意。

经过这样一个曲折，诗人“自我”的主题再度出现，这是一个历经沧桑但仍不失赤子之心的抒情形象。他懂得人生的艰辛和爱的不易，他提醒爱恋着的人：“我们非常容易被欺骗/又不善于防备暗箭冷枪。”并且以抒情的笔调勾画了自己的肖像：一个正在爱着，爱了很久，两鬓如霜的“普通的中国人”。这个肖像使人想到开始的诗句：“为爱而一世凄凉……”这是诗人的欲扬先抑之笔。全诗感情的高潮终于在这里掀起：“我天天收获着前人连同生命一起播种的爱/难道不该歌唱着丢一颗种子在亲爱的故土上?”

在“非我”与“自我”以及爱与恨的不断变换中，历史与现实，诗中的全部意象终于在这里汇集，凝聚成一颗献给祖国的爱的种子。此时，诗情再度平伏，投射到那个宏阔的爱的哲学背景上，与第一节遥相呼应，但我们的感受和灵魂却在经历了这番爱与恨的洗礼后升华了。（毛时安）

失落的笑声　张　长

春天，白云把水田拭得像一面面明镜，
播种的社员赤着脚踏过了雨后的田埂，
和着种子，什么地方撒出了一把笑，

落下来了，就再也看不见踪影。

七月的黄昏，八月的早晨，
耘锄儿捣着大地，一问再问，
禾苗只摇头，默默不语，
露珠在闪烁，像诡谲的眼睛。

九月的田野刮起一阵秋风，
金色的谷穗前仰后合，笑个不停。
哦！准是那春天的种子窃取了社员的笑，
今天，却以千万倍的代价偿还它的主人。

抒情诗不能如散文那样直说，不能直接地去表现客观对象的方方面面，怎么办？一条重要的创作经验是："缩虚入实，即小见大。"（钱锺书《谈艺录》）

白族诗人张长的这首抒情诗就主题来说，歌颂劳动，歌颂丰收，不能说不"大"，但从选择和表现的角度来说，只从"笑声"落笔，又不能说不"小"。更令人赞赏的是诗中对"笑声"的描写堪称匠心独具，第一行突出了"春天"和"白云"，不说人们把水田搞得平整光滑，偏说"白云"在"拭"水田，真可谓"春天"有意，"白云"多情，用笔的轻盈为以后"笑声"的出现作了极好的铺垫。第二行是实写，又是"雨后"，又是"赤脚"，读者不难由此想见其时泥土的清新气息和农民的欢快心情。第三行不说"边笑边播种"，偏说"撒出了一把笑"，此句一出，"笑"和"种子"立刻二位一体，深深印进了读者的心田，这同样是不可多得的佳句。

写到这里，我们要提醒读者注意：如果诗人写"笑声"到此为止，或者以后几节仍按照人们习见的路子去写，那固然也可以说是"即小见大"，但这种构思方式还是为人们所熟悉，充其量不过是歌颂了农民的劳动热情而已。看来，要想使诗作别开生面，还得把"即小见大"和"缩虚入实"结合起来，进而臻于完美的境界。

何谓"缩虚入实"？这得从诗的抒情说起。抒情是诗的本性，但直通通的抒情，如说"我幸福啊！""劳动开心啊！"恰恰又是最抽象不过的。感情需要依托，需要形之于目可见耳可闻的事物和场景，换言之，只有经过"缩虚入实"这一步，才能打动读者。《失落的笑声》的题旨既然是歌颂劳动的愉快和丰收的幸福，关键就在于如何把这个"虚"的题旨"缩"到一点，落到实处。令人高兴的是，作者不是一般化地写农民边劳动边欢笑，而是通过美丽的联想，步步为营，层层推进，第一步是故设疑局：先写"笑声"消失（第一节第四行"不见踪影"）；第二步再加以强化：诗的第二节写"禾苗默默不语"——似乎和"笑声"越来越远；第三步陡然一转，在最后用巧妙的比喻，写"谷穗前仰后合"，用"笑声"报答辛勤的劳动农民。读到这里，人们才恍然大悟："笑声"就是这样沟通了播种和收获，成了全诗的灵魂和核心！

"笑声"是"小"的，但又是"大"的；是"实"的，但又是"虚"的。如此"即小见大""缩虚入实"，谁还能说此诗的构思和联想不独特不巧妙！

此诗亦有两个小疵：第三节第一行的"刮起"一词，不如改作"吹起""荡起"为好；同节第三行的"窃取"，用词亦嫌稍重，不如改为"偷走"。在古今汉语中，"窃"和"偷"的含义有发展有变化，在古汉语中，"偷"的分量较重而"窃"的分量较轻，今天刚好相反，而且在特定的语言环境中，"偷走"有时带有那么一点幽默感俏皮感，不一定都含贬义。以上两点虽属白璧微瑕，但对于注意炼字

炼句的诗歌艺术来说，仍有改进的必要。顺便在此一提，不知作者本人和广大读者以为如何？（孙光萱）

母　亲　饶阶巴桑

我吸吮着母亲的奶头，
还不曾想过捏泥娃娃和捉迷藏，
还不曾想过天空和陆地，
可是心里却有一个模糊的印象：
“世间再也没有什么
比母亲的胸脯还宽广！”

我从遥远遥远的边疆，
渡过了长江和黄河，
虽然我还没有走到长白山，
但是我在心底轻声地说：
“世间再也没有什么
比祖国的胸脯更宽广！”

1956 年 4 月

一个人皆熟悉的提法：母亲——祖国，一个平淡无奇的比喻：祖国——母亲，诗人却借此感人至深地表达了他对祖国的一片赤诚之情。

诗分两节。第一节写母爱之情。人生是一条长河，母亲的身影永远伴随岁月的流水，从有涯走向无涯。诗人撷取的是自己处在母亲襁褓中嗷嗷待哺这样一个生活横断面：“我吸吮着母亲的奶头。”这里，没有形容，没有夸张，仅仅是几句白描，就传达了人类一种普遍的感情，极易引起共鸣。母亲的乳汁给初生的婴儿注入了生命的活力，母亲的手掌为稚嫩的心灵撑起了一片绿荫，记忆中的这一幅母亲哺乳图也许因为当时并没有在诗人的脑海中镌刻下痕迹，最多只是在心里“有一个模糊的印象”，但这并不妨碍长大成人的饶阶巴桑如此亲切而又逼真地把它勾勒出来，因为它是人生的一种普遍但却是深刻的体验。读到这里，谁都会产生由衷的感动，和诗人一起脱口而出：“世间再也没有什么/比母亲的胸脯还宽广！”

如果说诗的第一节是铺垫，是比喻的喻本，那么和前者在形式上对称的诗的第二节，则是诗人感情的自然延伸，是比喻的喻体。诗人生于西藏，1952 年参加中国人民解放军，他从边疆“渡过了长江和黄河”，来到长春，亲身感受了祖国的幅员辽阔，不禁从“母亲的胸脯”的“宽广”联想到“祖国的胸脯”的“宽广”，于是，祖国——母亲，母亲——祖国这两个形象在他的心底叠印在一起。至此，喻本和喻体相映生辉，进而水乳交融，朴素而又生动地烘托了诗人的一片爱国主义情思。对母亲的爱在孩提时还只是“模糊”的，对祖国的爱则是自觉的经过深思之后的行动——“我在心底轻声地说”，饶阶巴桑强调的正是后者，即诗人从内心深处呼喊出的带着激情和热血的声音：“世间再没有什么/比祖国的胸脯更宽广！”（戴　达）

甘蔗林——青纱帐　郭小川

南方的甘蔗林哪，南方的甘蔗林！
你为什么这样香甜，又为什么那样严峻？
北方的青纱帐啊，北方的青纱帐！
你为什么那样遥远，又为什么这样亲近？

我们的青纱帐哟，跟甘蔗林一样地布满浓荫，
那随风摆动的长叶啊，也一样地鸣奏嘹亮的琴音；
我们的青纱帐哟，跟甘蔗林一样地脉脉情深，
那载着阳光的露珠啊，也一样地照亮大地的清晨。

肃杀的秋天毕竟过去了，繁华的夏日已经来临，
这香甜的甘蔗林哟，哪还有青纱帐里的艰辛！
时光像泉水一般涌啊，生活像海浪一般推进，
那遥远的青纱帐哟，哪曾有甘蔗林里的芳芬！

我年青时代的战友啊，青纱帐里的亲人！
让我们到甘蔗林集合吧，重新会会昔日的风云；
我战争中的伙伴啊，一起在北方长大的弟兄们！
让我们到青纱帐去吧，喝令时间退回我们的青春。

可记得？我们曾经有过一个伟大的发现：
住在青纱帐里，高粱秸比甘蔗还要香甜；
可记得？我们曾经有过一个大胆的判断：
无论上海或北京，都不如这高粱地更叫人留恋。

可记得？我们曾经有过一种有趣的梦幻：
革命胜利以后，我们一道捋着白须、游遍江南；
可记得？我们曾经有过一点渺小的心愿：
到了社会主义时代，狠狠心每天抽它三支香烟。

可记得？我们曾经有过一个坚定的信念：
即使死了化为粪土，也能叫高粱长得秆粗粒圆；
可记得？我们曾经有过一次细致的计算：
只要青纱帐不倒，共产主义肯定要在下一代实现。

可记得？在分别时，我们定过这样的方案：
将来，哪里有严重的困难，我们就在哪里见面；
可记得？在胜利时，我们发过这样的誓言：
往后，生活不管甜苦，永远也不忘记昨天和明天。

我年青时代的战友啊，青纱帐里的亲人！
你们有的当了厂长、学者，有的作了编辑、将军，
能来甘蔗林里聚会吗？——不能又有什么要紧！
我知道，你们有能力驾驭任何险恶的风云。

我战争中的伙伴啊，一起在北方长大的弟兄们！
你们有的当了工人、教授，有的作了书记、农民，
能再回到青纱帐去吗？——生活已经全新，
我知道，你们有勇气唤回自己的战斗的青春。

南方的甘蔗林哪，南方的甘蔗林！
你为什么这样香甜，又为什么那样严峻？
北方的青纱帐啊，北方的青纱帐！
你为什么那样遥远，又为什么这样亲近？

1962年3月—6月，厦门—北京。

如果说诗贵抒情，那么，《甘蔗林——青纱帐》不愧是一首感情浓烈而真挚的诗篇；如果说诗重想象，那么，《甘蔗林——青纱帐》不愧是一首让想象的羽翼尽情翱翔的诗篇；如果说，诗人对于形式美应该具有特殊的敏感，那么，《甘蔗林——青纱帐》无疑是一首在诗的形式美方面富有独创性的诗篇。

问题的关键在于：这一切是如何互相作用，而又有机地统一在一起的？我们知道，感情的直泻容易失之于空泛，而把感情的激流纳入整齐的诗的河床，往往又容易束缚和影响感情的表达，对于这个苦恼过不少诗人的难题，《甘蔗林——青纱帐》是如何解决的？再拿想象来说，心理学家常把想象区分为接近联想、类似联想、对比联想，《甘蔗林——青纱帐》似乎又非一般的联想所能及，南方的“甘蔗林”和北方的“青纱帐”相隔不止千里，有何“接近”可言？倘要说到它们的“类似”和差异，自古以来好像也从未见有诗人提到和写过，郭小川何以能够慧眼独具、匠心独运地加以表现？

看来，这和郭小川具有战士的特殊经历有关，和他具有诗人的特殊气质（保持着饱满的诗情，时刻在寻找托物言志的对象）有关，也和他喜欢不断地在形式上进行追求和创新有关。

郭小川是河北丰宁人，青年时期参加八路军，曾在“青纱帐”里打过游击，对“青纱帐”怀有特殊的感情。尤为可贵的是，他善于用诗人的眼光观察生活，凡是足迹之所至，目光之所及，总要从中发掘出一丝半缕诗意，于是，他大胆地让“甘蔗林”和“青纱帐”携起手来，共同挺立于祖国的大地之上，奏出了这首既出人意料又感人至深的乐曲。

诗的第一节以设问开头，突出了主体，制造了悬念，其中的“南方”“北方”，显示了空间的寥廓，“这样”“那样”，沟通了今昔的联系，一上来就具有浓郁的抒情意味。底下，诗人就放开笔墨，用回

环往复——由此及彼、亦此亦彼的艺术手法，对青纱帐和甘蔗林的多方面的联系作出了淋漓尽致的表现，诗篇先在第二节用四个“一样”写两者的相似：无论是“青纱帐”那“随风摆动的长叶”，还是长叶上“载着阳光的露珠”，都很像“甘蔗林”。正当读者欣然同意点头，为这番“形似”的描写所吸引时，第三节偏又宕开一笔，特意点出两者的不同：“繁华的夏日”不同于“肃杀的秋天”，“香甜的甘蔗林”不同于“艰辛的青纱帐”。写过这一番相似相异之后，诗人特意存而不答，置而不论，笔墨一转，开阖自如地连用八个“可记得”，重现了“昔日的风云”和战友们的豪情，其中“捋着白须、游遍江南”等诗句，体现了诗人热情风趣的个性，使读者感到可敬亦复可亲。第九、第十两节又拉回到现实，含蓄而深情地点明了诗作的主题：今天的生活虽已全新，但仍需要保持当年那种坚定的信念和充沛的干劲，这正是甘蔗林和青纱帐的“神似”之处。全诗就是这样一波三折地描写了甘蔗林和青纱帐的形似—不同—神似，给了读者深刻的感染和启发。

内容上的“一波三折”导致了诗歌形式上的“一唱三叹”。诗人运用了一种新的诗体，以后人们称之为“新赋体”。《甘蔗林——青纱帐》注意借鉴古典诗词中对偶的艺术技巧，诗的第一、第三行和第二、第四行大体对称（即所谓“隔句对”），这样的诗行由于中间隔了一句，读起来显得亦俪亦散，兼具回环往复和参差错综之美。《甘蔗林——青纱帐》还综合运用了陈述句、疑问句、祈使句、感叹句等句式和“啊”“哪”“哟”等语气词，使得诗篇脉络贯通而又顿挫分明，活泼流转而又开阖有序，极大地增强了诗作的音乐性。

归结起来，此诗给我们的启示是：生活积累是产生感情的土壤，丰富的感情是驱使想象的翅膀腾空而起的动力，而诗人刻意经营的诗的形式又给予这一切以能动的反作用，为感情和想象的活动提供了足够的空间和清晰的航线，最终成为一个表里一致、内容和形式相得益彰的艺术珍品。（孙光萱）

又一名哥伦布　绿　原

Le silence éternel de ces espaces infinis m'effraie.

Pascal

昨天，十五世纪
一名哥伦布
告别了亲人
告别了人民，甚至
告别了人类
驾驶着他的“圣玛丽娅”
航行在空间的海洋上
四周一望无涯
没有陆地，没有岛屿
没有房屋，没有船只
没有走兽，没有飞鸟
只有海
只有海的波涛
只有海的波涛的炮弹

在追赶，在拍击，在围剿
他的孤独的“圣玛丽娅”
哥伦布衣衫褴褛
然而精神抖擞
他站在船头
坚信前面就是印度
不顾一天天少下去的淡水
继续向前漂流、漂流
漂流在空间的海洋上
他终于没有到达印度
却发现了一个新大陆

今天，二十世纪
又一名哥伦布
也告别了亲人
告别了人民，甚至
告别了人类
驾驶着他的“圣玛丽娅”
航行在时间的海洋上
前后一望无涯
没有分秒，没有昼夜
没有星期，没有年月
只有海——时间的海
只有海的波涛——时间的海的波涛
只有海的波涛的炮弹——
时间的海的波涛的炮弹
在追赶，在拍击，在围剿
他的孤独的“圣玛丽娅”

他的“圣玛丽娅”不是一只船
而是四堵苍黄的粉墙
加上一抹夕阳和半轮灯光
一株马樱花悄然探窗
一块没有指针的夜明表咔咔作响
再没有声音，再没有颜色
再没有变化，再没有运动
一切都很遥远，一切都很朦胧

就像月亮，天安门，石碑胡同……
这个哥伦布形销骨立
手捧一部“雅歌中的雅歌”
凝视着千变万化的天花板
漂流在时间的海洋上
他凭着爱因斯坦的常识
坚信前面就是“印度”——
即使终于到达不了印度
他也一定会发现一个新大陆

(1959)

绿原是“七月派”的重要作家，20世纪40年代就发表了不少优秀的诗作，建国初期因受“胡风反革命集团”冤案牵连，而被关押达7年之久，他在失去自由的状态下写出了这首《又一名哥伦布》。此诗的主要特点是采取了对照的手法，诗人将自己比作发现美洲的哥伦布，他的思维穿越了时空，将五百年前哥伦布发现“新大陆”与自己在监禁之中上下求索并置、比照，两者共性即不畏艰险、锲而不舍地追求理想和真理。细究诗中两个“新大陆”的意象，可以看出哥伦布发现的“新大陆”是地理意义上的，是具体的；而诗人所追寻的“新大陆”是精神层面上的，是抽象的，象征着对真理的孜孜以求，以及时间和历史必将披沙沥金的信念。

诗的前后两部分不少句式是相似的，正如五百年前的哥伦布，诗人绿原也“告别了亲人/告别了人民，甚至/告别了人类”。所不同的是，哥伦布是满怀信心和希望、积极主动地去探索和征服未知的自然领域；而诗人则是被迫在囹圄之中苦苦探求社会历史及人生的真谛。哥伦布的“圣玛丽娅”号航行在空间的海上，尽管四顾茫然、颇感寂寞，但这种空间的苍茫毕竟是有界限的。我们可以看到诗中的哥伦布“衣衫褴褛/然而精神抖擞”，对未来充满了希冀。而诗人是航行在“时间的海上”，“前后一望无涯/没有分秒，没有昼夜/没有星期，没有年月/只有海——时间的海”，无限的时间之海中没有任何参照物，其孤寂、虚无的状态更甚于哥伦布，精神上的巨大痛苦可想而知。这正如本诗题记引用的帕斯卡的话，“无限空间之永恒沉默使我颤栗”。诗尽管写得含蓄蕴藉，但联想到作者当时的处境，那对人的自由与尊严的肆意践踏仍令我们沉重不已。

这首诗的风格与绿原中华人民共和国成立初期所写的那些情感激昂、而内容略显空泛的政治抒情诗颇为不同，其理性思辨色彩非常鲜明。1955年至1962年长达7年的监禁生涯，并没有使绿原意志消沉，从而屈服于命运的不公。虽然精神上备受煎熬，他仍在狱中学习德语和阅读经典著作，努力思考和进行自我救赎。绿原说过“人必须用诗寻找理性的光”，可贵的是诗中的理性思索不是生硬的，而是和鲜明的形象、真切的情感结合在一起，使得情感的抒发显得内敛，形象的表达也比较深沉。“再没有声音，再没有颜色，再没有运动”，诗人只能凭借想象力来穿透时空，以信念来抵御孤独和绝望，这就使得本诗增添了几分悲壮的色彩。诗人凭着“爱因斯坦的常识”，坚信前面就是“印度”、或者是新大陆，尽管其中的苦涩和无奈隐约可现，但也凸显了“人”的不屈不挠的精神，以及作为独立个体的骄傲与尊严。(孟　晖)

运杨柳的骆驼　公　刘

大路上走过来一队骆驼，

骆驼骆驼背上驮的什么？
青绿青绿的是杨柳条儿吗？
千枝万枝要把春天插遍沙漠。

明年骆驼再从这条大路经过，
一路之上把柳絮杨花抖落，
没有风沙，也没有苦涩的气味，
人们会相信：跟着它走准能把春天追着。

1956年6月13日北京

这首诗是组诗《在北方》中的一首，它和《西盟的早晨》等诗篇一样，代表了诗人早期的艺术风格。

绿化祖国，造福后代，是亿万群众称赞不止的好事、盛事，它也理所当然地赢得了诗人的青睐，而在众多描写和歌颂绿化的诗篇中，公刘牵来的这队“骆驼”特别引人注目，令人赞赏。

千百年来，骆驼早已和荒凉、孤寂结下了不解之缘，人们一提到骆驼，眼前便会呈现无尽的戈壁、可怕的沙漠、忍饥受渴的商旅……谁还愿意用它来抒写优美的情思呢？诗人则不然，他大胆地牵出骆驼，驮上柳条，给人们送来了浓郁的春意，这不能不佩服诗人构思的新颖和巧妙。有了骆驼，生活中的诗意得到了升华，有了骆驼，古人和今人的感受形成了反差，从而也就给了读者以联想的广阔天地。特别值得注意的是，诗作第二节设想绿化之后的情景，仍然是既不离开骆驼，也不离开杨柳，最后一句“跟着它走准能把春天追着”，照应了第一节的末句，饶有余味地结束了全篇，构成了一个相当和谐的意境。试想，如果诗的第二节舍去骆驼，改写拖拉机、马车之类，自然并无不可，但是那样一来，读者的视角就会转换，第一和第二节的内容就会脱节，全诗完整和谐的意境也势必受到破坏。

骆驼毕竟是庞然大物，从正面描写它伟岸的身躯、颀长的四肢、厚实的毛皮之类，很难给读者活泼、轻盈的印象。《运杨柳的骆驼》所以不同一般，除了作者长于“炼意”之外，还做到了精于“炼字”，你看“骆驼骆驼”“青绿青绿”“千枝万枝”这三组叠词，多么委婉曲折地表露了诗人心头的喜悦，你看第一节中的两个问号，多么轻盈细腻地写出了诗人热切的期待，而结尾“跟着它走准能把春天追着”中的“追”字，不正是绝妙的“诗眼”吗？有了这许多清新妩媚而又不见斧凿之痕的文字，高大的骆驼就一变而为多情的春天的使者了。

正是“炼意”和“炼字”的有机结合，简洁的勾勒和细腻的抒情的互相渗透，使得这首诗突破了有限的篇幅，给人以深长的韵味和不尽的遐想。（孙光萱）

上海夜歌（一）　　公　刘

上海关。钟楼。时针和分针
像一把巨剪，
一圈，又一圈，
铰碎了白天。

夜色从二十四层高楼上挂下来，
如同一幅垂帘；
上海立刻打开她的百宝箱，
到处珠光闪闪。

灯的峡谷，灯的河流，灯的山，
六百万人民写下了壮丽的诗篇：
纵横的街道是诗行，
灯是标点。

1956.9.28 上海

诗人公刘在南疆用叶笛吹奏着边地晨曲，当他一踏入上海这座工业城市，内心里就呼喊着："轮船，火车，工厂，全都在对我叫喊：抛开你的牧歌吧，诗人！"(《上海夜歌·(二)》)于是他借汽笛唱出了雄浑的《上海夜歌》。这里选介的是其中的第一首。

诗作一开始采用蒙太奇技巧，接连摇出上海关和钟楼两个镜头，其间运用两个句号，迫使读者在阅读过程中在此稍作停顿，细细观赏和品味这两座代表上海风貌的宏伟建筑。紧接着推出的一个镜头：钟楼上的时针和分针。整个画面由远而近，从全景到中景再到一个特写镜头，并且予以定格。诗人所以要突出钟，因为它代表着时间、岁月和历史，寓意深邃，启人遐想。三个镜头因推移的短促而有着剧烈的跳动感，象征着上海这座大工业城市的生活和生产节奏的快速度。而"像一把巨剪"这个比喻，则是一个远取譬，它拉大了喻本(时针和分针)和喻体(巨剪)之间的距离，给读者的审美感官以强烈的刺激，当然，从另一方面而言，时针和分针所形成的多个角度确是形似剪刀，只不过前人未曾这样比喻罢了，可以说"巨剪"这一比喻是使全诗生动活泼的一个关键之所在。这一节诗中的"铰碎"两个字，也很传神，它是诗人的创作思维的自然延伸。白天由此意味着结束，于是夜晚来临，诗人正式唱起了"夜歌"。

在第二节诗中，诗人转向对夜色的描绘。"夜色"是一种较抽象的景象，它朦胧可见但却不能具体触摸。诗人巧用动词，挪用一个"挂"字，并将夜色喻为"一幅垂帘"，使夜色富有质感。夜色又不是空无依傍，诗人让"夜色从二十四层高楼上挂下来"(这是20世纪50年代上海最高的建筑)，引领读者从高处向下俯瞰，于是见到的是灯的山谷、河流和山。诗由此自然进入第三节，放手实写上海夜景。

全诗三节，每节四行。十二行诗以远近、高低、动静的自然搭配，写尽了灯火通明的夜上海的雄奇壮阔。此诗借都市的一幅夜景，展现了年轻的新中国在50年代抖擞青春的时代风貌。(戴　达)

月下的练江　　严　阵

月下的练江，一条金链，
白雾里飞出了一队小船，
它像一群低飞的水鸟，
静静地穿过了重叠的茶山。

船夫们用竹篙抵着沙滩，
船篷里的火光一闪一闪，
船夫呵，天色已经这么晚，
为什么还不泊下你的船？

船夫捧起江水洗了洗脸，
抬手指着隐约的远山：
歌声和新茶早把山谷填满，
这么好的月光，我怎肯停船？

船的咿呀声由近而远，
江水静了，船影渐渐不见，
只有那股茶香久久地留在江上，
月下的练江，一条金链。

一看到《月下的练江》这个诗题，就会自然而然地想起南北朝时期著名山水诗人谢朓（字玄晖）的名句“余霞散成绮，澄江静如练”和唐代大诗人李白由谢朓这一名句引发的感慨“解道澄江静如练，令人常忆谢玄晖”，就会由这个诗题产生月下练江像柔软洁白的丝帛一样的美感。诗人融情入景，以景显情，由此营造了情景交融、含蕴深厚的意境，给读者提供了展开想象与再创造的审美空间。

诗歌的抒情方式，大体上有直抒胸臆与以景（物）传情两种类型。这首诗的抒情方式，显然属于后一种，偏重于再现客观景物。诗的首节展开了月下练江的风景画，月色朦胧，练江如练，小船如飞，穿越茶山，短短四句充满了诗情画意。二、三两节则采用抒情主体与船夫一问一答的形式，描绘了一幅船夫劳动、茶农丰收的风情画。诗篇由远而近，给读者以画面的纵深感，既抒写了船夫的动作，又抒写了他们的话语，展示了船夫的劳动场景，劳动干劲。诗人运用通感手法，以视觉（“填满”）写听觉（“歌声”），不但使无形的歌声给人以有形的感觉，更从侧面点明了茶叶的丰收，礼赞了茶农辛勤劳动的品德和乐观的情怀。短短两节诗，立体地全方位地展示了练江风情。诗的末节由近而远，由动而静，由声音而味道，以“茶香”照应第一节的“茶山”，第三节的“新茶”。诗的末句运用复沓手法，照应首句，缜针密线，环环相扣，加强了抒情的力度。

这首诗的语言自然明净，风格清新明丽；艺术表现以景显情，以情驭景，景中含情，情景交融，形成了优美深邃、含蕴深厚的意境，成为抒情佳作。（潘颂德）

秋　歌——给暖暖　　痖　弦

落叶完成了最后的颤抖
荻花在湖沼的蓝睛里消失
七月的砧声远了
暖暖

雁子们也不在辽敻的秋空

写它们美丽的十四行诗了
暖暖

马蹄留下踏残的落花
在南国小小的山径
歌人留下破碎的琴韵
在北方幽幽的寺院

秋天，秋天什么也没留下
只留下一个暖暖
只留下一个暖暖
一切便都留下了

1957年1月9日

《秋歌》是诗人痖弦早期的“正式写起诗来”后的作品，写于1957年初。诗人喜欢说：“一日诗人，一世诗人。”有了他早期的实践，就有了他以后一天写五六首诗的纪录，就有了他以后的辉煌（他的诗集曾入选《台湾十大诗人选集》）。

痖弦曾说：“我早期的诗可以说是民谣风格的现代变奏，且有超现实主义的色彩，在题材上我爱表现小人物的悲苦，和自我的嘲弄，以及使用一些戏剧的观点和短篇小说的技巧。”（《有这么一个人》）这是我们理解痖弦早期诗作的一把钥匙。

《秋歌》有个副标题“给暖暖”。暖暖何许人也？在全诗五节中，除第三节外，每节都出现“暖暖”的名字，因此，“暖暖”是诗人既熟悉而又亲近的人，我们不妨如是观之。

《秋歌》头两节从落叶着地、荻花消失、砧声渐远、大雁南归入笔，均点明季节，这种写法将秋天具象化了，给人以清晰的印象。

大雁飞行时往往排列成“人”字形或“一”字形，而诗中调侃地写道：“雁子们也不在辽复的秋空/写它们美丽的十四行诗了。”有时诗人在诗中喜欢用这样的句式，如“红叶也大得可以写满一首四行诗了”（《山神》），这或许是因为我国自古以来就有在秋天“登高赋诗”的传统吧。

诗的第三节是个对仗工整的对偶句。山径上马蹄下的落花，寺院里歌人遗落的琴韵，这两句很富张力，也颇有历史感，从南到北是何等景象？借助于“踏残的”和“破碎的”这两个修饰性词语令读者想得很多，也使之获取不少。落花遭踏残，琴韵被破碎，“秋天什么也没留下”这就成了题中应有之义。然而诗人笔锋一转，却说“只留下一个暖暖”，并进一步说：“只留下一个暖暖/一切便都留下了。”先说“留下”，再说“没留下”，后说“只留下”，真是峰回路转，一波三折，令人寻味再三，回味无穷。这是一个戏剧性的转折，令人油然想起一句俗语：“留得青山在，不怕没柴烧。”从这个意义上说，《秋歌》给读者心灵上的撞击既是伤感的，但又不全是伤感的，这也诚如台湾诗人叶珊所说：“（痖弦）早期的《秋歌》和《山神》，仿佛济慈或三十年代中国新诗的回响，但通过他纯净的语言，投之六十年代的诗坛，依旧清澈美好。”（葛乃福）

等 待　高 缨

快来吧，同夜晚的雾一道来，我的木嘎，

快来吧，同天上的露一道来，我的木嘎，
阿大阿嬷睡着了，老牛在圈里不吭声了，
黄狗不再吠叫，公鸡也不再把翅膀拍打，
我悄悄地跨出门坎，走进这密林深处，
我像孤零的星儿，等待那迟出的月芽……

你是山上的青松，我就是枝上的松鼠，
你是宽阔的山坡，我就是坡上的山茶，
好像落叶飘进小河，已被流水冲走，
我的心早已掉进你的心，被它溶化，
好像你的猎枪打落了半天的飞雁，
我是那受伤的雁，凝着爱情的血花。

可是，木嘎哟，你可曾听说吗——
那一天我看见三块石头从山顶滚下，
有三个媒人，像乌鸦似的走进我的家，
他们夸奖我家的羊，夸奖我的美丽，
他们给我父母三十三两银子，三十三个荞粑，
喝完了一坛酒，吃光了一锅肉，
父亲母亲抹抹嘴，答应把我出嫁……
哦，我哭泣，我叫嚷，我咒骂——
大凉山已经是个自由的天地，
为甚么还要把我的骨头换银子，
把我的血换酒喝，把我的肉换荞粑！①

快来吧，同林间的疾风一道来，我的木嘎，
快来吧，同山中的野羊一道来，我的木嘎，
我要跟你去那遥远的地方，再也不回家！
在森林里，我们盖一座小房屋，
你烧麂子让我充饥，我用涧水为你烧茶……

木嘎哟，我的嘴没有喊你，心儿却在喊你，
快来吧，难道你不知道我的心搅着乱麻？
我数着天上的星，摘着地上的草叶，
数了九十九遍星，摘了九十九根草，
可还是看不见你的影子啊，我的木嘎……

夜风在树叶上睡着了，露水吻着我的头发，
一只睡醒的甲虫，在我裙子边上悄悄地爬……
听，听，有人追我来了！追我来了！
我听见石头乱，我听见他们撞断树桠，
哦，哦，我全身颤抖，我心儿猛跳，
快来救我，快来救我，我的木嘎！
听，听，是一只老虎在大树背后叫……
哦，顽皮的老虎，可爱的老虎你出来吧，
上一次你骗了我，这一次我一点也不怕，
出来吧，快投进我的怀抱，我的好木嘎……

1957.6.昭觉

注 ①民主改革前，凉山彝族盛行买卖婚姻，即使在民主改革后一个相当长的时期中，仍然存在着买卖婚姻的残余。青年男女迫切要求婚姻自主。

这是一首爱情诗。

一个彝族少女，在一个没有月亮的夜晚，偷偷地去到山林里，带着复杂而激荡的感情，怀着爱的呼唤和对未来的朦胧愿望，等待着她至亲至爱的情人。

这又不仅仅是一首爱情诗，它通过这爱的等待，反映了大凉山社会生活的一个侧面。我在原诗的注释里说过，凉山即使进行了民主改革，即使奴隶已经翻身，但旧社会的残余——买卖婚姻，还桎梏着青年人渴望自由的心。凉山还需要从传统观念中来一个思想的解放。从这一点来说，这又是一首具有强烈的现实意义的抒情诗。

我写这首诗采用的是抒情与叙事相结合的描写手法，力求塑造一个美丽纯朴、渴求自由的彝族少女的形象，并表现她的丰富而变幻的内心世界。我以为，彝族少女等待情人的过程，也是她心理发展的过程；而我叙述一出买卖婚姻的悲剧过程，同时也是叙述一次反抗而可能胜利的喜剧过程。对这个过程，我是通过一句紧似一句，一段强似一段的情绪来表达的，有纡缓，有曲折，有起伏，有高潮，有柳暗花明的戛然而止。这一点，有些类似小说中的"意识流"。

由于诗句和所表现的人物、人物心理、环境气氛的浑然一体，加之吸取了不少彝族民间歌谣成分，并把民歌成分与新诗形式交融起来，所以这首诗的语言现在看来还比较生动朴素，具有一种形式的美。

这首诗选自我的诗集《大凉山之歌》，这本诗集是我当时深入大凉山区生活的产品，它一出版，立即受到不公正的批判，谓之"资产阶级美学倾向"。我说明这一点，对于读者了解这首诗及其产生的背景，或许会有一点帮助。(高　缨)

爱情诗十一首(选一首)　林　子

给　他

只要你要，我爱，我就全给，
给你——我的灵魂、我的身体。

常春藤般柔软的手臂，
百合花般纯洁的嘴唇，
都在等待着你……
爱，膨胀了它的主人的心；
温柔的渴望，像海潮寻找着沙滩，
要把你淹没……
再明亮的眼睛又有什么用，
如果里面没有映出你的存在；
就像没有星星的晚上，
幽静的池塘也黯然无光。
深夜，我只能派遣有翅膀的使者，
带去珍重的许诺和苦苦的思念，
它忧伤地回来了——你的窗户已经睡熟。

作于1958年

林子的《给他》是一组爱情诗，共十一首，这里选用了一首。

这是一篇少女的内心独白，令人想起《叶甫盖尼·奥涅金》中达吉亚娜给奥涅金的长信。此诗一改爱情诗中常见的运用隐喻、暗示等迂回曲折的表达情感的方式，一开始就开门见山地表达了为所爱的人奉献全身心的赤诚愿望。法国女作家西蒙·波伏娃在《第二性——女人》一书中说：女人要"使她自己和她敬仰的男人合而为一，她唯一的办法是奉献她自己的身体和灵魂，对她而言，他代表绝对的权威和重要性"。诗中的"我"正是这样的女人。你听："只要你要，我爱，我就全给/给你——我的灵魂、我的身体。"何等朴素纯洁，何等真诚大胆！这是少女对爱情的誓言，简洁有力，表现了断然下定的决心。接下去的三句，女诗人用优美的形象比喻手臂和嘴唇，把"我的身体"具体化。常春藤与手臂，百合花与嘴唇，在外形上是无相似之处的，然而在柔软、纯洁这两个特点上却找到共同之处，经过联想的点化，使这两句诗新意顿出，奇趣横生。在这里，诗人精心地运用了不类为类的远取譬的手法，仅用两句诗就勾勒了一个张开双臂、翕动嘴唇的天使般美丽的少女形象。

"爱"和"渴望"都是抽象的概念。而诗人却赋予它们生命和活力。如果写成"我的心中充满爱"，便显得十分平庸。而"爱，膨胀了它的主人的心"，则顿使诗句活了起来，"爱"这个抽象的概念成了有生命的实体，富有动感。同样，"温柔的渴望，像海潮寻找着沙滩/要把你淹没……"这就使"渴望"这个抽象的概念，具有不可遏制的、强大的生命和活力，使人从形象的比喻中具体感受到这种"温柔的渴望"的强烈和急迫程度。一句不无夸张的"要把你淹没"，将"我"对"你"的"爱"和"温柔的渴望"写到了极致。这种抽象概念具象化的手法，不仅恰当生动地表达了抒情女主人公的情绪心态，而且调动了读者的情感，使读者和"我"一同体验"爱"和"渴望"，感同身受。

处在热恋中的女子，认为她的容貌、身体都是属于她所爱的男子的，如果她所爱的男子不存在，那么她的美貌也就失去了存在的价值和意义。所以诗人写道："再明亮的眼睛又有什么用/如果里面没有映出你的存在。"紧接着诗人又很恰当、生动、传神地用夜空的星星和幽静的池塘作比喻，把上述意思进一步诉诸幽美的视觉形象。人们常说眼睛是灵魂的窗户。诗人单单写眼睛是有深意的：眼睛是身体的一部分，又是灵魂的窗户。所谓"色授魂与"正说明眼睛和灵魂的紧密关系。

保加利亚伦理学家基里尔·瓦西列夫在《情爱论》一书中说："爱情产生的第一个表现是迷醉。

它那明净的光辉甚至会照进梦境。”此诗的最后三行正表现了女主人公为爱情而迷离惝恍的迷醉状态。在万籁俱寂的深夜,“我”一心想着热恋中的“你”,“派遣有翅膀的使者/带去珍重的许诺和苦苦的思念”去看望“你”。这“有翅膀的使者”指的是什么呢?不言而喻,那是“我”的一颗心,“我”的纯洁而美丽的灵魂。身虽在,而魂已去,为爱情而失魂落魄,好似掉了魂一样,这便是迷醉状态。然而,诗在最后却出其不意地陡然一转:“它忧伤地回来了——你的窗户已经睡熟。”这里的“窗户”语含双关:既是事实上的窗户,因为夜深,“你”的“窗户”确已关上,“你”已睡熟;又是指的“你”的心灵的“窗户”、灵魂的“窗户”已经关闭。当然诗人所指更重于后者。仅这一句,就使以上灼热的情感、美艳的形象骤然为之一变,而透出一丝美丽忧伤的凄婉色彩。而“你的窗户已经睡熟”与上面“我”的眼睛“没有映出你的存在”正相映照。(刘士杰)

黄河落日　李　瑛

等了五千年
才见到这庄严的一刻
在染红一座座黄土塬之后
太阳,风风火火
望一眼涛涌的漩涡
终于落下了
辉煌的、凝重的
沉入滚滚浊波

淡了,帆影
远了,渔歌
此刻,大地全在沉默
凝思的树,严肃的鹰
倔强的陡峭的土壁
蒿艾气息的枯黄的草色

只有绛红的狂涛
长空下,站起又沉落
九万面旌旗翻卷
九万面鼙鼓云锣
一齐回响在重重沟壑
颤动的大地
竟如此惊心动魄

醉了,洪波
亮了,雷火

辛勤地跋涉了一天的太阳
坐在大河上回忆走过的路
历史已成废墟
草滩,爝火
峥嵘的山,固执的
裸露着筋络和骨骼
黄土层沉积着古东方
一个英雄民族的史诗和传说

远了,马鸣
断了,长戈

如血的残照里
只有雄浑沉郁的唐诗
一个字一个字
像余烬中闪亮的炭火
和浪尖跳荡的星星一起
在蟋蟀鸣叫的苍茫里闪烁

我国有五千多年的悠久历史。黄河是母亲之河,黄河流域是中华文化的摇篮。我国古代黄河流域历史名城的兴衰变迁,黄河均可一一见证。李瑛的这首《黄河落日》大气磅礴,气势恢宏,就是抒写并讴歌了我国这一古老而又年轻的河流,以及古老而又年轻的中华文化。

这首诗不是选择黄河上旭日东升,而是夕阳沉波,给人以历史的厚重感、沧桑感和再生感。见到了这一宏大场面,好像"见到这庄严的一刻"。

或许读者会问,诗人是从何处见到黄河落日的?根据诗中提示,或许是在黄河壶口瀑布。全诗就是从这一景点着笔,似乎可分为四节。第一节八行可看作是序诗,以下每节均以两个并列的句型开头。

第二节为十三行,以"淡了,帆影/远了,渔歌"起首,是写黄河落日时所见,运用了先静后动、以静衬动、动静结合的抒写方法,写得不同凡响,颇具震撼力。诗中有"绛红的狂涛/长空下,站起又沉落"的描写,这不禁使人们想起苏东坡的名句"天外黑风吹海立"(《有美堂暴雨》)。海水直立和狂涛站起,这是多么地惊心动魄啊。这不是虚拟,而是实写,据见过黄河壶口瀑布的人说:"此处河流湍急……洪流从断层石崖上怒倒狂泻,形成落差 30 余米的瀑布,轰鸣声震数里,观瀑者莫不有惊心动魄之感。"我们认为用这一宏大景象来映照似水的历史流程是确当的,也是贴切的。

第三节十行,以"醉了,洪波/亮了,雷火"起首,"辛勤地跋涉了一天的太阳/坐在大河上回忆走过的路",诗人以高屋建瓴的态势,从回忆的角度去倒叙历史的风云变幻,黄河流域的沧桑巨变,笔力概括,着重虚写,要言不烦,点到为止,给读者再创作留有广阔的空间,堪称大手笔。古人说"景愈藏,境界愈大"(唐志契《绘事微言》),用在这里也是合适的。一个英雄民族曾有过的辉煌,至今流传的史诗和传说,读者并不陌生:"古今多少事,都付笑谈中。"有时诗中由实到虚要比由实到实为好。

第四节八行,以"远了,马鸣/断了,长戈"起首,写得耐人寻味。如果说第三节着重写"武功"的话，那么这最后第四节就着重写“文治”。诗人以饱蘸感情的笔触讴歌中华文化的精华之一——唐诗，称它是“雄浑沉郁”，将它比喻为“余烬中闪亮的炭火”，钟爱之情，溢于言表。

李瑛是位成就卓著的老诗人，他不仅撰写了大量的诗作，而且以其浑厚、深邃、凝重和新颖的风格见长。读了他的《黄河落日》，仿佛中华璀璨文化这一轮红日正从我们的心头冉冉升起。（葛乃福）

黄山印象　晏　明

山的腾飞，
峰的飘荡。

松的遐思，
瀑的狂想。

泉的和弦，
花的意象。

蜜蜂的憧憬，
彩蝶的翅膀。

太阳失踪了，
风，在寻觅太阳。

雨，追逐着瀑布，
满山满谷冲撞。

海在诉说，
云正远航。

神奇的世界，
童话里的梦想……

晏明擅长写风景诗。《黄山印象》是诗人游览黄山归来后于1962年6月写的一首优美的风景诗。这首诗里，虽没有直接具体描绘黄山的自然景物，却烙印着审美主体通过对于黄山的自然景物的感知所获得的主观印象，是诗人对于黄山景物的表面现象所作出的抽象反映。如“山的腾飞，峰的飘荡”，“泉的和弦，花的意象”，都是诗人感知升华的结果，具有某种程度上的抽象倾向。诗人在遣词造句中体现了这首诗构思上总体思想——“印象”，即内容上不作具体描绘，避免那些描绘性很强的词而有意选择带有抽象意味的语词，这不仅贴切、自然，而且使这首“印象”诗颇有主观性、不确定性和朦胧感。

诗人以其敏锐的感觉捕捉黄山自然景物“瞬间印象”中带有的本质特征，并且辅助于丰富的想象，因而使这些无灵性的静止的或富有动态的自然景观变得有生命、有思想、有品格：山驾云“腾飞”，峰乘风“飘荡”；松在“遐思”，瀑在“狂想”……在这里，诗人所感知到的黄山印象是一瞬间很短暂的时间，虽是跳跃式或叠加式的印象，但透过这“瞬间印象”，诗人得到的是整体印象：一个黄山的全貌。由于山、峰、松、瀑、泉、花等自然景物的形体线条，色彩姿态在黄山自然环境里互相呼应、和谐协调，形成了一个黄山的整体印象。这是整体印象在诗人心灵的再造，又确实是黄山世界精粹的真实写照。这是一个龙腾虎跃的动的世界，是一个瞬息变化着的神奇世界，也是一个充满着梦幻的童话世界。太阳“失踪”了，风在“寻觅”；雨“追逐”瀑布，满山满谷“冲撞”。此景此情，只能在“神奇的世界”“童话里的梦想”中才能见着，这使本来就带有朦胧感的“印象”又蒙上一层神秘的色彩。

拟人手法在童话里经常被采用。诗人在这首诗里将黄山景物人格化，如松有“遐思”，瀑会“狂想”，海在“诉说”，云正“远航”，而小蜜蜂却翘首“憧憬”，并赋予它们以人的思想，情感和动作，全诗充盈着灵气和生机。广袤、混沌、雄奇、葱秀的诗的意境，把人们的思绪带到孩提时代曾经梦幻过的童话世界，使生活在喧嚣的大城市里的人永远浸润在这甜美的、眷恋的回忆之中。（林唯民）

水乡行　沙　白

水乡的路，
水云铺。
进庄出庄，
一把橹。

鱼网作门帘，
挂满树；
走近才见，
几户人家住。

榴火自红，
柳线舞；
家家门前，
锁一副！

要寻人，
稻海深处；
一步步，
踏停蛙鼓。

蝉去住，
水上起暮雾；
儿童解缆送客，
一手好橹。

《水乡行》，是沙白早期小诗的代表作之一。

这是一首纯粹的田园风景诗，具有中国古典诗词特别是元人小令在构思和手法上的那种敏捷和轻巧，并配合以愉快的节拍，淡雅的色调，截然有别于当时流行的充满“火药味”的诗风。全诗五节，第一节便出手不凡：“水乡的路/水云铺/进庄出庄/一把橹。”第四节尤为一篇之精警：“要寻人/稻海深处/一步步/踏停蛙鼓。”读者喜欢这首小诗，恐怕主要是因为偏爱这两节。

水乡何所有？说来寻常，一是船，二是蛙。有船有蛙必有水，有水才成其为水乡。但若直接说出这番意思，便会招人发笑，因这属于一般常识的范围。《水乡行》的成功，恰在于它将船和蛙意境化了。诗人当然知道船是水乡的主要交通工具，但他拐了个弯，不直接说出船，却单单指出船上的一个小部件——“一把橹”，亦即修辞学上的借代——以部分代替整体。这不只是说法的转换，而是诗歌造境的需要。读者根据经验，由橹而想象及摇橹人，想象及摇橹人俯仰自如的姿态，想象及船因橹的摇动而摇动，水中的天光云影又因船的摇动而摇动。一幅水乡图景便在读者的想象中荡漾开来。末节的“儿童解缆送客/一手好橹”，作为第一节“进庄出庄/一把橹”的照应，语意略嫌重复，未能拓出新境。但它白描出一个摇橹者，使得那把橹动了起来，成为诗中的一个通灵体，却是不能轻轻放过的，好的诗，总善于抓住某些具有灵性的关捩，促使读者产生美的领悟，主动介入诗歌境界的再创造。

诗的第四节，在“蛙鼓”一词上出巧思。蛙鸣如鼓，故称。蛙和鼓，分开来各是一物；两个物名合为一词，这词中便包含着一种鸣声。是蛙的，又像是鼓的。诗人凭借他对语言的敏感，充分挖掘了这个词的内涵，得出了“一步步/踏停蛙鼓”的妙句。锣鼓之类打击乐器，因与物相撞而生音响，照经验推想，脚步踏在鼓上只能使鼓咚咚作声；不会被“踏停”了的。但在这里被踏停了的是“蛙鼓”，即如鼓的蛙鸣。蛙惊于脚步声，脚步所至，蛙鸣辄止。不曾写出的一面是脚步走过，蛙声又起。于是，一阵阵蛙鼓，远远近近，此起彼落，看似宁静温馨的“稻海深处”，原也有着热闹而喧腾的生活。以反经验的措词，道出了经验中的情景，非善于运思者不能臻此。

橹，摇动着水乡的态势；蛙鼓，播扬着水乡的乐奏。动的、响的、景观的、风习的都融汇一道，构成了这首小诗完整而丰满的意境。但作为水乡一对传神“阿堵”的船与蛙始终未正面地直露其形，淡而弥深，隐而愈显，可谓巧取，亦是偶得。（忆明珠）

你曾经是我的舞伴　林　希

你曾经是我的舞伴
我们踏着水一般清澈的华尔兹舞曲
在冰一般平滑的地板上旋转
那时，我像女孩子一样羞怯
你，又比男孩子还要大胆

你曾经是我的舞伴
纷扬的彩色纸条飘下来
缠住了我们的双肩
我想把它拨开
你说:缠着吧
直到永远,永远

啊,我真悔恨
悔恨我竟把舞步踏乱
那一声声温暖的节奏
敲碎了我心上平静的水面
我多么希望那乐曲再重复演奏一次
那乐曲里有一个音符
曾把我们的心弦拨颤

而最后
那缠绕着我们的绚丽纸条终于裂断
当旋律随夜风徐徐飘散
我悔恨又为什么分别得这样仓促
竟没有来得及说一声再见
只把那一个音符
留你心中一半
留我心中一半

我不知自己在怀念什么,是昔日相聚时的欢乐,抑或是离别时的悲伤?甚至我无法得知自己怀念的是哪一个,是一个人,抑或是一些人?也许我怀念的仅只是属于我的往昔的自己,和属于自己的往昔。

于是,1981年我写了一首短诗,题名是《你曾经是我的舞伴》。这首短诗虽然只写就于一个春天的早晨,但它在我的心灵中早已经徘徊了二十年。这首诗的情愫和我年轻的心一起呼吸了二十年,这首诗的旋律在我的生命中环绕了二十年。二十年的风风雨雨,在无名河畔的劳改农场,我的一切哀怨,难道不都来自那个失去的"舞伴"?

现实生活是复杂的,20世纪50年代的人们很难预测以后的日子会怎样发展。而我们能感知到的,是那美好的舞曲旋律,是绽开着青春笑容的美丽面孔,是饱含着希望的年轻的心,是充满阳光的日子。直到后来是突来的风暴,是转瞬间就失去的一切,是严酷的现实人生中孤独的自己,是刑罚和屈辱。此时此际,能够残留给我们些许温暖的,只有那失去的"舞伴"!

这样就孕育了诗的生命,从感觉世界升华到情感世界,从拥抱人生到发扬自我,最后从主观高度,或者是称之为主体意识上成熟为艺术形象,于是才完成了一首有一定感染力的诗篇。

一位伟大的诗人曾经呼号:"人们啊,我爱你们,你们可要警惕!"最初听到这一呼唤时我还年幼,我不理解一颗爱人类的心何以要告诫人类警戒,那时我们不是认为有了可信赖的一切,人类便从此永远得救了吗？然而我和我的舞伴正就是被失去警惕的自己“出卖”了，留下来的只有一颗爱人类的心。这首题为《你曾经是我的舞伴》的小诗向人们展现的，正就是爱和警惕。

在人类历史的长河里，我们都将消失；在文学史、诗史的辉煌长卷中，我们的出现也不会荡起太久的涟漪。我们苛求于自己的，不外只有真诚二字而已。真诚是艺术的生命，唯于真诚中才有自我价值的真实实现，也只有真诚，即使是一点一滴，也有自己的重量。

《你曾经是我的舞伴》发表于1981年，感谢一些朋友将它译成外文介绍到国外，国外的读者在这首小诗中看到的，该不仅仅是我和我的舞伴的哀怨，他们也许能看到一个时代、看到一代人的遭遇，或许看得更深远、更全面。

人们啊，我爱你们，你们可要警惕！（林　希）

峨日朵雪峰之侧　昌　耀

这是我此刻仅能征服的高度了：
我小心地探出前额，
惊异于薄壁那边
朝向峨日朵之雪彷徨许久的太阳
正决然跃入一片引力无穷的
山海。石砾不时滑坡，
引动棕色深渊自上而下的一派嚣鸣，
像军旅远去的喊杀声。
我的指关节铆钉一样楔入巨石的罅隙。
血滴，从撕裂的千层掌鞋底渗出。

呵，真渴望有一只雄鹰或雪豹与我为伍。
在锈蚀的岩壁，
但有一只小得可怜的蜘蛛
与我一同默享着这大自然赐予的
快慰。

1962.8.2 初稿
1983.7.27 删定

这是登山勇士的自我写照。

起句非常凝练：“这是我此刻仅能征服的高度了。”“此刻”和“仅”两个词暗示了多重意思：这高度并非“一览众山小”的“绝顶”，却是“我”尽了自己的全部努力所达到的；这并不意味着将来（或“下一刻”）“我”不能达到新的高度，也不意味着此刻的高度微不足道，这毕竟已是一次历尽艰辛的征服。这个判断句还暗示了“我”身后已经陆续征服了的那些高度，暗示了“我”的目标与“我”的努力之间的差距，暗示了某种“先喘口气”的决定。仿佛是一切艰辛的一种报偿，“我”吃惊地看到一派壮丽的雪峰落日景象。一个宛转重叠绵密奇崛的长句，写那太阳彷徨久之终于突然向一片山海跃入。还未见过有人把落日的张力和动势如此精炼地组织在一个句子之中。长句极易写得或累赘或松散或拖沓，而这里意象的密度却显示了诗人锤炼的功力。在辉煌的视觉形象之上，诗人又叠加上一个宏大的听觉形象，滑坡的石砾引动深渊的嚣鸣，如军旅的杀声渐远而去。这一音响的叠加使落日更显壮观。滑坡的动势与落日的动势都是下坠的，与攀登者的动势正好相反。于是视听合一的效果就不单产生审美意义上的“崇高”，而且在读者的生理上引发一种紧张。那一片“引力无穷的山海”事实上也在竭力使我下坠。千军万马般的厮杀声响在“我”身旁向深渊“自上而下”地远去时，“我”在这个高度上的坚持就绝非易事。诗句立即由“我”眼中的壮观景象转入自身状态的描述：手指插入岩缝，血滴渗出鞋底……也就是说，日落和滑坡都不是悠闲者赞叹或观赏的对象，而是此时此地贴身绝壁的登山勇士的生命体验！

那么，在这一艰苦卓绝的时刻，难道不应该有一只雄鹰或者雪豹与“我”为伍么？然而，这类意象也早因人们的滥用而黯淡无光了。诗人突然给出一个“特写镜头”，一只小小的蜘蛛在岩壁上与“我”同在！这确实是出人意料之外的神来之笔。在这样的高度上，只有一只不起眼的蜘蛛与“我”为伴；在这样的高度上，即便一只小得可怜的蜘蛛，也享受着大自然赐予的快乐与荣耀。与前一诗节的宏阔与“嚣鸣”相对照，这里，“可怜”与“默享”两个词甚具分量。它们使前一诗节的辉煌壮丽不流于虚矫浮饰，使之凝定在一个谦卑而坚毅的高度之上。对生命的热爱、对生命力的赞颂，全由这只小小的蜘蛛得到表露。很多时候，不起眼的细小意象比司空见惯的“波澜壮阔”更有力量。唯有久经沧桑、创巨痛深的人生长途的攀登者，能写出这样结实而沉着的诗篇。（黄子平）

夜行在西部高原　昌　耀

夜行在西部高原
我从来不曾觉得孤独。

——低低的熏烟
被牧羊狗所看护。
有成熟的泥土的气味儿。
不时，我看见大山的绝壁
推开一扇窗洞，像夜的
樱桃小口，对我要说些什么，
蓦地又沉默不语了。
我猜想是乳儿的母亲
点燃窗台上的油灯，
过后又忽地吹灭了……

1961年初稿

昌耀因被错划为“右派”而被“放逐”到荒凉的西部高原。幸运的是，他注意到了面前的自然本性，它虽然像他自己一样荒凉、“孤独”（这是表象给人的直觉），被文明所抛弃，但是它却那样宁静、自然、自在、简单。呈现在他眼前的一户普通人家，虽然简单、粗糙、贫贱、艰难却又透明、亮堂、自然、自在，具有天人合一般的自然和谐的生存状态和生活方式，大山与小屋完全融合为一个鲜活的生命体。诗人欣赏的可能就是这种似乎有着传统文人们向往中的世外桃源的韵致，和西哲所阐发的“诗意地安居”的理想境界吧。诗人在诗中所感悟到的自然本性和人与自然的那种新型关系就是令他最终从“放逐”生涯的孤独情景中解脱出来的重要思想与情感基础;所以他才有了这样一种全新的感觉:“夜行在西部高原/我从来不曾觉得孤独。”

这首诗在艺术手法上最鲜明的亮点,是运用水墨画那种大写意的手法。作大背景的西部高原的“大山的绝壁”用虚的手法,朦胧如一大片“空白”。“绝壁”深处的住家也不落印痕,只见“推开一扇窗洞,像夜的/樱桃小口,对我要说些什么”。顿时,整个西部高原因此而有了生命,有了气韵。随着窗洞里的一盏油灯的熄灭,诗人立刻联想到那里有乳儿与母亲甜蜜的生活情景。就这样,以荒凉的、广袤的西部高原之夜与油灯那一丁点火光下温馨的乳儿与母亲的强烈对比,昭示了令诗人“从来不曾觉得孤独”的情感源头是西部高原的自然本性与人性的力量。(张　新)

如果我是一片雪花　金　波

如果我是一片雪花,
你猜,我会飘落到
什么地方去呢?

我愿飘落到小河里,
变成一滴水,
和小鱼小虾游戏。

我愿飘落到广场上,
堆个胖雪人,
望着你笑眯眯。

我更愿飘落到妈妈的脸上,
亲亲她,亲亲她,
然后就快乐地融化。

世上有很多文人墨客歌咏雪花,能让人们从他们对雪花的描述中经历自身从未经历过的精神体验的作家、诗人,安徒生是其中一位。他在他的童话《白雪皇后》中,将“雪花”比喻成“白色的蜜蜂”,充满童趣、童味和童心。那是在这篇童话讲述的“一个小男孩和一个小女孩”这第二个故事中,寒冷的冬日,天空飞着纷纷扬扬的六角形雪花。年老的祖母指着窗外对小男孩加伊和小女孩格尔达说:

那是白色的蜜蜂在集合。

天下独一无二的比喻诞生了。

金波的《如果我是一片雪花》中的雪花,并不启用新颖奇妙的比喻,看似平淡写来,却一样地给人新颖奇妙的艺术感受。

诗人完全是以儿童观察、欣赏世界的方式观照全诗。游戏、顽皮、好动、幽默,儿童的天性奔流在雪花飞扬的时空。让雪花飘到河里去和小鱼小虾游戏，让雪花飘到广场上堆个雪人——都是儿童天性的自然流露。一个“胖”字，让雪人平添儿童式的滑稽，笑容可掬，而“望着你笑眯眯”更是进一步增加了童趣的喜剧效果。

全诗以设问句开头：“如果我是一片雪花/你猜，我会飘落到/什么地方去呢?”由此诗人展开了一系列的想象，飘到小河里、飘到广场上、飘落到妈妈脸上……虽说想象思接千载、飞越宇宙，实际上诗中的任何想象都是受到构思和要表达的感觉、主旨、诗情、哲思的制约。闻一多所谓的“戴着镣铐跳舞”，不仅在诗的形式上，亦是包含了对诗的想象的节制和规范。这样的说法换一个角度，就是说诗人要对自己丰腴的想象进行裁剪，金波显然深谙此道。雪花飘到小河里——大自然；雪花飘到广场上——人类；雪花飘落到妈妈脸上——人类的个体。每一层面展开的再想象都是循儿童心理发展的轨迹运行。

诗人在提笔时，定然是完成了诗的最后一节的构思：

> 我更愿飘落到妈妈的脸上，
> 亲亲她，亲亲她，
> 然后就快乐地融化。

前几节作铺垫（铺垫中不忘播种童趣，也不忘增添诗味），“项庄舞剑，意在沛公”。诗的最后一节才是诗人要表达的主旨，它是一曲流淌童味的母爱的颂歌啊！尤其值得回味的是，诗中的“我”——那一片飞舞的雪花，她的妈妈又是谁呢？应是大地母亲啊！诗人借雪花表达的是对养育人类的大地的感恩之情。

舒婷的《呵，母亲》咏叹道——

> 呵，母亲
> 我的甜柔深谧的怀念，
> 不是激流，不是瀑布，
> 是花木掩映中唱不出歌声的古井。

相比舒婷歌咏母爱的沉郁、凝重的颂歌，金波礼赞母爱的颂歌，跳跃着的是一颗活泼的童心，奔流着的是欢快、轻灵和馥郁的旋律，因了隐含崇拜大自然之意，平添深沉与哲理。（戴　达）

爱读诗的鱼　张秋生

池塘里有一群
爱读诗的鱼
它们读写在草叶、花瓣
和水草丛里的诗句

每读一首，它们都
张大嘴巴说好——

于是，它们吐出的
一串串泡泡

也成了一行行
美丽的诗……

这是一首童趣盎然的儿童诗。

鱼在池塘里游呀游——日常生活中一幅普普通通的场景，无论儿童是否亲历其境都能感受到的生活场景。诗人信手拈来，用生花妙笔，为小读者刻画了一幅多么生动的诗情画面，别具一格，既使人倍感亲切，又让人享用到一种艺术欣赏的惊奇美——

"哇噻！多棒的鱼！爱读诗的鱼！"

起首两行便开门见山，先声夺人，诗将"爱读诗的鱼"这一陌生而又新奇的形象推至读者的眼前。"爱读诗的鱼"，这既是诗的题目，也是全诗的主干意象。

诗攀援"爱读诗的鱼"这一主干意象，旁枝逸出，枝繁叶茂，仿佛银花火树，映亮童年的审美视野。

跟踪诗人攀援"爱读诗的鱼"这一主干意象的创作轨迹，我们看到的是鱼们"读写在草叶、花瓣/和水草丛里的诗句"，"它们吐出的/一串串泡泡/也成了一行行/美丽的诗"这样的奇观。这是化腐朽为神奇的奇观，质言之，是化寻常为美妙的奇观。

诗中所有的想象都是生活细节的变异和升华，尤其"每读一首，它们都/张大嘴巴说好"这两行诗句，更能看出诗人的匠心独运。鱼在水中游，一呼一吸本要张大嘴巴，诗人抓住这一细节，展开有益于诗的纵深开拓的想象与描摹——让鱼说话，而且说的是一个"好"字！这个"好"字的口形与人说"好"字的口型如出一辙。诗的想象源于生活，是在现实基础上展示的腾飞，它所展示的想象如水到渠成，在给人艺术真实感的同时，又为小读者自己展开进一步的想象铺垫了弹性的时空。

因为是儿童诗，诗的语言浅显，明白晓畅，但传送出的诗意，却是浓浓的呵！（戴　达）

花神和雨神　刘　征

怎么禁得住一连几个月不下一星儿雨，
眼看着嫩生生的叶子变黄，花苞打了蔫。
成千上万棵花儿仰着脸望着花神，
花神仰望着火样的晴空，团团打转。

花神一头闯进了雨神的办公室，
雨神正坐着喝茶，慢悠悠地吸着香烟。
他们是老相识，说话自然直截了当，
花神把求雨的来意急切地说了一遍。

可是，花神的热情并没有打动老相识，
雨神皱了皱眉，说话像吐丝一样徐缓：
"如今，雨是紧俏物资啊，您可知道？
多少家抢着要哩，您实在让我为难！

“前天，我批给林场半天毛毛雨，
他们送来一套高档木器，留作纪念。
昨天，只批给稻田一阵零星雨，
他们送来一千斤大米，每斤一分钱。

“库存的雨已经很少，又蒸发不上来，
只好分个轻重缓急，不能平均分摊。
花儿么，对国计民生没多少影响，
你们要雨，唔，至少也要再等一年。”

可是，第二天雨就在花园里下起来了，
先是点点滴滴，接着是哗哗地响成一片。
花苞一个个仰起脸儿，带着甜蜜的微笑，
花神心头的滋味却不知是苦辣酸甜。

要问雨流出雨神的皮口袋为何如此顺利？
原来花神忍痛答应：花蜜分给雨神一半。
不必担心，用的名义自然是十分妥当，
不算违法，不算受贿，只是小事一端。

听说雨神很得人心，因为属下都能吃到蜜，
他呢，全家泡在蜜汁里，每个毛孔都甜。
可是不知为什么，我的笔再也写不下去，
笔尖要爆出个雷霆，它在剧烈地打颤。

诗人刘征以寓言诗和讽刺诗闻名。他的寓言诗和讽刺诗针砭时弊，不留情面，表现了诗人自觉的使命意识，发挥了诗歌的社会教育作用。《花神与雨神》就是一首讽刺社会上以权谋私、行贿索贿不正之风的寓言诗。

法国喜剧家莫里哀曾经说过：“一本正经的教训，即使最尖锐，往往不及讽刺有力量：规劝大多数人，没有比描画他们的过失更见效的了。恶习变成人人的笑柄，对恶习就是重大的致命打击。”（《〈达尔杜弗〉的序言》，《文艺理论译丛》1958年第4期）《花神和雨神》借超现实的神话形象，讽刺和鞭挞了现实生活中屡见不鲜、屡禁不绝的不正之风，传神逼肖地描画某些人的“过失”和“恶习”，将其丑恶的面目拿来示众，对不正之风这种“恶习”“就是重大的致命打击”。

寓言诗都有情节，叙述一个故事。所以寓言诗可以看作叙事诗的一种。《花神和雨神》叙说了这样一个故事：因为“一连几个月不下一星儿雨”，威胁到“成千上万棵花儿”的生存，花神向雨神求雨，雨神却无动于衷，故意留难，并乘机暗示索贿。结果，出于无奈，“花神忍痛答应：花蜜分给雨神一半”，果然，“第二天雨就在花园里下起来了”。花神和雨神虽是超现实的神话形象，然而，这故事情节却高度概括了现实生活中屡见不鲜的事实，具有一定的典型意义。

诗人善于抓住人物的典型细节，惟妙惟肖地为人物画像。试看他以寥寥数笔勾勒出雨神那冷漠、虚伪、装模作样的嘴脸："雨神正坐着喝茶，慢悠悠地吸着香烟""雨神皱了皱眉，说话像吐丝一样徐缓"。这副嘴脸，我们在现实生活中时常可以见到。当你有求于这类人时，他就给你这副嘴脸，凭着手中的权力，百般留难要挟，直等到你提着"供品"，乖乖地向他"烧香"。而他则踌躇满志，稳坐钓鱼船。

诗人还以反讽的手法，对不正之风这类丑恶现象进行尖锐辛辣的揶揄和嘲讽。如"不必担心，用的名义自然是十分妥当/不算违法，不算受贿，只是小事一端"，"听说雨神很得人心"等，这里用反话来进行反讽，增强了讽刺的效果。

刘征的寓言诗一般都有一个特点："卒章显其志。"诗人往往在诗的结尾站出来说话，态度鲜明地表现自己的好恶情感和褒贬评判。此诗也不例外。在诗的结尾，正直的诗人终于忍无可忍，愤怒和激动使"我的笔再也写不下去/笔尖要爆出个雷霆，它在剧烈地打颤"。读者从诗人对不正之风的无情嘲讽和义愤中，感受到正直无私的人格力量。（刘士杰）

悼念一棵枫树　牛　汉

我想写几篇小诗，把你最后的绿叶保留下几片来。

——摘自日记

湖边山丘上
那棵最高大的枫树
被砍倒了……
在秋天的一个早晨

几个村庄
和这一片山野
都听到了，感觉到了
枫树倒下的声响

家家的门窗和屋瓦
每棵树，每根草
每一朵野花
树上的鸟，花上的蜂
湖边停泊的小船
都颤颤地哆嗦起来……
是由于悲哀吗？

这一天
整个村庄
和这一片山野上

飘忽着浓郁的清香

清香
落在人的心灵上
比秋雨还要阴冷

想不到
一棵枫树
表皮灰暗而粗犷
发着苦涩气息
但它的生命内部
却贮蓄了这么多的芬芳

芬芳
使人悲伤

枫树直挺挺的
躺在草丛和荆棘上
那么庞大,那么青翠
看上去比它站立的时候
还要雄伟和美丽
伐倒三天之后
枝叶还在微风中
簌簌地摇动
叶片上还挂着明亮的露水
仿佛亿万只含泪的眼睛
向大自然告别

哦,湖边的白鹤
哦,远方来的老鹰
还朝着枫树这里飞翔呢

枫树
被解成宽阔的木板
一圈圈年轮
涌出了一圈圈的
凝固的泪珠

泪珠
也发着芬芳

不是泪珠吧
它是枫树的生命
还没有死亡的血球

村边的山丘
缩小了许多
仿佛低下了头颅

伐倒了
一棵枫树
伐倒了
一个与大地相连的生命

1973年秋

牛汉的这首诗写在“文革”期间被遣送到云梦泽“劳动赎罪”的时候。在乡村，他从大自然那里得到抚慰，但大自然也有创伤和痛苦，这使诗人想到自己的不幸的命运，于是，他以大自然的事象，作为诗的取材对象，来寄寓自己的人生体验。牛汉把这些作品称为“情境诗”。

这首诗写的是枫树，是这棵高大的枫树在秋天的一个早晨被伐倒，以及山野、村庄所产生的反应。诗自始至终是平白的，近乎散文式的陈述。找不到惊人的意象和比喻，没有对时空转换的经营，没有排比和对偶，也发现不了警句与“诗眼”。可以说，平白得近于“散漫”和几乎不见“技巧”。然而，有的是作为诗的生命的诚挚，这种诚挚的情感，匀称地流贯、浸润在诗行中，引领着读者从整体情绪上去感受和呼应。

这首诗的动人，首先根源于诗人写枫树，并非仅把事象作为负载、阐释某种观念的“符号”。他的情感、心灵，融入描写的对象，赋予自然物以生命，诗人的情感与作为这些情感、体验的映象的枫树之间，构成了超乎简单的比喻性质的关系。其次，正是因为用心去体验，正是因为生命的融入，使看似平常的描述，传达出来自心灵深处的颤动。枫树倒下时，家家的门窗、屋瓦，每棵树，每根草，连同鸟、小船，“都颤颤地哆嗦起来”：这既是真实情状的描写，又是诗人心灵的体验。说枫树的清香落在人的心灵上“比秋雨还要阴冷”，说叶片上挂着明亮的露水“仿佛亿万只含泪的眼睛”，说枫树被解成木板后流出的树脂，是涌出的“凝固的泪珠”——使这些描述，超越了对事象的介绍，而达到“落在人的心灵上”的效果。第三，诗的动人，还在于作者对总体情绪的把握上。全诗一再渲染枫树的浓郁芬芳，但这种芬芳能被强烈感受到，却是由于它的被伐倒。这种矛盾情境，构成了诗的悲伤、阴冷的基调。这是一种悲剧性的情绪。“阴冷”，是由于这本来扎根于大地、无限依恋大地的生命的毁灭。但是，它的死亡的悲剧，并不是以尖锐的痛苦和愤激的抗议的形态出现。相反，这种阴冷与悲哀，由于它的内在生命的美丽——“贮蓄了这么多的芬芳”的释放而得到反衬和证实。诗人含着没有滴落的滚烫的泪，哀悼那些被砍伐、被遗弃、被践踏然而正直、高贵的生命，而赋予诗的悲剧性以交织着感伤情绪的崇高感。（洪子诚）

汗血马　牛　汉

跑过一千里戈壁才有河流
跑过一千里荒漠才有草原

无风的七月八月天
戈壁是火的领地
只有飞奔
四脚腾空的飞奔
胸前才感觉有风
才能穿过几百里闷热的浮尘

汗水全被焦渴的尘砂舐光
汗水结晶成马的白色的斑纹

汗水流尽了
胆汁流尽了
向空旷冲刺的目光
宽阔的抽搐的胸肌
沉默地向自己生命的(内部求援)
从肩胛和臀股
沁出一粒一粒的血球
世界上
只有汗血马
血管与汗腺相通
肩胛上并没有翅翼
四蹄也不会生风
汗血马不知道人间美妙的神话
它只向前飞奔
浑身蒸腾出彤云似的血气
为了翻越雪封的大坂
和凝冻的云天
生命不停地自燃

流尽了最后的一滴血
用筋骨还能飞奔一千里

汗血马
扑倒在生命的顶点
焚化成了一朵
雪白的花

一九八六年八月

牛汉经历过大苦难、大悲辛的人生逆境，他在漫长的逆境中，始终保持着中国知识分子的正直独立与顽强执着的品格。这一品格元素深深地影响着他的诗歌创作主题，即受难灵魂的挣扎与不屈的抗争！而《汗血马》既是诗人在社会逆境中生命遭际的真实写照，又是其坚强不屈的人格精神的生动展现。

汗血马具有勇猛、顽强、坚忍、抗争的品质，素有神骥宝马之称。诗的开头八行，描述了汗血马在戈壁与荒漠之间，在火的领地飞奔着的动人情景。自然环境是那么的恶劣，漫天浮尘的空气又是那么的干燥和闷热，无边无际的戈壁与荒漠都阻挡不了汗血马的飞奔。中间的九行，即“汗水全被焦渴的尘砂舐光”到“沁出一粒一粒的血球”，抒写了汗血马的汗水和胆汁都流尽了，而它仍执着地向空旷发射出冲刺的目光，乃至“从肩胛和臀股/沁出一粒一粒的血球”。怎么会沁出血球呢?这是汗血马的一种生理特点，它的血管与汗腺相通。当汗血马的汗水和胆汁被焦渴的尘砂所吞噬时，尽管它的身体和灵魂遭受摧残和煎熬，但仍然坚持向前飞奔。诗的后半部分，即“肩胛上并没有翅翼”到“焚化成了一朵/雪白的花”，描绘得惊心动魄，悲壮而奇美。“为了翻越雪封的大坂/和凝冻的云天”，那彤云似的血气，在“生命不停地自燃”中浑身蒸腾，最后流尽了鲜血而“扑倒”，在冰天雪地里“焚化成了一朵/雪白的花”。

好的诗是无形画，好的画是有形诗。这首诗描绘了汗血马从飞奔到“自燃”到扑倒的全过程，这一过程是一幅连续的动态画面，那画面浸润着诗人悲愤而激昂的情绪。这幅画给读者所展现的并非一幅单纯的汗血马的奔驰图，而是包孕着丰富的思想内涵的图画。核心意象“汗血马”，可使人产生许多联想。它让我们联想到诗人牛汉，牛汉系蒙古族，他从小与大草原有缘，与汗血马有缘。他曾多次意味深长地把自己比喻成其童年时代所见的家乡的汗血马。到了晚年，他回顾自己所经历的战争、流亡、饥饿、囚禁的坎坷一生，以及几十年来对诗歌创作的苦苦追求的跋涉，认为只有在汗血马身上才能找到最贴切的寄托，也只有在汗血马身上才能把他所体验到的人生创伤和刚强予以最完美的表达，因此汗血马乃是他顽强与坚韧的人格化身。同时，它也会让我们联想到许许多多优秀的炎黄子孙坚执的人格美和不屈的尊严。因此，它所引发的联想具有了社会性的丰富内涵。《汗血马》一诗既是对诗人生命不息、奋斗不止的颂歌，更是对中华民族之魂深沉而尽情的吟唱。

《汗血马》是一首脍炙人口的情境诗，其艺术风格是粗犷与凄美相糅，力量与忧伤共现。它的粗犷，显示出生命的质感和心灵深处的呐喊，带着咸涩的汗味和鲜血的腥味，流动着澎湃的激情，那一行行充满汗和血的诗句能激发出读者不屈的尊严。诗句朴实而流畅，内在节奏强烈，在描述汗血马一路飞奔的过程中，染上了一层凄美与忧伤的情感色彩，具有无限的艺术感染力。(毛阆宇)

逃狱的月亮　罗　青

各式各样的烟囱
重重叠叠的

在空中竞相书写
各种新发明的化学方程式
把天空写得昏头胀脑
几乎无法呼吸

于是天空开始忽冷忽热扭曲变形
有如一块巨大无比的压克利玻璃
在要落未落将碎未碎之际
却隐约反映出
一轮误入工业园区的月亮
正急急忙忙
翻出高高的铁丝网
落荒而逃

诗人兼散文家与画家的罗青,写过许多篇关于月亮的诗,《逃狱的月亮》即是其中之一。月亮而名之为"逃狱的",可见这一月亮不是普普通通的月亮。

现代工业所带来的环境污染,物质文明所带来的对生态平衡的破坏,是当代世界最严重的社会问题之一,是对于人类生存一种潜在的日益巨大的威胁。许多敏感的诗人都触及这一题材和主题,余光中曾写有一首《控诉一支烟囱》,表现了他对这一重大社会问题的艺术思考。罗青的《逃狱的月亮》在思想取向和余光中是一致的,但却焕发出自己独特的艺术光彩。

诗歌,是创造的艺术,是重在独特的艺术创造,就是要突破习惯性的思路和常规,力求有既不重复他人也不重复自己的艺术发现与艺术表现;独特,就是具有"抗压性",不与平常习见的"常态模式"重复,对于前人已经作出过的艺术表现具有"抗压"反应,力求表现出自己的个性。《逃狱的月亮》也写了烟囱,但在同类主题与题材的作品中,是创造的,独特的。角度与写法都有所不同。余光中的是"用那样蛮不讲理的姿态/翘向南部明媚的青空/一口又一口,肆无忌惮/对着原是纯洁的风景/像一个流氓对着女童/喷吐你满肚子不堪的脏话",而罗青则自出机杼,他写烟囱不是"一支",而是"各式各样的",因为是许多烟囱,所以它们才"重重叠叠",才"竞相书写"。更具妙思的是,罗青绝不直言什么"污染"之类,而是说它们竞相书写"各种新发明的化学方程式/把天空写得昏头胀脑/几乎无法呼吸"。天犹如此,人何以堪?批判控诉之意自然就见于言外了。在第二节将天空比喻为一块玻璃,而第三节开始说玻璃"要落未落将碎未碎"之后,千呼万唤,诗的主人公——"月亮"终于出场了:"一轮误入工业园区的月亮/正急急忙忙/翻出高高的铁丝网/落荒而逃。"月亮有知也有情,对"误入"工业园区之"狱"心悸不已,诗人以"急急忙忙"与"翻出"写她的心态与动作。最后一句的"落荒而逃",本来是形容人,现在移之于月,十分生动传神,令人莞尔。诗题是"逃狱的月亮",全诗在最后才点明"逃"字,篇末点题,颇见诗心之妙。

在众多的写月亮的作品中,罗青的《逃狱的月亮》是一篇别开生面的佳构。(李元洛)

乡　愁　余光中

小时候

乡愁是一枚小小的邮票
我在这头
母亲在那头

长大后
乡愁是一张窄窄的船票
我在这头
新娘在那头

后来呵
乡愁是一方矮矮的坟墓
我在外头
母亲呵在里头

而现在
乡愁是一湾浅浅的海峡
我在这头
大陆在那头

乡愁，是中国诗歌一个历久常新的普遍的主题，余光中多年来写了许多以乡愁为主题的诗篇，《乡愁》就是其中情深意长、音调动人的一曲。

正像中国大地上许多江河都是黄河与长江的支流一样，余光中虽然身居海岛，但是，作为一个挚爱祖国及其文化传统的中国诗人，他的乡愁诗从内在感情上继承了我国古典诗歌中的民族感情传统，具有深厚的历史感与民族感，同时，台湾和大陆人为的长期隔绝、漂流到孤岛上去的千千万万人的思乡情怀，客观上具有以往任何时代的乡愁所不可比拟的特定的广阔内容。余光中作为一个离开大陆六十多年的当代诗人，他的作品也必然会烙上深刻的时代印记。《乡愁》一诗，侧重写个人在大陆的经历，那年少时的一枚邮票，那青年时的一张船票，甚至那未来的一方坟墓，都寄寓了诗人的也是万千海外游子的绵长乡关之思，而这一切在诗的结尾升华到一个新的高度："而现在/乡愁是一湾浅浅的海峡/我在这头/大陆在那头。"有如百川奔向东海，有如千峰朝向泰山，诗人个人的悲欢与巨大的祖国之爱、民族之恋交融在一起，而诗人个人经历的倾诉，也因为结尾的感情的燃烧而更为撩人愁思了，正如诗人自己所说："纵的历史感，横的地域感。纵横相交而成十字路口的现实感。"(《白玉苦瓜・序》)这样，诗人的《乡愁》是我国民族传统的乡愁诗在新的时代和特殊的地理条件下的变奏，具有以往的乡愁诗所不可比拟的广度和深度。

在意象的撷取和提炼上，这首诗具有单纯而丰富之美。乡愁，本来是大家所普遍体验却难以捕捉的情绪，如果找不到与之对应的独特的美的意象来表现，那将不是流于一般化的平庸，就是堕入抽象化的空泛。《乡愁》从广远的时空中提炼了四个意象：邮票、船票、坟墓、海峡。它们是单纯的，所谓单纯，绝不是简单，而是明朗、集中、强烈，没有旁逸斜出意多文乱的芜蔓之感；它们又是丰富的，所谓丰富，也绝不是堆砌，而是含蓄。有张力，能诱发读者多方面的联想。在意象的组合方面，《乡愁》以时间的发展来缩合意象，可称为意象递进。"小时候""长大后""后来呵""而现在"，这种表时间的时序语像一条红线贯串全诗，概括了诗人漫长的生活历程和对祖国的绵绵怀念，前面三节诗如同汹涌而进的波涛，到最后轰然而汇成了全诗的九级浪。

《乡愁》的形式美也令人瞩目。它的形式美一表现为结构美，一表现为音乐美。《乡愁》在结构上呈现出寓变化于统一的美。统一，就是相对地均衡、匀称；段式、句式比较整齐，段与段、句与句之间又比较和谐对称。变化，就是避免统一走向极端，而追逐那种活泼、流动而生机蓬勃之美。《乡愁》共四节。每节四行，节与节之间相当均衡对称，但是，诗人注意了长句与短句的变化调节，从而使诗的外形整齐中有参差之美。《乡愁》的音乐美，主要表现在回旋往复、一唱三叹的美的旋律，其中的“乡愁是——”与“在这头……在那(里)头”的四次重复，加之四段中“小小的”“窄窄的”“矮矮的”“浅浅的”在同一位置上的叠词运用，使得全诗低回掩抑，如怨如诉。而“一枚”“一张”“一方”“一湾”的数量词的运用，不仅表现了诗人的语言的功力，也加强了全诗的音韵之美。

《乡愁》，有如音乐中柔美而略带哀伤的“回忆曲”，是海外游子深情而美的恋歌。(李元洛)

民　歌　余光中

传说北方有一首民歌
只有黄河的肺活量能歌唱
从青海到黄海
　风　也听见
　沙　也听见

如果黄河冻成了冰河
还有长江最最母性的鼻音
从高原到平原
　鱼　也听见
　龙　也听见

如果长江冻成了冰河
还有我，还有我的红海在呼啸
从早潮到晚潮
　醒　也听见
　梦　也听见

有一天我的血也结冰
还有你的血他的血在合唱
从 A 型到 O 型
　哭　也听见
　笑　也听见

这首“民歌”，是所有炎黄子孙共同唱的中华民族文化不朽，中华民族精神不灭之歌。这首气势磅礴的中华文化赞，中华民族颂，只有“黄河的肺活量”才配发出这种阳刚之声。即使黄河——这中华民族文化的象征遭到了破坏，停止了“呼吸”，冻成了冰河，“还有长江最最母性的鼻音”。即使长江再遭劫难，也还后继有人，“还有我的红海在呼啸”。总之，中华民族文化不朽，中华民族精神不灭，代有传人。

此诗继承了我国古代民歌章节复叠、层层递进、反复咏唱的艺术方法。且使用了“肺活量”“鼻音”“A型到O型”这些口头语，但它又不是传统民歌的翻版，而是融进了现代诗的表现手法，把民歌的格律体与新诗的自由奔放结合起来，把东方语汇与西方语汇糅合在一起。总之，《民歌》是传统精神与现代艺术意识的联姻，是民歌形式与现代诗手法的合璧。在形式上，它将自由与格律、统一与多样结合在一起；在语言上，把高雅与通俗、文言与白话糅合在一起；在风格上，把朦胧与明朗、阳刚与阴柔融汇在一起，堪称民歌现代化的杰作。（古远清）

与李贺共饮　洛　夫

石破
天惊
秋雨吓得骤然凝在半空
这时，我乍见窗外
有客骑驴自长安来
背了一布袋的
骇人的意象
人未至，冰雹般的诗句
已挟冷雨而降
我隔着玻璃再一次听到
羲和敲日的叮当声
哦！好瘦好瘦的一位书生

瘦得
犹如一支精致的狼毫
你那宽大的蓝布衫，随风
涌起千顷波涛

嚼五香蚕豆似的
嚼着绝句。绝句。绝句。
你激情的眼中
温有一壶新酿的花雕
自唐而宋而元而明而清
最后注入
我这小小的酒杯

我试着把你最得意的一首七绝
塞进一只酒瓮中
摇一摇,便见云雾腾升
语字醉舞而平仄乱撞
瓮破,你的肌肤碎裂成片
旷野上,但闻
鬼哭啾啾
狼嗥千里

来来请坐,我要与你共饮
这历史中最黑的一夜
你我显非等闲人物
岂能因不入唐诗三百首而相对发愁
从九品奉礼郎是个什么官?
这都不必去管它
当年你还不是在大醉后
把诗句呕吐在豪门的玉阶上
喝酒呀喝酒
今晚的月,大概不会为我们
这千古一聚而亮了
我要趁黑为你写一首晦涩的诗
不懂就让他们去不懂
不懂
为何我们读后相视大笑

这首诗是以古代人物和作品为素材的。对人物,诗人只能取其神韵而寄一己之情思,对作品,诗人只能择而用之并另出新意。因此,诗人写李贺是“以虚写实”,表现他的人品、遭际以及诗风,注意虚实之掩映相生,对李贺的作品,注意传神地“引用”和古今融汇的“再铸”。且看李贺出场的前奏,“石破/天惊”是原文引用,而“秋雨吓得骤然凝在半空”则是再铸,其艺术作用至少有二:一是暗示李贺不同凡响的诗有石破天惊的震撼力,二是为这位诗人的出场创造一种不平常的情境与氛围。下面是写李贺的出场,李贺生活在千年前的中唐,活动中心在出生地昌谷与帝都长安,诗人生活在当今的台湾省台北市,时间邈远,空间旷阔,诗人却将时空压缩,而且起死回生,于是李贺竟然出现在他的面前。“乍见窗外”,如真如幻,颇能传达出那种惊喜心情,而“古锦囊”化为布袋的口语化,实的“诗句”以虚的“意象”代之的空灵化,都是现代诗的本色。“羲和敲日玻璃声”,这是李贺《秦王饮酒》诗中的名句,到了诗人笔下,羲和敲日之声依旧,只是“玻璃声”化为了更具听觉美感的“叮当声”,“玻璃”一词仍在,只是“我隔着玻璃”,巧妙地成了洛夫所在地点实有的窗玻璃了,如此奇幻变化,真是气氛十足,把李贺的诗在当代敏感的心灵中所引起的震颤,曲曲传出。如果说前面还是远镜头,那么下面则是近距离的特写了,妙不可言的是诗人的一个比喻:“瘦得/犹如一支精致的狼毫。”“狼毫”是古代的书写工具,可说是和诗人文士结下不解之缘,以之形容李贺既确切又新颖传神。“你那宽大的蓝布衫，随风/涌起千顷波涛”，前面极言瘦小，这里极言阔大，瘦小是诗人的形体，阔大是诗人的世界，“一支”与“宽大”，“精致的狼毫”与“涌起千顷波涛”，大小反形，巨细映照，形象鲜明警动而内蕴深厚。

李贺的绝句十分出色，而洛夫以小小的“五香蚕豆”比喻体制短小而韵味深长的绝句，可说是比喻中的奇喻。三个“绝句”之后均用句号断开，意在从意象与节奏上加强“绝句”与“蚕豆”的某种形似之感，至此，“酒”开始出现：“你激情的眼中/温有一壶新酿的花雕/自唐而宋而元而明而清/最后注入/我这小小的酒杯。”“眼光”与“酒光”在“光”上有相通之处，眼中之“泪”与壶中之“酒”都从水，这大概是洛夫的奇特想象的依据吧？不仅如此，诗人更作匪夷所思之想：“我试着把你最得意的一首七绝/塞进一只酒瓮中/摇一摇，便见云雾腾升/语字醉舞而平仄乱撞。”兴到而笔随。第二节结尾几句，以不平庸的想象表现李贺不平庸的诗风，传达李贺的愁情悲慨，也是传神的笔墨。

千呼万唤之后，诗人更发奇想，邀请李贺“共饮”。“来来请坐/我要与你共饮”喝醒题目，又生发出第三节这一段妙诗。清代孙洙编《唐诗三百首》居然落选李贺，李贺终其一生也只做个从九品的芝麻官——奉礼郎，因此，诗人壮言慷慨：“你我显非等闲人物/岂能因不入唐诗三百首而相对发愁/从九品奉礼郎是个什么官？/这都不必去管它。”这里表现的是对诗歌艺术的高度自信，对走马长安的权贵的极度轻蔑，以及对沦落不遇的诗人的深厚同情。“当年你还不是在大醉后/把诗句呕吐在豪门的玉阶上”，诗人不仅以“呕吐”将“诗句”与“玉阶”组合起来，其新奇令人百思不到，过目难忘，而且活画出李贺傲岸不谐的形象。全诗结尾，并非以“不懂”为荣，主要是表现诗人与李贺“相视大笑”的心心相印，互相默契、理解与期许，这正是诗的一种风趣与幽默。（李元洛）

伞　罗门

他靠着公寓的窗口
　　看雨中的伞
　　　　走成一个个
　　　　孤独的世界
　　想起一大群人
　　每天从人潮滚滚的
　　　　　　公车与地下道
　　　　裹住自己躲回家
　　　　　　　　把门关上

　　忽然间
　　公寓里所有的住屋

　　　　　　全都往雨里跑
　　　　　　　　直喊自己
　　　　　　　　　　也是伞

　　他愕然站住

把自己紧紧握成伞把
而只有天空是伞
雨在伞里落
伞外无雨

《伞》是一首描写在“都市你一身都是病”的环境里人被异化的带有荒诞意味的诗作，是一首对台湾都市社会渗透着西方不良意识而有所批判的诗作。这样的诗在不止一位诗人的笔下出现过，主题都是表现现代人的孤独感、寂寞感和安全危机感。

罗门这首《伞》区别于他人写的同题诗，相异之处首先在于它的独特视角。第一个视角是鸟瞰式的居高临下：“他靠着公寓的窗口/看雨中的伞/走成一个个/孤独的世界”，公寓窗下撑伞人的一举一动他均了然于胸，印象最深的是孤独的世界，使他惊愕的是人不见了，伞代替了人，人被异化了。接着视角由俯视转为平视，他想起记忆里一群人“每天从人潮滚滚的/公车与地下道/裹住自己躲回家/把门关上”，这就从出行这个层面上和担心害怕的心理承受的层面上，写出了人们的安全危机感。一个“裹”字和一个“关”字，将“躲”的心态诠释得出神入化了。最后诗以平视来收束。“雨在伞里落”表明是平视，而“伞外无雨”则是猜测，因为“只有天空是伞”，雨是从天而降的。

其次是它的荒诞性。荒诞性是超现实主义的一种表现方式。要说荒诞性，诗中先写见伞不见人。伞代替了人也好，人握成伞把也好，都说的是人的异化。接着“全都往雨里跑/直喊自己/也是伞”，最后天空也成了伞，但那是一把“雨在伞里落/伞外无雨”的破伞、怪伞，既然如此，伞同虚设，有等于无。人们最关心的安全感至此已无以复加。有人说，罗门每写一首诗，总希望击中人的内心，读诗至此，的确内心有被击中的感觉。

再次是它递进式的结构。第一节所写的为人们所常见，为都市的常态。尽管熟视无睹，但已经是够严重的了。接下来写住屋成了伞，天空成了伞，是写都市的负面趋势。就像一个病了的人一样，小病不治，大病难医。诗中表现了诗人对都市给人类精神压迫的切肤之痛。诗人要唤起的是读者的思考：如何消解都市对人类精神的压迫？如何早日实现“城市让生活更美好”的愿望？从这个意义上来说，罗门称得上是台湾诗人中最早意识到都市的种种弊端，并通过批判来体现自己现代意识的诗人之一。

台湾诗人辛郁说：“罗门的诗不是要读者去知道什么，而要读者去感受，经由感受而悟；罗门称此为一种‘灵视’活动。”明乎此，相信对深入理解本诗旨意定有所裨益。（葛乃福）

晨的恋歌　蓉　子

不知道夜莺何时收敛起它的歌声，
晨星何时退隐——
你轻捷的脚步为何不系带铜铃？
好将我早早从沉睡中唤醒！

让朝风吹去我浓浓的睡意，
用我生命的玉杯，
祝饮尽早晨的甜美。

早晨的空间是宽阔而无阻滞的，
紧随着它欢欣与骄傲的步屣，
我要挽起篾筐，
将大地的彩虹收集！

啊！你轻捷的脚步为何不系带铜铃，
直等我自己从沉睡中醒来，
晨光已扫尽山岭。

猛记起你有千百种美丽，
想仔细看一看你的容颜，
——日已近午
何处再追寻你的踪影！

一日之计在于晨。对晨的描写可看作是诗的永恒主题之一。诗一开头用“收敛”“退隐”两个动词很有张力。是昼夜交替的“情态化”的拟人表述。当诗人起来漱洗的时候，已风停雨住，晨星退隐，因此有些责怪晨为何不将她从睡梦中唤醒。“你轻捷的脚步为何不系带铜铃?”这是美丽的想象，而“沉睡”和“浓浓的睡意”会令人想到唐人诗句“春眠不觉晓”(孟浩然《春晓》)，大概他们都是在抒发对春晨的感受吧。

虽然早晨的脚步未将诗人唤醒，朝风却吹去了诗人的“浓浓的睡意”，诗人在睡梦中醒来，环视周边，看到一派秀色可餐的美丽景象。诗人对早晨情有独钟，像饮酒一样将这些美丽景象一股脑儿装进肚里，表达了诗人此刻的欢欣。这里“玉杯”可解释为“玉樽”，不过里面装的不是佳酿美酒，而是“早晨的甜美”。诗人接着做的又一件事情是紧随春天的脚步，挽起篾筐去收集大地的彩虹，读者会意识到这是去收集因昨夜风雨而吹落的园中花和花瓣吧。让我们将“彩虹”和“歌声”联系起来想象，正是由于昨夜的风雨，才有早晨这特有景象——大地彩虹，这里也同样表达了诗人无比欢欣的心情。

照此说来，这首诗岂不是古诗《春晓》的翻版吗？非也。我们可以肯定地说，今天诗人写的这一题材与古诗《春晓》的题材颇为接近，或者是在不同历史时期的“撞车”而已，并非翻版。历史毕竟行进了一千多年，生活在20世纪的女诗人在写这首诗的时候的环境、心境、语境以至诗境都不一样，毫无疑问，《晨的恋歌》已加进了现代社会的现代意识，也加进了现代人对生活的独有感受和得心应手的表达方式，如“轻捷的脚步为何不系带铜铃”，如“用我生命的玉杯/祝饮尽早晨的甜美”，再如“我要挽起篾筐/将大地的彩虹收集”，等等，这些都真实而典型地道出了现代女性的大胆、率真、果断和价值取向，而非古代女性所思所感的复制。因此这两首诗是不能跨越历史相提并论的，但诗中一以贯之所表达的那种“空灵的美感”和对“晨的愉悦”却是基本上一致的。

诗的最后两节从失落的角度去强化诗的主旨。“晨光已扫尽山岭”“日已近午”，何来晨的“踪影”？正因如此，《晨的恋歌》这首诗至此来了个美丽转身，被涂上了些许低沉感伤的色彩，古人说：“欢愉之辞难工，而穷苦之言易好也。”(韩愈语)或许这种有“残缺”的结尾更能打动读者吧。至于诗中写的早晨，有人认为它既可以理解为时间意义上的早晨，也可以理解为人生意义上的青春年华，所谓“一生之计在于春”，这一看法可供参考。(葛乃福)

瓶竹 舒兰

虽然
我生活的很好
而且
仅凭一点清水
虽然
在有限的日光中
我的枝叶
仍能行光合作用
虽然
根须伸了又伸
却总不能触及
　　生我的乡土

小诗的作者舒兰，是一位被称为"怀乡诗圣手"的台湾诗人。说到"怀乡诗"，在中国古典诗歌中，有着非常悠久的写作传统，自《诗经》《楚辞》开端，不同时代、不同身份、不同个性的"游子"，都用富于个人特色的方式表达过这共通恒久的乡土之恋。而到了台湾新诗诗人这里，"怀乡"则有了更为特定、具体而丰富的时代情绪，诗人余光中将这种情绪命名为"乡愁"。

舒兰的家乡邳州，人杰地灵、物阜民丰，诗人对于自己童年时代的人事风貌，充满了情真意切的回忆，其中最脍炙人口的是《乡色酒》。而这首《瓶竹》，就是一首非常典型的"乡愁诗"。它选择吟咏的意象，看上去非常单纯，就是一株插在瓶子里的竹子。诗句也非常简洁明朗，并无朦胧晦涩的修辞和典故。但这看似一目了然的作品，却同样蕴含了作者精致的构思。

作者只笼统地点到供在瓶中的是一株"竹子"，却并不描绘细化它的品种和形态。我们都知道，台湾是盛产竹子的地区，既有从大陆引入的品种，也有本土独特的品种，台湾人对于竹子的钟情，与大陆民众是如出一辙的。用"竹子"这一具有包容性的统称，很巧妙地表现出两岸人民在文化精神方面息息相通。

诗歌开篇，先强调自己"生活的很好"，就好像背井离乡的游子，写回故乡的信中，第一句总是报平安，让挂念的人先放下心来，奠定了"哀而不伤"的情绪基调。可接下来的递进，却让刚放下的心立刻又抽了起来，"一点清水""有限的日光"，都说明了生活境遇的困顿和局促。不过，这些都不足以让竹子气馁，它凭借着有限的条件，坚强地生存得很好。而最不能让它忍受的，是"瓶子"隔绝了它与土地的联系，使它如浮萍般根无所系，漂泊无依，又被牢牢固定在狭小的空间中失去了回归土地的自由。诗歌写法上有一点值得注意，全诗除了题目，并没有一个字直接描绘过"瓶子"，它在本诗中是"透明无形"的，需要读者自行联想，它也暗示了，真正的隔阂，并不是实在的、物质的屏障，而是某些无形的、更难逾越的阻力。

这株竹子，是诗人形象的自比。它的品格清俊幽雅而又坚韧，"依依似君子，无地不相宜"；它思恋故土、魂牵梦绕，却因为无可奈何的外力阻隔，归期遥遥。在外国文学传统中，也有类似的思乡的主题，叫做 nostalgia，或者 homesickness，词意中都直接含有"痛苦"的意思，可见故土难归，对于全人类的心灵，都是很真切的伤痛。而若是人为地酿成这类悲剧，则是有悖人性人情的了。

本作品虽是新诗，却使用了《诗经》体一唱三叹的形式格局，直溯古典诗歌源头，且“辞约而旨丰”，洋溢着朴素自然的清新美感，无论结构形式及审美趣味上，都不失为指向中国古典传统的“寻根”之作。（王宏图　方　铁）

山顶缆车　舒巷城

它不能高飞
像那空中的铁鸟
它羁泊于山上
戴着钢缆的脚镣
于是它爬行
在倾斜的岁月间
看脚下的沧桑
于是它爬行
在十里的红尘边
看摩天楼上的斜阳

建造山顶缆车，是一项伟大工程。工程完成以后，那种“看山不远走山远”的情形便一去不返，人们也用不着再发“行路难”之叹。这是山顶缆车所具有的尽人皆知的实用价值，不过，它一旦被诗人摄入眼中，流于笔端又有什么样的审美价值？而它的实用价值与审美价值又是否全然一致？对于这个饶有兴趣的问题，诗人从香港人的目光和心态出发，作出了自己的回答。

诗不分节，而从感情的脉络上去把握，则似可分为两层。前四句为第一层，后六句为第二层。第一层写缆车外形。从山脚往上望，山顶缆车的形状就像“铁鸟”一样，对于初来乍到的游客来说，这无疑是颇为新鲜而又壮观的景象。但对于久居香港的诗人来说，缆车毕竟不是“铁鸟”，能在空中高飞，而那系住缆车滑动的钢缆，在诗人的眼中又成了“脚镣”。这也许是享受了高度的物质文明但终究感到不够自由、不能尽如人意的香港诗人的独特感受吧。不能自由自在地飞翔，当然只能“爬行”了，诗人连用两个“于是”，表示了前后之间的因果关系，并把诗作所蕴含的感情推向第二个层次。

如果说诗的第一层是静态描述，诗人在表现缆车的外形时寄寓了自己的一份情思，那么，第二层就改为动态描写，诗作的感情也变得强烈多了。这几行诗中的主语“它”，从表面上看是缆车，其实是指乘缆车的人，包括诗人在内。“倾斜的岁月”运用时空转换和叠加的手法，把缆车岁岁月月在倾斜的山坡间穿行的情景予以浓缩，无晦涩之弊，有空灵之美，堪称难得的佳句。红尘、斜阳常见于古人诗词，新诗作者也常常援用，以便使自己的诗作增添一些古色古香的情调，此诗却又另辟蹊径，特意让它们紧挨着20世纪的“摩天楼”出现，这就在气氛上构成了强烈的反差和对比，读者也不由得会问：尽管地上增添了许多摩天楼，十里红尘中增加了不少摩登的服饰，但人间沧桑，世上沉浮是否仍同以往的年代一样难以避免？

诗人没有回答，也无需回答，只有一点是肯定的，诗人没有把山顶缆车孤立和静止起来，而是把它置于香港社会之中，使之成为当地社会的旁观者和见证人。（孙光萱）

路　许达然

阿祖的两轮前是阿公　拖载日本仔
拖不掉侮辱　倒在血地

阿公的两轮后是阿妈　推卖熟甘薯
推不离艰苦　倒在半路

阿爸的三轮上是阿爸　踏踏踏踏踏
踏不出希望　倒在街上

别人的四轮上是我啦　赶赶赶赶赶
赶不开惊险　活争时间

一九七九年八月

《路》是一篇对不平人生的控诉状。全诗分为四节,每节写一个历史时代或历史时期。第一节写的是台湾日据时代祖辈的命运,他们用两轮车拖载日本仔而死于非命;第二、第三两节分别写"阿妈"和"阿爸",表现台湾光复后父辈为生活而劳碌奔波的情景;第四节出现的是诗的抒情主人公"我",他驾驶着出租汽车而在艰险丛生的环境中争分夺秒。全诗以"路"作为一个具有典型意义的横截面的背景,在这一背景之前,作者从历史的纵面选择了具有象征性的事物作集中的描绘,这就是"阿祖的两轮""阿公的两轮""阿爸的三轮""别人的四轮",时间的跨度不同,但同为"轮"则一。这样,作者就以"路"为经,以"轮"为纬,以人物为中心,纵横交织地创造了一幅令人惊心而深思的生活场景,写出了劳苦大众的悲剧命运和作者对他们的深厚同情。

《路》的语言简约精练,句法也颇有特色。全诗四节,每节均为两行,每两行又都是由两个短句构成,每一节各自独立,彼此之间又构成了严格的对仗。在每一节中,首先出现的是车轮和人物,其次出现的是人物的动作行为,再次是现实的情况和人物的感受,最后则是结果。每一节的两行四句之中,句型是长—中—中—短,和生活的节奏与诗人情绪的律动完全一致。这种对仗整齐而变化灵活的诗句,充分表现了诗人的匠心安排。在句法中,"顶真"与"重复"两种修辞手段的运用也很成功。前者如"拖""推""踏""赶",是顶真句法,而"拖不掉侮辱""推不离艰苦""踏不出希望""赶不开惊险",则是相同的否定句式的重复,它们又置于每段相同的位置上,醒目而有力度。前三节中的"倒在血地""倒在半路""倒在街上"的句式,也可作如是观。(李元洛)

重　量　韩　瀚

她把带血的头颅,
放在生命的天平上,
让所有苟活者,

都失去了
——重量。

这首诗很短，读后却给人一种沉甸甸的感觉，确是一首有“重量”的诗作。

诗贵精练。这首短诗，极为浓缩，只有五行，二十七个字，可思想内涵却是丰富的。诗人歌颂了与“四人帮”作坚决斗争而英勇牺牲的张志新烈士。烈士可歌可泣的事迹，几千字也难以写完。当时确也出现了不少诗歌，而此诗却独辟蹊径，另立新意，给了人们深刻的印象。开头两句，出语不凡：“她把带血的头颅/放在生命的天平上。”“带血的头颅”，这是充溢着悲壮之情、使人战栗的词语。它使人不由想起江青反革命集团的凶残，想起张志新烈士大义凛然的英雄气概。“生命的天平”是衡量人的生命价值的天平，它将衡量出一个人的死，是轻于鸿毛，还是重于泰山。如今，“带血的头颅”一放在这天平上，就“让所有苟活者/都失去了/——重量”，可见“带血的头颅”何等重，“苟活者”何等轻。强烈的反差，充分显示出张志新烈士与“苟活者”之间的生命价值的巨大差距。诗使用了“她把……”的句式，表现了“她”的主动，突出了烈士为真理而赴汤蹈火视死如归的大无畏精神。诗既歌唱了伟大的张志新，也鞭挞了软弱的苟活者。不过，这里值得注意的是，“苟活者”既是指那些贪生怕死之徒，也包括了许多缺乏认识、不敢斗争的群众，在一定程度上也包括了诗人在内，只有这样理解，才能深切体会此诗振聋发聩的意义。

诗贵创新。在现实生活中，任何人都不可能把自己那颗“带血的头颅”放在天平上称斤论两，世界上也不存在什么“生命的天平”，也不可能把“所有的苟活者”一起都放在天平的另一端，但诗却恰恰这样写了，因而给人一种新鲜感。诗人大胆地驰骋想象，创造出饱含着情思而又高于生活真实的具体形象来表达自己的鲜明的憎爱。

乍一看来，诗人的想象悖于常理，其实并不是胡思乱想，而是来自生活：为正义而牺牲者抛头颅、洒热血，广大人民群众对他们是十分崇敬和景仰的，因此可以说，人民群众的心里确实存在着一架“生命的天平”，这架“天平”能够衡量历史上的“是”与“非”，伟大和卑鄙。

此诗通过这个巧妙的构思，将“虚”与“实”结合起来，从人们的意念中提炼出具体的形象，创造出精警而新奇的诗篇。（杨光治）

雨中谒郑成功墓　雷抒雁

如果，雨是在远山落下
从云遮雾罩的山谷
流进这条叫晋江的河
也许，我还不会这样激动

今天，雨落自我的头顶
一丝丝湿润着我的眼睛
又一滴滴落在你的祭坛
叫我怎么能不动感情
烈士的人生是慷慨的悲歌
可以唱彻历史，唱彻古今

海风吹动你的衣襟
你的心你的剑仍在鞘里跳动

一块土地因你的站立而有了高度
有了期待和骄傲
南安——郑成功，郑成功——南安
一个人的两个名字，在世上永生

郑成功是明清之际收复台湾的著名将领。1661年，台湾被荷兰殖民者所占，为此，台湾人民进行了不间断的反抗活动。在民众抵抗精神的激励下，郑成功率数万将士自厦门出发登陆台湾，经8个月浴血奋战终于击溃守岛及增援的敌军。1662年2月1日，荷兰总督揆一宣布投降，宝岛又回到祖国怀抱。仅仅过了5个多月，郑成功便不幸病亡，给后人留下一世英名。

《雨中谒郑成功墓》是一首记游的短诗。诗歌采用的是先抑后扬的写法，第一段只是衬托，为写郑成功的墓做一个铺垫。第二段进入正题，写诗人在雨中来到了郑成功墓，祭拜古代英烈。那丝丝的雨帘滴湿了祭坛和诗人的眼睛，雨滴就成了某种媒介物，使诗人仿佛和古人有了心灵的沟通。当诗人承受墓地的雨滴时，诗人眼前仿佛又上演了历史上那悲壮的一幕，但是诗人此时感受到的已不是悲凉而是兴奋，似乎英烈的心脏和宝剑都仍在跳动，仍在激发我们民族反抗侵略的不屈精神。这种精神不会也不应随历史的逝去而消亡，它应该永远激励我们自强不息。第三段笔锋一转进入议论，把墓地主人郑成功和郑成功的家乡南安联系起来。在雷抒雁的笔下，景物和土地都因人物而有了活力，有了意义，因为"一块土地因你的站立而有了高度"。郑成功是福建南安人，南安如果没有郑成功或许永远默默无名，可是现在，它和一位民族英雄的名字连在了一起，南安成了郑成功的另外一个名字，它便获得了永生。好在南安这个地名未改。如若地名被改，则地名上所承载的人文精神也将荡然无存，我们不希望这样的事情发生。看到南安，我们就想到郑成功，想到台湾是祖国可爱的宝岛，不能容忍他人染指。

雨中拜谒古人的墓，这种题材的记游诗可以有各种写作手法、各种风格，或描写，或记叙，或议论，或清新，或惆怅……这首诗显然是以议论为主，作者追求的不是景观而是思考，风格上则是严肃的。（任丽青）

殒　星　夐　虹

爱情光化而去了
遗下点点的点点的，啊！为什么是
葡萄灯盏之明灭
为什么是回忆，是一窗细雨
是一窗泪！

让我，啊！轻声问你
问你问你问你
再问你：

那里去了呢?
我少年时代的第一曲恋。

初恋,是美好的。因此,初恋无论成功还是失败,总是令人难忘的。也许,失败的初恋比成功的初恋更令人难忘!

这是一首描写初恋失败的诗。诗人把失败的初恋比作陨星,意在表明那初恋虽然破灭了,但它却有过明亮的闪光,给人留下了难忘的印象。这首诗着重表现了多少年以后对那奇妙的初恋进行回顾时的意识活动,采用的是一种意识流手法,是一种在意念闪动下的情感奔放,而不是一种具体的恋爱活动。诗一开头便是“爱情光化而去了”,告诉人们这是过去的事情了。然而这过去的事情,却永远不能从心中消失。它忽隐忽现,若即若离。诗人把这种感觉意象呈现得非常贴切而美丽。它一点点,一点点地闪着光,那跳跃的形象如葡萄灯盏,如一窗细雨如一窗泪。这形象是一步一步深入的,由灯盏到泪,由外界入内心,此时,多情的主人公已经泪眼模糊了。于是诗的第二节便脱开纷纭的意象,直逼核心。主人公再也按捺不住,情急意切地站出来发问了:“问你问你问你/再问你……”人们透过这急促的一连串发问声,看出主人公寻觅那失去的初恋的心情已经如火烧火燎,无法遏制。但细心的读者不会忽略,冠在一连串发问前的“轻声”两个字,虽然那么急迫,但还没有忘记羞怯,这“轻声”二字既表现了主人公的情态的节制,也压抑了情感的流量,使诗有一种别致感。(古继堂)

珍 珠　周良沛

已经不知道什么是光明,
牢黑得不知道自己可有眼睛,
一天,放风开禁,打开窗门,
反被阳光突然戳得眼花头晕。

我一直——等,等,等,
我总是——信,信,信,
相信地上的房子都能打开窗门,
等见到阳光不会眼花头晕。

像沙在珠蚌里磨磨磨,
像珠在蚌沙里滚滚滚,
在等得难熬中,还等,
在信得难以相信中,还信。

对同志友爱,对长者尊敬,
有难相互支持,只有一片真心,
流逝的岁月,当人遇不幸,

时光只像珠沙磨珠磨得越珍。

最终，它只能是无价的，
生活的信念，真理的追求，
璀璨纯净的感情——
一颗真的珠，真的心……

这是一首咏物诗。诗人在1979年3月访问海南岛的珍珠养殖场，珍珠艰难的生长过程激发了他的灵感，并由此联想到人在长期的逆境和等待中情感的磨炼。于是，他以珍珠喻人，写下了这首讴歌人在苦难中高尚情操和坚定信念的抒情诗篇。

全诗分五节。第一节描写珍珠长久的水下生活和今天的喜见天日。这是黑暗与光明对比鲜明的两个世界、两种生活。作者把珠蚌比作黑牢，“黑得不知道自己可有眼睛”，既夸张又真实，眼睛由于久不使用而似乎变得不存在了。作者又将珍珠的取出喻为“放风开禁”，“反被阳光突然戳得眼花头晕”，既写出光明之强烈，又表现了习惯于黑暗的眼睛不能适应光明。以眼睛的感觉功能为线索，以黑与亮、禁与放为对比，这一节诗描绘了珍珠命运的变化，隐喻着粉碎“四人帮”后生活出现的历史性转折。第二、第三节诗围绕着珍珠在长期的黑暗生活中两个主要的心理活动，即等待和信念，表现了它坚韧和执著的思想性格。两节诗各有侧重。第二节通过“一直”“总是”的时间性状语和“等，等，等”“信，信，信”的反复手法运用，突出了时间之长和感情的执着；第三节则以两个“难”字（“难熬中”，“难以相信中”）和两个“还”字（“还等”，“还信”）的强调，反映出境遇之艰难与信念之坚韧。第四、第五两节是全诗的最后部分，主要点明了“等”与“信”的具体人生内蕴，并赞美了它的情感和个性价值。这两节诗之间是具体与一般、铺垫与升华的关系。第四节将等待与信念具体化，表明了正常合理的人际关系应该是这样的：“对同志友爱，对长者尊敬/有难相互支持，只有一片真心。”这一理想和愿望是很有针对性的，它渗透着对“文革”中以阶级斗争为纲所造成的病态社会现象的批判意识。第五节把珍珠的高尚品格上升到追求真理的人生高度加以认识和讴歌，点出了全诗的题旨：“一颗真的珠，真的心……”即借珠喻人，赞美人在苦难中结晶的纯净、真诚、无价的情感。

这首诗最大的艺术特色在于人和珠之间的对应描写及互为比喻。一方面，作者大量运用明喻修辞手法，如“像沙在珠蚌里磨磨磨/像珠在蚌沙里滚滚滚”，“时光只像珠沙磨珠磨得越珍”，从而在人珠之间建构起想象的对应关系。另一方面，作品又贯穿着拟人化手法，将珍珠的生成过程和外部特征充分人格化，赋予人的情感和品质，如用“放风开禁，打开窗门”写珠从蚌壳内取出，以“眼花头晕”写珠的感觉，通过“等”与“信”表现珠的思想活动。以珠喻人的艺术构思，使本诗具有巨量的思想内涵和深刻的现实意义。我们从珠的生成环境，可以联想到人在“文革”十年中的命运和情感经历，可以反思人生的意义和价值，可以悟到苦难与心灵净化的辩证哲理。此外，本诗在反复和排比手法的运用上也较为成功。前者如“等，等，等”，“信，信，信”，“磨磨磨”，“滚滚滚”，强化了情感的浓度和表现的力度；后者使诗句显得整齐匀称，造成一定的气势，易于诵读。（方克强）

听肖邦的钢琴声响　朱子奇

一九八〇年二月二十日，在北京举行了世界著名的波兰音乐家、爱国者肖邦诞生一百七十周年纪念会。两位中国青年钢琴手演奏了肖邦的钢琴协奏曲。波兰驻华使馆和在京的许多波兰朋友出席了纪念会。波兰小朋友还向演奏者献了花。

听肖邦深情明朗的钢琴声响，
是听维斯杜拉河的流水欢唱。
我的心又被引到华沙郊野，
引到阔别多年的波兰友人身旁。
我仿佛又闻到了音乐家墓地上①
那只银杯里的故乡泥土散发着芳香。

听肖邦激昂雄壮的钢琴响声，
是听原野上千军万马在奔腾。
一串串琴的音符，诗的语句，
犹如一颗颗愤恨的子弹飞去！
华沙起义者们呼唤着自由，
向异族统治者沙皇尼古拉进军……

听肖邦充满生气的钢琴响声，
是听田野里飘荡着百鸟齐鸣。
那纯朴的民谣风味亲切感人，
激励着每一个爱国者的心灵。
它给勤奋的人们以力量和信心，
它给自由的追求者以温暖和友情。

作者原注 ① 按照肖邦的遗嘱，肖邦在巴黎死后，友人把他的心脏运回祖国埋葬，并把他珍藏着的银杯中的故乡泥土撒在他的墓地上。

这首诗平实厚重、明快畅达，看似随口吟出、信笔写来，实则蕴含着诗人的缅怀之情，是一首成功的抒情诗篇。

肖邦是波兰音乐家、爱国主义斗士。他后半生流亡国外，生活极端孤寂。他痛苦地自称是“远离母亲的孤儿”。肖邦怀念祖国、思念亲人，他用自己的生命谱写了很多具有爱国主义思想的钢琴曲，以此抒发自己的思乡情、亡国恨。在肖邦诞生 170 周年纪念会上，诗人被肖邦那充满生命的活力、战斗的激情和乐观的情绪所深深打动，他沉浸在那时而宁静温柔、时而热情明朗、时而轻松欢快的旋律之中，浮想联翩。

诗人抓住肖邦钢琴协奏曲“思乡情、亡国恨”的内在主旋律，化抽象的音乐为一幅幅带有时代与地方色彩的生活画面，不仅高度概括了肖邦爱祖国、爱人民和为自由独立而战的一生，而且使整首诗具有动感和形象性。诗人熟习和喜爱肖邦音乐，他把肖邦钢琴曲“深情明朗”“激昂雄壮”“充满生气”三个特点在构思上具体化为三节，随着乐曲旋律之变化把读者带进诗情画意的艺术境界：流水淙淙的维斯杜拉河；散发着故乡泥土芳香的音乐家墓地；万马奔腾、子弹嘶叫的旧战场；百鸟齐鸣、欢腾喜庆的节日场面……同时也随着诗人情绪之消长诱发起读者对这位伟大的音乐家感情的升华：从肃穆敬重到热血沸腾到亲切感人，一种“给勤奋的人们以力量和信心”，“给自由的追求者以温暖和友情”的感觉油然而生。这是肖邦音乐的力量所在，也是这首诗的艺术成功之处。

为了尽兴抒发诗人的感情，同时给全诗造成一种活泼流畅的气氛，诗人用了排比和暗喻等修辞手法。这首诗的每节开头两句都用了“听……是听……”的句式。这个排比式反复的运用，恰到好处地把诗人浮想联翩的纷乱思绪连成一个和谐统一的整体：诗人的思绪是纷乱的，但全诗却是整齐和谐的。它加强了诗的语气和感情色彩，使本来平淡无奇的诗句增添了诗的节奏感，而这种节奏感又是随着肖邦乐曲之变化和诗人情绪之消长而时高时落，此起彼伏。“听……是听……”这个句式，从比喻角度看，它采用的是暗喻。诗人在聆听肖邦音乐，根据自己对肖邦音乐所产生的联想，抓住肖邦音乐三个特点，通过暗喻把抽象深奥的东西化为具体生动的画面，使读者对肖邦乐曲有了进一步的理解。（林唯民）

相信未来　食　指

当蜘蛛网无情地查封了我的炉台，
当灰烬的余烟叹息着贫困的悲哀，
我依然固执地铺平失望的灰烬，
用美丽的雪花写下：相信未来。

当我的紫葡萄化为深秋的露水，
当我的鲜花依偎在别人的情怀，
我依然固执地用凝露的枯藤，
在凄凉的大地上写下：相信未来。

我要用手指那涌向天边的排浪，
我要用手掌那托住太阳的大海，
摇曳着曙光那枝温暖漂亮的笔杆，
用孩子的笔体写下：相信未来。

我之所以坚定地相信未来，
是我相信未来的人们的眼睛——
她有拨开历史风尘的睫毛，
她有看透岁月篇章的瞳孔。

不管人们对于我们腐烂的皮肉，
那些迷途的惆怅，失败的苦痛
是寄予感动的热泪，深切的同情，
还是给以轻蔑的微笑，辛辣的嘲讽。

我坚信人们对于我们的脊骨，

那无数次的探索、迷途、失败和成功，
一定会给予热情、客观、公正的评定，
是的，我焦急地等待着他们的评定。

朋友，坚定地相信未来吧，
相信不屈不挠的努力，
相信战胜死亡的年青，
相信未来，热爱生命。

《相信未来》写于1968年。那年诗人20岁，他从家乡北京去了山西杏花村插队。在离开北京之前，他挥毫写下的《相信未来》，堪称是他的代表作。

1968年，那个群魔乱舞、人妖颠倒的年代，一代又一代人陷入了深深的迷惘之中。青年食指不甘沉沦，在诗中标举人类的良知和尊严，虽然对命运的思索是单纯的，甚至还带有一点孩子气，但对当时苦闷地面对一片晦暗的年轻人来说，这首诗不啻是他们的精神慰藉。

诗的前三节排山倒海般地推出诗的主旨：相信未来。第一节紧扣“灰烬”这一意象，因为“灰烬”是万念俱灰的象征，但诗人最终铺平灰烬，吼一声：相信未来。第二节的起句“当我的紫葡萄化为深秋的露水”极富诗意，而“葡萄”和“露水”的转换因了其形象的同质，一切都显得那么自然。秋去冬来，注定了“深秋的露水”的稍纵即逝，伤感、惆怅、失落，全由这一诗句汩汩溢出！而“凝霜的枯藤”的紧随，更加重了诗所渲染的失望气氛，但诗人接下来笔锋一转，又吼一声：相信未来！第三节诗人一反沉闷的笔调，用了“排浪”“太阳”“大海”“曙光”等有力度的和暖色调的词汇，推出宏大的画面：“用手指那涌向天边的排浪”“用手掌那托住太阳的大海”，尔后吼一声：相信未来。

说是“吼”，其实在诗中表现为“写下”。第一次写下“相信未来”是用“美丽的雪花”；第二次写下“相信未来”是“在凄凉的大地上”；第三次写下“相信未来”是“用孩子的笔体”。雪花终究会融化，“相信未来”并不能长久生存；孩子的笔体稚嫩得很，怎负荷“相信未来”的重量；倒是“凄凉的大地”，也许更能承托起“相信未来”的一片丽日晴空。三度写下“相信未来”，与其说可以看出诗人的底气稍嫌不足，毋宁认定此乃诗人一颗诗心的烂漫表露。

如果说诗的前三节是抒怀，抒发在逆境、困境、厄境中生活的人们“相信未来”的情怀，那么诗的后四节则是言志，将“相信未来”的情怀凝固成牢不可破的坚实信念。所以，诗的后三节不以形象取胜，而以劲健挺拔、铿锵有力的警句见长：比如说“未来的人们的眼睛”有“拨开历史风尘的睫毛”“看透岁月篇章的瞳孔”，所以“相信未来”；说“我们的脊骨”，经历“无数次的探索、迷途、失败和成功”，后人“一定会给予热情、客观、公正的评定”，所以相信未来。

第七节是收尾，诗人以一连串的排比作结：“相信不屈不挠的努力/相信战胜死亡的年青/相信未来，热爱生命。”质朴的语句却有极强的感染力。

《相信未来》的外在形式和思维框架，虽然仍是一般的政治抒情诗的范式，但已经挣脱了那个年代诗歌沦为政治传声筒的羁绊，因此此诗一问世就被人们谱成歌曲，传唱四方。（戴　达）

这是四点零八分的北京　食　指

这是四点零八分的北京，
一片手的海浪翻动，

这是四点零八分的北京，
一声雄伟的汽笛长鸣。

北京车站高大的建筑，
突然一阵剧烈地抖动。
我双眼吃惊地望着窗外，
不知发生了什么事情。

我的心骤然一阵疼痛，一定是
妈妈缀扣子的针线穿透了心胸。
这时，我的心变成了一只风筝，
风筝的线绳就在母亲的手中。

线绳绷得太紧了，就要扯断了，
我不得不把头探出车厢的窗棂。
直到这时，直到这时候，
我才明白发生了什么事情。

——阵阵告别的声浪，
就要卷走车站；
北京在我的脚下，
已经缓缓地移动。

我再次向北京挥动手臂，
想一把抓住她的衣领，
然后对她大声叫喊：
永远记着我，妈妈啊北京！

终于抓住了什么东西
管他是谁的手，不能松，
因为这是我的北京，
这是我的最后的北京。

食指的诗质朴明了，在十分经济的篇幅里，包容了极为丰富的内涵，往往能给人以较多的想象空间，因此，特别受到同时代青年人的喜爱。《这是四点零八分的北京》就体现了这一特色。

“多情自古伤离别”，这首诗写的就是离别。全诗共七节，第一、第二、第五节主写所见所闻，其余几节主写即时的感受；七个诗节之间依次交错，相互叠现，淋漓尽致地刻画了即将离别亲人的知识青年们的情感世界和丰富的心理活动，生动地表现了发生在20世纪60年代末北京火车站那稍纵即逝的一瞬，令人回味无穷。

诗歌一开始，诗人以“这是四点零八分的北京/……”这样富有力度的排比句式，重重地推出了“四点零八分”这一列车启动的特殊的时刻，给人以深深的印象。这些十七八岁的“学生娃”，昨天还在校园里，在父母的怀抱里无忧无虑地生活，今天却要告别亲友，远离家乡，去到一个完全陌生的地方独立生活。这对他们意味着什么？他们在想些什么？这正是诗人极力想要表现的东西。但诗人并没有用更多的语言来作细琐的描述，而只是以“手的海浪翻动”六个字轻轻点到，渲染站台上送别的人之多；又以“汽笛长鸣”暗示列车即将开始启动。但人们却可以从寥寥数语所给予的形象意蕴中想见，在这个亲人即将分离的时候，车站一定有许多人，亲友的叮咛嘱托，千情百态。

第二节紧承头一节，表现列车开动时“我”的感觉。车轮转动了，可“我”并没有觉得车在动，而是“高大的建筑”在“剧烈地抖动”。乍一看，似乎只是一种相对运动的结果，并没有什么特殊的地方，但细细地品味一下“吃惊”的眼神和“不知发生了什么事情”的惘然，就不难看出，“我”此时此地的所思所感。接下来的几节对此作了生动的描述。

诗人化用“慈母手中线”的意境，把特定时代的离别之情用“心的骤然疼痛”来形容，并解释为：“一定是/妈妈缀扣子的针线穿透了心胸。”进而巧妙地把自己的心比喻为风筝，把风筝的线绳交给母亲，使母子之间的深厚感情在“两点一线”的联系中物象化了。但是，“我”很快就觉得：这根绳“绷得太紧了，就要扯断了”。诗歌在此形成了一股蓄势，使人觉出了一种马上就会发生的变异，想要知道到底为什么这根线绳会有“扯断”之虞。但我们马上就觉出——火车要开了！

随着车轮的转动，“我”和“母亲”之间的距离被拉长了，并且还在拉长着，拉长着。同亲人分离已成事实，尽管这真让人难以接受。处在这种矛盾煎熬中的“我”终于“明白发生了什么事情”。于是，在“阵阵告别的声浪”中，他“挥动手臂”，他要“抓住”母亲的衣领！他要尽其所能来弥补感情上的缺憾：“我再次向北京挥动手臂/想一把抓住她的衣领/然后对她大声叫喊/永远记着我，妈妈啊北京！”欲哭无泪，欲喊无声，只能用“挥动手臂”这个动作来表达自己的心愿。是呵，车已经开了，对于一个坐在开动了的车厢里的人来说，他对于自己与亲友们的分离又能做些什么呢？无可奈何之下，只能把一切的愿望和希冀都溶融于“想”，因为只有“想”才是现实的，可以做到的。

诗歌结尾处，那种对故乡的依恋和热爱之情更是溢于言表，在一系列富于动作感的形象意蕴中得到了有力的升华。列车缓缓地离开了车站，“我”离故乡北京和亲爱的妈妈越来越远了，“我”实在不愿意相信这是真的，于是，拼命地用手一抓，抓住了一件自己也不知道叫什么的东西，以期改变这一事实。但这又有什么实际意义呢？“管他是谁的手，不能松”，这是一种近似“精神胜利法”的自我宽慰；“这是我的北京/这是我的最后的北京。”则是对自己的一种肯定，一种自我宽慰。从这种急切的语气中，从这种紧紧抓住了什么的手势里，我们似乎看到了抒情主人公“我”那张泪眼模糊的脸，那种悲伤和失落，使我们的心也被紧紧地抓住了。（张克平）

回 答 北 岛

卑鄙是卑鄙者的通行证，
高尚是高尚者的墓志铭。
看吧，在那镀金的天空中，
飘满了死者弯曲的倒影。

冰川纪过去了，

为什么到处是冰凌?
好望角发现了,
为什么死海里千帆相竞?

我来到这个世界上,
只带着纸、绳索和身影,
为了在审判之前,
宣读那被判决了的声音:

告诉你吧,世界,
我——不——相——信!
纵使你脚下有一千名挑战者,
那就把我算做第一千零一名。

我不相信天是蓝的;
我不相信雷的回声;
我不相信梦是假的;
我不相信死无报应。

如果海洋注定要决堤,
就让所有的苦水都注入我心中;
如果陆地注定要上升,
就让人类重新选择生存的峰顶。

新的转机和闪闪的星斗,
正在缀满没有遮拦的天空,
那是五千年的象形文字,
那是未来人们凝视的眼睛。

此诗写于1976年4月。

1976年4月,中国一个特殊的月份。“四人帮”一手制造的天安门事件就发生在那一个时段。

此诗狭义上锋芒直指“四人帮”一手制造的天安门事件;广义上是对十年浩劫的鞭笞。

这是解读《回答》关键之所在。有了这把钥匙,一切似乎都迎刃而解了。

《回答》是对那个时代滋生的残暴、肆虐、黑暗所作出的“回答”——黎明终究要从黑暗的肩上升起!

《回答》起首两句“卑鄙是卑鄙者的通行证/高尚是高尚者的墓志铭”,充满了哲理和义愤,俨然已成诗人北岛不朽的警句。在那个时代,卑鄙因卑鄙而通行无阻,高尚因高尚而屡屡罹难。所以才有了紧接的两句:“看吧,在那镀金的天空中/飘满了死者弯曲的倒影。”

全诗充满怀疑,愤怒,一连串的“为什么”:“冰川纪过去了/为什么到处是冰凌?/好望角发现了/为什么死海里千帆相竞?”矛头直指那个人妖颠倒的岁月;一连串的“不相信”,不相信“天是蓝的”,不相信“雷的回声”,不相信“梦是假的”,不相信“死无报应”,锋芒直对那个人祸翻天的年代。

在怀疑和愤怒的背后,是诗的主人公“我”作为一个审判者的睿智,以及作为一个挑战者的大无畏的英雄气概。诗人没有在对现实的怀疑和否定中陷入虚无,而是挺身而出,自觉承担起挑战者应尽的义务:“如果海洋注定要决堤/就让所有的苦水都注入我心中/如果陆地注定要上升/就让人类重新选择生存的峰顶。”我们透过诗行,窥见了挑战者高大的身影。

整首诗直抒胸臆,但并非平铺直叙,而是选择了多个有象征意味的物象来表达情绪,如过去了的“冰川纪”,对应的却是“到处都是冰凌”,峰回路转、豁然开朗的“好望角”,对应的竟是“死海里千帆相竞”,形成悖论,增强了意象所蕴含的内容和力度,使诗变得犀利而又发人深省。

末了,和首节遥相呼应,仍以天空作结,从诗的开头所描述的“飘满了死者弯曲的倒影”的“镀金的天空中”,回归到“新的转机和闪闪的星斗/正在缀满没有遮拦的天空”,两两相对,斗转星移,光明终究要战胜黑暗,黎明终究要从黑夜的肩上升起。

而更令人拍案叫绝的是,诗的结尾再一次表现了诗人高超的建构意象的能力和才情,那天空闪闪的星斗在诗人的审美直觉的观照下成了“五千年的象形文字”,成了“未来人们凝视的眼睛”。

文字万古不灭,记载历史;眼睛是人类心灵的窗户,良知永存。以此“回答”那个罄竹难书的十年浩劫,如抽刀断水,余意绵绵,流水不尽。

这就是北岛。这就是北岛的《回答》。不朽的《回答》。(戴　达)

古寺　北岛

消失的钟声
结成蛛网,在裂缝的柱子里
扩散成一圈圈年轮
没有记忆,石头
空濛的山谷里传播回声的
石头,没有记忆
当小路绕开这里的时候
龙和怪鸟也飞走了
从房檐上带走喑哑的铃铛
荒草一年一度
生长,那么漠然
不在乎它们屈从的主人
是僧侣的布鞋,还是风
石碑残缺,上面的文字已经磨损
仿佛只有在一场大火之中
才能辨认,也许
会随着一道生者的目光
乌龟在泥土中复活
驮着沉重的秘密,爬出门坎

这是一首具有深刻思想意义的诗。

在表现形式上，它运用了象征的艺术手法。《古寺》所融合和融入的象征，不是局部的，而是整体的，质言之，《古寺》所呈示的是整体性的象征，它以一个中心意象结构象征关系，藉此表达诗人对历史的反思，对现实的质疑和对世界的忧患，一以贯之地凸显了这个时代思想型诗人北岛冷隽、深邃、凝重的艺术风格。

什么是这首诗的中心意象？诗题揭示了这一发问——古寺。

古寺正是这首诗的中心意象。全诗围绕“古寺”，展开了一系列的蕴含象征意味的描写。

解读这首诗的关键在于怎么理解“古寺”这一中心意象？作为整体性象征的中心意象的“古寺”，它究竟象征什么？

象征大于比喻。象征的审美向度呈辐射状，且含多义性。通读全诗，寻“古”入“寺”，寻微探幽，我们大致可窥测《古寺》这首诗中的“古寺”这一中心意象的象征的审美向度，即它象征着中国古老传统的负面部分，包括封建专制、封建迷信等。当这样的解读通过细细地阅读文本最终顺畅地被读者所接受，那么，读者对全诗的深度解析的顺畅也就水到渠成了。

《古寺》开篇即意象不凡。体现时光脚步的“钟声”如长出青苔似的“结成蛛网”，昭示了时光是如此的古老。古老的时光延入柱子，且是开了裂缝的柱子，此处延续古老之意，“古寺”形象呼之欲出。钟声“扩散成一圈圈年轮”，这里，“一圈圈”与“蛛网”对应，“蛛网”本就是圆圆的，令这一串意象凭依细节的真实感并不让人感到突兀，“古寺”这一形象就此站住了脚，它给人初步的印象是苍老、苍凉、陈旧，并且日渐残败和腐朽。

紧接着对“石头”的描摹是对“古寺”周边环境的描写，延续并且进一步渲染了苍老、苍凉、陈旧，并且日渐残败和腐朽的气氛。“龙和怪鸟也飞走了”一句中的“龙和怪鸟”，可以理解它们是中华民族的图腾，可是现在“也飞走了”，它们或许也忍受不了这陈旧和腐朽得令人窒息的氛围，悄然出走，也可解释不愿与中国古老传统思想中的糟粕为伍而毅然离去，那曾唱响漫长的中国古代社会的“铃铛”已经“喑哑”，意味中国古老传统思想中的精华的流失；“当小路绕开这里的时候”一句，“古寺”的封闭、封塞暴露无遗，连小路也不愿光顾这里。

说是俱往矣，实乃并未俱往矣，君不见“荒草一年一度/生长，那么漠然”。“古寺”所代表的中国古老传统的负面部分，包括封建专制、封建迷信等，虽然已成为历史但仍然在发酵，一如岁岁年年的离离荒草，它们以一种惰性的力量影响并且腐蚀着现实。“风”吹拂荒草——时光在流逝；“僧侣的布鞋”（“僧侣”一词切合“古寺”的总体意象）踏过——信奉和朝拜“古寺”的人们踩踏荒草：“那么漠然”！这漠然，来自荒草，也来自“风”所象征的流逝时光，来自信奉和朝拜“古寺”的人们。麻木和愚昧像瘟疫从“古寺”传染开去。至此，诗人对“古寺”刻画的封闭、麻木和愚昧的形象特征并未就此打住，而是令“古寺”的这些特征更形象化了：“石碑残缺，上面的文字已经磨损/仿佛只有在一场大火之中/才能辨认。”

全诗的唯一亮色是“一道生者的目光”，它试图（诗中用的是“也许”）穿透“古寺”所包孕和散发的一切，隐晦地表达了诗人渴望有一次新的思想启蒙的愿望。诗人所祈求的来一次新的思想启蒙，它并不意味对中国传统思想的全盘否定，而是弃其糟粕，取其精华，并且在精华的基础上天马行空，来一次思想大解放。“乌龟”这一生灵的赫然出场，如果依照本文的上下文的解读，它象征的似应是古老的中国传统思想，现在，“乌龟在泥土中复活”。这复活，是在“一道生者的目光”里复活的，所以，它就不是传统意义上的复活，此乌龟非彼乌龟也，它所象征的古老的中国传统思想应是“生者的目光”里的注视物。这注视物，它所驮着的秘密，正是诗人心目中的新的思想启蒙的产物，它来自于未来，无人知晓其为何物，所以称之为“秘密”。说秘密“沉重”，是觉之不易，“古寺”新生不易，所以觉得沉重。

最后，乌龟终究“爬出门坎”，人们似可吐出长长的一口压抑之气。且慢！这一切，仅仅是“也许”而已。如同乌龟驮着的秘密是沉重的，诗人的心也是沉重的。（戴　达）

船 舒婷

一只小船
不知什么缘故
倾斜地搁浅在
荒凉的礁岸上
油漆还没褪尽
风帆已经折断
既没有绿树垂荫
连青草也不肯生长

满潮的海面
只在离它几米的地方
波浪喘息着
水鸟焦灼地扑打翅膀
无垠的大海
纵有辽远的疆域
咫尺之内
却丧失了最后的力量

隔着永恒的距离
他们怅然相望
爱情穿过生死的界限
世纪的空间
交织着万古常新的目光
难道真挚的爱
将随着船板一起腐烂
难道飞翔的灵魂
将终身监禁在自由的门槛

1975.6

这是写距离的痛苦，由于情的"搁浅"，产生了空间（"咫尺"）的距离和时间（"没褪尽"，"已经折断"）的距离，观念和性格（"焦灼地扑打翅膀"和"丧失了最后的力量"）的距离，最后上升到现实和想象的距离。诗的总体具有险恶形势的象征。

第一节写船，第二节写海，第三节进入人事和哲理，上升到对爱情和自由的疑问和感叹。诗的力量在第三节。距离既是永恒，只能怅然相望，自由也就有了门槛了！这是人生一大悲哀！热情要有流通口，也要有宣泄口，诗就是这种入口和出口。解脱只能以精神的形态，穿过生死的界限和世纪的空间；诗就是这样地通过痛苦宣扬欢乐，萌动感人的力量。

搁浅岸上的船和咫尺距离的海，是一对矛盾。世界总是由矛盾组成。没有光明，显不出黑暗。没有痛苦，欢乐无由见到。好诗大多要呈现矛盾双方，所以对比是一切艺术技巧的基础。这首诗在对比中注意描绘船和海的细节(没有细节就没有艺术，个性化和典型化同处在细节中)。这些细节都是一种心境的外延，用形象、色彩、动作、音响、氛围来渲染。作者为感情找到了客观对应物，处处用形象说话。为了节奏的迅速，诗人有时也减缩一些细节，加大联想的跨度，造成时空跳跃。同时，被诗情的火焰炼过的语言，使词汇和形象有机结合，并运用了相当多的艺术表现手段，诗的美就显得丰富多彩。(蔡其娇)

致橡树　舒　婷

我如果爱你——
绝不像攀援的凌霄花，
借你的高枝炫耀自己；
我如果爱你——
绝不学痴情的鸟儿，
为绿荫重复单纯的歌曲；
也不止像泉源，
常年送来清凉的慰藉；
也不止像险峰，
增加你的高度，衬托你的威仪。
甚至日光。
甚至春雨。
不，这些都还不够！
我必须是你近旁的一株木棉，
做为树的形象和你站在一起。
根，紧握在地下，
叶，相触在云里。
每一阵风过，
我们都互相致意，
但没有人
听懂我们的言语。
你有你的铜枝铁杆
像刀，像剑，
也像戟；
我有我红硕的花朵，
像沉重的叹息，
又像英勇的火炬。
我们分担寒潮、风雷、霹雳，

我们共享雾霭、流岚、虹霓；
仿佛永远分离，
却又终身相依。
这才是伟大的爱情，
坚贞就在这里：
爱——
不仅爱你伟岸的身躯，
也爱你坚持的位置，足下的土地。

1977年3月27日

这是一首爱情诗。在这首《致橡树》中诗人把自己的抒情主体，化作一株木棉的形象，作为爱的另一方是橡树的形象。诗人以“致橡树”作为诗的题目，表明诗的中心是爱的一方对另一方的倾诉。这种倾诉，不仅表白对爱的诚挚、坚贞和炽热追求，更主要在于表现对爱的理解和信念。这样，这首沉浸着浓烈感情色彩的爱情诗，便具有清醒的理性倾向。

这是舒婷诗歌创作的一种普遍的观照方式。她总是在比较单纯的爱的外观下，蕴藉着比爱情本身更丰富的社会内涵。

传统的爱情观，总是要受到它所处的时代的政治、经济、文化心理和伦理观念的干扰和制约。因此，爱的结合，往往并不是人的感情和价值的平等的结合，而是权势和财势的结合，结合的双方也往往变成主导和从属、统治和被统治的关系，从而失去爱的本质。诗人在这首诗里，所摒弃的便是这种陈腐的观念。她否定了那种依附性的爱情观：如凌霄花之于高枝，痴情鸟之于绿荫；也否定了那种奉献性的爱情观：如源泉送出慰藉，险峰衬托威仪。这两种爱情观都以牺牲一方作为爱的前提，这些爱情观都反映出漫长的封建社会在我们民族心理中的历史积淀。她所追求的爱，是双方的彼此平等：“我必须是你近旁的一株木棉/做为树的形象和你站在一起。”这个平等的基础，是彼此的人格独立。形象可以迥异：“你有你的铜枝铁杆/像刀，像剑/也像戟”，“我有我红硕的花朵/像沉重的叹息/又像英勇的火炬”。但重要的是它们都必须是“树的形象”，“根，紧握在地下”，“叶，相触在云里”。只有在这样人格价值的各自独立上，才能有真正平等基础上的互相理解，既“分担寒潮、风雷、霹雳”，又“共享雾霭、流岚、虹霓”。这是作者所理解和追求的“伟大的爱情”，也是这首诗所以引起无数读者对价值观重新思考的原因。

诗不是理论，即使具有理性倾向的诗篇，也是在充满感情色彩的语言中，透过诗人所创造的形象来表现。因此，诗的意象所覆盖的，往往有着更深广的内蕴和外延。在这首诗里，饱含着诗人主观情绪的“木棉”和“橡树”这两个意象，是新颖而妥切的。两种树不但茁壮高大，更易使读者感到内在的强大的力量，并表现出一种崇高的人格。与此相对应的“凌霄花”“鸟儿”等显得渺小可怜。诗人采用象征的寓意和几个排比的对应，为感情的递进形成高潮，从而具有一种强烈的艺术感染力。如果我们还愿意进一步思索的话，这首诗还表现了诗人对理想的人际关系的一种向往。人与人之间也应当这样：彼此独立和平等。这种尊重人格独立和平等的价值观，并为它献出诚挚的歌唱，对于刚刚结束的那个轻蔑人的尊严，把人分等划级的年代，无疑有着深刻的现实意义。（刘登翰）

神女峰　舒　婷

在向你挥舞的各色花帕中

是谁的手突然收回
紧紧捂住了自己的眼睛
当人们四散离去，谁
还站在船尾
衣裙漫飞，如翻涌不息的云
江涛
　　高一声
　　　　　低一声

美丽的梦留下美丽的忧伤
人间天上，代代相传
但是，心
真能变成石头吗
为了眺望天上来鸿
而错过无数人间月明

沿着江峰
金光菊和女贞子的洪流
正煽动着新的背叛
　与其在悬崖上展览千年
　不如在爱人肩头痛哭一晚

1981年初夏，舒婷从宜宾乘船沿长江而下，途中目睹神女峰，感慨万千，柔肠寸断，一个女性诗人心中那根最柔软的心弦无风自鸣，悠悠琴声般的诗句从舒婷笔端涌出，铸就佳作《神女峰》。

神女峰位于重庆市巫山县城东约15公里处的巫峡长江北岸。一根巨石突兀于青峰云霞之中，宛若一个亭亭玉立、美丽动人的少女，故名神女峰。每当云烟缭绕峰顶，那人形石柱，像披上薄纱似的，更显脉脉含情，妩媚动人。

船经巫峡，神女峰引得旅客驻足瞻望，在瞻望神女峰的众人中，诗人独独拈出向神女峰挥舞“花帕”的女性人群，将特写镜头对准了她们。这不仅仅是因为和诗人本身是个女性有关，更关键的是，它和本诗的主旨有关。女诗人站在女性的视角上对自身进行反省，在众女性对神女峰欢呼雀跃时，她却抽身而出，不仅仅是离去，而是痛心疾首——为神女峰前女同胞们啧啧赞叹神女的爱情这一行为所凸显的愚昧。以至当神女峰渐渐远去，游人散去，诗人还呆立船尾，一任衣裙如翻涌不息的云，漫飞，心潮澎湃，似“江涛/高一声/低一声”。

众人皆醉她独醒。

这“醒”字，锋芒直逼男权本位的人类社会。在男权本位的人类社会，女性自古就处于被动和从属的地位，男性按照自己的价值体系和审美标准要求和改造着女性，派定给她们“贤妻良母孝妇”的角色，并且打造和删削出一些“永远的女性”——如神女峰上的这一个“神女”——以此作为妇道妇德的标准和典范，使女性不但认同着这些规范和界定，而且逐渐将其内化为自我道德律令。女诗人舒婷以她的犀利的《神女峰》一诗，向世人宣告了现代女性对生命本体自由和解放的追求。

《神女峰》思想表现之深刻，得力于舒婷用现代意义对“神女峰”这一原型意象的改造。

原型批评理论奠基人、瑞士心理学家荣格认为：原始意象即原型——无论是神怪、是人，还是一个过程，都是在历史进程中反复出现的一个形象，在创造性幻想得到自由表现的地方，也会见到这种形象。根据荣格的原型理论，人的大脑在历史中不断进化，社会经验在人脑结构中留下了生理的痕迹，形成了各种无意识的原型，它们不断向下遗传，成为“集体无意识”。原型隐藏在人的集体无意识里。因此，现代意识对诗的原型的楔入，并不是简单的模拟或复制成原型意象，而是对原型作强有力的改造，质言之，是一种再创造，其强悍目的在于对集体无意识中的惰性因子起改造作用。

舒婷的《神女峰》即为此一往情深。诗人在众多的关于神女的神话传说中，舍去楚襄王梦与巫山神女相遇，或神女化鹊为织女造桥等情节，独独拈出这样一个形象：神女，一个忠贞于爱情的贫家渔女，盼夫未成成石人，“为了眺望天上来鸿/而错过无数人间月明”。

当长江从诗人的肩上流过，众多游客涌向甲板瞻仰神女风采，舒婷却面壁神女——紧紧捂住了自己的眼睛，在向神女“挥舞的各色花帕中”突然收回自己的手，换言之，当众人把神女作为坚贞爱情的象征心向往之时，诗人却对民族的集体无意识中的那种已成为历史惰力的思古之幽情产生了困惑：神女不是神，而是人，她理应得到人所应该得到的幸福与爱情，于是，用心灵雕塑的原型意象发出了振聋发聩的呼喊——

与其在悬崖上展览千年
不如在爱人肩头痛哭一晚

是的，即使作为道德展览的载体流芳千古，又怎比得上一宿牵肠挂肚、海誓山盟的真实的爱情倾诉呢？诗人看到了神女的悲剧所在，在民族的集体无意识遗存的封建意识的洋面上，舒婷借东风——即以现代意识改造原型进而创造出崭新的原型意象——扬起了逆行的白帆。（戴　达）

一代人　顾　城

黑夜给了我黑色的眼睛
我却用它寻找光明

英国批评家、美学家瑞恰慈这样谈现代诗的意义：“重要的不是诗所云，而是诗本身。”这句话相当深刻地道出了现代诗的价值取向。顾城的《一代人》，通共只有两行，其意旨也未见得多么深刻，但我们读后却难以忘怀。原因是什么？因为它首先从审美上打动了我们，不是诗歌以外的“思想”，而是“诗本身”！是深层意象这个精灵坚实地呈现在我们面前，它唤起了我们更广阔的联想空间，引爆了我们的情感！意象在这里，是完成了内容的形式。

“黑夜给了我黑色的眼睛/我却用它寻找光明。”诗人为这短短的两行诗冠以《一代人》这个博大的标题，这就为我们规定了进入此诗的视角——社会评判性质的视角。但诗人没有“说明”，他是在“呈现”。“黑夜”象征着那场空前的浩劫；“黑色的眼睛”在这里具有双重寓意：一是指这双眼睛曾被“黑夜”所欺骗、所熏染，一是指这双眼睛在被欺骗之后发生了深刻的怀疑，它在黑暗中，渐渐培养起一种觉悟，一种适应力和穿透力，它具有全新的品质，最终成为“黑夜”的叛逆，成为“寻找光明”的生命意志的象征。在“黑色的眼睛”这个深层意象中，受骗和觉醒被神奇地结成一体，它们互为因果，互为向度相悖（肯定和否定），这正是庞德所说的：“不把意象用于装饰，意象本身就是语言，意象是超越公式化了的语言的道。”（转引自彼德·琼斯《意象派诗选·序》）这首诗体制短小，

但有筋有肉有骨有气，是深层意象诗中的佼佼者。（陈　超）

给诗人　罗　洛

当我还是一个十七岁的少年
曾幻想缪斯赠我一张竖琴
而今我已经两鬓斑白
却渴望倾听你复活的歌声

你曾诅咒过寒冬的夜
你曾赞美过初夏的星
你曾跋涉过坎坷的路
你曾叩响过光明的门

你曾采集过南海的珍珠
你曾放牧过天山的羊群
你曾翻耕过北大荒的黑土
你曾测量过珠穆朗玛的云层

你和你的歌曾被抛进忘川的漩涡
你的名字像撒旦一样成为禁忌
大地醒来了，春风又传播着你的歌
你的歌给世界显示了一个奇迹

你可曾见过，一枝洁白的昙花
永不萎谢，昼夜吐出芳香
你可曾见过，成林的青松与翠柏
覆盖着悬崖，高耸在雪线之上

你可曾见过，从受伤的心里
流出的不是呻吟，而是创造的欢乐
你可曾见过，在地狱的火里
炼出的不是灰烬，而是黄金的号角

时间在你额上刻下的每一道皱纹
都化作智慧：你的歌像大海一样深沉
镣铐在你手上留下的每一个印痕

都化作勇气：你的歌像春雷一样轰鸣

当严寒统治着黑暗的中国
你的歌是摧毁奴役的烽火
当阳春的曙光照暖万里河山
你的歌是在蓝空飞翔的白鸽

当你戴着用梨花织成的帽子
仰望着雪峰，歌声在你的心里回旋
当你穿着用蒺藜编成的鞋子
凝视着旷野，你的歌把希望撒向人间

当叫春鸟的鸣声又响彻群山和平原
你噙着泪欢唱着走进劳动者的行列
听着你的歌，我又成了十七岁的少年
在我的心头又不禁沸腾着青春的热血……

1979 年

这是一首内涵丰富而显得气象万千的诗，它烙刻着时代的印痕，再现了初生的共和国的欢欣，响彻着日后发自炼狱的歌声……不同的读者都可以从这里得到启迪，领悟到“诗人”之所以是“诗人”的根本之点。

据说，缪斯是钟情于少年的，不少诗人都在少年时期开始握笔写诗，并把它作为宝贵的人生一页一页地珍藏在心间。“当我还是一个十七岁的少年/曾幻想缪斯赠我一张竖琴”，诗篇一开头就通过诗人特殊的经历和感受，对这种普遍的现象和情绪作了典型的写照。还是在抗日战争后期，年仅十七岁的罗洛就和好朋友梁南等人一起，在成都的一所中学里成立了诗社，创办了诗刊《彼方》，写着向往“光明的北国”（《赠梁南》）的诗篇。可是中华人民共和国成立以后由于“左”的路线的干扰，诗人从 1955 年起就被迫中断了歌唱，时间一晃就是二十几年，“而今我已经两鬓斑白/却渴望倾听你复活的歌声”。怎样才能成为真正的诗人？道路不同，回答殊异，不过最主要的是不变初衷，不管历经多少磨难和考验仍然保持对缪斯的一片真情，诚如王国维所说：“词人者，不失为赤子之心者也。”（《人间词话》）此诗通过“渴望倾听”这样的诗行，多么深刻典型地表达了无数真正诗人的操守和愿望！

底下，诗篇转入了深情的回顾和咏叹。第二和第三节，整饬的诗行饱含着优美的情思，绚丽的形象表现了火热的生活。诗和美是不可分的，“南海的珍珠”“天山的羊群”“北大荒的黑土”“珠穆朗玛的云层”，既可以理解为中华人民共和国成立初期建设者们的开拓壮举，也可以看成是缪斯对现实生活中美好事物的追求和向往，它们可睹可闻而又不板不滞，显得优美、和谐。第四节写诗人连同诗歌一起遭到了厄运，值得注意的是诗人无意于客观地展示诗人所受到的苦难，他仅仅用“抛进漩涡”“成为禁忌”作了最简略的交代，转而即瞩目于诗人那颗九死不悔的爱国爱民之心。当然，这时的缪斯不再满足于对单纯的“美”的追求，她看得更多，想得更深，竖琴上弹拨的也远非小夜曲一般的旋律了。没有疑问，在地狱里炼成的号角比一般的号角更动人，从受伤者心里溢出的欢乐比一般的欢乐更有生命力，更不要说高耸于雪线之上的苍松翠柏和昼夜吐出芳香的昙花是如何耀人眼目、令人神往了。

此诗作于1979年第四次文代会期间，当时作者尚未正式平反和“归队”，只是由于一个偶然的机会，他方在北京见到了部分出席文代会的代表。十一届三中全会吹拂的春风，和文艺界朋友的重逢，使他激动得不能自已，万千思绪，满腹语言，终于在诗中结晶成一个崇高而坚定的诗人形象：戴上桂冠时“仰望着雪峰”——追求更高更大的目标；“穿着用蒺藜编成的鞋子”时“凝视着旷野”——永远不背离养育自己成长的土地和人民。这不是别的，这是作者心目中诗人的极致和典范，也是他对诗歌界无数战友的热切期待和对自己的深长勉励！

“叫春鸟的鸣声”已经响起来了，无数受尽江青反革命集团摧残而终于获得新生的诗人又“噙着泪欢唱着走进劳动者的行列”，作者衷心地为他们祝福，另外，尽管自己暂时还处于诗歌队伍之外，但“青春的热血”已经在胸中翻滚，丰收的季节定会再一次来到。《给诗人》这个深情的结尾告诉我们：只要具有“赤子之心”，诗人们就能够做到青春长驻，诗情不衰！（孙光萱）

第五十七个黎明　赵　恺

一位母亲加上一辆婴儿车，
组成一个前进的家庭。
前进在汽车的河流，
前进在高楼的森林，
前进在第五十六天产假之后的
第五十七个黎明。

五十七，
一个平凡的两位数字，
难道能计算出什么色彩和感情？
对医生，它可能是第五十七次手术，
对作家，它可能是第五十七部作品；
可能是第五十七块金牌，
可能是第五十七件发明。
可是，对于我们的诗歌，
它却是一片带泪的离情：
一位海员度完全年的假期，
第五十七天，
在风雪中启碇。

留下了什么呢？
给纺织女工留下一辆婴儿车和一车希望，
给孩子留下一个沉甸甸的姓名。
给北京留下的是对生活的思索，

年轻的母亲思索着向自己的工厂默默前行：

“锚锚”，多么独特的命名，
连孩子都带着海的音韵。
你把铁锚留在我身边，
可怎么停靠那艘国际远洋货轮？
难道船舶，
也是你永不停泊的爱情？
但愿爱情能把世界缩小，
缩小到就像眼前的情景：
走进建外大街，
穿过使馆群。
身边就是朝鲜，接着又是日本，
再往前：智利、巴西、阿根廷……
但愿一条街就是一个世界，
但愿国际海员天天回家探亲，
但愿所有的婴儿车都拆掉车轮，
纵使再装上，
也只是为了在花丛草地间穿行。

可是，生活总是这样：
少了点温馨，
多了点严峻。
许多温暖的家庭计划，
竟然得在风雪大道上制定：
别忘了路过东单副食商店，
买上三棵白菜、两瓶炼乳、一袋味精。
别忘了中午三十分钟吃饭，
得挤出十分跑趟邮电亭：
下个季度的《英语学习》，
还得趁早续订。
别忘了我们海员的叮咛：
物质使人温饱，
精神使人坚定……

这就是北京的女工：
在前进中盘算，

盘算着如何前进。
劳累吗？劳累；
艰辛吗？艰辛。
温饱而又艰辛，
劳累而又坚定：
这就是今日世界上，
一个中国工人的家庭。

不是吗？放下婴儿车，
就要推起纱锭。
一天三十里路程，
一年，就是一次环球旅行。

环球旅行，
但不是那么闪烁动听。
不是喷气客机，
不是卧铺水汀。
它是一次只要你目睹三分钟，
就会牢记一辈子的悲壮进军：
一双女工的脚板，
一车沉重的纱锭，
还得加上一册《英语学习》、
三棵白菜、两瓶炼乳、一袋味精。
青春在尘絮中跋涉，
信念在噪音中前行。
漫长的人生旅途上，
只有五十六天，
是属于女工的
一次庄严而痛苦的安宁。
今天，又来了：
从一张产床上走来两个生命。
茫茫风雪，
把母亲变成了雪人，
把婴儿车变成了雪岭。
一个思索的雪人，
一座安睡的雪岭。
雪人推着雪岭，

在暴风雪中奋力前行。

路口。路口。路口。
绿灯。绿灯。绿灯。
绿色本身就是生命,
生命和生命遥相呼应。
母亲穿过天安门广场,
长安街停下一条轿车的长龙:
一边是“红旗”“上海”“大桥”“北京”,
一边是“丰田”“福特”“奔驰”“三菱”……
在一支国际规模的“仪仗队”前,
我们的婴儿车庄严行进。
轮声辚辚,
威震天庭。

历史博物馆肃立致敬,
英雄纪念碑肃立致敬,
人民大会堂肃立致敬:
旋转的婴儿车轮,
就是中华民族的魂灵!

1980岁末·风雪中的北京小关

《第五十七个黎明》作于1980年岁末。诗人在一个飞雪的傍晚,看到一位女工一手推着自行车,一手推着婴儿车,慢慢朝前走去,头上、肩上是雪,婴儿车上也是雪。于是,诗人从眼前的景象联想到他所熟悉的纺织女工,由此而萌动了强烈的创作愿望。为了增加关于背景的实感,他还特地骑着自行车,先后穿过使馆区、历史博物馆、人民大会堂……

这首诗描写的是这样一幅平凡而又令人怦然心动的画面:一位度过五十六天产假的母亲,送别了远航的丈夫,在第五十七天——一个风雪弥漫的黎明,推着一辆婴儿车上班。生活中的实景在诗中得到了强化和升华:“茫茫风雪/把母亲变成了雪人/把婴儿车变成了雪岭。”这里的“风雪”象征着“一位母亲加上一辆婴儿车”组成的家庭在前进道路上的困难和阻力。这困难和阻力包含了这位纺织女工生活的劳累和艰辛。所有这些无疑带有一种苦涩之感,但苦涩沉淀之后,泛起的却是对生活的乐观和奋发有为:“雪人推着雪岭/在暴风雪中奋力前行。”于是,诗人以这一个小家庭为窗口,使我们窥见了今日的中国千千万万普通百姓的现实处境和生活态度,这就是“温饱而又艰辛/劳累而又坚定”。显然,无论是各级干部,还是广大群众,都可以从中得到启发,受到感染。

以往我们常常无条件地赞美人们的忘我劳动和献身精神,而不敢稍稍触及人物对和平环境和家庭生活的向往,似乎那样写了就会降低人物的思想境界,可是此诗却毫不犹豫地写道:“但愿国际海员天天回家探亲/但愿所有的婴儿车都拆掉车轮/纵使再装上/也只是为了在花丛草地间穿行。”当然,“年轻的母亲”并不天真,并未把向往当作现实,她懂得“生活总是这样:/少了点温馨/多了点严峻”。现实是人们最好的教员,诗人以高度的艺术概括力,把我们时代所具有的活生生的辩证法化作了这位纺织女工内在的信念和情操。

以往，我们习惯于写人们踏着庄重的步伐，前去瞻仰英雄纪念碑，参观历史博物馆，可是此诗却一反常态地写道："历史博物馆肃立致敬/英雄纪念碑肃立致敬/人民大会堂肃立致敬：/旋转的婴儿车轮/就是中华民族的魂灵！"这是何等雄伟庄严的场面！我们知道，历史博物馆、英雄纪念碑象征着已经逝去的光荣历史，而历史是要发展的，是指向未来的，为了替未来着想，替国家的前途着想，它们完全应该向"旋转的婴儿车轮"致敬，更应该向孕育了代表未来的婴儿母亲致敬。因此，我们不妨说这是一首献给母亲们也是献给祖国未来的颂歌。

把这首诗和过去有些描写工人的诗篇相比较，就可以更明显地看到其中的差别，过去我们读过不少描写婴儿车加苹果般脸庞的诗篇，但从未发现谁曾有过将手推的婴儿车和先进的轿车加以对照的艺术构思；过去我们也许会从某些描写田野风光、农家乐趣的诗篇中找到奶牛、蔬菜之类，但不记得有谁曾将白菜、味精这样平凡琐碎的生活用品相继写入诗内。看来，诗人不只是从高大的英雄身上获得灵感，不只是留心罕见的事物，绚烂的色彩，优美的形象，而是善于从普通人物那里觅取诗意；从事物矛盾的严峻对比中发掘新意；从生活的底层汲取崇高的动人的美。

《第五十七个黎明》是一首含有叙事成分的抒情诗，它正视现实和矛盾，感情有些沉重，气氛颇为悲壮，而这正是此诗的感人所在。（孙光萱）

磨刀石　圣　野

月亮把夜天
当做一块
蓝幽幽的
磨刀石

磨亮了镰刀
她就要去收割
像麦粒一样成熟的
满天的星星了

诗将磨刀石比喻为夜晚的天空，这真是一个新奇的远取譬，这一远取譬，令《磨刀石》熠熠生辉。

所谓"远取譬"，是指本体和喻体越不同越好，拉开的距离越远越好。尺度的把握是"远取譬"成功与否的关键。此诗将"夜天"比作"磨刀石"，新鲜而又形象，有质感。此一比喻，诗中的中心意象产生了：夜天——磨刀石。

诗由此一中心意象拓展开去。有了磨刀石，便有磨刀人。磨刀人是谁？月亮。拟人手法。诗的此一技巧用得很特别，月亮借夜天去磨镰刀，镰刀并非他物，是月亮自身，换言之，磨刀人磨的是自己：弯弯新月似镰刀，月亮自己磨自己，此处既充满童趣，又饱含新意和诗意。

圣野写诗，特别注重结尾。此诗结尾用的是通感。磨亮镰刀似的弯弯新月，收割星星（"收割"两字，水到渠成，此动词令全诗摇曳茂茂盛盛的诗情画意），而星星像麦粒（又是一个远取譬）一样成熟啊！"成熟"两字，隐含麦香，使"星星"这一视觉物象向嗅觉感受挪移，滋润审美空间。

浩瀚天空，新月如镰刀，星星似麦粒，月揽星如镰割麦；仰望天空，麦浪滚滚，丰收在望——

这，就是《磨刀石》展现在我们眼前的优美的画面，诗的意境是迷蒙又阔大的。（戴　达）

野百合花　梁　南

疠疫，终于消退了
新世纪的风吹过
吹开悲剧年代死去的
花朵——野百合

你见过这样风貌凄迷的花吗？像坠鸟，
像怨女渗血的嘴唇，像无字的眼泪，
像炼狱烧红了的愤死挣扎的游魂
像捏碎太阳的色素又涂上月的冰莹……
失落薄暮的微光，枪声尖冷。
黑暗播完种，野百合花滴血诞生，
是花吗？从无坟的坟地开到我脚前，
呈现她心的形状，喷溅着她的悲愤。

没有一种花富有如此值得赞美的生命。
花瓣倾泻着恋歌，冲决一角黑夜；
低昂在风雨中，恍若要撞出天晴；
我想起喉头的血浆，铮铮的琴声，
想起短发女子像失母的孩子寻找真理，
想起被铐的手摇曳红花……花落入坟茔！
想起噙着泪水的母亲祖国昨天走来，
抱起这束野百合花，火化着民族的悲辛。

她倒下去了，神灵们也粉碎了铜身。
今天她又满地如落照，满地如火云，
开得我记忆如新，开得我悲恸如焚。
难道她还有什么悠悠心思要转告大地，
才年年依恋在这春草离离的北国思忖？
我永远永远看见：红滴滴的百合花，
呵！我不知道，是我站在坟头开了花，
还是不死的英雄们相思不绝的歌声?!

　　一朵野百合花开在心上
　　我要叩问：她为什么
　　开在这个灼热的地方

哦，血红的野百合花！

这是一首悼念张志新烈士的诗作。全诗并没有出现她的名字，诗人只是紧紧围绕“野百合花”这一诗的形象展开想象和抒情。在诗中，“野百合花”就是张志新烈士的形象的化身。

诗前以类似题记的形式作有一首小诗，诗人将“文革”喻为“疠疫”，将消灭“疠疫”的历史新时期喻为“新世纪的风”，这样，诗人就以简洁的笔墨交代了诗的抒情的历史环境，接着扣住诗题，推出了诗的抒情客体：“悲剧年代死去的花朵——野百合。”它奠定全诗的感情基调，撩开了抒情的帷幕。

世界上竟有这样的野百合花——像“坠鸟”，像“怨女渗血的嘴唇”，“像无字的眼泪”……诗人一连用了五个远取譬，它们都远远超出了野百合花本身所固有的形象特征。生长在诗中的野百合花浸透了诗人的主观情绪，她喷溅着诗人强烈的悲愤。诗人对野百合花所作的博喻，每一个比喻都容纳了深刻的内涵，它们就像聚光灯的一道道灯光，照见了烈士的灵魂，那是“炼狱烧红了的愤死挣扎的游魂”啊！为了不使诗的抒情流于空泛，诗人注意从烈士的生平事迹中汲取养料，将它们化为诗的语言。他抓住了烈士平时喜爱拉小提琴以及烈士就义前被割去喉管这两个细节，写出了这样触目惊心的诗行：“我想起喉头的血浆，铮铮的琴声。”这两个形象，一个诉之于读者的视觉，一个诉之于读者的听觉，它们并置在一起，给读者以强烈的震撼。同时他们又和烈士英勇就义的悲壮场面互为呼应：“失落薄暮的微光，枪声尖冷。”枪声掩埋了铮铮琴声，喉头的血浆浇灌了足下的大地，“黑暗播完种，野百合花滴血诞生”。于是，这样的看似虚拟的描写，就显得十分厚实和沉重了！这厚实和沉重正得力于诗人对这一悲剧沉甸甸的反思。（戴　达）

最后的飞翔　宫　玺

一只受伤被缚的鹰，
终于挣脱绳索，
奋力冲上了天空！

可是绳索撕去它一条腿，
鲜血淋漓，
心肝如迸！

为了重获自由，
即使只有片刻，
它也甘愿付出被缚的生命；

为了最后的飞翔，
它聚集起周身的力量，
忍受着难以忍受的剧痛！

盘旋着，盘旋着，

一圈、一圈、一圈……
向大地倾洒无尽的柔情！

啊！……
山河收留了它的羽毛和血肉，
蓝天拥抱了它不死的魂灵！

一九八一年一月六日夜至翌日凌晨

这首诗，内涵极富。一开头，悲壮的情调就抓住心弦，令人仰叹！受伤而又被缚，假如不是鹰，而是一只小鸟，它的命运，该是怎样的悲惨！

鹰，终于挣脱绳索，冲上天空，但却撕去一条腿。这形象，是刚烈的。生命诚可贵，自由价更高，为了飞翔，它甘愿付出被缚的生命。为了最后的飞翔，它忍受难以忍受的剧痛，盘旋着，一圈一圈，向大地倾洒无尽的柔情……“柔情”二字，蕴蓄极致，显示了诗人的艺心独造。在这里，如果用“倾洒无尽的爱”，这就落入寻常之笔了！

全诗从头到尾，鹰的立体感极强！这只鹰，悲愤惨烈，它给人情绪上的感染，不是消沉，乃是亢奋。从形象中流出来的历史感，是多角的。这受伤而又被缚，然后又挣脱绳索，冲向蓝天作最后飞翔的，仅仅是鹰吗？小者，我们可以联想到个人；大者，我们可以联想到我们的民族，我们的国家许许多多的人和事……

这是一支悲壮的自由之歌。（黎焕颐）

江南烟雨　丁　芒

这被雨水浸融了的江南，
哪儿是桃花，哪儿是杨柳？
绿叶儿都淡成了烟雾，
笼罩着远处依稀的红楼。

只有燕子像遗落的墨点，
在蒙茸细雨中来往穿梭，
翅上驮着湿漉漉的春天，
为她寻觅个落脚的处所。

呵，燕子，你别再啁啾，
春已随稻谷播下了田畴，
你不见秧苗的连天翠色，
已经把乳白的云幔染透！

1980.7.11

诗人犹如一位丹青高手，他手中的诗笔也兼画笔，点染挥洒。《江南烟雨》宛如一帧清丽的水彩，描绘了江南早春的风光，给人以美的享受。

诗的语言美，首先是具象之美，而在具象之美中，色彩美是一个重要的方面。古罗马诗人兼批评家贺拉斯和古希腊诗人艾德门茨，就分别提出过“诗歌就像图画”“画为不语诗，诗是能言画”的看法，而中国古代的画家方薰在《山静居画论》中称赞杜甫“使笔如画”，诗评家王嗣奭在《杜臆》中也赞美杜甫“以画法为诗法”。丁芒继承了中国古典诗歌讲究绘画美的传统，充分发挥中国文字摹形绘色的功能，刺激读者的有关色彩的审美联想。“绿叶儿都淡成了烟雾/笼罩着远处依稀的红楼”，诗的开始的画面是由两种色调构成的，一种是大片的淡绿，一种是点状的鲜红，红绿相映成趣，正是所谓“万绿丛中一点红”。“只有燕子像遗落的墨点/在蒙茸细雨中来往穿梭”，在淡绿远红的背景之上，墨黑的燕子就分外醒目了，而“你不见秧苗的连天翠色/已经把乳白的云幔染透”，是“翠色”与“乳白”的又一重色彩的反差与映衬，使春田漠漠的景象如在读者目前。诗人正是注意了语言的色彩美，将表颜色的形容词用在诗句中的各不相同的位置，才富于色彩地表现了生活的美，也丰富了读者的美的感受。

这首诗，还成功地运用了艺术对比的手法。这里有大与小的对比，如“秧苗的连天翠色”和“像遗落的墨点”的燕子的对比；有淡与浓的对比，如“绿叶儿都淡成了烟雾”，而“红楼”与“墨点”则是醒目的浓红与浓黑；有静与动的对比，诗中所描绘的许多自然景物都是静态的，但蒙茸细雨和来往穿梭的燕子却是动态；有实与虚的对比，诗中的植物与飞禽都是如实描写，但燕子的“翅上驮着湿漉漉的春天，为她寻觅个落脚的处所”，“春已随稻谷播下了田畴”，却是出之于作者的想象也诉之于读者的想象的虚写。上述多种多样的艺术对比，加强了这一作品的表现力与感染力。（李元洛）

丁　香　屠　岸

一条山路，两旁栽满了丁香：
长得这样高，是媲美乔木的花树。
迎着这漫山遍野流荡的芬芳，
每天薄暮，我都到这里来散步。

那时候，困于一项艰难的任务；
来山脚撰写我不愿撰写的文章。
我白天伏案，像个忧郁的囚徒，
到黄昏我夺门投入丁香的汪洋。

月色给花树穿上朦胧的衣裳，
我只见一片如梦的白光和紫雾。
窈窕的小径用浓香诱我去徜徉——
心战的疲惫消融在锦绣的国度。

违心和安心的斗争早成为过去，
丁香却还在我耳边低唱安魂曲。

此诗写作于1985年5月。

丁香是一种芳香袭人，让人钟爱的花。然而，在诗人心中，它是一种镇定剂、安魂曲，它是一种心灵的境界，是一种精神的象征。

“那时候”，虽然不能肯定是“文革”时代，但至少可以从“违心和安心的斗争”中知道，那是一段黑暗的不幸的岁月。作者“困于一项艰难的任务”，不是个人追求或人生信念使然，也不是个人感情的困惑使然，而是因为外界的某种强制无理的压迫。作者“像个忧郁的囚徒”，唯有黄昏的丁香花丛才是解脱困境的地方。在月朦胧、花朦胧的如梦如雾的丁香的汪洋中，心战的疲惫才消融无遗。意象的焦点在丁香。它看起来是散步、消愁、赏景的对象，其实，丁香是一种象征，它象征着一种超脱的精神境界。正如陶渊明的“桃花源”，丁香路也是另一种“世外桃源”，它可以使人忘却尘世的喧嚣、烦恼和忧郁，让人进入自为的缥缈自由的状态，进入一种闲适飘逸的精神境界。丁香路的精神意蕴正在于此。诗人刻意追求的也是这种空灵而宁静的诗歌境界。值得提出的是，丁香的精神象征还没有达到极致，因为“丁香却还在我耳边低唱安魂曲”。这种结尾总让人回复到过去的某种境界，耐人寻味。

象征使诗超越诗的意象本身而展示事物本质的内涵。《丁香》的象征通过写景式抒情创造诗歌氛围来完成象征，读者需要从氛围圈定的境界中去体味诗歌的底蕴。作者曾在丁香的园林里挣扎、奋斗，也可以说是曾借丁香作为逃避、消沉的场所。但是，作者最终超脱了自身的存在和心灵的困境，找到了打开精神枷锁的钥匙，就是一种胜利，而不是懦弱的失败。因此，丁香有一层象征意义，即高洁自由的生存方式。作者的人生体验、心灵感受都曾在这种境域中冶炼过，净化过。作者寄情于丁香，是为着追求精神的自我解放。它是自由精神的象征，这就是诗歌追逐的真正内涵。（陈耀忠）

回　响　冀　汸

我听到了，我听到了你们的呼唤，
听到了怀念与信任，听到了友谊和温暖。
我们被隔开了：隔着山，隔着水，
隔着颠倒的岁月。
似乎隔得太久了吧？四分之一世纪！

不，那算不了什么的。
在历史的长河里，那不过是
无关轻重，难以计算分量的一星半点！
风吹雨打，只能把
灰沙卷走，污泥冲掉，
玄武岩会留下来，变成矗立的高峰。
它和云彩在一起，它同太阳更亲近。

我听到了，我听到了你们的呼唤，
听到你们到处寻访的足音。
日复一日，年复一年，我在干什么呢？
我从来没有停歇，一直在劳动，搬砖运瓦；

我从来没有喑哑，一直在歌唱，不过用的超声波；
我从来没有泄气，更谈不上绝望；
——那是懒汉的把戏，懦夫干的勾当！
我有一个不渝的信念：
黑夜的尽头是黎明，一定是黎明，
沸腾的海上，浮起绚丽的霞光。

我的模样变了吗？没有。
我还是你们记忆里的那个样子：
一头卷发，不过已经斑白；
一双深陷的鹰眼，不过有些老花；
还是容易激怒，说话不会拐弯；
苦难的历程使我老了，
但那颗跳动的心，还像从前一样年轻。

寂寞吗？是的，我只是一个人。
我没有家，只有一处住所。
我唱完劳动号子，回到十二平方米的房间，
又开始另一种生活——
读完一天收到的报纸、杂志，
听收音机报告南海喷出了原油……
何况伴随我的
还有画家笔下的花朵，翱翔长空的雄鹰，
还有司马迁，李、杜和辛稼轩……
还有巴尔扎克，契诃夫……

他们热情地向我介绍了许多人物：
有的可恨，因为那是渣滓，那是敌人；
有的我愿意亲近，很想同他们交谈。
莎士比亚介绍的
那个优柔寡断的哈姆雷特，我却想教训他一顿！
屠格涅夫介绍的
那个夸夸其谈的罗亭，如果还在人世，我一定劈他
　两记耳光！
我倒确实欢喜塞万提斯介绍的
那个吉诃德先生，尽管傻头傻脑，但绝对真诚……
寂寞，我不怕！泥土里的种子

不就是在寂寞里萌芽，在寂寞里生长，又开花？
何况眼下的日子，正像收音机唱的那样：
《我们的生活充满阳光》！

我听到了你们的呼唤，这就是我的回答。
一匹伏枥老骥，已起步驰奔，
在新长征的行列里，紧跟前面飘扬的红旗。
我这回答，声音也许太轻微吧！
不要紧，我会在千山万壑中回答，
定将引起回响，一个回响接一个回响，
一声比一声更响，一声比一声更大。
战友们，你们都会听到它。

1979 年 11 月 18 日

诗人在 1955 年受所谓“胡风事件”株连而获罪，从此与世隔绝。雨过天霁，已经“隔”了“四分之一世纪”，曾经患难与共的朋友们到处打听他的下落。诗人得知此事，甚为感动，便写了这首诗，作为回答。

“我听到了，我听到了你们的呼唤”，此句脱口而出，格外真切。诗人抑制不住内心的冲动，来不及将思索化为艺术形象，而以反复的句式表达对朋友的感激之情。诗人噙着热泪，咽着苦水，颤抖着双臂，向“隔得太久了”的友人倾吐衷肠，回答友人最关心的问题。

“我在干什么呢？”日复一日，年复一年，诗人“一直在劳动，搬砖运瓦”，接受“改造”。但是诗人“从来没泄气，更谈不上绝望”，更没有忘记“歌唱”“黎明”的神圣天职，具有一个文化战士不屈的意志和乐观主义精神。“我的模样变了吗？”寥寥数笔勾勒了一幅自画像：“一头卷发，不过已经斑白/一双深陷的鹰眼，不过有些老花。”笔墨简洁而传神。尽管苦难的历程可以使人衰老，但诗人“那颗跳动的心，还像从前一样年轻”。生活“寂寞吗”？诗人坦率地说，生活是寂寞的，物质是贫乏的。但是诗人的精神生活是异常丰富的，这是诗人的精神支柱。诗人以文化人特有的方式，从古今中外的名著中汲取滋养和补益。

在历次政治运动中，我国许多正直善良的知识分子都逃脱不了“残酷迫害，无情打击”的厄运，他们妻离子散，家破人亡，从人变成了“鬼”。诗人是他们中的一员，他的遭劫受难有着典型意义。因此，诗中的“我”是历经磨难、永不气馁、执著追求、起步驰奔的革命知识分子的形象。

诗歌采用自问自答的形式，回答友人的呼唤，给人以亲切感，在心理上和关心他的命运的朋友们缩短了距离。诗中“我听到了你们的呼唤”，重复三次，而又连成一气，并且层层递进，感情渐深。“这就是我的回答”一句，收拢全诗，并点明诗题的寓意，诗人“轻微”的回答，必然会震荡山谷，引起巨大的“回响”。全诗成功地熔记叙、说明、论析、抒情于一炉，大大增强了诗的感染力和艺术效果。（戴思源）

沉默的芭蕉　邵燕祥

芭蕉
你为什么沉默

伫立在我窗前
枝叶离披
神态矜持而淡漠

从前你不是这样的
在李清照的中庭
在曹雪芹的院落
你舒卷有余情
绿蜡上晴光如泼

近黄昏，风雨乍起
敲打着竹篱瓦舍
有约不来
谁与我相伴
一直到酒酣耳热

呵，沉默的芭蕉
要谈心请拿我当朋友
要争论请拿我当对手
在这边乡风雨夜
打破费尔巴哈式的寂寞

芭蕉啊我的朋友
你终于开口
款款地把幽思陈说
灯火也眨着眼睛
一边听，一边思索

芭蕉，芭蕉
且让我暖了搁冷的酒
凭窗斟给你喝
夜雨不停话不断
孤独，不是生活

1980 年 4 月 6 日

这是诗人于 1980 年春天旅行云南，住在“竹篱瓦舍”旅店里所作。一个远方的游子，倾听黄昏时骤雨敲打着青瓦绿蕉，唤起了一种身在异乡的寂寞之情，进而作出了富于诗意的表现。

诗的第一节是具象描写，但已赋予芭蕉以生命和性格：“神态矜持而淡漠。”这为以后诗情的发展作了准备和铺垫。第二节是诗人的联想，与上节末句“从前你不是这样的”相对照，举出李清照中庭和曹雪芹院落中的芭蕉作例子，在这两位古代文学家的作品中，多次写到芭蕉，如李清照的芭蕉词：“窗前谁种芭蕉树？阴满中庭。阴满中庭，叶叶心心，舒卷有余情。”但由于所处的环境不同，感受不同，移情就有所不同。用古代文人对芭蕉的描写，来进一步反衬诗人此时此地的心境。当黄昏风起雨落，相约的人不来，诗人只有独斟自慰。“谁与我相伴/一直到酒酣耳热”。一种落寞孤独之情油然而生，无人对话排遣宣泄，诗人客居他乡无比孤寂的形象跃然纸上。情景交融，构成了边乡风雨夜特有的氛围，感染了读者。

后面三节，诗人与雨中芭蕉直接对话，实际上，是诗人借物抒发他的感受和心境。在醉醺醺的诗人眼前，芭蕉也完全活了起来：“芭蕉啊我的朋友/你终于开口/款款地把幽思陈说。”这样，就打破了前面清静冷漠的气氛，而且是边暖酒边与芭蕉对喝，“夜雨不停话不停”，显得热闹而充满活力，一位飘逸旷放、豁达脱俗的诗人形象展现在读者面前。最后一句，可算神来之笔：“孤独，不是生活！”所有前面抒发的情怀，原来在此，与《沉默的芭蕉》题目对应，反点其题。令人感到意料之外，又在情理之中，这正是这首诗构思巧妙之处。

可以说，《沉默的芭蕉》的艺术构思，是汲取了我国古典诗词名作的精华，当我们读到诗人斟酒与芭蕉共饮对话，不禁就想到唐代大诗人李白饮酒邀月的诗篇：“花间一壶酒，独酌无相亲。举杯邀明月，对影成三人。”同样孤独，同样豪情，同样具有浪漫主义色彩，但是时代和背景已截然不同。李白虽能一人自得其乐，但诗中却透露出一种凄凉之感；而在 20 世纪 80 年代的现代诗人，却是与芭蕉共饮对话，热热闹闹。最后冒出一句“孤独，不是生活”，将诗人热爱生活的感情和盘托出，激励读者热情地去拥抱生活，珍惜现在。（宁　宇）

大雁塔　杨　炼

5. 思 想 者

我常常凝神倾听远方传来的声音
闪闪烁烁，枯叶、白雪
在悠长的梦境中飘落
我常常向雨后游来的彩虹
寻找长城的影子，骄傲和慰藉
但咆哮的风却告诉我更多崩塌的故事
——碎裂的泥沙、石块，淤塞了
运河，我的血管不再跳动
我的喉咙不再歌唱

我被自己所铸造的牢笼禁锢着
几千年的历史，沉重地压在肩上
沉重得像一块铅。灵魂
在这有毒的寂寞中枯萎
灰色的庭院

寥落、空旷
　　燕子们栖息、飞翔的地方……
我感到羞愧
面对这无边无际的金黄色土地
面对每天亲吻我的太阳
手指般的，雕刻出美丽山川的光
面对一年一度在春风里开始飘动的
柳丝和头发，项链似的
树枝上成熟的果实
我感到羞愧
祖先从埋葬他们尸骨的草丛中
忧郁地注视着我
成队的面孔，那曾经用鲜血
赋予我光辉的人们注视着我
甚至当孩子们来到我面前
当花朵般柔软的小手信任地抚摸
眸子纯净得像四月的湖
我感到羞愧

我的心被大洋彼岸的浪花激动着
被翅膀、闪电和手中升起的星群激动着
可我却不能飞上天空、像自由的鸟
和昔日从沙漠中走来的人们
驾驶过独木舟的人们
欢聚到一起
我的心在郁闷中焦急地颤栗

就让这渴望、折磨和梦想变成力量吧
像积聚着激流的冰层，在太阳下
投射出奔放的热情
我像一个人那样站在这里，一个
经历过无数痛苦、死亡而依然倔强挺立的人
粗壮的肩膀、昂起的头颅
就让我最终把这铸造恶梦的牢笼摧毁吧
把历史的阴影、战斗者的姿态
像夜晚和黎明那样连接在一起
像一分钟一分钟增长的树木、绿荫、森林

我的青春将这样重新发芽
我的兄弟们呵,让代表死亡的沉默永久消失吧
像覆盖大地的雪——我的歌声
将和排成“人”字的大雁并肩飞回
和所有的人一起,走向光明
我将托起孩子们
高高地、高高地,在太阳上欢笑……

杨炼以新时期的“朦胧派”诗人而闻名,而他的不少作品也呈现出明显的“史诗性”特征。一般认为江河和杨炼是新时期较早对民族传统表现认同倾向,并积极进行新史诗创作的青年诗人。江河的《纪念碑》《从这里开始》,杨炼的《大雁塔》《乌篷船》等诗篇,蕴涵了对民族历史文化的诸多思考、体现出反思与探求意识,颇具史诗的凝重感。

大雁塔始建于公元652年(唐高宗永徽三年),系玄奘法师为供奉从印度带回的佛经和佛像、舍利而建,武则天时代重建,后又经过多次修整。大雁塔在唐代就是著名的游览胜地,留下了大量文人雅士的题记,历代诗人都有吟咏之作。唐代诗人岑参称赞“塔势如涌出,孤高耸天宫”,其恢弘气势可见一斑。在历史的进程中,大雁塔渐渐地被赋予了更多文化层面的含义。诗人杨炼笔下的“大雁塔”这一意象,早已超越了本来的建筑物形象,而成为社会历史的见证者,同时也是民族苦难经历的象征。大雁塔所具有的感情抒发方式,由初建时的“回首叫虞舜,苍梧云正愁”,变成了“我被自己所铸造的牢笼禁锢着/几千年的历史,沉重地压在肩上”,其间承载着沉甸甸的过往。

诗人采用了拟人的手法,将大雁塔和抒情主人公“我”合二为一,同时也是诗人人格力量的外化。以大雁塔的自我经历为主线,让其直抒胸臆,通过其情感体验折射出中华民族的历史和文化渊源。大雁塔从盛唐时期就开始站在那里,阅尽了千余年的风云变幻,其形象被赋予了某种崇高感、神圣感。杨炼的诗歌中往往蕴含着强烈的生命意识,高原、山林、壁画等在其笔下都成为充满着生命力的意象。诗中大雁塔的形象是立体的,它已不再是物化的古迹,而是民族的化身,凸显出作为主体存在的精神苦痛。

从美学价值取向看,朦胧诗往往具有英雄气质和心态,诗歌中的话语主体是一种集体的经验主体,力图审视民族历史,把握时代走势,充满对社会、对现实人生的人文关怀精神。这首诗气势磅礴,切合了中华民族从灾难中清醒过来之后,沉郁悲怆的反思和渴望奋进的理想,折射出了鲜明的时代特征。诗以“我将托起孩子们/高高地、高高地,在太阳上欢笑……”收梢,营造了乐观积极的氛围。诗人在对历史文化进行观照的同时,也将自己的理想寄托在民族的未来之上,实现了民族意识与个人情思的融合。(孟　晖)

中国,我的钥匙丢了　梁小斌

中国,我的钥匙丢了。

那是十多年前,
我沿着红色大街疯狂地奔跑,
我跑到了郊外的荒野上欢叫,

后来，我的钥匙丢了。

心灵，苦难的心灵，
不愿再流浪了，
我想回家，
打开抽屉、翻一翻我儿童时代的画片，
还看一看那夹在书页里的
翠绿的三叶草。

而且，
我还想打开书橱，
取出一本《海涅歌谣》，
我要去约会，
我向她举起这本书，
做为我向蓝天发出的
爱情的信号。
这一切，
这美好的一切都无法办到，
中国，我的钥匙丢了。

天，又开始下雨，
我的钥匙啊，
你躺在哪里？
我想风雨腐蚀了你，
你已经锈迹斑斑了。
不，我不那样认为，
我要顽强地寻找，
希望能把你重新找到。

太阳啊，
你看见了我的钥匙了吗？
愿你的光芒，
为它热烈地照耀。

我在这广大的田野上行走，
我沿着心灵的足迹寻找，
那一切丢失了的，

我都在认真思考。

1979年12月—1980年8月

这首诗的核心意象是“钥匙”。“钥匙”,无论从其表意还是隐意上来说,都是一个强烈的寻求关系的名词。当这个词出现在我们眼前的时候,我们就会联想到“锁”。因此诗人说“中国,我的钥匙丢了”,这就为我们打开了一个宏阔的期待视野;而“钥匙”则被置放在博大的语境中,并因这语境的压力而变形。这首诗的标题是很讲究的,需要我们在解读时放进“关系”。在第二节,诗人用了一个理性负荷最重的词“红色大街”,暗示给我们这首诗产生的大人文环境。经历过十年动乱的人,不难体会出“红色大街”的象征性内涵。这首诗里,这是唯一的带有理念性的语词,犹如一道强光洞彻全篇,规定了此诗的性质。这是诗人较好地处理了现代诗中“藏与露”的辩证关系的结果。这样,我们就将遗失的钥匙与“红色大街”联系起来,整首诗的精神内核便豁然明朗了。

诗人用疯狂—失落—怅惘—焦虑—寻找的情感流程灌注到“钥匙”这一复现语象上,展示了生命内部的冲突。这样,我们感悟到的就不仅是一代人寻找灵魂归宿和忏悔过往行动的简单思想,而是一种“具象的抽象”的心灵图画。我们仿佛看到了一个“红卫兵”那渐渐清醒的灵魂的模样,听到了他温热的鼻息和心音,触到了那枚锈斑苍然的苦难的“钥匙”! 这种被“直接感觉”到的视像所涵括的意蕴,显然要比抽象的议论强烈得多。

这首诗在语言的运用上是漂亮的。诗人追求一种语势的舒缓和语境的简洁、隽永、明晰,这是为了造成独白式沉吟的效果。我们注意到,这首诗在短小的体制中,频繁地出现了十八个“我”。在许多情况下,这种第一人称的出现是不具有语法的意义的,如“我沿着红色大街疯狂地奔跑/我跑到了郊外的荒野上欢叫”,“我想回家/打开抽屉、翻一翻我儿童时代的画片”,“我要去约会/我向她举起这本书”,“我在这广大的田野上行走/我沿着心灵的足迹寻找”等。这里的“我”,成为一种纯粹的声音效果,控制了诗歌的速度,形成一种喃喃低语般的、抚摸伤痛的语势,是那样撼动了我们的心,犹如一个人在极度痛苦的忏悔中所惯常使用的絮烦的语势那样。这种舒缓的语势与诗人的关系,不是选择与被选择的关系,而是两者的相互发现,或者说,它是和诗人的感情同时呈现的! 语势的独特使用,是诗人对诗歌充分本体自觉的表现,声音在此就组织了意义,成为意义的重要部分。语境的简洁、隽永、透明在某种意义上决定了此诗的情感态度,诗人是以一个单纯的“大孩子”的姿势进入诗歌的,这样一来,整首诗的背景被处理为简单的日常化情境,“大街”“荒野”“抽屉”“画片”“三叶草”等等,这更容易为不同层次的读者加入进去。比起那些采用意象撞击、叠加、时空错位、玄思、暗过渡的复杂诗歌背景的诗来,更具有一种透明的、素朴的品质。而且,这种“大孩子”式的倾诉衷肠,还容易收到深致哀婉的共鸣——就像我们生活中常常遇到的那样。(陈 超)

海 雾　莫文征

日在哪儿? 月在哪儿?
光被无数的白絮捆缚;
天在哪儿? 地在哪儿?
色被一张巨大的白纱包束。

摸不着,打不着,
不能挥掉,不能驱逐,

沾附着一切，
笼罩着万物！

美丽的和丑陋的差不多，
反正是影影绰绰模模糊糊；
高大的和渺小的差不多，
反正你我的形象都并不清楚。

前进的和静止的差不多，
彼此相安，各自知足；
静止的姿态很像前进，
前进的都是降低速度。

暗黑的变得鲜明起来，
鲜明的却变得似有似无，
能闪光的都在一齐闪光，
有真金纯玉的也有鱼目混珠。

隐多少险恶的礁石，
藏多少劫掠的怪物，
鸥鸟在凄叫中撞落崖石，
远行的航船哟可当心樯橹！

当心！那明亮的航道，
可不能在雾中重重受阻，
仔细！那金色的彼岸，
可不是在银色中晃动飘浮……

也许，它原也是正常的水滴，
曾和海溶合一起喧腾奔突；
也许，它来自十分久远的年代，
在时间的空间里随风飘舞！

今天，我要呼唤阳光，呼唤风暴，
挥动起来吧那强力的神工鬼斧！
是时候了，它该有自己的归宿；
归还吧，还大海的清朗、坦途。

诗写于1980年1月。先从内容上来说说。此诗的主旨是通过对自然景观“雾”的刻画与描绘，暗示出现实社会与人生的思虑和隐忧，表现了一种不能自控的命运感和无奈的情绪。诗的开头就以极其突兀的问话，把读者带入雾的氛围，你想连天地都不知去向，可见雾的浓重；紧接着是从视觉、感觉、触觉几个方面揭示雾的特征，已状描了无奈感；再下来是四组既描写雾景的特征又暗示社会人生现象的双关具象；然后是抒情主人公对前程险恶的告诫；最后以呼唤归还大海以清朗与坦途结束全诗。表面看，诗作是逼真地呈现了雾和雾中海洋的情状，表现对前程的忧心，因为行文中每一形象都符合雾的形态，乍一看这是首风景诗和风物诗。其实不然，写景不过是诗的表象，而其内核则是社会人生，确切地讲这应是一首写社会人生的诗，其意义与价值也正在此。说它是一首写社会的诗，因为其中的意象使人联想到其时代背景，“美丽的和丑陋的差不多”“高大的和渺小的差不多”“暗黑的变得鲜明起来”“鲜明的却变得似有似无”四组意象，就使人忆起一场大动乱之后的狼藉和新希望孕育中的躁动；忆起外来意识的冲击和历史思绪的沉淀；忆起传统遭到轻蔑和未来带着迷惘的那些日子。那个特定的时期的纷至沓来的现状激荡起诗人的忧思和诗情。这可以说是诗的第一重主题；由于社会总是与人生相关，所谓人生，无非是过去、现在、未来三部分组成，过去是一片废墟，未来这块基石又捉摸不定，就出现现在在美丑、爱恨、善恶、正邪上的暂时错位，社会的失衡，自然带来人生的努力与执著不可抗拒的失落，哪怕是美好未来到达前的失落，以及因失落而引起的忧虑，这便是本诗的第二主题了。但从诗的指向看，诗人并没有失去信心，这不仅从诗作末段的“呼唤”看是如此，从诗的整体看也是如此。也许正是由于对前程有过分自信，才对眼前些许不尽如人意之处产生杞人之忧，通过对种种现象的敏感，使人体味到未来之可贵。这当然是诗人的独特感受，但又绝不仅仅是个人感受，其所包容的思绪是深刻的，字句是凝重的。之所以这么说，因为它可牵动一代人的思绪，提取一个时代的缩影。由于诗所具有的容量和厚度，阅读时会产生由表（自然景观）及里（社会现象）、由浅（短暂气候）及深（人生旅程）的美妙共鸣过程，使人获得一种“再创作”后的愉悦。也许这便是这首诗的价值所在，难怪它得到许多诗评家、遴选家的注意。

如果按照象征主义大师马拉美的说法，“象征就是一点一滴地把对象暗示出来，借以表现一种心灵状态”，那么，这首诗则很有些象征味道，但它仍不同于象征诗，象征诗是纯意象化了的，而此诗的抒情成分较浓，而且还保留一些直抒胸臆成分，使你可以直接感受到诗人情感的脉搏。当然即使在每个意象的呈现中，也压缩着冷却了的情感，但那毕竟是在进行分析和沉淀后方可捉摸。那么，这是一首以景寓情（由景而注入情）还是以情寄景（因情而设景）的诗呢？这也是个有趣的问题。如单从诗的文字是很难区别的，但如果从诗的整体倾向和可揣摩的创作意图考虑则是可鉴别的。就意图而言，作者明显借雾景来吐露自己对社会人生的一些思考，如此看，此诗属后者；就倾向来说，全诗写景形象占主导地位，这样讲，这诗又应属前者。其实，在写作过程中，情景互动，意象离合，很难将二者加以区别的。但此诗是包括八首诗的组诗《海思》中的一首，八首一气写成，一次发表，所以它不是即景生情的作品，它离开作者最近看到海的时间相距甚远，写作前诗人只觉得有不少生活的感触无以表达，后来偶然在杂志上看到一首写海的诗，把许多主观色彩很浓的词语硬加到海上，觉得那是败笔，但却受到以海抒情的启示，既然觉得别人写得不好，自己何不借此试试。于是，只经过短短的酝酿，竟一夜间完成八首诗的设题、立意，两天写出初稿，略加文字上的修饰后就交给《星星》诗刊发表。它们是《海虹》《拾取》《海》《归帆》《慈》《狂涛》《海雾》《海市》八首，每首均以海为对象，可以说寄情于海。如果细说起来，这首《海雾》则还有一个来路，它在艺术上多少受到前人的影响，作者记得构架此诗时，曾想到旧小学课本上一篇描绘晨雾的散文及20世纪40年代几位诗人写雾的诗作。由于前人便有以景致嫁接社会现象，作者便也在此迈开诗艺步伐。当然，说“嫁接”不过是借词，其结合乃是说不清道不明的有机的复杂过程。它虽得之于偶然，却蓄之以长久，那些早早呈现于心空上的思考轨迹，燃起诗人揭示、鞭笞的欲望，这把运行的地火，几年之后才在“海”上找到喷发之口。诗与其说“写”出来的，不如说“熬”出来的。

关于它的特点，还有几点可以交代：其一，时代感较强，这是比照许多无时代特征的诗而言的，诗中所写的现象，只要是过来人都能读懂其内涵，即使年轻读者也大体可揣度其内容，更何况许多社会现象至今仍在延续。但如果将社会感隐去，以写人生感为主，也许更动人，这是一个遗憾；其二，表现上讲究含蓄，使用大量暗示语言，既符合物象特征又有言外之意，即所谓双关语，应用是成功的。但也有不尽如人意之处，即在意象化追求上不够彻底，特别在最末一节加进明显的直抒成分，纯属画蛇添足，全诗如在第七节末句，即“仔细！那金色的彼岸/可不是在银色中晃动飘浮”处结束，定比现在精彩，这又是一个遗憾；其三，全诗文字、节奏、音韵比较讲究，工整、鲜明，很有格律感，足见作者诗艺的技巧与功力，但正因为此，使诗行失之于流畅、自然、浑然一体，如是音乐已非天籁，如是舞蹈则戴着镣铐，为诗人后来所追求的品质所难容，此为第三个遗憾矣！其实，所谓成败、遗憾都不过是闲话罢了，一个艺术品的产生是作者当时情绪的物化，早已是一个客观存在。（洲　水）

燧　石　　高伐林

我是燧石
我棱角分明

我没有金刚石和祖母绿雍容华贵
也不如汉白玉或者翡翠典雅
我不曾雕成印玺　由诸侯拼命地争夺
也不配戴在摩登女郎的纤纤手指
或者在她们奶油般的脖子上悬挂
我更比不上漂移的冰川砾石
能成为地质论文里沉甸甸的砝码

我是燧石
我只有一个请求
请拾起我
——敲打

是的　狠狠地敲打！
一瞬间　真正的我挣开灰白的茧壳
从心灵深处　彩色的生命之光迸发
敲打吧　敲打会证明我
即使一万年沉睡在沼泽　山洼
也决不是　一粒废渣
而是一点凝固的火

一颗沉默的星
一朵坚硬的花
敲打吧　敲打会重现那一片往事
绚丽得像梦境中的朝霞
人类正是找到了我
才在荒芜中创造了文化
从楔形文字到金字塔
从彩陶　大乘佛教到徐悲鸿画马……

我是燧石
请记住我的体会吧
智慧之火　不是天外飞来
本来就埋在你的他的或她的脚下……

燧石，是人类童年的取火工具，是人类文明发端的标志，它伴随着人类度过了漫长的岁月。以燧石为诗题，本身就具有一种追怀远古的深沉的历史感。同时，燧石作为人类长期对象化的工具和生活必需物，属于“人化的自然”。诗人在此基础上将它人格化，表现人的主题和生命的象征内涵。

本诗采用了燧石自述的方式，在内容上分为三个部分，即燧石的个性，燧石的价值和燧石的启示。首先，作者抓住了燧石“棱角分明”的外形特征，揭示了它粗犷、朴实和平凡的个性。在作品中，这是通过燧石与其他岩石的比较表现出来的。金刚石和祖母绿的雍容华贵，汉白玉和翡翠的典雅，是人们的审美评价和出于功利目的而赋予的，当它们被打制成印玺、戒指和项链后，更显得身价高贵，充满诱惑力。就是冰川砾石，也由于它的学术意义而备受重视。相比之下，燧石随着文明的发展而被现代人冷落了。事实上，这是现代人对粗犷和朴实个性的冷落，对原始生命活力的冷落。其次，诗人由燧石的用途在于敲打起火，抒写了它的价值和意义。这里包含着三层意思。一是燧石只有在敲打中才能实现自我的生命价值：“从心灵深处　彩色的生命之光迸发。”二是燧石只有经过敲打才能向人类证明自己的存在和内在价值，它的沉睡并不说明它的无价值，而是人们没有发现和使用它的价值，它不是“一粒废渣”，“而是一点凝固的火”。三是敲打燧石会唤起人类对童年的记忆，认识到它对人类曾经做过的贡献和开创性意义：“人类正是找到了我/才在荒芜中创造了文化。”再次，作者最后写出了燧石的启示：“智慧之火　不是天外飞来/本来就埋在你的他的或她的脚下。”这就是说，人的个性和价值的实现在于自己，在于生命的不断的“敲打”。这样的主题，无疑是富于时代精神和现实意义的。

本诗运用的主要艺术手法是象征。人的个性、生命和价值是燧石丰富的象征内蕴。我们从“棱角分明”，“狠狠地敲打”中看到的是人的个性，从“请求”“沉睡”“往事”“体会”中品味到的是人的生命运动，从“一颗沉默的星/一朵坚硬的花”悟出的是人的价值的尚未实现。即使金刚石、祖母绿、汉白玉和翡翠，它们也是作为人的品格的对象化来刻画的，也黏附着象征含义。此外，作者不注重诗的形式的外在整齐匀称，而追求诗的内在情感的变化和节奏，这也是本诗的一个艺术特点。诗句短到两个字，长到十几个字；有的一句拆成两行，如“请拾起我/——敲打”，有的又两句挤在一个诗行；诗节少到两行，多到十五行；有时连续都押韵，有时整节诗都不押韵。所有这些，都以情感的波动、运行为转移，体现了一种情绪的节奏。这种形式上的无拘无束、奔放自如，也是现代新诗

引人注目的一个特点。(方克强)

星星变奏曲　江　河

如果大地每个角落都充满了光明
谁还需要星星,谁还会
在夜里凝望
寻找遥远的安慰
谁不愿意
每天
都是一首诗
每个字都是一颗星
像蜜蜂在心头颤动
谁不愿意,有一个柔软的晚上
柔软得像一片湖
萤火虫和星星在睡莲丛中游动
谁不喜欢春天
鸟落满枝头
像星星落满天空
闪闪烁烁的声音从远方飘来
一团团白丁香朦朦胧胧

如果大地每个角落都充满了光明
谁还需要星星,谁还会
在寒冷中寂寞地燃烧
寻求星星点点的希望
谁愿意
一年又一年
总写苦难的诗
每一首是一群颤抖的星星
像冰雪覆盖心头
谁愿意,看着夜晚冻僵
僵硬得像一片土地
风吹落一颗又一颗瘦小的星
谁不喜欢飘动的旗子
喜欢火
涌出金黄的星星

在天上的星星疲倦的时候——升起
照耀太阳照不到的地方

“变奏曲”是音乐的一个术语，意指音调不同变化的曲子。诗，题为《星星变奏曲》，以“星星”作为歌咏（抒情）的对象，诗裁为两节，两节对“星星”的歌咏（抒情）的角度各各有别，形成乐曲中的所谓的“变奏”，诗情画意由此生成，诗绪情愫由此弥漫开去……

诗的两节开头都是一样的：“如果大地每个角落都充满了光明/谁还需要星星，谁还会……”这就好比一首乐曲，上下两段的前奏都是一样的。诗的变化的关键一句是上节和下节的第五行，上节是“谁不愿意”，下节是“谁愿意”，一个是否定句式，一个是肯定句式，情绪的变化和抒情的方式由此变化——诗人机智地将它们称为“变奏”，其源盖出于此。音乐和诗本不分家，都是抒情的，高雅的艺术，诗人挪移音乐的概念于其诗中是再自然不过的了。

诗人对诗的句式或变化的处理既是一种形式的变化，也是内容的延宕，它使诗更富有内在的韵律和节奏的变化。

比形式的革新更令人瞩目的是诗围绕“星星”所作出的一系列描绘、铺排、渲染和塑造。其中尤为精彩的是，将星星喻为在心头颤动的“蜜蜂”；将落满天空的星星喻为落满枝头的鸟；而星“瘦小”得能被风吹落，而满天的星空会飘来闪闪烁烁的声音，并且如白丁香一样朦朦胧胧——这样的充满人的五官感觉互为挪移的凄迷的描摹，令诗处处生春，诗意盎然，诗情丰沛。

诗的第一节是暖色调的，推出的场景迷离、静美：是春天，春天的夜晚，如湖泊一样柔软的春夜，打着灯笼的萤火虫和满天繁星结伴而行，将它们美丽的倩影倒映在长有睡莲的湖水之中……

诗的第二节是冷色调的，推出的场景冷隽、凄美：是冬天，冬天的夜晚，如冰雪覆盖在心头一样寒冷的冬夜，土地铺满冻霜，僵硬的风吹落一颗又一颗瘦小的星星，以致诗人写的诗都是苦难的，每一首都是一群颤抖的星星……

对于暖色调的描写，诗人以一句“谁不愿意”，予以否定之否定——肯定；对于冷色调的描写，诗人以一句“谁愿意”，予以坚决的否定。两个场景产生碰撞，内容上是一种互补，从而形成了这样一种诗歌的情绪方程式，如著名诗评家谢冕所指出的，江河的《星星变奏曲》在浓重的失落感中萌发出来的追求与寻找，既给诗篇蒙上一片迷惘与感伤的情调，又浸透着不甘湮没与泯灭的内在力的冲击与奔突。（戴　达）

无　题　柯　原

一百个聪明人
回答不了
一个傻瓜提出的问题；

一根棍棒
却能够回答
一百个聪明人提出的问题。

“文革”时期，诗人柯原带着满腹的愤怒与茫然若失的惆怅意绪，被残酷无情的现实从美丽如花的羊城，驱逐到浓雾笼罩的洞庭湖畔，虽然禁锢的心灵因失去自由而备受折磨，但是苦难绞杀不了他对于信念的追求，正如他当时在一首《焚稿》诗中所吟哦的："诗魂在火焰中起舞翩翩，待明日，依然是笔如宝刀歌如潮！"他那机智的诗心是不甘寂寞的，洞庭湖的涟漪依然激起了诗人的创作冲动，他的笔不间断地倾诉着心头的爱与恨。《无题》诗便是这一时期极富时代感的一首佳作。

读了这首洗练、幽默的诗以后，顿使人感觉到这首诗有一股沉甸甸的分量，它蕴含着极其丰富的思想、历史内容，启人思索不止；同时又强烈地折射出了诗人智慧的投影。此诗虽则《无题》，题旨却在人人心中。

全诗两节六行，共三十九个字，短小精悍，在现代白话诗中诚为少见。但它用寓言式的诗句，形象地叙述了我们社会生活中的莫大悲哀。"一百个聪明人/回答不了/一个傻瓜提出的问题。"这是不能不让人乍一听引起发笑的故事，然而只要对疯狂的年代有多少良知惨遭炼狱的蹂躏的历史稍作回忆，这刚要跌落的笑声就会化作苦涩的泪滴了。诗人不是在编造一个哗众取宠的可笑至极的童话，他正是着意刻画所深深体会到的现实生活的缩影。因此在第二节诗里，诗人愤怒地回答了那个是非颠倒的年代里，人们的正常形象被扭曲的根源在于一根发疯的"棍棒"。"棍棒"无疑是指江青反革命集团所掌握的那部分权力，短短的诗行里凝固着社会空气的沉闷，让人感到难耐的窒息。应该指出诗人用了反语，字面上用了"却能够回答"，实际上是说不敢回答。在文字背后清晰地听到诗人代表人民在作不屈的呐喊。第二节诗是神来之笔，于冷嘲热讽中蕴含了深邃的思想容量，达到了扣人心弦的创作效应。

《无题》诗通过聪明人、傻瓜与棍棒之间的纠葛关系，制造了强烈的戏剧气氛，从而也就增强了感染力。诗虽短小却完整丰满，形象生动，耐人咀嚼；在诗人近乎诉说社会笑话的背后，为读者提供了展开想象力的空阔余地，任你去再创作，再思考，去获得人生有益的启示。（施圣扬）

山 民　韩 东

小时候，他问父亲
"山那边是什么"
父亲说："是山"
"那边的那边呢？"
"山，还是山"
他不作声了，看着远处
山第一次使他这样疲倦

他想，这辈子是走不出这里的群山了
海是有的，但十分遥远
所以没等他走到那里
就会死在半路上
死在山中

他觉得应该带着老婆一起上路
老婆会给他生个儿子
到他死的时候

儿子就长大了
儿子也会有老婆
儿子也会有儿子
儿子的儿子还会有儿子
他不再想了
儿子也使他很疲倦

他只是遗憾
他的祖先没有像他那样想过
不然，见到大海的就是他了

韩东一般被认为是"新生代"诗人中的代表性人物，出现在"朦胧诗"之后的"新生代"诗歌，有着与前者全然不同的审美内涵。诗人常以精炼的口语来描述日常生活，笔调显得客观而冷静，却又往往使人于平淡之中见奇崛，感受到了独特的哲理意蕴。《山民》的母题似来自中国古代经典寓言"愚公移山"，但与"愚公移山"讴歌人们锲而不舍的奋斗精神的主旨相比，此诗显然多了几分反讽意味。

"山"与"海"在这里代表的并不是物理层面上的本义，而是一种符号，被赋予了明显的象征意义。"山"是凝重沉滞的，喻示着保守闭塞的传统文化，与世隔绝、陈陈相因而让人感到"疲倦"。而"海"是流动变化的、生生不息的，象征先进开阔的文明，也蕴含着超越现实的美好希望，但又显得遥不可及。距离的远近，很多时候其实是心理层面上的，即佛教所谓"境由心造"。在诗中可能没有人真正到过海边，自然也无人知道海到底有多远，所谓"没等他到那里/就会死在半路上/死在山中"，或许只是山民的想象而已，浸染着对未来的困惑和对环境变化的恐惧。

诗的主人公乍看上去与他视界狭窄的父辈和祖先们有所不同，经常在思考些"形而上"的问题，多了几分理想主义色彩，有走出大山的愿望，但给人的感觉是想法大于行动，连想到生儿子也使他"疲倦"，可见其懒于改变的心理。其祖先们未必就没有过"走出大山去"的想法，偶尔也会产生幻想和遗憾，结果是还在代复一代地重复着单调的生活。诗的最后一节更点明了主题，主人公遗憾和抱怨：如果生活在大山里的祖先早就像他这样想，见到大海的或许就是他本人了，读到这里人们似乎感到了一种轮回。理想与现实之间的落差总是使他很疲倦，而疲倦的他多半是不会真正上路的。

诗人借"山民"这一形象表达了对民族命运及个体生命意义的喟叹和思考。诗从头到尾弥漫着"疲倦"的情绪，这深刻地传达出"他"真实的内心感受：困惑、迷惘，焦灼而无助乃至无望。一代又一代山民那样浑浑噩噩地生活着，使愚昧代复一代地流传下去。在作者看似平静的叙述中，隐藏着强烈的批判激情。在叙述语调上，诗人用的是一种不露声色的冷基调，语流的停顿和迂回恰到好处地传达出诗歌情感的凝重深沉。如第三节中，诗人有意运用了单调的句式，并用字句的重复来营造一种沉闷、单调的气氛，这与大山给人带来的毫无变化的生活是相吻合的。口语化的风格与深刻意蕴的完美结合，是《山民》一诗在艺术表现上的鲜明特色。（孟 晖）

七层塔顶的黄桷树　傅天琳

七层塔顶的黄桷树

像一件高高晾着的衣衫
旷野
拖着它寂寞的影子

许是鸟儿口中
偶而失落的一粒籽核
不偏不倚
在砖与灰浆的夹缝里
萌发了永恒的灾难

而它稀疏的桠枝上
麻雀吵闹着
正在筑巢
而它伸直的手臂
像要抓住破碎的云片
捎去
并不破碎的盼望

它盼望什么呢？我不知道
犹如我不知道
它摇曳的枝叶
是挣扎，还是舞蹈
是的，它活得多别扭
但绝不会死去

它在不断延伸的岁月
把孤独者并不孤独的宣言
写在天空

简括地说，“七层塔顶的黄桷树”这一意象，写出了有着不幸遭际并在异常环境中生长着的一类人，隐喻着一种错位的、被扭曲的人生。

全诗共分五节。第一节写“黄桷树”的形象，突出它的“错位”和“寂寞”。黄桷树当然应该生长在大地的土壤上，不管这土地是肥沃还是贫瘠；但严峻的现实是，它竟被置于“七层塔顶”，“像一件高高晾着的衣衫”。这是非常荒谬的现象。于是，离开了家乡（土壤）、离开了同伴（树林）的黄桷树，只能寂寞地投下它孤单的影子。第二节写“黄桷树”的遭际，表现了命运的难以捉摸及其造成的个体的不尽的苦难。鸟儿的口偶尔洒落一颗树籽，便注定了黄桷树一生的命运。对鸟儿来说，它完全是无意的，并不明了它的无意将造成怎样的后果。但正由于此，才暗示出命运充满着随机性、偶然性和巧合性。黄桷树只能在“砖与灰浆的夹缝里”求生存，它的一生意味着灾难。第三节写“黄桷树”在灾难中的盼望。恶劣的生活环境使它发育不良，只长出“稀疏的桠枝”。然而最大的痛苦还不在于此，而在于麻雀自由自在的生活与它形成的鲜明对比。它在逆境中还没有泯灭希望，还想抓住什么，寄托什么。可是，一切都是茫然的幻想。第四节写“黄桷树”的矛盾。它在盼望，但盼望什么却不为人知；它在“摇曳”，但这是苦难的挣扎还是自娱的舞蹈？同样难以理解。它的内心世界是锁闭的，与人隔绝的，但有一点却是肯定的，即它的存在就是一个最大的矛盾，它不能畅快地活，但也不会绝望地死，它永远处于半死不活的尴尬境地。第五节写“黄桷树”所寓示的人生意义。它的半死不活状况历史地存在着，就像“七层塔”作为古老的历史遗迹存在着一样。作为一棵树它永远是孤独者，但作为一种人生的象征却“并不孤独”，它能在人间找到众多的认同者和共鸣者。因此，它存在的意义在于把“宣言写在天空”，激发起人们对自身或他人命运的关注和思考。这也就是本诗所揭示的意蕴深广的人生主题。

与以树写人的题旨相契合，本诗艺术上的最主要特点是移情于物。“拖着它寂寞的影子”，“萌发了永恒的灾难”等，都明显地投射着诗人主体的情感。黄桷树在人的对象化、情感化过程中，与人的形象和命运达成了某种程度的同一。“像要抓住破碎的云片/捎去/并不破碎的盼望”则更进了一层，诗人的情感和想象赋予黄桷树以人的追求与内心欲望，从而在心理层次上建构起人与树的象征关系。当然，诗人“入乎其内，又出乎其外”，掌握着恰当的分寸感。也就是说，诗人并没有将物我浑然一体，而是保持着对象与主体之间一定的审美观照距离。如诗人点到“盼望”，但“它盼望什么呢？我不知道”，这就从上面的情感的观照转入这一节的理智的思考，从情感的移入过渡到意义的发掘，作者移情于物，体现了女性情感的细腻和富于想象的特征；而强调作为思考主体的“我”的存在，则又表明诗人追求哲理性的一贯志趣。

在语言的运用上，本诗注意口语化。全诗不讲究诗行的整齐，诗节的匀称，诗句的押韵。作者追求的是语从口出，自然天成，但我们却能从看似随意的诗句中体味到诗意的浓缩，从异常朴素的语言中感受到清新的气息和力量。其原因在于，诗人不在语言的句型和形式层次上下大功夫，而在语言的内在意蕴层次上追求新巧和诗味。（方克强）

情歌四章　黄　襄

一

真想把你的长发
泼在
荒凉死寂的沙漠上
化作千条万条
奔腾的河流
让我啜饮
让我呼吸
只因为有了你
就有绿色生长

二

真想把你的眼睛

深藏于
晶莹冰澈的天池里
让你默默凝视
千年万年
天山不溃的积雪

而我愿意
做一头多情的麋鹿
每当夜深时
悄然到你身旁喝水

三

真想把你的唇片
刻在
沙漠中奇异的石窟内
甜甜的秘密
只有我知道
如何追寻你的声音
任天涯海角
任水阔山高
只要我躺下来
贴着土地
就听到
你底遥远的呼唤

四

真想把你的耳朵
贴向呼号的万里黄沙
然后叫你
轻轻贴向我胸前
告诉我
它们说的是什么故事

不知道是欢乐还是悲哀
只是我深信
呼号了千年万年啊
定然有一种深情在内

一九八二年五月

人们通常认为，东方尤其是中国的情诗讲究委婉含蓄、吞吐有致，不违反“发乎情，止乎礼义”的信条。但这首爱情诗不同，它写得热烈而粗放，以火般的语言表达灼热的情感，以奇异的想象写相思之久和相思之苦，给人留下了深刻难忘的印象。

组诗由四章组成。每章开头总是发端突兀，出人意料。“真想把你的长发/泼在/荒凉死寂的沙漠上”，这里对亲爱者长发的赞美，几乎是通过“诅咒”来表达的。秀发本与“荒凉死寂的沙漠”毫无相似之处，然而作者硬是让它们联系在一块，然后顺着“沙漠”的比喻，引出千条万条让我啜饮的河流：变荒凉为喧腾，化沙漠为绿洲，真可谓是“置之死地而后生”。其他如“真想把你的眼睛/深藏于/晶莹冰澈的天池里”“真想把你的唇片/刻在/沙漠中奇异的石窟内”，初读也使人感到作者把“眼睛”“唇片”限制得过“死”了，然而这“死”正是为了表现后面的“生”和“活”。作者从无情的天池与“多情”的“麋鹿”、苦涩的沙漠与“甜甜的秘密”这对立的两个方面加以限制，同时就从这限制生发出另一奇特的联想，并让读者沿着这线索去追寻诗人内心的秘密和真正的声音，“我”对“你”的一片痴情便被写得如在眼际，如在耳畔，如在唇边，如在身旁！

诗篇采用“真想把你的”身体上的某一部分如何如何处置的结构形式。这种方式及由此带来奇妙的效果也就是诗歌的内容。每段的结构虽然相似但写法略有变化。如第一段的结构程序为：长发→沙漠→河流→啜饮；第二段为：眼睛→天池→积雪→麋鹿→喝水。这其中多处蕴含着换喻和暗喻，所不同的是第二段多出了一个动物。这种同中有异的结构，使诗思顿时变得活跃起来。

全诗基本上是用口语写成，显得质朴自然，非常亲切，但又不是散漫的口语翻版，而是经过了加工和提炼。此诗的另一艺术特色是想象新颖奇特。如第三段写把唇片刻在奇异的石窟内，这种写法本身就非常奇异独特。最后一段写“真想把你的耳朵/贴向呼号的万里黄沙”。这里所产生的诗意魅力，也正是靠石破天惊的奇想构成。由此也可见：想象驰骋，感情横溢，是形成诗的魅力不可缺少的一个要素。（古远清）

赠一个藏族兄弟　黎焕颐

烈性的酒。
烈性的骑。
烈性的飘风骤雨。
烈性的大草原的气质。

四分骑士的风貌，
三分行吟者的不羁。
还有三分，是难得的
傻子气……
哎！人，如果都精得像猴子，
生活的花果山，哪里还有
这许多红桃绿李？
好啊！你嗜酒成癖，
好啊！我爱诗成疾。
纵然我不会豪饮，

纵然你不会写诗。
但，这又有什么要紧呢？
诗和酒，历来是难兄难弟……
来！让我以诗代酒，
献给你一个情感的旋律……

来吧！我愿为你而醉，
尽管，除了仓央嘉措的诗，
对西藏的庙宇，对庙宇中的
一切大大小小的天神地祇，
我心灵的门窗处于封闭状态，
没给他们准备一席精神领地。
然而，对朋友，对同志，
我从来也不吝惜肝胆——
一生肝胆照须眉……

假若我因你而烂醉如泥，
那么，好！请你把我扶上马背，
向第三女神疾驰而去，
然后，你再陪着我，
醉卧于世界屋脊……
啊！人生难得几回醉；
要醉，也应醉在屋脊第一梯！

1982年，诗人曾和其他几位作家一起访问西藏，此诗即作于赴藏访问之后。题作“赠一个藏族兄弟”，这个藏族兄弟是谁？他有怎样的经历？这些在诗中都没有交代，读者也不必深究，因为诗人笔下的这个藏族兄弟，实际上是藏族人民的化身，是诗人所要歌唱的汉、藏民族的团结和友谊的象征。

诗的第一节扣住“烈性”下笔，切合藏族人民强健的体魄和刚烈的性格，显得突兀而遒劲。当然，光提“烈性”，终究有些空泛，为此诗人接连用了四个排比句，把“烈性”加以具象化，从身边的“酒”、胯下的“马”推广至于“飘风骤雨”（气候）和“大草原”（环境），这就达到了虚实结合，既生动又概括地勾勒了藏族兄弟的神采风貌，给读者留下了深刻的“第一印象”。

第二节除了承接前者，进一步点明和补足“藏族兄弟”的“骑士”“行吟者”的身份之外，还特地突出了“傻子气”，这是颇有深意的一笔。各民族的生活环境和风俗习惯各不相同，如有的长于骑射，有的善于歌舞；有的生活于草原，有的居住在海滨，但他们都具有的“傻子气”，即坦率、憨厚、热情好客、舍己为人等品格，却使他们超越了语言和生活方面的障碍而紧紧连接起来。诗人也正是从此出发，禁不住站出来发感叹（猴子之喻），挥舞诗笔，要“以诗代酒”，欲引“藏族兄弟”为知音了。自古以来，不少诗人都和酒结下了不解之缘，他们或饮酒赋诗，或把酒话旧，或劝酒赠别，留下了说不尽的趣闻轶事，诗人这一次面对善于豪饮的藏族兄弟而把诗、酒并提，更可谓恰到好处，独具一番新的时代色彩和民族情谊。

最后一节写的是诗人想象中的情景，显得相当浪漫和新奇。不过这也并非突兀而来，从诗人的感情上说，它是前面“以诗代酒”的发展和升华，从诗的结构上说，它又巧妙地和开头相呼应相契合：有了“烈性的酒”，何愁不能使远道而来的客人“烂醉如泥”？有了“烈性的骑”，何患不能把热情坦诚的诗人“扶上马背”？“疾驰”在“大草原”上，也许会再一次遇到“飘风骤雨”，不过这也没有什么要紧，“人生难得几回醉”，何况又是醉在具有三分“傻子气”的藏族兄弟身边，醉在珠穆朗玛峰的脚下！诗人所以有这样的表现，也许是因为他受到了藏族兄弟的感染，或多或少具备了“大草原的气质”的缘故吧！

这是一首歌颂藏族兄弟的诗，也是一首直抒诗人怀抱的诗，它具有“烈酒”般的热量和力度，使人兴奋，使人沉醉。（孙光萱）

媚态观音　　孙静轩

厌倦了千年不变的钟鼓之声
和那千篇一律的佛法经文
法规虽严，却关不住一片情思
你赤着双脚，跨出了天堂的大门
你侧身于神与人之间
大胆地穿一件透明的纱裙
你扭动着窈窕的身段
似乎要翩翩起舞
突然，又陷入神秘的沉默
你羞涩地微笑着
凝视着朦朦胧胧的凡尘
为了这叛逆的婀娜媚态
你全不顾背后怒目而视的护法之神

四川大足石窟，大小雕像数万尊，规模恢宏，气势壮观。《媚态观音》是诗人游览大足时拾到的一首诗。

观音是佛教一菩萨名，阿弥陀佛的左胁侍，男性。佛教把他描写为大慈大悲的菩萨，女相观音造像则约始于南北朝，盛行于唐代以后。在佛教创造的众多的菩萨形象中，观音在中国已经家喻户晓。这显然为诗人的创作设置了难题：如何化熟悉为陌生，以激起读者共鸣？

一开篇，诗人就以不同寻常的想象，堵住人们对观音已形成心理定势的联想：“厌倦了千年不变的钟鼓之声/和那千篇一律的佛法经文”——原本是闻声而至，救苦救难的观音，现在，她对钟鼓之声相伴，佛法经文相缠的生活也“厌倦”了！这以后的一行诗，可以说是全诗的“诗眼”：“法规虽严，却关不住一片情思。”它既点明了观音产生“厌倦”的原因，又为进一步写观音“厌倦”之后的神态拉开了帷幕。一个“关”字，使人想起古诗中“满园春色关不住，一枝红杏出墙来”之句。孙静轩在这里也用“关”，使抽象的“情思”通过一个动词而具象化了，它跃动在观音柔情绵绵的心里、眼内。观音，正是探出这森严法规之墙的“一枝红杏”。沿着这样的抒情思路，诗人把伫立大足的观音，想象是“跨出了天堂的大门”，即挣脱了佛门法规之藩篱，来到人间的。虚拟的想象如果完全不凭依一点事实，诗的抒情就可能流于空泛。为避免这点，诗人不失时机地捕捉住观音身穿“透明的纱裙”这一细节，它一方面为“关不住”观音的“一片情思”作了旁证，一方面又着眼于观音的“婀娜媚态”，点明了题意。

一尊雕像，作为一个客观的物象，不会动也不会想，而一经诗人将自己的沉思注进，它就变成了一个受抒情主体调遣的抒情客体。观音这一石雕，竟可以“侧身于神与人之间”，可以“扭动着窈窕的身段”翩翩起舞，她的神色既会“陷入神秘的沉默”，又会“羞涩地微笑着”。诗人在塑造他独创的观音形象时，紧紧抓住一个妩媚的“媚”字，在对观音的“媚态”的刻画中，又紧紧抓住一个情思的“思”字，意在表明：与其说观音是神，一个关注尘世痛苦的神，毋宁说观音是人，一个女人，一个充溢着丰沛感情的女人！诗人深情赞颂她的叛逆精神——为追求和表现自己的人性和人的真情，“全不顾背后怒目而视的护法之神”。神固如此，何况人乎？诗人虽没有明说，但我们分明听到了藏在诗作背后的轻轻呼唤。（戴　达）

阡　陌　林　泠

你是纵的，我是横的
你我平分了天体的四个方位

我们从来的地方来，打这儿经过
相遇。我们毕竟相遇
在这儿，四周是注满了水的田陇

有一只鹭鸶停落，悄悄小立
而我们宁静地寒暄，道着再见
以沉默相约，攀过那远远的两个山头遥望

（——一片纯白的羽毛轻轻落下来——）
当一片羽毛落下，啊，那时
我们都希望——假如幸福也像一只白鸟——
它曾悄悄下落。是的，我们希望
纵然它是长着翅膀……

这是一首爱情诗，描写一对恋人不期相遇时的心理活动。诗的开头就交代环境：“你是纵的，我是横的。”即说你从南北方向来，我从东西方向到；你我平分了天体的四个方位。他们相遇在四面是水田的小路上，由于心灵的打击和压抑太重，在只有他们两个人的情况下，也只敢静静寒暄，道着再见，而不敢有越轨动作。他们很想借这一次偶然相遇的机会，使他们的爱情之花得到滋润，但各自却又受着自我心灵的束缚，心中的话儿不敢尽情倾吐，只能以沉默相约。当他们分别后，再回头张望，两人的心中充满幸福感。诗中插入的一个白鹭鸶，是爱情与吉祥的象征，他们互相张望时，有一片洁白的羽毛落下，这羽毛是一种幸福的感觉，是双方的意念和憧憬的转化物。

在诗的最后一节，诗人干脆点明“假如幸福也像一只白鸟”——他们虽然此时没能结合，但他们希望，幸福像那只白鹭鸶一样飞临他们面前。看来诗人在诗中描写的是一对比较保守的恋人。他们既受外界的压力，也受自我的束缚；既向往幸福又缺乏创造幸福的勇气。如果外部条件不变化，这将是一出爱情悲剧。

这首诗最成功的地方就是意境的创造和意象的捕捉，真正做到情景交融、内外吻合，人物与环境相一致；在悲剧性的爱情中升起了希望的曙色，抑制的气氛中弥漫着幸福的感觉，因而成为爱情诗中的佳品。（古继堂）

西部太阳　章德益

哔剥燃烧的西部太阳
汩汩流淌的西部太阳
伐古歌谣为薪的西部太阳
用黄土捏就用血汗揉就用黄河水塑就的西部太阳
古朴浑穆，铸进五千年古铜的光芒

悬于旷野，嵌于山口，运行于恢恢天穹
有时从长城垛口望你
宛如历史充血的瞳孔
一滴
自莽莽大高原膨胀出的鲜红血球

拱生于黄土
像一颗饱含浆汁的金黄色球茎
一点点骑影，一丛丛树影
仿佛就在这球茎上发芽丛生

沉溺于山野之海
仿佛一颗硕大的金色圆蚌
被群山的烟波反复拍打
默默孕育着一代代精神之珠

庄严地，旋转
五千年如一瞬
一瞬间又包孕着五千年
超越无数代生死的痛苦
旋转为一团燃烧的民族魂

西部太阳
熊熊运行于时空
那原是五千年熔汁般的血水泪水汗水
倾泻进一颗民族心的巨大铸型
而浇铸出的辉煌的渴望

全世界的太阳只有一个，不存在特殊的地域性的太阳。这西部太阳自是诗人的杜撰。不过，虽是同一个太阳，在相异的背景下，在不同的眼睛中，感觉是不太一样的。如："长河落日圆"中之日，不同于"翠影红霞映朝日"中之日，前者粗犷，后者娇媚；又"蓝田日暖"予人愉悦，"时日曷丧"则视之若仇，情感色彩也截然相反。太阳进入人类生活，就不能不被"人化"。于是，有西部太阳在西部诗歌中冉冉升起。

那是一轮什么太阳呢？诗一开篇，用四个排比句来形容它。"哔剥燃烧"状光之强烈，"汩汩流淌"绘光之动感，有色有形且有声。这声是诗人凭第六感觉听到的，近于通感了。"伐古歌谣为薪"接第一句，原来燃烧的不是什么气体，而是从夸父追日以来，桃林般生生不已的古代歌谣。这已超出感觉之外，跨越悠悠时空，上溯到我们祖先的生命历史了。太阳与之同构，因此，正像女娲抟土为人，太阳也是用黄土捏就，又糅进去了五六千年来人类流下的无数血汗。"用黄河水塑就"与"汩汩流淌"相应，同时把黄河的发源地与西部太阳重合，暗含"黄河之水天上来"之意。这是西部的地理、历史造就的太阳，因而"古朴浑穆"，像一座古老的钟，闪耀着"五千年古铜的光芒"，传响着古老文明的宏音。它超离了真实的太阳，却更接近西部太阳的真实。

第一节是直咏太阳，第二节就宕开一步，把它放置于西部特有的各种背景之上：在长城垛口，像"历史充血的瞳孔"；在"莽莽大高原"，是一滴"鲜红血球"；在黄土之上，如一颗"金黄色球茎"；在山野之海，成了一枚"硕大的金色圆蚌"。这一连四个比喻，均以西部太阳为对象，状其形色，传其精神。西部自古多战场，有多少浴血的悲壮故事染得残阳如血，前两个比喻把我们引向沉重的历史回忆；而今绿影婆娑，牧群徜徉，生活已结出甜蜜的果、育出光洁的珠，有物质的，更有精神的，后两个比喻又把我们从历史拉回现实。诗人善用比喻，尤善博喻，层峦叠嶂，云诡波谲，一个又一个瑰丽奇伟的意象加到吟咏对象上，如众星拱月，仪态万千。加上"悬""嵌""膨胀""拱生""沉溺"等动词的精确生动，把西部太阳的各种姿色勾画绘制得辉煌异常。

至此，诗人又进一步进行超时空的想象：自然的太阳诞生了亿万年，人类的太阳却只有五六千年历史，与亿万年相比自然是一瞬，但这一瞬包含多少代生死的痛苦，永恒即刹那，刹那自永恒。"旋转为一团燃烧的民族魂"上承"哔剥燃烧"，是燃烧古歌谣的发展；"血水泪水汗水"浇铸上承"汩汩流淌"，是滔滔黄河水的延伸。诗中的太阳沿着人化的轨迹，由自然而历史，而生活，而精神，而哲理，层层升华，最后浇铸出一颗巨大的红彤彤的民族心，这就是诗人为西部太阳所作的本质定型。（袁忠岳）

龙湾湖　刘祖慈

龙湾湖在长白山区三岔子林业局境内，碧波潋滟，为火山口湖。

狂热之后是深沉。
深沉，不是死灰。

深沉下淀积着大地的隐痛，
深沉是说不清楚的滋味。

深沉，不是绝望。
就算是绝望、绝望、绝望，
只要不死，又慢慢升积起
脉脉春水，阳光下低徊。

深沉，不是健忘。
深沉是内心独白，
是负重的记忆，
是从不轻易断言的剖析，
是对往日狂热的追悔。
哦，狂热早已消逝，
飘风乱雨也已敛迹。
风雨中有新的萌发，
深沉，孕育了新的葳蕤和苍翠。

深沉，也不是软弱，
不是没完没了的赎罪。
为了森林的繁茂，
为了山花的温馨，
为了鸟儿的鸣啭，
让火山永远死去吧！
深沉，是扼住它咽喉的警惕！

龙湾湖，是一个美丽的风景区。夏天，清澈的湖泉下林涛阵阵，山花朵朵，鸟语声声；而当冬天，长白山头白雪皑皑，湖面上仿佛飞起漫天白鸽……这一切，诗人仅在题记中以“碧波潋滟”四字一笔带过，对于龙湾湖的自然景色的描绘，诗中也极少涉及。诗人不经意地腾挪出这一空白，读者可以凭想象去填补。诗题为《龙湾湖》，但这实在不是一首风景诗，诗人无意着力于此，他只不过是借题发挥罢了。全诗通篇都似内心独白却不囿于一己的忧乐。质言之，是诗人对历史与现实作哲学式的一种思考。

诗人与龙湾湖猝然相遇撞击出来的火花，在诗人的眼中是“狂热之后是深沉”。这领首的一句是此诗感情的脉络，诗人在全诗的四节中，都紧紧围绕它展开抒情，以“深沉，不是……”的同一句式，即“深沉，不是死灰”，“深沉，不是绝望”，“深沉，不是健忘”，“深沉，也不是软弱/不是没完没了的赎罪”，思绪层层递进，和盘托出了思考的果实。这种富有诗意的思考，是借助象征实现的，其象征客体便是龙湾湖。

龙湾湖在诗人的笔下几乎未经变形处理，似乎缺少象征客体本应生成的空泛性和不确定性，多少关闭了读者一些想象的天地，这可能是诗人有意而为之。他将自己的情绪和意识单向的、直接的辐射于龙湾湖:"深沉下淀积着大地的隐痛",深沉"是负重的记忆""是对往日狂热的追悔",等等。他实在是急于要把自己的心里话告诉读者以致不忌讳直露了。这样,在他完成了对龙湾湖这一象征客体的创造后,他也就通过它简单而又明了地裸露了一代人从"文革"至今的心灵历程。从十年浩劫的泪与血中趟过来的诗人,理所当然地要强调付出了惨重代价才辨析出的心灵轨迹,这也许是诗人采用这种简单象征的缘由吧。(戴　达)

春风　孔孚

蜜蜂似乎嗅到了花的香气,
掀动这有些麻木的翅膀。
老桑树做着一个染紫孩子牙齿的梦,
纸鸢老是觉得它在天上。
那脚步连蛇也听到了,
眼睛里闪一丝幽光。

在"风乍起,吹皱一池春水"里,风、春水之间的关系相当微妙:水起涟漪,微波荡漾是有形,而春风"乍起"则是无形,用有形暗示无形,用"皱"暗示"乍起"的强度与质感,这正是这句词暗示方法的玄妙之处。孔孚的《春风》深谙此种方法的个中况味。诗写的是春风,却寻不见一个春与风字;处处写春风,又处处不留痕迹。

第一、第二句,用蜜蜂采蜜的季节暗示春天,"似乎嗅到"这个不肯定的用词,是在表现蜜蜂对"暗香浮动"的敏感,即便是春风无力,仍然"薰得"蜜蜂似醉地掀动"有些麻木的翅膀",去追逐香气的源泉。

第三句,桑树在中国文化中的象征意义很多,可以象征女子、爱情、美好事物等。孩子染齿在有些少数民族那里则是一种美丽的成年礼俗。那么依据诗歌的情景,诗人或许是在暗示,一个老女人看着孩子们沐浴在和煦的春风里,正举行着成人染齿礼的幸福情景,这不由得也让她做起了"枯木逢春"的美梦呢。而放风筝的民间习俗,也渲染着浓郁的轻松、欢快气氛。当然,有了"觉得"这一点睛之词,纸鸢便顿然生机勃勃地活了起来。春天,赋予万物以生命。

第五、第六句,明写的是"那"(仍然不肯露春风的痕迹)"脚步"惊动了蛇,暗写的却是因春风而"打草惊蛇",着力点仍然在春风。(张　新)

护城河　孙友田

你是条有血有泪的河,
你是条失去自由的河,
皇帝叫你躺在城墙下
不叫你死,也不叫你活!

挡住百姓反抗的烈火,

锁住宫女凄凉的悲歌，
你日日向往着奔腾和浩瀚，
不愿充当这耻辱的角色。

虎视眈眈的皇城压抑着你，
春风吹不起一层微波，
你愤然暴露宫廷的肮脏，
泛起三宫六院流去污浊！

他们夸你是条玉带，
你却自比一圈绳索，
你多么羡慕那白绫呵，
勒死了一个王国……

护卫皇城，拥戴天子，在世俗的眼光里，该是何等的荣耀。听满城笙歌，映一池华彩，在荒鄙山溪看来，又是何等令人神往。然而，热爱自由，憧憬远方，向往奔腾和浩瀚，是一切河流的天性。“郴江幸自绕郴山，为谁流下潇湘去?”诗家迂阔了，流下潇湘，流下洞庭，流向大海，郴江不为别的，只为自由的意志，只为远方的召唤。“青山遮不住，毕竟东流去”，浩浩长江当感谢诗人的理解和鼓励。20 世纪 80 年代第一春。北京。紫禁城。金水河。是在参观了那座明、清故宫，领略了皇家的专制余威、黑暗阴影和腐败气息之后吧，诗人仓皇逃出那座梦魇般的宫殿，对着城外那条环抱帝居的卑微哀怨的护城河大发感慨。古谚云，水能载舟，亦能覆舟。诗人觉着这条金水河既能装饰、卫护一座王宫，也应能勒死一个王朝。诗中所谓“白绫”，即李自成攻陷北京时，明朝崇祯皇帝煤山自缢时所用。

此诗题咏皇城之下的那条护城河，采用的是传统的写景咏物以寓讽喻的手法，护城河在这里应是皇家禁卫军或朝中官宦的象征。而关于写景咏物诗，中国古代诗论一向强调寄托寓意，如唐代白居易《与元九书》云：“至于梁、陈间，率不过嘲风雪、弄花草而已。噫！风雪花草之物，《三百篇》中岂舍之乎？顾所用何如耳！设如‘北风其凉’，假风以刺虐也；‘雨雪霏霏’，因雪以愍征役也；‘棠棣之华’，感华以讽兄弟也；‘采采芣苢’，美草以乐有子也。皆兴发于此而义归于彼。反是者，可乎哉！然则‘余霞散成绮，澄江净如练’，‘离花先委露，别叶乍辞风’之什，丽则丽矣，吾不知其所讽焉。”这里，白居易贬斥了南朝梁、陈时代诗风，以《诗经》中风雪花草之咏皆有寄托，抨击梁、陈间绮词丽句不存讽喻，斥之为“嘲风雪、弄花草”而已。此论与初唐陈子昂张扬“汉魏风骨”，指斥“齐梁间诗，彩丽竞繁，而兴寄都绝”之论相呼应，对于当时诗坛标榜现实主义诗风，无疑是有积极意义的，对后世诗歌也影响甚深。但这种对于诗中寄托(兴寄)的一味强调，亦即强调诗歌的载道功能、讽喻功能，不免失之片面，实际上完全漠视了纯粹礼赞自然美的诗歌的存在意义。“余霞散成绮，澄江净如练”，礼赞自然美，堪为千古绝唱，为何一定要“知其所讽”呢？而且，这种强调使诗歌可能仅仅成为载道、寓讽的工具，从而导致诗美的损害乃至取消。陈子昂、白居易自己实践其诗观的某些作品便不免此病。后世诗歌理论家业已认识到这种刻意追求思想寄托的弊病，如清人况周颐《蕙风词话》指出：“词贵有寄托，可贵者流露于不自知，触发于弗克自已。身世之感，通于性灵。即性灵，即寄托，非二物相比附也。横亘一寄托于搦管之先，此物此志，千首一律，则是门面语耳。”此即图解概念之弊，其特征是情思游离于形象，寄托强附于景物。但现代诗人仍多因袭载道、寓讽的传统，其诗往往负荷过重，殊少蕴藉与性灵。

以是反观孙友田《护城河》一诗，我们在充分肯定其思想锋芒之余，也不难觉悟到其在艺术表现上的成败得失。（毛　翰）

渔　暮　熊召政

这暮色，又被觅草的孤鹭剪乱
慵悃的舞翅抹暗了放倒的青山
借与晚风作韵的莲花
一支支，斜斜地簪出水面
朦胧，亦如湖空冰盘的姣美啊
清香与暮色揉成的江南

小舟从山浦中荡出了
桨影铺成的长廊，绿荷正自盈栏
栏外，视线停落的地方
曲曲屏山已不见浮动
船底下，游鱼戏逐的浮萍
却在将波浪的方向交换

诗人以浓郁迷离的笔触，描绘出一幅恬静闲雅的山乡渔暮图：夏日的傍晚，夕阳西下，远山烟霭四起，湖上莲花袅娜，随波轻漾，孤鹭低飞，一群渔民荡舟摇桨，捕鱼作业。

诗题为"渔暮"，纳入诗中的物象都是和"渔"、和"暮"契合。诗分两节，前一节扣住"暮"，后一节观照"渔"，珠联璧合，推出《渔暮》。但两者又不是截然分开，而是在侧重中脉通峰连。如诗的起首一句，"这暮色，又被觅草的孤鹭剪乱"："暮色"绘出首节诗（也是全诗）的景物色调，但那"觅草的孤鹭"，又分明暗示了与鱼有关，鱼，鹭鸶，更是渔人捕获的对象呵！首节写水，写水上的莲花，写湖，写湖中的皎月，这水，这湖，正是渔人大显身手的赛技场地；写暮，而始终为"渔"作铺垫。第二节从诗人笔下涌出的景物几乎都是第一节已经出现过的景物的重现，但又不是重复，"青山"成了"屏山"，"莲花"成了"绿荷"，"水草"成了"浮萍"，诗人以一句"视线停落的地方/曲曲屏山已不见浮动"，点明了这些景物在暮色里随着时间推移的变化：暮色缓缓加浓，景色渐渐加深，以致在首节出现过的暗淡的"青山"在水中的倒影，在此刻已不见它的"浮动"——浓重的暮色剪断了视线。乍一看，诗人似乎还在渲染"暮"，其实，着墨的重心已经转移到了"渔"，穿梭于画面的是渔人的"小舟"，这景物也是通过渔人的视线才发生效应的呵！——写渔，但却是以"暮"作依托的。

诗人很注意从中国古典诗词的艺术宝库汲取营养，如诗中动词的活用，使山野风景情趣盎然，诗不写弥漫山岚的暮色渐次朦胧，而说暮色被孤鹭"剪"乱；诗不写倒映水中的青山在雾霭里变暗，而说孤鹭的舞翅"抹"暗了放倒的青山；开在晚风里的水莲在诗人的笔下是"借与晚风作韵的莲花/一支支，斜斜地簪出水面"。诗中运用了不少古色古香的词汇，如"慵悃"、"簪"、"水盘"（圆月）、"盈栏"、"屏山"，等等，使这一幅现代乡村风情画平添典雅、深邃的艺术魅力。

此诗表现的是一种婉约、清丽的美，整个画面呈现一片宁静、安谧。但这并不是一个完全无声的空间。他不单单是让我们看到了画面上的一个个视像（这是主要的），而且不失时机地推出了一个声音:"小舟从山浦中荡出了"！那"桨影铺成的长廊"里,回响起的应是一声声欸乃的桨声！这桨声,使《渔暮》的时空成为一个真实的空间。(戴　达)

我的太阳(选一首)　马丽华

日　暮

隔着遥遥的时空之距
凝视
目光交流用宇宙的语义
或许还该笑,唱支送别的歌
请灰天鹅做信使衔起它
金色地融入夕光
或许该实现非分之想了
将那小船驶往黄金的岸
每天每天经历爱的潮汐
感情也变成大海

悲壮之美
静穆之美
别了,我的太阳
摇动晚霞斑斓的手帕
一路珍重,一路
　珍重

牧歌唱晚
我叹息心中的宁静
遂关闭心扉步入恒夜的相思

谁耽于幻想而倦于守候
谁就不免错过
夜,只为缄默地等待而夜
不再吟咏月光,再不吟咏
那片容易迸裂的薄薄的冰

从未相许的是我的太阳
永不失约的是我的太阳

马丽华以组诗《我的太阳》饮誉诗坛。这一组诗用《等待日出》《日既出》《日午》《日暮》四首诗，概括从日出到日落的全过程，抒发了诗人对太阳的挚爱。这是女性对她心中的阿波罗的大胆直率的爱，“太阳太阳/我对你永不设防”(《等待日出》)；是诗人对其生命对象的别无选择的爱，“造物主为我创造了你/又因你而设计了我……我选择诗笔原只为太阳/只为太阳你呀”(《日既出》)；是一种物我无间、天人合一、主客相融的更为深沉宁静的爱，“只要不张开眼睛/便与阳光融作一体”(《日午》)。你只有理解了这种富有人性而又超越人间的爱，你才能理解《日暮》这首诗。它是这组诗的最后一首，是四部曲的尾声。告别的时间来临了，那颗负载着如许沉重的爱的心灵，将向我们诉说什么呢？

相伴一天的太阳远去了。若是人的分别，可以“执手相看泪眼，竟无语凝噎”(柳永《雨霖铃》)。可是现在分别的是太阳，离开地球十万八千里，无法“执手”，只能“隔着遥遥的时空之距/凝视”了。人间的语言太阳是不懂的，只有用“宇宙的语义”，即是不出声的目光交流。人与太阳，感情相通，却有天地之遥、物人之别。诗表现了这种既近又远，既亲近又陌生的悲哀。在《等待日出》中，诗人曾写道：“太阳升起半圆/如眉眼的微笑。”那是相逢，现在面临的是离别，这种感情自然没有了。笑不出，“还该笑”，只能是不由衷的强笑，以掩饰离别的哀伤。那支送别的歌却是无法掩饰的，但又不敢直接献给太阳，非请灰天鹅转交不可，活现出钟情少女离别时难舍而又矜持的内心复杂的神态。“金色地融入夕光”一句中，“金色地”一词用得精巧，使人似见天鹅远去，由灰变金，消融于阳光之中，有较强的影视效果。这也许是真景，也许仅是诗人的想象。

“或许该实现非分之想了/将那小船驶往黄金的岸”，与组诗第一首中“真该最后作一次非分之想/朝向他黄金的岸远航”呼应，愿望向现实又迈进了一步，表达了对太阳的由倾慕而献身的深切感情。但是，太阳朝起暮落，哪儿是他永驻之岸呢？黄金之岸无涯，可望而不可即，诗人只能在相逢与离别中永远忍受爱的潮汐的折磨，周而复始，永无尽期，这是怎样的一种痛苦无望的爱。“悲壮之美/静穆之美”，就是这种心情的表露，又恰与夕阳西下的景色相合，静穆中含悲壮，抽象内寓具象，是景融于情，不是情融于景。告别的口吻是平静的，那是把一阵滔天的感情风暴强抑下去后的平静，深藏内心的却是一片多么不平静的海！

日没以后，诗进入第二层，敞开的心扉渐渐关闭，如夜幕之落，最后沉入彻夜的相思。夜是宁静的，心是不宁静的，“叹息心中的宁静”是反说，真宁静就不会叹息了。第四节是自己对自己的劝慰与叮咛，一切离别都是为了重逢，就像夜每天降临都是为了黎明一般。重要的是等待，有耐心的等待，切不可耽于幻想，切不可迷失方向。等待吧！只要善于守候，就不会把幸福错过。那薄冰般的月亮怎能替代炽热的太阳！越是劝自己耐心地等待，越说明自己内心是何等的心猿意马。于是诗人赶快打坐入定，进入佛界，赋一偈曰：“从未相许的是我的太阳/永不失约的是我的太阳。”太阳夜夜归去，故“从未相许”；太阳天天升起，又“永不失约”。既然如此，又为什么喜，又为什么悲呢？诗人的躯壳向超然境界飘去，飘不走的是那颗像太阳那样光明透亮，燃烧着爱的火焰而又并不超然的心。

诗把人与物之间难以相通却又充满人性的爱，写得曲折、缠绵、动人。这种悲剧之美不仅属于爱情，人生的一切追求无不处于这辉煌的悲壮之中。整个组诗以等待始，又以等待终，人生就是等待，等待的就是太阳升与落。《日暮》与《等待日出》首尾相衔，使组诗四首构成一圈日出日落的金蚀环，那是诗人奉献给读者的大宇宙的一枚闪耀希望之光的戒指。(袁忠岳)

星空：献给一个人　王家新

你高悬于旷野之上的星空

每天都悄悄出现在我们头顶上的星空
从最深邃的历史的河岸里缓缓升起
在蟋蟀的遍地鸣唱中，把夜的苍穹
　布置成一座渐渐透亮的光的大厅的星空
今夜，我从每一条道路上向你走来
我沉重的灵魂，已从石头的阴影下
　从岁月的清凉晚风中为你徐徐苏醒
你这从黑夜中升起的光洁璀璨的圣坛呵
你这像众神一样闪闪地注视我的星空
我醒来了！我和那些昏迷的灵魂一同醒来
我就是
　　那个被你征服了
　　　　　　但还反抗着的人！
我又一次是像面对命运一样面对你的存在
我又恍然记起那随着夜雾一起到来的寻求
是的！我一直在寻求着一个人，一个
第一次从大地上站起来，默默向你顶礼
　又翘首向你发出震撼千古的“天问”的人
一个被你无情唤醒又永久放逐的人
一个从龙舟跳上岸来悲壮起舞
　使石头和群星再一次惊呆的人
星空呵，今晚我就这样想起了他
我再一次地听到了
　他的衣袖在夜风中有力摆动的声音
我从黑暗中伸出手来，可我怎么也无法
把他唤回到我的面前、我的星空下呵
……他就那样走了——头戴着荆冠走了
直到夜雾渐渐收起那一飘一闪的身影
直到他不屈的诗，在黑色的波涛上
　闪烁成一个可望而不可即的星系
直到陨星四散，天空竟下起一阵阵光雨
我们才突然感到失去了他！他真的
就那样走了吗——伟大的询问者
我生命中的谜
为每个醒来的灵魂呼唤着银色王国的人呵
他去了。他留下曲折地穿过暗夜的道路
留下星星点点在风中荡漾的光明

留下了有着无数入口
　　　　　　和出口的迷宫似的星空
留下了一部仍在期待着回答的“天问”……
你依然像两千年前那样闪烁迷离的星空呵
你更加密集地环绕着人类运转不息的星空
你悄悄地掠过我的屋顶，又以
　巨大的缄默唤起更多的渴求者的星空
你照耀着我，迫使我屈服而又奋起吧
这是我的道路和命运！我将走下去
在不可抗拒的召引下我将随你到处流动
直到向你挑战的人最终体现了你的威力
直到我听到前方又传来他沙沙响的足音
直到我的灵魂，我的孤零零的世界
不再像独木舟一样被你的光的深渊所折磨
直到你最终变成一首
　人类在夜的黑板上写下的水晶般的诗
恍如一个梦——那时我将再次隐入夜雾
而你，星空呵星空
　就在我缓缓倒下时更美丽地形成

星空，无垠而深邃的星空，古往今来引起人们多少遐想、感慨和沉思！望着灿烂的星空，多少诗人发出宇宙永恒、人生短暂的喟叹！这也许可以说是诗歌的永恒主题之一了。

然而，青年诗人王家新却并未停留在这种传统的喟叹之中，他的这首《星空：献给一个人》突破了这一永恒主题。

这首诗中的抒情主人公“我”，已经不是少不更事、涉世未深的少年，所以，望着迷离的星空，已经不再有太多的天真的幻想和神奇的想象，但也不是饱经忧患、历尽沧桑的老人，所以，望着永恒的星空，也不会有人生苦短的低沉的慨叹和无奈的惆怅。这里的“我”是这样一代青年的代表：他们在动荡不安的年代中出生、成长，因此有过早成熟的青春期，当他们提前告别青春期的浮躁与激动时，又躬逢并经历了新时期思想解放运动的洗礼，并有条件接触西方各种文化、哲学、艺术流派。他们是幸运的一代，早熟的一代。他们虽然生不逢辰，但却长于盛世。他们比他们的父兄眼界开阔，思想解放，知识丰富。他们没有他们父兄那样沉重的因袭，却有比他们父兄更坚定的自信。他们以忧患、沉静、庄严、崇高塑造一尊“思想者”的雕像，作为自己的青春偶像。《星空：献给一个人》这首诗，正是用瑰丽雄健的诗句，沉郁悲壮的激情，塑造了一座具有忧患意识和使命意识，具有倔强个性的一代青年的雕像。

此诗采用抒情主人公“我”与星空“你”对话的方式抒发了诗人的情怀。这种方式使人感到亲切。我们仿佛可以看见诗人向星空倾吐衷曲。诗人一开始就以恢弘、崇高的形象形容星空：“把夜的苍穹/布置成一座渐渐透亮的光的大厅的星空”“你这从黑夜中升起的光洁璀璨的圣坛”“你这像众神一样闪闪地注视我的星空”。在写星空的伟大崇高之后，诗人并未像他的前辈诗人那样，接着就写作为个体的人——“我”的渺小，而是充满自信地、毫不怯懦地向星空宣告：“我就是/那个被你征服了/但还反抗着的人!”并且敢于“像面对命运一样面对你的存在”。在无垠永恒的星空下，诗人以强者和挑战者的自我形象与之抗衡，这正是此诗的突出之处。

诗题《星空：献给一个人》，诗中写道："是的！我一直在寻求着一个人。"这"一个人"指的是谁呢？诗人没有明说，但从以下诗句中，已经作了明确的暗示："一个/第一次从大地上站起来，默默向你顶礼/又翘首向你发出震撼千古的'天问'的人/一个被你无情唤醒又永久放逐的人/一个从龙舟跳上岸来悲壮起舞/使石头和群星再一次惊呆的人。"从以上诗句中的"天问""龙舟"，我们不难看出，诗人要"献给一个人""寻求着一个人"，这"一个人"就是我国古代第一个伟大的诗人屈原。众所周知，屈原不仅是位伟大的诗人，而且还是一位忧国忧民的爱国者。爱国诗人屈原忧愤沉江的故事，千百年来震撼人心。诗中的"我"执着地寻求着屈原，尽管"我怎么也无法把他唤回到我的面前"。诗人写道：虽然"他去了"，但"他留下曲折地穿过暗夜的道路/留下星星点点在风中荡漾的光明/留下了有着无数入口/和出口的迷宫似的星空/留下了一部仍在期待着回答的'天问'……"诗中的"我"，如此热情、执着地寻求屈原，追步前贤，分明表现了"我"的以天下为己任的忧患意识和使命意识。当然，"我"也知道，星空、宇宙永恒，而人生短暂，星空最终会"征服"个体的人。但是"我"不因此消沉，"被你征服了/但还反抗着""迫使我屈服而又奋起"。消极、悲观与"我"无缘，诗中的"我"永远是积极入世者。

此诗强调觉醒的自我，颇具现代诗的色彩；但是以爱国诗人屈原入诗，表明诗人对数千年东方文明、民族文化的关注与审视，从而使此诗具有一种沉郁的历史感和壮丽的史诗精神。

18世纪的英国美学家伯克曾说："无限具有使精神充满某种令人愉快的恐惧的倾向，这是崇高最真实的效果与最可靠的检验。"又说："黑夜比白天更显得崇高庄严。"诗人所表现的对象——黑夜里无垠的星空，本身就具有一种崇高美，而诗中壮阔的时空、庄严的形象、沉郁悲壮的情感、雄健刚劲的风格，与此十分和谐。诗人正是在悠远的时间——"最深邃的历史的河岸"、无限的空间——"密集地环绕着人类运转不息的星空"中，展现他和命运抗争的不屈的灵魂，以及他对于人生真谛和哲理的沉重的思索。（刘士杰）

鱼——观画　　王家新

鱼在纸上
一条鱼，从画师的笔下
给我带来了河流

就是这条鱼
从深深的静默中升起
它穿过宋元、龙门
　和墨绿的荷叶
向我摇曳而来

淙淙地，鱼儿来了
而在它突然的凝望下
干枯的我
被渐渐带进了河流……

我国的国画独树一帜，常常寥寥几笔而境界全出，在世界绘画艺术中堪称奇葩。与此相关的是，咏画和观画之作也自当另出机杼，进行崭新的创造。

王家新写过好几首生动的"观画诗"，其中尤以《鱼》最为出色。此诗共三节，第一节写开始观画时的瞬间感受。明明只是"一条鱼"，诗人却说"给我带来了河流"，为何能够"带来"？原来，这正好表明了我国传统写意画的一个重要特色：看似只有一条鱼，几茎水草，落墨不多，别无他物，却能从侧面表现出那清澈的河流正随着摇头摆尾的鱼儿迎面涌来。顺便不妨补充一点：大家都熟悉国画大师齐白石，倘能联想到他所画的河虾和蝌蚪等，也是着墨不多而意味无穷，就一定能领略此中"形神兼备"的韵味。诗的第二节先是用"就是"二字承接上一节，很快就展开想象的翅膀，同时从广袤的空间和悠远的时间着眼，设想这条鱼游过了宋、元、明、清……穿过了黄河的龙门和江南的荷池，然后带着黄河浑厚的气息和南方荷叶的清香，向"我"摇曳而来，读到这里，谁会不被眼前这条永不停息的河流（须知在我国的传统意象中，"山"是庄重、肃穆的象征，"水"有活泼、流动的意蕴）所感动，不被这条具有顽强生命力的鱼儿所折服呢？

最妙的是诗的结尾。如果光是前两节展示的境界，一般读者和观众或许都能感受到，但诗人并不就此止步，而是宕开一笔，特别拈出"突然"二字，刻意突出了"干枯的我"和"活泼的鱼"的对照和反差。本来嘛，"我"观"鱼"，应当是以"我"为主，以"鱼"为宾，如今却反过来成了"鱼"望"我"——"鱼"启发"我"、提高"我"，把"我"带入清净活泼的"河流"中了。人们不禁会问：如此易宾为主、不落俗套的描写根据何在？看来，符合情理的解释是：在我国的现实生活中，人们的工作如此紧张，节奏如此快速，闲暇如此难得，大家多么希望文学艺术能够使紧张的心灵得到调剂和休息，进而达到提高和净化啊！这也许就是诗中"干枯"一词的真实含义所在。换个角度，我们也不妨这样说：诗人正期待着和广大读者、观众携起手来，共同到艺术和绘画博物馆去品味精妙绝伦的国画艺术。（孙光萱）

阳光中的向日葵　芒　克

你看到了吗
你看到阳光中的向日葵了吗
你看它，它没有低下头
而是把头转向身后
就好像是为了一口咬断
那套在它脖子上的
那牵在太阳手中的绳索

你看到它了吗
你看到那颗昂着头
怒视着太阳的向日葵了吗
它的头几乎已把太阳遮住
它的头即使是在太阳被遮住的时候
也依然在闪耀着光芒

走近它
走近它你便会发现
它脚下的泥土
每抓起一把
都一定会捏出血来

向日葵作为一种常见的植物，历来是诗人们咏唱的对象。又由于向日葵与太阳之间具有一种特定的自然联系，因而许多以向日葵为题的诗篇，借物抒情，托物言志，大都是着眼于此：不管对太阳赋予何种象征意义，也不管把向日葵比作什么，总是强调向日葵对太阳的某种依附关系。例如"五四"以来的新诗中就有著名诗人王亚平的题为《向日葵》的名篇："金黄的、庄严的向日葵/把花朵朝着太阳开放/……/夜里，风雨打落她的花瓣/早晨，她依然朝着太阳。"

相比之下，芒克的这首《阳光中的向日葵》的构思立意则完全是独特的，不落俗套的，语言上也摈弃了陈词滥调。

诗的第一节出现的向日葵的形象是：在阳光下，它没有低头，"而是把头转向身后/就好像是为了一口咬断/那套在它脖子上的/那牵在太阳手中的绳索"。从生物的自然现象来说，向日葵花盘有时确是背着太阳的，因而这一形象是可信的，由此其含义也就不难品味。

诗的第二节则是描绘向日葵的另一种神态：在阳光下，它昂着头，怒视着太阳，"它的头几乎已把太阳遮住/它的头即使是在太阳被遮住的时候/也依然在闪耀着光芒"。在这里，那被写滥了的向日葵昂首向阳的动作，化为了一种新的意象。不消说，这一个意象的内涵又是相当深刻的，至少，它所蕴涵的"向日葵可以而且应当相对太阳而独立"的意念，足以令人耳目一新，并产生丰富的联想。

更值得欣赏的是全诗的最末一节，即诗人的一个"发现"："它脚下的泥土/每抓起一把/都一定会捏出血来。"虽说诗无达诂，但一般的读者从这几句诗中，显然可以领悟到：向日葵之所以不愿意在阳光中"低下头"，而有时却又"昂着头""怒视着太阳"，其主要原因在于它是扎根在那块能够"捏出血来"的土地上的。

通看全诗，诗人从独特的视角捕捉了向日葵的新的意象，同时又融入了对于自然的思考，对于人生社会的不为传统意见所囿的理解与感受，因此整篇作品明显地透露出一股清新的艺术气息，也折射出一种新的时代精神。唯其如此，即使苛刻的批评家可以指摘它在艺术上的某些不足（如语言似乎还可更精炼些），但就凭这首诗所创造出来的具有深刻内涵的，化腐朽为神奇的新的诗歌意象来说，却无法否认它的价值。（朱文华）

冰着的　陆　萍

我的痛苦是一块绝望的冰，
因为绝望，才冷得透明；
渴念、希求，流动的眸子，
已在无情的晶莹中得到安宁……

朋友，你如看见它，可千万别碰，

世界上它最怕的是你的手温！
我不愿让它轻轻溶化——
因为它在绝望中冰着我最初的纯真……

在女诗人陆萍的数以千计的诗篇中，《冰着的》一诗影响甚大，流传甚广。1988年3月，她应邀赴印度参加亚洲诗会，登台朗诵了这首诗，被誉为“亚洲诗坛的明星”。《冰着的》已译成英、法、德、日等多国文字，《中国新诗鉴赏》、法文版的《中国女诗人诗选》等国内外二十几本诗集收了这首诗。

也许是诗人涉世未深时的一次彻底的投入，也许是心灵旅次中漫长的纯情积累，陆萍以自己独特的审美角度、独特的才能、洞开的方式，来展示自己那一段刻骨铭心的人生历程。在浓烈的诗意中，充满着失意所带来的痛苦、不幸、迷惘，以至梦幻般的疯狂。《冰着的》便是笼罩着凄迷、高洁、冷峻的氛围。“最初的纯真”曾经为诗人所拥有，但却终因未成“正果”而令诗人陷入“绝望”。看，诗人为这种失去，内心的一切“渴念、希求，流动的眸子”宁可永远冰封在“无情的晶莹”之中，长享绝望中的安宁，也不愿由于“你”的带着“手温”的触摸，让其“溶化”而改变初衷，诗人面对“失去”这一残酷的现实，宁让爱情在永葆鲜润的“冰”之中永远“定格”，可见爱之深、情之烈。没有至尊至高的追求，没有感情上的煎熬，诗人是无法“看似容易成却难”地准确而深刻地捕捉到“冰”这一意象的。冰是寒冷的、凝滞的、死寂的，用它来表现“失意”的痛苦情绪，真有入木三分的效果；冰又是晶莹的、透明的、纯净的，用它来表现女子对爱的痴情，真是“文章做到极处，无有他奇，只有恰好”。

写诗之难，最难莫过于意象的遴选。诗人以“冰”这一意象贯穿全篇，堪称别出机杼，独具一格，它为全诗营造了一种高雅的意境。明明内心喷吐着火一样的灼热情爱，却以“冰”这一具象出现，热到极致乃为寒，它已异化成感觉深处的绝望的“冰”而不再是自然本义上的“冰”了。在这富有表现力和感染力的意象面前，任何华丽的词藻，都是多余的；任何情感上的铺垫，都是苍白的。

陆萍曾经在这首诗的创作谈中说：“感情王国中最敏感的区域是爱情，而失意较之热恋在心理上情感上有更大的力度和深度。”诗人在用文字倾泻心灵深处的感情大潮之前，或之后，有着如此理性的选择与取向，使人对此诗后面的更为广阔的诗人心理的与时代的背景，不得不有另一番思忖与解读。这种“失去”，看来不仅仅限于个体人生中之不幸（失意的痛苦），更为宽泛的内涵所带来的些许迷惑、怀恋，却会令读者伴随着诗人敏感的情弦，受到剧烈的震颤。

这首诗看似安宁实为炽烈，看似解脱实为投入，看似平静实为骚动，人们从凄绝委婉的诗行中似乎领悟到诗人的坦然自信，也从它通篇缠绵悱恻的旋律中，略识诗人坚贞不渝的追求。（沈　栖）

淘金者与豹　宋　琳

西部高原。一只黑斑白额的雪豹向死沼方向潜逃了
它的残忍幻成一张美丽动人的豹皮
跳荡在大脑深处的眼睛里

这是一双人的眼睛
可能是一双六十岁左右的衰老的眼睛
痛苦、麻木和后悔使它因高度充血而浑浊
它已经死去

它的来历和被风化的硬度
只有在解剖刀下才能得以验证
但这是一双
人的眼睛
是被不能忘记的仇恨钉死的窗

眼睛摄住了耻辱
摄住了破窗而去的杀人犯失踪前的最后一个镜头

曾经有过另一双眼睛含情脉脉向你走近
从此你被命名为幸福的人到西部盐地淘金去了
马车上那双躲在头巾后面的眼睛
用灼热的爱情燃烧你的背部
狠狠地燃烧直到你像一粒金沙完全融化

死沼附近
矗起了营帐和一柱孤烟

这是一部悲剧的起源

悲剧不仅是美的毁灭
也是生的毁灭祈求与渴望的毁灭
是那双安睡中被雪豹的前爪踏陷的眼睛
永远地踏陷下去
成为一口复仇的深阱
愤怒的淘金者啊你要在此终生厮守吗
罪衍之窗已经钉死
昨日之客仍不见来

当所有生命随高原的流沙归于平寂和黯淡
雪豹巡游的蹄影在淘金者最后的意念中
结下生生不灭的世冤
给儿孙们

《淘金者与豹》是有叙事内容的现代抒情诗。
诗的主人公，一是死了的“淘金者”，一是活着的“雪豹”。
诗采用倒叙结构——
淘金者遇难。雪豹逞凶后逃遁。

回忆。死者的回忆。

回忆里有淘金者行踪的孤独（“死沼附近/矗起了营帐和一柱孤烟”）；回忆里有淘金者怀旧的温馨（“马车上那双躲在头巾后面的眼睛/用灼热的爱情燃烧你的背部/狠狠地燃烧直到你像一粒金沙完全融化”）；回忆里有淘金者遇难时的壮烈（“是那双安睡中被雪豹的前爪踏陷的眼睛/永远地踏陷下去/成为一口复仇的深阱”）……

回忆不是单色调的，生活的苦涩、幸福、艰难，因诗人对“回忆”的多面的铺排，令诗的抒情主人公——淘金者的形象丰满起来了。

意味深长的是，淘金者所有对往事的回忆，都是通过他的一双眼睛实现的，而这一双眼睛原本“它已经死去/它的来历和被风化的硬度/只有在解剖刀下才能得以验证”。死了的眼睛能够“回忆”，这怪诞而又并不很越轨的一笔，令全诗陡生魔幻的意味，平添三分艺术的魅力。

从文学发展的规律看，文学是从“不文”转化为“文”，又从“文”转化“诗”，正如小说、戏剧追求诗化一样，诗吸取戏剧的手法，也是顺乎规律的创造。早在新诗草创初期，不少诗人就为制作诗的戏剧性进行探索。闻一多就强调过诗应尽量采取小说戏剧的态度，利用小说戏剧的技巧。稍后的卞之琳，更是主张通过西方的“戏剧性处境”而作“戏剧性台词”写抒情诗。

宋琳的《淘金者与豹》正是一首具有“戏剧性”的抒情诗。它具有鲜明的戏剧冲突——淘金者与豹的生死搏斗。这一“生死搏斗”，是通过一系列戏剧动作的设计体现出来的。它有两个特点：

一是虚实结合。诗这样写淘金者与豹的生死搏斗：淘金者的“眼睛摄住了耻辱/摄住了破窗而去的杀人犯失踪前的最后一个镜头”，豹的“残忍幻成一张美丽动人的豹皮/跳荡在大脑深处的眼睛里”。这里。尽管“摄住”“破窗而去”“跳荡”等都是动作感显著的动词，但这一切毕竟是虚无。死去的淘金者的生前生活却被诗人实实在在地凝固在跃动的诗行里：“马车上那双躲在头巾后面的眼睛……”“含情脉脉向你走近/从此你被命名为幸福的人到西部盐地淘金去了。”虚实相生的戏剧动作，合演了一出英雄戏剧。

二是注重对动作呈现时的场景的描绘和气氛的渲染。宋琳的诗里那“死沼”，那矗起的“营帐和一柱孤烟”，甚至那淘金者出征前，情人为他送行，“用灼热的爱情燃烧”他的背部，“像一粒金沙完全融化”等细腻描写，这一切都是在人物动作呈现时的场景描绘或气氛渲染。其结果使《淘金者与豹》里淘金者与豹的生死搏斗——这所有的戏剧行动，平添悲壮的色彩。

淘金者死了。悲剧生长力量。

就这样，《淘金者与豹》的戏剧冲突情境，将生与死、奋斗与献身、悲剧与喜剧叠加一处，充满象征意味的淘金者与豹这两个“意象”，赋予诗深广的容量，使人们身临失败和死亡的氛围却依然触摸到奋斗者坚忍不拔的脉跳。（戴　达）

一块布的背叛　王小妮

我没有想到
把玻璃擦净以后
全世界立刻渗透进来。
最后的遮挡跟着水走了
连树叶也为今后的窥视
纹浓了眉线。

我完全没有想到
只是两个小时和一块布
劳动，忽然也能犯下大错。

什么东西都精通背叛。
这最古老的手艺
轻易地通过了一块柔软的脏布。
现在我被困在它的暴露之中。

别人最大的自由
是看的自由
在这个复杂又明媚的春天
立体主义者走下画布。
每一个人都获得了剖开障碍的神力
我的日子正被一层层看穿。

躲在家的最深处
却袒露在四壁以外的人
我只是裸露无遗的物体。
一张横竖交错的桃木椅子
我藏在木条之内
心思走动。
世上应该突然大降尘土
我宁愿退回到
那桃木的种子之核。

只有人才要隐秘
除了人现在我什么都想冒充。

这首诗表达了“我”企盼有一个清净的个人空间与自由家园的强烈愿望而不可得的苦恼、无奈与寂寞情绪，背后蕴含了“我”对纷乱、浮躁的人世间的拒绝、逃避和反抗。

诗中的“玻璃”象征“我”与外部世界的屏障。作为“最后的遮挡”，它阻挡着人们对“我”的“窥视”。但是由于一次清洁劳动，“全世界立刻渗透进来”，“现在我被困在它的暴露之中”，“我的日子正被一层层看穿”。从社会心理学上讲，这种极端的自闭心理很大程度上来源于对外部世界的恐惧。当然，这只是一个隐喻，它暗示现代社会中被扭曲的人与人、人与社会的关系。

回到诗的首节，“我”一边责怪着“一块布的背叛”，但是把“玻璃擦净”的细节则透露了“我”的心思，或者说是潜意识：人天性具有合群的特质，“我”其实并非心甘情愿地“躲在家的最深处”，而拒绝了解、亲近“这个复杂又明媚的春天”。之所以违背人的天性而选择孤独和自我放逐，甚至“宁愿退回到/那桃木的种子之核”，折射出“我”对充斥着物质主义和精神危机的现实世界的失望与抗争。至于“我”莫名地迁怒于布的“背叛”，其实也反映了扭曲的人与人、人与社会的关系对“我”的心理不仅是伤害，还有扭曲。（张　新）

纸上的秋天　欧阳江河

秋天和月亮来到纸上
老去的人们相见如初
重新迷恋日出时的理想
月落时散步，叹息天空的深邃

这是一个正在结束的秋天
但在开始之前，有更远的开始
通向一个难以反复的下午
哪儿，情绪被秋风写遍

而我微笑着，去掉眼中之人
以一本书的速度谈论南方
快到死亡时，停住，回头
烈烟和白雪夺眶而下

城市的街道灿烂
墨水从肉体流向笔端
但在乡村，在一天的四季里
婴孩和果实不停地掉落

我看见田野里稻草人的舞蹈
夕阳无声，十面埋伏
尽管纸撕碎了千里外的耳朵
我还是能听到光，寂静，或逝者

20世纪80年代后期，朦胧诗大潮逐渐式微，这派诗人在诗情与诗艺两方面寻求突破。《纸上的秋天》一改早期朦胧诗对现实生活过度的激情与贴近，将情感体验提升到形而上的哲学层面加以思考，而在诗艺上，则间离了诗情内涵与诗的外显形态的过度联系，在保持了以象征为基础的创作方法的同时，借鉴了多种现代修辞手法，一如诗人自己所说，尽量能使一事物中包藏众多事物，能使一个瞬间演变成无穷瞬间的多重理解。因此，这首诗虽然略显晦涩，但是却包容了丰富的意蕴。

诗的首句“秋天和月亮来到纸上”就大体包含了解读这首诗的基本方法。秋天和月亮代表一年和一昼夜的尾声，结合第二句“老去的人们相见如初”，就知道这是“老去的人们”对暮年重逢的喜悦和对逝去岁月的追忆。串起下面出现的“一本书的速度谈论南方”“墨水从肉体流向笔端”“纸撕碎了千里外的耳朵”等句子，“纸上”这“一事物中包藏众多事物”的内涵大体可以勾勒出来了。它的多重含义可能包括：从实景讲，可能是“老去的人们”在借助于画与文字(也可能是作画与写作)追忆历史；它也可以代表老者思绪的虚拟“载体”。以这一逻辑，老者迷恋的“日出时的理想”当然是指年轻时纯真的或爱情、或亲情、或友情以至于年轻时的愿景。“往者不可谏，来者犹可追”，在“叹息天空的深邃”的同时，唯有珍惜执手“月落时散步”的时光！

不说“很久”“遥远”之类的词，而说“开始之前，有更远的开始”，这是一种化静为动、表现动态时间流的很新颖、很诗化的修辞手法。而且它还和首句的“来到”、第二节首句的“正在结束的秋天”相呼应，都旨在表现追忆的动态进程。“情绪被秋风写遍”又是一个诗化的意象，“秋风”既代表季节，又暗蕴愁绪。它铭刻着老者一个难以忘怀的、伤感的历史情景断片，在那个“下午”。

往事如烟，如今“我”以微笑抹去重新浮现在“眼中之人”。“以一本书的速度谈论南方”，那个“南方”可能是“故事”的实景，也可能是虚指：以柔情似水、多愁善感的南方气质象征那个记忆空间。“一本书的速度”是容积与速度不同概念的兼容，是异质属性的意象叠加。在语义上本来不能成立偏正结构，然而，这种“无理之理”的高度省略式手法却使得内涵的表现既经济又丰富。“一本书”是老者的记忆故事的容量，也可以是“眼中之人”的全部人生，甚至可以是“谈论”时主体情绪倾诉的难以平息。因此，当“一本书”与“速度”奇妙组合时，它可以表示“谈论”内容的丰富(容量)，“谈论”时间的漫长(时间)以及“谈论”主体情绪的缠绵。正因为包含了容量与时间的内容，所以就又有下一句“快到死亡时，停住，回头”，这是追忆的触角快接近那个“人”的“死亡”情景时的不堪回首。此时，老者热泪盈眶，用“烈烟和白雪”两个意象暗喻情愫的炽烈与纯真。“墨水从肉体流向笔端”，则是一种刻骨铭心的情感流露。

此时，情景从城市转换到农村，一派日出而作、日入而息、周而复始的农耕社会景象。这里，时间凝固、消失了，“时间隧道”复让他们心灵沟通，使“千里外”的声音呼应一气。诗人在“尽管纸撕碎了千里外的耳朵/我还是能听到光，寂静，或逝者”这样的句子里运用了诗学上的感觉交错的通感手法，遂产生不可能为可能的奇妙诗境。

注意，诗中的“老去的人们”和“我”是交替、重叠出现的。诗人写这首诗时还是个年轻人，这说明，诗人不仅是在说一个“老去的人们”的故事，从形而上的哲学层面，它具有多重的象征和联想涵义，对人生、生命、现实与理想，等等，都具有认识意义。(张　新)

诗人叶赛宁之六：醉卧故乡　海　子

故乡的夜晚醉倒在地
在蓝色的月光下
飞翔的是我
感觉到心脏，一颗光芒四射的星辰
醉倒在地，头举着王冠
头举着五月的麦地
举着故乡晕眩的屋顶
或者星空，醉倒在大地上！
大地，你先我而醉
你阴郁的面容先我而醉

我要扶住你
大地!

我醉了
我是醉了
我称山为兄弟、水为姐妹、树林是情人
我有夜难眠,有花难戴
满腹话儿无处诉说
只有碰破头颅
霞光落在四邻屋顶
我的双脚踏在故乡的路上变成亲人的双脚
一路蹒跚在黄昏升上南国星座
双手飞舞,口中喃喃不绝
我在飞翔
急促而深情的
飞翔的是我的心脏
我感觉要坐稳在自己身上
故乡,一个姓名
一句
美丽的诗行
故乡的夜晚醉倒在地

在海子的诗情世界里,"麦地"占据了非常重要的位置。"麦地"作为一个意象,一个象征符号,它几乎蕴含了海子所有的情感寄托。"麦地"同时包含了现实与理想两个栖息之所。在海子心中,"麦地"承载了宗教圣地,理想境界,故乡情结,诗意的栖居之所等等理想化的内容意义。

"故乡的夜晚醉倒在地",诗人与故乡的麦地遂融为一体。在我醉、地醉、一切皆醉的忘我状态下,我即是天、地、星辰,"山为兄弟、水为姐妹、树林是情人"。这是一种带有泛神论与天人合一色彩的理想主义。当然,诗人其实非常清醒,本来"麦地"是他倾诉的对象,灵魂的归宿之处,情感的慰藉之源,而此时他看到的却是,"麦地""阴郁的面容先我而醉"。既然作为现实与理想双重寄托的故乡"麦地"也因"阴郁"而"先我而醉",那么索性将她安置于诗的王国,受缪斯的庇护,让她化作一句"美丽的诗行"。因为诗歌的境界,诗意地栖居的理想之所,乃是诗人理想世界最后一片净土。

这首诗是诗人最大气的作品之一。诗歌的想象力借助于浪漫主义、泛神论和天人合一精神的魔力,意象翻涌,气韵生动。诗中佳句处处可见,例如:"大地,你先我而醉/你阴郁的面容先我而醉/我要扶住你/大地!"一个"扶住",怎生了得! 这是一个多么痴狂、多么奇妙、瑰丽、传神的想象!(张　新)

面朝大海,春暖花开　　海　子

从明天起,做一个幸福的人

喂马，劈柴，周游世界
从明天起，关心粮食和蔬菜
我有一所房子，面朝大海，春暖花开

从明天起，和每一个亲人通信
告诉他们我的幸福
那幸福的闪电告诉我的
我将告诉每一个人

给每一条河每一座山取一个温暖的名字
陌生人，我也为你祝福
愿你有一个灿烂的前程
愿你有情人终成眷属
愿你在尘世获得幸福
我只愿面朝大海，春暖花开

海子出生在安徽省怀宁县高河镇查湾村，他说他是“查湾村里的一条船”，他在《村庄》一诗中写道：“村庄中住着母亲和儿女/儿子静静地长大/母亲静静地注视//芦花丛中/村庄是一只白色的船。”这只从查湾村驶出的小船，携带着村庄的麦子和土地的芳香，从中国新诗的园地一路驶来，在他身后，诗情如浪，如潮，澎湃而又烂漫。

写于1989年1月13日的《面朝大海，春暖花开》，是其中灿烂的一朵诗花。

“从明天起，做一个幸福的人”——这起首一句是全诗的情绪“中枢”，以下所有的诗句，都由此生发。在本质上，诗人是一个田园诗人：他的诗，属于他所生活的村庄；他所理解的幸福，是简朴的、单纯的，带有农业社会的烙印。他所向往的幸福生活，就是“喂马，劈柴，周游世界”，就是“关心粮食和蔬菜”，就是有一所海边的房子。单纯的理想，配以纯朴的词汇，简单中却孕育着丰富和深刻，对于商业社会盛行的享乐主义，不啻是一帖清醒剂。

诗人急于将自己的幸福告诉他的至爱亲朋，告诉每一个人；不独如此，他还要将他的幸福所带来的喜悦和兴奋从人类扩展到大自然，他要“给每一条河每一座山取一个温暖的名字”，这种由个人的幸福感延伸至对全人类的爱和祝福，进一步扩展为对自然界万事万物的爱，凸显了诗人宽厚的情怀和纯朴的精神品质，令人肃然起敬。

海子所憧憬的房子，坐落在海边。面朝大海，可见蓝天白帆，可见碧波荡漾，可见雪浪滔天，可见海鸥翩飞，可是作者偏偏不这样写，却选择了世界上无人形容过的独一无二的场景，令人心旌摇曳——

面朝大海，春暖花开

这“春暖花开”和“面朝大海”一经碰撞，诗意油然而生：浩瀚的海面如一望无垠的土地，澎湃的浪花似春天的花朵。幸福是春，于是“春暖花开”，在蔚蓝的大海。这一组意象既新奇又极富画面感，既是一幅凝固的油画，又是一阕流动的乐声。

此诗所有质朴的诗句因此句而熠熠生光。

诗人显然很喜欢自己的这一句诗，不但在结尾予以重复，且将此作为诗题。人们争相传诵，

《面朝大海，春暖花开》遂成名篇。

亲近海子的诗人西川对包括《面朝大海，春暖花开》在内的海子的诗，有一个精辟的分析："每一个接近他的人，每一个诵读过他的诗篇的人，都能从他身上嗅到四季的轮转、风吹的方向和麦子的成长。泥土的光明与黑暗、温情与严酷化作他生命的本质，化作他出类拔萃、简约、流畅又铿锵的诗歌语言，仿佛沉默的大地为了说话而一把抓住了他，把他变成了大地的嗓子。"（《怀念》）

海子25岁便离开了人世。著名诗评家谢冕说："这颗新星的陨落给人以震撼……他的一生似乎只是为了发光。他把非常有限的生命浓缩了，让他在一个短暂的时间内，显示生命的全部辉煌。"（《不死的海子·序言》）

《面朝大海，春暖花开》是海子生命之歌中的一颗闪亮的音符。（戴　达）

自画像　吉狄马加

风在黄昏的山冈上悄悄对孩子说话
风走了，远方有一个童话等着它
孩子留下你的名字吧，在这块土地上
因为有一天你会自豪的死去

——题记

我是这片土地上用彝文写下的历史
是一个剪不断脐带的女人的婴儿
我痛苦的名字
我美丽的名字
我希望的名字
那是一个纺线女人
千百年来孕育着的
一首属于男人的诗

我传统的父亲
是男人中的男人
人们都叫他支呷阿鲁
我不老的母亲
是土地上的歌手
一条深沉的河流
我永恒的情人
是美人中的美人
人们都叫她呷玛阿妞

我是一千次死去
永远朝着左睡的男人

我是一千次死去
永远朝着右睡的女人
我是一千次葬礼开始后
那来自远方的友情
我是一千次葬礼高潮时
母亲喉头发颤的辅音

这一切虽然都包含了我
其实我是千百年来
正义和邪恶的抗争
其实我是千百年来
爱情和梦幻的儿孙
其实我是千百年来
一次没有完的婚礼
其实我是千百年来
一切背叛
　　一切忠诚
一切生
　　一切死
呵，世界，请听我回答
我——是——彝——人

此诗题为“自画像”，不仅画出了诗人的心态，更主要的是画出了一个民族的情绪记忆，勾勒出了一个民族的性格。诗人是彝族人，他的心曲中流动着对本民族的纯洁的爱，彝族的人性美又源源不断地输送给他爱的甘霖，这种感情的双向流通的结晶便是诗人奉献给读者的这一首诗。

由于对本民族的生活和感情非常熟悉，所以诗人能游刃有余地选择典型的生活场景，多角度地刻画彝族人民的生存状态的历史。诗开宗明义就宣称：“我是这片土地上用彝文写下的历史”，紧接着便挥洒笔墨，从“我”的出生（包括名字的组成），家族的成员、葬礼、婚礼等诸方面写尽彝族人的欢乐和痛苦。其着重点在写生与死，写彝人的生命力的顽强表现，并且点出了彝族人的情绪源：“其实我是千百年来/正义和邪恶的抗争/其实我是千百年来/爱情和梦幻的儿孙。”坚持正义，抗击邪恶，怀有热烈的爱情，永远对未来存有梦幻般的憧憬，这正是彝人的民族性格的根本之所在。彝人的命运是十分悲惨的，由于多种原因，愚昧、闭塞几乎窒息了他们的生命，这从诗人精心选择的一个细节中可以看得很清楚：我“是一个剪不断脐带的女人的婴儿”。诗行里更多的是涌动着彝族人民刚勇和爱的血液，它支撑起彝人艰苦命运的脊梁，充溢着对生命的活泼泼的追求。

全诗意象含有丰腴的象征，增强了精神蕴含的弹性美。诗中处处写“我”，即以“我”为审美视角，但处处观照彝族人民的民族心态和感情，凡是以“我”牵出的抒情诗句，虽然都包含了我，但又是彝族的象征，熔铸传统与现代，并以现代意识为主干。

此诗的艺术风格质朴、明朗，语言自然而有力度，全诗排比句式的运用，一贯到底，为诗作增添了酣畅的活动感。那首嵌在“题记”里的小诗，为全诗蒙上了一层纯朴、朦胧的诗情画意。（戴　达）

还给我　严　力

请还给我那扇没有装过锁的门
哪怕没有房间也请还给我
请还给我早晨叫醒我的那只雄鸡
哪怕被你吃掉了也请把骨头还给我
请还给我半山坡上的那曲牧歌
哪怕被你录在磁带上了也请还给我
请还给我
　　　　我与我兄弟姐妹的关系
哪怕只有半年也请还给我
请还给我爱的空间
哪怕被你用旧了也请还给我
请还给我整个地球
哪怕已经被你分割成
　　一千个国家
　　　一亿个村庄
　　　　也请还给我

排比。六个排比。一排到底。排山倒海的气势，酣畅淋漓，大有动天地、泣鬼神的气魄与伟力。

诗题为《还给我》，诗中展开的一系列“还给我”，前面加了一个“请”字，洗尽羞辱显自尊。理不在声大。以有风度有礼节的“请”打头，更见说理者内心的自信和强大。

理，气壮山河的理，开门见山，第一个“请还给我”的，似乎是一件微不足道的小事：“请还给我那扇没有装过锁的门。”一扇门，而且是没有装过锁的门，也许是家庭纠纷吧。纵览全诗，这一些看似细枝末节的琐事，都带有一种象征意义，带上这样一幅“火眼金睛”读之，便可抵达诗人心灵深处，观察到其冷峻如铁、炽热如火的心境，换言之，就是诗的真实情景和意境。照此，回眸阅读诗人的第一个排比，审美的视野豁然开朗：“请还给我那扇没有装过锁的门/哪怕没有房间也请还给我”——讨还者的语气透露尊严但同时也是卑微的，即便“没有装过锁的门”的后面没有房间，讨还者请求被讨还者也要将它归还，此一句一方面说明讨还者意志的坚决，另一方面也看出被讨还者是多么横蛮和霸道。“没有房间”的门，这门是“没有装过锁的”，这是一种怎样的房间？不可理喻的现实唯有通过艺术的放大镜和显微镜才能窥测到它的庐山真面目。在这里，我们以“象征”这一艺术创作的手段测度之，便可得出这么一个结论，这里的“门”“房间”，其实是象征着家、家园，这家、家园，是个人的，往深一层联想，也可理解为是人类的家、家园。讨还者向被讨还者请求的是：请归还我的家、家园吧！被糟蹋和蹂躏得支离破碎、一片狼藉，那也是我的家、家园呀，请还给我吧！

照此一排比的鉴赏，对其余五个排比进行类推，其义自明。

那“早晨叫醒我的那只雄鸡”，象征着新鲜自由的思想、蓬勃向上的生命力；

那“半山坡上的那曲牧歌”，象征着包括音乐在内的陶冶情操的人类美好的艺术；

那“我与我兄弟姐妹的关系”，象征着至爱亲朋的亲情、友情；

那“爱的空间”，象征着人类的幸福；

那“整个地球”，象征着人类的生存权。

所有这一切，被掠夺、霸占、亵渎的这一切，请还给我吧！

六个排比，一个比一个强烈，看得出，诗人是在用自己的骨头、热血，连同整个诗心在呐喊！仿佛一个英雄的斗士，赤手空拳，捶打着紧闭着的黑暗之门。

至此，讨还者和被讨还者的象征意义清晰地呈现在我们眼前，那就是：正义和邪恶。光明和黑暗。人类的大同理想和人类的专制制度。人类的良知和人类的丑恶。（戴　达）

自然之恋　王辽生

从原始碧茵摘一片滴露草叶
从现代沃野摘一朵黑郁金香
我扬帆远航

我的目标是大自然，
那儿的山色不加修饰所以永葆纯真
那儿的云彩不受污染所以长存洁光
我原是从那儿来的所以我要回去
我将粉碎阻碍我前行的名波利浪

不料你居然敢于此时此际大胆出现
并且扇你黝黑的羽翼企图剪断我的畅想
我忍无可忍：以草叶和黑郁金香作武器
武器失败，我又掷出我的心脏
我教你和我一同死亡
你果然中计，也掏出一颗向我掷来
你我拥抱着倒进船舱
望着那两颗重叠为一的心脏
飞进了自然之乡

这首诗表面上好像是写生态平衡，实际不是。当然，也可以理解为一种社会的“生态平衡”。它以抛却名利、返璞归真、眷恋自然为主题，既有一种抽象的超时空意义，又有一种现象写真的具象感。这样的主题内容如果直抒或铺叙则索然寡味，而作者在艺术表现上显示了自己的个性色彩。它采取人称变换（从第一、第二节第三人称换作第三节的第二人称），伴随意识大幅度移动的结构方式，造成读者视觉上的变异和判断上的疑虑，诗作就颇耐咀嚼了。

第二节给人以一种立体视觉感。自然现象和社会现象的交错变异，炫人眼目。山色不加修饰永葆纯真、云影不受污染长存洁光，与社会上名利思想和“一切向钱看”等腐败现象的扩散，形成鲜明的对比和强烈的映衬，造成人的视觉上的叠印和重影，以及心灵上的强刺激，从而增强了诗的意象氛围和思想力度。

第三节的人称变换显得突兀。关键是对“你”的判别颇费寻思。这里的“你”须经过揣度才能断作“名波利浪”的化身(承接第二节末句),无论“原始”的或“现代”的武器,都无法将其击败。只有将自我的名利观念和孳生“名波利浪”的本体(包括某些体制、制度等)一同摈除、异化,才得以进入诗人追求的那种非人工(或不露“人工”痕迹)的高层次美的境地。这首诗显得有些难懂,原因也在这里——包括语言的“怪异”、意识的闪跳、结构的位移以及意象化等。顺便说一句,这首诗不至于使人赤裸地感受到它直宣的哲理观念,正是在于它意象化的结果。“两颗心脏”的相互抛掷、拼搏和重叠为一乃至异化,造就了一种名利观念和名利“本体”同归于尽的组合意象。这种具象的抽象化,给读者留下了揣测、思索的难度,以及一旦领悟之后得到艺术享受的欢欣。(刘　强)

中国的土地　　刘湛秋

你可知道这块神奇的土地
埋藏着黄金般的相思
一串串杜鹃花嫣红姹紫
激流的三峡传来神女的叹息
冬天从冻土层到绿色的椰子林
蔷薇色的海浪抚爱着砂粒

你可知道这块神奇的土地
黄皮肤,黑头发是那样美丽
敦厚的性格像微风下的湖水
顽强勇敢又如长江一泻千里
挂霜的葡萄下跃动着欢乐
坚硬的核里已绽开复兴的契机

歌颂祖国,礼赞人民,这是重大题材和古老主题,在一首十二行的抒情小诗中予以容纳,并且翻旧为新,难度极大,需要很高的艺术功力。诗人知难而进,努力创造,不懈耕耘,终于在这片感情的沃土上,培植出一枝独秀的心灵之花。

作品先写中国这块土地的“神奇”——“埋藏着黄金般的相思”。凡是华夏人民,无论久居故土,还是云游他乡,都永远思恋着这块土地。它之所以牵动着炎黄子孙的“相思”,是因为它拥有壮丽的山川、广阔的沃土、悠久的文化、丰富的物产、绵长的海岸线……这是中华民族得以繁衍生息的发祥之地,也是他们大展身手的用武之地。杜鹃花、三峡、神女峰、冻土层、椰子林、海浪……这些细节,可以视之为写实,也可以视之为写意,把中国的东西南北、古往今来全都概括进去。似乎信手拈来,其实经过精心选择,内涵丰富,诱人遐想。正是所谓“信手新诗落珠贝”。

作品后写中国土地上人民的“美丽”。神奇的土地固然动人相思,美丽的人民尤为惹人爱恋。他们的外貌是美的:“黄皮肤,黑头发”;他们的性格也是美的:“敦厚”温柔、“顽强勇敢”;他们的思想更是美的:葡萄挂霜,并且核里“绽开复兴的契机”,表明已经成熟;犹如中国人民饱经风雨的洗礼,摆脱了幼稚和愚昧,走向了改革与开放。而成熟意味着新的生长与繁荣,亦如中国的复兴与昌盛。作品由外貌写到性格，再写到内心。层次井然有序，思想逐步加深。直把抒情推向高潮，作品便戛然而止。

这首诗的前一节写土地，后一节写人民，结构完整，艺术浑成。中国的神奇，不止在于地大物博、人口众多，更在于人民已经成熟，挣脱了有形的和无形的各种枷锁，思想解放，勇于开拓。地灵由于人杰，天宝基于物华。因此，中华神龙腾飞在即，复兴有望。而这，更加使人思恋。

刘湛秋十分注重意象的创造，把对中国土地的讴歌、对中国人民的礼赞寄寓在典型新颖的意象之中，避免了这类诗作最易出现的弊病：空泛抽象，大而无当。如“激流的三峡传来神女的叹息”，由长江三峡中巫峡的神女峰而联想到帮助大禹治水的神女传说，既写出了祖国山川的神奇秀美，又自然而然地暗示出中华民族的悠久历史和古老文化，使作品具有横的地域感和纵的历史感。再如，“微风下的湖水”和“一泻千里”的“长江”，是喻体，也是意象，概括出中国人民性格中敦厚的一面和顽强的另一面，有柔有刚，具体地传达出民族性格的突出特征。以“挂霜的葡萄”象征中国人民的思想成熟，更属典型的意象手法。

诗人在《无题抒情诗·心灵的波动（也算是序）》中说：“人的感情和人的思想一样，是一片美丽、神奇而富饶的大地。但是，它同样需要开垦、耕耘。”《中国的土地》正是诗人在中国“人的感情和人的思想”这片沃土上辛勤“开垦、耕耘”，用心血浇灌出来的艺术花朵。（丁国成）

蓬松的午后　　非　马

轻手轻脚
怕惊动
树下一只松鼠
在啃嚼
早春鲜嫩的
阳光
却仍引起
一声告警的鸟叫
但它急急爬上树梢
显然不是为了惊恐
在它纵跃过的枝桠上
灿然迸出
春风得意的
绿

非马是位擅长“以最少的文字负载最多的意义”的诗人。诗人从早春某一天的午后切入，以物（松鼠、大树等）拟人，表现了春天的蓬勃景象，树儿经过祁寒终于放出了生命的异彩。

诗首先展现在读者面前的是这样一幅画面：可爱的小松鼠在树下津津有味地进食，春鸟警觉地在树周围飞来飞去，作为场景中心的树则枝繁叶茂、欣欣向荣、绿意灿然，而视点聚焦的小松鼠则因其活泼、机灵、温顺而格外引人注目。

松鼠食松子、胡桃等果实本是司空见惯的现象，但在诗人笔下却表现得充满诗意，给人以审美的愉悦:“树下一只松鼠/在啃嚼/早春鲜嫩的/阳光。”倘若实写松鼠在噬食食物,就会使读者回味的余地锐减。因此,诗人写诗要“从平凡的日常事物里找出不平凡的意义”,诗人非马是这么说的,也是这么做的。

更有兴趣的是,“告警的鸟叫”与松鼠“急急爬上树梢”这两个动作不约而同,几乎是同时进行的,但是松鼠“显然不是为了惊恐”,这就给读者留了一个想象的空间,既然不是为了惊恐,而又是为了什么呢? 这一悬念在诗的结尾终于有了解答:“在它纵跃过的枝桠上/灿然迸出/春风得意的/绿。”松鼠忙忙碌碌,食昆虫,吃鸟卵,或许对护林有功,才使得树林灿然出绿,茂然茁壮,生机盎然。这诗句中的“迸”字信手拈来,用得很传神。“迸”者,喷射溅出之谓也,堪称诗眼,一字之精当,满篇而生辉。

诗的结尾出现“春风”一词,会使读者联想到古诗名句,如“春风得意马蹄疾”“春风又绿江南岸”“春风更比路人忙”,从而对“绿”乃至以“绿”为主体的春景有了更真切的认知,并调动积累去一一印证。

有资料解释说:“(松鼠)尾蓬松,长 16—24 厘米。”诗人运用修辞中“借代”的手法,这里“蓬松”就是指松鼠。因此,诗的标题《蓬松的午后》,可以读作《松鼠的午后》,我们完全可以如是去理解。(葛乃福)

三片叶子　梅绍静

三片嫩叶像三只绿色的小鸟儿,
骄傲地站在树桩上。

树桩只发出这一条绿茎,
绿茎上只有这三只小鸟。

多可爱的小东西啊,
它们还要为砍断的树桩歌唱。

即使只有这三片绿叶也要向世界呼喊,
让人们永远憧憬那被剥夺的满树春光。

1981 年

枝叶繁茂的大树被无情地砍伐了,然而在残留的树桩上却生长出新的生命——一条绿茎、三片嫩叶。它们尽管非常弱小,却显现出生命力的延续和顽强;它们尽管是一场灾祸后的产物,却依然骄傲而乐观地歌唱;它们虽然还未繁衍为一片绿荫,却已经透露了春光回归的信息。这就是本诗创造的意境。诗人之所以描写和歌咏“三片叶子”,并灌注自己的赞美和向往之情,就是因为要表现劫难后出现的新的生机和新的希望,表现自己对历史动乱和现实转机的思考、评价以及生活理想。

这首诗最主要的艺术手法是比拟和象征。诗人把三片绿叶比喻为三只绿色的小鸟,同时,又将小鸟拟人化，写它们的骄傲，写它们的歌唱和呼喊，并通过“还要为”“也要向”等诗人的移情和想象之词，赋予它们人格化的自觉意识。诗中的大树、树桩、三片嫩叶是三位一体的连续性意象，大树被砍伐后留下树桩，树桩又长出新的幼芽，它们统一于生命，是整体的生活、现实中的人和人的心灵世界的象征，也是横遭摧残而又悄然复苏的生活变动和人生过程的象征。“满树春光”的被剥夺和被憧憬，也因上述三个主干意象的象征意味而具有隐喻和暗示的艺术效应。读者联想到“文革”中的种种不幸和灾难，联想到历史性转折后人们重新充满的新的希望，既是很自然的事，也是本诗题中应有之义。

本诗的另一个艺术特点是语言清新、朴实、优美，具有一种民族的气息和韵味。梅绍静长期生活在延安，深受陕北民歌“信天游”形式的影响，她曾经表示：“让民歌的音韵，让来自我心灵的虔诚和诗意，让我独特的智慧和欢悦给予我这至高无上的荣誉吧！”（《她就是那个梅·后记》）这首诗也和她创作的大部分诗歌一样，采用了两行一节的“信天游”结构方式，语言上追求民歌体的明白易懂，情真意切，句式简洁、自然，不过于修饰。因此，这首诗既抒写出情意互渗、交融的传统意境，又内蕴着现代意味的象征色彩。（方克强）

唐朝的秋蝉和宋朝的蟋蟀　叶延滨

唐朝来的秋蝉
不太讲究平仄，它毕竟不是
李白，李白只有一个而唐朝的秋蝉
很多，很多的秋蝉
就让天地间高唱前朝盛世调
冰河铁骑兮大河孤烟
四方来朝兮长安梦华
啊，风光过的蝉是在用歌唱
为那个盛夏而唱
气韵还好，气长气短仍然高声唱
只是毕竟秋了
秋蝉的歌，高亢而渐凉

宋朝的蟋蟀无颜
北宋无院
南宋无庭
无院无庭的蟋蟀躲在墙根下
也要哼哼，也要叽叽
丢掉江山的宋朝也哼哼叽叽
忙着为歌女们填词
难怪躲进墙根的蟋蟀也要唱
小声小气

长一句再短一句
虽是声轻气弱
却让闺中人和守空房的美人
失眠，然后在蟋蟀的抚慰里
养出美女作家，凄凄切切烈烈！

唐去也，唐蝉也远了
宋去也，蟋蟀也远了
无蝉也无蟋蟀的现代都市
只有不知从哪儿来的风
吹弹着水泥楼间电话线的弦
请拨唐的电话，请拨宋的电话——
忙音！忙音！忙音！……

2001 年

诗人分别用秋蝉与蟋蟀为诗歌形象的载体，隐喻中国历史上两个相近而又反差颇大的唐朝与宋朝的社会历史形态的基本内涵，并且通过从唐朝“来”的这样一个矢量词而接通了历史与现代的联系，从而不仅用秋蝉与蟋蟀浓缩了历史上的一段重要史实，而且也为中国现代社会提供了一面借鉴的镜子。

“唐朝来的秋蝉”是一个象征的形象。用“秋”之“蝉”，时空把握得恰到好处。它对应着的历史维度正是唐朝经“安史之乱”之后由盛转衰的那个重要历史节点。此时，秋蝉虽然仍然“高唱前朝盛世调”，如第一节里所展示的那些盛世的辉煌场景，然而这已经不能掩盖住“安史之乱”后唐朝整体的衰败之象了。因此，秋蝉的歌唱尽管“气韵还好”，“只是毕竟秋了/秋蝉的歌，高亢而渐凉”。诗人在这里既是表达了对曾经辉煌的唐朝盛世的由盛而衰的慨叹和无奈，同时也是以现代反思的立场，通过“风光过的蝉是在用歌唱/为那个盛夏而唱”这种诙谐却不无反讽意味的语境，对仍然沉浸在盛世表象中的人们给予深刻而痛切的抨击。

“秋蝉”之声虽“渐凉”，但毕竟余威犹存。相对而言，宋朝的蟋蟀简直“无颜”之极了。结束了五代十国分裂割据局面的北宋统一全国后，虽然社会相对安定，经济发展的程度比起唐朝来并不逊色。但北宋不仅未能像汉唐一样在草原上大展雄风，而且连本属于汉地的幽云十六州都未收回，与契丹签订“澶渊之盟”，后终被金国所灭。南宋则更加屈辱，“绍兴和议”向金称臣，后被蒙古所灭。在一定意义上说，宋朝乃是一个丧权辱国的朝代。“北宋无院/南宋无庭”，恰是活生生的写照。然而正所谓“近墨者黑”，与“直把杭州作汴州”的南宋人一般，“无院无庭的蟋蟀躲在墙根下/也要哼哼，也要叽叽”，用“声轻气弱”的声音，“抚慰”着“闺中人和守空房的美人”！这是多么辛辣的嘲讽！

末节，诗以“唐去也，唐蝉也远了”句，一下子把诗境从历史的深处拉回到眼前。在钢筋水泥堆起的现代都市里，人们尽情享受着现代文明带来的福祉，但是物质主义产生的社会与人的异化，使人们忽视并忘却了唐朝的秋蝉和宋朝的蟋蟀带来的丰富信息，面对着冥冥之处传来的“请拨唐的电话，请拨宋的电话”的呼声，整个都市上空回荡着“忙音！忙音！忙音！”的凄婉之声。现代都市已经沦落为“无蝉也无蟋蟀的”没有灵魂的荒原。这是诗人给我们的严重警示！

整首诗以戏谑、调侃的声音发言，以机智、幽默的格调进行书写。具体物象的描述富有图画感和空间感,时空的转换与物象的衔接灵活自如,生动自然。例如,在叙述蟋蟀“小声小气/长一句再短一句”时,其实已经为引出宋词(长短句)打下了伏笔。而“养出美女作家,凄凄切切烈烈!”则暗藏着一个玄机:即用“隔江犹唱后庭花”的“美女作家”与写出“凄凄惨惨戚戚”的哀愁之词的女词人李清照作一个强烈的对比,同时也是对现存的一些负面的文艺样态的一个暗讽。总之,这是一首风格独特、概括力强、富有张力、思想深邃的好诗,能留给读者广阔的想象空间与回味空间。(钱朝阳)

摇篮曲　陈所巨

母亲把自己的心剖成两半,
一半变成摇篮,一半变成摇篮曲。
没有比睡在母亲心瓣里更幸福的了,
没有比母亲嘴里的摇篮曲更甜蜜的了。
有一片云彩,那是母亲的头发;
有一汪湖泊,那是母亲的眸子;
有一抹红霞,那是母亲脸颊上淡淡的血色;
有一片开花的原野或神秘的大海,
那是母亲的微笑。
世界不是上帝创造的,而是母亲创造的。
人生最初的节奏,是从摇篮曲中获得的;
人生最初的乐感,是从摇篮曲中获得的;
人性中所有真与善的美德,是从母亲的微笑中获得的。
当母亲默默赶去一个小小的蝇子的时候,
当母亲悄悄摘来一朵小小的野花的时候,
当母亲把自己温暖的嘴唇,轻轻压在孩子明亮的额头的时候,
喧嚣的世界便会戛然静止于母爱的幽馨之中。

诗人陈所巨说:“我想用自己的嘶哑的嗓子唱出这个时代的我自己的真实的村歌。”他的诗歌确实较多地赞美了勤恳朴素的劳动者,他不愧是20世纪80年代上半期田园牧歌的代表性诗人。《摇篮曲》是一首深情的母爱的颂歌。诗人心中的母爱由物质和精神两方面组成。物质的代表是摇篮,精神的代表是摇篮曲,而更温馨、更伟大的是母亲口中唱出的摇篮曲。正是在一天天的摇篮曲中,孩子感受了母爱,认识了母亲,也体验到了生活的真善美。因此,“世界不是上帝创造的,而是母亲创造的”。是母亲的一声声吟唱、一次次近距离的凝视和一个个细微的动作伴随孩子幸福成长。受到过爱的滋润的孩子长大后更易于拥有爱心和感恩的心。因此,母爱也是对整个人类的贡献。

《摇篮曲》是一首自由诗,诗的语言朴实无华,妙的是新奇的比喻和排比的句式。母亲把心剖成两半,我睡在母亲的心瓣里,母亲的头发是云彩,母亲的眸子是湖泊,母亲脸上淡淡的血色那是天上的一抹红霞,这种种鲜活的比喻令人难忘。但是好的修辞如果没有好的音节来组织,那就只是漂亮的文字堆砌而不是优美的诗歌。在《摇篮曲》里,排比句式差不多是一组接着一组,这形成了一种整齐的节奏。但为了避免节奏的单调,在排比句之间,诗人又安排一两个散化的句子,从而

使诗歌呈现出整散结合、同中有异、抒情又舒缓的美妙风格。它也像母亲的摇篮曲，深情而绵长，娓娓动听。（任丽青）

墙　许德民

我在一堵非常好看的墙上踩上几个脚印
那堵墙在过去拆走了
不知道又砌在哪里
我知道它肯定到处找我
给我看它的脸皮和额角的一块青苔
我给它看鸡胸和腹部下的那片丘陵

墙把城市抽象为一格一格的空间
水泥抽屉里存放肉体和年龄
还设档案、画册、结婚证明、病假条和侦探小说
那里鲜艳的口红吻得古典作品昏昏晕晕
干瘪的裸体也充分自信
墙把我们当成瞎子我们把墙当成聋子
我敢肯定我的一部分灵魂已砌进墙
每天晚上就用缄默同我交心
挂在墙上的抽象画十分像我
没有事干我就敲墙
敲墙的时候准能听到隔壁的回音
隔壁住着一个疯子
我没有病，我对医生说我不是疯子
我用体温召集血性
围过来一群苍蝇，戴着红帽子
它们用朋友的语言询问我
邀我跳舞
我找不到出去的门
四周的白墙壁温文尔雅
白手套在客厅里飞来飞去
墙庇护着我们的犯罪动机
墙面前我们可以自由而快乐地痉挛
交换的条件是必须交出眼睛
墙把我们宰割成扑腾的鱼
又不让我们游走

没有法庭能够接受我们的状词
制造墙的罪犯，是我们自己

现代城市诗试图用全新的、多方位的表现观念来投射城市生态和心态，体验现代人的情绪与意趣，用以观照他们内心世界的命运曲线，以达到最大限度的平衡。诗人通过"我"和世界对话，来进行对自身生命奥秘的勘探。现代文明进化的副产品是"城市文明病"的出现。在城市繁杂而有限的空间，人的欲望日益膨胀，人性却遭受异化的蹂躏；每天日程与路线的规定性使身心感到压抑；人与人之间的关系因生态环境变化而日趋淡漠，孤独感蔓延着。生命不断改变着嗅觉，祈求获得完整的生存意识，但残缺难以避免，于是，人们陷入自身的沼泽，难以自拔。

诗是诗人对现实生存的体验与表现，而不是解释和说教。因此，诗不能提供结论，而是呈示一个体验过程，读者必须调动自身的生存理解与审美能力，重新组合自己的审美构架，以自身的感悟为诗打上句号。诗人在写《墙》时，力求在诗的语言、结构与节奏中，渗入现代观念，在自然真实的情绪表露中追求语言的模糊效果和多义象征；在结构上，采用归纳法，通过不同的感觉面来表现主题，当然，所谓主题也是意向性的，并非是精确的；在节奏上，诗行与诗行之间，不强求逻辑联系，利用时空转换来增大诗意的弹性，并较为注重节奏的随意性，做到形散神聚。

诗中墙与"我"是一对矛盾，但这对矛盾中包含着理性与感性、道德与本能、个人与社会、灵魂与肉体等多方因素，所有这一切既相互对峙又相互渗透，既冲突又互补，既分裂又包容。从形上来看是"我"与墙两个方面，从质上来言很可能是两位一体，是人格的自我分裂或生命的自渎显现。诗中的墙既是有形的也是无形的。无论是有形的还是无形的墙，对人来讲至少有两种功能，排斥和被排斥。当"我"站在一道道形形色色的高墙面前，"我"想进入但不得逾越，"我"是被排斥者。"我"为被排斥而痛苦而忧郁而孤独。当"我"站在墙里，别人敲门时我会故意不开门，我是排斥者。"我"为排斥而踌躇而自喜而得意。因此，可以说在墙的面前，人既是排斥者也是被排斥者。

人生在世是巧合也是机遇，生命不复返，人与人之间的同情、理解和互爱尤为重要。但墙的存在使我们彼此隔膜与疏远。对墙的感情是复杂的。多少次我们面墙而坐、而思、而悲泣、而愤慨，期望有朝一日时间能捏成拳头，将所有的墙推倒。但是，当我们受到冷遇、怠慢、欺负、侮辱，我们也渴望躲进墙里，关上门窗，让四堵墙与天花板把我们与外界隔绝。我们常常会自问：墙的出现究竟是人类文明的进化还是退化。如果进化是必然的，那么墙的出现也是必然的。于是，我们得到这样的认识，人具有排他性，自私是人的本能之一。理性告诉我们自私是虚伪丑恶的，而人又无法逃脱本能和天性，于是，生命怪圈就形成了。正视人类自身的弱点并不是为了标榜，恰恰相反，只有正视这一点，人类理性才能得以升华。这大概就是《墙》所要表现的主题意向。（许德民）

一只蝴蝶在雨季死去　　于　坚

一只蝴蝶在雨季死去　一只蝴蝶
就在白天　我还见她独自在纽约地铁穿过
我还担心　她能否在天黑前赶回家中
那死亡被蓝色的闪电包围
金色茸毛的昆虫　阳光和蓝天的舞伴
被大雷雨踩进一滩泥浆
那时叶子们紧紧抱住大树　闭着眼睛

星星淹死在黑暗的水里
这死亡使夏天忧伤　阴郁的日子
将要一直延续到九月
一只蝴蝶在雨季死去
这本是小事一桩
我在清早路过那滩积水
看见那些美丽的碎片
心情忽然被这小小的死亡击中
我记起就在昨夜雷雨施暴的时候
我正坐在轰隆的巨响之外
怀念着一只蝴蝶

1987 年

这首诗描述了一只蝴蝶"误"入或者说是城市占有了蝴蝶的生存空间而产生的悲剧，体现了都市文明与以蝴蝶意象所代表的自然本性的冲突。

在大都市纽约繁华的地铁车站，仅仅一天时间，一只"金色茸毛的昆虫　阳光和蓝天的舞伴"——蝴蝶，就在和这个城市人之一的"我"匆匆地邂逅之后，"被大雷雨踩进一滩泥浆"，结束了它美丽而短暂的一生。

对于生活在繁华的纽约城里行色匆匆的都市人而言，一只蝴蝶的死去，简直微不足道、"小事一桩"。然而，尽管人们熟视无睹，习以为常，事实却是，在都市向大自然野蛮征服与贪婪索取的过程中，城市本身也变得那么的脆弱和不堪一击。一场大雷雨，就把纽约城搅得天昏地暗，"叶子们紧紧抱住大树闭着眼睛"，"星星淹死在黑暗的水里"；而"水泥森林"本来就缺乏大自然的天籁之音，以至于一只蝴蝶的死亡，更使"夏天忧伤"。

诗歌不仅真实地展示了这种畸形"城市化"带来的严重后果，而且更通过"我"的视界和被这"死亡击中"而升华的心理体验，深刻揭示了都市人的集体性冷漠心态和隔膜的精神特征。在这方面，诗人对都市人是一种暗处理，重点在巧妙地通过"我"的一系列的视觉映像和心理描写来呈现的。这里特别要强调的是，诗中两次出现蝴蝶死亡地点的细节：第一次，"我"看见蝴蝶"被大雷雨踩进一滩泥浆"；第二次看见"那滩积水"中被路人碾踏成"美丽的碎片"的蝴蝶残骸。如果说，"我"第一次看见蝴蝶"被大雷雨踩进一滩泥浆"时，更多的是为死于大雷雨的蝴蝶感到伤心，那么，第二天清早复又看见已经成为"美丽的碎片"的蝴蝶残骸时，"忽然被这小小的死亡击中"的心情就包含着更复杂、丰富的内容。除了伤心之外，是否还有谴责甚至自责？城市人对一只蝴蝶的生命与美丽的消失所表现出来的那种轻慢与置若罔闻，难道不正是异化的现代都市文明的生态环境里那种冷漠的人与自然、人与社会、人与人关系的真实写照吗？这或许正是"我"深深"怀念着一只蝴蝶"时的真切的心境吧！

诗人在诗中调动了"插叙""倒叙"和"蒙太奇"等一系列通常出现于小说、影视里的手法，用来渲染蝴蝶短促的生命过程和"我"的心路历程的戏剧化情景。例如，首句即出现"一只蝴蝶在雨季死去"的结局，形成悬念，又如诗中并存着两个镜头：一个是"昨夜雷雨施暴的时候"，一个是"我正坐在轰隆的巨响之外"。而通过"我记起"的剪辑，产生一种强烈的对比效应，产生的时空转换与对接的张力，使得"我"的视景紧凑而生动。另外，特别是在描写第二次目睹蝴蝶场景时，诗歌仍然保持有一些《罗家生》里那种收敛、甚至"压抑"着情感火苗过度迸发的"冷叙事"特征，从而产生意想

不到的反向效果。（张　新）

求乞的女孩，阳光跪在你面前　张　烨

淡黄的长发披散着
宛如玉蜀黍的缨穗遮掩
珍珠般的脸盘
为着小小的愿望
你低垂着稚嫩的脖颈
默默地跪在阳光下
你是否觉得阳光也跪在你面前
就像树跪在落叶的苦难面前

这首诗写得很短，但感情真挚，文笔质朴，颇耐人寻味。

在这首诗的画面上出现的"珍珠般的脸盘"，"稚嫩的脖颈"是个多么幼小可爱的生命；而大自然赋予她生的权利，却没有给她赖以生存的恩泽，使得她长发枯萎，像玉蜀黍的缨穗一般，披散着，默默地跪在阳光下。这幅看似寻常而实不寻常的画面，足以激发悲悯，赢得同情。

诗人用工笔描绘阳光下跪着求乞的女孩，观察细致，感受深切；进而用夸张手法写跪着的阳光，构思大胆新奇，表现了诗人赋予表现对象以强烈的感情色彩的创作才能。在这首诗中"阳光"是个博大的意象，她将无量的光辉普洒大地，她将博大的恩泽广施人间。对比之下，"女孩""落叶"则是渺小的意象。然而诗中的"女孩"却是"阳光"的衍生物，就像树和落叶一样。阳光则是女孩的"上帝"，是"母体"。为了使这两个不同性质的意象能够沟通，诗人巧妙地运用了一个"跪"字。"跪"是全诗的诗眼，它使博大与渺小相联结，明朗与灰暗相交织，虚写与实写相呼应，从而铸成一个相反相成的美的和谐。

这一极富情感穿透力的"跪"字，是在倾诉求乞女孩淡淡的哀怨，还是吐露诗人对苦难和不幸的深切同情？是对阳光的谴责，还是阳光的自身的歉疚？是愤慨于阳光对女孩的寡恩，还是赞美阳光的博大爱心的回归？诗眼之妙，妙就妙在给读者留下一串颇有深刻思想内涵的问号，表现了诗人对时代生活的深沉思索。含不尽之意，让欣赏者得之，或许正是女诗人的用心所在吧。（殷　仪）

致太阳　多　多

给我们家庭，给我们格言
你让所有的孩子骑上父亲肩膀
给我们光明，给我们羞愧
你让狗跟在诗人后面流浪
给我们时间，让我们劳动
你在黑夜中长睡，枕着我们的希望

给我们洗礼，让我们信仰
我们在你的祝福下，出生然后死亡
查看和平的梦境、笑脸
你是上帝的大臣
没收人间的贪婪、嫉妒
你是灵魂的君王
热爱名誉，你鼓励我们勇敢
抚摸每个人的头，你尊重平凡
你创造，从东方升起
你不自由，像一枚四海通用的钱！

一看这首诗的标题，便给人庄严、豪迈、无比自信的感受，带着先行的情绪读完全诗，直至读到最后一行才顿生困惑，于是又急急地想从头再来，去捕捉字里行间的奥义，一切都似乎太清晰，不由得让人生疑，作者的冒险几近成功。

历来，太阳被视作光明、正义、真理的化身，在古希腊神话中，光辉四溢、不知疲倦的太阳神阿波罗的权力极大，他主管光明、青春、医药、畜牧、音乐和诗歌等，并代表主神"宣召神旨"成为"掌管预言的神"。德国哲学家尼采在他的美学著作中认为日神精神是"某种类似梦境的、静态的、造型的美"，人类赋予太阳至高无上的荣誉，甚至在人类文明进展中，太阳始终带有形而上的主宰意义。它既笼罩一切，扭曲一切，消磨一切，又无时无刻地酝酿一切，塑造一切，激励一切，面对这至尊的君主，人类除了感恩以外，还能渴求什么呢！多多的《致太阳》就是在芸芸众生对太阳的由衷赞美声中展开的。太阳把它无边的恩泽播给人类，它使人类永远倾向和睦、善良、勤勉，"给我们家庭，给我们格言"，"给我们光明，给我们羞愧"，"给我们时间，让我们劳动"；它也使人类倾向执着、磊落、热爱和平，"给我们洗礼，让我们信仰"，"查看和平的梦境、笑脸"，"没收人间的贪婪、嫉妒"；它还使人类倾向自尊、平等，"热爱名誉"，"抚摸每个人的头"，它创造着一切，亘古不变。然而太阳无私奉献的境界越是崇高越是难以逆转它不自由的命运，因为面对人类赋予它的崇高使命，它别无选择，太阳的悲剧在于它毫无选择的自由，诗人用了一个形象的比喻"像一枚四海通用的钱"使整首诗无论是在内容还是结构上产生巨大的倾斜，这意味着太阳越是伟大，它的悲剧性也越强，因而全诗的反讽效果也越强烈。

总观全诗的意象结构是呈链型，大密度的意象成列成行向你逼来，使读者的知觉几乎发生超载。诗的语言也很直白，类似警句的简明、深刻，在节奏上造成一种短促、有力的感觉。在诗的整体结构上，前句与后句、上句与下句排列很工整，这正好与全诗的语言达到某种默契，造成一种思维定势，使每个读者不知不觉地误入诗人有意布置的迷津，直至真相大白。由此我们也许悟到在审美过程中的一个事实：当我们以为沿真理的航线自豪地行进时，我们也许已经毫无偏差地驶入谬误的水域。（赵　奔）

春之舞　多　多

雪锹铲平了冬天的额头
树木

我听到你嘹亮的声音

我听到滴水声——一阵化雪的激动：
太阳的光芒像出炉的钢水倒进田野
它的光线从巨鸟展开双翼的方向投来

巨蟒，在卵石堆上摔打肉体
窗框，像酗酒大兵的嗓子在燃烧
我听到大海在铁皮屋顶上的喧嚣

啊，寂静
我在忘记你雪白的屋顶
从一阵散雪的风中，我曾得到过一阵疼痛

当田野强烈地肯定着爱情的芬芳
我的喊声淹没在栗子滚下坡的巨流中
我怕我的心啊，会由于快乐而变得无用！

这是一阕用诗的音符敲击出的春之奏鸣曲。

全诗五节，三行一节，形式工整。

首节首句“雪锹铲平了冬天的额头”，犹如一朵报春花，它所塑造的形象既新鲜刺激，又寓含丰富的信息，宣告了击溃冬天的春天的首战告捷。有意思的是，写春之来临，却不着一个春字，意象乃阔大且厚实。那雪锹，是那么的势不可挡，而“铲平”两字，尽显其气势的凌厉，此句将冬天拟人化，令冬天在“雪锹”面前溃不成军的狼狈愈发形象。

首句如春之奏鸣曲的前奏，乐声由此澎湃开去——“树木/我听到你嘹亮的声音”。寒冬将退未退，早春的脚步还在路上，树木的吐绿尚在萌发之中，显然，诗人是在为春天的来临造声势，与其说是听到了树木内部发出的“嘹亮的声音”，毋宁说这“嘹亮的声音”来自诗人心中，是诗人内心的一种精神体验，一种对春天的企盼。

第二节延续第一节的抒情思路，仍然抓住冬天的尾巴不放，并且沿袭了首节末句写声音的诗脉：“我听到滴水声——一阵化雪的激动。”此乃实写，引出的是虚实相生的宏大的场景：“太阳的光芒像出炉的钢水倒进田野/它的光线从巨鸟展开双翼的方向投来。”这里，将太阳比作巨鸟、阳光比作钢水，形象而又新鲜。

第三节的意象最为奇崛，并且具有强烈的陌生化的艺术效果。那“在卵石堆上摔打肉体”的“巨蟒”，那“像酗酒大兵的嗓子在燃烧”似的“窗框”，那“在铁皮屋顶上的喧嚣”的“大海”，奇异而令人闻所未闻的景象，如果再联想到诗的题目是《春之舞》，或许真让读者有丈二和尚摸不着头脑的感觉：如此这般的描述与春天有关吗？法国当代结构主义美学家罗兰·巴特指出：“诗歌的字词永远不可能是虚假的，因为，它本身就是完整的。它闪烁着无限的自由之光，时刻准备照耀那些不确定而有可能呈现的千姿百态的关系。”(《写作的零度》)因此，读者在读这样的想象的弹性十足，即“闪烁着无限的自由之光”的诗句时，一定要集中精气神，打开自己的想象的阀门，随着诗所闪烁的自由之光一起翱翔。这里需要作一点提示的是，这一节同样也是抓住“声音”(再一次重复首节“我听到”这样的字眼，即重复或说是保持这一审美姿势，沿袭对“声音”的表现），展开不说是石破天惊也是别开生面的描摹，极力渲染春天与朔风搏斗，和冰雪鏖战，突出被冬天的重重包围时的声势。在这一节，声音的分贝达到了全诗的最高度，意在表明，春天不可阻挡地呼啸着、咆哮着，奔突而来。

第四节“寂静”两字，既是为前三节诗人抒写声音的思路作了一个证明，同时也为前三节抒写的声音画上了一个休止符。接下来“我在忘记你雪白的屋顶/从一阵散雪的风中，我曾得到过一阵疼痛”两句，是回忆，回忆冬给诗人带来的疼痛。从情绪脉络上分析，为春的喧哗共时呈示的冬的疼痛，是一种扬之后的抑，而这抑，是为了随之而来的更强健的扬。未见春而先闻其声。春在路上。春之声在路上。终于，我们见到春了！诗的末尾一节由此铺垫后呼啸而出——

当田野强烈地肯定着爱情的芬芳
我的喊声淹没在栗子滚下坡的巨流中
我怕我的心啊，会由于快乐而变得无用！

爱情的芬芳席卷田野！

终了，诗的末尾仍然回归“声音”：“我”那欢欣无比的喊声淹没在栗子滚下坡时所迸发出的巨大的声音里，纷纷然，哗哗然。诗人对春的喜悦达到了高潮，扑入诗人视野的是春满人间的景象！

五节诗，除第四节宕开一笔，用倒叙以增加诗的厚度，其他四节，节节写声音，春之声。

春之舞是在春之声的音符上跳的。（戴　达）

父　亲——题罗中立同名油画　　桂兴华

一

一道道牛车的辙印，
化成了你额上的皱纹。
那是你拖着小村的贫困，
绕过了弯弯曲曲的田埂——
既犁下了对早春的爱，
又犁下了对寒冬的恨……

二

这碗清亮亮的井水，
是你赤裸着古铜色的背脊，
一次，又一次，
从荒岗深深的岩层下吊起。
在这烫得快要冒烟的炎夏呵，
我多想，多想成为一口井，
盛满了你的梦，供你汲取。
让我清澈的心愿，

留在你干枯的瞳仁里……

三

你的沉默是凝固的话，
像这黄土一样板实。
沉默，在记录风的纷乱；
沉默，在活埋雨的腥热；
沉默呵，在迎接开垦的季节。
终于，春天扛着木犁来了，来了！
你坦开了郁积多年的相约：
撒一把种子，
就有一树红高粱的喜悦……

四

别再让烟
熏焦你枯枝般的指头。
最后吸一口吧，
最后缓缓地吸一口。
然后，把愁思抛丢——
看！霞一般的苹果园里，
不正点起红艳艳的秋？
这飘动缕缕香馨的秋呵，
将在你的栽培下燃个不休！……

诗人在给画家的同名油画题诗。写得诗中见画，画中见情。在题画诗里不可多得。

诗中再现清晰生动的画面，传达出黄土高原特有的风情：土地的板实，"小村的贫困"，"弯弯曲曲的田埂"，"一道道牛车的辙印"，"清凉凉的井水"，"深深的岩层"。在这充满地域特色的背景上活动着形象丰满、个性突出的人物——扶犁开垦的饱经沧桑的一位山区老农，他赤裸着古铜色的背脊，额上镌刻道道皱纹，瞳仁干枯，指头熏焦，在"烫得快要冒烟的炎夏"里，"坦开了郁积多年的相约"，扶犁开垦，播撒希望。那碗"从荒岗深深的岩层下吊起"的"清凉凉的井水"，映照着他甜美的梦。

诗人绝不满足于再现画面，他充分领悟画家题旨，发挥丰富想象，把它挥写得淋漓尽致。"那是你拖着小村的贫困/绕过了弯弯曲曲的田埂——/既犁下了对早春的爱/又犁下了对寒冬的恨……""霞一般的苹果园里/不正点起红艳艳的秋？/这飘动缕缕香馨的秋呵/将在你的栽培下燃个不休！……"这些联想丰富的诗句，其内涵远远超越画面本身，却又是画面的自然延伸。诗歌又通过时隐时现的"我"的形象，抒写了诗人、艺术家对哺育自己的劳动人民的赤子之心。尤其是第二节诗句："我多想，多想成为一口井/盛满了你的梦，供你汲取/让我清澈的心愿/留在你干枯的瞳仁里……"这是深情的内心独白，这是膜拜的赤子，向"父亲"奉献的一颗诚挚的爱心。这些都是原画所难以包含的，诗歌却表达得情辞恳切，含义深厚。

这首题画诗很有特色，诗人熟练地运用了移像手法，把多种不同的物象沟通起来，创设一种既深沉又空灵的独特意境。诗的第一节从“一道道牛车的辙印”到“你额上的皱纹”，到“弯弯曲曲的田埂”，诗人抓住物象的共同特征：一条条，弯曲，把它们融成一体，使读者感受到一种多层次的现代诗的底蕴。第二节从“清亮亮的井水”到“赤裸着古铜色的背脊”，第三节从人的“沉默”到“黄土的板实”，都包含了从客体的物到了主体的人的迁移融合，写得灵动厚实，意境独具。

诗人又运用虚实相生的写法，既清晰勾画人物的形貌，又充分展示人物的内心，密切结合，相得益彰，使“父亲”的形象得到完整凸显。比如，“我”要成为一口井去盛满“父亲”的梦；又如春天来临，“父亲”坦开了郁积多年的相约。特别是“飘动缕缕香馨的秋”，将在“父亲”的栽培下“燃个不休”。这“燃个不休”的又何止是缕缕的香馨，丰收的秋色，更是“父亲”那多年的梦想，不息的追求。从这些诗句，我们不难体会那古铜色身躯里燃烧着一颗不同寻常的心。

这不正是世世代代劳动人民的共同追求吗？很平常，又何其伟大！（周忠乔）

陶　罐——半坡之一　　李小雨

据说
第一只陶罐是女人做的
因此，她塑一条
浑圆的、隆起的曲线
朴拙而安详地立于
万古苍凉之上

我披发的母亲
裹着兽皮的母亲啊
她指向
啊那纯粹的泥土、水和火焰
世界就这样诞生
诞生成
一条有孕的曲线
一个婴儿在腹内蠕动
一枚果实正在成熟
一轮太阳
一个人死去重又复生
一个星序的倒转轮回
一个四野与天穹的完美闭合
一只陶罐

于是一切生命
便都有了密密麻麻的指纹
于是许多声音都在天地间

流浪着，喊着母亲
于是陶罐便朴拙而安详地立于
万古苍凉之上
以她的宽容
以她的淳厚
以她的丰盈
以她的披风沐雨的牺牲
饮母亲低沉温存的心跳声
饮鼻音的摇篮曲
饮乳汁流成的滔滔黄河
饮一根骨针的细如丝线的声音
当赤脚的母亲站起身来
开始最初的第一次播种时
陶罐倾倒了
从里面涌流出无数
金色的小小的种子
——人

1985年10月于西安半坡

《陶罐》是一首感怀人类文明起源，富有哲理意味的诗歌，是《半坡组诗》中的一首。半坡文化，属于中国新石器时代黄河中游地区的仰韶文化，是北方农耕文化的典型代表，1952年发现于陕西省西安市半坡村，其中，红底黑彩，具有几何、鱼形图案的陶器制品是较有代表性的器物。而诗人正是选择了一只陶罐，作为诗歌吟咏的起点。

史前时期并无确切的文献记录，因而所有的情景都要依靠诗人放飞自由的想象力。李小雨既抓住了陶罐泥土的质地，说其与土地、母亲本就连为一体，又抓住它的外部特征，“浑圆”“隆起”，与孕育着胎儿的母腹有着极为相似的形象这一点，非常自然地将陶罐与“地母”的意象联系了起来，当然也暗合了半坡文化的母系社会特征。

从披着头发，裹着兽皮，一身原始装束的人类“母亲”那里，诗人的思考又了无痕迹地过渡到了对于“世界本源”的感叹上。这个亘古恒常的问题，困扰了许许多多的哲人和思想家，无论是古希腊的泰勒斯、毕达哥拉斯、普罗泰格拉，还是我国古代的庄子，就到底是水、火或是泥土才是世界的本源，都进行过深刻的思考。而对于本诗的作者来说，她的理解则更为诗意，也许构成世界的不是哪个特定的元素，而是一道弯曲的弧线。

的确，从母腹中小小的婴儿或枝头小小的果实，到巨大的太阳，浩瀚的天穹四野，或是伟大的生命与星序的轮回，生命与圆形是分不开的，最终，又都可以归结到一只由母亲抟土塑造的陶罐上。当人类母亲在陶土上留下指纹的时候，也在这块土地上千千万万的生命里，留下了共同的印迹，这也是对女娲抟土造人的传说的一种呼应。因此，我们也可以说，这个陶罐，成了我们民族的一个文化符号，它是承载了悠久的中原文明的容器，在万古的苍凉中，宽容而淳厚地接纳了黄河流域各种自然与人文的元素，成为华夏民族共同的精神源头之一。“从里面涌流出无数/金色的小小的种子/——人”，诗篇用形象化的语言，向我们展示了生命与文明的起源。

相应的，中外文学史上都不乏通过吟咏容器，来追怀人类悠久的时间中的著名篇章。如英国诗人济慈的《希腊古瓮颂》，历史在古瓮上凝固为永恒的一瞬；美国诗人史蒂文森《田纳西的坛子》，坛子使得凌乱的荒原获得了秩序。

《陶罐》这首诗，既是对母亲的感念，对民族祖先的追怀，也是对于生命的歌颂和祖国悠久文明的赞美，所包含的思想、精神气韵是很博大的。（王宏图　方　铁）

没有靠岸的船　　芦　萍

你用感情编织着一块洁白的绢
送给我做了航行的帆
我不怕浪花打湿了双脚
大风摇晃着支撑事业的桅杆
我是一条远航的船

真希望你等待在岸上
看航标灯伸延过来的思念

多少个不眠的日日夜夜
在大江里捕捞着生活的夙愿
事业与爱情是两只船桨
我曾把残月摆渡成浑圆
可我离岸还很远，很远

真希望你伫立在岸边
宛如一座雕像在我心间

《没有靠岸的船》是一首意味隽永的爱情诗。诗人以“船”作为喻体，就此展开联想，倾吐对事业与爱情的眷恋。在第一节里，爱人“用感情编织”的“洁白的绢”，“给我做了航行的帆”：爱情是“帆”；而事业，就是那支撑全船的“桅杆”。在第三节里，事业和爱情又成了“两只船桨”，缺少一个，“船”就不能沿着既定的方向破浪向前。缠绵于爱情不问事业，那样的心灵过于自私与狭小；只求事业规避爱情，那样的心灵又必定单调而不健全。诗人没有提出事业与爱情的取舍问题，而是肯定爱情与事业同样重要，这就显示了一种摈弃虚伪的坦诚，一种更加自然更加成熟的人生态度。

为了强化诗人情愫的张力，全诗采取“五二、五二”变奏格式，在迂缓而紧凑的吟咏之后，以简短的祈望“真希望……”收束，两次叠唱：“等待”变为“伫立”，“航标灯伸延过来的思念”化作“一座雕像在我心中”，益发深沉，颇有余音绕梁的效果。

这条“没有靠岸的船”，并无企盼靠“岸”之意。它经受着“浪花”“大风”的考验，“多少个不眠的日日夜夜”，它“曾把残月摆渡成浑圆”，可“离岸还很远，很远”，这就升华了全诗的格调，使抒情主人公对爱人的思恋进入一种达观的境界——它既是事业的依托，又是不可避免的人生痛苦与欢乐的来源！（朱　晶）

影 子 戈 麦

月亮里有几个美丽的影子
固守着永恒的青春
肉体灰飞烟灭
我突然看自己血肉模糊
丰满的影子于暗夜之中
千娇百媚
古老的河面没有皱纹
此时我一定光洁非凡
我仰起额头
毫无顾忌地接触月光

读这首诗，我们的耳边突然会响起陶渊明在《影答形》中的诗句和李白吟哦“举杯邀明月，对影成三人”(《月下独酌》)的声音，感受到诗人在那种独与不独的虚幻与现实交织的情景中孤苦无告的心境。诗人赞美“影子”，因为月亮是圣洁的，而月亮里的影子，是嫦娥的寂寞而婀娜多姿的美丽影子。月光下，“我”也变得“光洁非凡”，孤独得圣洁而美丽。诗人并没有在体验孤独的层面上停止，他进一步将肉体的“血肉模糊”“灰飞烟灭”与影子的“千娇百媚”、青春永驻加以强烈的对比，让我们隐隐约约联想到王尔德在《道林·格雷的画像》中述说的那个关于画家的肉体死亡，而画家用精神力量注入的画像则永存的故事中的理念。那是一种诗人要将孤独当作唯美，将死亡当作永恒的信仰敬奉的理念。这种理念和海子在描写叶赛宁、马雅可夫斯基等诗人的死亡之旅的诗篇中所传递的信息是相似的。戈麦 20 世纪 80 年代中期毕业于北大中文系，1991 年 9 月 24 日自沉于北京西郊万泉河。像海子一样，诗人的自杀身亡，是否是在象征性地表达他们对追求诗意地存在的理想毁灭的绝望？(张 新)

黑 豹 骆一禾

风中，我看见一付爪子
站在土中，是
黑豹。摁着飞走的泥土，是树根
是黑豹。泥土湿润
是最后一种触觉
是潜在乌木上的黑豹，是
一路平安的弦子
捆绑在暴力身上
是它的眼睛谛视着晶莹的武器
邪恶的反光

将它暴露在中心地带
无数装备的目的在于黑豹

我们无辜的平安,没有根据
是黑豹,是真空里的
煤矿,是凛冽,是背上插满寒光
是四只爪子留在地上
绕着黑豹的影子然后影子
绕着影子
天空是一座苦役场
四个方向
里,我撞入雷霆

咽下真空,吞噬着真空
是晒干的阳光,是晒透了太阳
是大地的复仇
一条张开的影子
像野兽一样动人,是黑豹

是我堆满粮食血泊的豹子内部
是我寂静的
肺腑

1988.6.8—20

这首诗通过人类肆意捕杀黑豹以及它们赖以生存的环境而终使人类自己陷入生存困境的事实,警示人类应该深刻反省,为创造一个人与自然的和谐世界而努力。

第一节,诗歌展示了一个被人类肆意破坏的大自然的荒芜场景和人类对黑豹的暴行。在展示这样一幅惨景时,诗人避免作静止的描写,而是以黑豹为中心,围绕它的行为细节的动态过程来下笔,遂将其与自然环境和人类构成一种有机的联系。例如"一付爪子","摁着飞走的泥土,是树根"这样的句子,一个"摁"字,不仅把大自然水土流失的残酷现状暴露无遗,而且更把黑豹"拟人化",凸显了黑豹对命运的抗争和无奈。

第二节,诗歌鞭挞了人类的虚伪。明明是对黑豹的掠杀,却以反抗黑豹的"暴力"和维护自身的"无辜的平安"为借口。而荒芜的世界注定要对人类"复仇":"天空是一座苦役场",大地是"真空里的煤矿",整个世界如真空一般,没有动物、植物,最终包括人类自己。

奥地利诗人里尔克有一首著名的诗,名字就叫《豹》。那首诗通过诗人对被囚禁在动物园铁笼里的豹的"生存环境"的冷峻观察和细腻描写,象征性地暗示了人类就像囚禁于铁笼里的豹一样,从而揭示了人类面临的生存环境问题。骆一禾这首《黑豹》为以"豹"为命题的诗歌提供了新的内容。(张　新)

十六岁的花季　　席慕蓉

在陌生的城市里醒来
唇间仍留着你的名字
爱人我已离你千万里
我也知道
十六岁的花季只开一次

但我仍然在意裙裾的洁白
在意那一切被赞美的
被宠爱与抚慰的情怀
在意那金色的梦幻的网
替我挡住异域的风霜

爱原来是一种酒
饮了就化作思念
而在陌生的城市里
我夜夜举杯
遥向着十六岁的那一年

席慕蓉的诗，在诗歌体例上，属于自由体的抒情小诗。这类诗，一般没有什么繁复的意象，拗口的辞句，轻盈而不艰涩，柔美而不深奥，蕴有某些思想火花，含有某些人生哲理，使人感到亲切可爱。这类抒情小诗，曾在“五四”时期的中国颇为流行，从冰心的《春水》《繁星》到“中国第一才女”林徽因的诗作，大体上走的都是这一路子。20世纪30年代以后，这一中国女诗人所擅长的诗歌传统，逐渐为残酷的战争和严峻的社会现实所湮没。40年代后期虽有“九叶诗人”中的二叶——陈敬容、郑敏的出现，但她们温婉沉思的声音，终究不敌《马凡陀山歌》《宝贝儿》之类时事打油诗的尖刻、粗犷与痛快淋漓，抒情小诗在中国遂陷于沉寂。席诗的出现及其轰动效应，倒使人看到了这类抒情小诗在诗坛的复苏。

毋庸讳言，席慕蓉的诗作所表现的思想主题以及诗歌意象，是相当单纯的，无论是奠定其诗名的《七里香》也好，《无怨的青春》《时光九篇》也罢，作者所反复吟诵的，无非是对逐渐逝去的青春岁月的频频回首，以及对自己所拥有的美满爱情的痴痴眷恋。这两种“惜春”的情绪体验几乎构成了席慕蓉诗的主要的题材和内容（另一个重要内容是乡愁，如《七里香》集中的《隐痛》《乡愁》《出塞曲》《长城谣》诸篇，但这类乡愁诗在席诗中所占的比重并不很大）。席慕蓉无疑是一位敏感而细心的“恋旧”型女诗人，她珍惜过去的每一滴眼泪，每一回欢笑，咀嚼一次次刻骨铭心的离别和重逢，一个个回味无穷的企盼与失落，借此传达自己生命历程中那些“甘如醇蜜，涩如黄连的感觉与经验”（张晓风《一条河流的梦》）。

于是，我们在《十六岁的花季》中，读到的第一节诗，从表面看来，诗人是在离别了所爱的人之后，不无伤感地对纯洁美好的恋情的哀悼，“十六岁的花季只开一次”，其实不然，作者所要表达的乃是千山万水无法阻隔爱情的坚贞、专一与穿透力，所以，虽然远隔重洋，可“在陌生的城市里醒来/唇间仍留着你的名字”。倘若没有第一节中对于离别的爱人刻骨铭心的思念和眷恋，决计不会出现第二节整段由表（衣裙）及里（情怀）、凭梦织网的倾诉衷肠。这里，“异域”二字显然与上文“陌生的城市”相呼应，而“风霜”则意味双关，既形容异国他乡的风寒霜冷，也暗指远离爱人的凄清孤寂，因为前者只需添衣御寒，唯有后者，才会“在意裙裾的洁白”，重温“被宠爱与抚慰的情怀”，抖开“那金色的梦幻的网”。因而，第三节一起头便出现了可圈可点的警句：“爱原来是一种酒/饮了就化作思念。”如果诗有诗眼之说，那么此句便是点睛之笔，“酒”，正是上承“风霜”二字而来。原来，诗人踏入陌生的城市，面对“异域的风霜”，她自有驱寒之方：斟一杯满满的爱情之酒，饮下，可以回味无穷；醉了，“唇间仍留着你的名字”。难怪“在陌生的城市里/我夜夜举杯/遥向着十六岁的那一年”。整首诗表述的就是这样一种对爱情之醇酒的眷恋、赞美之意。

不过，这里有一个问题，如此缠绵悱恻、忠贞不渝的爱情表白，似乎与“十六岁的花季”的题目不太谐调，尤其是每当诗人提起对远方的爱人的思念时，就接上一句“十六岁的花季，只开一次”，或是“遥向着十六岁的那一年”。席诗中常常出现“十六岁”字样，如“弹箜篌的女子也是十六岁吗”（《古相思曲》）以及“想起她十六岁时的那个夏日”（《青春·之二》），这就容易给人一种错觉，以致读者为席慕蓉的“十六岁的花季”所眩惑。然而，正如一年深知席慕蓉的台湾评论家曾昭旭指出的：“她所说的十六岁并不是现实的十六岁，她所说的别离并不是别离，错过并不是错过，太迟并不是太迟，则当然悲伤也不是真的悲伤了。……其实诗人虽说流泪，却无悲伤；虽说悲伤，实无苦痛。她只是借形相上的一点茫然，铸成境界上的千年好梦。”（《无怨的青春》跋——《光影寂灭处的永恒》）

所以，“十六岁的花季”也好，“十六岁的那一年”也罢，无非代表了人生中最美丽的金色年华——青春而已。于是，我们又一次看到了席慕蓉那些“惜春”诗中青春与爱情的合二为一。（钱　虹）

我跟随一位少女穿过城市　西　川

我跟随一位少女穿过城市
我踩着她的脚印
却并不踩住她的影子

我跟随一位少女穿过城市
我陪伴她走过
人生一段短短的路程

她并不回头，好像这样
就能伤害我的自尊心
她错了：她的香味使我着迷

她的头发变成蓝色
她的双臂在练习飞翔
太阳已经对准她的乳房

而我却来不及走进花店
买一朵玫瑰花——啊
多少玫瑰花枯萎在花店里！

一辆救护车风驰电掣
在她的眼睛里开赴死亡
而我在她身后已经口干舌燥

眼见得走过了城市
最后一道围篱，她的脚步
更轻盈，我的心中有了恐惧

我跟随一位少女来到郊外
穿过密林，我发现
我是一个人来到旷野里

这是一首象征型的诗歌。“穿过城市”的少女形象模糊，行踪飘忽，一如幽灵般在城市里稍纵即逝，她不顾跟随者的“自尊心”，她的双臂像在“练习飞翔”，“不回头”地一直前行，最终消遁在城市郊外的旷野之中。一方面，“我”与少女，少女与城市，构成了理想与现实，城市与旷野的对比与冲突；另一方面，少女又暗喻“我”心目中的一种与城市不同的朦胧的理想愿景。

诗中有两处城市意象值得注意：跟随着自己爱慕的少女的“我”“来不及走进花店/买一朵玫瑰花”，可是“多少玫瑰花枯萎在花店里！”另一处，“一辆救护车风驰电掣/在她的眼睛里开赴死亡”。玫瑰花代表着美丽与希望，而救护车则代表着死亡。这一组对比强烈的概括城市生态的情景，正好昭示了所谓现代文明的城市和城市人在精神层面上的荒芜和空虚。

我们还必须注意诗人在描绘“我”跟随少女穿过城市之途中的心理与行为的微妙变化。从“我”不在乎少女对我的不屑一顾而仍然为她的香味着迷，到一路对她进行美丽的想象性的欣赏，转而竟然买不到一朵玫瑰花，以及“我在她身后已经口干舌燥”，都在暗示追寻理想愿景之路的坎坷。直到“走过了城市”，来到象征城市与旷野分野处的“最后一道围篱”时，诗歌所内涵的冲突元素更加明显：少女的脚步变得“更轻盈”，而“我的心中有了恐惧”，“我”发现，“我是一个人来到旷野里”。这样一种情景，表达了城市人在异化的现代都市中的孤独、迷茫的精神状态。（张　新）

初　恋　　林新荣

所有的蛙鸣都没有差别
如果你听出了不同
那么你　懂得了一种农事

所以我说

有关感情的一切
　　都属于春天

春天总会破壳
雨中的鸭子在沙地上蹒跚走来
就是那个清新的意象

所以我说
在一切柔情的吹拂下
能够狂欢地生长
包括茶枝树下的那只
　　蜥蜴

林新荣是浙江温州人，生长在江南，他的诗中表现出来的思维方式和审美情趣也带着浓郁的“江南味”，作品风格清新、温婉、细腻、精致，这首《初恋》亦是如此。“初恋”是美好的情感，此前以之为主题的文学作品也不少，而林新荣这首诗的独特之处是并不直接歌颂爱情的纯洁、热烈，抑或恋人间生死不渝的情怀，而是选用了一系列别具一格的意象，将初恋那种懵懂青涩的感觉，惟妙惟肖地传递了出来。

蛙鸣、春天、雨中的鸭子、茶树下的蜥蜴这几个意象，乍看毫无出奇之处，简单而又略显零乱，似乎与“初恋”没有明显的联系，故诗中那两个“所以我说”，也仿佛来得比较突兀。但是细细品来，诗中的各个意象并不是散乱无章的，它们给人的共同感觉是那样的清新、自然，可爱而充满童趣。整首诗充溢着万物花开、蓬勃向上的生命质感。也可以说诗人是把“初恋”这一比较抽象的概念具象化了，用一系列清新的物事来映照初恋的况味，突出的是他们在“质”上的共通之处。“雨中的鸭子在沙地上蹒跚走来”，那种朦胧、湿润而略显笨拙的情态，不正是初恋的感觉吗？而“茶枝树下的蜥蜴”，是胆怯的小动物，一不留神就会悄悄溜走，更是将初恋时节稚嫩羞涩的心态刻画得细致入微。

林新荣的不少诗歌构思别致，联想独特。他擅长捕捉生活中那些看似寻常的细节，用白描的手法加以表现，平淡质朴的语言中透出机智，形成了个性化的抒情风格。我们可以感觉到，诗中清新的意象和词句，正是诗人对初恋情态准确把握后自然流出的，让人有耳目一新之感，从中也可以看到诗人感受力的敏锐与心思的纤巧。诗人写道：“所有的蛙鸣都没有差别/如果你听出了不同/那么你，懂得了一种农事。”此处表面上在写“蛙鸣”与“农事”，实际上意在描摹“初恋”，因为初恋也是一种情感萌芽，当你体味到这种情感“差别”时，初恋也就开始了。

林新荣的诗歌另一特点是具有整体感，诗里似乎没什么有冲击力的句子，都是平白如说话，但是整体读来却是新颖别致的，这得力于他善于把握细节和营造意境。他的诗不太适于一句一句地拆开来读，这样会破坏其整体性，而应该用心感受它那种难以言传的意趣之美。林新荣注重对自然、生活的深入体验与感悟，其诗歌意境优美，短小精炼，给人以和谐、安宁、脱俗之感，充分体现出其热爱生活、在大自然中捕捉诗意的艺术追求。（孟　晖）

当我在晚秋时节归来　黑大春

当我在晚秋时节归来

纷纷落叶已掩埋了家乡的小径
山峰像一群迷途难返的骆驼
胸前佩着那只落日的铜铃

背着空囊，心却异常沉重
不过趁暮色过来要感到点轻松
这样，路上的熟人就不会认出
我垂入晚霞中的羞愧的面容

目送一辆载满石头的马车
吱吱哑哑地拐进一片灌木林
那印在泥泞中的车辙使我想起
我所走过的暴风雨中的路程

在那些闯荡江湖的岁月
我荒废了田园诗而一事无成
从挥霍青春的东方式的华宴中
我只带回贴在酒瓶上的空名

所以，我不敢轻易靠近家门
仿佛那是一块带着裂缝的薄冰
茅屋似的母亲吆！我叹息
我就是你那盏最不省油的灯

已不再是无所顾忌的孩提时代
贪耍归来，随意抓起灶中大饼
现在，不管我是多么疲乏
也不能钻进羊皮袄的睡梦

于是，像怕弄出一点声响的贼
我弓身溜出了篱笆的阴影
那只孤单的压水机，鹤一般
沉湎在昔日的庭院之中

只有夜这翻着盲眼的占卜老人
在朝我低语：流浪已从命中注定
因为，当你在晚秋时节归来

纷纷落叶已掩埋了家乡的小径

诗如其人。黑大春是一个极富浪漫主义气息的抒情诗人。传统的浪漫主义过于强调个性，从而使诗人过于简单粗糙地将自己的直接情感与诗所表现的情感等同起来。而黑大春则始终能在这两种不同情感之间保持平衡，没有流于个人情感宣泄，也没有因为整合而破坏感觉的原生态。黑大春的诗充满了在隐秘心灵活动基础上的高尚人格魅力，以具有音乐性和呼唤感的诗句衬托出他紧张的精神探索，透过周围飘忽不定的世相触摸到更为坚实可靠的东西。

《当我在晚秋时节归来》是黑大春充满浪漫主义气息的代表作。

时令是晚秋。黄叶落地，花自飘零，流水落花，一年绿色将尽，故而晚秋常令人悲秋。晚秋，秋风萧萧，果实归仓，初冬将至，远方的游子要回家了。

诗人选择了"晚秋"这一有意味的时节，聊以抒情，抒发自己思乡的情愫，状写自己归家的情状，这极易引起读者的共鸣。

秋深了，游子要回家了。诗的劈头一句，也就是诗的题目："当我在晚秋时节归来"——它一下子就把读者带入了情境。

当诗人在晚秋时节归来，归到哪里？家乡。

家乡呵！诗人魂牵梦萦的家乡。诗的第二行诗人就把"家乡"搬入读者视野："纷纷落叶已掩埋了家乡的小径。"此句在诗的篇末一字未改地再现，依旧是一个特写镜头："纷纷落叶已掩埋了家乡的小径。"加上它在篇中还遮遮掩掩地呈现了一回"我不敢轻易靠近家门"，那么，是否可以这么理解："家乡"是贯穿全诗的一条红线，是整首诗的核心意象，这一意象，它已近乎原型意象？一个词必须和更大的事物(氛围、语义场)发生对应关系，从而从语法的原始系统中解脱出来变成特指时，亦即将词语的修饰作用变成了观念和事物本身，并经过诗人长期的精神痛苦的冶炼，与他的生命结构具有了全息对应关系时，才成为原型意象。它所照亮的不仅是一组词，一段文本，而是整个存在的幽暗，并衍生出所有可见不可见的心理事件和实体。

《当我在晚秋时节归来》里的"家乡"便是具有这般审美功效与作用的意象。诗中所出现的事物都和"家乡"有着直接和间接的联系，诗人所奔泻的情感，都流往"家乡"。"家乡"是诗人的生命之根、精神归宿、心灵的栖息地。如果说黑暗能够铆住灵魂的银河，那么，是家乡的星星，燃亮了银河的水面呵！

秋深了，游子回家来了，回到细雨梦回的家乡来了。

是怎样的心境呵！是衣锦还乡的荣耀？不是。是仕途腾达的显赫？也不是。质本洁来还洁去。依旧是一贫如洗，"背着空囊"；回眸看，生涯坎坷，"那印在泥泞中的车辙使我想起/我所走过的暴风雨中的路程"；长叹兮壮志未酬，"在那些闯荡江湖的岁月/我荒废了田园诗而一事无成"；岁月往矣，今朝有酒今朝醉，"从挥霍青春的东方式的华宴中/我只带回贴在酒瓶上的空名"。

秋深了，游子回家来了，终于抵达养育善良和贫穷的家乡了。

悲剧比喜剧更能撩拨人的心绪。

诗中的这一个"游子"的形象并不是诗人刻意制作的，诗人黑大春精神和物质生活的影子大致是和这一个"游子"的形象重合的。据媒体报道，本名庞春青的诗人黑大春，为了保持最大的心灵自由和生命自尊，他一直没有选择一个可以给他带来固定收入的职业，而是过着居无定所、风雨飘摇的生活。他坦言，诗使人无法安居乐业或安守本分，一个诗人很难长时间处于一件与诗不相干的工作。这就注定他无法融入所谓主流生活状态，注定要为诗歌风雨兼程，受尽人间苦难(《诗人的贫困是应该被祝福的吗?》,《文学报》2007 年 11 月 16 日)。尼采说过，轻度的贫困是应该被祝福的。《当我在晚秋时节归来》正是诗人黑大春安贫乐道，在孤寂和困厄中不断求索而磨砺出的杰作。诚如最好的蜜是从蜂巢中自然而然地流出来的一样，此诗的真挚、凝重而又微含悲苦的诗情是从诗人黑大春的心灵深处自然而然地流出来的。就连诗中“从挥霍青春的东方式的华宴中/我只带回贴在酒瓶上的空名”这一描写，也是他生活的写照：他常常腰间挂着酒壶，走到哪儿喝到哪儿。人们也许并不完全认同诗人以这样的生活方式积累心理能量去创作诗歌，但并不否认这样的诗人是珍稀的。

秋深了，游子回家来了，怀揣一颗负疚和内省的心探望家乡来了。

与其说是因为孑然一身且身上满是为人生奔波和劳顿烙下累累伤疤，还不如说是因为对故乡刻骨铭心的相思，对亲人牵肠挂肚的思念，所以才携带了沉甸甸的心理负荷踏上还乡之途。“沉重”“羞愧”“叹息”等心理和情态的描绘是负荷了这样的涵义的。对此，诗人还嫌“沉重”“羞愧”“叹息”等词语不能完全传达本意，不惜自毁，将自己的面目抹上丑陋的色彩：“于是，像怕弄出一点声响的贼/我弓身溜出了篱笆的阴影”——所有这些，其源盖出于爱，对家乡的爱呵！即便自己再怎么受伤，再怎么落魄，再怎么穷困潦倒，诗人对故乡的爱没有减弱，随着时光的流逝，离开家乡越久，对家乡的爱越深。黑大春用他一波三折、百川归海般的既澎湃又沉缓、既奔泻又内敛的抒情诗句，为我们演绎了这一切。其中最感人肺腑的莫过于诗人对母亲的爱的咏叹：“所以，我不敢轻易靠近家门/仿佛那是一块带着裂缝的薄冰/茅屋似的母亲呶！我叹息/我就是你那盏最不省油的灯”。忆起黑大春在《圆明园酒鬼》中对母亲的悼念：“这一年我永远不能遗忘/这一年我多么怀念刚刚逝去的老娘/每当我看见井旁的水瓢我就不禁想起她那酒葫芦似的乳房/每当扶着路旁的大树醉醺醺地走在回家的路上我就不禁这样想/我还是一个刚刚学步的婴儿的时候一定就是这样紧紧抓着她的臂膀/如今我已经长大成人却依然摇摇晃晃地走在人生的路上而她再也不能来到我的身旁。”母亲用贫穷养育了诗人，诗人用纯真而又丰腴的心灵感恩母亲。

《当我在晚秋时节归来》并不诉诸理性思辨，而采用形象直观。诗人对细节的观察具有画家般的准确入微，如“山峰像一群迷途难返的骆驼/胸前佩着那只落日的铜铃”。他的敏锐感受力让人惊叹，如“那只孤单的压水机，鹤一般/沉湎在昔日的庭院之中”。拟人化的比喻新颖且意味绵绵，如“只有夜这翻着盲眼的占卜老人/在朝我低语：流浪已从命中注定”。

意味深长的是，当诗人在晚秋时节踏上归途，踏上回家之路，乘着暮色进村，靠近家门，溜出了篱笆的阴影，凝望庭院——但，始终未入家门！是近乡情更怯吗？家乡近在眼前，家乡触手可碰。但诗人却未入其内。“家乡”这一意象在此彰显了它作为一个原型意象的厚实而又深刻的意蕴，触及的是现代人无法从根本上返回家园的隐痛。

“当我在晚秋时节归来/纷纷落叶已掩埋了家乡的小径”：迷离而又充溢伤感的画面拨动现代人思乡的心弦。那“纷纷落叶”，是现代人精神和情感失落的象征，“掩埋”两字，深含着诗人的忧虑，乡愁由此弥漫开去……（戴　达）

雨中的马　陈东东

黑暗里顺手拿一件乐器。黑暗里稳坐
马的声音自尽头而来
雨中的马

这乐器陈旧，点点闪亮
像马鼻子上的红色雀斑，闪亮

像树的尽头
木芙蓉初放，惊起了几只灰知更鸟

雨中的马也注定要奔出我的记忆
像乐器在手
像木芙蓉开放在温馨的夜晚
走廊尽头
我稳坐有如雨下了一天

我稳坐有如花开了一夜
雨中的马。雨中的马也注定要奔出我的记忆
我拿过乐器
顺手奏出了想唱的歌

诗的起首一句“黑暗里顺手拿一件乐器”，仿佛突兀而来——和诗题《雨中的马》似乎风马牛不相及，但它恰恰是敷住诗题的关键一笔。它烛照全诗，向读者袒露，此乃抒写对音乐艺术的感觉的一首诗，是诗人对音乐艺术的独特体验所产生的超验性联想，“雨中的马”正是这一联想所产生的产物，也是全诗的中心意象。

乐器弹奏的音乐，空灵、缥缈、抽象，诗人将它具象化了，化为了“雨中的马”。

雨中的马——雨声。马蹄声。雨声是副旋，马蹄声是主旋。一匹骏马披着夜色在雨中奔驰。雨声淅沥。马蹄嘚嘚。

踏雨夜行的骏马是乐声给诗人所产生的联想，也是诗人记忆的影子。“雨中的马也注定要奔出我的记忆”，此语“泄露天机”——“雨中的马”来自诗人的记忆，是打上了诗人个性的烙印的产物。乐声响起，记忆中的雨中的马在音乐中复活，在诗人用笔记下这一艺术直觉的那一瞬间，“雨中的马”已经以诗人的个人记忆变成了公众（读者）所接纳的艺术形象。

“雨中的马”在诗中不是独立无援的意象，诗人巧妙地将乐器比喻成“点点闪亮”的“马鼻子上的红色雀斑”，这就使得“雨中的马”更形象、更具个性，从而也使抽象的音乐更具质感和容易捕捉。

音乐是一种听觉感受，诗人将它化为“雨中的马”，成了听觉和视觉糅合在一起的艺术感受。为了凸显这一中心意象，诗人拓展了它的背景，或说是进一步延宕了从听觉转为视觉乃至触觉与嗅觉的进程，扩大了联想域，于是就有了这样一些美丽的诗句：“像树的尽头/木芙蓉初放，惊起了几只灰知更鸟”，“像木芙蓉开放在温馨的夜晚”。

至此，我们从阅读进入了诗人的音乐殿堂，从视觉（读）闯入了听觉（音乐），进而置身于“通感”——即听觉、视觉、嗅觉、味觉与触觉糅合在一起的艺术境界——黑夜。黑夜里的“我”。“我”“在黑暗里稳坐”，顺手弹奏起了乐器。悠悠乐声像雨中的马在黑夜里奔跑，嘚嘚马蹄声中，木芙蓉竞相绽放，马蹄声溅起花香，而“花开了一夜”，知更鸟在温馨的夜空飞翔……

当“雨中的马”“奔出我的记忆”，木芙蓉开放的温馨的夜晚消失，音乐戛然而止，一切复归沉寂时，那乐声，那乐声的速度、力度、旋律，以及它所包孕的情绪，却永久留在了读者心中。（戴　达）

美国妇女杂志　陆忆敏

从此窗前望去

你知道，应有尽有
无花的树下，你看看
那群生动的人

把发辫绕上右鬓的
把头发披覆脸颊的
目光板直的，或讥诮的女士
你认认那群人，一个一个

谁曾经是我
谁是我的一天，一个秋天的日子
谁是我的一个春天或几个春天
谁？谁曾经是我

我们不时地倒向尘埃或奔来奔去
夹着词典，翻到死亡这一页
我们剪贴这个词，刺绣这个字眼
拆开它的九个笔划又装上

人们看着这场忙碌
看了几个世纪了
他们夸我们干得好，勇敢，镇定
他们就这样描述

你认认那群人
谁曾经是我
我站在你眼前
已洗手不干

和陆忆敏同时期的女诗人翟永明这样评析陆忆敏的诗：“读她的诗总是给我的心重重一击，于是我的心里总似有一道指痕来自于她目光的注视和穿凿。她的力量不是出自呼喊，而是来自磨尖词语的、哽咽在喉式的低声诉说，这诉说并不因了她声音的恬淡平静而弱化，恰恰相反，她那来自生命内部的紧张、敏感与纯粹，从她下意识的深处扶摇上升，超越词语和意象，就像她本人柔而益坚的形象，‘用眼睛里面的黑色（或咖啡色）瞳仁向你微笑’（陆忆敏语）。”（《在一切玫瑰之上》）

陆忆敏的《美国妇女杂志》一诗，恰是印证了翟永明这样的一语中的的评析。

和将所有的女性处理成一个整体，向男权的整体作出挑战的翟永明等现代女诗人不同，作为生于1962年的现代女诗人的陆忆敏，她着力诉说的是自己作为一个女性个体在现实生活中的感触、感悟，以及置身现实所体悟到的困惑和困境。而这一切凸显于诗的表述，如翟永明所评析的，声音是“恬淡平静”的，是一种“磨尖词语的、哽咽在喉式的低声诉说”。

陆忆敏的《美国妇女杂志》便是这样的诗作。

诗题为《美国妇女杂志》，诗的首句“从此窗前望去”，“此窗”，指的便是《美国妇女杂志》，顾名思义，它应是一本报道和反映妇女生活的刊物。诗人将它作为一扇窗，看世界，准确说，是看这世界的女性。美国是当今世界上市场经济最发达的国家之一。《美国妇女杂志》报道和反映的女性，一定是令人眼花缭乱的。在市场经济最发达的时空，作为女性，在许多场合，是被物化了的。女诗人的“我”，她看到了什么呢？表面上看只不过是一幅普通的女性生活的场景，且冠以“生动的”这样的形容词，很容易让没有现代诗阅读经验的读者从正面去理解，得出女性生活精彩丰富的结论。好在诗人写下了一个明白无误的告示，这一幅女性生活的场景，发生在“无花的树下”。女性如花，女性的生活不能没有花。发生在“无花的树下”的女性生活是扭曲的、畸形的。“生动”也就变成了扭曲的、畸形的“生动”了。不经意间，此一解读成了解读全诗主旨的一个关键点。由此一个关键点解读下去，第二节“把发辫绕上右鬓的/把头发披覆脸颊的/目光板直的，或讥消的女士”，所有这些对女性的描摹，带给读者的是一种冰冷的、凌乱的、呆滞的，甚至是嘲谑的感觉。

第三节的描述，表明身在其中的女诗人自己，也不能摆脱作为一个女性在纷繁的世界所直面的性别的尴尬，不能摆脱作为一个女性在商业大潮和消费主义的冲击下所遭遇的困惑和困境。“我”是女性。女性是“我”。“我”是女性中的一员。女性中的一员就是“我”。女性度过的“一个秋天的日子”，也就是“我”度过的“一个秋天的日子”，岁月绵延，女性的“一个春天或几个春天”，在“无花的树下”的日子里有“我”蹒跚的身影。值得注意的是，这一节用的全是设问句，既表现了女诗人的内省意识，也是对女性自身命运真相的拷问。每个女性的困惑和困境不仅仅是她个人的困惑和困境，也是绵延几个世纪的全体女性生存的困惑和困境。

红尘滚滚，人生匆匆，女性生存的困惑和困境至死也未能摆脱，悲凉之雾，遍及全诗。第四节诗人抒情的关节点即在于此。令人惊奇的是，诗人在写死亡时是那么冷静，这是陆忆敏处理此一题材的一贯风格。譬如她的《死亡是一种球形糖果》：“死亡肯定是一种食品/球形糖果圆满而幸福”；再譬如她的《可以死去便死去》：“幼孩在阳台上渴望/在花园里奔跑/就抬脚迈出。”在《美国妇女杂志》这首诗里，诗人将“死亡”两字，用“剪贴”“刺绣”“拆开”“装上”等动词，赋予它不同的表现形式。经诗人此一处理，死亡变得随和而又简单了。死的表现形式再怎么变化也还是死，这里并不是指单个女性的生命的结局，而是指人类整体女性的宿命。

观览女性在“无花的树下”的“生动”的人生戏剧，弃女性生存的困惑和困境至死也未能摆脱的现状于不顾，或说是此一现状的不被世人所认识，所以才有了“他们夸我们干得好，勇敢，镇定”这样的看似轻松实则沉重的描述。世人皆醉了。诗的第五节我们看到了诗人“目光的注视和穿凿”，诗人对现实的质疑充溢诗的字里行间。随即，诗人“目光的注视和穿凿”、诗人对现实的质疑，这一切都变成了从她置身其内的那个麻木的群体抽身而出的举动，诗的末尾霍然拔出匕首似的诗句：

我站在你眼前
已洗手不干

陆忆敏说过，“即使在涉及死亡问题的时候，我也并不处于消沉之中”（《中国当代实验诗选》）。我们有理由认为，抽身而出以前的陆诗人已死，抽身而出以后的陆诗人获得了新生。所谓的“洗手不干”并不是不干，而是不再退回到抽身而出以前的生命存在的方式，是以新的生命存在的方式安身立命于这个世界。（戴　达）

大树移植　陈忠村

大树移植是我来城市后

认为最新鲜的业务

十年后砍倒　乡下父亲栽的树
给我盖一处娶新娘的瓦房
二十年后刨掉给妹妹
打一套优质的家具做嫁妆
三十年后伐下给爷爷
做一口上等的棺材

走出养我几十年的农村
眼泪，我不会让它出现
阳光的强烈却难以把我晒干

城里。移植的大树
我真的不知道能活多少
是否像我漂泊却又留恋着故乡

《大树移植》是一首表现农民与土地、城市与乡村关系这一中国现当代史上重大命题的作品。首先他与臧克家《三代》中所表现的农民与土地那种“剪不断，理还乱”的复杂情感和土地给农民带来的或喜或悲的历史命运有着某种血缘传承的关系。中华人民共和国成立以后，农民在政治上翻了身，但是文化与文明状态却不是轻易能够改变的。加上某种制度设计上的原因，农民在相当长的时期中仍然被牢牢地束缚在土地上。这就有了《大树移植》第二节中所描述的情景：父亲用自己亲手栽种的大树想使“我”在农村深深地扎下根；而妹妹的嫁妆则将在另一个村庄陪伴她度过一生；而大树最终成为爷爷的棺材一同被深埋在土中，从而完成了“大树”也是人生的一个轮回！在文化与文明的层次上，“我”与妹妹、父亲以及爷爷在重复着《三代》里那种中国农民千百年世袭的生活方式。三代人围绕大树演绎的人生戏剧似乎是在重复着《三代》里的经典故事。因此，在这个极其具有农村特征（自给自足的而非商品化的经济行为）的情景，并且通过作者那种收敛式的冷抒情方式，我们一方面体会到在父亲无言的行动中透露出来的亲情，另一方面也感觉到一丝的凝重、伤感与苍凉。

如果这就是“我”一家的全部人生轨迹，那么《大树移植》与《三代》在文化与文明发展的层次上没有本质的区别。改革开放大潮开始冲击着阻碍如《三代》里所揭示的那种影响农民命运的更深层次的桎梏。“我”的命运终于能够不再被动地被“大树”的根系紧紧地拴牢，“我”可以“走出养我几十年的农村”，走一条与父辈不同的道路了。这不仅对于“我”，甚至对于中国农民都是一件翻天覆地的大事。

然而这条路注定将是艰难而坎坷的。“我”最终成为夹在农村与城市之间的漂泊者，丧失了归宿感和安全感。这难道是一种历史的宿命吗？以作者打过工的上海为例，几乎所有上海人的三代以上都是来自农村。他们同样也“留恋着故乡”。但是他们绝没有漂泊感。故乡仅仅是祖辈生活的地方，是血脉的某个朦胧的源点，如今他们这棵“大树”早已在上海扎根，可能还已经蔚然成林。“留恋着故乡”不能取代他们对上海的归宿感。因此，取得农民历史上这一翻天覆地的大变革的成功，一定要完成从大树的“移植”到“扎根”的艰巨任务。问题是，对大多数像“我”那样的农民工，他们最无奈、困惑、恐惧的就是不能扎根的无归宿感和漂泊感。农民工这一尴尬的身份最恰当地反映了他们处于农村与城市、农耕文明与工业文明之间的尴尬位置。这棵“大树”虽然有着“阳光的强烈却难以把我晒干”的心志，但是无根的大树难免也会被烤干！我们真不希望像“我”和千千万万个农民工那样的已经“移植”的“大树”以“真的不知道能活多少”的心情去“留恋着故乡”，那才是悲哀的呢。

新诗史上，表现都市中的边缘人或者陌路人形象是一个深受诗人关注的主题。一种类型是如20世纪30年代现代派诗人罗大冈的《无法投递》。它传递的是城市人对被物质主义异化的都市的迷茫与困惑；另一种类型是左翼诗人袁水拍在《理发匠》中所讽刺的那种情景：带着农村气息的乡下人如何被象征城市的理发匠“整理”得一干二净的。在夸张的喜剧性的表象下，表达了诗人对城市销蚀农村现象的担忧。《大树移植》展示了城市与农村冲突的另一视界。一方面是“乡下人”被农村城市化的历史大潮席卷而走，另一方面“乡下人”则犹如潮汐中的浮萍，很难被冲上城市的滩涂。

从这个意义上说，《大树移植》综合了《三代》《无法投递》和《理发匠》的诗情内涵，丰富了表现都市中的边缘人形象的诗情主题，拓展了处于在城市化历史进程中的“乡下人”命运的表现空间。（张　新）

方　言　郑小琼

卑微而胆怯的方言，低拉着头
从工业区的灯光下走过
从车间的拉线上走过
从商店的琳琅的货物中走过
它们低萎着的身子，小心翼翼地
挤着，像工业区间隙里伸出头颅的
庄稼，它的生长，显得有些不合时宜
它小心的长着，在异乡
它小心的隐藏着，在南方的工服里
但是它总会从吃力的普通话中
探出头，张望了一下
又缩了进去，像做错事似的
只有等到坐上回家的那趟车上
它才可以昂首挺胸的坐着
然后随口吐出
“回家，真好！”

诗人郑小琼用借代手法，以“方言”代指农民工（民工）是富有新意的。有人说，要辨别一个人是否是农民工，只要看他们的衣着、肤色和方言即可，这有一定的道理。其中通过方言最易识别，他们当中许多人都是第一次离开家乡，带有浓重的乡音。

他们自己往往胆怯，而在别人看来，他们还有些卑微，或许这两者构成了他们的心理特征。胆怯大可不必。不管别人如何去看待他们，他们得自己看得起自己，有位农民工诗人说得好："生存可以低矮，但灵魂决不卑微。"由于存在卑微胆怯的心理，久而久之他们就养成了一个习惯性的姿态，即"低拉着头"，或曰耷拉着脑袋。

他们"从工业区的灯光下走过/从车间的拉线上走过/从商店的琳琅的货物中走过"，上述三个地方与其说是他们的生活区，不如说是他们来城市后的工作区，在工业区、车间和商店均有他们忙碌的身影，"他们从内心深处渴望得到别人的认同与安慰的意识特别强烈，渴望有人看到他们的存在，关注他们的现实状态。然而，这一现实却遭到了普遍的漠视"（马忠《有感民工诗歌的现状及写作》），这就是使他们产生卑微胆怯心理的客观原因。

巴尔扎克说得好："唯有细节将组成作品的价值。"这首诗里也写了两个细节，一个是他们"小心翼翼地/挤着，像工业区间隙里伸出头颅的/庄稼，它的生长，显得有些不合时宜"，一个是"在异乡/它小心的隐藏着，在南方的工服里/但是它总会从吃力的普通话中/探出头，张望了一下/又缩了进去，像做错事似的"。以上两个细节使"它们低萎着的身子"具象化了，也使这首诗更具张力和视觉的冲击力。我们为诗人的精心描绘而惊叹。

诗人采用先抑后扬的手法，使这首诗的结尾很出彩。同时也运用了首尾呼应和前后对比的手法。前者"低萎着的身子"，后者"昂首挺胸的坐着"；前者"小心翼翼"，后者"随口吐出"，之所以如此，盖出于"回家"的感觉真好。俗话说，在家千日好，出外一时难。又曰："金窝，银窝，不如自家穷窝。"这首诗令人酸楚，产生同情甚至流泪，但更多的是促人昂扬，令人奋进。农民工是我们的骨肉同胞。为了让他们免除离乡之愁，免受打工之苦，我们要励精图治，加倍努力，把我们伟大的祖国建设好，使它真正强大起来，富裕起来，使我们的民工们早日过上小康生活。（葛乃福）

阿炳与《二泉映月》　孙　思

北方因山而凝重
南方因水而飘逸
但那天，你丝弦上竖起的江南
重过了北方

所谓江南，就是
你丝弦上的一潭水
当它如丝绸般
从你的指尖下滑过
每个人听了，脚下都会
下出一场雨来

所谓江南，就是
你丝弦上的月
当它在你的指尖下
被打磨得发白时
每个人看了，都知道

那是你永远看不到阳光的
眸子

于是，那个夜晚
当水和水做的月
在你的丝弦上一同立起

你的手指如一条闪电
从地面腾空而起，直达九霄
刺破天空的心脏，让天空
也滴出血来

说起阿炳和《二泉映月》，我眼前就会映现出无锡惠山脚下那一汪清泉——天下第二泉，就会映现出那一个曲了又圆，圆了又曲的冰轮、玉盘，甚至眼前也会幻化出衣衫褴褛、肩背琵琶、手持二胡，被一妇人以竹竿牵线着踯躅于无锡暗巷小弄的枯槁的阿炳。因为《二泉映月》陪伴了我的初中时代！

我父母早逝，十岁时就寄养于哥嫂家中，家庭贫困，读书只能带很少的芋艿、山芋权作充饥的午餐，常常躲在见不着人的角落里胡乱吞咽！而这时学校广播站播放的《二泉映月》则如一缕月光朗照着我，也如一泓流泉流注我的心田。乐曲那低低的诉说、无奈的叹息、徐徐怨泣和无法抑制的激愤，常常使我心弦颤动、涕泪纵横。我不是瞎子，可是命运也并不比阿炳好多少！

当然，那时我只有心头的沉重而没有诗。多少年后的今天，当我试着以古筝来演奏《二泉映月》时，我的手指似乎拨动了心琴弦，诗《阿炳与〈二泉映月〉》就蓦然跳了出来。于是，我倾吐了凝积于生命中的沉重。

这里，我要说，诗的起句"北方因山而凝重"是有根据的。冬天里，北方的山石如握紧的拳头，看上去真的特别的凝重，更何况还有"重如泰山，轻如鸿毛"的成语？而世世代代的文人雅士谁不"忆江南"？"春来江水绿如蓝，能不忆江南"（白居易）？江南的飘逸不都是因为有"水"吗？但我要表现的是这飘逸变成了沉重："但那天/丝弦上竖起的江南/重过了北方。"这个"重"是我的主观感受和认知（诗人的情思常常是主观的），我觉得瞎子阿炳坎坷而悲惨的人生，有时代、环境、人生际遇以及他不能自控的性格原因。这种种原因既玉成了他天才的创造，又毁弃了他天才的本身。他的《二泉映月》从诉说到激愤的控诉的音乐语言，抒写的即是这种复杂原因所造成的生命悲剧。重，也就重在这里。

不过，这只是诗的开头，虽蕴含诗的哲思，但更多的是理性的判断，要将这个"重"进一步表达出来，还需要恰当的诗的语言和意象。于是，我依持"江南"这个意象，扣住他操琴演奏的动作以及《二泉映月》中的"水"和"月"。先写"水"："所谓江南，就是/你丝弦上的一潭水/当它如丝绸般/从你的指尖下滑过/每个人听了，脚下都会/下出一场雨来。"我将"水"和"泪"联系起来，描写乐曲所表达的阿炳的命运，或者说旧社会下层人民的悲惨命运，让人感动得不止是泪湿衣襟，而是泪湿脚下土了！接着再写"月"："所谓江南，就是/你丝弦上的月/当它在你的指尖下/被打磨得发白时/每个人看了，都知道/那是你永远看不到阳光的/眸子。"这里揭示了一个永远无法克服的矛盾：阿炳心中有月，但瞎眼再也无法见那月的银辉了。我这里用的"那是你永远看不到阳光的/眸子"，而没有用永远看不到"月光"，因为一个以街头卖艺为生的瞎子阿炳，岂止是看不到月光，他的整个生活中只有黑暗而没有了阳光。我觉得这样写来，基本上把我心中的“重”的意念表达出来了。

最后两节，呼应乐曲而表达情感的高潮：“于是，那个夜晚/当水和水做的月/在你的丝弦上一同立起/你的手指如一条闪电/从地面腾空而起，直达九霄/刺破天空的心脏，让天空/也滴出血来。”这里用夸张的手法，表达阿炳在乐曲高潮时出现的激愤控诉的力度，也是进一步揭示我所说的“重”。同时表示，阿炳这个民间艺人，此时怨恨的是“天”，是“命”，而“天”呢也因此流血。血是热的，也有对阿炳的同情，尽管“天”也无奈。至于“水和水做的月”，那是暗合《二泉映月》，泉映的月。（孙　思）

我爱你　余秀华

巴巴地活着，每天打水，煮饭，按时吃药
阳光好的时候就把自己放进去，像放一块陈皮
茶叶轮换着喝：菊花，茉莉，玫瑰，柠檬
这些美好的事物仿佛把我往春天的路上带
所以我一次次按住内心的雪
它们过于洁白过于接近春天

在干净的院子里读你的诗歌。这人间情事
恍惚如突然飞过的麻雀儿
而光阴皎洁。我不适宜肝肠寸断
如果给你寄一本书，我不会寄给你诗歌
我要给你一本关于植物，关于庄稼的
告诉你稻子和稗子的区别

告诉你一棵稗子提心吊胆的
春天

2014 年 1 月 13 日

诗人余秀华是《诗刊》“抓举”而一举成名的。

“《诗刊》是天下人的诗刊”，《诗刊》常务副主编商震曾发出这样的征集令。2014 年的一天，《诗刊》编辑刘年在诗歌博客上读到了余秀华的诗，内心一震，从中午一点到下午六点半，刘年在余秀华的诗歌博客上翻翻检检，不等联系到余秀华，就准备发稿。当年 9 月的《诗刊》下半月刊推出了余秀华的组诗《在打谷场上赶鸡》以及随笔《摇摇晃晃的人间》；11 月 10 日，《诗刊》另一位编辑彭敏把余秀华的诗搬到了《诗刊》微信公众号上。纸质媒体加上网络传播的双重力量，把余秀华的诗推向全国。

余秀华是一位农民女诗人。她在随笔《摇摇晃晃的人间》中这样“夫子自道”：“当我最初想用文字表达自己的时候，我选择了诗歌。因为我是脑瘫，一个字写出来也是非常吃力的，它要用我最大的力气保持身体平衡，并用最大力气左手压住手腕，才能把一个字扭扭曲曲地写出来。”

余秀华的这种写诗的姿势让人敬佩。

她的诗更让人感佩。

她写得最好的诗是她的爱情诗。

《我爱你》是诗人的代表作。

比起令女诗人暴得大名的《穿过大半个中国去睡你》，同样是抒发女性自我爱欲的痛苦，《我爱你》并不以诗的标题的“出格”来吸引读者的目光，相反，诗的字里行间，表达的是一种清纯胆怯、略带羞涩的情爱，并且不局限于对女性自我欲望的抒写，而是将对自然、环境、人性的关切熔铸于自身的生存体验和生命经验之中，从而与《穿过大半个中国去睡你》的审美向度一样，裸现了对生存困境的言说和对情爱的追逐，同时也淡淡显露了对理想的向往与追求。

诗一开始便从平常生活写起，“巴巴地活着，每天打水，煮饭，按时吃药”，“茶叶轮换着喝：菊花，茉莉，玫瑰，柠檬”，这种对日常生活场景的勾勒，看似流水账，其实经过精心选择：“吃药”，透露了诗人被疾病所累的厄境，茶叶的变换暗示作者是有追求的。两行诗中夹着一句“阳光好的时候就把自己放进去，像放一块陈皮”，承上句，启下句：把自己比作“陈皮”，有甜有苦，“阳光”，无疑是一抹亮色。诗人自嘲中有幽默，自述中见乐观，且乐观居多，不然她不会把这一切看作是“美好的事物”，并且“把我往春天的路上带”。

首节的末尾两句更是于平静中掀波澜：“所以我一次次按住内心的雪/它们过于洁白过于接近春天”。毕竟生存的现实是窘迫的，所以雪压心头，这“雪”，寄寓着冷的情绪，诸如不快乐、愁苦，甚至忧伤，但它们决不是这一类情感的代名词，在这种冷的情绪的背后，是温暖和温情，或者说，这种冷的情绪的内核，跳动着的是一颗热的心啊！这“内心的雪”——“过于洁白过于接近春天”，后面十个字，无疑是对“内心的雪”寄寓着温馨的热度这一种情怀的有意味的注释。

头节说“我”，第二节“你”静静出场——通过“我”的臆想。

作者眼中的“你”，是一位诗人。

女诗人爱上的是诗人。

女诗人是爱上诗人的诗歌，爱屋及乌，才爱上诗人的。

诗人是象牙塔里的弄潮儿。

爱上诗人的作者是一个食尽人间烟火味的农村劳动者。

所以，在作者看来，“这人间情事/恍惚如突然飞过的麻雀儿”。这样的比喻，符合作者生存的环境，洋溢着世俗生活慵懒而又平淡的气息。显然，作者对这一份爱，是怯怯的，与其她说她自己“不适宜肝肠寸断”，毋宁认定她不能“肝肠寸断”，即不能投入全部的感情。不是作者真的不肯投入全部的感情，而是怕遭拒绝啊！女诗人对这一份情感的怕和爱，凭依曲尽回肠的抒怀，最终在情感的天平上得到了短暂的平衡。

情感归情感。生活归生活。空中楼阁里的爱情最终还得回归大地，所以有了“如果给你寄一本书，我不会寄给你诗歌/我要给你一本关于植物，关于庄稼的/告诉你稻子和稗子的区别”这样的诗句。

女诗人自比“稗子”，骨子里的自卑感在诗的结句显露无遗：“告诉你一棵稗子提心吊胆的/春天”；而结句中的“春天”一词，则把女诗人对待这一份乌托邦式的爱的执着与痴恋显露无遗。

行文至此，不禁令人想起女诗人说的一段话，可看作是《我爱你》这首诗的一段“引言”：“于我而言，只有在写诗歌的时候，我才是完整的、安静的、快乐的。其实我一直不是一个安静的人，我不甘心这样的命运，我也做不到逆来顺受，但是我所有的抗争都落空，我会泼妇骂街，当然我本身就是一个农妇，我没有理由完全脱离她的劣根性。但是我根本不会想到诗歌会是一种武器，即使是，我也不会用，因为太爱，因为舍不得，即使我被这个社会污染得没有一处干净的地方，而回到诗歌，我又干净起来。诗歌一直在清洁我、悲悯我。”（见《月光落在左手上》，广西师范大学出版社

2015年版）

——由此，我们是否窥见了女诗人余秀华笔下的《我爱你》一诗中的这被爱的对象——“诗人”——所包含的象征意味和辐射的人性光芒？（戴　达）

图书在版编目(CIP)数据

文学经典鉴赏.新诗三百首 / 上海辞书出版社文学鉴赏辞典编纂中心编.—上海:上海辞书出版社,2021
ISBN 978-7-5326-5758-2

Ⅰ.①文… Ⅱ.①上… Ⅲ.①新诗—鉴赏—中国
Ⅳ.①I206

中国版本图书馆CIP数据核字(2021)第059709号

WENXUE JINGDIAN JIANSHANG · XINSHI SANBAISHOU

文学经典鉴赏·新诗三百首

上海辞书出版社文学鉴赏辞典编纂中心 编

责任编辑 辛 琪
装帧设计 姜 明
责任校对 左钟亮
责任印制 楼微雯

出版发行 上海世纪出版集团
上海辞书出版社(www.cishu.com.cn)
地 址 上海市陕西北路457号(邮政编码 200040)
印 刷 上海中华印刷有限公司
开 本 720×1000毫米 1/16
印 张 26.75
字 数 730 000
版 次 2021年6月第1版 2021年6月第1次印刷
书 号 ISBN 978-7-5326-5758-2/I·487
定 价 68.00元